J. R. Ward

BLACK DAGGER
—LEGACY—

ZORN DES GELIEBTEN

Roman

WILHELM HEYNE VERLAG
MÜNCHEN

Titel der amerikanischen Originalausgabe
BLOOD FURY – BLACK DAGGER LEGACY
Deutsche Übersetzung von Corinna Vierkant und Julia Walther

Verlagsgruppe Random House FSC® N001967

2. Auflage
Deutsche Erstausgabe 07/2018
Redaktion: Bettina Spangler
Copyright © 2018 by Love Conquers All, Inc.
Copyright © 2018 der deutschsprachigen Ausgabe und der Übersetzung
by Wilhelm Heyne Verlag, München,
in der Verlagsgruppe Random House GmbH,
Neumarkter Straße 28, 81673 München
Printed in Germany
Umschlaggestaltung: Animagic GmbH, Bielefeld
Satz: Buch-Werkstatt GmbH, Bad Aibling
Druck und Bindung: GGP Media GmbH, Pößneck

ISBN 978-3-453-31917-2

www.heyne.de

Für den Kleinen, in Liebe.

Danksagung

Ein riesengroßes Dankeschön an meine Leser und alle, die die Bruderschaft der Black Dagger so sehr lieben wie ich. Mein Dank gilt außerdem Steven Axelrod, Kara Welsh, Leslie Gelbman und allen Mitarbeitern bei NAL! Vor allem aber danke ich Team Waud und meiner Familie, sowohl der blutsverwandten als auch der frei gewählten. Und wie immer meinem wunderbaren WriterAssistant Naamah.

Glossar der Begriffe und Eigennamen

Ahstrux nohtrum – Persönlicher Leibwächter mit Lizenz zum Töten, der vom König ernannt wird.

Die Auserwählten – Vampirinnen, deren Aufgabe es ist, der Jungfrau der Schrift zu dienen. Sie werden als Angehörige der Aristokratie betrachtet, obwohl sie eher spirituell als weltlich orientiert sind. Nachdem sie aus dem Heiligtum befreit wurden, gehen sie zunehmend eigene Wege und lösen sich von den kultartigen Einschränkungen ihrer traditionellen Rolle. In der Vergangenheit dienten sie alleinstehenden Brüdern zum Stillen ihres Blutbedürfnisses. Diese Praxis wurde von den Brüdern wieder aufgenommen.

Bannung – Status, der einer Vampirin der Aristokratie auf Gesuch ihrer Familie durch den König auferlegt werden kann. Unterstellt die Vampirin der alleinigen Aufsicht ihres *Hüters*, üblicherweise der älteste Mann des Haushalts. Ihr *Hüter* besitzt damit das gesetzlich verbriefte Recht, sämtliche Aspekte ihres Lebens zu bestimmen und nach eigenem Gutdünken jeglichen Umgang zwischen ihr und der Außenwelt zu regulieren.

Die Bruderschaft der Black Dagger – Die Brüder des Schwarzen Dolches. Speziell ausgebildete Vampirkrieger, die ihre Spezies vor der Gesellschaft der *Lesser* beschützen. Infolge selektiver Züchtung innerhalb der Rasse besitzen die Brüder ungeheure physische und mentale Stärke sowie die Fähigkeit zur extrem raschen Heilung. Die meisten von ihnen sind keine leiblichen Geschwister; neue Anwärter werden von den anderen Brüdern vorgeschlagen und daraufhin in die Bruderschaft aufgenommen. Die Mitglieder der Bruderschaft sind Einzelgänger, aggressiv und verschlossen. Sie pflegen wenig Kontakt zu Menschen und anderen Vampiren, außer um Blut zu trinken. Viele Legenden ranken sich um diese Krieger, und sie werden von ihresgleichen mit höchster Ehrfurcht behandelt. Sie können getötet werden, aber nur durch sehr schwere Wunden wie zum Beispiel eine Kugel oder einen Messerstich ins Herz.

Blutsklave – Männlicher oder weiblicher Vampir, der unterworfen wurde, um das Blutbedürfnis eines anderen zu stillen. Die Haltung von Blutsklaven wurde vor Kurzem gesetzlich verboten.

Chrih – Symbol des ehrenhaften Todes in der alten Sprache.

Doggen – Angehörige(r) der Dienerklasse innerhalb der Vampirwelt. *Doggen* pflegen im Dienst an ihrer Herrschaft altertümliche, konservative Sitten und folgen einem formellen Bekleidungs- und Verhaltenskodex. Sie können tagsüber aus dem Haus gehen, altern aber relativ rasch. Die Lebenserwartung liegt bei etwa fünfhundert Jahren.

Dhunhd – Hölle.

Ehros – Eine Auserwählte, die speziell in der Liebeskunst ausgebildet wurde.

Exhile Dhoble – Der böse oder verfluchte Zwilling, derjenige, der als Zweiter geboren wird.

Gesellschaft der *Lesser* – Orden von Vampirjägern, der von Omega zum Zwecke der Auslöschung der Vampirspezies gegründet wurde.

Glymera – Das soziale Herzstück der Aristokratie, sozusagen die »oberen Zehntausend« unter den Vampiren.

Gruft – Heiliges Gewölbe der Bruderschaft der Black Dagger. Sowohl Ort für zeremonielle Handlungen als auch Aufbewahrungsort für die erbeuteten Kanopen der *Lesser*. Hier werden unter anderem Aufnahmerituale, Begräbnisse und Disziplinarmaßnahmen gegen Brüder durchgeführt. Niemand außer Angehörigen der Bruderschaft, der Jungfrau der Schrift und Aspiranten hat Zutritt zur Gruft.

Hellren – Männlicher Vampir, der eine Partnerschaft mit einer Vampirin eingegangen ist. Männliche Vampire können mehr als eine Vampirin als Partnerin nehmen.

Hohe Familie – König und Königin der Vampire sowie all ihre Kinder.

Hüter – Vormund eines Vampirs oder einer Vampirin. Hüter können unterschiedlich viel Autorität besitzen, die größte Macht übt der Hüter einer gebannten Vampirin aus.

Jungfrau der Schrift – Mystische Macht, die dem König als Beraterin dient sowie die Vampirarchive hütet und Privilegien erteilt. Existierte in einer jenseitigen Sphäre und besaß umfangreiche Kräfte. Gab ihre Stellung zugunsten einer Nachfolge auf.

Leahdyre – Eine mächtige und einflussreiche Person.

Lesser – Ein seiner Seele beraubter Mensch, der als Mitglied der Gesellschaft der *Lesser* Jagd auf Vampire macht, um sie auszurotten. Die *Lesser* müssen durch einen Stich in die Brust getötet werden. Sie altern nicht, essen und trinken nicht und sind impotent. Im Laufe der Jahre verlieren ihre Haare, Haut und Iris ihre Pigmentierung, bis sie blond, bleich und weißäugig sind. Sie riechen nach Talkum. Aufgenommen in die Gesellschaft werden sie durch Omega. Daraufhin erhalten sie ihre Kanope, ein Keramikgefäß, in dem sie ihr aus der Brust entferntes Herz aufbewahren.

Lewlhen – Geschenk.

Lheage – Respektsbezeichnung einer sexuell devoten Person gegenüber einem dominanten Partner.

Lhenihan – Ein mystisches Biest bekannt für seine sexuelle Leistungsfähigkeit. In modernem Slang bezieht es sich auf einen Vampir von übermäßiger Größe und Ausdauer.

Lielan – Ein Kosewort, frei übersetzt in etwa »mein Liebstes«.

Lys – Folterwerkzeug zur Entnahme von Augen.

Mahmen – Mutter. Dient sowohl als Bezeichnung als auch als Anrede und Kosewort.

Mhis – Die Verhüllung eines Ortes oder einer Gegend; die Schaffung einer Illusion.

Nalla oder Nallum – Kosewort. In etwa »Geliebte(r)«.

Novizin – Eine Jungfrau.

Omega – Unheilvolle mystische Gestalt, die sich aus Groll gegen die Jungfrau der Schrift die Ausrottung der Vampire zum Ziel gesetzt hat. Existiert in einer jenseitigen Sphäre und hat weitreichende Kräfte, wenn auch nicht die Kraft zur Schöpfung.

Phearsom – Begriff, der sich auf die Funktionstüchtigkeit der männlichen Geschlechtsorgane bezieht. Die wörtliche Übersetzung lautet in etwa »würdig, in eine Frau einzudringen«.

Princeps – Höchste Stufe der Vampiraristokratie, untergeben nur den Mitgliedern der Hohen Familie und den Auserwählten der Jungfrau der Schrift. Dieser Titel wird vererbt; er kann nicht verliehen werden.

Pyrokant – Bezeichnet die entscheidende Schwachstelle eines Individuums, sozusagen seine Achillesferse. Diese Schwachstelle kann innerlich sein, wie zum Beispiel eine Sucht, oder äußerlich, wie ein geliebter Mensch.

Rahlman – Retter.

Rythos – Rituelle Prozedur, um verlorene Ehre wiederherzustellen. Der Rythos wird von dem Vampir gewährt, der einen anderen beleidigt hat. Wird er angenommen, wählt der Gekränkte eine Waffe und tritt damit dem unbewaffneten Beleidiger entgegen.

Schleier – Jenseitige Sphäre, in der die Toten wieder mit ihrer Familie und ihren Freunden zusammentreffen und die Ewigkeit verbringen.

Shellan – Vampirin, die eine Partnerschaft mit einem Vampir eingegangen ist. Vampirinnen nehmen sich in der Regel nicht mehr als einen Partner, da gebundene männliche Vampire ein ausgeprägtes Revierverhalten zeigen.

Symphath – Eigene Spezies innerhalb der Vampirrasse, deren Merkmale die Fähigkeit und das Verlangen sind, Gefühle in anderen zu manipulieren (zum Zwecke eines Energieaustauschs). Historisch wurden die Symphathen oft mit Misstrauen betrachtet und in bestimmten Epochen auch von den anderen Vampiren gejagt. Sind heute nahezu ausgestorben.

Trahyner – Respekts- und Zuneigungsbezeichnung unter männlichen Vampiren. Bedeutet ungefähr »geliebter Freund«.

Transition – Entscheidender Moment im Leben eines Vampirs, wenn er oder sie ins Erwachsenenleben eintritt. Ab diesem Punkt müssen sie das Blut des jeweils anderen Geschlechts trinken, um zu überleben, und vertragen kein Sonnenlicht mehr. Findet normalerweise mit etwa

Mitte zwanzig statt. Manche Vampire überleben ihre Transition nicht, vor allem männliche Vampire. Vor ihrer Transition sind Vampire von schwächlicher Konstitution und sexuell unreif und desinteressiert. Außerdem können sie sich noch nicht dematerialisieren.

Triebigkeit – Fruchtbare Phase einer Vampirin. Üblicherweise dauert sie zwei Tage und wird von heftigem sexuellem Verlangen begleitet. Zum ersten Mal tritt sie etwa fünf Jahre nach der Transition eines weiblichen Vampirs auf, danach im Abstand von etwa zehn Jahren. Alle männlichen Vampire reagieren bis zu einem gewissen Grad auf eine triebige Vampirin, deshalb ist dies eine gefährliche Zeit. Zwischen konkurrierenden männlichen Vampiren können Konflikte und Kämpfe ausbrechen, besonders wenn die Vampirin keinen Partner hat.

Vampir – Angehöriger einer gesonderten Spezies neben dem Homo sapiens. Vampire sind darauf angewiesen, das Blut des jeweils anderen Geschlechts zu trinken. Menschliches Blut kann ihnen zwar auch das Überleben sichern, aber die daraus gewonnene Kraft hält nicht lange vor. Nach ihrer Transition, die üblicherweise etwa mit Mitte zwanzig stattfindet, dürfen sie sich nicht mehr dem Sonnenlicht aussetzen und müssen sich in regelmäßigen Abständen aus der Vene ernähren. Entgegen einer weitverbreiteten Annahme können Vampire Menschen nicht durch einen Biss oder eine Blutübertragung »verwandeln«; in seltenen Fällen aber können sich die beiden Spezies zusammen fortpflanzen. Vampire können sich nach Belieben dematerialisieren, dazu müssen sie aber ganz ruhig werden und sich konzentrieren; außerdem dürfen sie nichts Schweres bei sich tragen. Sie können Menschen ihre Erinnerung nehmen, allerdings nur, solange diese Erinnerungen im Kurzzeitgedächtnis abgespeichert sind. Manche Vampire können auch Gedanken lesen. Die Lebenserwartung liegt bei über eintausend Jahren, in manchen Fällen auch höher.

Vergeltung – Akt tödlicher Rache, typischerweise ausgeführt von einem Mann im Dienste seiner Liebe.

Wanderer – Ein Verstorbener, der aus dem Schleier zu den Lebenden zurückgekehrt ist. Wanderern wird großer Respekt entgegengebracht, und sie werden für das, was sie durchmachen mussten, verehrt.

Whard – Entspricht einem Patenonkel oder einer Patentante.

Zwiestreit – Konflikt zwischen zwei männlichen Vampiren, die Rivalen um die Gunst einer Vampirin sind.

1

Wenn man alles auf der Welt besaß, kam einem nie in den Sinn, dass man eine Chance verpassen könnte. Gelegenheiten, die sich kein zweites Mal boten. Träume, die nicht erfüllt werden konnten.

Peyton, Sohn des Peythone, hatte den Blick ans andere Ende des Pausenraums im Trainingszentrum gerichtet, die Augen hinter blauen Brillengläsern verborgen. Dort saß auf einem recht einfachen Stuhl Paradise, Tochter des ersten Beraters des Königs, Abalone, und ließ die Beine über eine Armlehne baumeln, während sie den Rücken an die andere gelehnt hatte. Den blonden Kopf gesenkt, ging sie das Script zu ISP durch.

Improvisierte Sprengkörper.

Die Informationen auf diesen Seiten – das Versprechen von Tod, die Realität des Krieges gegen die Gesellschaft der *Lesser*, die Gefahr, in die sie sich selbst gebracht hatte, indem sie in das Trainingsprogramm der Bruderschaft der Black Dagger eingetreten war – weckten in Peyton den Wunsch, ihr die Papiere wegzunehmen und die Zeit zurückzudrehen. Zurück zu ihrer beider altem Leben, bevor Paradise hierhergekommen war, um kämpfen zu lernen … und bevor sie begriffen hatte, dass in ihr so viel mehr steckte als eine aristokratische Vampirin mit makellosem Stammbaum und klassischer Schönheit.

Ohne den Krieg würden sie sich allerdings vermutlich nicht so nahestehen.

Jene schreckliche Nacht, als die Gesellschaft der *Lesser* die Häuser der *Glymera* geplündert und ganze Familien und unzählige Bedienstete abgeschlachtet hatte, war der Katalysator gewesen, der sie beide einander nahegebracht hatte. Peyton hatte immer ordentlich Party gemacht, mit einer Horde reicher Jungs abgehangen, die nachts durch die Clubs der Menschen zogen und die Tage kiffend zu Hause verbrachten, nach dem Motto »uns gehört die Welt«. Doch nach den Plünderungen hatten sich ihre beiden Familien in sichere Anwesen außerhalb von Caldwell zurückgezogen, und er und Paradise hatten es sich zur Gewohnheit gemacht, sich gegenseitig anzurufen, wenn sie nicht schlafen konnten.

Was die meiste Zeit der Fall gewesen war.

Sie hatten Stunden am Telefon verbracht, sich über alles und nichts unterhalten, von ernsten über unsinnige bis hin zu albernen Themen.

Er hatte ihr Dinge erzählt, die er noch nie jemandem anvertraut hatte. Ihr gegenüber gab er zu, dass er Angst hatte, dass er sich allein fühlte und sich Sorgen um die Zukunft machte. Er sprach das erste Mal laut aus, dass er glaubte, ein Drogenproblem zu haben. Er zweifelte daran, ob er es in der echten Welt außerhalb der Clubszene jemals zu etwas bringen würde.

Und sie war für ihn da gewesen.

Er war noch nie zuvor mit einer Vampirin befreundet gewesen. Klar, er hatte haufenweise Frauen gefickt, aber bei Paradise war es nicht um Sex gegangen.

Obwohl er sie begehrte. Natürlich tat er das. Sie war unglaublich …

»Gib's schon zu.«

Ihre Worte rissen ihn aus seinen Gedanken. Hastig sah er sich um. Der Aufenthaltsraum war leer, abgesehen von ihnen beiden. Alle anderen waren entweder im Fitnessbereich, den Umkleiden oder hingen draußen im Flur herum, bis sie nach Hause konnten.

Also, ja, sie redete mit ihm. Sah ihn auch an.

»Na los.« Ihr Blick war sehr direkt. »Warum sprichst du's nicht endlich aus.«

Peyton wusste nicht, wie er reagieren sollte. Und während sich das Schweigen zwischen ihnen ausdehnte, fühlte er sich, als hätte er eine Line Koks gezogen: Sein Herz verwandelte seinen Brustkorb in einen Moshpit, seine Handflächen fingen an zu schwitzen, und seine Lider flatterten so heftig, dass es ihm vorkam, als würde er durch eine Jalousie schauen.

Paradise richtete sich in ihrem Stuhl auf, schwang die langen Beine herum und schlug sie sittsam übereinander. Es war ein Reflex, ein Überbleibsel ihrer vornehmen Erziehung: Jede Frau ihres Standes pflegte auf diese Weise zu sitzen. Das tat man einfach, egal, wo man sich befand oder was man trug.

Ikea oder Versailles, Lycra oder Lanvin. Manieren, Schätzchen.

Peyton stellte sie sich in einem Ballkleid vor, geschmückt mit den Juwelen ihrer toten *Mahmen,* unter einem Kristallleuchter eines Festsaals, die Haare hoch aufgetürmt, ihr bezauberndes Antlitz strahlend, ihr Körper … an seinen geschmiegt.

»Wo ist dein Kerl?« Seine Stimme kratzte, und er hoffte, sie würde es auf seine Kifferei schieben.

Bei dem Lächeln, das ihr Gesicht aufleuchten ließ, fühlte er sich alt und verbraucht, obwohl er nicht älter war als sie und noch dazu nüchtern.

»Er zieht sich noch schnell um.«

»Heute Abend was Größeres vor?«

»Nein.«

Ja, klar. Ihre geröteten Wangen verrieten ihm ganz genau, was die beiden vorhatten – und wie sehr sie sich darauf freute.

Peyton schob die Sonnenbrille hoch und rieb sich die Augen. Es war schwer zu glauben, dass er nie erfahren würde, wie das war ... Paradise unter sich zu haben, während er sie ritt, ihren nackten Körper erforschen zu dürfen, ihre Oberschenkel so weit gespreizt, dass er ...

»Du willst doch nur vom Thema ablenken.« Sie beugte sich auf ihrem Stuhl nach vorn. »Komm schon. Sag es. Die Wahrheit wird dich befreien, stimmt's?«

Als der Generator hinterm Getränkeautomaten ansprang, warf Peyton einen Blick hinüber zur Essenstheke, wo an Unterrichts- und Trainingstagen Mahlzeiten und Snacks serviert wurden. Obwohl die Brüder die Schüler inzwischen zu richtigen Einsätzen gegen den Feind draußen antreten ließen, absolvierten sie hier immer noch regelmäßig eine Menge Theorie, Nahkampftraining und Waffenkunde.

Mindestens zwei- bis dreimal die Woche aß er im Trainingszentrum.

Wow. Sieh mal einer an. Er versuchte, sich abzulenken.

Peyton ließ den Blick wieder Richtung Paradise wandern. Beim Schleier, sie war so schön. Mit ihren blonden Haaren, mit diesen großen blauen Augen ... und diesen Lippen. Weich, von Natur aus rosa. Ihr Körper war etwas muskulöser, seit sie so viel trainierte, etwas weniger kurvig doch das machte sie erst recht sexy.

»Weißt du«, murmelte sie, »es gab mal eine Zeit, da haben wir uns alles anvertraut.«

Nicht wirklich, dachte er. Wie sehr er sich von ihr angezogen fühlte, hatte er immer schön für sich behalten.

»Leute ändern sich.« Er streckte die Beine aus und ließ die Schulterwirbel knacken. »Beziehungen auch.«

»Unsere nicht.«

»Was soll das bringen?« Er schüttelte den Kopf. »Es führt doch zu nichts ...«

»Komm schon, Peyton. Ich merke doch, wie du mich im Unterricht und draußen beim Einsatz anstarrst. Das ist so was von auffällig. Und hör zu, ich verstehe ja, wie es dir geht. Ich bin schließlich nicht naiv.«

Die Anspannung war an ihren hochgezogenen Schultern und den schmalen Lippen deutlich abzulesen. Und ganz ehrlich, er hasste die Situation, in die er sie beide brachte, genauso. Wenn er dem ein Ende setzen könnte, würde er das tun, aber Gefühle waren wie wilde Tiere, sie machten, was sie wollten, scheißegal, was sie dabei zertrampelten oder zerbissen oder zertraten.

»Sosehr ich auch versuche, es zu ignorieren« – sie strich sich die Haare nach hinten über die Schulter – »und sicher bin, dass du auch lieber nicht so empfinden würdest, es ist nun mal, wie es ist. Ich glaube, wir sollten offen darüber reden, damit wir reinen Tisch machen können. Bevor es uns oder die anderen beim Einsatz in Gefahr bringt.«

»Ich glaube nicht, dass sich das so einfach klären lässt.« *Außer vielleicht du willst deinen Gefährten loswerden.* »Und ich finde auch nicht, dass es so wichtig ist.«

»Das sehe ich anders.« Sie ließ frustriert die Arme sinken. »Komm schon. Wir haben so viel zusammen durchgestanden. Es gibt doch nichts, womit wir beide nicht fertigwerden. Erinnerst du dich an die vielen Stunden am Telefon? Rede mit mir.«

Peyton fragte sich, warum zum *Dhunhd* er sich keine Bong mitgebracht hatte. Er stand auf und ging im Slalom zwischen den Möbelstücken umher, die mit der Sorgfalt und Präzision eines Murmelspiels arrangiert worden waren: Die verschiedenen Stühle, Sofas und Tische standen willkürlich im Raum verteilt. Das Ergebnis diverser Lerngruppen und einiger fragwürdiger Wetten in Bezug auf

Liegestützen, Sit-ups und Armdrücken, die zur Unordnung beigetragen hatten.

Schließlich blieb er stehen und drehte sich um. Dann redeten sie beide gleichzeitig drauflos.

»Ich weiß, dass du es nach wie vor nicht gut findest …«

»Ich bin in dich verliebt …«

Und wie aufs Kommando verstummten beide im selben Moment wieder.

»Was hast du gesagt?«, hauchte sie.

Knarre. Er brauchte eine Knarre. Damit er sich in echt ins Bein schießen konnte, statt bloß sprichwörtlich.

Die Tür zum Aufenthaltsraum schwang auf, und ihr Gefährte Craeg kam hereinspaziert, als wäre er hier der King. Groß, muskelbepackt und einer der besten Kämpfer der Gruppe. Die Art von Kerl, der einen rostigen Nagel als Zahnstocher benutzt, dabei in einem brennenden Lagerhaus seine eigenen Wunden vernäht, während ihn zwei *Lesser* angreifen, und das alles mit einem verängstigten Golden-Retriever-Welpen unterm Arm.

Craeg blieb stehen und sah von einem zum anderen. »Störe ich?«

Novo schaffte es kaum noch rechtzeitig zu dem großen metallenen Mülleimer. Als sie sich würgend darüberbeugte, kam jedoch nichts als Wasser heraus. Sobald der Brechreiz vorbei war, ließ sie sich auf die Matte plumpsen. Den Rücken an die kalte Betonwand gelehnt, wartete sie darauf, dass die Welt um sie herum aufhörte, sich zu drehen.

Schweiß rann ihr wie Tränen übers Gesicht, und ihr Hals brannte wie Feuer – wobei daran weniger die Kotzerei als das scharfe Einatmen beim Kreuzheben schuld war. Von ihren Lungen wollte sie lieber gar nicht erst anfangen. Sie fühlte sich, als hätte sie in einer Wolke heißem Rauch versucht, Sauerstoff zu atmen.

Klonk. Klonk. Klonk …

Als sie dazu in der Lage war, hob sie den Kopf und stellte ihren Blick scharf. Am anderen Ende des Kraftraums trainierte ein riesiger Vampir mit langsamen, kontrollierten Bewegungen an der Beinpresse. Die Muskeln seiner Unterarme wölbten sich, so fest hielt er die Griffe auf Hüfthöhe umklammert, seine Oberschenkel schienen aus Stein gemeißelt, und überall traten die Adern hervor.

Er starrte sie an. Aber nicht auf unangenehme Weise.

Eher auf eine Art, als wollte er fragen, ob es Zeit war, einen Arzt zu rufen.

»Mir geht's gut«, sagte sie und wandte dabei den Blick ab. Wobei er sie mit seinen Kopfhörern sowieso nicht hören konnte.

Mirgehtsgut. Mirgehtsgut. Neinwirklichmirgehtsgut …

Sie streckte sich zur Seite und zog ein frisches weißes Handtuch vom Stapel auf einer der Bänke, um sich den Schweiß abzuwischen. Das Trainingszentrum der Bruderschaft war hochmodern, nur das Feinste vom Feinsten, durchweg Profiausstattung: angefangen bei diesem eisernen Verließ der Selbstgeißelung hier, über den Schießstand, die Klassenräume, den fünfzig Meter langen Pool, den Fitnessraum bis hin zur Klinik, der pharmazeutischen Ausrüstung und den OPs waren keine Kosten gescheut worden. Das Ganze zu unterhalten verlangte ebenso viel Aufwand wie Knete.

Mit einem letzten Klirren setzte sich der Vampir auf und wischte sich übers Gesicht. Seine dunkelbraunen Haare waren frisch geschnitten, an den Seiten so kurz, dass es wie abrasiert wirkte, die Deckhaare jedoch lang und lässig. Seine Augen hatten irgendeinen Braunton, und insgesamt sah er ziemlich nach Durchschnittsamerikaner aus – nun ja, abgesehen von seinen Fängen Marke Bram Stoker und der Tatsache, dass er kein bisschen menschlicher oder amerikanischer war als sie. Sein weißes ärmelloses Shirt wurde von seiner breiten Brust auf eine ziemliche Zerreißprobe gestellt, ähnlich wie sich seine dunkle, haarlose Haut über seinen Sixpack spannte.

Er hatte keinerlei Tattoos. Kein aufgeblasenes Gebaren. Klamotten Marke nullachtfünfzehn. Und er redete so gut wie nie – wenn er den Mund aufmachte, dann nur wegen logistischer Fragen, zum Beispiel, welches Gerät sie als Nächstes benutzen wolle oder ob das hier ihr Handtuch sei. Er war stets höflich, so distanziert wie der Horizont, und er bemerkte offenbar gar nicht, dass sie eine Frau war.

Kurz, dieser Fremde war ihr neuer bester Freund. Obwohl sie nicht einmal seinen Namen kannte.

Dabei verbrachten sie wirklich jede Menge Zeit zusammen. Nach Unterrichtsende im Ausbildungszentrum waren sie beide meist alleine hier, da die Brüder tagsüber trainierten und die anderen Schüler bereits erschöpft von den Herausforderungen des absolvierten Programms waren.

Novo hingegen hatte immer noch etwas Sprit im Tank.

Scheiß auf Energydrinks oder Powerriegel. Die eigenen Dämonen waren wesentlich effektiver, wenn es darum ging, den Arsch hochzukriegen.

Ach ja, und dann gab es da noch einen anderen Grund, weshalb sie lieber in einen Mülleimer kotzte als mit den anderen auf den Bus zu warten, der sie den Berg runterbringen würde.

»Ihr blutet.«

Novo hob ruckartig den Kopf. Der Vampir stand direkt vor ihr, und als sie fragend die Stirn runzelte, zeigte er auf ihre Handflächen.

»Blut.«

Ein Blick auf ihre Hand bestätigte, dass sie in der Tat

etwas undicht war. Sie hatte ihre Handschuhe vergessen, und die Stange mit den zweihundertfünfundzwanzig Kilo dran hatte in ihre Haut geschnitten.

»Wie heißt du?«, fragte sie, während sie das Handtuch auf die aufgerissenen Stellen drückte.

Mann, wie das brannte.

Als er nicht antwortete, blickte sie wieder auf. Daraufhin legte er die Hand aufs Brustbein und verbeugte sich.

»Ich bin Ruhn.«

»Das brauchst du nicht zu tun.« Sie faltete den Frotteestoff zusammen und wischte sich erneut die Stirn ab. »Das mit dem Verbeugen. Ich gehöre nicht zur *Glymera*.«

»Ihr seid eine Vampirin.«

»Ja, und?« Angesichts seiner verwirrten Miene kam sie sich plötzlich mies vor. »Wie dem auch sei, ich bin Novo. Ich würde dir ja die Hand geben, aber na ja.«

Als sie die verletzte Hand hob, räusperte er sich. »Freut mich, dich kennenzulernen.«

Er sprach wie sie, ohne die arroganten, langgezogenen Vokale der Aristokraten, wofür er ihr gleich noch sympathischer war. Wie ihr Vater immer gesagt hatte, reiche Leute konnten es sich leisten, langsam zu sprechen, weil sie nicht für ihren Lebensunterhalt schuften mussten.

Was es ziemlich schwierig machte, diese Gruppe begünstigter Leichtgewichte zu respektieren oder ernst zu nehmen.

»Steigst du mit ins Programm ein?«, erkundigte sie sich.

»In was?«

»Das Trainingsprogramm?«

»Nein. Ich bin nur zum Workout hier.«

Er lächelte sie an – als läge darin seine gesamte Lebensgeschichte genauso wie alle seine Pläne für die Zukunft – und ging dann zur Klimmzugstange hinüber. Seine Ausführung war unglaublich: schnell, aber kontrolliert, immer und immer wieder, bis sie nicht mehr mitzählen konnte. Und er machte immer noch weiter.

Als er schließlich aufhörte, waren seine Atemzüge tief, aber gleichmäßig.

»Und warum tust du es nicht?«

»Was denn?«, fragte er überrascht. Als hätte er vergessen, dass sie immer noch hier saß.

»Das Trainingsprogramm. Warum steigst du nicht mit ein?«

Er schüttelte heftig den Kopf. »Ich bin kein Kämpfer.«

»Solltest du aber werden. Du bist enorm stark.«

»Ich bin einfach nur an körperliche Arbeit gewohnt. Daher kommt das.« Er hielt inne. »Du bist im Programm?«

»Ja.«

»Und du kämpfst?«

»Oh ja. Und es gefällt mir. Ich gewinne gerne, und ich mag es, anderen Schmerzen zuzufügen. Vor allem den Jägern.« Als Ruhn sie ungläubig ansah, verdrehte sie genervt die Augen. »Ja, auch weibliche Vampire können so sein. Wir brauchen keine Erlaubnis, um aggressiv oder stark sein zu wollen. Oder um zu töten.«

Als er sich wegdrehte, wieder die Stange umfasste und seine Klimmzüge fortsetzte, verfluchte sie sich innerlich.

»Sorry«, murmelte sie. »Das war nicht gegen dich gerichtet.«

»Siehst du hier sonst noch jemanden?«, fragte er zwischen zwei Wiederholungen.

»Nein.« Novo stand auf und schüttelte den Kopf. »Wie ich schon sagte, es tut mir leid.«

»Schon in Ordnung.« Hoch. Und runter. »Aber …« Hoch. Und runter. »… warum bist du dann …« Hoch. Und runter. »… nicht bei den anderen?«

»Den anderen Trainees?« Sie sah auf die Uhr an der Wand. »Die chillen gerne, bis der Bus kommt. Ich hasse es, untätig herumzuhängen. Wobei ich jetzt tatsächlich los muss. Bis dann.«

Sie war bereits an der Tür, als sie seine Stimme hinter sich hörte: »Du solltest das nicht machen.«

Novo blickte über die Schulter zurück. »Was denn?«

Ruhn deutete mit dem Kopf in Richtung Mülleimer. »Du übergibst dich oft, wenn du trainierst. Das ist nicht gesund. Du verlangst dir selbst zu viel ab.«

»Du kennst mich doch gar nicht.«

»Das muss ich auch nicht.«

Novo öffnete den Mund, um ihm zu sagen, dass er seine Besserwisserei gefälligst für sich behalten sollte, doch er drehte sich einfach weg und machte mit seinen Klimmzügen weiter.

Na super, dachte sie. *Schöne Scheiße. Soll ich mir niedliche Videos auf BuzzFeed anschauen und Selfies in Yoga-Stellungen machen?*

#kotzfreiezone.

Wut kochte in ihr hoch. Wie gerne hätte sie einen Streit mit ihm vom Zaun gebrochen! Obwohl sie so müde war, dass ihr sogar der Hintern wehtat, und vielleicht hatte er ja nicht ganz unrecht, was die Kotzerei betraf. Leben und leben lassen, richtig?

Oder leben und selbstzerstören lassen.

Kam aufs Gleiche raus.

Egal. Kein Grund, mit einem Fremden über etwas zu diskutieren, das sie sowieso nicht vorhatte zu ändern.

Draußen auf dem Flur war es kühler – oder vielleicht lag es auch nur daran, dass man auf dem langen Gang mit den Betonwänden, der zum Parkplatz führte, den Eindruck hatte, als gäbe es mehr Luft zum Atmen. Novo zwang sich weiterzugehen und die Umkleide anzusteuern, die sich Paradise und sie als die beiden einzigen Frauen in der Klasse teilten. Kaum war sie über die Schwelle, schloss sie die Augen und zog ernsthaft in Erwägung, verschwitzt nach Hause zu gehen.

Verdammt noch mal.

Dieser verfluchte Duft.

Paradises Shampoo war wie Sprühfarbe an den Wänden, wie Teppich auf dem Fußboden, Deckenventilatoren im Turbolauf, Stroboskoplicht und eine Discokugel: Der Geruch nahm jeden Kubikzentimeter des Raums ein.

Was noch schlimmer war: Ihre Mitschülerin war weder hassenswert noch unfähig noch eine Barbiepuppe, die man als Taylor Swift in einer Nirvana-Welt abtun konnte. Paradise hatte bei dieser höllischen Orientierungsprüfung am Längsten durchgehalten, war draußen im Einsatz absolut spitze, mit verblüffend schnellen Reflexen und einer unglaublichen Zielsicherheit.

Aber es gab noch etwas anderes, worin sie gut war.

Und obwohl es Novo verdammt egal sein konnte, sie es eigentlich gar nicht bemerken und generell einen Dreck interessieren sollte, war es über alle Maßen nervtötend, Peytons Blicke zu sehen, wie er sich in ihrer Nähe herumdrückte und fast dahinschmolz, wann immer die Vampirin lachte.

Das Einzige, was Novo daran noch mehr nervte als die Tatsache selbst, war, dass sie diese Scheiße überhaupt auf dem Radar hatte.

Peyton, Sohn des Peythone, war nichts, wofür sie sich interessierte. Manche Dinge verstanden sich schließlich von selbst. Wie zum Beispiel sich nicht freiwillig für eine Beinamputation zu melden.

Außerdem, hallo, persönliche Erfahrungswerte.

Nicht mit ihm im Speziellen. Aber trotzdem.

Allein schon, dass ihr aufgefallen war, wie besessen der Typ von Paradise war, weckte in Novo den Wunsch, sich selbst den Hintern zu versohlen.

Als sie sich auf den Weg zu den Duschen machte, streifte ihr Blick den Ganzkörperspiegel – der in der Umkleide der Männer bestimmt fehlte.

Was einfach so unglaublich sexistisch war.

Sie brach die übliche innerliche Schimpftirade abrupt ab, als sie ihr Spiegelbild wahrnahm. Ihre Augen waren zu leeren Höhlen geworden, und ihr Bauch, der zwischen Sport-BH und Leggings zu sehen war, wölbte sich nach innen. Ihre Beine waren muskelbepackt, mit Ausnahme der kleinen knöchernen Knoten ihrer Kniescheiben.

Keine Hüften, keine Brüste, nichts Weibliches … selbst ihre schwarzen langen Haare waren zu einem festen Zopf geflochten, der sich zwischen den mächtigen Muskelsträngen zu beiden Seiten ihrer Wirbelsäule verstecken zu wollen schien.

Novo nickte sich anerkennend zu.

Sie wollte es nicht anders haben.

Paradise durfte den ganzen Weiberkram und die sehnsüchtigen Seitenblicke gerne behalten. Es war weitaus besser, stark zu sein als sinnlich. Für Letzteres wurde man bewundert …

… Ersteres schützte einen.

2

»Nein«, sagte Peyton. »Du störst überhaupt nicht.«

Er lächelte Craeg an und dachte: *Jaaaaa, alles ganz easy. Ich hab nur gerade deinem Mädchen gestanden, dass ich sie liebe, während sie dachte, ich hätte immer noch ein Problem damit, dass sie am Trainingsprogramm teilnimmt. Also, ja, bildlich gesprochen haben wir uns gerade duelliert, sie mit einer Kanone und ich mit zwei Büroklammern und einem Gummiband bewaffnet. Aber alles cool. Wobei, hey, wo wir schon beim Thema sind, vielleicht möchtest du gerne meine Eier abschneiden und sie dir hinten in die Hosentasche stecken? Denn nach dieser Aktion werde ich sie ohnehin nicht mehr brauchen.*

Während er schnurstracks auf die Tür zusteuerte, vermied er es, Paradise anzusehen. Es lag durchaus im Bereich des Möglichen, dass er sie nie wieder anschauen würde. Doch Craeg schlug er sicherheitshalber im Vorbeigehen kumpelhaft auf die Schulter.

»Ich kann's kaum erwarten, morgen wieder draußen im Einsatz zu sein.« Falls er sich nicht vorher daheim im Badezimmer erhängte. Dann würde er eher nicht auftauchen. »Spitzenmäßiges Workout heute. Echt verdammt gut.«

Vor allem, der Bodyslam, den er gerade seinem eigenen Ego verpasst hatte. Dieses kleine Miststück würde so schnell nicht wieder aufstehen. Brauchte wahrscheinlich plastische Chirurgie und eine Prothese.

Draußen auf dem Korridor blieb er fluchend stehen. Er hatte seinen verdammten Mantel vergessen, aber er

32

würde *nicht* wieder hineingehen. Nein. Kein Grund, dem zigsten Wiedersehenskuss zwischen Craeg und Paradise beizuwohnen, gefolgt von *Beim Schleier, stell dir vor, was Peyton gerade gesagt hat.* Die gute Nachricht war, dass Craeg das Programm, die Teamleitung und den Kampf gegen den wahren Feind so ernst nahm, dass der gebundene Vampir mit hoher Wahrscheinlichkeit in diesem Moment nicht nach einem Dolch griff.

Trotzdem war es vermutlich eine gute Idee, runter zum Parkplatz zu gehen. Wenn auch nur, um sich einen kleinen Vorsprung zu verschaffen.

Peyton sah auf die Uhr und ging flotten Schrittes auf die gepanzerte Stahltür zu. In einer Viertelstunde würde der kugelsichere Bus bereitstehen, um sie zurück in die Stadt zu bringen. Zum Glück! Sollte Craeg während der Fahrt ausrasten, würde doch bestimmt jemand einschreiten. Boone war ein guter Schütze und würde eingreifen, und vielleicht …

Peytons gesamter Körper ging blitzschnell in Alarmbereitschaft, seine Haut fing an zu glühen, die Haare in seinem Nacken stellten sich auf, und sein Blut pochte so heftig, als hätte er einen Sprint hingelegt.

Er blieb stehen und drehte sich langsam um.

Novo trat aus der Frauenumkleide, ihr gestählter Körper in schwarzes Leder gehüllt, eine Sporttasche über der Schulter. Der straffe Zopf fiel ihr über den Rücken.

»Hey«, murmelte er, als sie ihn einholte. »Du hast eine gute Figur gemacht heute Abend.«

Das tat sie immer. Und nicht nur beim Kampftraining.

»Du willst damit bestimmt sagen« – sie ging an ihm vorbei –, »dass ich dich besiegt habe.«

»Das habe ich aber anders in Erinnerung.«

»Aha. Dann hat dein Hirn wohl etwas Schaden genommen, als ich dich flach auf den Rücken gelegt habe.«

Seine Erregung drückte gegen den Reißverschluss seiner Hose. Unauffällig schob Peyton sein Paket zurecht und folgte Novo dicht auf den Fersen. Ihre Haltung strahlte die Kompetenz und Einstellung einer Anführerin aus, und ja, er betrachtete ihren Hintern – und wollte ihn gerne mit den Händen erkunden.

Und mit dem Mund.

Etwas an ihr weckte das Animalische in ihm, seit er sie das erste Mal gesehen hatte. Er wollte keine Liebe mit ihr machen. Er war noch nicht einmal an Gefälligkeiten ihrerseits interessiert. Er wollte Sex. Von der Sorte, die Spuren auf der Haut und kaputte Möbel und zerbrochene Lampen hinterließ.

»Am Ende habe ich gewonnen«, raunte er.

Nun war sie diejenige, die abrupt stehen blieb und sich umdrehte, wobei der lange Haarstrang herumflog und gegen ihre Hüfte peitschte. »Weil ich den Halt verloren habe, als ich dich unterworfen habe. Mein Fuß ist *weggerutscht*. Dadurch warst du im Vorteil.«

»So oder so hatte ich dich am Schluss auf der Matte.«

»Ich hab dich zu Fall gebracht.«

»Und ich hab gewonnen.«

Als das Feuer in ihren blaugrünen Augen aufflackerte und sie ihre Fänge ausfuhr, konzentrierte er sich auf ihren Mund. In seiner Vorstellung drängte er sie mit dem Rücken gegen die harte Betonwand, obwohl sie sich wehrte, bevor sie sich küssten, als müssten sie sterben, sobald sie mit dem Vögeln fertig waren. Wild. Wütend. Mit Orgasmen, die ihre Gehirnchemie noch auf Nächte danach veränderten.

»Du hast nicht gewonnen«, stieß sie zwischen zusammengebissenen Zähnen hervor. »Ich bin *ausgerutscht*. Und wenn das nicht passiert wäre, würdest du immer noch wie ein Teppich auf dieser Matte liegen.«

Peyton trat näher an sie heran und senkte die Stimme. »Ausreden, nichts als Ausreden.«

So wie sie ihn anfunkelte, war klar, dass sie ihm gerne eine runterhauen würde. Ihm die Beine brechen. Ihn erstechen. Und er wollte all das auch. Es war die Strafe dafür, dass er vorhin im Aufenthaltsraum die Bombe hatte platzen lassen. Es wäre Selbstverletzung, lediglich von einem anderen ausgeführt. Eine wesentliche, schmerzhafte Ablenkung von der Tatsache, dass er der falschen Person gegenüber viel zu ehrlich gewesen war, zum denkbar ungünstigsten Zeitpunkt.

Verdammt, hatte er Paradise gerade wirklich gesagt, dass er sie liebte?

»Also, wann ficken wir?«, knurrte er. »Ich bin bereit, das hier nicht länger zu ignorieren.«

Novos Augen wurden zu noch schmaleren Schlitzen. »Niemals. Wie klingt das für dich?«

»Du willst es doch auch.«

»Nicht mit dir.«

»Lügnerin.« Er beugte sich noch etwas näher zu ihr. »Feigling. Wovor hast du Angst …«

Mit der freien Hand griff sie blitzschnell nach seinem Hals, wobei sie mit ihrem Fingernagel die Blutzufuhr an der Halsschlagader abdrückte. »Pass auf, Schönling. Sonst richte ich womöglich ästhetischen Schaden an, der sich nicht beheben lässt.«

Peyton schloss die Augen und schwankte. »Genau das will ich.«

Er packte ihre Hand und presste ihren Nagel tiefer in seine Haut, bis Blut hervorquoll. Als ihr Blick aufloderte, löste er ihren Griff und betrachtete den roten Fleck an ihrem Daumen.

»Möchtest du kosten?« Er führte sein Blut an ihren Mund. »Mach auf für mich.«

Als ihre Kiefermuskeln zuckten, als würde sie die Backenzähne aufeinanderpressen, rieb er ihren Daumen über ihre Unterlippe, darauf vertrauend, dass die Versuchung zu groß sein würde, als dass sie widerstehen könnte.

Ihre rosa Zunge zuckte heraus, dann übernahm sie wieder die Führung, indem sie fest an ihrem Finger saugte, und ihn betont sinnlich bewegte, bis Peyton beinahe in seiner Hose gekommen wäre.

Doch als es gerade interessant wurde, trat Novo plötzlich einen Schritt zurück und wandte den Blick ab.

»Schneesturm, Leute.«

Beim Klang der männlichen Stimme fluchte Peyton ein paarmal stumm vor sich hin. Dann funkelte er Axe an, der aus dem Büro trat.

»Was soll das heißen?«, nuschelte er.

Ihr Mitschüler kam herbeigeschlendert. Axe war ein Neo-Goth, zur Hälfte tätowiert und ein anständiger Kerl – sofern man darüber hinwegsehen konnte, dass er wie ein Serienkiller aussah. Er war vor Kurzem mit einer Aristokratin zusammengezogen, einer von Peytons Cousinen, also gehörte er gewissermaßen zur Familie, und Peyton war froh darüber. So wie es in der Welt da draußen zuging, konnte er zumindest sicher sein, dass Elise nicht nur geliebt wurde, sondern auch in Sicherheit war.

»Wir sitzen hier fest.« Axe beugte seine kräftigen Arme, als würden sie schmerzen. »Man kann uns nicht heimbringen. Der Bus fährt nicht.«

»Was zum …?« Peyton musste an den Grasvorrat zu Hause in seinem Zimmer denken wie an einen verloren geglaubten Verwandten. »Ich habe noch was vor.«

»Da musst du dich an die Verwaltung wenden, Kumpel. Ich kann dir nicht weiterhelfen.«

Das Problem war, dass sie sich von hier nicht einfach dematerialisieren konnten. Das Anwesen der Bruderschaft, zu dem dieser unterirdische Komplex gehörte, befand sich auf einem Hochsicherheitsgelände: Erstens kannten die Schüler seine genaue Lage gar nicht, und zweitens war das eine Information, die man sowieso besser nicht besaß. Wer wollte schon wissen, wo die Erste Familie wohnte? Das brachte einen bei einem Anschlagsversuch lediglich in die engere Folterauswahl. Vor allem jedoch war das Anwesen von einem *Mhis* umgeben, das die Landschaft visuell verschwimmen ließ und es für jemanden, der die genauen Koordinaten nicht kannte, unmöglich machte, sich auf dem Gelände oder in dessen unmittelbarer Umgebung zu dematerialisieren. Niemand würde heute hier wegkommen.

Mist. Und er hatte schon gedacht, die Fahrt zurück nach Caldwell würde schlimm werden. Das hier war ein verfluchter Albtraum. Mit Paradise und Craeg hier festzusitzen, mindestens bis fünf oder sechs Uhr am nächsten Abend, wenn es dunkel genug war, dass der Bus sie nach Hause bringen konnte. Mal angenommen, der Schneesturm hatte sich bis dahin gelegt.

Peyton blickte zu Novo hinüber. Sie und Axe unterhielten sich über den ISP-Stoff, den Paradise vorhin gebüffelt hatte, und als er beobachtete, wie sich Novos Lippen bewegten … stellte er sich all die Stellen seines Körpers vor, die sie damit berühren könnte.

Na gut, dachte er. Wenigstens erlaubte die Bruderschaft ihren Leuten Alkohol, wenn sie nicht im Dienst waren. In Kombination mit der entsprechenden Überzeugungsarbeit … Es war allerhöchste Zeit, dass Novo und er sich ein ungestörtes Eckchen suchten und die Gelegenheit nutzten. Das hätte außerdem den Vorteil, den fliegenden Fäusten der einen Hälfte des glücklichsten Pärchens der Welt zu entgehen.

Das hier war eine Chance. Keine Krise.

Verfluchte Scheiße. Er schmeckte unglaublich.

Novos Unterhaltung mit Axe war lediglich ein verbales Tennismatch aus Worten und Begriffen, die sie im Unterricht gelernt hatten. Währenddessen durchlebte sie insgeheim noch einmal den Moment, als sie von Peytons Blut gekostet ... und es für gut befunden hatte.

Er starrte sie immer noch an, sein Körper angespannt, als wäre er bereit, sie jeden Moment zu packen und auf den Boden zu werfen. Eine erotische Hitze ging wie Wellen von ihm aus, die Novo förmlich auf der nackten Haut spüren konnte.

Angesichts seiner edlen Abstammung überraschte sie dieser aggressive Hunger, war aber nicht schockierend in Anbetracht dessen, was er war. Für einen reichen Schnösel hatte er sich als schlauer und zäher Kämpfer erwiesen, stark und seltsam furchtlos. Nun schien sich die Frage zu stellen, ob sie herausfinden wollte, was für eine Art von Lover er war.

»... die Geburtstagsparty für Paradise«, sagte Axe gerade zu ihm. »Elise hat mir erzählt, dass ihr zwei euch treffen wollt, um alles zu besprechen.«

Novo riss sich von ihren Gedanken los, als Peyton zustimmend nickte. »Ich ruf sie heute Abend an. Ich glaube, wir haben alles, was wir brauchen.«

»Wann soll die denn stattfinden?«, hörte Novo sich fragen.

Während es um Datum, Zeit, Ort und weitere Details rund um die Feierlichkeit ging, zog sie sich wieder in sich selbst zurück.

Das war nicht ihre Welt. Zwei- bis dreihundert Mitglieder der *Glymera* im Alter von unter hundert Jahren, die sich in geselliger Stella McCartney/Tom Ford-Runde versammelten, versorgt mit allerfeinsten Spirituosen, Fingerfood auf Silbertabletts und aristokratischen Privilegien.

Da lasse ich mich doch lieber gleich erschießen, dachte sie.

Nicht zu vergessen das Sahnehäubchen obendrauf: Peyton, der das Geburtstagskind anstarrte, als hätte sie seine Seele gestohlen und in ihrer Chanel-Tasche versteckt.

»… kommst doch auch, oder?«

Als kurz Schweigen herrschte, sah Novo Axe an. »Äh, was?«

»Du musst kommen«, murmelte der. »Ich brauche jemanden, mit dem ich mich halbwegs unterhalten kann.«

»Warum lassen wir die Party nicht einfach sausen und gehen ins Keys?«

»Die Zeiten sind für mich vorbei.«

»Ach, stimmt. Du hast dein Glücklich-bis-an-dein-Lebensende ja schon bekommen, also bist du zu gut für uns Schlampen.«

Ihr war völlig egal, dass sie verbittert klang …

Okay, vielleicht tat es ihr ein bisschen leid, so fies zu sein. Aber der Kerl war in Caldwells berühmtem Sexclub so was wie eine Legende gewesen. Warum jemand das für eine einzige Person aufgab, konnte sie einfach nicht begreifen. Das war, als würde man ein Büfett mit den köstlichsten Leckereien gegen einen Schrank voll mit der immer gleichen Tütensuppe eintauschen, auf Jahrzehnte hinaus. Außerdem, alles auf ein Pferd zu setzen, das war nicht so ihr Ding.

Diese Lektion hatte sie nur ein einziges Mal lernen müssen.

»Gehst du da öfter hin?«, wollte Peyton von ihr wissen.

Als sie seine ungläubige Miene sah, war Novo versucht, Mr. Ewiggestrig zu erklären, dass Frauen inzwischen – oh Schreck – Auto fahren, Immobilien besitzen und Hosen tragen durften. Und die Zivilisation war trotzdem nicht untergegangen. Von wegen, früher war alles besser.

»Ich bin Mitglied.« Sie verschränkte die Arme vor der Brust. »Hast du damit ein Problem?«

»Wann nimmst du mich mit?«

Sie überspielte ihre Verblüffung. »Das würdest du nicht verkraften.«

»Woher willst du das wissen?«

Novo musterte ihn von Kopf bis Fuß. »Keine Ahnung, aber du interessierst mich nicht genug, um es herauszufinden.«

Axe stieß einen leisen Pfiff aus. »Autsch.«

Peyton schenkte ihm keine Beachtung. Ein kalter Glanz trat in seine Augen. »Ich nehme die Herausforderung an. Welcher Abend?«

Novo schüttelte den Kopf. »Das war keine Herausforderung.«

»Doch, das glaube ich schon. Ich bin bereit, großzügig darüber hinwegzusehen, dass du eben nicht gerade nett zu mir warst, obwohl du noch dazu lügst. Genau wie vorhin, als du behauptet hast, mich nicht ficken zu wollen.« Er schlug sich die Hand vor den Mund. »Ups. Habe ich das etwa gerade laut gesagt?«

»Könnt ihr zwei bitte mit dem Quatsch aufhören und euch ein Zimmer suchen«, seufzte Axe. »Nichts für ungut, aber bei romantischen Komödien wird mir schlecht.«

»Das ist keine romantische Komödie«, knurrte Novo. »Sondern ein Krimi, bei dem das Ende schon klar ist.«

»Da muss ich ihr ausnahmsweise recht geben.« Peyton streckte die Hand aus und strich mit den Fingerspitzen Novos Schlüsselbein entlang. »Ein guter Orgasmus ist auch bekannt als kleiner Tod. Und ich bin mehr als bereit, für dich zu sterben. Ein bisschen.«

Bevor sie seine Hand wegschlagen konnte – oder ihm körperlichen Schaden zufügen –, spazierte er lächelnd davon.

»Wo gibt es denn hier was zu trinken«, rief er über die Schulter. »Ich brauch was Hartes, wenn ich den heutigen Tag überstehen soll und du das Offensichtliche leugnest.«

Novo verschränkte die Arme vor der Brust. »Was für ein Arschloch!«

»Jeder braucht ein Hobby.« Axe zuckte mit den Schultern. »Und er hat offensichtlich Freude daran, dich zu nerven.«

»Wenn du mir jetzt sagst, ich soll ihn nicht auch noch ermutigen, dann trete ich dir in die Eier.«

Axe hob beschwichtigend die Hände. »Das würde ich nie wagen. Außerdem ist deine pure Anwesenheit schon genug Ermutigung. Was willst du tun, deine Haut abstreifen?«

»Na klar. Er will doch nur Paradise. Und deute da jetzt bloß nicht irgendeinen Quatsch rein. Ich gönne ihr diese Ehre von Herzen. Und umgekehrt genauso. Wenn er an dieser Betonmauer baggern will, bis er schwarz wird, werde ich ihm den Spaß sicher nicht verderben.«

Axe betrachtete sie einen Moment lang. Dann streckte er ihr die Hand hin. »Ein Hunderter, dass du die Richtige für ihn bist.«

»Ich wette nicht.«

»Feigling.«

Novo ergriff ruckartig seine Hand und drückte fest zu. »Fick dich. Und es gilt.«

»Du darfst nichts tun, um ihn davon abzubringen.«

»Aber das ist mein Grundprinzip im Umgang mit diesem Mistkerl. Damit werde ich jetzt ganz sicher nicht aufhören.«

»Das habe ich nicht gemeint.« Axe schüttelte den Kopf. »Das hier hast du nicht unter Kontrolle. Und er auch nicht.«

»Als wärst du Experte auf dem Gebiet.«

»Bin ich auch.« Der Vampir zuckte mit seinen breiten

Schultern. »Hab's gerade erst selbst erlebt. Deshalb weiß ich, wie das mit euch enden wird.«

Axe schlenderte davon, so gelassen wie jemand, der in die Zukunft sehen kann. Novo hoffte, dass er seine Überlegenheit genoss – denn sie würde nicht lange anhalten.

Sie würde seine Knete bald mit dem größten Vergnügen ausgeben.

Davon war sie absolut überzeugt.

3

Saxton stand am bodentiefen, von grünen Samtvorhängen mit goldenen Quasten und bestickten Schärpen eingerahmten Fenster, starrte hinaus in den Schneesturm und bereitete sich innerlich auf ein Eisbad vor. In der einen Hand hielt er seine Aktentasche, in der anderen seinen Gucci-Schal – und seine intensive Abneigung gegen kaltes Wetter hüllte ihn ein wie ein zweiter Mantel.

Da das Anwesen der Bruderschaft auf einer Anhöhe lag, warfen sich die Windböen mit der Wucht einer einmarschierenden Armee gegen die dicken Steinmauern. Die Windstöße kamen in Wellen und aus unterschiedlichen Richtungen, und während Saxton die wild umherwirbelnden Schneeflocken betrachtete, musste er an Fischschwärme denken, die in organisiertem Chaos zuerst in die eine und dann in die andere Richtung schossen.

Ich will das nicht mehr, dachte er.

Als sich dieser Satz in seinem Kopf festsetzte, sagte er sich, dass dieses Gefühl des Überdrusses lediglich mit dem Monat Januar zu tun hatte, der im nördlichen Teil von New York an sich schon eine scheußliche Jahreszeit war, kalt, dunkel und gefährlich, wenn man sich zu lange draußen aufhielt. Saxton fürchtete jedoch, dass mehr dahintersteckte als saisonaler Wetterfrust.

»Willst du den Heimweg wagen?«

Er blickte durch den Bogendurchgang des Billardzimmers. Wrath, Sohn des Wrath, der Blinde König, hatte das

Foyer betreten. Der riesige Vampir war so beeindruckend und mächtig, ein stolzer Killer in schwarzem Leder – mit einem wunderschönen, freundlich dreinblickenden Golden Retriever an seiner Seite.

Saxton räusperte sich. »Ich bin mir nicht sicher, mein Herr.«

»Für dich ist hier immer ein Zimmer frei.«

»Das ist sehr gütig.« Saxton hielt seine Aktentasche hoch, obwohl der König sie nicht sehen konnte. »Aber ich habe zu arbeiten.«

»Wann hast du dir das letzte Mal eine Nacht oder einen Tag freigenommen?«

»Ich habe keinen Grund dazu.«

»Bullshit. Ich kenne die Antwort, und sie gefällt mir nicht.«

In Wahrheit war es schon ewig her. Die nächtlichen Audienzen beim König mit Mitgliedern der Spezies erforderten viel Nachbearbeitung und Papierkram – und zusätzlich zu all diesen legitimen Aufgaben war vielleicht noch ein wenig selbst verschriebene Suche nach Ablenkung im Spiel.

Wie aufs Stichwort ertönten in der großen Eingangshalle zwei weitere Stimmen. Saxton atmete tief durch. Blay und Qhuinn kamen lachend die elegante Treppe herunterspaziert, jeweils mit einem Kind im Arm. Als das Paar die unterste Stufe erreicht hatte, legte Qhuinn seinem Gefährten liebevoll die Hand auf den Rücken, und Blay sah ihn an. Sein Blick ruhte auf Qhuinn, als könnte er dieses schöne Gesicht ewig anschauen.

Der Stich, den dieser Anblick Saxton versetzte, war ihm ebenso vertraut wie das flaue Gefühl in der Magengrube, der Faustschlag von Blays Entscheidung, von wegen *nein, ich will nicht dich, sondern ihn,* was den kalten Nordostwind auf einmal sehr einladend wirken ließ. Schließlich war die

Alternative, sein unbewohntes Zimmer hier zu nutzen und zu versuchen, unter demselben Dach wie das glückliche Pärchen und ihre beiden süßen Kleinen Schlaf zu finden.

Manchmal vermittelte einem nichts so sehr das Gefühl, alt und müde zu sein, wie das Glück anderer. Und ja, das war kein besonders edler Gedanke – aber deshalb war es ja auch gut, dass man seine Gedanken nur mit sich selbst teilte.

»Mein Herr, genießt Euer Letztes Mahl.« Saxton setzte ein Lächeln auf, obwohl der Blinde König auch das nicht wahrnehmen würde. »Ich denke, ich werde …«

»Schließ dich uns doch noch zum Essen an. Verdammt lecker. Komm schon, wir gehen zusammen rein.«

Saxton räusperte sich und suchte verzweifelt nach einem Vorwand, einer Verabredung oder Verpflichtung, die nicht vernachlässigt werden durfte.

»Ich warte«, murmelte Wrath. »Und du weißt, wie sehr ich das hasse.«

Mit einem stummen Seufzer erkannte Saxton, dass er diese Diskussion verloren hatte, bevor sie überhaupt begonnen hatte. Er wusste außerdem nur zu gut, dass es um die Geduld des Königs ebenso knapp bestellt war wie um seine Beherrschung.

Nach diesem kleinen Warnschuss vor den Bug konnte Wrath ihn als Nächstes durchaus draußen im Schnee vierteilen lassen.

»Aber natürlich, mein Herr.« Saxton verbeugte sich und zog seinen Lieblingsmantel von Marc Jacobs aus. »Es ist mir eine Ehre.«

Neben seinem König durchquerte er das Foyer und betrat den weitläufigen Speisesaal, wo er seine Aktentasche, den Schal und den feinen Kaschmirmantel auf einem Stuhl neben einer der Anrichten ablegte. Mit etwas Glück würde keiner der *Doggen* »hilfsbereit« seine Sachen aufräumen. Bei einem Gebäude dieser Größe könnten sie eine Meile entfernt in irgendeinem Schank landen.

Und Sturm hin oder her, sobald diese Mahlzeit vorbei war, würde er sich auf den Weg machen.

Aus dem Augenwinkel sah er die bezaubernde vierköpfige Familie und wählte strategisch einen freien Queen-Anne-Stuhl auf derselben Seite des riesigen Tisches, jedoch am anderen Ende. So würden sich gut fünfzehn Personen zwischen ihnen befinden, sobald alle ihre Plätze eingenommen hatten. In der Zwischenzeit beschäftigte Saxton sich intensiv damit, sein bereits akkurat angeordnetes Silberbesteck zurechtzurücken, um dann einem geduldigen *Doggen* ausführlich zu erklären, wie viel Cranberrysaft im Verhältnis zu wie viel Sprudel er für sein Getränk wünschte.

Kein Alkohol. Alkohol machte ihn, um es plump auszudrücken, geil, was nur zu sexueller Frustration führen würde. Zu Hause wartete niemand auf ihn. Es gab niemanden, den er gerne besuchen wollte. Daran ließ sich nichts ändern.

Ich will das nicht mehr.

Als der Gedanke wieder auftauchte, beschloss Saxton, dass sein König möglicherweise recht hatte. Vielleicht sollte er einen Abend freinehmen, um sich mit irgendeinem Fremden ein oder zwei Runden zu entspannen. Mehr würde es nie sein. Sein Herz war vergeben und würde nicht zurückkehren. Manchmal war dann eben ein anonymer Körper, den man als Fitnessgerät benutzte, alles, was das Schicksal einem bot.

Auf der anderen Seite des Tisches, ihm direkt gegenüber, nahm ein groß gewachsener Vampir Platz. Saxton merkte, wie er sich auf seinem Stuhl unwillkürlich etwas aufrichtete.

Es war Ruhn. Der blutsverwandte Onkel von Rhage und

Marys adoptierter Tochter Bitty. Ein neues Mitglied der Hausgemeinschaft. Ein rundum anständiges, sehr ... beeindruckendes ... Exemplar ihrer Spezies.

Seltsam, dass jemand von dieser Größe sich so beherrscht und präzise bewegen konnte. Es war, als hätte er nicht nur Kontrolle über seine Arme und Beine, sondern über jede Zelle bis hin zu jedem Molekül, die als koordinierte Kette seine Anweisungen ausführten.

Ganz erstaunlich.

Und die schlichte Kleidung stand ihm gut. Kein maßgeschneiderter Tweedanzug mit handgenähtem Hemd, Krawatte und Schuhen aus Straußenleder, wie Saxton sie trug. Nein, Ruhns Outfit bestand aus einem schlichten T-Shirt unter einem dunkelblauen Strickpullover und dazu Levi's-Jeans. Die Ärmel hatte er hochgeschoben, sodass die Sehnen und Adern seiner starken, aber schlanken Unterarme zum Vorschein kamen. Seine schwieligen Hände waren sauber, mit unpolierten, kurz geschnittenen Nägeln, und sein Brustkorb war so breit, dass der arme Pullover fast ...

»Hallo, Onkel Ruhn!«

Als Bitty um den Tisch herum auf ihren Onkel zugehüpft kam, wurde Saxton kurz aus seinen Träumereien gerissen. Doch sein Blick kehrte rasch an seinen Ausgangspunkt zurück.

»Hallo, Bitty.« Ruhns Stimme klang sehr angenehm, leise und wohltönend. Der Akzent war der eines Zivilisten aus den Südstaaten. »Wie geht's dir?«

Alles an ihm sprach von Zurückhaltung. Und auf die Umarmung des Mädchens reagierten die großen Hände so sanft und vorsichtig, als hätte er Angst, sie zu zerdrücken.

So wie er gebaut war, wäre das absolut denkbar.

»Mir geht's prima! Deine Haare sind ja nass.«

Tatsächlich, die dunkelbraunen weichen Wellen waren

zurückgekämmt und fingen in der trockenen Heizungsluft bereits an, sich zu locken.

»Kommst du vom Training?«, fragte das Mädchen.

»Ja.«

»Bald bist du so stark wie mein Dad.«

»Oh, noch lange nicht.«

Saxton musste lächeln. Der Vampir hatte tatsächlich ordentlich Muskelmasse zugelegt, das Ergebnis von zahllosen Stunden im Kraftraum des Trainingszentrums. Deutlich erkennbar an seiner Brust, den Schultern … und diesen Armen. Doch offenbar war seine Bescheidenheit ebenso außergewöhnlich wie seine Körperbeherrschung.

Als sich das Mädchen neben ihn setzte, um sich weiter zu unterhalten, gab Ruhn lächelnd kurze Antworten auf einen wahren Schwall von Fragen. Leider war die lange Tafel bald voll besetzt, sodass Saxton nichts mehr hören konnte.

Aber schauen konnte er noch. Mit Marissa auf der einen Seite und Tohrment auf der anderen hielt Saxton eine angenehme Unterhaltung in Gang, während das Essen auf Silberplatten und in tiefen Porzellanschüsseln serviert wurde. Ab und an erlaubte er seinem Blick, zur gegenüberliegenden Seite des Tisches zu wandern.

Ruhn aß mit gerunzelter Stirn, als würde er sich ganz bewusst auf jeden Schnitt seines Messers und jedes Aufspießen seiner Gabel konzentrieren. Ob es daran lag, dass er Hunger hatte oder sein Essen nicht hinunterschlingen wollte aus Angst, etwas fallen zu lassen, war schwer zu sagen, doch Saxton kam zu dem Schluss, dass es wohl Letzteres war.

Seit Ruhn Teil der Hausgemeinschaft geworden war, war er stets höflich und still gewesen. Er musste einem leidtun. Es war, als fürchtete er, man würde ihn beim leisesten Fehltritt auffordern zu gehen. Dabei war nichts abwegiger. Er gehörte jetzt zur Familie, weil Bitty zur Familie gehörte, und die Art, wie der Vampir sich mit Rücksicht auf das Wohlergehen seiner Nichte verhalten hatte, war wahrlich außergewöhnlich. Durch den Tod von Bittys Mutter hatte Ruhn als nächster Angehöriger jedes Recht gehabt, sie Rhage und Mary wegzunehmen.

Die sich um das Kind gekümmert und sich sehnlichst gewüscht hatten, es zu adoptieren.

Doch statt auf sein Recht zu pochen, hatte Ruhn selbstlos die tiefe Liebe erkannt, die die kleine Familie vereinte. Er hatte darauf bestanden, dass die Adoption durchgeführt wurde, und auf alle Ansprüche verzichtet, ohne eine Gegenleistung zu erwarten.

Wenn das keine Liebe war, dann wusste Saxton auch nicht.

Als Entschädigung für diese selbstlose Tat war Ruhn von der gesamten Gemeinschaft freudig aufgenommen worden. Was nicht bedeutete, dass die Gewöhnung an Caldwell und das Leben auf dem Anwesen für ihn nicht immer noch schwierig waren. Doch was seine Zukunft unter dem Dach der Bruderschaft anging, hatte er nichts zu befürchten. Solange er dies wünschte, hatte er hier ein Zuhause.

Saxton war ihm das erste Mal während des Adoptionsverfahrens begegnet. Nachdem Bittys offizielle Adoptionspapiere unterzeichnet waren, hatte er sich jedoch bewusst ferngehalten.

Auch wenn die körperlichen Vorzüge des Vampirs zahlreich waren, hatte es keine Anzeichen gegeben, dass er sexuell an anderen Männern interessiert war oder sie überhaupt wahrnahm. Was für Frauen ganz genauso galt. So wie das Universum normalerweise tickte, war Ruhn garantiert durch und durch hetero. Und Saxton hatte wahrlich genug davon, Dinge zu wollen, die er nicht haben konnte.

Ohne Vorwarnung begegnete sein Blick über den Tisch hinweg plötzlich dem von Ruhn. Dessen Augen hatten die Farbe edlen Bourbons. Vor Schreck rutschte Saxton die Serviette vom Schoß. Was ein Segen war, denn sie diente ihm als Vorwand, um kurz abzutauchen.

Nein. Er würde ganz sicher nicht den Tag im Anwesen verbringen.

Es war ihm einerlei, ob er kopfüber in einer Schneewehe landete, weil er sich beim Dematerialisieren vertan hatte. Nichts würde ihn dazu bewegen, unter diesem Dach festzusitzen, mit unerwiderter Liebe auf der einen Seite und unerwiderter sexueller Begierde auf der anderen.

Das würde schlichtweg *nicht* passieren.

Er hätte auf seinem Zimmer essen sollen.

Ruhn senkte den Blick auf sein Platzgedeck und versuchte, die Furcht hinunterzuschlucken, die bei diesen Mahlzeiten jedes Mal in ihm aufstieg. So viele Gabeln und Löffel neben Tellern, die mit so viel Gold verziert waren. So viele Leute, die sich in diesem großen Speisesaal in einem Maße wohlzufühlen schienen, wie er es nicht tat. So viele Menügänge und Bedienstete und Kerzen und …

»Onkel?«

Auf Bittys leise Nachfrage hin holte er tief Luft. »Ja?«

»Noch ein Brötchen?«

»Nein, danke.«

Er lehnte das Silberkörbchen nicht etwa ab, weil er satt war. Beim Schleier, er war immer noch am Verhungern, obwohl er seinen Teller leer gegessen hatte. Doch er hasste es, wie sehr seine Hände zitterten, und hatte Angst, er würde den Korb fallen lassen und all die Gläser vor ihm zerschmettern.

Hoffentlich wanderte das Ding in die andere Richtung ... oh, der Jungfrau sei Dank. Rhage nahm den Korb wieder an sich und stellte ihn zwischen den silbernen Salz- und Pfefferstreuern und den goldenen Kerzenleuchtern ab.

Ruhn verstand nicht, wie sie sich alle nach der Vorspeise einfach gemütlich zurücklehnen und ungezwungen unterhalten konnten, das Weinglas lässig in der Hand, während ringsum Teller abgeräumt und Desserts auf neuen Platten hereingetragen wurden.

Als er den Kopf hob und sah, wie der Anwalt des Königs ihn über den Tisch hinweg anstarrte, hätte er am liebsten gebellt: *Ja, ich weiß, ich habe furchtbare Manieren, aber ich gebe mir größte Mühe, nur wenn Ihr jede heruntergefallene Erbse und jeden Soßentropfen mitzählt, macht es das nur noch schlimmer.*

Stattdessen senkte er den Blick und fragte sich, wie lange er hier sitzen bleiben musste, bis eine Flucht nach draußen auch nur ansatzweise denkbar wäre.

Saxton, mit Sicherheit Sohn eines höchst kultivierten Aristokraten edler Abstammung, beobachtete ihn ziemlich oft. Wann immer Ruhn an dem eleganten Vampir vorbeiging oder in seiner Nähe saß, was zum Glück nicht oft vorkam, folgten ihm diese Augen abschätzig und voller Missfallen. Andererseits war der Anwalt stets perfekt gekleidet, in Anzügen, die an seinem schlanken Körper saßen wie angegossen. Außerdem war er immer absolut gepflegt, kein Härchen seines blonden Schopfs wagte, aus der Reihe zu tanzen, und selbst am Ende einer langen Nacht sah er aus wie frisch geduscht, so glatt war er rasiert.

Auf so einen Vampir musste jemand, der mit gerade einmal zwei Paar Jeans, einem alten T-Shirt und einem einzigen Paar Arbeitsstiefeln hier eingezogen war, natürlich wie eine Beleidigung wirken. Wenn man dann noch bedachte, dass Ruhn Analphabet war und nicht einmal seinen Namen unter Bittys Adoptionspapiere hatte setzen können, war es ebenso gerechtfertigt wie offensichtlich, dass Saxton ihn geringschätzte.

Doch vielleicht steckte noch mehr dahinter. Vielleicht kannte Saxton die Wahrheit über seine Vergangenheit.

Der Gedanke ließ Ruhn erschaudern. Er war ehrlich gewesen, was seine Vorgeschichte und seine Taten betraf, und er ging davon aus, dass vor dem Rechtsberater des Königs nichts geheim gehalten wurde. Aber wer konnte das schon genau sagen. Wenigstens schienen ihn alle anderen zu akzeptieren. Und wenn er sich wegen Saxton mal wieder zu viele Gedanken machte, dann versuchte er, sich damit zu trösten. Trotzdem verletzte und beunruhigte es ihn.

Dabei wollte Ruhn eigentlich nichts weiter als einen Weg finden, wie er etwas zur Hausgemeinschaft beitragen und sich seinen Unterhalt verdienen konnte. Das Problem war nur: Für alles gab es *Doggen,* und sosehr er auch versucht hatte, einfache Reparaturarbeiten auf dem Anwesen zu übernehmen oder in der Küche auszuhelfen, seine Hilfe wurde stets zurückgewiesen.

Also stemmte er Gewichte und versuchte so zu tun, als ginge es ihm gut damit, während er innerlich fast explodierte und sich sagte, dass die Nähe zur Tochter seiner verstorbenen Schwester das alles wert war.

Doch mit jeder Nacht und jedem Tag wurde es schwieriger.

So ungern er es zugab, kam er langsam, aber sicher zu dem Schluss, dass es besser für ihn war zu gehen. Er hielt es einfach nicht länger aus, sich wie ein Fisch auf dem Trockenen zu fühlen.

Es funktionierte einfach nicht.

»Onkel, ich hab dich lieb«, sagte Bitty gerade. Als könnte sie seine Gedanken lesen.

Ruhn schloss die Augen und griff nach ihrer winzigen, weichen Hand. Sie zu verlassen wäre, als würde er sein Herz auf Eis legen. Doch das hatte er bereits einmal zuvor getan.

Er konnte es wieder tun.

4

Die Turnhalle des Trainingszentrums war groß genug, um sie zu teilen und trotzdem noch zwei reguläre Basketballplätze darin unterzubringen. Der Raum war fünfzehn Meter hoch, mit vergitterter Beleuchtung, und auf den Längsseiten zogen sich gestaffelte Tribünenbänke wie Flügel nach oben. Es gab zwei Anzeigetafeln, die für Spiele herabgesenkt werden konnten, sowie verschiedene Körbe und Zielbretter, die sich ebenfalls an Armen einklappen ließen. Der Fußboden hatte die Farbe von Honig: Die lackierten Kiefernbretter mit den Basketball-Markierungen gehörten zu der Sorte, die Turnschuhsohlen quietschen ließen.

Peyton ruhte sich auf einem Metallklappstuhl direkt neben einem der Eingänge aus, in einer Hand eine Flasche von Vishous' Grey Goose, und in der anderen eine geöffnete Tüte Cracker. Erstere hatte er zur Hälfte geleert, von Letzterer waren nur noch ein paar Krümel übrig. Die ungesunden Salzgebäckstücke mit Käsegeschmack hatten sein Letztes Mahl dargestellt.

Er hatte große Sehnsucht nach seiner Bong, doch die Brüder hielten nichts von Drogen. Außerdem erfüllte Wodka den Zweck ebenso gut: Er war in einer Art losgelöstem Schwebezustand, in dem sich sein Kopf anfühlte wie ein Luftballon, kaum noch mit seiner Wirbelsäule verbunden.

Er war außerdem verdammt scharf.

Boone, Craeg, John Matthew und Novo spielten zwei gegen zwei, das Echo ihres Dribblings klang wie eine Marschkapelle, die sich nicht so richtig auf einen Rhythmus einigen konnte. Paradise war zusammen mit ein paar anderen drüben bei den Tribünen, immer noch mit ihren Aufzeichnungen in der Hand. Deshalb hockte er hier auf seinem Stuhl, direkt neben dem Ausgang: Da konnte sie kein vertrauliches Gespräch anfangen, ohne dass es aufgefallen wäre. Und sie wollte mit ihm reden. Immer wieder schaute sie zu ihm herüber und suchte seinen Blick.

Nichts da.

Das würde auf keinen Fall passieren.

Zum Glück hatte sie Zsadist an ihrer Seite, und Paradises Wissbegier zwang sie dazu, dem Bruder lauter Fragen zu stellen und bei Dingen, die sie sich notiert hatte, nachzuhaken.

Da war sie schon bewundernswert. Und in Anbetracht der Tatsache, dass Peyton ihr für den Rest seines Lebens aus dem Weg gehen wollte, passte ihm ihr Wissensdurst gut in den Kram.

Ein Rufen lenkte seine Aufmerksamkeit auf das Spielfeld.

Novo hatte den Ball ergattert und steuerte auf den Korb zu, wobei sie Boone geschickt auswich und dann zwischen Craegs Beinen hindurch dribbelte. Sie versenkte den Ball mit einem Dunking im Korb wie einst Michael Jordan Mitte der Achtzigerjahre. Als John Matthew ihr mit einem High five gratulierte, lächelte sie.

Ein echtes Lächeln.

Einen kurzen Moment lang sah sie so jung aus, wie sie tatsächlich war. Ihre Augen blitzten, ihre Züge wurden weich und ihre Aura schimmerte.

»Ihr könnt einpacken, ihr Loser«, rief sie Boone und Craeg zu.

John Matthew und sie legten einen kleinen, athletisch präzisen Siegestanz aufs Parkett, während die Besiegten lautstark ihr Schicksal beklagten.

Unvermittelt vergaß Peyton alles andere. Seltsam … wie man manchmal an jemandem, den man schon eine Weile kannte, plötzlich etwas Neues entdeckte.

Was er an Novo bemerkte?

Sie war zutiefst unglücklich. Sonst würde dieser kurze Moment der Freude nicht so einen verdammten Kontrast zur Normalität darstellen.

Prompt warf sie ihm einen Blick zu und brach auf der Stelle ihren Siegestanz samt Gesang ab. Eine kalte, harte Maske legte sich über ihre Züge. Dann drehte sie ihm den Rücken zu und ging zu Paradise und den anderen hinüber, wo sie eine Wasserflasche aus ihrer Sporttasche holte.

Doch sie trank nicht. Stattdessen zog sie ihr Handy heraus und betrachtete es mit gerunzelter Stirn.

Als John Matthew hinter sie trat und ihr auf die Schulter tippte, zuckte sie erschrocken zusammen und ließ beinahe das Gerät fallen.

Die Bruderschaft hatte vor Kurzem den Empfang in den unterirdischen Räumlichkeiten verbessert, sodass Nachrichten und Anrufe nun zuverlässiger übertragen wurden. Was Segen und Fluch zugleich war. Manchmal war es gut, einfach Sendepause zu haben.

Mit einem Kopfschütteln ließ sie John Matthew stehen, steuerte auf den Physioraum zu und verschwand hinter verschlossenen Türen.

Peyton sah zu, wie nun Xhex und Payne gegen Butch und V zum nächsten Match antraten. Doch nach etwa fünf Minuten Spielzeit stand er auf und schlenderte zum anderen Ende der Halle hinüber … Novo hinterher.

Saxton schaffte es kaum bis zum Dessert. Sobald die Parfaits und das Obst abgetragen wurden, legte er seine gefaltete Serviette neben seinen unberührten Nachtisch. Nachdem er seinen Tischnachbarn einen guten Tag gewünscht hatte, schob er seinen Stuhl zurück und verließ die Tafel zusammen mit einigen anderen vereinzelten Gästen, die ebenfalls frühzeitig aufbrachen. Die Bruderschaft blieb nach dem Letzten Mahl der Nacht meist gemütlich sitzen, um sich noch bei Kaffee, Wein oder einem Digestif zu unterhalten.

Doch das würde sich anfühlen wie doppelt lebenslänglich plus Verbrennungen zweiten Grades am ganzen Körper.

»Willst du bei diesem Sturm wirklich nach Hause?«

Saxton blickte über die Schulter und versuchte, seine spontane Reaktion zu verbergen. Blay war ihm gefolgt, die Serviette noch in der Hand, als hätte er seinen Platz eilig verlassen.

Also ... verdammt. Wieder einmal fiel ihm auf, wie schön der Krieger war, wie freundlich, wie klug und liebenswürdig, wie einfühlsam.

»Ich komme schon klar«, erwiderte Saxton.

Er glaubte seine Worte selbst kaum, vor allem, da er der Quelle seines Schmerzes so nahe war. Was er eigentlich gerne sagen wollte, war: *Du fehlst mir. Ich will dich in die Arme schließen. Ich möchte mich wieder ganz fühlen, einen Sinn verspüren und ...*

»Das Wetter da draußen ist wirklich scheußlich.«

Saxton atmete tief durch. »In die Stadt ist es ja nur ein Katzensprung.«

Blay runzelte die Stirn. »In die Stadt? Warum ... entschuldige, geht mich nichts an.«

»Ich bin vor drei Monaten umgezogen.«

»Moment, ich dachte, du wohnst in diesem Haus von Frank Lloyd Wright?«

»Nein. Das habe ich hergegeben und dafür Rehvs Penthouse im Commodore gekauft.«

Blay zog die rotblonden Augenbrauen hoch. »Und was ist mit deinem viktorianischen Anwesen?«

»Verkauft.«

»Aber du hast dieses Haus geliebt.«

»Ich liebe auch mein neues Zuhause.«

»Wow.« Nach kurzem Zögern lächelte Blay. »Also, bei dir scheint es ja ziemlich aufwärtszugehen.«

»Was den Wohnort betrifft auf jeden Fall.« Nach einem kurzen Schweigen fühlte Saxton sich gezwungen zu sagen: »Deine Kleinen entwickeln sich prächtig.«

Blay warf einen Blick auf Qhuinn und die beiden Wippen, die von der Küche hereingebracht worden waren, und sagte: »Man hat so viel Freude mit ihnen. Es ist auch eine Menge Arbeit, aber wir teilen sie uns zu viert auf.« Der Vampir verschränkte die Arme vor der Brust, aber auf ganz lässige Art. »Mann, ich habe das Gefühl, wir haben uns schon ewig nicht mehr unterhalten.«

»Wir haben beide viel zu tun.« *Und du liebst einen anderen.* »Ich freue mich für dich. Alles scheint sich zum Guten zu wenden.«

Zumindest wenn man Qhuinn hieß.

»Aber für dich doch auch. Der König und du, ihr leistet echt gute Arbeit zusammen. Apropos: Kann ich dich diesbezüglich etwas fragen? Es geht um die Nachbarin meiner Eltern. In dieser Sache hätte ich wirklich gerne deine Einschätzung.«

Ach so, hier ging es gar nicht um seinen Heimweg durch den Schneesturm. Sondern um die Arbeit.

»Ja, natürlich«, erwiderte Saxton in, wie er hoffte, freundlichem, ruhigem Tonfall.

Während Blay die Fakten vor ihm ausbreitete, stellte Saxton fest, wie er sich von der Wirklichkeit entfernte, sich in sein Innerstes zurückzog, meilenweit weg von diesem höflichen, weitgehend unkomplizierten Gespräch über Grundbesitz.

Grausamkeit hatte so viele Gesichter. Blay quälte ihn nicht absichtlich, das wusste Saxton. Es hätte ihn zweifellos schockiert, zu erfahren, dass er mit dieser herzlichen, lockeren Unterhaltung gerade ein Loch in die Seele seines Gegenübers riss.

»Entschuldige«, unterbrach Saxton ihn. »Ich unterbreche dich nur ungern, aber vielleicht könntest du das in einer E-Mail zusammenfassen. Dann antworte ich, sobald ich Zeit finde. Wenn ich noch los will, sollte ich vermutlich sofort starten.«

»Oh, ja, natürlich. Bitte entschuldige. Deine Sicherheit steht an oberster Stelle. Ich hätte dich damit nicht so überfallen sollen.« Blay legte Saxton die Hand auf die Schulter. »Sei vorsichtig da draußen im Schneesturm.«

»Vielen Dank.« *Wobei es unter diesem Dach noch viel gefährlicher für mich ist,* fügte Saxton im Stillen hinzu.

Mit einer mechanischen Verbeugung verabschiedete er sich von seinem früheren Geliebten, und als er sich umdrehte, stellte er erfreut fest, dass sein Mantel samt Aktentasche immer noch neben der Anrichte lagen, wo er sie zuvor deponiert hatte. Er zog den Mantel über, durchquerte das Foyer und trat hinaus in den Vorraum.

Dort blieb er stehen und ließ den Kopf hängen.

Sein Herz klopfte vernehmlich. Er fühlte sich verschwitzt, selbst hier im Kühlen.

Es funktionierte einfach nicht. Die Sache mit Caldwell. Er liebte seine Arbeit für den König, aber ständig in der Nähe dessen zu sein, was er verloren hatte und nie wieder bekommen würde, laugte ihn aus.

Blay und alles, was sie in dieser kurzen Zeit miteinander geteilt hatten, war der Grund, weshalb er in ein

Penthouse unterm Himmel gezogen war. In seinem alten Haus waren die nötigen technologischen Upgrades nicht möglich, und sie beide hatten zu viel Zeit in seinem geliebten viktorianischen Anwesen verbracht – es war ihr Liebesnest gewesen, wenn sie sich auf der Suche nach Privatsphäre davongestohlen hatten. Sie hatten sich im großen Schlafzimmer geliebt. Seite an Seite vor dem offenen Feuer gelegen. Sich über die intimsten Dinge unterhalten und gemeinsam gegessen. Bücher und Zeitungen gelesen. Zusammen unter der Dusche gesungen und miteinander in der Badewanne mit den Klauenfüßen gelacht.

Er hatte davon geträumt, dass sie sich für immer dort niederlassen und eine Familie, wie auch immer geartet, gründen würden. Gemeinsam die Höhen des Lebens genießen und seine Tiefen ertragen würden.

Natürlich hatte er dort nicht bleiben können. Er wollte Blay nicht jede Nacht zu Gesicht bekommen und sich Sorgen um ihn machen, wenn er mit den Brüdern in den Kampf zog, sich daran erinnern, wie es war, Sex mit ihm zu haben … und dann nach Hause gehen, an den Ort, wo der letzte Punkt dieser Liste an traurigen Erinnerungen auf so ziemlich jeder freien Fläche, und einigen weniger freien, stattgefunden hatte.

Es war die Hölle.

Ein rhythmisches Schaben riss ihn aus seinen Gedanken, und er runzelte die Stirn.

Das Ohr an die Tür des Vorraums gedrückt, versuchte er zu identifizieren, was es war. Er war sich jedoch sicher, dass es direkt von draußen kam.

Sollte es sich um *Lesser* handeln, würden zur Sicherheit sämtliche Jalousien herunterfahren, aber so laut und dringlich klang es wiederum nicht.

Saxton stellte seine Tasche ab, schlang sich den Schal

um den Hals und fixierte die über der Brust gekreuzten Enden, indem er den Mantel bis oben hin zuknöpfte.

Dann öffnete er die Tür.

Der Wind schlug ihm wie eine Ohrfeige ins Gesicht, dazu eine Ladung Schneeflocken, die ihm fast die Sicht raubten. Der beißende Ansturm hielt jedoch nicht lange an. Mit dem nächsten Atemzug drehte sich der Wind in eine andere Richtung, und wie eine Horde Fans einem Rockstar, folgten die Flocken dem Anführer und hinterließen ein Vakuum, das Saxton freie Sicht verschaffte.

Schhhht. Und hoch. *Schhhht.* Und hoch. *Schhhht.* Und hoch …

Ruhn schaufelte riesige Ladungen Schnee über die Schulter. Seine Bewegungen waren kraftvoll, er zeigte keinerlei Ermüdungserscheinungen, obwohl der Weg, den er von der Eingangstür aus freilegte, über einen Meter tief in die Schneewehen schnitt. Man fragte sich, weshalb er sich die Mühe machte. Vor der Morgendämmerung würde niemand hier ein und aus gehen, und danach ganz sicher auch nicht, trotz der dicken Wolkendecke.

Was für ein muskulöser Körper!

Während Saxton die rhythmischen Bewegungen verfolgte, das Nachvorneschieben, das Hochhieven, die endlosen Wiederholungen, regte sich etwas in ihm … was ihn überraschte. Seit Blay sein Leben gestreift und verbrannte Erde hinterlassen hatte, hatte Saxton niemanden mehr wirklich wahrgenommen. Natürlich hatte es sexuelle Begegnungen gegeben, doch er fand schnell heraus, dass sie seinen Schmerz nicht linderten, und keiner von den Kandidaten hatte echten Eindruck hinterlassen. Nun stand er hier inmitten eines Schneesturms, betrachtete ein breites Paar Schultern und die schwungvollen Bewegungen eines Oberkörpers, zu dem zwei starke Beine gehörten.

Als hätte Ruhn gespürt, dass jemand hinter ihm stand, wandte er sich abrupt um. »Oh, Verzeihung. Ich versperre Euch den Weg.«

»Überhaupt nicht.«

Ein Windstoß fuhr zwischen ihnen hindurch und trieb eine Wolke aus Schneeflocken vor sich her. Dann trat Ruhn einen Schritt zurück in den frischen Schnee und ließ die Schaufel sinken. Mit gebeugtem Haupt faltete er die Hände über dem Griff und nahm die Haltung eines Dienstboten ein, der bereit war, wenn nötig sogar die tödliche aufgehende Sonne abzuwarten, um den sozial Höhergestellten vorbeigehen zu lassen.

»Warum bist du hier draußen?«, erkundigte sich Saxton.

Ruhn hob erstaunt den Blick. »Ich ... irgendjemand muss doch den Weg frei machen.«

»Fritz hat eine Schneefräse.«

»Der ist im Haus beschäftigt.« Ruhn starrte nun wieder auf den Schnee zu seinen Füßen. »Und ich möchte mich gerne nützlich machen.«

»Weiß er, dass du das tust?«

Was für eine alberne Frage. Völlig unabhängig von Ruhns Stellung vor seinem Einzug war er nun Gast im Haus der hohen Familie. Und als solcher hier draußen in einem Sturm körperliche Arbeit zu verrichten? Der *Doggen* würde einen Anfall bekommen.

»Ich verrate es niemandem.« Saxton schüttelte den Kopf, obwohl sein Gegenüber zu Boden blickte. »Versprochen.«

Die hellbraunen Augen sahen ihn wieder an. »Ich ... ich will keine Schwierigkeiten machen. Aber es ist einfach so ...«

Eine weitere Windbö fegte über sie hinweg, und Saxton musste das Gewicht verlagern, um nicht umgestoßen zu werden. Als sich das Wetter wieder etwas beruhigt hatte, wartete er darauf, dass Ruhn seinen Satz beendete.

»Du kannst mit mir reden«, sagte er, als der andere schwieg. »Ich bin Anwalt. Ich bin es gewohnt, Dinge für mich zu behalten.«

Schließlich schüttelte Ruhn den Kopf. »Es passt einfach nicht zu mir.«

»Was?«

»Hier zu sein und nichts … nichts zu tun.« Der Blick des Vampirs wanderte über die grauen Umrisse des riesigen Anwesens. »Das ist einfach nicht richtig.«

»Du bist ein Ehrengast.«

»Nein, das bin ich nicht. Oder sollte es nicht sein. Und ich möchte …«

Als er wieder verstummte, versuchte Saxton ihn zu ermuntern. »Was möchtest du?«

»Ich will mich nützlich machen.« Ruhn runzelte die Stirn. »Wollt Ihr wirklich bei diesem Wetter fort?«

»Sehe ich denn so zerbrechlich aus?«

Ruhn verbeugte sich tief. »Verzeiht mir. Ich wollte Euch nicht beleidigen.«

»Nein, nicht doch.« Saxton trat einen Schritt vor, die Hand ausgestreckt, um sein Gegenüber zu beruhigen. Doch dann bremste er sich. »Das war nur ein Scherz. Schon in Ordnung. Es ist nett, dass du dich so um mich sorgst. Und sei bitte nicht so förmlich, sag Du zu mir.«

Es folgte betretenes Schweigen. Saxton entging nicht, dass Schneeflocken in Ruhns dunklen Haaren gelandet waren und seine Schultern bedeckten. Es lag ein Duft in der Luft, betörend und erregend, der Geruch eines durchtrainierten Mannes, der sich körperlich anstrengte … beim Schleier, selbst mitten im Schneesturm weckte dieses kantige Profil in Saxton den Wunsch, seinen Schal etwas zu lockern.

»Ich sollte mich besser auf den Weg machen«, meinte er schroff. »Aber bleib hier draußen, solange du willst. Irgendwie müssen wir uns alle mal abreagieren.«

Mit diesen Worten dematerialisierte er sich hinaus in die schwindende Nacht.

Als er sich bereits in seine Moleküle aufgelöst hatte, kam ihm der flüchtige Gedanke, dass am folgenden Abend, wenn er zurückkehrte, womöglich der gesamte Berggipfel schneefrei sein würde.

Die nötige Kraft und Ausdauer dafür schein Ruhn jedenfalls zu besitzen.

5

Im Physioraum des Trainingszentrums rang Novo mit sich selbst, während sie ihr Handy ans Ohr hielt, aus dem kurz darauf ein Schwall Geplapper klang.

»… so schön, dich zu hören! Du liebe Güte, es ist ja schon soooo lange her. Ich meine, nachdem du ausgezogen bist und dann …«

Als die schrille Stimme ihrer Schwester in den höchsten Tönen losträllerte, schloss Novo die Augen und schwang sich auf einen der Massagetische. Für einen Rückruf hatte gesprochen, dass das Problem von alleine nicht verschwinden würde. Also es besser kurz und schmerzlos hinter sich bringen. Dann müsste sie nicht nächtelang unter Bauchkrämpfen leiden, weil sie etwas vor sich herschob, das unvermeidlich war.

Denn wenn Sophy etwas wollte, konnte sie so zäh wie Klebstoff sein.

Das Gegenargument war offensichtlich. Ihre Schwester rief grundsätzlich nur an, wenn sie etwas wollte, und das süßliche Aufwärmprogramm vor dem eigentlichen Thema war schlechte Seifenopernschauspielerei, die knallharten Narzissmus übertünchen sollte. Aber wenn man Sophy darauf hinwies, dass sie die Scheiße doch einfach sein lassen und gleich zum Punkt kommen sollte, dann kam man in den Genuss einer einstündigen Heulsession, die so überzeugend und authentisch war wie ein Fake-Account im Internet.

Also ja, so ätzend es auch war, es war wesentlich effizienter, Sophy ihre Einleitung abspulen zu lassen.

»Mommy und Daddy freuen sich wirklich sooo sehr für Oskar und mich. Jedenfalls will ich, dass du meine Brautjungfer bist.«

Moment mal ... *wieeeee bitte?*

Eiseskälte schoss durch Novos Körper. Wie das ebenso passiert, wenn dich die eigene, wesentlich hübschere Schwester anruft, um dir mitzuteilen, dass sie sich deinen Ex zum *Hellren* nimmt. Novo lenkte sich ab, indem sie sich innerlich darüber aufregte, dass Sophy ihren Eltern hartnäckig diese Namen aus der Menschenwelt gab. Also wirklich. Musste man so tun, als wäre man etwas anderes, nur weil man es cool fand?

Und Brautjungfer? Was sollte der Mist? Wollten sie etwa eine Menschenhochzeit statt einer Vampir-Zeremonie abhalten?

» Hallo? Novo? Hast du mich gehört?«

Sie räusperte sich. »Ja, hab ich.«

»Ich weiß, das kommt vermutlich überraschend.« Statt mit quietschiger Minnie-Maus-Stimme sprach sie plötzlich wie ein kleines Mädchen. »Novo, mir ist schon klar, dass das ein bisschen komisch ist. Aber du bist meine Schwester. Ohne dich wäre das nicht meine große Nacht.«

Was übersetzt hieß: Es wäre nicht halb so spaßig, den Pokal zu bekommen, wenn du nicht an der Preisverleihung teilnimmst.

»Novo?«

Sie schloss einen Moment lang die Augen und stellte sich vor, das auszusprechen, was ihr auf dem Herzen lag: *Ich weiß doch bereits, dass du gewonnen hast. Du hast ihn bekommen, und du darfst ihn behalten. Wie wäre es, wenn ich hier und jetzt beschließe, dass wir die Sache hinter uns lassen?*

Es war übrigens überhaupt keine Überraschung. Es

störte sie noch nicht einmal. Um genau zu sein, war diese »freudige« Nachricht der Gipfel dessen, was Sophy vor zweieinhalb Jahren in Bewegung gesetzt hatte. Das einzig mäßig Überraschende daran war, dass sie so lange gebraucht hatte, an diesen Punkt zu gelangen.

»Novo, bitte. Du musst kommen.«

Nein, musste sie nicht. Das Beste wäre, diese verdammte Einladung höflich abzulehnen, der zukünftigen Braut alles Gute zu wünschen und so zu tun, als wäre sie nicht schon bald auf dem Papier mit dem Mann verwandt, der sie für ihre Schwester verlassen hatte.

Leider hätte sich das angefühlt, als würde sie sich drücken. Ein feiger Rückzieher. Der größere Teil dessen, was Novo ausmachte, der Teil, der sich nie geschlagen gab, der lieber einen Arm oder ein Bein geopfert hätte, als das Gesicht zu verlieren, bestand darauf, dass sie hinging.

Nur um sich selbst zu beweisen, dass sie stark war. Ungebrochen. Unversehrt.

Ungeachtet der Tragödie, die geschehen war, nachdem Oskar sich aus ihrer Beziehung verabschiedet hatte.

»Novo?«

»Ja. Klar. Mach ich.«

Zeit für die Freudentränen. Die Dankbarkeit. Die ganzen oberflächlichen, falschen Gefühle: alles nur Show.

Während ihre Schwester die Pflichten einer Brautjungfer und die Infos zur Brautparty herunterbetete – was sollte bloß dieser Menschen-Bullshit? Sie heiratete nicht, sie nahm sich einen Gefährten –, schüttelte Novo den Kopf.

»Ich muss Schluss machen.«

»Warte, wie bitte? Du kannst jetzt nicht auflegen. Du hast eine Aufgabe, wir müssen das alles besprechen. Du musst meine Party organisieren und den Junggesellinnenabschied, und wir müssen Kleider aussuchen …«

»Junggesellinnenabschied? Brautparty? Sophy, was soll der ganze Scheiß?«

Kurzes Schweigen. »Du bist *so was* von vulgär!«

Als ob du die verdammte Königin von England wärst, dachte Novo.

»Außerdem hätte ich nie gedacht, dass du solche Vorurteile hast«, regte Sophy sich auf. »Die Menschen haben Traditionen, die sich an unsere Zeremonien anpassen lassen. Warum nicht? Meine Nacht wird dadurch noch besonderer.«

Ja, klar. Weil es gar nicht darum geht, wen du dir zum Hellren nimmst. Sondern darum, was du online posten kannst.

»Ich sehe, was ich machen kann. Aber ich muss arbeiten.«

»Du hast eine Verpflichtung mir gegenüber als deine Schwester!«

»Soph, ich kämpfe im Krieg. Weißt du überhaupt, was das bedeutet? Es geht um diese lästige Sache, in der seit ein paar Jahrhunderten Leute wie du und ich ums Leben kommen. Und du erwartest ernsthaft, dass ich mir wegen einer albernen Party den Kopf zerbreche? Komm schon.«

Wieder Schweigen. Und je länger es andauerte, umso heftiger hätte Novo sich gerne selbst in den Hintern getreten.

Wenn man clever war, bot man Sophy keine Bühne für ihr Theater. Doch mit dieser Vorlage hatte sie ihr den roten Teppich ausgerollt.

»Ich muss Schluss machen«, schniefte Sophy. »Ich … Novo, das ist für mich eine sehr glückliche Zeit. Da ertrage ich deine Negativität einfach nicht. Ich melde mich wieder, wenn ich dazu in der Lage bin.«

Als Sophy das Gespräch beendete, ließ Novo das Handy sinken. »Warum … warum kann ich nicht Einzelkind sein?!«

Der Umgang mit ihrer Schwester war wie eine schlechte Achterbahn auf dem Jahrmarkt: Man wusste genau, wo die Kurven und Loopings kamen, der freie Fall und die unangenehmen Höhen, weil man sie bereits vor sich sah. Und in der Zwischenzeit kamen einem die Bratwurst und der Erdbeermilchshake wieder hoch.

Hätte sie doch nur eine weitere Minute lang ihren Mund gehalten! Dann hätte sie sich das, was als Nächstes gekommen war, erspart. So dicht dran. Sie war *so* dicht dran gewesen. Das Problem war, dass ihre Schwester keinen wahren Schmerz kannte, keine Opfer, keinen echten Verlust. In Verbindung mit ihrer Selbstverliebtheit und dem Hang zur Theatralik weckte das in jedem vernünftigen Menschen den Wunsch, den Kopf gegen die Wand zu knallen.

Novo blickte sich in dem sauberen, ordentlichen Raum um. Doch statt der Wannen, gepolsterten Bänke und Regale voller Wickel, Bänder und Cremetuben sah sie die Vergangenheit.

Oskar war auch blond gewesen. Genau wie Peyton. Aber nicht so reich wie er.

Und als Novo ihm das erste Mal begegnet war, hatte sie nicht wissen können, wie schlimm alles enden würde. Hätte sie auch nur den Hauch einer Ahnung gehabt, wäre sie schneller weg gewesen, als man Tschüss sagen konnte.

Die Tür zum Physioraum ging auf, und Peyton stand auf der Schwelle, eine Flasche Hochprozentiges in der Hand, einen Ständer in der Hose und mit dem wilden Blick von jemandem, der eine Grenze überschritten hat. In diesem Aufzug fiel der Vampir eindeutig in die Kategorie »Keine gute Idee«.

Aber wer hätte das gedacht … ein blonder Kerl mit tollem Körper war zufällig genau das, was Novo gerade brauchte.

Peyton stand in der Tür zum Physiotherapieraum und nahm nichts wahr außer der Vampirin, die auf einer der gepolsterten Massageliegen saß.

Novos durchtrainierter Körper war so angespannt wie eine Bogensehne, als würde sie jeden Moment herunterspringen und sich auf etwas stürzen. Ihre Hände umklammerten die Kante der weichen Liege, ihre Beine schwangen in der Luft, und die Muskeln ihrer Arme wölbten sich über die Knochen, so viel Druck übte sie auf ihre Hände aus.

»Alles in Ordnung?«, fragte er heiser.

»Gib her.«

Als sie die Hand ausstreckte, malte er sich aus, wie sie nach seinem steifen Schwanz griff. Aber nein, sie hatte es auf den Wodka abgesehen. Wie könnte er ihr den verweigern.

Zumal sie ihn unter halb gesenkten Augenlidern hervor ansah.

»Sag schön *bitte*«, verlangte er.

»Nein.«

Pure Lust schoss in sein Geschlecht, und er grinste. »Pass auf, sonst bettle ich womöglich noch.«

»Ich warte.«

Als er den Raum durchquerte, gab er sich keine Mühe, seine Erektion zu verbergen, und fuck, ja, es entging ihr nicht. Ihr Blick wanderte zu seinen Hüften und verweilte dort.

»Wie könnte ich einer Frau etwas abschlagen«, murmelte er und streckte ihr die Flasche hin.

Sie trank daraus wie ein Kerl, kippte sich den Wodka in die Kehle wie Limo. Als sie die Flasche sinken ließ, deutete sie mit dem Kinn auf seinen Ständer.

»Für wen ist der?«

»Für dich. Wenn du ihn willst.«

Sie nahm einen weiteren tiefen Schluck, und er wartete darauf, dass sie ihm in ihrem typisch überheblichen Tonfall eine Abfuhr erteilen würde. Als er nur Schweigen erntete, rauschte sein Blut nur noch heftiger.

»Ist das ein Ja?«, fragte er und konzentrierte sich auf ihre Lippen.

»Es ist kein Nein.«

»Ich nehme, was ich kriegen kann.«

»Oh, stimmt.« Novo bleckte beim Lächeln ihre Fänge. »Die, die du wirklich willst, kannst du nicht haben, und jetzt sitzt du den Tag über mit mir hier fest.«

»Bist du auf Komplimente aus? Das sieht dir aber gar nicht ähnlich.«

»Ich spreche lediglich Tatsachen aus.« Sie trank noch mehr Wodka. »Ich habe auch keine andere Wahl. Also gilt für uns beide dasselbe.«

»Bei so viel Schmeichelei werde ich gleich rot«, murmelte er. »Nein, genug jetzt. Ehrlich.«

»Magst du es nicht, benutzt zu werden? Hm, vielleicht ist das ja eine Lektion für all die Frauen und Vampirinnen, die du in den Clubs so fickst.«

»Wenn Lust im Spiel ist, kann von Ausnutzen keine Rede sein. Das gilt für beide Seiten.«

Novo lachte hart. »Kommt jetzt der Teil, wo du mir erklärst, dass sich noch keine über deine Performance beschwert hat? Denn das ist keine Kunst, schließlich haben die Damen hinterher gar keine Gelegenheit, dich zu kontaktieren.«

»Also bitte, Novo, wenn du nicht nett zu uns bist, suchen der Wodka, mein Schwanz und ich uns ein anderes Plätzchen.«

»Du hast recht. Wenn wir weiter quatschen, passiert nie was.«

Mit diesen Worten packte sie mit der freien Hand sein

Hemd, zog ihn an sich und hielt ihn fest, während ihre Münder sich begegneten.

Oder, besser gesagt, aufeinanderknallten.

Diese Annäherung hatte nichts Vorsichtiges oder Romantisches an sich, es war kein »Lernen wir uns erst einmal besser kennen«. Sexuelle Hochspannung explodierte zwischen ihnen, während ihre Zungen sich ein Duell lieferten. Ein überwältigendes Gefühl, bei dem der Instinkt sämtliche Hirnfunktionen ausschaltete. Sie schmeckte nach Wildheit und Grey Goose, ihr Duft war so betörend wie Hasch, und, verdammt, er musste sie unbedingt berühren – das wollte er schon so lange. Er strich über ihr zurückgekämmtes Haar, ihren Hals, ihre Schultern. Sein Herz pochte, und am liebsten wäre er auf der Stelle in ihr gewesen.

Hatte er die Tür auch richtig abgeschlossen?

Keuchend löste er sich, um vor ihr einen Blick über die Schulter zu werfen und den Eingang zu verriegeln. Als er sich Novo wieder zuwandte, hatte sie die Wodkaflasche auf den Boden gestellt und war dabei, ihre locker sitzenden Sportshorts abzustreifen.

Kein Slip.

Fuuuuuuck, das ging schnell.

Wie aufs Stichwort wanderten ihre Hände zu seinem Reißverschluss, und einen Augenblick später hing seine schicke, teure Hose um seine Knöchel. Auch er trug nichts darunter. Weil das hier genau die Situation war, auf die er gehofft hatte. Nun war sein Glück so gut wie vollkommen: Ehe er sich's versah, hatte sie die Schenkel gespreizt und seine Hüften gepackt, wobei sich ihre Nägel in sein Fleisch gruben. Mit einem Ruck zog sie ihn zu sich, sodass er seinen Schwanz umfasste, das Ziel ansteuerte und …

»Oh … *fuck*«, stöhnte er, als er in sie eindrang.

Sie war so eng und heiß, ein Gefühl, das von seinem ganzen Körper Besitz ergriff, als er sich über sie beugte und sie sich nach hinten auf die Liege sinken ließ. Mit den Füßen am Boden konnte er sie nicht küssen, doch er konnte sie ficken, oh ja, das konnte er. Die Hände auf ihre Hüften gestützt, fuhr er wieder und wieder in sie hinein, wobei die Wucht seiner Stöße immer mehr zunahm.

Er konnte gar nicht genau sagen, wann er merkte, dass sie einfach nur dalag.

Sein Körper war vollkommen auf den Sex fokussiert, sein Blut rauschte, und der Anblick seines glitschigen Schafts, der unablässig in sie hineinstieß, verwandelte das wenige, was von seinem überwältigten Hirn noch übrig war, in Matsch. Als Begleiterscheinung des Ganzen musste er sich sehr darauf konzentrieren, nicht zu kommen, was ungefähr so leicht war, wie einen Brand lediglich kraft seiner Gedanken zu löschen. Doch selbst in seiner Geilheit, und trotz des Alkohols in seinem Körper, fiel ihm auf, dass sie die Augen geschlossen hatte und ihre Atmung nicht einmal beschleunigt war. Ihr Gesicht war zur Maske erstarrt. Lediglich ihr Kopf wackelte im Takt, während er sie fickte.

Peyton wurde langsamer. Dann hörte er auf.

Als er einfach nur dastand, mit brennender Lunge, das seidene Hemd schweißgetränkt, öffnete sie die Augen. »Was ist los?« Da er nicht antwortete, zog sie die Augenbrauen hoch. »Bist du schon fertig?«

Peyton blinzelte.

Und zog sich aus ihr zurück.

Fluchend beugte er sich nach unten, um seine Hose wieder hochzuziehen. »Ja«, murmelte er, während er den Reißverschluss schloss. »Ich bin fertig.«

»Ich hätte nicht erwartet, dass du kneifst.«

Er wandte den Blick ab. Sah sie wieder an. »Interessiert es dich überhaupt, mit wem du vögelst?«

Novo setzte sich mit einem Ruck auf. »Willst du mich als Schlampe hinstellen? Ernsthaft? Denn wenn das nicht mit zweierlei Maß gemessen ist, weiß ich auch nicht.«

Er griff nach der Flasche auf dem Boden und trank einen Schluck, während er sich aufrichtete. »Nein. Ich will nur, dass die Frau, mit der ich Sex habe, mehr tut als bloß dazuliegen und in Gedanken ihre Einkaufsliste zu schreiben.«

»Ach sooooo, habe ich mich für dich nicht genug angestrengt. Ich war nicht gut genug für Peyton, Sohn des Peythone.« Aus schmalen Augen sah sie ihn an. »Ich dachte, du nimmst dir, was du kriegen kannst.«

»Wie's aussieht, will ich's nicht mehr.«

»Lügner.« Novo sprang vom Tisch, und er wandte sich ab, während sie ihre Shorts anzog. »Du bist so ein verdammter Lügner.«

»Nein, was das angeht, nicht.«

»Du fängst jetzt aber nicht an zu heulen, oder?«, zog sie ihn auf. »Sieh dich an, du lässt den Kopf hängen.«

»Ich wollte dir nur Privatsphäre verschaffen.«

»Nachdem du in mir drin warst?«

Peyton machte sich auf den Weg zur Tür und nahm seinen Grey Goose mit.

»Feigling«, murmelte Novo.

Er reagierte nicht. Und als er nach draußen trat, wollte er sich nicht eingestehen, wie er sich in Wahrheit fühlte.

Schwach. So verdammt schwach.

Aus irgendeinem Grund hatte ihn Novos Verhalten verletzt. Was völlig bescheuert war. Der Plan war gewesen, sich gegenseitig zu benutzen. Ein fairer Deal. Keine Gefühle, einfach nur Sex.

Das war seine gängige Währung. Also, was war sein verdammtes Problem?

Als Novo allein im Physioraum zurückblieb, hätte sie am liebsten die gepolsterten Massageliegen und Tische durch die Gegend geschleudert, bis die gesamte Einrichtung inklusive medizinischer Gerätschaften in ihre Einzelteile zerlegt wäre. Das war jedoch mit Tücken verbunden. Erstens war alles, was vier Beine hatte, am Fußboden festgeschraubt. Und zweitens hatte sie nicht das Bedürfnis, das Eigentum anderer mutwillig zu zerstören, egal wie kaputt im Kopf sie war.

»Scheiße!«, fluchte sie mit Blick auf die geschlossene Tür.

Das warme Vibrieren zwischen ihren Beinen hielt an, und, verdammt, ihr Körper wollte immer noch dort sein, wo er gerade gewesen war – unter Peyton, sein Geschlecht tief in ihr versenkt, wo seine Stöße die Schreie in ihrem Schädel dämpften. Mal abgesehen davon, dass der Sex mit ihm eine Offenbarung war. Nicht auf die positive Art.

Zweck dieser Aktion war gewesen, Oskar aus ihrem Kopf zu bekommen. Ihn durch ein anderes Modell zu ersetzen, und damit einen Kerl, der sie nicht wollte – und der nie etwas von dem Sex gerade eben erfahren würde –, eifersüchtig zu machen.

Oh Mann, das klang total bescheuert. So oder so, es hatte ohnehin nicht funktioniert, weil sie auf einmal das, was sie bekam, mehr als alles andere wollte: Hinter der verschlossenen Fassade, die sie aufgesetzt hatte, war sie kurz vor dem Orgasmus gewesen.

Ihre Körper waren zweifelsohne füreinander geschaffen.

»Was soll's.«

Sie lief im Zimmer auf und ab, um den Duft ihrer Erregung loszuwerden, bevor sie mit einem, wie sie hoffte, möglichst unschuldigen Ausdruck in die Sporthalle hinaustrat. Wie sich herausstellte, hätte sie sich keine

Gedanken wegen möglicher Zuschauer machen müssen. Es war keiner mehr da.

Während sie den Blick über die leeren Zuschauerbänke, die reglosen Netze und das verlassene Spielfeld wandern ließ, fing ihr Handy hinten in der Gesäßtasche an zu vibrieren. Noch bevor sie es herauszog, wusste sie, wer dran war. Und sie lag richtig. Ihre Mutter. Um ihr Vorwürfe zu machen, weil sie so gemein zu Sophy gewesen war und damit allen diese ach so freudige Zeit ruiniert hatte.

In der Ferne durchschnitt ein unheimlicher Schrei die Stille, wie eine Todesahnung.

Es war dieser Typ, Assail. Der in diesem Zimmer eingeschlossen war. Sie kannte die Einzelheiten nicht, aber die Geräusche, die er von sich gab, ließen darauf schließen, dass er den Verstand verloren hatte.

Vielleicht war sie als Nächstes an der Reihe.

Wenn sie diese recht reale Möglichkeit mit alldem verglich, worauf ihre Schwester sich freuen konnte, war sie versucht, zu einer zweiten Runde Workout in den Fitnessraum zurückzukehren. Als ihr ohne ersichtlichen Grund plötzlich einfiel, welches Datum heute war.

Sie schloss die Augen und spürte, wie sie in sich zusammensackte.

Genau an diesem Tag vor drei Jahren war sie schwanger geworden.

Als Oskar, der Vampir, den ihre Schwester sich zum Gefährten nehmen würde, ihre Triebigkeit befriedigt hatte.

Danach war er mehr oder weniger sofort zu anderen Ufern aufgebrochen. Selbstverständlich hatte sie ihm nie erzählt, dass sie Nachwuchs erwartete, daher ahnte er nicht, was elf Monate später passiert war.

Ihr Magen krampfte sich zusammen, und sie war kurz davor, sich zu übergeben. Alle diese Ereignisse, angefangen bei der Schwangerschaft bis hin zu dem Albtraum, der daraus resultierte, schien jemand anderem zugestoßen zu sein – einer Fremden. Sie war nicht mehr dieselbe wie damals. Sie war stärker. Härter. Widerstandsfähiger. In das Trainingsprogramm der Bruderschaft aufgenommen worden zu sein, hatte ihr gezeigt, wie viel sie inzwischen erreicht hatte, und der Kampf draußen in den Straßen von Caldwell erinnerte sie Nacht für Nacht daran, dass sie nicht rückfällig werden durfte.

Sie würde zu dieser verdammten Zeremonie gehen. Und sie würde die verfluchte Brautjungfer geben.

Das war ihre letzte Prüfung. Wenn sie das Ritual überlebte, das die beiden für den Rest ihres Lebens verbinden würde, wäre die Idiotin, die sie einst gewesen war, ein für alle Mal begraben. Und der Verlust, der sie fast umgebracht hatte, wäre für immer weggeschlossen.

Keine Schwäche. Von der Novo, die sie einst gewesen war, war nichts mehr übrig … sie hatte keine Angst mehr, dass man sie noch einmal so verletzen könnte.

Novo blickte auf die Anzeigentafel, auf der immer noch die Ergebnisse des letzten Matchs standen. Heimteam und Gäste. Das Heimteam hatte mit zehn Punkten Vorsprung gewonnen.

Sie würde das schaffen, beschloss sie auf dem Weg zum Ausgang. Ach ja, und sie würde definitiv vergessen, wie Peyton sich angefühlt hatte.

Definitiv.

6

Am folgenden Abend begab Saxton sich etwas früher als sonst zum Audienzhaus, indem er sich hinter der zweistöckigen separaten Garage des Anwesens dematerialisierte. Im Lauf des Nachmittags waren *Doggen* gekommen, um den Schnee wegzupflügen, doch er war auf dem Weg zum Hintereingang trotzdem vorsichtig. Schicke Gucci-Slipper waren auf glatten und vereisten Flächen rutschiger als ein geölter Blitz. Und da Fritz immer auf absoluten Perfektionismus bestand, glichen die Einfahrt und der Parkplatz einer Eislaufbahn.

Als Saxton den Code eingab und die Tür öffnete, wusste er, dass außer ihm noch niemand zur Arbeit erschienen war. Was jedoch nicht bedeutete, dass nicht untertags jede Menge Leute ein und aus gegangen waren. Tatsächlich, im Wartezimmer lagen frische Gebäckteilchen auf Silbertabletts bereit, sorgfältig mit Frischhaltefolie abgedeckt, eine große, bereits befüllte Kaffeemaschine, bereit zum Einschalten, sowie Körbe mit Äpfeln und Bananen.

Die ersten Anhörungen würden nicht vor zwanzig Uhr stattfinden, doch Saxton vergewisserte sich gerne im Voraus, dass die Unterlagen für sämtliche Privataudienzen beim König vollständig waren, damit alles reibungslos ablaufen konnte, sowohl Wrath zuliebe als auch zum Wohle der Besucher. Da im Laufe einer Nacht bis zu zwanzig unterschiedliche Angelegenheiten besprochen wurden, gab es eine Menge zu tun. Bestimmte Audienzen, zum Beispiel solche, bei denen es um die Zustimmung zu einer Vereinigung oder um die Geburt eines Kindes ging, waren unkompliziert und relativ schnell erledigt. Andere, wie die, bei denen es um die Verteilung von Gütern nach einem Todesfall ging, um Streit bezüglich Blutlinien oder um Vorfälle mit Körperverletzung, konnten vielschichtiger sein und einiges an Nachbearbeitung und Überprüfung erfordern.

Er öffnete die erste Tür rechts und schaltete das Licht an. Sein Büro war vollkommen schmucklos. Es gab keine Gemälde oder Zeichnungen an den Wänden, keine Kunstobjekte auf dem Schreibtisch, nur juristische Fachbücher in den schlichten Regalen. Es gab noch nicht einmal einen Teppich. Lediglich zwei Drehstühle, einer vor und einer hinter dem Tisch, einen Monitor, an den er seinen Laptop anschließen konnte, um seine Augen zu schonen, und eine Reihe abgeschlossener Aktenschränke mit aktuellen Dokumenten.

Seine Notizen während der Sitzungen machte er handschriftlich, da das Geräusch einer klappernden Tastatur, egal wie leise, Wrath vollkommen wahnsinnig machte. Also verfasste Saxton seine Mitschriften mit einem Montblanc-Füller und übertrug sie hinterher in den Computer. Die doppelte Arbeit hatte einen messbaren Effekt. Erstens hatte er stets eine Sicherheitskopie auf Papier, sollte etwas mit dem Computer sein – nicht dass V mit seinem kostbaren Anti-Apple-Netzwerk nebst Hardware je etwas Derartiges zulassen würde –, und zweitens, und das war wesentlich wichtiger, prägten sich Saxton die Details bei der Abschrift noch besser ein.

Nun nahm er Platz, holte seinen Laptop aus der Tasche und schloss ihn an die ausziehbare Tastatur sowie den Monitor an.

Dann hielt er inne.

»Komm schon«, murmelte er.

Er fuhr den Computer hoch und öffnete Outlook, wo etwa zwanzig E-Mails auf ihn warteten, die mit der Arbeit zu tun hatten. Außerdem ein Programmflyer vom Met, Werbung eines Antiquitätengeschäfts sowie Nachrichten von der Gemäldeabteilung von Sotheby's und von Christie's Online-Uhrenshop.

Sie interessierten ihn alle nicht.

Die fettgedruckte Zeile, die seinen Blick auf sich zog und ihn nicht wieder losließ, stammte von *Blay Lock,* und der Betreff lautete *Wie besprochen.*

Die E-Mail war etwa eine Stunde, nachdem Saxton in der Nacht zuvor das Anwesen verlassen hatte, eingetroffen, doch zu Hause hatte er es nicht über sich gebracht, sie zu öffnen. Allein der Anblick des Namens bündelte seine Einsamkeit zu einem eiskalten Speer, der sich mitten in seine Brust bohrte. Am liebsten hätte er die Nachricht in den Papierkorb verschoben und so getan, als hätte es sie nie gegeben. Seine berufliche Verpflichtung zu ignorieren kam jedoch nicht infrage, ganz gleich wie sehr seine Gefühle in diesen Herzschmerz verwickelt waren, an den er sich so gewöhnt hatte. Blay erhoffte sich von ihm eindeutig einen juristischen Ratschlag, zu was auch immer.

Selbst nachdem er die Nachricht angeklickt hatte, brauchte er noch eine Minute, bis er sich auf die getippten Worte konzentrieren konnte. Dann war das Erste, was ihm auffiel, dass es keine Rechtschreibfehler gab, keine grammatikalischen Schwächen, durchweg korrekte Zeichensetzung. Aber so war Blay: wohlüberlegt, methodisch. Er tat die Dinge gerne richtig und gründlich. Entsprechend war auch die Art, wie er die Fakten präsentierte und seine Anfrage formulierte, logisch und respektvoll …

Saxton runzelte die Stirn und las die fünf kurzen Absätze ein zweites Mal.

Und dann noch einmal.

Offensichtlich waren Blays Eltern vor einigen Monaten in ein Haus in einer Wohnsiedlung der Menschen am Stadtrand gezogen. Saxton war natürlich nie dort gewesen, denn das war nach seiner Zeit passiert, aber er hatte Blay davon erzählen hören, dass es sich um ein schönes Haus mit einem Teich hinten im Garten, einer Veranda und viel Platz handelte. Seine *Mahmen* war nicht ganz glücklich mit dem neuen Zuhause, weil es ihr zu modern war, aber sie gewöhnte sich allmählich daran.

Das Problem war eine schon etwas ältere Nachbarin, ebenfalls Vampirin, die auf dem großen Grundstück neben der Siedlung wohnte. Die menschlichen Bauunternehmer, die Land in der Gegend aufkauften, setzten die Frau unter Druck, ihnen ihr Land zu überlassen, damit sie die Siedlung weiter ausdehnen und einen Golfplatz mit Country Club bauen konnten. Sie aber wollte nicht wegziehen. Sie lebte in dem Farmhaus, das sie und ihr *Hellren* im späten neunzehnten Jahrhundert erbaut hatten. Es war alles, was ihr von ihm und ihrem gemeinsamen Leben geblieben war. Laut Blay hatte sie nicht mehr viele Jahre zu leben, vielleicht zehn, und ihr einziger Wunsch war, dort zu bleiben. Doch ihre Enkelin machte sich Sorgen um ihre Sicherheit.

Die Menschen hämmerten tagsüber an ihre Tür, belästigten sie übers Telefon und per Post und schickten ihr Pakete mit Unterlagen, die sie einschüchtern sollten. Das ging nun schon gute sechs Monate so und schien zu eskalieren, obwohl die Vampirin deutlich gemacht hatte, dass sie nicht wegziehen würde. Blays Vater, Rocke, war sogar eines Abends hinübergegangen, um ein Auto zu verjagen, doch die Menschen schienen es nicht zu kapieren.

Saxton schüttelte den Kopf. Die Vampirin oder ihre Angehörigen konnten schlecht zur Polizei gehen. *Hallo, ich existiere in Ihrer Welt zwar eigentlich nicht, bin aber an Ihre Gesetze gebunden und werde belästigt. Können Sie mir helfen?*

Ach, und achten Sie nicht auf meine Fänge.

Er konnte sich vorstellen, welche Sorgen sich die Familie machte. Eine ältere alleinstehende Dame, menschliche Unruhestifter, die sie bedrängten, wo sie doch nichts wollte, außer die ihr verbleibenden Jahre in Frieden zu verbringen.

Und man konnte schwer sagen, wo das aufhören würde.

Die Menschen waren ohne Frage eine unterlegene Spezies. Dennoch konnten sie tödlich sein.

Während Saxton sich in Gedanken eine Strategie zurechtlegte, versuchte er die Tatsache zu ignorieren, dass sich in seine zielstrebigen Überlegungen der irrationale Wunsch mischte, sich für Blay unersetzlich zu machen. Dieses Problem zu lösen, nicht nur, weil es sein Job war, sondern weil es seinen Ex-Geliebten beeindrucken könnte.

Was natürlich in dieser Fantasievorstellung dazu führte, dass Blay seine Beziehung zu Qhuinn beendete, die beiden bezaubernden Kinder zurückließ und bereit war, mit Saxton aus Caldwell wegzugehen.

Ja, all das könnte das Resultat einer einzigen, perfekt komponierten Antwort sein.

Das und natürlich die erfolgreiche Vertreibung dieser Gangster vom Nachbargrundstück seiner Eltern.

Saxton verdrehte die Augen und fing an zu tippen.

Romantische Selbsttäuschungen hin oder her, er würde die Angelegenheit Wrath unterbreiten. Zumindest konnte er dazu beitragen, dieser schutzlosen älteren Vampirin zu helfen, und auch darin lag ein gewisser Trost.

Nachdem er die Mail abgeschickt hatte, drehte er sich mit seinem Stuhl um und zog die Jalousie so weit nach oben, dass er auf die Winterlandschaft hinausschauen konnte. Alles war immer noch dick mit Schnee überzogen, laut der Online-Wetterinfos war es ein kalter Tag gewesen. Im Lichtschein der anderen imposanten Anwesen schimmerte die Welt draußen bläulich.

Einsamkeit war wie Winter, dachte Saxton. Kalt und durchdringend. Man war in seinem eigenen Kopf gefangen, weil alles um einen herum so wenig einladend war. Und er fragte sich, ob ihm wohl je wieder warm werden würde?

Ungefähr drei Blocks entfernt, in einem Haus von ähnlicher Größe und Stattlichkeit, wenn auch in Tudorbauweise und nicht im Federal Style, stieg Peyton aus der Dusche und griff nach einem Handtuch mit aufgesticktem Monogramm. Sein Badezimmer glich vor lauter Wasserdampf einer Nebelbank, die Spiegel waren beschlagen, jeder Atemzug lieferte in etwa die gleiche Menge Wasser wie Sauerstoff, und seine Haut prickelte vor Hitze.

Er war gerade erst aus dem Trainingszentrum nach Hause gekommen, nachdem der Bus sie einige Meilen entfernt in einer Einkaufsstraße abgesetzt hatte. Es blieb ihm eine Stunde, bevor er mit den Brüdern in der Innenstadt antreten sollte. Er war hungrig, verkatert und vor Müdigkeit völlig erschöpft. Die verdammte Dusche hatte daran nichts ändern können.

Dann war da noch sein anderes kleines Problem.

»*Verflucht* noch mal.«

Wütend zerknüllte er das feuchte Handtuch und schleuderte es mit aller Kraft quer durch den marmornen Raum. Dann stand er einfach nur da, splitterfasernackt, die Füße fest auf dem beheizten Boden, die Hände in die Hüften gestützt, damit er nicht anfing, irgendetwas zu zerschlagen.

Das mit Novo ... was auch immer es gewesen war ... dort im Physiotherapieraum, es ließ ihn einfach nicht los. Jedes Mal wenn er blinzelte, sah er sie vor sich auf diesem Tisch liegen, die Augen geschlossen, ihr Gesicht so reglos wie das einer verdammten Leiche. Die Bilder waren nicht einmal das Schlimmste. Ihre zynische, harte Stimme hallte in seinem Kopf wider, verhöhnte ihn, machte sich über ihn lustig, gab ihm das Gefühl, ein kompletter Idiot zu sein.

Nachdem er sie dort zurückgelassen hatte, war er in den Pausenraum gegangen, hatte die Wodka-Flasche vollends geleert und sich dann drei Türen weiter in ein freies Patientenbett gelegt. Den ganzen Tag über hatten sich die gedämpften Schreie dieses verrückten Patienten in seine Albträume gemischt, in denen Peyton unbekleidet mitten in einen Wespenschwarm geraten war. Beides hatte ihn immer wieder geweckt, und er hätte nicht sagen können, was schlimmer war.

Als es schließlich dunkel genug für die Abfahrt des Busses war, setzte er sich ganz nach vorn in die erste Reihe, denn Novo hatte bereits weiter hinten Platz genommen. Während der gesamten Fahrt zurück in die Stadt hatte er ihre Anwesenheit so deutlich gespürt, als wäre ihr Körper ein Leuchtfeuer. Doch er hatte kein einziges Wort aus ihrem Mund gehört.

Die gute Nachricht war, dass er so abgelenkt gewesen war, dass er an den Mist mit Paradise kaum einen Gedanken verschwendet hatte.

Und nun stand er hier, versuchte Ruhe in seinen Kopf zu kriegen, damit er nicht unter die Räder geriet, wenn er gleich dort draußen auf den Feind traf.

Das Klopfen an seiner Zimmertür war diskret, was ihm verriet, um wen es sich handelte. Na toll. »Ja«, rief er genervt.

Der *Doggen* draußen im Flur sprach mit näselndem Tonfall: »Mein Herr, vergebt mir. Doch Euer Vater wünscht eine Audienz, bevor Ihr aufbrecht.«

In Wirklichkeit entschuldigte sich der Butler natürlich ganz und gar nicht. Und was dann folgte, war ein direkter Befehl, der absolut nichts mit »wünschen« zu tun hatte.

Peyton stützte sich aufs Waschbecken. »Hat er einen Grund genannt?«, stieß er zwischen zusammengebissenen Zähnen hervor. »Ich habe nicht viel Zeit.«

Das war zwar richtig, aber nicht der springende Punkt. Das Einzige, was die Scheiße in seinem Kopf noch mehr zum Kochen bringen konnte, war eine königliche Vorladung vom werten Herrn Papa, bei der es entweder um Peytons Alkohol- oder seinen Drogenkonsum ging. Diese Hofsondervorstellungen waren im Lauf der letzten Jahre zu einem recht regelmäßigen Ereignis geworden, und sie waren immer sooooooo vergnüglich.

Außerdem, bitte! Seit er ins Trainingsprogramm aufgenommen worden war, hatte er sich erheblich gebessert. Zumindest bis zum Mord an seiner Cousine Allishon. Da hatte er wieder angefangen zu saufen, aber wer konnte ihm das verübeln? Schließlich war er derjenige gewesen, der in ihrem Apartment das viele Blut gesehen hatte. Zugegeben, die Tatsache, dass er momentan den Wodka der vergangenen Nacht rausschwitzte, war kein gutes Omen, wenn er darauf hoffte, in Sachen Alk gut wegzukommen – oder ein wenigstens teilweise glaubwürdiges Gegenargument vorbringen zu können.

»Mein Herr?«, wiederholte der Butler seines Vaters.

»Sag ihm, ich muss mich zuerst anziehen.«

»Wie Ihr wünscht.«

Oh, er wünschte überhaupt nicht. Kein verdammtes bisschen.

Eine gute halbe Stunde später schlenderte Peyton ins Erdgeschoss hinunter, wobei er sich auf dem Weg zum Arbeitszimmer seines Vaters ordentlich Zeit ließ. Er rechnete förmlich damit, dass der Butler jeden Moment aus der Speisekammer herausgesprungen kam, die Stoppuhr in der Hand, und …

»Er erwartet Euch.«

Bingo.

Peyton blickte über die Schulter in den großen Eingangsspiegel. Der *Doggen* blieb im Hintergrund, wie es nur ein livrierter Diener alter Schule einer Gründerfamilie konnte. Diese selbstgerechte Haltung ließ ihn größer wirken, als er war.

»Jaaaa«, erwiderte Peyton gedehnt, »das sagtest du bereits. Deshalb bin ich ja hier.«

Das Missfallen des *Doggen* konnte man fast mit dem Messer schneiden.

»Ich werde ihm mitteilen, dass Ihr da seid«, murmelte der Butler und klopfte an die Tür. »Mein Herr?«

»Schick ihn rein«, ertönte die gedämpfte Antwort.

Der *Doggen* drückte die geschnitzten Doppelflügel auf, die den Blick auf eine weitläufige Mahagonifläche, orientalische Teppiche, ledergebundene Bücher und Kronleuchter freigab. Der hohe, schmale Raum verfügte über eine Empore voller Bücherregale, zu der eine geschwungene Messingtreppe hinaufführte und von der aus ein Steg mit verschnörkeltem Geländer ringsum führte.

Als Peyton zu dieser mit goldenen Blättern verzierten Balustrade hinaufblickte, fiel ihm wieder ein, dass er als kleiner Junge geglaubt hatte, man hätte eine riesige Krone von irgendwoher importiert und ins Haus der Familie eingebaut.

Denn er und seine Blutlinie waren so etwas Besonderes.

»Peyton. Nimm Platz.«

Er richtete den Blick auf seinen Vater. Der Vampir saß hinter einem Schreibtisch von der Größe eines Doppelbetts, der Rücken kerzengerade, die Hände auf der blutroten Unterlage gefaltet. Peythone trug einen dunklen Anzug, seine Krawatte war perfekt geknotet, der oberste Hemdknopf geschlossen, und aus der Brusttasche ragte ein blütenweißes Einstecktuch. Eine Cartier-Uhr lugte diskret unter den Umschlagmanschetten hervor, und an den goldenen Manschettenknöpfen funkelten Rubine.

Als sein Vater auf einen freien Stuhl auf der anderen Seite des Tisches deutete, merkte Peyton, dass er sich nicht vom Fleck gerührt hatte.

»Wie geht es dir, Vater?« Er trat näher.

»Bestens. Wie freundlich von dir zu fragen.«

»Du wolltest mich sprechen?«

»Setz dich.«

»Ich stehe ganz gut.« Er stellte sich neben den Stuhl und verschränkte die Arme vor der Brust. »Was kann ich für dich tun?«

»Setz dich.« Sein Vater deutete mit dem Kinn auf den Stuhl mit dem Seidenbezug. »Dann können wir reden.«

Peyton sah sich um, erhielt aber keinerlei Unterstützung von den Porträts, die vor den Bücherreihen hingen, vom sanft knisternden Feuer, der Sitzgruppe aus Sesseln und Beistelltischen.

Zähneknirschend ließ er sich auf den Stuhl sinken. Besser, er brachte es hinter sich, was auch immer es war.

»Musst du diese Kleidung unbedingt hier im Haus tragen.«

Peyton blickte an sich hinab. Lederjacke, robuste Cargohosen und Stiefel mit Stahlkappen waren das Standardoutfit im Trainingsprogramm.

Wenn du erst die ganzen Waffen darunter sehen könntest, dachte er.

»Vater, was willst du von mir?«

Peythone räusperte sich. »Ich denke, es ist an der Zeit, dass wir über deine Zukunft sprechen.«

Um welche Zukunft genau?, fragte Peyton sich.

Als sein Vater nicht fortfuhr, zuckte er mit den Schultern. »Ich bin im Trainingsprogramm. Ich bin ein Kämpfer ...«

»Wir wissen doch beide, dass das nur ein Zeitvertreib ist.«

»Ganz bestimmt nicht – außerdem wolltest du selbst, dass ich die Ausbildung absolviere.«

»Weil ich gehofft hatte, es würde dich in jemanden verwandeln, der ...«

»Jemanden wie dich? Klar, weil du ja so ein knallharter Bursche bist.«

»Pass auf, was du sagst«, zischte sein Vater. »Und erlaube mir, dich daran zu erinnern, dass dein Leben nicht dir gehört. Es gehört der Familie, in die du hineingeboren wurdest, und als deren Oberhaupt obliegt es mir, dich in die richtige Richtung zu lenken.«

Peyton beugte sich in seinem Stuhl vor. »Ich bin ...«

Doch sein Vater redete einfach weiter. »Es gibt da jemanden, den ich dir gerne vorstellen möchte. Sie stammt aus einer geeigneten Familie, und bevor du dir deshalb Sorgen machst, man hält sie für eine große Schönheit. Ich bin mir sicher, dass dieser Teil bei dir auf Zustimmung stoßen wird. Wenn du klug bist, dann gibst du ihr eine faire Chance, ohne die Widerstände, die du möglicherweise an den Tag legen willst, weil ich in alledem eine Rolle spiele. Ich will nur dein Bestes, und ich bitte dich inständig, das zu berücksichtigen.«

Inständig bitten? Von wegen, dachte Peyton.

»Solltest du dich jedoch nicht auf angemessene Art verhalten« – sein Vater lächelte kalt –, »werde ich mich gezwungen sehen, deinen Unterhalt zu kürzen.«

»Ich habe einen Job.«

88

»Ein Dasein als Soldat finanziert dir nicht all das hier.«
Sein Vater machte eine ausladende Handbewegung, dass
klar war, dass er vom gesamten Anwesen sprach. Und vielleicht obendrein noch der Hälfte von Caldwell. »Ich habe
den Eindruck, ohne diesen Lebensstandard ginge es dir
nicht so gut. So widerstandsfähig bist du nicht.«

Peytons Blick landete auf dem Porträt eines männlichen Vampirs in der höfischen Kleidung des neunzehnten Jahrhunderts. Es handelte sich natürlich um seinen
Vater. Alle Porträts zeigten seinen Vater. Jede Phase seines Lebens wurde zur Schau gestellt, als wollte er verhindern, dass irgendjemand seinen gesellschaftlichen Rang
anzweifelte.

»Warum hast du so eine schlechte Meinung von mir?«,
murmelte Peyton.

»Warum? Weil ich schon alles erlebt habe. Menschen-
kriege und Vampirkriege. Ich bin über den großen Ozean gezogen und habe unsere Stellung hier gegründet, bevor eine der anderen Familien das tat. Ich bin der Kopf
dieser Blutlinie und habe mich über Jahrhunderte hinweg ehrenvoll verhalten, bin deiner *Mahmen* treu geblieben und habe ihr dich zum Geschenk meiner Lenden
gemacht. Ich trage drei Doktortitel von Menschenuniver-
sitäten, ich bin zertifizierter Experte für die Alten Gesetze. Ich spiele außerdem virtuos Geige und spreche zwölf
Sprachen. Sag mir, was du bisher erreicht hast? Habe ich
eine deiner großen Leistungen übersehen und nur deine
Fähigkeit wahrgenommen, große Mengen an Alkohol zu
konsumieren und was auch immer du sonst noch in diesem Zimmer treibst, das ich dir unter meinem Dach zur
Verfügung stelle? Hm?«

Peyton ließ das alles unkommentiert und überlegte, einfach aufzustehen und hinauszugehen. Stattdessen sagte er
leise: »Darf ich dich etwas fragen?«

Sein Vater machte eine ermunternde Geste. »Aber natürlich. Mir sind alle Fragen willkommen.«

»Warum wolltest du, dass ich am Trainingsprogramm der Bruderschaft teilnehme?«

»Es war an der Zeit, dass du dieser Familie etwas Ehre machst, statt ihr nur eine Last zu sein.«

»Nein …« Peyton schüttelte den Kopf. »Ich glaube nicht, dass das der Grund ist.«

»Bringen sie euch jetzt auch bei, Gedanken zu lesen?«

Peyton stand auf. »Ich glaube, du hast mich hingeschickt, weil du hofftest, ich würde versagen. Du hast dich darauf gefreut, das mit auf die lange Liste an Dingen zu setzen, die du mir vorhalten kannst.«

»Natürlich nicht. Sei nicht so theatralisch.«

Sein Vater spielte den Beleidigten perfekt. Doch dieses Licht in seinen Augen … oh ja, da war ein hässliches kleines Funkeln, und das zeugte von der Wahrheit.

»Ja, genau das dachte ich mir.« Peyton drehte sich weg.

Mit jedem Schritt, den er auf die Tür zuging, fühlte er sich schlechter. Vor seinem inneren Auge sah er Paradises Gesichtsausdruck, als er ihr gesagt hatte, dass er sie liebte. Darauf folgte eine Nahaufnahme von Novo, wie sie dort lag, als würde sie ihn bloß ertragen. Und den krönenden Abschluss bildete das Gesicht seines Vaters, unter dessen feinen, adeligen Zügen – denen von Peyton so ähnlich – die tiefsitzende Abneigung gegen seinen Sohn schwelte, die dieser nie verstanden hatte.

Als er die Tür erreichte, drehte Peyton sich kurz um und sagte: »Ich werde diese Frau treffen. Sag mir einfach wann und wo, ich werde da sein.«

Sein Vater zuckte vor Überraschung merklich zusammen, doch Peythone erholte sich rasch. »Sehr gut. Dann werde ich das arrangieren lassen. Und ich verlasse mich darauf, dass du dich entsprechend würdevoll benimmst – gemessen an meinen Standards, nicht an deinen.«

»Natürlich.« Damit ging Peyton hinaus.

Als er die Tür hinter sich zuzog, war er selbst überrascht, dass er dem Treffen zugestimmt hatte. Doch warum es nicht einmal auf die Art seines Vaters probieren? Peyton mochte den Kerl nicht, hatte keinen Respekt vor ihm, aber mit ihm selbst auf dem Platz von Captain Kirk lief es nicht so besonders gut. Alles, was er in den vergangenen fünf Jahren zustande gebracht hatte, war, seine Leber zu schädigen, süchtig nach THC zu werden und sich in die falsche Frau zu verlieben.

Vielleicht würde eine andere Taktik besser funktionieren.

Schlimmer konnte es jedenfalls nicht werden.

»Mein Herr«, setzte der Butler herablassend an.

»Halt's Maul.« Er warf dem *Doggen* auf dem Weg zur Haustür einen finsteren Blick zu. »Ich bin bewaffnet, und ich kann schießen – und du bist nicht schneller als eine Kugel, das verspreche ich dir.«

Als der Diener seines Vaters anfing zu stottern wie ein alter Motor, verließ Peyton das Haus und drehte sich nicht mehr um.

Bitte, lass mich heute Nacht einen Kampf finden, dachte er. *Und sei es auch nur, damit ich nicht im Morgengrauen zurückkomme und immer noch am liebsten jemanden umbringen würde.*

7

Als Novo auf dem Dach eines mehrstöckigen Gebäudes in der Innenstadt von Caldwell Gestalt annahm, trug sie eine Waffe an der rechten Hüfte, eine hatte sie hinten im Hosenbund stecken, zwei Dolche vorne auf Brusthöhe, und innen in ihrer Lederjacke verbarg sich eine schwere Kette. Ihre Füße steckten in Springerstiefeln und ihre Beine in einer hautengen Lederhose. Die getönte Brille diente zwei unterschiedlichen Zwecken: den kalten Wind abzuhalten, damit ihre Augen nicht tränten, und die Scheinwerfer und Straßenlaternen zu dimmen, die einen blenden konnten, wenn sie auf schneeweiße Flächen fielen oder plötzlich mitten im Kampf das Blickfeld durchkreuzten.

Als ein Windstoß durch die städtische Landschaft aus Apartmentgebäuden und kleinen Läden fegte, spürte sie zwar die Kälte, doch das würde nicht lange anhalten. Sobald sie sich bewegte, würde sie nichts mehr davon merken – apropos, wo zum Henker blieben eigentlich die anderen? Sie erlaubte ihrem Instinkt, die Witterung aufzunehmen, und betete für eine Regung irgendwo, den Geruch von Talkum … verdammt, selbst ein Mensch mit dummen Absichten käme ihr jetzt gerade recht. Doch all das war voreilig. Sie durfte sich auf nichts einlassen, bis die Brüder und die anderen Schüler da waren.

Als ihr jemand auf die Schulter tippte, fuhr sie mit blitzschnell gezücktem Messer herum.

»John Matthew.« Sie senkte die Waffe. »Verdammt. Ich hab dich gar nicht gehört.«

Der männliche Vampir antwortete ihr in Gebärdensprache, und mit gerunzelter Stirn entzifferte sie die Worte. Zum Glück hatte er Nachsicht mit einer Anfängerin und buchstabierte langsam.

»Ich weiß. Ich muss mich nach hinten besser absichern. Du hast recht.«

Sie verbeugte sich, was sie selten tat. Doch John Matthew war nicht nur Experte in allen möglichen Kampfdisziplinen, sondern auch einer der Vampire, denen sie vom ersten Moment an vertraut hatte. Er hatte etwas an sich, eine ruhige Gelassenheit, mit der er einem direkt in die Augen sah und dabei trotzdem nicht bedrohlich wirkte. Für sie war das gleichbedeutend mit Sicherheit, etwas, woran sie nicht gewöhnt war.

Er gebärdete langsam weiter, und sie nickte. »Ja, ich würde gerne heute Nacht ein Team mit dir bilden – warte … kannst du das wiederholen? Oh … ja, klar, verstanden. Ja, ich habe noch extra Munition, vier Ladestreifen.« Sie klopfte auf die Vorderseite ihrer Jacke. »Hier und hier.« Dann nickte sie wieder. »Und eine Kette. Was? Na ja, ich betrachte sie als die einzige Sorte Schmuck, die eine Frau wie ich je tragen würde.«

John Matthew lächelte und bleckte dabei seine Fänge. Als er ihr die Faust hinstreckte, schlug sie ein.

Einer nach dem anderen materialisierte sich am Treffpunkt. Axe, Boone, Paradise und Craeg kamen zuerst, gefolgt von Phury und Zsadist, dann Vishous, Rhage und Payne.

»Wo bleibt denn unser Goldjunge?«, wollte Bruder Vishous wissen, während er sich eine Zigarette drehte. »Beehrt er uns heute Abend nicht mit seiner verfluchten Anwesenheit?«

Um es so aussehen zu lassen, als wäre ihr das völlig egal, unterzog Novo ihre Waffen noch einmal demselben Check wie gerade eben für John Matthew.

Die Hitze, die durch ihren Körper fuhr, verriet ihr auf den Sekundenbruchteil genau, wann Peyton aus dem Nichts auftauchte.

Doch das lag einzig und allein daran, dass ihr die Situation unangenehm war, sagte sie sich. Stinknormales Unwohlsein, basierend auf Feindseligkeit und Groll, vielleicht mit einem winzigen Schuss Peinlichkeit versehen – schließlich hatte sie sich letzte Nacht in eine verwundbare Lage gebracht.

Selbst wenn Peyton das nicht ahnte, sie war sich dessen verdammt bewusst.

Im Nachhinein betrachtet hätte sie ihn nicht so benutzen sollen. Nicht weil es ihn verletzt hatte. Eigentlich war es ihm doch scheißegal. Das wusste sie aufgrund der Art, wie er diese Tussis in den Clubs behandelte. Nein, es war letzten Endes für sie selbst schlecht gewesen.

Ja, sogar vierundzwanzig Stunden später verlangte ihr Körper noch nach dem, was ihm versagt geblieben war.

Aber egal. Kein Grund, weiter darüber nachzudenken. Gegen den Feind ins Feld zu ziehen und sich dabei möglichst nicht töten zu lassen war genau die Art von Aufgabe, die sie brauchte, um alles andere aus ihrem Kopf zu vertreiben.

Wie zum Beispiel Sophy und Oskar.

Sie gingen kurz die Positionen durch und wurden an die Regeln im Gefecht erinnert, gefolgt von einer Fragerunde, die keiner der Schüler nutzte. Allen war klar, was erwartet wurde, weil man es ihnen im Unterricht eingebläut hatte.

Hoffentlich würden sie heute Nacht ein paar *Lesser* erledigen.

Inzwischen waren nicht mehr viele Jäger übrig, und Novo merkte, dass die Bruderschaft sich darauf vorbereitete, den Krieg endlich zu beenden. Unter den Kriegern breitete sich eine Unruhe aus, ein unterschwelliges Bewusstsein, das sich immer deutlicher bemerkbar zu machen schien. In Verbindung mit einigen zufällig mitgehörten Unterhaltungen über Omega war sie zu dem Schluss gekommen, dass sich die Lage zuspitzte.

Wie sähe die Welt der Vampire ohne die Gesellschaft der *Lesser* aus? Das war fast nicht vorstellbar ... und warf als Nächstes die Frage auf, welche Rolle die Trainingsschüler spielen würden, wenn es keinen Krieg mehr gab. Klar, die Menschen waren nach wie vor ein Thema, aber da ging es eher um ein friedliches Nebeneinander und nicht um einen Überlebenskampf.

Vorausgesetzt, diese schwanzlosen Ratten erfuhren nie von der Existenz ihrer Spezies.

Sonst wäre das natürlich eine ganz üble Sache.

»Dann mal los«, gab Bruder Phury das Startsignal.

In Zweiergruppen dematerialisierten sie sich zu ihren Quadranten, und sobald John Matthew und sie wieder Gestalt angenommen hatten, marschierten sie los die Straße hinunter. Dank des Sturms waren die Gehwege unpassierbar. Lediglich einige tiefe Fußabdrücke waren in der Schneedecke festgefroren wie Fossilien in altem Gestein.

Obwohl John Matthew und sie einen Ort im Koordinatennetz zugewiesen bekommen hatten, der zehn oder fünfzehn Blocks weiter westlich lag, war die Gegend dieselbe: vier- bis fünfstöckige schmale Wohngebäude älteren Datums mit acht bis zehn Mietwohnungen unter einem Dach. Entlang der Straße parkten die Autos Stoßstange an Stoßstange, und als Folge der heftigen Schneemassen glich die Fahrzeugschlange einer endlosen Schneewehe, aus der nur die Türgriffe und vereinzelt etwas Blech herausschauten. Der Schneepflug hatte sie allesamt begraben, und es wären mehrere Tage Sonnenschein oder stundenlanges Schneeschippen ihrer Besitzer nötig, um sie wieder vom Fleck zu bewegen.

Novos Blick blieb an den Straßenlaternen hängen. Die meisten von ihnen waren dunkel, zum Teil weil die Birnen kaputt waren ... oder weil die ganzen Glasaufsätze zertrümmert oder zerschossen waren. Das einzige Licht stammte aus den wenigen Fenstern, deren Vorhänge entweder so dünn waren, dass ein heller Schein nach draußen drang, oder an denen die Jalousien so viele Löcher hatten, dass sie praktisch innenliegenden Fensterläden glichen.

Kein Mensch in Sicht.

Während Novo den Trampelpfad betrachtete, der zu einer der Eingangstüren führte, versuchte sie sich vorzustellen, wie es für die Leute war, die sich tagsüber hier bewegten. Seltsam, dass es diese andere Seite von Caldwell gab, dieses andere aktive Dasein, das keiner von ihnen je aus erster Hand miterlebte. Zwar bekamen sie einen Eindruck davon durch die Nachrichten, solche Spuren im Schnee, die unter den weißen Massen begrabenen Autos oder die vagen Hinweise auf die Bewohner, die sich bei diesem Wetter nicht vor die Tür wagten. Doch während ihrer nächtlichen Streifzüge bekamen sie keinen richtigen Eindruck davon, da die Gesetzestreuen dazu neigten, ihre Behausungen nach zehn Uhr abends nicht mehr zu verlassen.

John Matthew und sie blieben genau im selben Moment stehen.

Drei Straßen weiter bogen zwei Gestalten um die Ecke. Einer ging etwas voraus, der andere hinterher, und sie waren so groß, dass es sich um Männer handeln musste. Auch sie blieben stehen, als sie sahen, dass sie nicht allein waren.

Novo griff nach ihrer Waffe an der Hüfte, doch sie ließ den Arm weiterhin locker herunterhängen. Aus dem Augenwinkel erkannte sie, dass John Matthew es ihr gleichtat.

Sie hatten den Wind im Rücken, was ein Nachteil war. Wenn es sich um *Lesser* handelte, würden diese ihren Geruch erkennen, während JM und sie keine Ahnung hatten, ob sie es mit menschlichen Schlägern oder Vampirjägern zu tun hatten.

So oder so bewirkte der Adrenalinstoß und das Zünden ihrer inneren Kraft, dass sie sich herrlich lebendig fühlte. Ihr Kopf war wie leergefegt, und ihre Gefühle duckten sich weg wie Schüler bei einer Strafpredigt des Lehrers.

Ihr Kampfinstinkt übernahm die Führung, und ihr Körper verwandelte sich in ein hochsensibles Aufnahmeinstrument für Informationen, die ihren Angriff optimieren konnten.

Verdammt, sie wünschte, der Wind würde die Richtung wechseln.

Die beiden Menschen oder Jäger oder was auch immer sie waren hatten kehrtgemacht und gingen nun in die Richtung davon, aus der sie gekommen waren, zurück um die Ecke.

John Matthew stieß sie mit dem Ellbogen an, und sie nickte.

Die Jagd hatte begonnen.

Nachdem Saxton dem König sein Anliegen vorgetragen hatte, verstummte er und wartete geduldig auf Wraths Antwort.

Das Audienzzimmer, das früher als Speiseraum des Anwesens gedient hatte, war leer abgesehen von ihnen beiden. Auch die Sesselgruppe am Kamin war unbesetzt, ebenso wie die zusätzlichen Stühle, die bei Bedarf zu einem Kreis angeordnet werden konnten. Auf dem Beistelltisch, den Saxton benutzte, lag alles Nötige bereit: seine zwei ordentlichen Aktenstapel, ein Notizblock und einige Stifte.

Wrath ging in dem Raum umher, wobei der Orientteppich von der Größe eines Fußballfeldes die Schritte seiner schweren Stiefel dämpfte. George, sein Blindenhund, war zwar nicht an der Leine, folgte seinem Herrchen jedoch dicht auf den Fersen, den großen Kopf mit den flauschigen Ohren schief gelegt, als fragte er sich, ob er etwas unternehmen müsse, falls sich der Kurs ändern sollte.

»Können wir nicht einfach die Bauherren umbringen, die diese alte Vampirdame belästigen?«, murmelte Wrath und blieb unter einem Kristallleuchter stehen, der auch locker als Galaxie durchgegangen wäre. »Ich meine, das wäre so verdammt viel effizienter.«

Ja, dachte Saxton. Er hatte mit dieser ersten Reaktion gerechnet. Außerdem war der König absolut in der Lage, einen Bruder zu rufen und ihn mit geladener Kanone dorthin zu schicken, um den Job zu erledigen, Mord hin oder her. Andererseits waren Wrath die Menschen ziemlich egal, obwohl seine Königin deren Blut in sich trug. Die ersten paar Male, als der König diese Art zweckmäßiger Lösung eines Homo-Sapiens-Problems vorgeschlagen hatte, war Saxton einfach darüber hinweggegangen, als handelte es sich um einen Scherz. Um dann fassungslos festzustellen, dass er es dem Vampir aktiv ausreden musste.

Das war also ein alter Hut.

»Diese Variante hätte sicherlich ihre Vorzüge.« Saxton verbeugte sich, obgleich Wrath ihn nicht sehen konnte. »Doch vielleicht möchte mein Herr einen etwas gemäßigteren Ansatz in Erwägung ziehen, zumindest vorerst. Etwas diplomatischer und weniger kugellastig.«

»Du bist so ein Spielverderber.« Doch Wrath lächelte. »Meine *Mahmen* und mein Vater hätten dich gemocht. Auch sie waren Wächter des Friedens.«

»In diesem Fall wäre das Ziel ja gar nicht der Frieden, sondern möglichst kein Ärger mit den menschlichen Gesetzen.«

»Gut. Was willst du tun?«

»Ich habe mir gedacht, vielleicht könnte ich hingehen und mit der Vampirin reden, um sicherzustellen, dass die Papiere nach Vorgaben der Menschenwelt alle in Ordnung sind. Danach würde ich in ihrem Namen bei den entsprechenden Personen vorsprechen, um sie dazu zu bringen, die Belästigungen einzustellen. Da es Winter ist, kann ich beides vor den Audienzen hier erledigen, da es früh genug dunkel wird.«

»Ich möchte dich aber nicht alleine dort draußen wissen.«

»Wir haben keine Anhaltspunkte, dass diese Leute wirklich gefährlich sind. Außerdem bin ich bis jetzt auch ganz gut ohne …«

»Entschuldigung, wie bitte? Hast du etwas gesagt? Ich höre nämlich nur ein Rauschen.« Als Saxton verstummte, nickte Wrath. »Ja, dachte ich's mir doch, dass du dich nicht mit mir streiten willst. Abalone und du, ihr seid die einzigen Außenseiter, denen ich bei dem, was ich hier tue, vertraue. Also nein, ich werde nicht mit deinem Leben spielen. Abgesehen davon, dass ich es zehn Stunden am Stück in deiner Gesellschaft aushalte, und das jede Nacht – was ein verdammtes Wunder ist –, gibt es da noch das nervige kleine Detail, dass du deine Sache verflucht gut machst.«

Saxton verbeugte sich erneut. »Ihr seid zu gütig. Allerdings bin ich, bei allem Respekt, nicht derselben Meinung, was die Gefahr betrifft, in die ich mich begeben könnte, daher …«

»… wirst du tun, was ich sage.« Wrath klatschte in die Hände. »Wunderbar. Ich liebe es, wenn wir uns einig sind.«

Saxton blinzelte. Dann räusperte er sich. »Ja, mein Herr, selbstverständlich.« Dann wählte er seine Worte mit Bedacht. »Ich würde lediglich gerne noch anmerken, dass die Bruderschaft und die Schüler am besten hier zu Eurem Schutz und draußen in der Stadt eingesetzt sind. Und wenn sie keinen Dienst haben, sollten sie auch die verdiente Erholungspause genießen. Was die Verteilung von Ressourcen betrifft, hat meine Bewachung nur extrem niedrige Priorität.«

Es folgte ein kurzes Schweigen. »Ich weiß, wer das übernehmen wird. Und wir sind mit diesem Thema fertig, du und ich.«

Als der König aus seiner erhabenen Position aus auf ihn herabblickte, die schwarzen Augenbrauen hinter der Brille verborgen, und mit seiner unglaublichen Größe selbst diesen beeindruckenden Raum klein wirken ließ, wusste Saxton, dass die Unterhaltung an dieser Stelle tatsächlich endete. So eng sie mit den Zivilisten auch zusammenarbeiteten, sollte man besser nie vergessen, dass Wrath ein kaltblütiger Killer war, der sich in der Kunst und den Schrecken des Krieges schon bestens auskannte, bevor er diesen Thron bestiegen hatte.

»Wie Ihr wünscht, mein König.«

8

Ruhn vergrub sich in seiner Jacke und ging den geräumten Fußweg zum Audienzhaus hinauf. Er hatte sich nicht die Mühe gemacht, Handschuhe mitzunehmen, als er das Anwesen der Bruderschaft verließ, und nun schwitzten seine zur Faust geballten Hände in den Taschen.

Auf der obersten Stufe vor dem Eingang blieb er stehen. Er musste an seinen ersten Besuch in diesem vornehmen alten Gebäude denken.

Er war auf der Suche nach seiner Nichte Bitty gewesen, nachdem er vom Tod seiner Schwester erfahren hatte. Damals hatte er vor diesen beeindruckenden Flügeltüren gestanden, ohne große Hoffnung, dafür umso verzweifelter, denn die lange, fruchtlose, traurige Suche nach seiner Verwandten hatte eine neue Wendung genommen.

Mit welchem Ende wusste er damals noch nicht. Wie sich herausstellte, war es ein Segen, bei dem eine gute Nachricht auf die nächste folgte, ein wahres Wunder aus Glück, Gemeinschaft und Großzügigkeit.

Doch vielleicht war all das nun vorbei. Ruhn hatte schon damit gerechnet. Früher oder später musste die natürliche Ordnung der Dinge schließlich wiederhergestellt werden, oder?

Eine offizielle Vorladung ins Audienzhaus des Königs? Was konnte das schon bedeuten, außer schlechten Nachrichten?

Er hatte sogar einen Verdacht, worum es dabei ging.

Die Tür wurde weit geöffnet, und Bruder Qhuinn trat beiseite. »Was ist los? Brauchst du etwas?«

Ruhn verbeugte sich tief. »Vergebt mir. Man hat mich geladen. Geht es ums Schippen?«

»Was?«

»Das Schneeschippen?«

Die beiden starrten einander an, als würden sie darauf warten, dass ein Übersetzer auftauchen und die Verwirrung auflösen möge. Da kam Saxton, der Anwalt des Königs, zusammen mit einem Mann und einer Frau aus dem Audienzzimmer. Der Anwalt sprach auf die übliche ruhige, vornehme Weise mit den beiden Zivilisten.

»Sie erhalten von mir eine E-Mail mit allen relevanten Details bezüglich der Rechtsmittel und einer Erläuterung der mit Ihrer Klage verbundenen Folgen.«

Als Saxton Ruhn erblickte, brach er ab. Er musterte ihn von oben bis unten, als hätte er etwas Unerwünschtes entdeckt. Dann räusperte er sich. »Sei gegrüßt. Wärst du so freundlich, schon einmal hineinzugehen? Der König erwartet dich bereits, und ich werde in Kürze zu euch stoßen.«

Ruhn sah das Ehepaar an. Dann Bruder Qhuinn. Dann warf er einen schnellen Blick hinter sich, doch da war niemand.

Aha. Offensichtlich war er gemeint.

Er verneigte sich vor dem Anwalt. »Aber natürlich. Vielen Dank.«

Dann durchquerte er die Menge der Versammelten im Foyer – na gut, es waren nur vier und er selbst, auf einer Fläche, auf der man locker acht Autos hätte parken können, aber heilige Scheiße, er hatte das Gefühl, als wäre nicht genug Luft zum Atmen da –, bevor er mit leisen Schritten das Audienzzimmer betrat.

Der König spürte seine Anwesenheit sofort und richtete sich auf. Er hatte seinem Hund gerade eine Wasserschüssel vor den Kamin gestellt.

Als George mit dem Schwanz wedelte und zu trinken begann, schien der König Ruhn direkt anzusehen, obwohl er doch blind war.

»Hallo.« Der Herrscher über alle Vampire deutete auf einen der Sessel am Feuer, ohne den Kopf in diese Richtung zu drehen. »Setz dich.«

»Ja, mein Herr.«

Ruhn verbeugte sich tief und eilte quer über den großen gemusterten Teppich. Als er sich in den Sessel niederließ, versuchte er, sich nicht zu schnell hineinplumpsen zu lassen. Er war sich seiner Größe und seines Gewichts durchaus bewusst und wollte nicht riskieren, dass das Ding unter ihm zusammenbrach.

»Wie geht es dir denn so?«

Ruhn zappelte nervös herum, während der König sich zu ihm gesellte. »Wie bitte?«

Wrath nahm Platz. Das rhythmische Schlabbern des Hundes im Hintergrund dauerte an. »Ist doch eine ziemlich einfache Frage, oder etwa nicht?«

»Äh … mir geht es gut, mein Herr. Vielen Dank.«

»Gut. Das ist sehr gut.«

George hob den Kopf und fuhr sich mit der Zunge einmal gründlich über die Schnauze, als wollte er keine Spur aus Wassertropfen hinterlassen. Dann setzte er sich neben Wraths Sessel, um sich hinter den Ohren kraulen zu lassen.

Als Ruhn das Schweigen nicht länger ertrug, räusperte er sich. »Mein Herr, wenn ich …«

»Ja?« Wrath rollte mit den Schultern, wobei es so laut knackte, dass Ruhn zusammenzuckte. »Sprich weiter.«

»Möchtet Ihr, dass ich Euer Grundstück verlasse?«

Die dunklen Augenbrauen tauchten über der schwarzen Brille auf. »Ich habe dich hergebeten. Weshalb sollte ich wollen, dass du gehst?«

»Ich meine das Anwesen, mein Herr.«

»Was?«

»Ich kann meine Sachen packen, wenn Ihr das wünscht. Allerdings würde ich gerne in Caldwell bleiben, in Bittys Nähe …«

»Wovon redest du denn da!«

Es war keine Frage. Eher so was wie eine Knarre an seinem Kopf. In der Stille, die folgte, blickte Ruhn den Golden Retriever an, der sich sofort auf den Boden legte, als wollte er dem Gast gegenüber nicht unhöflich sein. Seine Loyalität galt jedoch seinem Herrn, und deshalb hielt er sich lieber heraus.

»Ich nehme an, es geht um das Schneeschaufeln gestern Abend?«, fragte Ruhn.

Als der König den Mund öffnete, legte seine ungläubige Miene nahe, dass eher noch mehr Missverständnisse bevorstanden als weniger. »Lass es mich noch einmal versuchen. Was in aller Welt laberst du da?«

Saxon betrat den Raum und schloss die Doppeltüren hinter sich. »In gewisser Weise«, mischte er sich ein, »geht es tatsächlich um das Schneeschippen.«

Ruhn räusperte sich wieder und kam sich ziemlich bescheuert vor. Er hätte den Aristokraten nie beim Wort nehmen sollen. »Ich wollte nur helfen. Ich habe aufgepasst, dass ich die Steinstufen nicht zerkratze und …«

»Okay, ich habe keine Ahnung, wovon du da redest, und es ist mir auch egal.« Wrath strich sich energisch die Haare aus der Stirn. »Du bist hier, weil Saxton mir gesagt hat, dass du dir gerne Unterkunft und Verpflegung verdienen würdest. Und ich habe einen Job für dich.«

Ruhn blickte von einem zum anderen. »Ich muss nicht gehen?«

»Scheiße, nein. Wie kommst du denn auf die Idee?«
Ruhn gab sich keine Mühe, seine Erleichterung zu verbergen, und seufzte. »Oh, mein Herr, vielen Dank. Was auch immer Ihr von mir verlangt, lasst mich Euch versichern, dass ich mein Bestes geben werde. Ich ertrage es nicht, von Eurer Großzügigkeit zu leben.«

»Wunderbar. Ich will, dass du Saxton zu einer Zivilistin begleitest, die Probleme mit einigen Menschen hat.«

Ruhn runzelte die Stirn. »Vergebt mir, mein Herr, aber ich kann weder lesen noch schreiben. Wie könnte ich da dem königlichen Anwalt bei seiner Arbeit behilflich sein?«

Saxton trat vor, und als er das tat, stieg Ruhn auf einmal sein Duft in die Nase. Was für eine seltsame Wahrnehmung in dieser Situation. Andererseits schien nichts an diesem Besuch normal zu sein.

»Der König«, erklärte Saxton, »wünscht, dass ich jemanden zu meinem Schutz mitnehme, wenn ich die Zivilistin aufsuche. Die Brüder, Soldaten und Schüler sind draußen im Einsatz, bewachen dieses Haus oder ruhen sich aus. Einen von ihnen für diese Aufgabe abzustellen käme einer Veruntreuung von Mitteln gleich.«

Wrath hob die Hand. »Hör zu, ich will einfach nur, dass du dabei bist, falls einer dieser Menschen an einem unheilbaren Fall von Dummheit erkrankt. Es ist keine Kriegssituation, aber mir gefällt es auch nicht, Saxton allein dort draußen zu wissen, ohne dass jemand ihm Deckung gibt. Und mir ist zu Ohren gekommen, dass du kämpfen kannst – und zwar verdammt gut.«

Als Ruhn den Blick abwandte, spürte er, wie Saxton ihn ansah. Er war versucht, seine Vergangenheit zu leugnen … oder zumindest zu beschönigen. Natürlich konnte er das nicht tun, ohne seinem König zu widersprechen und ohne zu lügen. Außerdem hatte man dem Anwalt sicherlich von ihm erzählt.

»Noch einmal, ich gehe nicht davon aus, dass ihr in Gefahr geratet«, erklärte Wrath, »aber ich kann euch nicht versprechen, dass alles konfliktfrei ablaufen wird. Nichts, womit du nicht klarkommst – nicht nach allem, was du bereits hinter dir hast.«

Als sich die alte, vertraute Erschöpfung mit dem Gewicht eines Bergmassivs auf seine Schultern niedersenkte, ließ Ruhn den Kopf hängen und schwieg.

»Du musst das nicht tun«, sagte Wrath ganz ruhig. »Es ist keine Bedingung für deinen Aufenthalt im Wohnhaus.«

Nach einem Moment blickte Ruhn zu seinem Herrscher auf. Der große Blinde König sah ihn so eindringlich an, dass man hätte schwören können, mit seinen Augen wäre alles in bester Ordnung. Dann blähten sich seine Nasenflügel, als würde er etwas anderes wittern.

Abrupt wandte Wrath den Kopf in Richtung seines Anwalts. »Schon okay, ich organisiere dir jemand anderen.«

»Ich mach's«, erwiderte Ruhn mit rauer Stimme. Dann wechselte er in die Alte Sprache: »*Ich stehe bereits in Eurer Schuld, dafür, dass Ihr mich in Euer Zuhause aufgenommen habt und mir gestattet, dort zu wohnen. Euch diesen Dienst zu erweisen ist mir eine Ehre.*«

Ruhn erhob sich aus dem Sessel und trat einen Schritt vor, um vor den Stiefeln seines Königs niederzuknien.

Doch Wrath hielt ihm nicht den großen schwarzen Diamanten zum Schwur hin. »Bist du dir sicher? Ich mag es nicht, Leute zu Dingen zu zwingen – oder zumindest nicht, wenn ich sie nicht zum Spaß töten will oder um selbst zu überleben.«

»Ich bin mir sicher.«

Wieder das Flattern der Nasenflügel. Dann nickte der König. »So sei es.«

Der Ring wurde dargeboten, und Ruhn küsste den massiven Stein. *»In diesem und allen anderen Dingen werde ich Euch nicht enttäuschen, mein Herr.«*

Als er wieder aufgestanden war, warf er einen Blick zu Saxton hinüber. Der Anwalt sah ihn immer noch unverwandt und mit unergründlicher Miene an. Seine Gesichtszüge waren so ebenmäßig, dass ihre Schönheit fast einschüchternd war. Und zwar noch bevor man all die intelligenten Worte berücksichtigte, die er immer von sich gab, oder seine guten Manieren oder seine perfekt sitzende Kleidung.

»Wenn Ihr es gestattet, mein Herr«, sagte Saxton nun, »dann würde ich Ruhn gerne hinausbegleiten. Nun wäre ein guter Zeitpunkt für Euch, eine Pause zu machen und eine Kleinigkeit zu Euch zu nehmen. Wir haben noch drei Stunden vor uns.«

Ruhn bekam am Rande mit, wie Wrath und Saxton sich kurz unterhielten.

Doch alles, woran er denken konnte, war die Tatsache, dass er wieder mit hineingezogen worden war. Das Letzte, was er wollte, war, gegen jemanden oder etwas zu kämpfen, ob nun in Angriff oder Verteidigung.

Das alles hatte er hinter sich gelassen.

Doch er konnte seinem König nichts abschlagen. Außerdem verstand er durchaus, weshalb jemandem die Sicherheit des Anwalts wichtig war. Der Vampir war so clever und so eingebunden in alles, was der König tat. Ruhn hatte die Geschichten an der großen Tafel im Wohnhaus gehört. Saxton war unentbehrlich.

Mit etwas Glück, sagte er sich, würde er dieses Mal niemanden umbringen müssen. Diesen Teil hasste er wirklich.

Obwohl er sehr, sehr gut darin war.

Bloß Menschen.

Als Novo und John Matthew sich in den Schatten windabwärts von den winterlichen Nachtwanderern dematerialisierten, war mehr als klar, dass es sich bei den beiden nicht um den Feind handelte. Was nicht automatisch bedeutete, dass sie keine potenzielle Bedrohung darstellten und nicht getötet werden konnten. Dazu mussten sie jedoch zuerst eine echte Provokation liefern, und so gerne Novo diese Situation herbeigeführt hätte, war es ein feiger Zug und außerdem gegen die Regeln.

Leben und leben lassen, außer es kommt zu einer zwangsläufigen Auseinandersetzung.

»Verdammt«, murmelte sie.

John Matthew nickte. Dann zeigte er auf ihren ursprünglichen Standort.

»Ja, wir sollten besser auf Kurs bleiben.«

Zwanzig Minuten später hatten sie den ersten Abschnitt ihres Sektors abgeschritten, und es war an der Zeit umzukehren. Es war eigenartig, Novo musste an die ersten paar Nächte draußen im Einsatz denken. Eine der großen Herausforderungen bei dieser Art von Arbeit war es, sich nicht frustrieren zu lassen, wenn man nicht jede Minute in einem Bare-Knuckle-Fight steckte.

Irgendwie war sie damals davon ausgegangen, pausenlos zu kämpfen.

Von wegen, nicht mal die Hälfte der Zeit. Es verlangte viel Disziplin – etwas, woran sie noch arbeitete –, wachsam zu bleiben, ohne abzuschweifen, während sich Minuten zu Viertelstunden und schließlich zu halben Stunden dehnten. Man musste in der letzten Sekunde der Nacht noch genauso fit sein wie in der ersten, denn man wusste nie, wann man …

Als ihr neuer Knopf im Ohr Alarm meldete, schob sie ihn mit behandschuhter Hand tiefer hinein. »Scheiße.«

Pass auf, was du dir wünschst, dachte sie, als sie wieder ihre Waffe zückte.

John Matthew tippte ihr auf die Schulter, und sie nickte. »Ja, ich übernehme die linke Flanke.«

Sekunden später dematerialisierten sie sich in einen Nahkampf, bei dem Paradise und Phury sich gegen einen Jäger behaupteten und ihn immer weiter zurück in eine Gasse drängten. Doch am anderen Ende waren zwei weitere *Lesser* aufgetaucht.

Nach einer kurzen Berechnung stürzte Novo sich in den Angriff. Die Gefahr eines Kollateralschadens war zu groß, wenn sie ihre Pistole benutzte, deshalb steckte sie diese im Laufen zurück ins Holster und zog stattdessen einen ihrer Dolche.

Mit gebleckten Fängen und einer Riesenwut im Herzen rammte sie einen *Lesser* von links und walzte ihn nieder wie eine Dampflok, bevor er begriff, was zum Henker hier passierte. Sie stach auf Höhe des Adamsapfels in seinen Hals, ehe sie ihn mit der freien Hand an der Lederjacke packte und seinen Schädel auf die vereiste Schneewehe knallte, wieder und immer wieder.

Schwarzes Blut spritzte ihr ins Gesicht, in die Augen und den Mund, der widerlich süße Geruch mischte sich mit der eiskalten Luft, die sich einen Weg in ihre Lunge brannte. In einem entlegenen Winkel ihres Gehirns wusste sie, dass sie sich jetzt dem anderen zuwenden musste. Sie musste ihm die Klinge ihres verdammten Dolches mitten in die Brust stoßen, damit er zurück zu Omega gehen konnte. Und dann musste sie die anderen im Kampf weiter unterstützen.

Doch ihr Arm arbeitete wie ein Kolben, und der schwarze Fleck im Schnee breitete sich immer weiter aus. Das Fantastische daran war, dass der Jäger sich all dessen voll bewusst war. Der Schmerz, den sie verursachte, spiegelte sich in seiner fassungslosen Miene und den würgenden Atemzügen wider.

Es gab nur einen Weg, einen *Lesser* zu »töten«.

Man musste sein nicht existentes Herz durchbohren. Sie konnte also ein ganzes Jahr lang so weitermachen, und dieses Stück Scheiße, dieser unsterbliche Mörder ihrer Spezies, würde mit jedem Stich neue Qualen leiden.

Eine Kugel sauste an ihrem linken Ohr vorbei, und sie blickte auf. Knapp fünf Meter entfernt war ein weiterer Jäger in der Gasse aufgetaucht, bereit zum Einsatz, und er hielt ein lächerliches Nullachtfünfzehn-Gewehr in der Hand.

Was ein Witz gewesen wäre, hätte er es nicht direkt auf sie gerichtet. Noch ein Stückchen näher, und es könnte als aufgesetzt gelten.

Novo rollte sich zur Seite, wobei sie den lahmgelegten Jäger als Schutzschild auf sich zog. Da sie dabei ihren Dolch verlor, angelte sie ihre Knarre aus dem Hüftholster und begann, Runden abzufeuern.

Sie erwischte den zuletzt eingetroffenen Jäger an der Schulter. Der Einschuss ließ ihn leicht zurücktaumeln, doch die Verwundung hielt den Mistkerl nicht wirklich auf. Also feuerte sie weiter, bis ihr Ladestreifen aufgebraucht war. Dabei gelang es ihr, den *Lesser* glatt umzunieten. Die schlechte Nachricht war jedoch, dass der Untote im nächsten Augenblick schon wieder hochgeschnellt kam – und zwar mit einer zweiten Waffe.

Verdammte *Scheiße*. Novo tastete unter der schlaffen, stinkenden, undichten Quasi-Leiche über ihr nach ihrem eigenen Munitionsnachschub.

Zu spät. Zu unkoordiniert.

Sie würde sterben.

Aus dem Augenwinkel nahm sie eine pfeilschnelle Bewegung wahr, und sie brauchte nicht mehr als eine Sekunde, um zu erkennen, wer das war: Paradise kam geduckt aus den Schatten, bereit, den Schützen zu erledigen.

Der Jungfrau sei Dank. Doch Novo würde sich auf nichts verlassen. Es gelang ihr, den Reservestreifen in den Kolben ihrer Knarre zu rammen und die Mündung zu heben. Sie drückte den Abzug jedoch nicht, da sie Paradise nicht treffen wollte.

Da sprang plötzlich jemand direkt vor Novos Waffe vorbei – geradewegs hinein in die Kugeln, die der Jäger abfeuerte. Der Blitz war von links gekommen und hatte sich so schnell bewegt, dass sie zuerst nicht feststellen konnte, ob es sich um Freund oder Feind handelte.

Doch dann erkannte sie ihn genau.

Peyton gab Paradise keine Gelegenheit, ihren Job zu machen. Er rannte voll in sie hinein, stieß sie aus der Schusslinie in eine Schneewehe und machte die Abwehrstrategie, die Novo hatte retten sollen, zunichte.

Dem *Lesser* mit dem Gewehr gelang es, zwei weitere Runden abzufeuern, die nur durch absolutes Glück ihr Ziel nicht trafen, bevor er die Gelegenheit zur Flucht ergriff und losrannte wie ein Verrückter.

Er kam nicht weit. Zsadist schnappte ihn sich. Ein *Plopp!* und ein Lichtblitz zeugten von der schnellen Abfertigung.

Zusammen mit der restlichen Verstärkung, die am Schauplatz des Geschehens eingetroffen war, endete die Aktion so schnell, wie sie begonnen hatte.

»Was, verdammt noch mal, ist los mit dir!«, fluchte Bruder Phury.

Er und John Matthew kamen durch den Schnee herbeigestapft, und es war nicht zu übersehen, dass der stumme Kämpfer genauso stinksauer war wie der Bruder.

Novo schob ihre *Lesser*-Deckung ein Stück zur Seite und hob den Kopf, um die Show nicht zu verpassen. Außerdem begann sie, sich selbst nach Schussverletzungen abzusuchen.

In der Zwischenzeit zog Phury Peyton von Paradise herunter, an der er klebte wie Frischhaltefolie, um ihn dann quasi quer durch die Stadt zu schleudern. Als Peyton mit enttäuschender Gelenkigkeit landete, legte Phury erst so richtig los.

Der Kämpfer überquerte mit wenigen Schritten die Schneewehe. »Kannst du mir mal erklären, was das verdammt noch mal sollte?« Er zeigte auf Paradise, die inzwischen ebenfalls aufgestanden war und sich den Schnee von der Lederkluft klopfte. »Du hast unser Team in Gefahr gebracht, das Leben von zwei Leuten riskiert und uns einen Jäger gekostet.«

Peyton verschränkte die Arme vor der Brust und starrte auf einen Punkt oberhalb von Phurys linker Schulter. Dann machte er ein paar Schritte, bis er neben Novo zu stehen kam. »Paradise war in Schwierigkeiten.«

»Wie bitte?«, entgegnete die Vampirin. »Was soll der Quatsch?«

Peyton weigerte sich, sie anzusehen. »Er hatte eine Waffe. Er hätte sich zur Seite drehen und ihr ins Gesicht schießen können.«

»Bis er mich gesehen hätte«, gab sie zurück, »hätte ich ihn längst unter Kontrolle gehabt. Er war doch total abgelenkt.«

»Das kannst du nicht wissen.« Peyton schüttelte den Kopf. »Das weißt du einfach nicht.«

»Doch, das tue ich.« Paradise stapfte wütend durch den Schnee auf ihn zu. »Ich hatte die Lage eingeschätzt und war mitten in der Ausführung. Wenn ich dieses Gewehr nicht ausgeschaltet hätte, hätte er vielleicht Novo umgebracht.«

»Und ich wiederhole noch mal, dass du das nicht wissen kannst.«

Novo verdrehte die Augen. *Danke für deine Rücksichtnahme, Arschloch. Und, P. S., warum führt ihr beide dieses Streitgespräch direkt über mir?*

Wenn sie jetzt aufstand, würde sie automatisch zum Vollkontakt-Schiri.

Paradise fuchtelte mit den Armen herum. »Aber ich hatte keine Gelegenheit, es herauszufinden. Weil du beschlossen hast, den verdammten Helden zu spielen, obwohl ich keinen gebraucht habe.«

Schöne Predigt, Schwester, dachte Novo, während sie den mehr oder weniger reglosen *Lesser* weiter von sich runterschob, um sich aufzusetzen.

»So was geht einfach gar nicht.« Phury zückte sein Telefon. »Du bist bis auf Weiteres vom Einsatz freigestellt.«

»Was?!« Peytons zuvor so ausweichender Blick richtete sich nun voller Wut direkt auf den Bruder. »Warum das denn?«

»Du hast dich nicht an die Regeln gehalten.« Phury hob die Hand. »Halt besser die Klappe. Ich kann dir versichern, nichts, was du jetzt sagst, wird es besser machen …«

Der Dolch kam in weitem Bogen aus dem Nichts, auf einer Zielgeraden, die genau auf die Mitte von Novos Brustkorb zusteuerte.

Ein Schrei brach aus ihr heraus, als sie die Arme ausstreckte, um den Unterarm zu packen. Der schwer verwundete Jäger war irgendwie an ihre verlorene Waffe gekommen … und tat sein Bestes, sie wieder mit ihr zu vereinigen. Der Untote war trotz seiner ganzen Lecks höllisch stark.

Vor allem, da ihre Hände wegen all des schwarzen Blutes abrutschten.

Der Dolch durchstieß ihre kugelsichere Weste und drang in ihr Herz.

Sie verspürte keinen Schmerz, was wahrscheinlich nicht gut war, und als sie rückwärts in den Schnee fiel, war sie noch in der Lage, den Kopf zu heben und das unerklärliche Bild zu betrachten, das sich ihr bot: der Griff, immer noch in der Hand des Jägers, der direkt aus ihrem Brustbein ragte.

Als Nächstes fiel ihr auf, wie ihr Atem in einer weißen Wolke aus ihr hervorquoll und sich in der Nacht verflüchtigte, er sei er verschluckt worden. Oder vielleicht war es auch die Seele, die ihren Körper verließ?

Ihr letztes Bild war das des *Lessers,* der auf sie herablächelte, die wahnsinnigen Augen triumphierend, während aus seinem lachenden Mund schwarzes Blut troff.

Dann explodierte sein Kopf. Kugeln durchlöcherten den Schädel aus der einen oder anderen Richtung, Knochen splitterten, und ein feiner Nebel aus Hirnmasse zerstäubte in der bitterkalten Nachtluft.

Das war's für sie.

Sie verlor das Bewusstsein, indem sich eine große schwarze Leere auf sie herabsenkte, der Mantel des Sensenmannes, dessen Stoff so dick und schwer war, dass sie nicht dagegen ankämpfen konnte.

Ihr letzter Gedanke war, dass dies genau der unausweichliche Ausgang war, den sie von dem Moment an vorhergesagt hatte, als sie die Bewerbung für das Trainingsprogramm ausgefüllt hatte. Wirklich überraschend war nur, dass es so verdammt schnell passiert war.

Sie war sich sicher gewesen, mindestens ein Jahr oder zwei durchzuhalten.

9

In dem Moment, in dem Peyton sah, wie der Jäger sich aufrichtete, wusste er, dass es Ärger gab. Dann das Aufblitzen der Dolchklinge über der Schulter des Untoten, dieses groteske, gaffende Gesicht, verzerrt zu einem hasserfüllten Grinsen.

Es dauerte gleichzeitig eine Ewigkeit und bloß einen Augenblick.

Er brauchte keine genaue Berechnung durchzuführen, um zu wissen, wo diese rasiermesserscharfe Spitze landen würde. Das Unausweichliche ließ sich nicht abwenden. Die Waffe erfüllte ihre Pflicht, indem sie sich in Novos Brust versenkte, direkt durch die kugelsichere Weste hindurch.

Das Geräusch einer Pistole, die aus nächster Nähe abgefeuert wurde, hallte laut in seinen Ohren wider, und er sprang zurück. Doch es war nicht der Feind. Es war Paradise, die stark und unerschütterlich dastand und ihren Job erledigte: Ihre zielsichere Kugel pustete dem Jäger den Hinterkopf weg, sodass kleine Fetzen wie Konfetti herabrieselten und das schwarze Blut als feiner Regen niederging, der wie Ruß auf dem weißen Schnee landete.

Doch der verdammte *Lesser* fiel nach vorne statt nach hinten, auf Novo drauf – und damit auf den Dolch.

Als die Klinge noch tiefer eindrang, zuckte sie zusammen, ihre Hände bewegten sich, ihre Beine strampelten. Dann regte sich nichts mehr an ihr.

»Ruft Manny!« Phury stürzte nach vorn und zog den *Lesser* herunter. »Ruft den verdammten …«

»Ich hab ihn dran!«, wurde er von Craeg unterbrochen.

Peyton schwankte in seinen Stiefeln, als er sah, dass der Griff des Dolches aus Novos Lederjacke ragte. Die Klinge steckte so tief, dass kein Stahl mehr zu sehen war. Sie würde sterben – wenn sie nicht schon tot war.

Und das war alles seine Schuld. Seinetwegen hatte Paradise den Feind viel zu spät ausgeschaltet.

Als seine Beine unter ihm nachgaben, war er sich des Versagens seiner Extremitäten nur bewusst, weil sein Blickwinkel sich änderte – er befand sich plötzlich in der Horizontalen. Dafür spürte er rein gar nichts – also zumindest körperlich nicht. Emotional war er in einen Feuersturm geraten.

In der Zwischenzeit sprang Zsadist herbei und schickte mit einem Dolchstoß die Überreste des *Lessers* zurück zu Omega, und nachdem das *Plopp!* und der Blitz verklungen waren, scharten sich alle um Novo, gingen in die Hocke oder stützten sich mit einem Knie im blutgetränkten Schnee ab. Peyton konnte nun nicht mehr viel von ihr sehen, da Paradise und Craeg jeweils ihre Hand nahmen, während Phury nach ihrem Puls tastete und Boone zu ihren Füßen Stellung bezog.

Verdammt, dieser Dolch. Er steckte mitten in ihrer Brust.

Peyton schluckte mit trockener Kehle. »Novo? Lebt sie?«

Was für eine bescheuerte Frage. Andererseits kam von ihm ja sowieso nichts als Scheiße.

Donnernde Schritte. Sie näherten sich von hinten.

Mühsam drehte er sich nach der vermeintlichen Quelle eines neuerlichen Angriffs um. Doch da war niemand. Es war sein Herz, das in seinem Brustkorb hämmerte und dessen panischer Takt in seinen Ohren widerhallte.

Peyton fuhr sich über den Mund und riss seine Lederjacke vorne auf, in der vergeblichen Hoffnung, damit das Erstickungsgefühl in seinen Lungen zu lindern. Wo blieb bloß der verfickte Krankenwagen?

Er rappelte sich auf, um einen Blick über die Köpfe der anderen Kämpfer werfen zu können … und wünschte sich beinahe, er hätte es nicht getan. Novo war so weiß wie der Schnee, ihre Augen standen offen und schienen etwas in mittlerer Entfernung über ihr anzublicken. Sah sie den Schleier?

Komm zu uns zurück, hätte er gerne gebrüllt. *Schau nicht auf die andere Seite … bleib hier!*

Wie er das Blut des Jägers auf ihrem Gesicht hasste. Er hätte es gerne von ihrer viel zu blassen Haut gewischt, sie vom Krieg gereinigt, von seinem Fehler, von diesen Konsequenzen.

Fluchend ging er auf und ab, zerrte an seinen Haaren wie ein Wahnsinniger. Sein Kopf sagte ihm, dass er nur klar genug denken und sich vorstellen musste, wo genau er gestanden hatte, als er diese Fehlentscheidung traf, weil er sich dann irgendwie in den Moment zurückversetzen und dieses Ergebnis ungeschehen machen könnte, indem er nicht versuchte, Paradise zu beschützen.

Dann würden sie jetzt alle immer noch kämpfen – oder sich nach siegreicher Beendigung des Gefechts beschwingt und beflügelt auf die Suche nach dem nächsten Kampf machen.

»Lebt sie?«, krächzte er. »Ist sie …«

Novo fing an zu husten, und das rote Blut, das dabei zum Vorschein kam, ließ ihn so schwindelig werden, dass er wieder auf den schneebedeckten Boden sackte. Er senkte den Kopf und stützte sich mit beiden Händen ab, um sich zu übergeben. Doch obwohl ihm unendlich übel war, kam nichts heraus.

Das Rumpeln der mobilen Krankenstation, die um die Ecke bog, klang wie ein Engelschor. Um Platz zu machen, schob Peyton sich über die Schneewehe, bis er mit dem Rücken gegen das nächste Gebäude stieß. Das Wohnmobil kam abrupt zum Stehen, Manny Manello sprang hinter dem Lenkrad hervor, Arzttasche in der Hand, Stethoskop um den Hals.

»Ihr dürft sie nicht bewegen«, bellte der menschliche Arzt.

Sofort zuckten alle zurück, denn keiner wollte derjenige sein, der Scheiße baute. Dann machten sie alle dem Doktor Platz.

Peyton blieb, wo er war, den Kopf in die Hände gestützt, um das Gewicht seines Schädels zu halten. Von unregelmäßigem Blinzeln abgesehen, rührte er sich nicht.

Er atmete nicht einmal.

Eine Minute später dematerialisierte Ehlena sich in der Gasse mit einem Rucksack voll medizinischen Materials. Dann kam Doc Jane. Und noch mehr Brüder.

Ab und zu merkte er, wie Blicke ihn streiften, und bei dem Geflüster ging es garantiert um das, was er getan hatte. Doch das war ihm alles egal. Er wollte nur wissen, ob Novo überleben würde.

Schwere Stiefel kamen direkt vor ihm zum Stehen.

Als Peyton aufblickte, sagte Bruder Rhage: »Es war keine Absicht, das weiß ich.«

»Lebt sie noch?« Heilige Scheiße, er erkannte seine eigene Stimme nicht mehr. »Bitte … sag es mir.«

»Ich weiß es nicht. Aber wir müssen dich hier wegbringen.«

»Ich schwöre, ich wollte nicht, dass das passiert.« Er schloss die Augen und drückte fest mit den Handballen dagegen. »Ich will das nicht.«

»Ich weiß, mein Sohn. Wir müssen jetzt zurück ins Quartier, du und ich.«

»Was ist mit ihr?« Peyton ließ die Hände sinken. »Was passiert mit ihr?«

»Manny, Ehlena und Jane tun, was sie können. Aber wir wollen alle Schüler ins Trainingszentrum bringen. Der Bus ist da.«

Verflucht, er hatte es nicht einmal bemerkt.

Als er Schwierigkeiten hatte aufzustehen, war Rhages große Hand da, um ihm zu helfen. Sobald er in der Senkrechten war, fing der Bruder an, ihn abzuklopfen.

»Was machst du da?«, wollte er von seinem Lehrer wissen.

»Dir deine Waffen abnehmen.«

»Bin ich verhaftet?«

Rhage schüttelte den Kopf. »Nein, du siehst nur verdammt selbstmordgefährdet aus.«

Peyton hatte keine Ahnung, wie lange die Fahrt zurück zum Trainingszentrum gedauert hatte. Zeit war nicht länger etwas, das sich in Einheiten messen ließ – sie glich eher der Unendlichkeit des Weltraums, grenzenlos, unberechenbar, größer als er selbst und alle anderen. Er war sich auch nicht sicher, wie er in den unterirdischen Teil der Anlage der Bruderschaft gelangt war. Er konnte sich weder an die Busfahrt noch daran erinnern, das Anwesen betreten zu haben, und er wusste auch nicht mehr, wie er im Pausenraum auf dem Stuhl gelandet war.

Irgendwie musste er sich ja fortbewegt haben, denn er hatte sich garantiert nicht den Flur runter dematerialisiert, und getragen worden war er auch nicht. Sein Hirn war wie tot.

Verflucht, dieses Wort wollte er nicht verwenden.

Als er die Arme hob, stellte er fest, dass er in einer Hand eine Flasche Hochprozentiges hielt. Dieses Mal war es

119

Gin, Beefeater. Und der Deckel war abgeschraubt. Irgendjemand hatte bereits ein Viertel des Inhalts getrunken.

So resigniert wie ein Gefangener mit lebenslänglicher Haftstrafe blickte er sich im Aufenthaltsraum um. Er war allein, und die Uhr an der Wand verriet ihm, dass etwa zwei Stunden vergangen waren.

Wie lange würde Novo noch operiert werden?, fragte er sich. Rhage war kurz hereingekommen und hatte ihm gesagt, dass man sie dort draußen in der Gasse hatte stabilisieren können, sie aber noch eine Weile im OP der Klinik sein würde.

Lebte sie?

Die Tür des Pausenraums ging auf, und als er sah, wer da kam, konzentrierte er sich schnell auf die Ginflasche. Er befahl seinem Arm, die Öffnung wieder an seinen Mund zu führen, doch dieser verweigerte ihm den Gehorsam.

Interessant. Wie es schien, war er gelähmt.

»Wie … geht's dir?« Paradise hatte nur einen Schritt in den Raum gemacht.

Da es im Grunde nicht mehr schlimmer werden konnte, dachte er sich, scheiß drauf, und sah sie an. Ihre Augen waren gerötet und geschwollen vom Weinen, ihre Wangen leuchtend rot, weil sie sich in der Kälte die Tränen weggewischt hatte, und ihre Hände zitterten, während sie am Reißverschluss ihrer schwarzen Fleece-Jacke herumspielte.

»Gut, und dir?«, murmelte er.

»Komm schon, Peyton.«

»Was willst du denn hören? Sie haben mir meine Waffen abgenommen, weil sie Angst hatten, ich würde mich umbringen. Und weißt du was, ich glaube, das war gar nicht so falsch gedacht. Beantwortet das deine Frage?« Als sie ihn bloß anstarrte, fluchte er. »Sorry.«

Er drehte die Flasche in den Händen hin und her, bis

er den kleinen englischen Wachmann auf dem Label gefunden hatte. Wenn es doch nur eine Möglichkeit gäbe,
mit dieser zweidimensionalen Zeichnung zu tauschen. Es
würde ihm ganz gut gefallen, nicht mehr als ein Bild zu
sein.

»Irgendwas Neues von ihr?«, krächzte er.

»Noch nicht. Wir warten draußen auch immer noch
auf Nachricht. Ehlena meinte, es würde noch eine Weile dauern.«

»Bist du deshalb hergekommen? Um mir das zu sagen?«

»Ich dachte, du hast ein Recht, es zu erfahren.«

»Ich weiß es zu schätzen.« Er holte zitternd Luft. »Weißt
du, ich hätte dich wirklich einfach nur deinen verdammten Job machen lassen sollen.«

»Peyton …«

Dunkel fragte er sich, ob sie seinen Namen jetzt bis in
alle Ewigkeit so aussprechen würde. Wie ein Schluchzen
mit zwei Silben.

Sie kam näher und setzte sich in den Stuhl ihm gegenüber. »Es war ein Fehler. Eine reflexartige Reaktion.«

»Wenn sie stirbt, bin ich ein Mörder.«

»Bist du nicht.«

Peyton schüttelte bloß den Kopf. Dann sah er sie unverwandt an.

Die feinen blonden Härchen, die sich aus ihrem Pfer-
deschwanz gelöst hatten, schimmerten im Licht der De-
ckenlampen wie ein Heiligenschein – was passend war. Sie
war eine Heilige, eine Vampirin mit einem Herz aus Gold.

Und dann dachte er an diesen Hammerschuss, der den
Kopf des *Lessers* zerfetzt hatte.

Okay, na gut, sie hatte ein Herz aus Gold und die Treff-
sicherheit eines Scharfschützen.

Auf einmal musste er an den Tag der Einführung denken, als sie ihm half weiterzumachen, nachdem er von

diesen vergifteten *Horsd'oeuvres* gegessen hatte und ihm schlecht geworden war. Sie hatte ihn mitgezogen, bis er schließlich vor Erschöpfung auf der letzten Strecke der brutalen Ausdauerprüfung zusammengebrochen war – sie jedoch noch immer nicht aufgegeben hatte. Er sah so viele Bilder von ihr vor sich, aus dem Unterricht, wo sie stets aufpasste, auf Tests immer bestens vorbereitet war und gute Fragen stellte. Das körperliche Training absolvierte sie mit derselben Konzentration und Hingabe, ob es nun um Nahkampf, Gewichtheben im Kraftraum oder Hindernisläufe ging.

Sie war für den Job, den sie machte, hervorragend qualifiziert.

Wetten, dass sie niemals so entschieden hätte wie er dort draußen in dieser Gasse? Sie hätte sich niemals aufgedrängt, wo sie nicht gebraucht wurde.

»Reflex«, hatte sie seine Reaktion genannt.

Nein, das war es nicht. Er hatte sie beschützen wollen, als wäre sie seine Gefährtin. Sich selbst in Gefahr gebracht, um sie zu retten, wo sie doch gar keine Hilfe nötig hatte und es ihn auch nichts anging. Hätte jemand anderes diesen *Lesser* angegriffen, hätte er sich garantiert nicht eingemischt.

Ihm fiel auf, dass sie an etwas an ihrem Hals herumspielte. Ein kleiner Anhänger an einem Kettchen. So etwas hatte sie zuvor noch nie getragen, und beim Schmuck ihrer Mutter handelte es sich ausnahmslos um dicke Klunker namhafter Juweliere, nicht etwas so Zierliches, Schlichtes.

Es musste also ein Geschenk von Craeg sein.

Weißgold wahrscheinlich, dachte er. Nicht einmal Platin. Und doch war es für sie zweifellos von unschätzbarem Wert.

Während er beobachtete, wie ihre schlanken Finger an dem kleinen Anhänger herumspielten, wurde ihm auf einmal eines klar: Er musste dieses Hirngespinst ein für allemal loslassen.

»Peyton, hör zu, das, was du gestern Abend gesagt hast …«

»Ich habe nichts gesagt. Es war ein Witz. Ein bescheuerter Witz in einem schlechten Moment.«

Das Schweigen, das folgte, legte nahe, dass sie an seine Linebacker-Aktion in dieser Gasse dachte und wusste, dass er log. Doch genau in diesem Augenblick, als würde ihre Unterhaltung über Lautsprecher übertragen, ging die Tür auf. Craeg, wer sonst.

»Sie machen sie jetzt zu«, berichtete der Vampir mit harter Stimme.

Wow, dachte Peyton, als der andere ihn böse anfunkelte. Dieser Blick konnte so viel Schaden anrichten wie ein Hohlspitzgeschoss – und er sollte das wissen, denn er hatte im Gefecht schon mal einen Kopfschuss erlitten.

»Wird sie wieder gesund?« Paradise stand auf und ging zu ihrem Gefährten. »Wird sie das?«

»Ich weiß es nicht.« Bei der Umarmung der beiden ging es nur um gegenseitige Unterstützung. Peyton fühlte sich wie ein Außenseiter. Passenderweise. »Ihr Zustand ist immer noch kritisch. Aber sie suchen nach Freiwilligen, von denen sie sich nähren kann, und das muss ja bedeuten, dass sie eine Chance hat. Hör zu, ist es für dich in Ordnung, wenn ich ihr mein Blut anbiete?«

»Oh, ja. Natürlich.«

Peyton meldete sich zu Wort. »Meines wird sie bestimmt nicht wollen.«

Craegs feindseliger Blick richtete sich wieder auf ihn. »Dich hat auch niemand gefragt.«

Aha, so würde das ab jetzt also laufen, dachte Peyton. Doch er konnte die Haltung des anderen schon verstehen.

Fuck.

Bevor Craeg einen Streit anfangen konnte, stellte Paradise sich zwischen sie beide und versuchte, ihren Kerl zu beruhigen, die Handflächen auf seine Brust gelegt. »Bleib locker, okay? Wir brauchen keine weiteren Verletzten im Team.«

Dann senkte sie die Stimme, und es folgte ein leiser, gedämpfter Wortwechsel zwischen den beiden. Craeg stieß die Tür mit der Faust auf und ging.

Paradise holte tief Luft. »Hör zu … ich glaube, wir müssen reden.«

»Nein. Müssen wir nicht, und werden wir nicht.«

»Peyton. Was heute Nacht passiert ist …«

»Kommt nie wieder vor. Weil sie mich höchstwahrscheinlich aus dem Programm werfen. Aber selbst wenn nicht, werde ich diesen Fehler nicht noch einmal machen. Du bist auf dich allein gestellt.«

»Moment mal. Wie bitte? Ich brauche deinen Schutz nicht. Ich kann sehr gut auf mich selbst aufpassen.«

»Ich weiß, ich weiß.« Er rieb sich das Gesicht. Nahm einen weiteren Schluck aus der Flasche. Hätte gerne gebrüllt. »Paradise, es ist vorbei. Okay? Es ist nun mal passiert – und hör auf, mich so anzuschauen.«

»Wie denn?«

»Ich weiß nicht.«

Es folgte ein langes Schweigen. »Peyton, es tut mir leid.«

»Ich bin derjenige, der einen Fehler gemacht hat, nicht du.« Er schüttelte den Kopf. »Ich werde mich auch bei Craeg entschuldigen.«

Die Tür ging wieder auf, doch dieses Mal streckte Rhage den Kopf herein. »Okay, Novo ist aus dem OP draußen, und zumindest lebt sie. Du und ich, wir müssen die Einzelheiten zu dem Vorfall aufnehmen, und dann vereinbaren wir einen Termin für dich beim psychologischen Gutachter.«

Als Peyton nicht reagierte, deutete der Bruder mit dem Kopf in Richtung Flur. »Komm schon, du musst mich ins Büro begleiten.«

Als Peyton aufstand, dachte er, was für eine traurige Zusammenfassung des eigenen Lebens es doch war, wenn die Aufforderung, sein verantwortungsloses Handeln zu rechtfertigen, deutlich besser als die Alternative war: eine Diskussion über unerwiderte Liebe mit dem Objekt der eigenen unerwiderten Gefühle.

Eins verlockender als das andere.

Auf dem Weg zum Ausgang stellte er die Ginflasche auf einem Beistelltisch ab, und auf der Höhe von Paradise blieb er einen Moment stehen.

Er drückte kurz ihren Arm und hoffte, dass sie die Geste als beruhigend verstand. »Es tut mir leid. Alles. Ist komplett meine Schuld, ich nehme alles auf meine Kappe.«

Bevor sie etwas erwidern konnte, ließ er sie los und ging nach draußen.

Im Korridor hielten sich die anderen Schüler und einige der Brüder vor dem Klinikbereich auf. Als sie ihn sahen, erstarrten sie, blieben stehen, verstummten.

Er hatte keine Ahnung, was er zu ihnen sagen sollte.

Also senkte er bloß den Kopf und ging weiter.

10

»Da vorne an der Kreuzung musst du rechts abbiegen.«

Saxton deutete durch die Windschutzscheibe, obwohl die Scheinwerfer des Trucks den Weg bereits zeigten. Ruhn saß am Steuer. Eine Pranke hatte er locker am Lenkrad, die andere ruhte auf seinem Oberschenkel.

Bittys Onkel war ein hervorragender Fahrer. Er fuhr souverän, gleichmäßig und hatte den riesigen Ford Was-auch-immer völlig unter Kontrolle, obwohl die Menge an Eis und Schnee auf der Straße Alaska alle Ehre machte.

Es war gut, sich sicher zu fühlen.

Abgesehen davon roch der Vampir umwerfend gut. Ein sauberer, starker Duft nach Seife, Shampoo und Rasierschaum, aber nichts von dem teuren Zeug. Andererseits würde an Ruhn selbst Palmolive wie ein Eau de Cologne riechen.

»Nächstes Mal können wir uns dematerialisieren«, sagte er jetzt. »Es tut mir leid, dass ich Caldwell noch nicht so gut kenne.«

Na ja, alternativ hättest du einfach von mir trinken und mir folgen können, überlegte Saxton, verbot sich diesen Gedanken aber sofort. »Die Fahrt lief doch ganz gut. Es ist schon eine Weile her, seit ich in einem motorisierten Fahrzeug unterwegs war. Ist eigentlich recht angenehm, oder?«

Er hatte ganz vergessen, wie hypnotisierend diese Art der Fortbewegung sein konnte. Das leise Brummen des

Motors, der warme Luftstrom an den Füßen, die leicht ver-
schwommene Landschaft draußen, die in diesem Fall aus
sanft gewelltem, von unberührtem Neuschnee bedecktem
Ackerland bestand.

»Kann ich dich was fragen?«, hörte er sich sagen.

»Ist dir zu warm?« Ruhn warf ihm einen Seitenblick zu.
»Ich kann die Heizung runterdrehen.«

Als der Vampir die Hand nach dem Regler ausstreckte,
schüttelte Saxton den Kopf. »Die Temperatur ist perfekt.
Vielen Dank.«

Kurz darauf sah Ruhn wieder zu ihm herüber. »Fahre
ich zu schnell?«

»Nein, du bist ein ausgezeichneter Fahrer.«

Wurde er etwa gerade rot?, fragte sich Saxton.

»Also, ich bin einfach nur neugierig ...« Er räusperte sich
und verstand selbst nicht so genau, woher das plötzliche
Unbehagen kam. »Ich wusste nicht, dass du in deiner Vergangenheit gekämpft hast. Ich nehme an, es war im Krieg?
Hattest du in South Carolina mit dem Feind zu tun?«

Als er keine Antwort erhielt, sah er zu Ruhn hinüber.
Dessen Hand lag nicht länger entspannt auf dem Lenkrad, sondern umklammerte es so krampfhaft, dass die
Knöchel weiß hervortraten. Er hatte die Augenbrauen
fest zusammengezogen.

»Es tut mir leid«, sagte Saxton leise. »Ich habe dich ge-
kränkt. Bitte entschuldige.«

»Nein, das ist es nicht.«

Doch er sagte nichts weiter, und bevor eine Antwort
kam, mussten sie abbiegen.

»Hier vorne wieder rechts«, murmelte Saxton.

Ruhn verlangsamte das Tempo, setzte den Blinker und
bog ab. Knapp zweihundert Meter weiter tauchte am Stra-
ßenrand ein unauffällig beleuchtetes Schild mit der Aufschrift »Blueberry Farm Estates« auf.

In die Stille hinein sagte Saxton: »Hier leben seine Eltern – ich meine, Rocke und Lyric, Blaylocks *Sire* und *Mahmen*. Sie haben sich mit der Angelegenheit an ihn gewendet, daher nehme ich an, dass die ältere Vampirin noch ein Stückchen weiter die Straße entlang wohnt.«

»Ist es das hier?«, fragte Ruhn, als sie einen einzelnen Briefkasten mit handgemalter Zahl darauf erreichten.

»Das ist die Adresse, ja.«

Die Einfahrt des Grundstücks war nicht geräumt, aber mindestens eine Reifenspur war im Schnee zu erkennen. Vielleicht waren die Menschen, die sie belästigten, wieder da gewesen?

»Das wird jetzt etwas holprig«, warnte Ruhn. »Halt dich fest.«

Hastig fasste Saxton nach dem Türgriff, als sie die Landstraße verließen und schlingernd über einen schmalen Weg rumpelten, auf dem maximal ein Auto Platz hatte. Kahle Bäume und Büsche säumten eng die Seiten, als würde Mutter Natur ihr Eindringen nicht gutheißen und alles in ihrer Macht Stehende tun, um den Zutritt zu erschweren.

Saxton spähte durch die Windschutzscheibe und stellte sich vor, wie sich in den warmen Monaten ein Tunnel aus Blättern bilden würde.

Dann kam das Farmhaus.

Das Gebäude war größer, als er erwartet hatte. Er hatte sich eine Art Hobbit-Cottage vorgestellt, vielleicht mit windschiefen Fensterläden und einem Schornstein, der wenig vertrauenerweckend wirkte. Stattdessen handelte es sich um ein richtiges Backsteinhaus mit vier Butzenglasfenstern im Erdgeschoss, einer breiten Eingangstür und acht schmäleren Fenstern im ersten Stock. Das Schieferdach war solide und eindeutig in der Lage, die Apokalypse zu überstehen. Und, ja, es gab Fensterläden, aber sie waren alle schnurgerade und sauber schwarz gestrichen.

Rauchkringel stiegen aus beiden kerzengeraden Kaminen auf.

Es gab außerdem einen Baum.

Oder besser gesagt ... einen BAUM.

In der Mitte der runden Einfassung vor dem Haus stand ein majestätischer Ahorn mit dickem Stamm und kräftigen Ästen, die wie Arme nach dem Himmel zu greifen schienen, so gleichmäßig im Wuchs, dass es doch sicher bewies, was für ein Künstler der Schöpfer war.

Doch nicht alles war idyllisch und friedlich.

Einem Fenster ganz links im ersten Stock fehlte eine Scheibe. Oder zumindest nahm Saxton an, dass das der Fall war, denn eines der sechs Rechtecke war mit einer Sperrholzplatte vernagelt.

Aus irgendeinem Grund ließ ihn das auf eine Art frösteln, wie es das kalte Wetter nicht vermochte.

Ruhn parkte den Wagen vor den flachen Steinstufen, die zur Eingangstür führten. »Werden wir erwartet?«, erkundigte er sich.

»Durchaus. Zumindest habe ich die Enkelin angerufen. Von der alten Dame habe ich keine Telefonnummer.«

Als Saxton die Beifahrertür öffnete, fuhr die Winterkälte heulend ins Wageninnere, als wäre sie ganz versessen darauf, die Wärme zu erobern, die sie künstlich hergestellt hatten. Und das quietschende, knirschende Geräusch seiner Merrells auf dem Schnee zeugte davon, dass es unter null Grad hatte. Bei einem tiefen Atemzug kitzelte ihn der Geruch nach Holzfeuer in der Nase und ließ ihn an Werbespots für Reisen nach Vermont denken.

Im Erdgeschoss brannte Licht. Durch die offenen Vorhänge konnte er handgezimmerte Möbel erkennen, deren Stil von früheren Zeiten zeugte, ebenso wie das

Blumenmuster der Tapeten, die in den wilden Zwanzigerjahren aus der Mode gekommen waren.

Das Haus hier zeugte weniger vom Ende eines langen Lebens, dachte er, sondern vielmehr vom liebevollen Bewahren der alten Dinge.

Die Eingangstür wurde in dem Moment geöffnet, als Ruhn den Wagen umrundete. Zumindest die Vampirin im Türrahmen war so, wie Saxton sie sich vorgestellt hatte: leicht gebeugt, die weißen Haare zu einem Bob geschnitten, ein freundliches Gesicht mit tiefen Falten. Doch ihre Augen waren wach, ihr Lächeln herzlich und das selbst genähte Kleid mit dem weißen Spitzenkragen sorgfältig gebügelt.

In Anbetracht der Tatsache, wie Vampire alterten, nämlich so gut wie gar nicht bis kurz vor ihrem Tod, blieben ihr noch zehn Jahre, vielleicht mehr, aber nicht viel.

»Sie müssen Saxton sein«, sagte sie. »Der Anwalt des Königs. Ich bin Miniahna, aber bitte nennen Sie mich doch Minnie.«

Als Saxton durch den Schnee auf sie zustapfte, fiel ihm auf, dass Fußabdrücke zur Veranda und wieder weg führten. »So ist es, Madam. Und das hier ist Ruhn, mein … Assistent.«

Hinter ihm murmelte Ruhn etwas Unverständliches und verbeugte sich tief.

»Bitte, kommen Sie doch herein.«

Sie trat beiseite, und Ruhn folgte Saxton ins warme, heimelige Innere des Hauses. Der Geruch von Zimt und etwas Süßem lag in der Luft, was Saxton daran erinnerte, dass er vergessen hatte, das Erste Mahl zu sich zu nehmen. Oh, und war das etwa Bienenwachs?

Er klopfte auf der Matte den Schnee von den Schuhen und sah sich um. Direkt vor ihm lag eine Treppe mit geschwungenem Holzgeländer, das offensichtlich regelmäßig poliert wurde. Daher musste diese unterschwellige Zitronennote stammen, die er wahrnahm.

»Ich habe uns Tee gemacht.« Sie deutete in Richtung des Salons. »Wenn Sie Zeit dafür haben.«

»Aber natürlich, Madam. Ich denke, wir sollten besser unsere Schuhe ausziehen.«

»Das ist nicht nötig.«

»Dauert nur einen Moment.« Da stellte er fest, dass Ruhn hinter ihm bereits mit den Schnürsenkeln seiner Stiefel beschäftigt war. »Ich möchte keine nassen Spuren hinterlassen.«

»Sehr rücksichtsvoll von Ihnen«, erwiderte Minnie. Und als Saxton sich erneut verbeugte, wurde ihr Lächeln noch breiter. »Sie haben so wundervolle Manieren. Sie erinnern mich an meinen Rhysland, möge er im Schleier gesegnet sein.«

»Möge er gesegnet sein, ja.«

»Nehmen Sie doch Platz, während ich den Tee hole.«

Minnie verschwand, und Saxton wählte das Sofa neben dem Kamin. Holländische Kacheln in Blau-Weiß waren rings um die Feuerstelle angebracht, und vor dem alten Messinggitter lag ein gewobener blau-weißer Teppich. Der Rest des Raums war in viktorianischem Rot und Dunkelblau gehalten.

Durchs Fenster konnte er die verschneite Landschaft sehen. *Was für ein perfekter Ort, um ein Buch zu lesen,* dachte er. Dann bemerkte er, dass nur er es sich gemütlich gemacht hatte. Ruhn stand immer noch drüben an der Tür, die Hände verschränkt, den Kopf gesenkt, sein Körper in Ruhehaltung, als wäre er bereit, auf diese Weise zu verharren, egal wie lange sie im Haus verweilen mochten.

»Ruhn? Komm, setz dich.«

Ruhn schüttelte den Kopf, blickte aber nicht auf. »Ich würde lieber hier an der Tür warten.«

»Ich glaube, es wäre komisch, wenn du nicht bei uns sitzen würdest.«

»Oh. Okay.«

Der Vampir schien sich in seiner Jacke zu vergraben, obwohl die Hitze des Kaminfeuers die Kälte mehr als vertrieben hatte. Saxton hatte den Eindruck, dass Ruhn versuchte, kleiner zu wirken. Er ließ sich auch nur ganz vorsichtig am anderen Ende des Sofas nieder, als wollte er dem Möbelstück nicht sein ganzes Gewicht zumuten.

Es fiel ihm schwer, nicht darauf zu achten, wie dicht sie nebeneinandersaßen. Die gemütliche Couch war ein Zweiersofa – vorausgesetzt, die zweite Person war nicht so groß wie Ruhn. Ihre Oberschenkel berührten sich beinahe.

Du bist hier, um deine Arbeit zu machen, schalt Saxton seine Libido. *Nicht, um deinen Bodyguard zu begaffen.*

Minnie kam mit einem Tablett herein, und bevor sie den Raum richtig betreten hatte, war Ruhn bereits aufgesprungen, um es ihr abzunehmen.

»Wo darf ich es hinstellen?«, fragte er.

»Oh, gleich hier, bitte.«

Ruhn brachte den Tee zum Couchtisch, und als er sich nach vorn beugte, schimmerten seine Haare im Feuerschein wie blankes Kupfer im Mondlicht.

Wie es wohl wäre, sie zu berühren?

»Saxton?«, sagte Minnie.

Er zuckte zusammen und stellte fest, dass die alte Dame ihn fragend ansah. Auf gut Glück antwortete er: »Ja, ich nehme sehr gern eine Tasse. Vielen Dank.«

»Es ist Earl Grey.«

»Mein Lieblingstee.« Er zwang sich zur Konzentration, und sein Blick streifte zufällig den Kamin. »Ich konnte nicht umhin, diese Delfter Fliesen zu bewundern. Sie sind wirklich außergewöhnlich.«

Minnie lächelte, als hätte er ihr gerade verkündet, ihr Kind wäre das Tollste auf der Welt. »Mein Rhysland, er hat sie von unserem Zuhause im Alten Land mitgebracht. Er hat sie dort von einem Meister, einem Menschen, gekauft. Seit 1705 schmückten sie unseren Kamin. Als er dann beschloss, mit mir über das große Meer zu reisen, um hier ein besseres Leben zu beginnen, wusste er, wie schwer es mir fiel zu gehen. Ohne mein Wissen entfernte er sie und packte sie sorgfältig ein. Es dauerte fünfzig Jahre, bis wir uns dieses Stück Land hier leisten konnten, dann noch mal zehn, bis wir das Haus bauen konnten, aber mein Rhysland …« Weil ihre Augen feucht wurden, zog sie ein Taschentuch aus einer Tasche ihres Kleides. »Er hat mir nichts davon erzählt, sondern brachte sie als Überraschung an. Er sagte, sie wären eine Brücke in unsere Zukunft, eine Verbindung zu unserer Vergangenheit.«

Während Minnie versuchte, ihre Fassung wiederzuerlangen, beugte Saxton sich vor, um die Fliesen genauer in Augenschein zu nehmen und ihr etwas Zeit zu geben. Doch dann war er einfach nur gefesselt. Auf jeder der weißen Kacheln prangte in der Mitte eine kleine ländliche Szene in Blau. Darstellungen von Windmühlen und Landschaften, Fischerbooten und Menschen bei der Arbeit, mit leichter Hand meisterhaft ausgeführt und in den Ecken mit dekorativen Ornamenten verziert. Der Effekt war einfach entzückend – ganz abgesehen davon, dass sie sicher ein Vermögen wert waren. Schließlich stammten sie aus der Zeit der großen Meister.

»Nehmen Sie Zucker in den Tee, werter Anwalt?«

Saxton nickte. »Ja, vielen Dank, Madam. Ein Stück.«

Minnie reichte ihm eine Porzellantasse, und er verrührte den Zuckerwürfel mit einem winzigen Silberlöffel. Ruhn verzichtete auf den Tee, nahm aber ein großes Stück vom Kaffee-Zimt-Kuchen.

»Der sieht köstlich aus.« Saxton nickte, als ihm eben-falls ein Stück angeboten wurde. »Ich habe das Erste Mahl ausfallen lassen.«

»Man muss ordentlich essen.« Minnie lächelte. »Das sage ich meinen Enkelkindern auch immer. Obwohl sie inzwischen ihre Transition längst hinter sich haben und ihr eigenes Leben führen. Ich habe sie großgezogen, nachdem meine Tochter so tragisch im Kindbett gestor-ben war. Man hört nie auf, Mutter oder Vater zu sein – ist einer von Ihnen gebunden mit Nachwuchs?«

Saxton hüstelte verlegen. »Ich nicht. Nein.«

»Und Sie?«, erkundigte sich Minnie bei Ruhn.

»Nein, Madam.«

»Nun«, verkündete sie und nahm mit ihrer Teetasse in einem Schaukelstuhl Platz. »Dann sollten wir das ändern, nicht wahr. Meine Enkelin ist noch ohne Gefährten und sehr apart.«

Sie zeigte auf ein Ölgemälde hinter sich, und Saxton blickte brav in die angewiesene Richtung. Die Vampirin war in der Tat recht hübsch, mit langen, dunklen Haaren und ebenmäßigen Zügen. Vor allem ihre Augen waren fas-zinierend. Ein wacher Geist strahlte aus ihnen, und ihr Lä-cheln legte nahe, dass sie gütig, aber kein Dummkopf war.

»Sie hasste dieses altmodische Kleid und hat es nur mir zuliebe angezogen.« Minnie lächelte. »Meine Enkelin ist ein Kind der modernen Zeit, das Kleid habe ich getragen, als ich so alt war wie sie. Ich habe es für mein erstes Tref-fen mit Rhysland selbst genäht und die vielen Jahre gut darauf aufgepasst. Wahrscheinlich hatte ich gehofft, dass es ihr zeigen würde, wie kostbar es ist, sich mit einem gu-ten Gefährten niederzulassen und ein Leben wie meines zu führen. Doch sie hat andere Pläne – was nicht heißen soll, dass sie nicht tugendhaft ist.«

Saxton warf einen Blick zu Ruhn hinüber. Auch er studierte das Porträt, und aus irgendeinem Grund schien es Saxton schrecklich wichtig, was für eine Meinung Ruhn sich dazu bildete. Fand er sie attraktiv? Wollte er sie gerne kennenlernen? Als ungebundener männlicher Vampir mit einer Einladung der Familienältesten wäre es durchaus in Ordnung, sie unter Aufsicht zu treffen. Er entstammte nicht der *Glymera*, ebenso wenig wie Minnie und ihr Clan, doch es gab trotzdem gewisse Regeln des Anstands.

»Sie hatten erwähnt, dass Sie noch andere Enkelkinder haben?«, erkundigte sich Saxton. »Ich wusste bisher nur von Ihrer Enkelin.«

Minnie wurde nachdenklich. »Rhysland und ich haben auch einen Enkelsohn. Doch ihm standen wir nicht so nahe.«

»Wie meinen Sie das? Und verzeihen Sie, wenn ich so direkt frage, aber es interessiert mich im Zusammenhang mit Ihrer Situation bezüglich des Anwesens.«

Es folgte eine lange Pause. »Es ist nicht so, dass ich meinen Enkel nicht liebe. Doch er hat eine Seite an sich, die ich nur schwer verstehen und akzeptieren kann. Er scheint stets den einfacheren Weg zu bevorzugen, was zu viel Streit mit seinem Großvater geführt hat.«

»Das tut mir leid. Beziehungen können kompliziert sein.«

»Ja, und ich fürchte, mein Enkel wird demnächst herausfinden, wie wahr das ist.« Minnie stellte ihren Tee beiseite und erhob sich. »Doch das ist sein Weg, nicht meiner.«

Sie durchquerte das Zimmer, verdrehte einen Lampenschirm, um ihn anschließend wieder gerade zu rücken … dann schob sie einen Amethyst auf einem Beistelltisch hin und her … und klopfte schließlich ein Sofakissen zurecht.

»Minnie, bitte erzählen Sie uns, worum es bei der Geschichte mit Ihrem Haus geht«, sagte Saxton leise. »Wir sind hier, um Ihnen zu helfen.«

»Das hat mir meine Enkelin auch gesagt. Aber ich glaube, das ist viel Lärm um nichts.«

»Sowohl Ihre Enkelin als auch Ihre Nachbarn scheinen da anderer Meinung zu sein.«

»Sprechen Sie von Rocke und Lyric?«

»Ja.«

»Oh, das sind so feine Leute.«

Saxton betrachtete die blau-weißen Fliesen um den Kamin herum. Dann richtete er den Blick wieder auf die alte Dame. »Minnie, wir werden nicht zulassen, dass Ihnen Ihr Besitz unrechtmäßig weggenommen wird, sei es nun von Menschen oder von Vampiren.«

»Aber Sie dienen dem König.«

»Und Sie glauben, Wrath, Sohn des Wrath, ist nicht mächtig genug, um Einfluss auf die Menschenwelt zu nehmen? Ich kann Ihnen versichern, dass er das ist.«

»Mein *Hellren* hat immer gesagt, man solle die Menschen am besten sich selbst überlassen.«

»Verzeihen Sie, Madam« – Ruhn stellte seinen zur Hälfte verspeisten Kuchen ab –, »aber das gilt nur, wenn sie sich an ihre eigenen Regeln halten.«

Lächelnd kehrte Minnie zum Schaukelstuhl zurück. »Genau das hätte Rhysland auch gesagt.«

»Erzählen Sie uns bitte, was geschehen ist«, ermunterte Saxton sie sanft.

Es dauerte eine Weile, bevor sie anfing. Dann war es, als würde sie sich selbst die Fakten darlegen, so als müsste sie überprüfen, ob das, was die anderen wahrnahmen, auch tatsächlich der Realität entsprach.

»Mein geliebter *Hellren* ist vor zwei Jahren in den Schleier eingetreten. Meine Enkelin, die näher an der Stadt wohnt, hat mir geraten, das Haus zu verkaufen und zu ihr zu ziehen. Doch das wäre eine zu große Zumutung für sie, außerdem ist das hier mein Zuhause. Wie könnte ich ihn – ich meine es – verlassen. Die Siedlung nebenan wurde ungefähr zu dieser Zeit gebaut. Ich weiß noch, wie ich tagsüber nicht schlafen konnte wegen dem Hämmern und den ganzen Lastwagen, die ständig hin und her fuhren. Den Menschen gefiel, was sie gebaut haben, und die Häuser verkauften sich gut, also wollten sie das Gelände erweitern.«

»Wer ist auf Sie zugekommen?«, wollte Saxton wissen.

»Ein Mr. Romanski. Oder Moment … warten Sie, es war ein Anwalt oder Ähnliches, der ihn vertreten hat. Zuerst hat man mir einen Brief geschickt. Dann riefen sie an. Ich bin mir nicht sicher, wie sie an die Nummer gekommen sind. Als ich auf beides nicht reagierte, versuchten sie es erneut telefonisch. Noch mehr Post traf ein. Dann klopften tagsüber Leute an die Tür, wenn ich im Untergeschoss war. Rhysland hat am Eingang eine kleine Kamera installiert, kurz bevor er in den Schleier eingegangen ist, so konnte ich die Männer sehen. Zuerst war es nur einer. Dann kamen sie zu zweit. Etwa alle zwei Wochen. Dann häufiger.«

Saxton schüttelte den Kopf. »Und wann ist es schlimmer geworden?«

Minnie fasste sich an die Kehle. »Sie fingen an, mir diese Nachrichten am Telefon zu hinterlassen. Ich sei mit meinen Kreditzahlungen im Rückstand. Aber wir haben keinen Kredit. Wie ich schon sagte, mein *Hellren* hat dieses Haus vor zwei Jahrhunderten gebaut. Dann sagten sie, der Boden sei mit Gift verunreinigt. Ungefähr zu diesem Zeitpunkt kamen Beamte von der Umweltschutzbehörde. Sie wollten sich das Grundstück ansehen. Ich gewährte ihnen Zutritt, aber sie fanden nichts. Dann gab es plötzlich ein Problem mit der Steuer, die mich gar nicht betrifft. Dem Grundwasserspiegel. Es war … ziemlich aufreibend.« Sie blickte in Richtung Fenster. »Natürlich kann ich tagsüber nicht aus dem Haus gehen, also kann ich keine Termine bei diesen Behörden wahrnehmen – das hat sie misstrauisch gestimmt. Ich musste die *Doggen* eines Freundes bitten, sich für mich auszugeben. Da habe ich mich noch schlechter gefühlt, weil ich die Sache jemand anderem aufgebürdet habe. Und dann …«

»Was ist als Nächstes passiert?«, ermunterte Saxton sie.

»Vor zwei Nächten hat jemand eines meiner Fenster zerschossen. Ich war zu dem Zeitpunkt hier im Erdgeschoss. Ich habe den Knall gehört und dann das splitternde Glas. Es wäre mein Schlafzimmer gewesen, wenn ich nicht im Untergeschoss schlafen würde.«

Zuerst verstand Saxton nicht, woher dieses leise Knurren rührte. Dann drehte er den Kopf zur anderen Sofaseite. Ruhn hatte seine Fänge gebleckt – die komplett ausgefahren waren, so spitz wie Nadeln –, und sein ohnehin mächtiger Körper schien vor Wut noch riesiger und gefährlicher zu werden.

Als Saxton die Veränderung wahrnahm, spaltete sich sein Gehirn auf: Die eine Hälfte beschäftigte sich weiterhin mit Minnie und ihrer Geschichte. Und die andere?

Mit der konnte er an nichts anderes denken als daran, wie es wäre, mit diesem Vampir Sex zu haben.

Abrupt schloss Ruhn den Mund und schien sich zusammenzureißen. Errötend sagte er: »Verzeihen Sie mir. Aber ich ertrage es nicht, dass Sie in Ihrem eigenen Zuhause so behandelt werden. Das ist nicht recht.«

Minnie, die ebenfalls erschrocken gewirkt hatte, lächelte wieder. »Sie sind so ein netter junger Mann, nicht wahr?«

»Nein, bin ich nicht«, flüsterte Ruhn mit gesenktem Blick. »Aber ich würde für Ihre Sicherheit sorgen, wenn ich könnte.«

Saxton lenkte seine Gedanken mühsam zurück zum Thema. Sonst bestand Gefahr, dass er die nächsten einein- halb Nächte dieses Gesicht anstarren würde. Er räusperte sich, dann fragte er Minnie. »Wie lange ist das jetzt her?«

»Es war vorletzte Nacht. Ich habe meiner Enkelin natür- lich nichts davon erzählt. Sie darf sich nicht noch mehr Sorgen machen. Aber ich rief Rocke an, und er kam, um das Fenster mit einem Stück Sperrholz zu reparieren. Da habe ich ihm und seiner Frau schließlich alles erzählt. Und nun sind Sie hier.«

Saxton musste wieder an das Gefühl denken, das ihn beim Anblick des Fensters beschlichen hatte.

Die Sache war wesentlich ernster, als er angenommen hatte.

Nachdem Mistress Miniahna ihre Geschichte zu Ende er- zählt hatte, brachte Ruhn das Tablett mit dem Teegeschirr zurück in die Küche. Er wollte höflich sein und sich nütz- lich machen, aber vor allem wollte er das Erdgeschoss des Hauses inspizieren. Es gab Fensterläden für tagsüber, die im hinteren Teil geschlossen waren, was ihn etwas beru- higte. Wobei er nicht verstand, weshalb die nach vorne of- fen standen. Sie sollte besser alles verriegeln.

Er ging durch die einfachen, geräumigen Zimmer. Ein Esszimmer nach hinten raus, seitlich die Bibliothek. Ein kleines Badezimmer unter der Treppe. Eine Speisekam- mer und einige Einbauschränke.

Er konnte nicht umhin, die Schnitzarbeiten an den Leis- ten, den Möbeln und vor allem den Paneelen und Rega- len in der Bibliothek zu bewundern. Ihr *Hellren* musste ein Meister der alten Handwerkskunst gewesen sein, und aus ir- gendeinem Grund verstärkte das seinen Beschützerinstinkt gegenüber Mistress Miniahna. Aber es waren eben auch Leute vom gleichen Stand wie er. Zivilisten, die ihren Lebensunterhalt mit ehrlicher Arbeit verdienten. Was nicht bedeuten sollte, dass er die Brüder nicht respektierte. Als Soldaten schufteten sie genauso hart, und das unter gefährlichen, sogar tödlichen Bedingungen. Nein, er dachte an die *Glymera* ... an Saxtons Leute ... wobei er diesen Vampir im Speziellen nicht mit einschloss. Der Anwalt hatte sich zweifellos über die träge Art von vielen seiner Klasse erhoben, denn Ruhn wusste genau, wie viel er leistete.

Aber ... nun ja, diese hochwohlgeborenen Dilettanten.

Vielleicht war das der Grund, weshalb Ruhn sich im Haus der Bruderschaft so fehl am Platz fühlte. Umgeben von den Fallstricken enormen Reichtums, fiel es ihm schwer, die Bewohner dort mit dem Vermögen des höchsten gesellschaftlichen Ranges der Vampire in Einklang zu bringen. In diesem Haus hingegen hatte er sich vom ersten Moment an wohlgefühlt. Es war größer als jedes Haus, das er selbst je bewohnen würde, aber mit Liebe erbaut und in Ehren gehalten.

Diese verdammten Menschen.

Obwohl er geschworen hatte, nicht zu alten Gewohnheiten zurückzukehren, würde er dieses kleine Problem nur zu gerne aus der Welt schaffen. Wenn nötig, mit Gewalt.

Von der Küche aus kehrte er in den Salon zurück. Dort beugte Saxton sich gerade auf dem Sofa vor und unterstrich mit Gesten seine Worte.

»... denke, dass wir in Ihrem Namen zu ihnen Kontakt aufnehmen sollten.«

»Oh, ich möchte keine Mühe machen«, entgegnete die alte Dame. »Sie alle arbeiten für den König. Sie haben sich um wichtigere Dinge zu kümmern als das hier.«

»Es wäre uns eine Freude, Ihnen dienen zu dürfen.«

»Nein, ich muss darauf bestehen, dass Sie nichts unternehmen. Es wird schon alles gut werden. Sicher wird denen die Sache doch bald langweilig?«

Als Saxton sich ungeduldig durch die dichten blonden Haare fuhr, bemerkte Ruhn zufällig, wie die Locken wegen eines seitlichen Wirbels sofort wieder an ihren Platz fielen. Es schien eine seltsame Beobachtung zu sein, und Ruhn lenkte seine Aufmerksamkeit bewusst wieder auf Miniahna.

»Bitte«, hörte er sich sagen. »Ich hätte kein gutes Gefühl dabei, Sie hier allein dem Kampf zu überlassen.«

»Muss es denn ein Kampf sein?« Sie rang die Hände im Schoß. »Vielleicht werden sie meiner einfach überdrüssig.«

Saxton schaltete sich wieder ein. »Man hat Ihre Fensterscheibe zerschossen, um Sie einzuschüchtern. Glauben Sie wirklich, dass sie …«

»Verzeihen Sie«, unterbrach Ruhn ihn. »Aber als ich in Ihrer Küche war, ist mir aufgefallen, dass die Fensterläden im hinteren Teil des Hauses geschlossen sind, hier vorne aber nicht. Warum?«

Miniahna errötete. »Die Fenster selbst lassen sich nach all den Jahren nicht mehr öffnen, und die Läden kann man nur von Hand von außen schließen. Ich hatte sie vor dem Wintereinbruch geöffnet, um den Mondschein zu genießen – und um zu beweisen, dass ich keine Angst habe. Aber dann kam der Schneesturm … ich hatte Sorge, alleine rauszugehen. Bis auf heute Abend habe ich mich ausschließlich in den hinteren Räumen aufgehalten. Nachdem Sie sich angekündigt hatten, dachte ich mir … nun ja, falls man mich beobachtet, ist es gut, wenn die sehen, dass ich Besuch habe, dass ich nicht allein bin. Oder war das falsch? Oh je, habe ich Sie beide in Gefahr gebracht?«

Ruhn hob beschwichtigend die Hände. »Verschwenden Sie keinen weiteren Gedanken daran. Sie haben völlig richtig gehandelt. Aber darf ich die Läden jetzt für Sie schließen?«

»Wären Sie so freundlich?« Miniahna blinzelte. »Das wäre mir eine große Hilfe.«

»Ist gleich erledigt.«

Ruhn nickte Saxton zu und ging zur Eingangstür, um seine Stiefel anzuziehen. Draußen brannte die kalte Luft in Augen und Nase, doch er ignorierte es, während er sich zwischen Hecken und Haus schob. Einen nach dem anderen klappte er die Fensterläden zu und verriegelte sie.

Ein kurzer Blick seitlich am Haus entlang und hinten herum zeigte ihm, dass alles andere in Ordnung war, dann kehrte er nach vorne zurück. Doch er ging nicht gleich wieder hinein. Mit Blick auf den großen Baum musste er an diese Spuren auf dem Zufahrtsweg denken.

Spontan stapfte er durch den tiefen Schnee zum Truck, um eine Taschenlampe zu holen. Deren Strahl ließ er über die kahlen Zweige über sich wandern.

Er fand die kleine Kamera etwas seitlich neben dem Stamm, ein unauffälliges Blitzen von Glas, als das Licht die reflektierende Linse traf. Doch bevor er etwas unternahm, setzte er seine Erkundungstour ums Haus herum fort. Er fand eine zweite Kamera im hinteren Teil des Gartens.

Dann schaltete er die Taschenlampe aus, ging wieder zur Eingangstür, klopfte den Schnee von seinen Stiefeln und trat ein.

Nachdem er die Tür hinter sich geschlossen hatte, streckte er den Kopf in den Salon. »Mistress? Sie sagten, Sie hätten eine Überwachungskamera. Haben Sie mehr als eine?«

»Nein, warum?«

»Nur so. Wo ist diese Kamera angebracht?«

»An der Ecke des Hauses unter dem Giebel. Dort oben.« Sie zeigte nach rechts. »Damit ich sehen kann, wer vor der Tür steht. Stimmt etwas nicht?«

Er schüttelte den Kopf. »Nein, alles in Ordnung. Ich bin gleich wieder zurück. Ich überprüfe nur kurz die anderen Fensterläden.«

Nachdem er einen Blick auf ihre Kamera geworfen hatte, umrundete er ein weiteres Mal das Grundstück, um sicherzugehen, dass er nichts übersehen hatte. Dann trat er aus dem Sichtfeld und dematerialisierte sich hinauf in den großen Ahornbaum. Nachdem er die Kamera dort entfernt hatte, tat er das Gleiche mit der hinterm Haus. Beide ließen sich per Knopfdruck ausschalten. Und da sie so klein waren, passten sie problemlos in die tiefen Taschen seiner langen Jacke.

Als er wieder ins Haus kam, sah Mistress Miniahna ihn besorgt an. »Ist alles in Ordnung?«

»Ja, Madam. Alles in Ordnung.«

»Haben Sie jemanden gesehen?«

»Nein, niemanden.« Er warf Saxton einen Blick zu. »Aber vielleicht sollten wir trotzdem unsere Nummer hierlassen?«

»Ja, natürlich.« Saxton schob eine elegante Hand in sein Jackett. »Hier ist meine Karte. Ruhn, von dir haben wir keine, oder?«

»Ich kann Ihnen meine Nummer geben«, bot er der alten Dame an.

»Hier ist ein Stift.« Sie öffnete eine kleine Schublade an einem Tischchen. »Könnten Sie sie mir mit auf die Visitenkarte schreiben?«

Ruhn erstarrte.

Zum Glück überspielte Saxton den peinlichen Augenblick, indem er den Stift entgegennahm. »Ruhn? Wie lautet deine Nummer?«

Ruhn schluckte mühsam, ehe er die Zahlen aufsagte und versuchte, sich nicht völlig bescheuert zu fühlen.

»Bitte schön.« Saxton erhob sich und überreichte Miniahna die Karte. »Rufen Sie jederzeit einen von uns an. Egal ob Tag oder Nacht. Ich werde die Eintragungen für das Grundstück noch einmal überprüfen, aber ich gehe nicht davon aus, auf Unregelmäßigkeiten zu stoßen. Und dann werde ich mich als Ihr Anwalt an Mr. Romanski wenden und sehen, was ich wegen Ihrer Schwierigkeiten unternehmen kann.«

Mistress Miniahna stand auf und drückte die Karte an ihr Herz. »Ich bin wirklich äußerst dankbar. Ich hasse es, jemandem Umstände zu bereiten, aber ich bin nicht ... meine Enkelin hat wahrscheinlich recht. Ich sollte diese Sache nicht alleine klären.«

»Sie sagten, Ihre Enkelin wohnt nicht weit weg?«

»Etwa zwanzig Meilen.«

Saxton nickte. »Es könnte gut sein, dass die Situation zuerst etwas unangenehmer wird, bevor sie sich bessert. Ich kann Ihnen nicht vorschreiben, Ihr Haus zu verlassen, aber ich würde es Ihnen raten.«

»Ich würde wirklich lieber hierbleiben.«

»Das verstehen wir. Aber denken Sie bitte darüber nach.«

Nachdem sie sich beide tief verbeugt hatten und die alte Dame ihnen eine gute Nacht gewünscht hatte, zog Saxton seine Stiefel wieder an.

Sobald sie im Truck saßen, meinte Ruhn: »Ich habe etwas gefunden.« Er fuhr über die Zufahrt zurück zur Landstraße.

»Was denn?«

»Hier.« Er zog die beiden Kameras aus seiner Tasche. »Ich habe nur die gefunden, aber vielleicht gibt es noch mehr davon.«

Saxton hielt sie in der Handfläche. »Wo hast du sie entdeckt?«

»In den Bäumen. Sie wird beobachtet.«

Saxton fluchte leise vor sich hin, während Ruhn aus der Einfahrt auf die Straße bog und aufs Gaspedal trat.

»Ganz deiner Meinung«, pflichtete er ihm bei.

Während der nächsten zwanzig Minuten tätigte der Anwalt einige Anrufe, einer davon galt Vishous, gefolgt von mehreren, bei denen nicht gleich erkennbar war, wer sich am anderen Ende befand.

Danach fuhren sie schweigend in Richtung des Anwesens der Bruderschaft.

»Wenn du morgen mit den Menschen redest, komme ich mit«, sagte Ruhn in die Stille hinein.

»Ja, morgen Abend oder am Abend darauf sollte ich so weit sein. Ich muss noch einiges recherchieren.«

»Bis dahin werde ich immer wieder auf dem Grundstück vorbeischauen.« Er merkte, wie Saxton ihn ansah. »Du kannst es ihr sagen oder nicht, was immer du für richtig hältst. Aber jetzt, wo ich weiß, wo es ist, kann ich mich dorthin dematerialisieren, und ich werde mich ganz unauffällig verhalten. Ich will einfach nicht, dass sie dort ganz alleine ist.«

»Wir müssen darüber sprechen, was du unternimmst, falls du auf einen von ihnen triffst. Vor allem wenn das passiert, bevor ich mit meinen Nachforschungen in den Unterlagen über das Grundstück fertig bin.«

»Ich werde niemandem etwas antun. Aber sanft werde ich auch nicht gerade sein, wenn ich jemanden von Mistress Miniahnas Grund und Boden entferne.«

Auf einmal stieg Ruhn ein seltsamer Duft in die Nase … dunkel und würzig. Es war eigenartig. Was auch immer das war, er nahm es mit der Nase wahr und gleichzeitig mit dem ganzen Körper. Um ehrlich zu sein, hatte er noch nie etwas so Gutes gerochen. Es war …

Mit gerunzelter Stirn spürte Ruhn, wie sich etwas in seinem Körper veränderte, ein plötzlicher Instinkt, der sein

Blut in Wallung brachte … und auf den noch ganz andere Körperteile reagierten.

Als er begriff, dass er erregt war, kauerte er sich erschrocken im Fahrersitz zusammen. Seine Hände umklammerten das Lenkrad, Schweiß perlte auf seiner Brust und im Gesicht.

Er fühlte sich sexuell angezogen, stellte er schockiert fest. Von …

… einem Mann.

»Ruhn?«

Er zuckte heftig zusammen. »Entschuldigung, was?«

»Alles in Ordnung? Du hast gerade so ein sonderbares Geräusch gemacht.«

Mit vor Panik klopfendem Herzen schluckte er mühsam. »Mir geht's gut. Alles bestens.«

»Na dann. Also, jedenfalls will Vishous sich die Kameras anschauen. Ich bringe sie ihm, und dann werde ich …«

Während Saxton weitersprach, versuchte Ruhn der Unterhaltung zu folgen, indem er die Pausen mit, wie er hoffte, angemessen bestätigendem und bekräftigendem Nicken und zustimmenden M-hms füllte.

Sein Kopf jedoch platzte fast vor tonlosem Brüllen.

Die einzige Konstante in seinem Leben, solange er sich erinnern konnte, war, dass er nicht dazugehörte. Selbst bei seinen liebevollen Eltern in der Zeit des Heranwachsens hatte er dieses Gefühl gehabt. Später dann aufgrund dessen, was in den schlimmen Jahren passiert war. Während der Suche nach seiner verlorenen Schwester. Nicht einmal, als er von der Bruderschaft in deren schönem Haus aufgenommen wurde und materielle Dinge annahm, die er sich nicht verdient hatte.

Er war immer anders gewesen und seit Langem davon ausgegangen – oder hatte es vielleicht gehofft –, dass dieser Zustand der Isolation enden würde, wenn er endlich den Ort auf der Welt fand, an dem er sich zugehörig fühlte.

Dieses erschreckende Gefühl der Anziehung, noch dazu ausgelöst von einem männlichen Vampir, war doch nichts weiter als eine weitere Erinnerung daran, dass er immer ein Außenseiter bleiben würde. So etwas mochte zwar in der *Glymera* akzeptiert sein, doch niemals in der zivilen Welt.

»Ruhn?«

Er schloss für einen Moment die Augen. »Ja?«

»Du siehst nicht gut aus.«

»Alles bestens. Keine Sorge, ich bin fit genug, meine Aufgabe zu erfüllen.«

Und das würde er tun, ungeachtet dieser vorübergehenden … was auch immer es war. Und danach würde er sich aus der Hausgemeinschaft verabschieden. Er würde in einem der großen Anwesen hier in Caldwell eine Anstellung finden, damit er Bitty weiterhin sehen konnte, und seine Handwerkertätigkeit wieder aufnehmen, um seinen Lebensunterhalt zu verdienen.

Bis ihn der Schleier holte.

Ein unspektakuläres Leben vielleicht. Doch nicht für alle war ein großes Schicksal vorgesehen, und wieso sollte er sich für etwas Besonderes halten? Einer Sache jedoch war er sich sicher: Er hatte genug Geheimnisse, die es zu hüten galt, und dieses seltsame und unangebrachte erotische Gefühl Saxton gegenüber würde kein weiterer Punkt auf dieser Liste werden.

11

Peyton blieb auch tagsüber im Trainingszentrum, aber damit war er nicht allein. Keiner der Trainingsschüler ging – und er hielt sich wohlweislich von ihnen fern. Als er nach seiner Nachbesprechung mit Rhage aus dem Büro kam und der Geruch von Essen aus dem Pausenraum drang, überlegte er, ob er sich zu den anderen setzen sollte. Eine undefinierbare Übelkeit und ein sehr definiertes Stechen in den Schläfen kurierten ihn von dieser Idee. Außerdem war niemandem geholfen, wenn Craeg ausrastete und auf ihn losging.

In seinem gegenwärtigen Zustand würde sich Peyton vermutlich nicht einmal wehren und einen guten alten *Rythos* auf sich nehmen.

Zumindest gab Novo den Kampf nicht auf. Craeg hatte sie genährt, genauso wie Boone, soweit Peyton wusste. Es hatte ihn überrascht, dass keiner der Brüder zum Einsatz gekommen war, doch das Klinikpersonal nahm offensichtlich Rücksicht auf den Wunsch der Schüler, ihrer gefallenen Soldatin selbst beizustehen, obgleich ihr Blut nicht so stark war wie das der Black Dagger.

Verdammt … er wünschte, er hätte ihr die Ader geben können. Zumindest schien sie immer wieder bei Bewusstsein zu sein, andernfalls hätte sie sich nicht nähren können.

Doch natürlich hatte ihn keiner darum gebeten, und er war schlau genug, sich nicht selbst anzubieten.

Auf sich selbst gestellt, trottete er den Gang hinunter zu

den Klassenzimmern, und was hinter Tür Nummer drei lag, reichte für seine Bedürfnisse. Er richtete sich in Gesellschaft von leeren Stühlen und Tischen und einer Tafel ein, wo Tohr sie im Anfertigen von Sprengkörpern und zum Thema Explosionen unterrichtet und V einen Kurs zu Foltertechniken gehalten hatte.

Scheiß auf Algebra, sie würden ihr Wissen tatsächlich einsetzen.

Zumindest die anderen. Obwohl Rhage nichts von einem Rausschmiss gesagt hatte, musste Peyton davon ausgehen, dass ihm genau das bevorstand.

Und eine Therapie – bei Mary!

Wollten sie ihn verarschen? Das Letzte, was er jetzt brauchen konnte, war ein Gespräch mit Rhages *Shellan* über seine *Gefühle*. Die Fakten durchzusprechen war schon hart genug gewesen. Außerdem waren seine Empfindungen nicht schwer zu erraten.

Schuld, Reue, Scham.

Was sonst?

Nachdem er eine Weile ziellos umhergelaufen war, legte er sich flach auf einen der Tische und blickte zur Decke empor, obwohl ihn sein Rücken darauf aufmerksam machte, dass keine Matratze unter ihm lag, und sein Arm schmerzte, weil er ihn angewinkelt hatte und als Kopfkissen benutzte. Im Laufe des Tages stand er ab und zu auf, drehte ein paar Runden durchs Klassenzimmer und fuhr mit den Fingerspitzen über die glatten Oberflächen der Tische, an denen sie im Unterricht gesessen hatten.

Er wollte zurück zu der Zeit, als sie noch gelernt hatten, als die Themen noch theoretisch behandelt worden waren. Damals war es ein großes Abenteuer gewesen.

Er wollte zurück zu der Zeit vor dem Tod seiner Cousine, dem ersten gefallenen Stein in einem Domino des Grauens.

Er wollte zurück in diese Gasse. Aber er hatte schon genug darüber nachgedacht, was er alles anders hätte machen sollen.

Als die Tür aufging, legte er sich wieder auf den Tisch und sparte es sich, den Kopf zu drehen. Er erkannte am Geruch, wer gekommen war.

»Hallo, Rhage.« Peyton rieb sich das Gesicht. »Hast du Neuigkeiten für mich? Nein? Okay, wenigstens bin ich daran gewöhnt – oder Moment, jetzt kommt der Part mit dem Rausschmiss, oder?«

»Sie fragt nach dir.«

Ehe er sich's versah, war Peyton auf den Füßen. »Was hast du gesagt?«

»Du hast mich schon verstanden.« Der Bruder nickte Richtung Korridor. »Sie wartet.«

Okay, das kam überraschend. Es sei denn, Novo wollte ihn zur Schnecke machen. Doch wenn es dieses Bedürfnis war, das sie am Leben hielt, ließ er gerne auf sich einprügeln.

Draußen auf dem Flur, auf dem Weg in Richtung Klinik, zog er seine Kampfhose hoch und steckte das schwarze Shirt zurück in den Bund.

Als würde es sie interessieren, wie er angezogen war.

An der Tür zu ihrem Krankenzimmer klopfte er – und als er eine gedämpfte Antwort hörte, trat er ein.

Ach … du … Scheiße.

Novo lag in einem Bett mit hohem Geländer inmitten eines Gewirrs aus Drähten, die ihren reglosen Körper mit piepsenden Apparaten verbanden. Ihre Haut war fahl. Die Leber, dachte er beim Anblick des gelblichen Teints – oder waren es die Nieren? Er konnte nicht klar denken. Ihre Lider waren geschlossen, ihr Mund geöffnet, als würde sie versuchen, mit möglichst wenig Aufwand zu atmen. Neben ihr überprüfte Ehlena einen der Monitore … dann nahm sie eine Spritze und injizierte etwas in den Infusionsschlauch.

»Komm näher«, krächzte Novo. »Ich … beiße nicht.«

Die Schwester blickte über die Schulter und lächelte. »Ich bin froh, dass Sie gefunden wurden. Ich lasse Sie beide allein – aber Dr. Manello wird bald hier sein.«

Als Ehlena ging, trat Peyton ans Bett. Er öffnete den Mund, um etwas zu sagen. Doch ihm fiel nichts ein.

Schließlich sagte er: »Hallo.« Und kam sich wie ein Idiot vor. Ganz genau, echt originell und tiefsinnig. Scheiße, er wünschte, der *Lesser* hätte auf *ihn* eingestochen und nicht auf Novo.

Novo hob den Arm – oder versuchte es zumindest, denn nur ihre Hand bewegte sich ein Stück nach oben. »Steig nicht aus.«

»Wie meinst du …«

»Aus dem Training. Nicht aufgeben. Ich weiß, du denkst … darüber nach. Du wirst … versuchen … auszusteigen.«

Einen Moment lang wollte er abstreiten, dass er sich vor zwei Minuten genau mit diesem Gedanken getragen hatte. Aber sie sah so müde und ausgelaugt aus, dass er ihr keine Kraft rauben wollte – obwohl er nicht verstand, warum ihr das so wichtig war.

»Wir brauchen … Kämpfer«, sagte sie heiser. »Du … bist gut.«

»Wie kannst du das sagen?« Er zog sich einen Stuhl heran, setzte sich und vergrub den Kopf in den Händen. »Wie kannst du …«

Tränen schossen in seine Augen, und seine Stimme brach. Er war es so verdammt leid, der Versager zu sein, das Arschloch, das Party-Tier, der Schwerenöter … er war ein Witz und kein Mann von Wert, das wusste sein Vater so gut wie jeder andere, der ihm begegnet war.

Und jetzt hatte er den unwiderlegbaren Beweis seines mangelnden Urteilsvermögens direkt vor sich.

Das. Hier. Niedergestreckt in einem Krankenbett. Frisch aus dem OP, wo man ihr das Herz hatte zusammenflicken müssen.

Wieder hörte er den Patienten, der irgendwo in einem Zimmer in der Nähe den Verstand verlor. Er schrie, als wäre auch er in einem Albtraum gefangen.

»Nicht ... aufgeben ...«, sagte sie. »Sieh mich ... an.«

Er wischte sich mit dem Handballen über das Gesicht und blickte ihr in die Augen ... ihre wunderschönen, eindringlichen, intelligenten Augen. Und irgendwie überraschte es ihn nicht, dass ihr Blick so wach und entschlossen war wie eh und je, obwohl ihr Körper geschwächt war.

»Es tut mir so leid«, flüsterte er. »Es war ein Fehler.«

»Es ist ... okay ...«

»Nein, ich habe Mist gebaut.« Seine Stimme versagte, doch er riss sich zusammen. »Ich wollte Paradise retten, dabei war das gar nicht nötig. Sie ist so stark wie wir alle. Ich weiß nicht, was in mich gefahren ist.«

»Du ... liebst sie.« Novos Gesicht verzog sich. »Dafür kannst du nichts. Gegen Gefühle ... ist man machtlos. Glaub mir, ich weiß das.«

»Ich wollte nicht, dass dir etwas zustößt.«

»Ich weiß ...«

Ihre Augen schlossen sich. Peyton geriet in Panik. Sie würde doch nicht etwa vor seinen Augen sterben? Er blickte auf die Monitore mit ihren Kurven und Zahlen und blinkenden Lämpchen, doch keiner schlug Alarm. Waren sie intakt?

Doch Novo schien ganz entspannt. Ihr Atem ging flach, okay, aber gleichmäßig, und ihr Gesicht war nicht schmerzverzerrt.

Sie war wirklich schön, dachte er. So stark und unerschütterlich, selbst in ihrem geschwächten Zustand.

»Nicht aufgeben«, murmelte sie. »Sonst zerbricht … Brüder … stellen Programm ein …«

»Ich liebe sie nicht«, brach es aus ihm hervor. »Wirklich nicht. Ich dachte es nur – bis letzte Nacht.«

Novos Augen öffneten sich. Dann schüttelte sie langsam den Kopf auf dem Kissen. »Egal.«

»Du hast recht. Es spielt keine Rolle.«

»Versprich … mir. Nicht aufgeben …«

»Wir werden sehen …«

»Bin mit schuld.« Als er die Stirn runzelte, sagte sie: »Hätte *Lesser* … erstechen sollen. Hätte … beenden sollen. Auch … meine Schuld.«

»Das stimmt nicht …«

Sie hob die Hand, als wollte sie sein Argument nicht hören und hätte nicht die Kraft zu widersprechen. »Habe mich … falsch verhalten. Erste Regel … Job beenden. Bin mit schuld an Verletzung.«

Peyton musste ein paarmal blinzeln, bevor er sprechen konnte, ohne in Tränen auszubrechen. »Lass mich die Verantwortung übernehmen. Die Brüder können mit mir machen, was sie wollen.«

»Wir werden wieder kämpfen … zusammen im Einsatz …« Sie holte tief Luft und zuckte zusammen. »Sobald ich … aufstehen kann.«

Du bist wirklich eine Frau von Wert, dachte er.

Und je länger er darüber nachdachte, desto mehr trat alles um sie herum in den Hintergrund. Die Monitore, der Geruch nach Desinfektionsmittel, das zu helle Licht und der zu harte Stuhl. Dann dehnte sich der Weichzeichner aus und ließ das Trainingszentrum verschwimmen, den Berg, auf dem die Anlage stand, Caldwell, den Nordosten Amerikas, den ganzen beschissenen Planeten.

Zum Schluss gab es nur noch Novo, die Flecken in ihren petrolfarbenen Augen, den Zopf, der auf ihrer Schulter lag, die Hand, die sie ihm auffordernd entgegenstreckte.

Er nahm sie, und sie drückte überraschend kräftig zu.

»Wir kämpfen wieder zusammen«, gelobte sie.

Novo kämpfte gegen die zentnerschwere Last aus Schmerz und Betäubungsmitteln in ihrem Körper an, um ihr letztes bisschen Willenskraft auf Peyton zu übertragen. Das Trainingsprogramm musste weiter bestehen. Ohne das Programm hatte sie keine Aufgabe im Leben und kein Ventil für den ganzen emotionalen Mist, den sie nicht zuließ und mit dem sie sich nicht herumschlagen wollte. Wenn sie ihren Anteil an dem Unglück in der Gasse nicht annahm, wenn sie Peyton nicht vergab, würde sich die Klasse entzweien, das Vertrauen der Bruderschaft wäre gestört, sie würden die Geduld mit ihnen verlieren, und dann musste sie zu der verdammten Vereinigungszeremonie ihrer Schwester, ohne jeden Schutzpanzer gegen all das, was sie verloren hatte.

Ohne diese Arbeit, diese Kämpfe, ihre allnächtliche Routine hatte sie nichts, das ihr Halt gab. Sie bei der Stange hielt. Sie zum Weitermachen antrieb.

Und ihre Rettung vor dem Untergang fing mit Peyton an.

Es würde sich herumsprechen, wenn sie ihm vergab, hier und jetzt. Es würde der Gruppe neuen Zusammenhalt verleihen. Die anderen Schüler mussten ihrem Beispiel folgen. Außerdem hatte sie sich das mit der Mitschuld nicht ausgedacht. Sie hätte den *Lesser* niemals einfach so auf sich liegen lassen dürfen. Diese beschissenen Jäger waren wie Klapperschlangen, sie bissen selbst dann noch zu, wenn man sie entzweigeschlagen hatte. Peyton hatte das Unglück nicht verursacht, aber sie hatte die Voraussetzungen dafür geschaffen.

Ein Fehler, der keinem von ihnen ein zweites Mal unterlaufen würde.

Vorausgesetzt, sie bekamen Gelegenheit dazu.

Mit der letzten ihr verbleibenden Kraft versuchte sie, Peyton weiter ins Gesicht zu blicken, doch es gelang ihr nur halbwegs. Alles war verschwommen, als wären sie durch eine staubige Glasscheibe voneinander getrennt.

Doch eines nahm sie ganz genau wahr: den Geruch seiner Tränen.

Das war ein Schock. Sicher, man hatte sie am offenen Herzen operiert, aber er war der ewige Witzereißer, der Verweigerer, für den alles immer nur ein Spiel war und der niemals in die Tiefe ging. Nicht einmal eine Begegnung mit dem Tod konnte ihn ernüchtern … zumindest hätte sie das gedacht.

Ich liebe sie nicht.

Das tat überhaupt nichts zur Sache, ermahnte sie sich.

Die Tür schwang auf, und Dr. Manello kam herein. Er hatte den Arztkittel abgelegt und trug jetzt Trainingskleidung, eine Wasserflasche klemmte unter seinem Arm, und von seiner Hand baumelten Ohrstecker.

»Wir sind also wach.« Der Mensch lächelte. »Besser, als ich erwartet hätte.«

»Kämpfer …«, krächzte sie mit Reibeisenstimme.

Mist, sie hasste es, so schwach zu klingen.

Dr. Manello kam zum Bett, begrüßte Peyton mit der Faust und lehnte sich ans Fußende des Betts. »Ja, Sie haben Ihrem toughen Ruf alle Ehre gemacht. Während der OP hat Ihr Herz zweimal ausgesetzt, was mich ehrlich gestanden ziemlich angepisst hat, aber dafür gab es Gründe. Einen Moment lang dachte ich, wir würden Sie endgültig verlieren. Aber Sie sind zurückgekommen. Schätze,

Ihnen ist aufgefallen, dass Sie hier unten noch nicht fertig sind. Ihr Sechs-Kammer-Herz hat sich jedenfalls tapfer geschlagen und irgendwie durchgehalten, während ich das Loch geflickt habe.«

»Vielleicht lag es mehr an …« – sie holte tief Luft – »Talent? Ich meine, Ihrem.«

»Nicht doch. Ich bin ein reiner Mechaniker. Nur dass ich Kittel statt Blaumann trage.«

Das war natürlich gelogen. Als sie aus der Narkose aufgewacht war, hatte sie Vishous gehört. Er meinte, er kenne nur zwei Chirurgen, die sie hätten retten können – Doc Jane und Dr. Manello. Besonders, weil es in dieser Klinik keine Herz-Lungen-Maschine gab.

Was immer das war.

»Also, der Plan lautet folgendermaßen.« Dr. Manello machte dieses typische Medizinerding, indem er rundherum auf die Monitore blickte, als würde er ihre Krankenakte im Kopf aktualisieren. »Die nächsten achtundvierzig Stunden bleiben Sie hier. Und erzählen Sie mir nicht, das wäre zu lang oder dass Sie heute Abend nach Hause könnten, weil sich Ihre Spezies ja ach so schnell erholt.« Er hob abwehrend die Hand, als sie den Mund öffnete. »Keine Diskussion. In zwölf Stunden möchte ich, dass Sie aus eigener Kraft den Flur auf und ab laufen. Bis zum Ausgang und zurück, alle zwei bis drei Stunden …«

»Wollte in … achtundvierzig Stunden … wieder arbeiten.«

Dr. Manello warf ihr einen vernichtenden Blick zu. »Nach einer Operation am offenen Herzen. Ganz bestimmt.«

»Nähren? Ich … könnte mich … mehr nähren.«

»Das hilft, klar. Aber wissen Sie, was noch viel besser ist?« Er legte den Kopf in den Nacken und sagte schwelgerisch: »Bettruhe, verdammt noch mal.«

»Verletzung heilt schneller … wenn ich mich … nähre.«

»Wozu die Eile? Von Ihnen geht ohnehin so schnell keiner in den Einsatz.« Dr. Manello verstummte abrupt, als hätte er diese Information eigentlich nicht ausplaudern dürfen. »Wie dem auch sei, ruhen Sie sich aus, essen Sie Schokopudding gegen den rauen Hals, den ich intubieren musste. Wir werden sehen, wie Sie sich erholen.«

»Und nähren.«

»Okay, in Ordnung, nähren Sie sich, so viel Sie wollen. Aber auch wenn Sie einen auf Dracula machen, lasse ich Sie erst aus dem Bett, wenn Sie verdammt noch mal dazu bereit sind.«

»Beschimpfen Sie … alle Patienten so?«

»Nur die, die ich mag.«

»Ich … Glückliche.« Aber sie lächelte. »Darf ich … mich jetzt … bedanken?«

»Werden Sie dabei in Tränen ausbrechen? Nehmen Sie es mir nicht übel, aber ich flenne immer mit, wenn andere weinen, und ich möchte ungern verheult im Kraftraum erscheinen.«

»Ich weine nie.«

»Aber Sie haben ein großes Herz, so viel kann ich Ihnen sagen. Schließlich konnte ich es aus nächster Nähe bewundern.« Dr. Manello zwickte sie sanft in den Fuß. »Drücken Sie den Rufknopf, wenn Sie etwas brauchen. Ehlena ist gleich nebenan. Ich bin eine Stunde im Kraftraum, dann lege ich mich im Zimmer gegenüber schlafen, falls es zu Blutungen kommen sollte. Was mich überraschen würde.«

»Danke.«

»Mehr als gerne«, sagte der Chirurg. »Ich liebe gute Ergebnisse. Lassen Sie den Heilungsprozess auch zu einem Erfolg werden, okay?«

»Ja, Doktor.«

»Braves Mädchen.« Er lächelte. »Ich meine, brave knallharte Killerfrau.«

Als der Chirurg durch die Tür verschwand, gestand sich Novo ein, dass er recht hatte. Es war zu ehrgeizig zu glauben, dass sie in zwei Tagen schon wieder einsatzbereit war. Der Schmerz in ihrer Brust war unbeschreiblich, sie spürte ihn von den Zähnen bis in die Zehennägel, trotz all der Schmerzmittel, die in ihrem Blut zirkulierten.

Ihr Blick fiel auf Peyton. Er saß auf der Stuhlkante, gespannt wie eine Feder, den Oberkörper nach vorne gebeugt, die Hände auf den Schenkeln, als wollte er gleich aufspringen.

»Was ist?«, fragte sie. »Du siehst aus … als würdest du dich … im Unterricht melden.«

»Schokopudding.«

Novo holte tief Luft, doch es endete in einem Röcheln. »Was …?«

»Für deinen Hals. Er meinte, du sollst Pudding essen. Ich hol dir welchen.«

»Nein.« Je länger sie an Schokopudding dachte, desto übler wurde ihr. »Bitte, nein. Magen … nein.«

»Ich möchte irgendwie helfen.«

Sie musterte ihn. In allen entscheidenden Punkten war Peyton genau die Sorte Kerl, die Novo hasste: ein schnöseliger *Glymera*-Sprössling, der auch noch gut aussah, so ungern sie ihm das zugestand.

Im Grunde war er der Typ ihrer Schwester.

Nur gut, dass Sophy ihm nie begegnen würde. Sonst würde Oskar am eigenen Leib erfahren, wie es sich anfühlt, wenn man glaubte, geliebt zu werden, und plötzlich behandelt wurde wie ein altes iPhone, wenn die neuste Generation in den Verkauf geht.

Was eigentlich ein ziemlich reizvoller Gedanke war …

Wie hatte gleich noch mal die Frage gelautet? Verflixt,

ihr Kopf war wie Brei. Ach ja, Peyton verkörperte den reichen arroganten Typen aus der High Society, den sie so hasste, doch er hatte eine Eigenschaft, die ihr zugutekommen könnte.

Sein Blut war vermutlich absolut rein, fast schon medizinisch.

»Was kann ich tun?«, fragte er. »Und wenn du einfach nur deine Ruhe willst, lasse ich dich auch in Frieden.«

Irgendwo in ihrem Hinterkopf schrillte eine kleine Alarmglocke und machte sie darauf aufmerksam, dass es vielleicht, nur ganz vielleicht, besser war, wenn sie nie erfuhr, wie er schmeckte.

Obwohl, was konnte schon passieren. Sie hatte ihre Lektion gelernt, was Männer betraf, und dafür geblutet. Buchstäblich.

So dumm wäre sie kein zweites Mal. Und sie wollte wirklich aus diesem verdammten Bett raus.

»Lass mich … deine Ader nehmen.«

Peytons Augen weiteten sich, als hätte er alles erwartet, nur nicht das.

»Bitte«, sagte er heiser und streckte ihr den Arm hin.

Doch plötzlich zog er ihn zurück und hob ihn an die Lippen. Seine Brauen zuckten kaum merklich, als er hineinbiss, dann hielt er ihr die Wunde hin.

Ihr Kiefer knackte bei dem Versuch, den Mund zu öffnen, und hing irgendwie schief auf Höhe der Ohren – vermutlich von der Notfall-Intubation. Doch all das vergaß sie sofort, als ein Tropfen seines Blutes auf ihrer Unterlippe landete.

Der Duft war wie ein erster Bissen im Magen, wenn man vor Hunger völlig entkräftet war. Alles erwachte zum Leben – nein, anders: Es war, als hätte sie Kokain geschnupft. Dann streckte sie ihre trockene Zunge hervor und leckte …

Nur vage registrierte sie, wie sie stöhnte und die Augen verdrehte … und das nicht, weil sie im Sterben lag. Oh nein, mit einem Schlag war sie quietschlebendig. Dieser Geschmack! Sein Geschmack war, als hätte man einen Defibrillator an ihr zerfleddertes Herz angeschlossen. Der Stoß fuhr in ihre Brust und schaltete ihr gesamtes Kreislaufsystem auf Turbo.

»Nimm, so viel du willst«, hörte sie ihn wie aus der Ferne. »Nimm alles …«

Er senkte den Arm, und sie saugte sich daran fest. Ihre ersten Züge waren hastig und unbeholfen – doch das änderte sich schnell. Bald trank sie in gierigen Zügen, als hätte sie seit Jahren nichts Anständiges mehr bekommen.

Heilige … Scheiße … so etwas Nahrhaftes hatte sie noch nie getrunken. Craeg und Boone hatten sie bereits genährt, als sie vorübergehend aus der Ohnmacht erwacht war, davor hatte sie sich von Zivilisten genährt, von Leuten wie ihr. Aber Peytons Blut war wie SuperPlus nach Normalbenzin. Es zog eine brennende Spur durch ihre Kehle und trieb ihr den Schweiß auf die Stirn. Und schon schrillte der Alarm, während ihr Herz hinter dem frisch aufgesägten Brustbein hämmerte.

Doch es war ihr egal, ob sie einen Schlaganfall erlitt oder ihr Herz explodierte. Ob ihr der Kopf abfiel, ihre Füße um fünfzehn Größen anwuchsen oder sie blind, taub oder stumm dabei wurde.

Der Instinkt, der ihrer Spezies eigen war, übernahm das Ruder, und der Hunger ergriff vollkommen von ihr Besitz.

Dann sah sie Peyton in die Augen.

Sie sagte sich, dass es darum ging, gesund zu werden, über ihre Verletzung zu triumphieren, an Kraft zu gewinnen. Doch je mehr sie von ihm trank, je mehr sie von ihm aufnahm, desto deutlicher wurde, dass noch ein anderer Trieb am Werk war.

Sie fürchtete, sie würde noch öfter von diesem Vampir kosten wollen. Selbst wenn ihr Leben nicht mehr davon abhing.

Und Blut war nicht alles, was sie von ihm brauchen würde.

12

Einige Türen weiter lag Ruhn im Kraftraum mit dem Rücken auf einer gepolsterten Bank, die Beine angezogen, die Füße auf den Bodenmatten. Die Stange, die er mit den Händen umfasste, wog gute fünfzig Pfund und war aus Eisen. Die Scheiben an den beiden Enden wogen zusammen um die siebenhundert Pfund.

Er hob das Gewicht aus der Halterung und atmete tief, während er es ins Gleichgewicht brachte. Dann senkte er die Stange, bis sie fast seine Brust berührte, langsam und kontrolliert, ein Triumph von Kraft über Gravitation. Es folgte eine kleine Griffkorrektur der rechten, dann der linken Hand ... dann hievte er das Gewicht nach oben, während die Luft mit einem langgezogenen Zischen aus seiner Lunge strömte. Und runter. Und hoch. Und runter ...

Immer weiter so, bis sich seine Brustmuskeln verkrampften, Bizepse und Trizepse zitterten, die Ellbogen brannten ... und selbst dann hörte er nicht auf, obgleich er den Rücken durchbiegen musste, um die Stange bis zum Scheitelpunkt zu heben.

Auf seiner Stirn bildeten sich Schweißperlen, die in sein Haar und in seine Ohren rannen. Seine Oberschenkel schmerzten. Sein Atem geriet ins Stocken. Sein Herz schien nicht mehr zu hämmern, sondern mit jedem Schlag zu explodieren.

Doch er machte weiter.

Die Idee, dass er sich zu einem Vertreter des eigenen Geschlechts hingezogen fühlte, war etwas völlig Neues für ihn. Gewiss, er wusste von solchen Verbindungen, doch er hatte immer geglaubt, etwas derart Exotisches käme nur in der Aristokratie vor. Aber in einer gewöhnlichen Familie mit traditioneller Einstellung wie der seinen?

Nein, seine Eltern hätten sicher kein Verständnis dafür gehabt, besonders nicht sein Vater. Er hatte klare Vorstellungen davon, was sich für die jeweiligen Geschlechter schickte, und dazu gehörte ganz bestimmt nicht die Vereinigung zweier Männer. Genauso unverrückbar waren seine Erwartungen gegenüber den einzelnen Familienmitgliedern gewesen, *Mahmen*, Vater, Tochter, Sohn.

Und man sehnte sich nach der Zustimmung der Eltern, besonders nach einer Jugend, in der man größer als alle anderen und in Gesellschaft scheu wie ein Reh gewesen war.

Tatsächlich hatte Ruhn sich für seinen Vater und zum Wohle der Familie fast zu Tode geschunden. Die Vorstellung, sie zu enttäuschen …

Moment, woher kamen diese Überlegungen? Als hätte er bereits Geschlechtsverkehr gehabt mit einem Vertreter des eigenen … naja, Geschlechts.

Weil du ihn küssen willst. Gib es zu.

Als ihm der Gedanke durch den Kopf schoss, lenkte er seinen inneren Widerstand in die Stange und hievte das Gewicht mit neuer Kraft in die Höhe. Nein, er wollte nichts von diesem Anwalt. Niemals. Denn er wollte nicht noch einmal einen verborgenen Teil in sich entdecken, dessen Existenz er sich nicht eingestanden hatte. Diesen Albtraum hatte er schon einmal durchlebt, und es war, gelinde gesagt, eine scheußliche Erfahrung gewesen.

Nie mehr wieder.

Nein …

Auf einmal gaben seine Arme nach. Seine Muskeln versagten ihm den Dienst, und die Stange sauste ungebremst herunter und schlug auf seiner Brust auf. Siebenhundertfünfzig Pfund. Es war ein unmittelbarer und lähmender Schmerz. Seine Lunge wurde zusammengepresst, als wäre ein Haus auf ihn gefallen.

Sofort erschien ein Gesicht über ihm. »Helfen Sie mir, dieses Gewicht von Ihnen herunterzuheben – na los, schieben Sie! Verdammt, SCHIEBEN!«

Es war der Chirurg, Dr. Manello.

Während Ruhn langsam die Besinnung verlor, hörte er noch am Rande, wie ein schriller Alarm losging – nein, es war ein Pfiff. Der Mensch pfiff durch die Zähne, während er versuchte, ihn von der Last zu befreien, indem er sich rittlings auf die Bank setzte und mit beiden Händen an der Stange zerrte.

Es half. Ruhn bekam wieder etwas Luft, und seine Sicht wurde ein wenig klarer.

Zwei weitere Leute stürzten in den Kraftraum, dann war das erdrückende Gewicht fort. Doch Ruhn konnte noch immer nicht richtig atmen. Hatte er sich sämtliche Rippen gebrochen?

Dr. Manellos Gesicht erschien erneut über ihm, ganz nah. »Ich öffne heute nicht noch eine Brust, haben Sie gehört?«

Dann wurde ihm eine Maske über Nase und Mund gestülpt, und ein kräftiger Strom von Sauerstoff blähte seine Backen auf. Die Luft trocknete seinen Hals aus und schmeckte merkwürdig, als wären Bleistiftspäne oder Blechstückchen darin – zusammen mit der Plastikschale über Mund und Nase hatte er jetzt endgültig das Gefühl zu ersticken.

Als er versuchte, die Maske wegzuschieben, hielten ihn starke Hände davon ab.

Aber Ruhn war noch stärker. In seiner Panik fuhr er hoch, trotz der Leute um ihn herum, und riss sich die Maske vom Gesicht.

Um allen Einwänden zuvorzukommen, öffnete er den Mund und sog mit einem gewaltigen Atemzug sämtliche verfügbare Luft aus dem Kraftraum in seine Lunge. Dabei krachte es scheußlich, wie ein brechender Eichenast, und ein Stich fuhr in seine Brust – doch seine Benommenheit floh wie ein verjagter Einbrecher, und sein Herz hämmerte in stetem Rhythmus.

»Tja, so geht es natürlich auch«, murmelte Dr. Manello. »Wäre es okay, wenn ich Sie untersuche?«

Da sich Ruhn noch immer auf die Atmung konzentrieren musste, nickte er einfach.

»Können Sie sich hinlegen?«, fragte der Arzt.

Ruhn schüttelte den Kopf. Nein, ausgeschlossen. Er würde erneut in Panik geraten. In einem Anflug von Klaustrophobie schielte er zur Tür. Glücklicherweise hatte sie ein Fenster zum Gang, außerdem gab es einen Fluchtweg, den er …

Jemand kam mit einem Gegenstand auf ihn zu.

Mit tödlich sicherem Reflex packte Ruhn das Handgelenk seines Angreifers und verdrehte ihm den Arm, bis er auf die Matte ging.

»Sachte!«, rief Bruder Rhage, löste Ruhns Griff vom Arm des anderen und schob sich zwischen sie. »Sieh mich an. Na komm schon, mein Sohn, konzentrier dich auf mich.«

Ruhn blinzelte. Blinzelte erneut. Er wollte der Anweisung folgen, doch es war ihm unmöglich. Rhage hüpfte herum wie ein Wassertropfen auf einer Herdplatte – obwohl, Moment, es war gar nicht Rhage. Die riesigen Füße des Bruders bewegten sich nicht, es war Ruhn, der zitterte.

»Bist du irgendwo da drin?«, fragte der Bruder. »Komm zurück, damit dich der Arzt untersuchen kann, okay?«

Irgendetwas stimmte nicht mit seinen Ohren. Die Geräusche um ihn herum schwollen an und ab, Teile von Sätzen wurden geschluckt, nach einem zufälligen Muster, sodass er sie ergänzen musste.

Ruhn atmete noch ein paarmal durch, dann blickte er nach unten, wo Dr. Manello seinen Unterarm inspizierte, als könnte er gebrochen sein.

»Es tut mir leid«, krächzte Ruhn. »Gütige Jungfrau der Schrift, ich wollte Sie nicht …«

Der Arzt lächelte zu ihm auf. »Keine Sorge, ist schon okay. Grenzen sind wichtig. Aber warnen Sie mich das nächste Mal, bevor Sie mir den Arm verdrehen. Wenn ich dann nicht höre, können Sie mich niederstrecken. Also, sind Sie bereit? Dürfte ich Ihr Herz abhören? Es wird nicht wehtun.«

Der Arzt hielt eine kleine Metallscheibe hoch, von der ein Schlauch abging, der … zu seinen Ohren führte.

»Wurden Sie noch nie untersucht?«, fragte Dr. Manello leise.

Ruhn schüttelte den Kopf.

»Okay, das hier ist ein Stethoskop. Ich lege es hierhin«, Dr. Manello deutete auf seine eigene Brust, etwas von der Mitte versetzt, »und höre Ihren Herzschlag ab. Die Untersuchung ist nicht invasiv, das heißt, es geht nicht unter die Haut und tut nicht weh, ich verspreche es.«

Ruhn erschauderte, doch dann nickte er – nicht, weil er der Untersuchung traute, sondern weil er dem Arzt wehgetan hatte, was unverzeihlich war, und er das irgendwie wiedergutmachen wollte.

Sich zu fügen schien die einzige Möglichkeit zu sein, die ihm blieb.

»Können Sie sich gerade hinsetzen?«

Als er der Bitte nachkam und den Rücken durchdrückte, schickte Rhage alle anderen hinaus, die in den Kraftraum gekommen waren – wofür Ruhn ihm dankbar war. Seine Sinne waren überreizt, er war froh um jede Entspannung. So vielen Blicken ausgesetzt zu sein, wenngleich mitfühlenden, war schwer zu ertragen für einen, der mit Schüchternheit geschlagen war.

»Sehen Sie? Gar nicht schlimm.«

Ruhn sah an sich herab. Die Metallscheibe am Ende des Schlauchs lag auf seiner Brust, und der Doktor hatte den Kopf abgewandt, als konzentrierte er sich auf Geräusche, die an seine Ohren übertragen wurden.

»Tut das Einatmen weh?«, fragte der Arzt. »Ja? Darf ich Ihnen das Oberteil ausziehen und mir die Sache ansehen?«

Ohne groß darüber nachzudenken, nickte Ruhn, und Dr. Manello und Rhage nahmen sein Shirt beim Saum und zogen es vorsichtig nach oben.

Wie ein Kind hob Ruhn die Arme – bevor ihm wieder einfiel, warum er seinen Oberkörper nie entblößen durfte.

Seine Helfer erstarrten und schnappten nach Luft.

Ruhn hätte sich ohrfeigen können. Er hatte die Markierungen auf seinem Rücken vergessen.

Verdammt.

Nachdem Novo sich fertig genährt hatte und in einen unruhigen Schlaf der Genesung gesunken war, stolperte Peyton zurück in sein Klassenzimmer. Seine Füße waren taub, seine Beine aus Gummi, sein Gleichgewichtssinn eingeschränkt durch eine Störung im Innenohr. Er schloss sich ein und fragte sich, warum ihm die Tische und Stühle, das Pult und die Tafel so fremd erschienen. Als hätte er dieses Zimmer noch nie gesehen.

Doch das war Unsinn. Er war nur eine halbe Stunde weg gewesen, und wie sein Kurzzeitgedächtnis meldete, war alles am alten Platz.

Er selbst war es, der sich verändert hatte.

Er schaltete das Licht aus und legte sich aufs Pult. Sein Körper fühlte sich an wie ein schlaffer Sack voll Knochen, die scharfkantig und nur lose miteinander verbunden waren. Gütige Jungfrau der Schrift, was war da drinnen nur passiert? Sicher, oberflächlich betrachtet hatte Novo sich von ihm genährt, doch damit war sie nicht die erste Vampirin gewesen. Außerdem lag sie in einem Krankenbett und hing an Monitoren.

Aber was für eine Erfahrung! Das Gefühl ihrer Lippen auf seiner Haut, das leichte Saugen, wie sie danach über die Wunde geleckt hatte.

Scheiß auf Drogen. Wenn er das sein Leben lang haben konnte, brauchte er nie mehr eine Line Koks.

Er schloss die Augen und ging die Szene in Gedanken noch einmal durch – wie er sich die Wunde zugefügt hatte, der erste Tropfen, der auf ihre Lippen gefallen war. Ein Kribbeln durchzog ihn, als er daran dachte, sein Blut heizte sich auf und machte ihn noch härter.

Er kämpfte gegen die Erregung an.

Erfolglos.

An ihrem Bett hatte er sich einigermaßen beherrschen können. Er hatte seinen Schwanz dezent zurechtgerückt und sich zusammengerissen. Doch hier allein im Dunkeln? Er fühlte sich schäbig, aber mit dieser Erektion würde er niemals schlafen können.

Hastig stieß er die Hand in die Kampfhose. Sobald er sich berührte, kam er mit voller Wucht. Erinnerungen an Novo, im Unterricht, draußen im Einsatz, schossen ihm durch den Kopf und trieben ihn immer weiter an. Er dachte sogar an das eine Mal, als er in sie eingedrungen war und ihr Geschlecht ihn aufgenommen hatte, als wäre es für ihn und niemanden sonst geschaffen.

Okay, dieses Bild war nicht so toll, weil sie dabei einfach nur dagelegen hatte.

Also schob er es beiseite und dachte an andere Szenen. Dazu verschaffte er sich einen besseren Zugriff, indem er seine Hose mit brutalen Griffen öffnete, über den Hintern schob und sich stöhnend auf die Seite wälzte. In zusammengekrümmter Haltung umfasste er seinen Schwanz und bearbeitete sich noch gröber als zuvor. Das Pult war kühl unter seiner erhitzten Wange, während er sich mit der freien Hand so fest an der Kante festkrallte, dass sein Unterarm zu brechen drohte.

Und noch immer schüttelte ihn der Orgasmus.

Als er schließlich abgeebbt war, schloss Peyton die Augen und lag eine Weile einfach nur schwer atmend da – bis ihm klar wurde, dass er alles vollgesaut hatte, sich selbst, seine Hose und das verdammte Pult.

Wenigstens war es mitten am Tag. Mit etwas Glück konnte er in die Umkleide schleichen, sich ein paar Handtücher und einen Satz Klinikwäsche schnappen und unbemerkt zurückkehren.

Es war an der Zeit, in Aktion zu treten.

Ganz genau.

Und zwar gleich.

Stattdessen blieb er liegen und fragte sich, wie es wohl wäre, sich von ihr zu nähren und sich später noch daran zu erinnern ... ihr Blut in der Kehle zu schmecken, sie unter sich zu haben, sie herumzudrehen und sich über ihren Hals herzumachen.

Er musste es wissen. Und diesmal nicht als lebensrettende Maßnahme, weil ihm jemand in den Kopf geschossen hatte.

Doch noch während sich diese Überzeugung in seinem

Kopf verankerte und seine Gedanken fieberhaft in alle Richtungen forschten, wie er sie am schnellsten und effektivsten ins Bett bekam, war ihm klar, dass es nie dazu kommen würde. Sie hatte ihm immer unmissverständlich signalisiert, dass er nicht ihr Typ war – verdammt, sie sagte zwar, sie wollte wieder mit ihm kämpfen, doch sie mochte ihn noch nicht einmal. Außerdem würden sie ohnehin nichts mehr miteinander zu tun haben, wenn er aus dem Programm ausschied.

Ja, ihre Trennung stand definitiv bevor. Sie würde weiter trainieren, etwas Sinnvolles tun, die Spezies beschützen, er würde sich wieder ganz seiner Karriere als High-Society-Arsch widmen.

Termine, Termine, so war das nun einmal.

Sein Handy klingelte, doch er ignorierte es. Er musste sich zu seinem peinlichen Ausflug auf den Gang aufraffen.

Es dauerte über eine halbe Stunde, bis er es schließlich zur Umkleide und zurück schaffte. Und nachdem er sich und alles andere gesäubert hatte, legte er sich wieder flach auf das Pult und nickte ein.

In seinem unruhigen Schlaf verfolgte ihn eine Vampirin mit langem, dunklem Haar, feurigen Augen … und einem eisernen Willen.

13

Als sich am nächsten Abend die Nacht herabsenkte, wälzte sich Saxton herum und sah zum anderen Ende seines Betts. Dort, in den zerwühlten Laken, hatte ein Vampir gelegen. Saxton hatte von seinem Körper Gebrauch gemacht und ihm den eigenen angeboten.

In der Ferne schloss sich leise die Tür seines Penthouses.

Saxton setzte sich auf und strich sich das Haar aus den Augen. Die Erinnerung an den vergangenen Tag gab ihm ein Gefühl der Leere, und auf diese Art von Kater hätte er gern verzichtet – zusammen mit dem dröhnenden Schädel, der von zu viel Champagner und zu wenig Schlaf kam.

Als sich seine Sicht klärte, sah er sich im Zimmer um. Die schicken Schränke mit den Spiegeltüren, die Beistelltische, die schwarzen Sessel, der weiche graue Teppich, die Strahler, die in gleichmäßigen Abständen an der Decke hingen wie Sterne.

Völlig ohne Zusammenhang musste er plötzlich daran denken, wie er Blay angeschwindelt hatte.

Er hatte sein viktorianisches Haus am anderen Ende der Stadt gar nicht verkauft. Doch er betrat es nicht mehr. Dass er sich nicht davon trennen konnte, obwohl er sich nicht darin aufhalten wollte, hatte er wohlweislich für sich behalten. Es war traurig, dass er Grundsteuern für den Schrein einer Liebe zahlte, die sich im Nichts verlaufen hatte.

Obgleich nicht ganz im Nichts. Auf seiner Seite hatte das Ende großen Kummer verursacht, der sich definitiv nach etwas anfühlte.

Auch wenn es nichts Gutes war.

Mit einem leisen Surren setzten sich die automatischen Jalousien vor den großen Fensterscheiben in Bewegung. Zentimeter für Zentimeter hoben sie sich und gaben den Blick auf die funkelnden Lichter der Stadt frei, wie ein Vorhang, der von unsichtbarer Hand zur Seite gezogen wurde. Und es war merkwürdig … als er noch einmal darüber nachsann, wie er den Tag verbracht hatte, erkannte er, dass zum ersten Mal nicht Blay der Grund für das kleine Techtelmechtel gewesen war, so wie es üblicherweise der Fall war. Diesmal waren die Leibesertüchtigungen ausgelöst worden durch …

Er runzelte die Stirn und rieb sich den Schlaf aus den Augen. Doch er musste sich geirrt haben. Sicher hatte er sich das nur eingebildet, als er mit Ruhn im Auto saß und er zu ihm rübergesehen hatte. Der Blick konnte alles Mögliche bedeutet haben.

Nur weil er den Kerl attraktiv fand, hieß das noch lange nicht, dass es auf Gegenseitigkeit beruhte.

Dennoch hatte es etwas in Gang gesetzt, ein Nagen, eine Unruhe, die ihn letztlich dazu veranlasst hatte, sein Handy zu nehmen und die Liste der männlichen Vampire und Menschen durchzusehen, derer er sich manchmal bediente. Größtenteils waren es Club- oder Party-Bekanntschaften, er erkundigte sich nie nach ihrem Beziehungsstatus. Ihm ging es wie dem Betreffenden selbst einzig darum, ob sie gut ficken konnten.

Wenn man das so offen sagen durfte.

Dass er einen großen, kräftigen Kerl mit dunklen Haaren ausgewählt hatte, konnte man vermutlich als Fortschritt werten. Wenigstens war es kein Rotschopf gewesen. Trotzdem fiel es ihm schwer, Mut daraus zu schöpfen, dass er einen Mann, den er nicht haben konnte, gegen einen anderen eingetauscht hatte, der ebenfalls nicht infrage kam.

»Genug«, sagte er laut.

Er schälte sich aus der Satinbettwäsche und machte sich in Richtung Bad auf. Die schmerzenden Stellen und das kaum merkliche Hinken waren nach so einem Tag normal, und er versuchte, nicht an Blay und die Vergangenheit zu denken. Damals hatten die Nachwirkungen von Sex in einem Gefühl von großer Wärme in der Brust bestanden und in einem verstohlenen Lächeln, wann immer er an den Geliebten dachte.

Was er jetzt erlebte, waren nichts als die mechanischen Auswirkungen ungewohnter Aktivitäten.

Im marmornen Bad verzichtete er darauf, das Licht über den beiden Waschbecken einzuschalten. Zum einen fiel das Leuchten der Stadt in den Raum und reichte vollkommen aus, aber vor allem hatte er keine Lust, sich in all den Spiegeln zu sehen.

Er drehte die Dusche auf und nahm vier Ibuprofen, während er darauf wartete, dass sich das Wasser erwärmte.

Dann trat er unter die diversen Duschköpfe, wusch sich gründlich und rasierte sich vor einem Spiegel mit Antibeschlagbeschichtung, den er aufgehängt hatte. Leider erfrischte ihn die Dusche so wenig, wie ihn der Tagesverlauf befriedigt hatte, und zum ersten Mal erfüllte ihn die Aussicht auf seine Arbeit und die nächtlichen Verpflichtungen nicht mit Enthusiasmus oder Stolz.

Beim Abtrocknen verstärkte das Flappen des Frotteetuchs die Stille im Penthouse, die ihm wie ein schwarzes Loch erschien.

Wieder regte sich in ihm der Wunsch, Caldwell zu verlassen. Es war ein reizvoller Gedanke. Natürlich würde er seine Probleme überallhin mitnehmen, aber vielleicht würden sich neue Perspektiven eröffnen, wenn er umzog und eine andere Tätigkeit ausübte. Vielleicht als Lehrer. Es gab noch immer viele Vampire, die sich für das Alte Recht interessierten, und er kannte sich mittlerweile so gut damit aus, dass es ihm ein Leichtes wäre, einen Lehrplan zu erstellen …

Als sein Handy im Schlafzimmer klingelte, ließ er die Mailbox rangehen. Doch als es gleich darauf wieder schrillte, lief er los, wobei er sich das Handtuch um die Hüften schlang. Ja, er gehörte zu den Leuten, denen es unschicklich erschien, nackt ans Telefon zu gehen, selbst wenn ihn dabei niemand sah.

Zumal es vermutlich Wrath oder einer der Brüder …

Doch diesmal nicht. Das Display zeigte niemanden aus seiner Kontaktliste, obwohl die Anzeige »Teilnehmer unbekannt« darauf schließen ließ, dass der Anrufer zum königlichen Haushalt gehörte.

Vishous war ein Freund der Anonymität.

»Hallo?«, meldete sich Saxton.

»Saxton?« Er erkannte Ruhns Stimme sofort. Was für eine Überraschung. Sofort entstand eine erotische Spannung, doch natürlich nur auf seiner Seite.

»Ja. Hallo? Ruhn?« Die Verbindung war nicht besonders gut, es schien windig zu sein oder dergleichen. »Entschuldigung, ich kann dich nicht hören.«

»Ich bin draußen bei Mistress Miniahna.« Knistern, Rauschen. »Ich habe gerade zwei Männer von ihrem Grundstück vertrieben.« Sturmgeheul. »Wo seid Ihr? Ich meine, wo bist du?«

»Zu Hause. In der Stadt.«

»Kann ich zu dir kommen?«

»Selbstverständlich – ich erkläre dir, wie du es findest.« Nachdem er Ruhn den Weg beschrieben hatte, fügte er hinzu: »Eins noch, bevor du auflegst: Hast du die Ein-dringlinge getötet? Muss ich jemanden rufen, um Leichen zu beseitigen?«

Windbrausen. »Noch nicht. Aber das wird sich noch ändern.«

Sobald er das Gespräch beendet hatte, eilte Saxton zum Kleiderschrank, aus dem er eine Hose und ein wei-ßes Hemd zog – bemüht darum zu ignorieren, dass seine Schritte plötzlich federten.

Es ist eine berufliche Angelegenheit, ermahnte er sich. Verflixt noch mal, behandle diese Sache professionell.

Am anderen Ende der Stadt, in einem reichen Viertel, wo Villen wie Kronen inmitten gepflegter, schneebedeckter Grundstücke saßen, erreichte Peyton den prächtigen Auf-gang zum Haus seines Vaters, begleitet von einer Marsch-kapelle der Erschöpfung. Seine pochenden Schläfen wa-ren die Bläser, das Stechen im Rücken die Becken und die Magenkrämpfe eine Tuba, die von einem talentlosen, dafür umso enthusiastischeren Spieler mit beindrucken-dem Lungenvolumen geblasen wurde.

Er konnte sich nicht entscheiden, ob er Hunger hatte oder ob ihm übel war.

Als er die Haustür öffnete, präsentierte sich ihm der erste Hinweis darauf, dass diese Nacht noch schlimmer werden würde – mal wieder. In der Luft lag ein lieblicher Geruch, der vollkommen fremd war. Parfüm? Ja, das war es. Aber wer sollte hier …

Der Butler schoss unter der Treppe hervor, als liefe er auf Rollschuhen.

»Ihr kommt spät.« Der *Doggen* musterte Peyton mit Au-gen von der Farbe vergilbter Zeitungen. »Und Ihr seid nicht gekleidet.«

Als ich das letzte Mal nachgesehen habe, hatte ich noch etwas

175

an, dachte Peyton. Zumindest verhüllte die Klinikwäsche die pikanten Teile.

Doch seine Kommentare behielt er für sich. »Wovon redest du?«

»Das Erste Mahl. In einer Viertelstunde.« Der Doggen zog eine Manschette hoch und entblößte seine Uhr wie eine Waffe, die er auf einen Einbrecher richtete. »Ihr habt den Umtrunk versäumt.«

Peyton rieb sich die Stirn, um sich davon abzuhalten, dem Kerl die Uhr abzunehmen und sie ihm in den Hintern zu schieben.

»Sieh mal, ich weiß nicht, wovon du redest, aber ich habe seit über einem Tag nicht geschlafen. Gestern Nacht kam es zu einem schrecklichen Unfall …«

»Da bist du ja.«

Peyton schloss die Augen. Natürlich, sein Vater. Im Vergleich zu Daddy klang der Butler wie sein bester Kumpel.

Und als er sich umsah, traf ihn ein Blick mit der Wucht einer Bratpfanne – eine beachtliche Leistung für einen Aristokraten im maßgeschneiderten Smoking, der niemals handgreiflich wurde.

Doch sein Blick war tödlich.

»Hallo, Vater.« Peyton klatschte in die Hände. »Tja, schön, dass wir uns unterhalten haben, aber jetzt gehe ich nach oben und lege mich schlafen …«

Als Peyton verschwinden wollte, verstellte sein Vater ihm den Weg zur Treppe. »Ja, du gehst in den ersten Stock, aber dort wirst du dich umziehen. Für heute Abend war ein Treffen mit Romania vereinbart. Jetzt – beziehungsweise schon vor einer Stunde. Wo *warst* du?«

»Davon weiß ich nichts.«

»Ich habe angerufen. Zwei Mal! Also, geh nach oben und zieh deinen Smoking an, um mich und diese arme Vampirin nicht noch mehr in Verlegenheit zu bringen.«

Sein Vater beugte sich auf ihn zu. »Ihre *Eltern* sind hier, beim Schleier noch mal. Was ist nur *los* mit dir. Kannst du nicht einmal der Sohn sein, den ich brauche?«

Tja, also, Dad, wenn du es so sagst, könnte ich das Thema für uns beide beenden, indem ich mich im Bad erhänge.

Problem gelöst.

Peyton blickte an seinem Vater vorbei zur Treppe und dachte darüber nach. Er hatte genügend Gürtel, so viel stand fest – und eine hübsche, solide Lampenhalterung in der Schlafzimmerdecke.

Doch plötzlich stand ihm das Bild vor Augen, wie sich Novo von ihm nährte. Glasklar.

Okay, seine Selbstmordpläne mussten warten.

Er ließ den Blick zum Salon schweifen und holte zu einem ausführlichen »Fick dich, scheiß drauf, mir doch egal« aus, um seinem Vater zu vermitteln, wie wenig er für gesellschaftliche Verpflichtungen übrighatte, nachdem er sich gerade vierundzwanzig Stunden damit herumgequält hatte, beinahe jemanden umgebracht zu haben.

Doch dazu kam es nicht.

Durch den verschnörkelten Durchgangsbogen fiel sein Blick in den eleganten Salon, in dem seidene Sofas und Stühle um einen marmornen Kamin arrangiert waren, der den Mittelpunkt des Raumes bildete. Auf den Kissen saß eine Vampirin mit dem Rücken zu ihm. Sie hatte dunkles Haar, das zu einem Chignon eingedreht war, und trug ein feierliches hellblaues Kleid mit einer Art Schal oder Flügelärmeln, die wie Engelsschwingen über ihre Arme fielen. Sie hielt den Kopf gesenkt und hatte die Schultern eingezogen, als müsste sie sich zusammenreißen.

Was ihr nur mit Not gelang.

Sie wollte dieses Treffen genauso wenig wie er, schoss es ihm durch den Kopf. Oder sie fühlte sich von ihm zurückgewiesen, weil er nicht gekommen war.

»Würdest du dich jetzt *bitte* umziehen«, sagte sein Vater.

Peyton betrachtete die arme Vampirin noch ein wenig länger und fragte sich, wohin sie sich wohl gerade wünschte.

»Gib mir zehn Minuten«, sagte er missmutig. »Ich komme gleich.«

Damit ging er um seinen Vater herum zur Treppe und nahm zwei Stufen mit jedem Schritt. Er verachtete seine Familie und ihre Traditionen und die bescheuerten Regeln der *Glymera*, doch eines würde er nicht tun: andere Idioten hängen lassen, denen es auch nicht besser ging als ihm. Er würde diese Frau nicht wegen einer Sache demütigen, die nichts mit ihr zu tun hatte.

Er kannte sie nicht, aber so wie er die Sache sah, saßen sie im selben Boot.

Zumindest für die Dauer dieses Mahls.

14

Ruhn materialisierte sich hoch oben auf der Terrasse eines Wolkenkratzers, die größer war als das alte Cottage auf dem Gut, in dem er gelebt hatte. Er brauchte einen Moment, um zu verinnerlichen, wo er hier war. Bei Saxton. Zu Hause.

Er hätte eine Stunde warten und den Anwalt im Audienzhaus treffen sollen.

Was hatte er sich bloß dabei gedacht hierherzukommen ...

Du wolltest ihn sehen, sagte eine Stimme in seinem Kopf. *Allein.*

»Nein, will ich nicht.«

Er hatte den Satz laut ausgesprochen, doch seine Worte verloren sich in den Sturmböen, die ihm eisig in den Rücken wehten, als wollten sie ihn nach drinnen treiben. Einen Moment lang kämpfte er gegen den kalten Luftstrom an und lehnte sich gegen die unsichtbaren Hände, die ihn schoben ... doch es war zu spät für eine Umkehr. Es hätte die Sache nur verkompliziert.

Außerdem war er nicht in persönlicher Angelegenheit hier. Es ging um etwas Geschäftliches.

»Und ich möchte nicht mit ihm allein sein.«

Nachdem das geklärt war, versuchte er herauszufinden, wo man bei diesem Penthouse klopfen oder klingeln konnte. Alles schien aus Glas zu sein, die Front bestand aus großen Scheiben, die sich aneinanderreihten.

Drinnen brannten ein paar wenige Lichter, alle gedämpft, und die Schatten der Möbel bildeten eine Landschaft, die erst noch von einer künstlichen Dämmerung enthüllt werden musste.

So luxuriös und extravagant, dachte er. Alles sah sehr weltmännisch aus, genau wie der Vampir, der darin wohnte.

Aber die privaten Bereiche der Leute spiegelten ja häufig wider, wer sie waren, dafür war er selbst das beste Beispiel. Er hatte kein Heim und keine Anstellung und wurde von gütigen Leuten in einem Haus geduldet, das ihm nicht gehörte. Es war nur logisch, dass man keine eigenen vier Wände besaß, wenn man keine Zukunft und wenig in der Gegenwart hatte.

Er ging auf eine der Scheiben zu und hoffte, dass es eine Schiebetür war. Dabei fragte er sich, wer dieses Penthouse wohl mit dem Anwalt teilte. Ruhn hatte den Vampir weder mit einer *Shellan* gesehen noch hatte er von einer gehört. Aber Saxton umgab eine gewisse professionelle Distanz, auch wenn man sah, dass er von allen respektiert wurde.

Bestimmt gab es irgendwo eine Vampirin – was diesen Besuch hier noch unangenehmer …

Er erstarrte, als Saxton in den großen offenen Raum kam. Sein Schritt war fest, sein blondes Haar glänzte im gedimmten Licht, das von der Decke fiel, seine makellose Hose und das strahlend weiße Hemd warteten nur noch auf das Smoking-Jackett oder was immer man über dieser Kleidung trug.

Der Anwalt begab sich in den Küchenbereich, schaltete im Vorbeigehen ein paar Lampen an, die hellere Lichtkegel von oben verstrahlten, und machte sich dann neben der Spüle zu schaffen – bereitete Kaffee zu und stellte Tassen auf ein Tablett. Doch Ruhn registrierte wenig davon.

Ihm fiel vor allem auf, wie golden seine Haut war. Wie schön sein Gesicht. Wie geschmeidig sein Körper.

Was ist das nur, dachte Ruhn. Zumal er nun ein Kribbeln in der Leistengegend spürte, als würden ihn Hände berühren und erregen ...

Ohne Vorwarnung blickte Saxton in seine Richtung, merkte, dass er angesehen wurde, und hielt inne.

Sekunden dehnten sich zu Minuten aus.

Dann erwachten sie gleichzeitig aus ihrer Erstarrung. Ruhn gab vor, lediglich nach einem Türgriff oder einer Öffnung zu suchen, während Saxton auf die Glasfront zukam und das Problem für ihn behob.

»Guten Abend«, sagte er, als er die Tür aufschob.

»Ihr ... du hast mich eingeladen.« Ruhn hörte seine eigenen Worte und schloss die Augen. »Ich meine, ich bin hier. Ich meine ...«

»Ja, du wirst erwartet.«

Als Ruhn nicht antwortete, trat Saxton einen Schritt zur Seite. »Komm rein.«

Zwei Worte. Eine einfache Einladung, wie Vampire und Menschen sie auf der ganzen Welt aussprachen.

Doch Ruhn konnte einfach nicht ignorieren, dass es für ihn so viel mehr bedeutete. Es war zu viel für ihn. Es wuchs ihm über den Kopf.

»Ich sollte gehen«, murmelte er. »Ja, es tut mir leid ...«

»Warum?«, fragte Saxton. »Wo liegt das Problem?«

Ich glaube, ich will dich, das ist das Problem.

Gütige Jungfrau der Schrift, war ihm das gerade wirklich durch den Kopf gegangen?

»Ruhn, komm rein. Es ist kalt.«

Dreh um, dachte er, *dreh einfach um und geh. Sag ihm, dass ihr euch später im Audienzhaus trefft.*

»Ich hätte dich nicht zu Hause stören dürfen.« Ruhn schüttelte den Kopf und betete, dass Saxton nicht hörte

181

oder merkte, wie sein Herz hämmerte. »Entschuldige mich.«

Am anderen Ende der Stadt kehrte Peyton exakt zehn Minuten später ins Erdgeschoss zurück. Er hatte die schnellste Dusche aller Zeiten hinter sich und das nasse Haar nach hinten geklatscht, sein Smoking war frisch und gestärkt – und ein wenig eng um Schultern, Oberarme und Schenkel, dank der intensiven Trainingseinheiten der letzten Zeit.

Er bog in den Salon und prüfte mit einem kurzen Blick, wie es um die Bar bestellt war. Ausgezeichnet. In der Ecke standen Sektflöten mit Sekt-Orange und niedrige Gläser mit Bloody Marys auf einem Servierwagen aus Messing bereit.

Meine Freunde, ich kann es kaum erwarten, unsere Bekanntschaft aufzufrischen, dachte er.

Doch erst kam der Pflichtteil.

»Ah, mein erstgeborener Sohn«, sagte Peythone in der Alten Sprache. Er saß in einem Sessel am Kamin und verdiente wirklich Punkte für sein Lächeln: Es wirkte beinahe echt. *»Salone und Idina, darf ich Euch Peyton, Sohn des Peythone, vorstellen.«*

Das Paar saß auf dem Seidensofa gegenüber des Opferlamms – Verzeihung, ihrer Tochter –, und Peyton trat vor sie und verbeugte sich tief, erst vor dem Vampir, einem typischen *Glymera*-Schnösel, dann vor der Vampirin, die ein Kleid in exakt dem gleichen Blau wie das ihrer Tochter trug. Was er gruselig fand. Außerdem erkannte er sie nicht sofort, und das war ungewöhnlich. Der Kreis der Aristokratie war klein, da war man praktisch mit jedem um ein, zwei Ecken verwandt.

Sie sind nicht aus der Stadt, dachte er. *Vielleicht aus dem Süden?*

»*Es ist mir eine Freude, Euch kennenzulernen*«, sagte er. »*Bitte entschuldigt die Verspätung. Mein Benehmen ist unverzeihlich.*«

Bla, bla, bla.

»*Ihr seht noch besser aus, als man sagt*«, schwärmte die *Mahmen,* und ihre Augen weiteten sich. »*So ein gut aussehender Vampir. Sieht er nicht blendend aus? Ein hübscher Kerl, frisch aus der Transition.*«

Ich bin nicht scharf auf dich, dachte er. *Also hör auf, mich anzusehen wie ein Stück Frischfleisch.*

Mann, wie er das hasste.

»*Genug, Idina*«, brummte Salone und hörte auf, in der Alten Sprache zu sprechen. »Nun, Peyton, Euer Vater deutete an, Ihr würdet am Trainingsprogramm der Bruderschaft der Black Dagger teilnehmen – was wir erst jetzt erfahren durften. Ich nehme an, vor diesem Hintergrund können wir über Eure heutige Verspätung hinwegsehen.«

Peythone lächelte aalglatt. »So ist es, Peyton trägt auf äußerst bedeutsame Weise zur Verteidigung unserer Spezies bei. Aber man möchte sich ja nicht brüsten.«

Nein. Natürlich nicht.

Idina legte die Hände rechts und links auf ihr Dekolleté und beugte sich nach vorne, als wollte sie ein Geheimnis mit ihm teilen – oder würde sie ihm ihre Brüste zeigen? »Ihr müsst mir erzählen, wie diese Brüder sind. Sie wirken *so* geheimnisvoll, so eindrucksvoll, so angsteinflößend. Ich habe sie bei Ratstreffen immer nur von Weitem gesehen. Erzählt mir von ihnen, *unbedingt.*«

Okay, er fand einfach alles an dieser Vampirin widerlich. Ihre gefräßigen Augen, die dicken Klunker an den Fingern, ihre Art zu reden. Was war das nur für ein Akzent? Irgendetwas stimmte nicht mit ihrem *R.* Sie konnte es nicht richtig rollen. Und dann der Vater. Bei näherer

Betrachtung waren seine Züge gröber als auf den ersten Blick, und dazu dieser Smoking – er glänzte, als hätte man ihn mit Bratfett eingerieben.

Was hatte sein Vater vor?, überlegte Peyton. Es gab so viele Familien, mit denen man sich verbinden konnte, warum ausgerechnet mit dieser?

Allerdings waren die altehrwürdigen Familien in Caldwell bestens über Peytons Ruf im Bilde. Vielleicht ging es nicht darum, wen sein Vater haben konnte, sondern wer sich noch mit seinem Sohn abgeben wollte.

»Also«, säuselte Idina. »Erzählt mir *alles* über sie.«

Peyton hatte genug.

Er drehte sich nach der jungen Vampirin um.

Empörte Stille. Der ganze Raum verstummte angesichts dieser Ungeheuerlichkeit.

Auch die Tochter zuckte zusammen, doch sie fing sich schnell und senkte den Blick, wie es sich nach seinem Fauxpas gehörte. Man hatte sie einander noch nicht offiziell vorgestellt.

Sie war eine unscheinbare Schönheit, nicht spektakulär, sondern eher auf den zweiten Blick attraktiv. Ihre Züge waren fein und ebenmäßig, ihre Glieder lang und anmutig. Unter dem fließenden blauen Kleid deuteten sich alle Kurven an, die sich ein Mann nur wünschen konnte.

Neben ihr flatterte etwas und erregte seine Aufmerksamkeit. Es waren ihre Hände. Sie zitterten, und als wollte sie nicht, dass er es merkte, faltete sie sie im Schoß zusammen.

Was hast du angestellt, um mich zu verdienen, armes Ding?, dachte er.

»Ich bin Peyton«, sagte er zum Entsetzen seines Vaters.

Die Vampirin hob überrascht den Blick und sah ihn an. Dann huschten ihre Augen zu ihren Eltern.

Ihr Vater räusperte sich verdrossen – als hätte er sich einen besseren Verlauf gewünscht, wüsste aber, dass in dieser Hinsicht nichts zu erwarten war.

»Das ist meine Tochter Romina«, brummte er.

Nicht einmal in der Alten Sprache. Wem von ihnen galt die Beleidigung?, fragte sich Peyton.

Doch er verbeugte sich tief. *»Es freut mich, Eure Bekanntschaft zu machen.«*

Bevor er sich wieder aufrichtete, versuchte er ihr telepathisch mitzuteilen: *Keine Sorge, wir kommen aus der Sache raus.*

Als wären sie zwei Gefangene.

Und das waren sie ja auch.

In der Todeszelle, dem Gesicht der Vampirin nach zu schließen. Es war von Entsetzen gezeichnet.

15

Saxton stand an der offenen Schiebetür in seinem Penthouse und spürte weder die Windstöße und die eisige Kälte noch den Hunger, der ihn bis gerade eben gequält hatte. Alles verblasste neben dem riesigen Vampir, der vor ihm stand, auch wenn er aussah, als würde er gleich vom Dach des Commodore springen. Seine Haltung war angespannt, das Haar stand ihm vom Kopf ab, die Augen wirkten nervös und wach. Aber dieser Duft ... dieser *Duft.*

Dunkle Würze. Erregung.

Sexuelle Begierde.

Was war das für eine Fantasieerscheinung, dachte Saxton. Schlief er und träumte?

»Geh nicht«, sagte er heiser. Doch dann mäßigte er sich und bemühte sich um einen Ton, der nicht zu flehend klang. »Ich meine, komm rein und erzähl mir, was passiert ist. Bitte.«

Ruhns Blick schweifte ab, als würde er in die Wohnung blicken.

»Ich bin allein.« Saxton trat noch weiter zurück. »Wir sind allein.«

Beim Schleier, warum klang das wie eine Einladung?

Weil es eine ist.

»Schluss damit ...« Als er merkte, dass er das laut ausgesprochen hatte, schloss er die Augen und versuchte, sich zusammenzureißen. »Entschuldige. Bitte, es ist kalt.«

Oder vielleicht war es auch sengend heiß. Wer konnte das schon sagen.

»In Ordnung«, sagte Ruhn leise.

Als sich der große Vampir seitlich drehte und durch die Tür trat, konnte Saxton nicht anders, als die Augen zu schließen und seinen Duft einzuatmen. Er hatte noch nie etwas so Sinnliches gerochen. In seinem ganzen Leben nicht.

Mit zittrigen Händen zog er die Tür hinter Ruhn wieder zu. »Ich … wollte gerade … also, möchtest du vielleicht einen Kaffee?«

Ruhn sah sich um und verschränkte die Arme vor der Brust. »Nein, danke.«

»Willst du dich nicht setzen?«

»Es wird nicht lang dauern.«

Trotzdem schwieg er weiter. Er blieb neben der Tür stehen, die Stiefel fest auf den hellgrauen Teppich gepflanzt, ein Riese in einem Puppenhaus. Seine schwarze Lederjacke und die blaue Jeans schienen dem sorgfältig konstruierten Minimalismus um ihn herum zu spotten.

»Erzähl mir, was passiert ist.« Saxton ging zum Sofa und setzte sich. »Stimmt etwas nicht?«

Ruhn holte tief Luft, und das Leder knarzte, als sich sein Brustkorb weitete. »Ich war beim Farmhaus von Mistress Miniahna, um nach dem Rechten zu sehen. In der Einfahrt stand ein Truck, kurz vor dem Rondell vor dem Haus. Schwarz mit verdunkelten Fenstern. Ich wartete. Nach einer Weile stiegen zwei Männer aus und sahen zu den Bäumen. Einer hielt einen Sensor in der Hand.«

»Sie wissen, dass wir die Kameras entfernt haben.«

»Ja.« Ruhn steckte die Hände in die Taschen seiner Lederjacke.

»Und?«

»Nun, ich konnte sie nicht einfach allein lassen und gehen.«

Jetzt kommt's, dachte Saxton.

»Was hast du getan?«

»Ich habe mich hinter das Gebäude dematerialisiert und kam dann wieder nach vorn, als wäre ich ums Haus gelaufen. Die Männer waren überrascht. Ich sagte ihnen, ich würde bei meiner Tante wohnen und wäre gerade beim Holzhacken gewesen, als ich sie die Straße hochkommen hörte. Ich fragte sie, was sie auf dem Grundstück machten. Einer sagte, er und sein Freund wären besorgt um die Bewohnerin des Hauses, weil sie doch so alleine wäre. Ich sagte, sie sei nicht allein, schließlich wäre ich ja da, doch sie meinten, sie wüssten, dass sie alleine lebt. Dann erzählten sie, wie sehr sich die Nachbarschaft veränderte, und meinten, dass sie sich überlegen sollte zu verkaufen. Ich sagte ihnen, dass sie sich nicht mehr zu sorgen bräuchten, da ich mich nun um das Haus kümmere und es vor Eindringlingen schütze. Dann fragte ich nach ihren Namen und warum sie überhaupt auf dem Grundstück waren, und da wurde es interessant.«

»Haben sie dich bedroht?«

»Sie haben mir das hier gegeben.« Er zog ein paar Blätter aus der Tasche, die zu Vierecken gefaltet waren. »Sie meinten, die wären für Mistress Miniahna. Sie hätten es tagsüber ein paarmal an der Haustür versucht.«

Saxton beugte sich vor und streckte die Hand nach dem Papier aus. »Hast du ihr das gezeigt?«

»Ich kann nicht lesen.« Ruhn kam Saxton nur so weit entgegen, dass er ihm die Seiten reichen konnte, und zog sich sofort wieder zurück. »Da ich nicht wusste, was es ist, wollte ich sie nicht unnötig beunruhigen. Ich war mir nicht sicher, was ich tun sollte. Deswegen habe ich dich angerufen.«

Saxton faltete die Seiten auf, überflog den Text und sprang auf die Füße. Dann lief er umher und las noch einmal von vorn.

»Was ist das?«, fragte Ruhn.

Saxton blieb stehen und sah ihn an. »Man beschuldigt sie, unrechtmäßig in dem Haus zu wohnen.«

»Aber wie ist das möglich? Das Haus gehört ihr doch.«

»Das stimmt, aber sie und ihr *Hellren* waren in einer Sache nachlässig. Es ist mir gestern Nacht aufgefallen. Sie haben versäumt, ab und an einen Eigentümerwechsel zu melden.«

»Was ist das?«

»Das ist für Vampire eine Strategie der Tarnung, wenn sie Immobilien in der Menschenwelt besitzen. Ungefähr alle zwanzig Jahre sollte man so tun, als hätte man sein Haus oder Land an ein Familienmitglied verkauft. Sonst hat man irgendwann den Fall, der Miniahna jetzt Probleme machen könnte – den durchgehend gleichen Eigentümer seit 1821, was für Menschen natürlich unmöglich ist. Offensichtlich hat der Bauunternehmer diesen Fehler entdeckt, obwohl er natürlich nicht ahnen kann, wie er zustande kommt. Aber wie dem auch sei, sag ... hast du gewartet, bis die Männer gegangen waren?«

»Ja. Sie fuhren weg, gleich nachdem sie mir die Blätter ausgehändigt hatten.« Ruhn runzelte die Stirn. »Kannst du Mistress Miniahna helfen?«

Saxton ging in den Küchenbereich und steuerte direkt auf die Kaffeemaschine zu. Während er sich eine Tasse eingoss, rasten seine Gedanken.

Dokumente zurückdatieren. Ja, er musste die Unterlagen fälschen ...

Als er sich umsah, ertappte er Ruhn dabei, wie er sich unter den Arm griff, den Oberkörper streckte und dabei das Gesicht verzog.

»Alles in Ordnung?«, erkundigte er sich.

»Alles gut.«

»Du siehst aus, als hättest du Schmerzen.«

»Das spielt keine Rolle.«

»Für mich schon.«

Ruhn öffnete den Mund. Schloss ihn. Öffnete ihn wieder.

Traurig schüttelte Saxton den Kopf. Mit einem Mal war er müde. Sein Gegenüber machte ihn scharf und verwirrte ihn, außerdem kotzten ihn die Menschen an, die sich überall einmischen mussten. Er war es leid, sich höflich und korrekt zu verhalten.

»Hör zu«, brummte er, »sag mir einfach, was los ist. Wir arbeiten doch zusammen, oder? Doch wenn du körperlich beeinträchtigt bist, möchte ich nicht, dass du mit der Sache zu tun hast.«

Es folgte ein langes Schweigen. Dann verschränkte Ruhn erneut die Arme, diesmal ohne schmerzverzerrtes Gesicht. »Ich wusste immer, dass du gegen mich bist.«

Saxton zuckte zusammen. »Wie bitte?«

»Ich verstehe nicht, wo das Problem liegt«, sagte Novo und bemühte sich, möglichst stark und entschlossen auszusehen. Okay, in Ordnung, sie lag noch immer im Krankenbett und war an allen möglichen und unmöglichen Stellen mit Drähten und Schläuchen verkabelt, auf die sie liebend gern verzichtet hätte. Außerdem trug sie ein Flügelhemd, das mit kleinen rosa Blumensträußchen gemustert war, aber verdammt, es ging ihr ausgezeichnet.

Und sie hatte jedes Recht, zu …

»Sie bleiben in der Klinik.« Dr. Manello stand neben dem Bett und lächelte, als hielte er alle Trümpfe in der Hand. »Tut mir leid.«

Sie musste den Impuls unterdrücken, dem Menschen

190

gegen den Hals zu boxen, und blickte an sich hinab. Sicher lag es an den verdammten Rosen. Warum gab es keine Flügelhemdchen mit Deadpool-Masken. Messern. Bomben mit brennenden Lunten? Giftfläschchen?

»Es tut Ihnen nicht leid«, maulte sie.

»Sie haben recht. Mir ist egal, ob Sie wütend auf mich sind. Was mir nicht egal ist, ist Ihr Herz. Also, ich erspare Ihnen jegliches Gesülze von wegen *Seien Sie ein braves Mädchen,* weil ich nicht auf eine Kastration scharf bin – aber tun Sie mir den Gefallen, und ruinieren Sie nicht meine hübsche Flickarbeit. Bleiben Sie, wo Sie sind, okay?«

»Es geht mir gut.«

»Sie haben auf dem Weg ins Bad das Bewusstsein verloren.«

»Mir war schwindelig, das war alles.«

»Sie lagen hilflos auf dem Boden, als ich hereinkam.«

»Aber die Infusion war noch drin.«

»Aber nicht der Katheter, den haben Sie eigenmächtig entfernt.« Er hob die Hand, um alle weiteren Argumente zu unterbinden. »Ich sag Ihnen etwas: Ich ernenne Sie zur Patientin der Nacht für besondere Leistungen. Gratulation, zur Belohnung verordne ich Ihnen einen Krapfen und strikte Bettruhe.«

Novo schnaubte und versuchte, die Arme vor der Brust zu verschränken – leider löste sie dadurch eine Arrhythmie aus, und einer der Apparate begann hektisch zu fiepen. Also musste sie die Arme wieder senken und seitlich herabhängen lassen.

»Es geht mir gut.«

»Nein, aber *bald.*« Dr. Manello ging ums Bett und stellte den Apparat neu ein. »In ein, zwei Nächten. Vorausgesetzt, Sie bleiben im Bett.«

»Ich gebe dieser Klinik eine miese Bewertung im Netz.«

»Es wäre mir eine Ehre.« Der Arzt legte die Hand aufs

Herz und verbeugte sich. »Vielen Dank. Ach ja, Ihre Mutter hat angerufen.«

Novo fuhr hoch, doch es war zu schmerzhaft. Zischend sank sie zurück aufs Kissen. »Meine Mutter?«

»Ja, sie hat versucht, Sie zu erreichen. Sie hatte Angst, Sie könnten tot sein. Ich versicherte ihr, dass Sie atmen. Dass ich das am Pulsoximeter an Ihrem Finger ablesen konnte, habe ich ihr verschwiegen, aber wenigstens wusste ich, dass die Info korrekt war.«

Novo versuchte, ein gleichgültiges Gesicht aufzusetzen. Aber dieser verdammte Alarm, der an ihr Herz angeschlossen war, ging schon wieder los.

»Was hat sie gesagt? Ich meine, was haben Sie ihr erzählt?« Sie schloss die Augen. »Nichts von meiner Verletzung, oder?«

»Ich bin nicht befugt, Auskünfte über meine Patienten zu geben.« Dr. Manello beugte sich über den schrillenden Apparat und brachte ihn erneut zum Schweigen. »Ich sagte, Sie seien für den Rest der Nacht im Unterricht. Aber vielleicht sollten Sie zurückrufen, sobald Sie die Kraft dazu haben.«

Ich weiß nicht, ob ich sie jemals haben werde. »Können Sie mir nicht ein Attest ausstellen, das mich davon befreit?«

»Versprechen Sie, im Bett zu bleiben?«

»Gerne, ich weiß nur nicht, ob ich mich daran halte.«

»Verstehe. Kurze Frage: Wie klug ist es, einen Chirurgen vorzuschicken, wenn Sie nicht wollen, dass Ihre Familie von Ihrem Zustand erfährt?«

»Wenn Sie mir weiter mit Logik kommen, muss ich Sie bitten, meinen Fall an einen Schwachsinnigen zu übertragen.«

»Genau, warum schwierig sein, wenn man auch völlig unvernünftig sein kann.«

»Ganz genau.«

Dr. Manello lächelte und ging zur Tür. Doch dann sah er sich noch einmal um. »Ist mit Ihrer Familie alles in Ordnung?« Er hob erneut eine abwehrende Hand. »Sie müssen mir nichts erzählen. Es ist nur … Ihre Mutter war ganz aus dem Häuschen, und es ist offensichtlich, dass Sie sie meiden.«

»Meine Mutter ist ständig wegen irgendetwas aus dem Häuschen – meistens wegen meiner Schwester. Sie wird sich vereinigen. Ich soll Brautjungfer sein – vermutlich sogar Trauzeugin – und mich um die Feierlichkeiten kümmern, anstatt meinen Job zu machen und die Spezies zu schützen. Schließlich ist es so viel wichtiger, Kleider auszusuchen und einen verdammten Junggesellinnenabschied zu organisieren, als gegen *Lesser* anzutreten.«

»Ich wusste gar nicht, dass Vampire diesen Scheiß veranstalten.«

»Tun wir auch nicht. Meine Schwester braucht nur sehr viel Aufmerksamkeit, deswegen reichen die Traditionen einer Spezies für sie nicht aus. Sie braucht mehr.«

»Klingt ja reizend.« Der Chirurg lächelte noch breiter, wobei sich sympathische Lachfältchen um Augen und Mund bildeten. »Aber ohne Ihnen zu nahe treten zu wollen, ich glaube, Sie sehen bezaubernd aus mit Schleifen und Rüschen. Besonders in Rosa.«

Stöhnend schloss Novo die Augen. »Bitte, können Sie mich einfach ruhigstellen!«

»Tut mir leid, aber ich fürchte, wenn ich Sie k. o. schlage, fallen Ihre Mitschüler über mich her.«

»Ich meinte mit Medikamenten.«

»Langweilig.« Dr. Manello wurde ernst. »Ruhen Sie sich aus. Wenn Sie Ende der Nacht stabil sind, denke ich darüber nach, Sie zu entlassen, okay?« Als Novo die Augen wieder aufschlug, sah er sie mahnend an. »Aber Sie müssen sich nähren. Ganz gleich von wem. Das ist Pflicht.«

Der Arzt verschwand und ließ Novo allein mit ihren Gedanken an die Braut-Party oder wie immer das hieß. Vielleicht sollte sie den Trupp Vampirinnen ins Keys schleifen. *Überraschung! Es ist ein Sex-Club. Also Mädels, legt die Nippelklemmen an und sucht euch ein Glory Hole.*

Allein die Vorstellung von ihrer Schwester in der Warteschlange brachte sie zum Lachen – und der Stich, der ihr dabei ins Herz fuhr, fühlte sich an, als wäre irgendeine Naht geplatzt.

Doch es ging kein Alarm los. Die Geräte piepsten ruhig vor sich hin, als liefe alles in einem geregelten Kreislauf …

Mit einem Schlag war sie zurück in dem kalten, leer stehenden Haus. Sie lag auf dem Boden im Badezimmer und blutete zwischen den Beinen. Schmerz, von einer anderen Sorte als jetzt, wütete tief in ihrem Bauch, sodass sie sich wand und verrenkte, bis sie glaubte zu zerbrechen.

Damals hatte es keine medizinische Hilfe gegeben. Keinen freundlichen Arzt mit scharfem Verstand und gutmütigen Augen, keine piependen Apparate, keine Schmerzmittel. Kein klares Verständnis davon, was mit ihr geschah, bis etwas aus ihr herausgekommen war.

Ihr Kind. Leblos, obgleich perfekt ausgeformt.

Sie hatte so stark geblutet, dass sie sicher gewesen war, sie würde sterben.

Doch das Schicksal hatte es anders gewollt. Sie hatte überlebt. Wie sich zeigte, wurde man nicht einfach in den Schleier aufgenommen, nur weil man es sich wünschte. Nein, sie war am Leben geblieben, doch ein Teil von ihr war für alle Zeit verloren.

Moment … das stimmte gar nicht. Sie war schon vor dem Abgang nicht mehr ganz gewesen. Klar, dass sie sich danach die Schuld an dem Verlust gab. Ihr Körper hatte dem Kind gegenüber versagt, er hatte dieses unschuldige Wesen sterben lassen …

Nein, nicht ihr Körper. Es war ihr Geist gewesen, ihr Charakter. Ihre Verzweiflung darüber, Oskar an Sophy zu verlieren, hatte die Fehlgeburt ausgelöst. Sie war nicht stark genug für ihr Kind gewesen, nicht hart genug. *Sie* hatte versagt.

»Hör auf«, blaffte sie. »Hör ... endlich auf, verdammt.«

Um sich von der Vergangenheit loszureißen, konzentrierte sie sich darauf, wie sie der Klinik entkommen konnte. Nähren, dachte sie. Sie musste sich um Nahrung kümmern.

Mit einem Grunzen – vielleicht einem Hinweis darauf, dass sie wirklich noch nicht ganz wiederhergestellt war – streckte sie die Hand nach dem Rolltisch neben dem Bett aus. Sie schob eine Dose Ginger Ale zur Seite, die rosafarbene Bettpfanne aus Plastik, die Box mit den Kosmetiktüchern und die Fernbedienung für den Fernseher, den sie noch nie benutzt hatte, um an ihr Handy zu kommen.

Für den Einsatz hatte sie den Klingelton stumm gestellt, und irgendjemand war so klug gewesen, ihn nicht wieder anzuschalten. Als sie das Display aktivierte, erschienen jede Menge Nachrichten. Viele waren von ihren Mitschülern ... eine von John Matthew ... ein paar von den Brüdern. Eine von Rhage, der wissen wollte, ob sie schon für eine Aussage über die Ereignisse in der Gasse bereit war.

Und ungefähr siebenhundertfünfzig Nachrichten von ihrer Schwester.

Die auch einige Male auf die Mailbox gesprochen hatte. Genau wie ihre *Mahmen*.

Novo schloss die Augen. Fast hätte sie geschrien. Doch sie riss sich zusammen. Nähren. Sie musste sich nähren.

Und wo sie schon dabei war: Wäre es nicht schlau, den Kandidaten dazu mit Bedacht zu wählen? Sie würde Craeg, Axe oder Boone fragen, ob sie ihr helfen konnten.

Ganz genau, sie würde einem der Jungs schreiben. Sie

würden kommen, sobald sich ein Transport ins Trainingszentrum arrangieren ließ, darauf konnte sie sich verlassen. Schon wäre sie einen Schritt näher an ihrer Entlas-
sung aus dieser Klinik – und einen Schritt weiter entfernt
von Komplikationen, die sie nicht brauchen konnte.

Namentlich Peyton und seinem adeligen blauen Blut.

Ganz genau, sie würde sich an Craeg wenden …

Oder Axe …

Oder … Boone.

Völlig ausreichend, sagte sie sich, während sie ihr Handy entsperrte. Ganz und gar.

16

Ruhn verstummte. Er wünschte wirklich, er hätte nichts gesagt. Halt, Moment, noch besser wäre es gewesen, er wäre gar nicht erst gekommen. Denn wäre er nicht in dieses Penthouse spaziert, hätte er auch nichts sagen können.

Ich wusste immer, dass du gegen mich bist.

Hatte er das wirklich laut ausgesprochen? »Vergiss es, es spielt ohnehin keine Rolle …«

»Warum hast du den Eindruck, dass ich gegen dich bin?«

»Ich hätte das nicht sagen sollen.«

»Nein, ich bin froh, dass du es gesagt hast.« Saxton schüttelte den Kopf. »Wir müssen darüber reden. Ich versuche zu verstehen, wie ich dir diesen Eindruck vermittelt habe.«

Einen Moment lang war Ruhn zu sehr damit beschäftigt, in Saxtons grauen Augen zu versinken, diesen großen, schönen perlgrauen Augen. Es war so wunderbar, wie sie zu ihm aufblickten, eingerahmt von dichten Wimpern, unter perfekt gebogenen Brauen, der Kopf in höflich fragender Geste geneigt …

Der Mund ganz leicht geöffnet, als wäre er noch immer überrascht.

»Wie kommst du nur darauf?«, bohrte Saxton nach.

»Ich kann nicht lesen.«

»Aber das macht doch nichts. Lesen sagt etwas darüber aus, was jemand gelernt hat, aber nichts über Intelligenz und ganz bestimmt nichts über den Wert einer Person. Ruhn, du hast Bitty aufgegeben und neuen Eltern überlassen, die sie um ihrer selbst willen lieben. Du hast auf ererbte Ansprüche verzichtet, zu ihrem Wohl und dem anderer. Wie könnte ich einen Mann geringschätzen, der zu einem derart selbstlosen Akt der Liebe fähig ist?«

»Ich konnte die Dokumente nicht unterzeichnen.«

»Du hast dein Zeichen gesetzt ... auf bewundernswerte Weise.« Saxtons Stimme wurde kräftig. »Sorge dich niemals um meine Meinung, Ruhn. Ich empfinde höchsten Respekt für dich. Tatsächlich hast du mich immer ...«, seine Augen schweiften ab, »... fasziniert.«

Ein bisher unbekanntes Gefühl keimte in Ruhns Brust auf, wärmte ihn, löste den Schmerz – und gleichzeitig schienen sich die Wände des eleganten Penthouses zusammenzuziehen und sie dichter aneinanderzudrängen, obwohl sich keiner von ihnen von der Stelle rührte.

Ruhns Herz begann zu klopfen, und er hüstelte.

»Habe ich dich in Verlegenheit gebracht?« Saxton verschränkte die Arme. »Ich entschuldige mich. Ich versichere dir, ich sage das rein im Geiste der Freundschaft.«

»Natürlich.«

»Ungeachtet meiner Orientierung.«

»Orientierung?«

»Ich bin schwul.« Als Ruhn zusammenzuckte, verhärtete sich Saxtons Miene. Seine Stimme wurde tiefer: »Stellt das ein Problem für dich dar?«

Eher die Lösung, dachte Ruhn. Wieder hüstelte er und sagte: »Nein.«

»Bist du sicher?«

Als Ruhn nicht antwortete, wandte Saxton den Blick ab. »Nun, wie dem auch sei, danke für den Bericht zum Stand der Dinge in Miniahnas Angelegenheit. Von jetzt an übernehme ich. Deine Dienste sind nicht länger vonnöten ...«

»Wie bitte?«

»Du hast richtig gehört ...«

»Moment, du kündigst mir?«

»Ich möchte etwas klarstellen: Ich wurde verprügelt, weil ich bin, wie ich bin.« Saxton ging zur Schiebetür und zog sie auf. »Meine Familie hat mich verstoßen, denn mein Vater empfindet mich als Schmach, seit *Mahmen* fort ist. Ich versichere dir, ich wurde schon auf schlimmere Weise abgelehnt als durch dich. Ich schäme mich nicht für meine Natur und werde mich nicht dafür entschuldigen, nur weil es dir oder sonst irgendwem unangenehm ist.«

Ruhn holte tief Luft.

Nach einer gefühlten Ewigkeit ging er auf die offene Tür zu und auf den Mann, der steif und ungebrochen daneben stand. Ein eisiger Windstoß fuhr in das Penthouse und wühlte in Ruhns Haar. Unwillkürlich fragte er sich, wie es wohl wäre, wenn es Saxtons Finger wären.

»Vergib mir«, sagte Ruhn leise. »Ich wollte dich nicht beleidigen. Wirklich nicht. Es fällt mir schwer ... mich auszudrücken, besonders gegenüber Leuten wie dir.«

»Schwulen. Du kannst es ruhig laut aussprechen. Homosexualität holt man sich nämlich nicht durch Ansteckung wie einen Schnupfen.«

»Ich weiß.«

»Tatsächlich.« Saxton zupfte an seinen Manschetten, wobei rote Rubine aufblitzten. »Ich bezweifle das, und im Übrigen stellen sexuelle Vorlieben keine Bedrohung dar. Ich werde nicht über dich herfallen oder dergleichen. Prinzipientreue und prinzipienlose Leute findet man überall. Mit wem ich das Bett teile, hat keinen Einfluss auf meine Fähigkeit, Grenzen zu erkennen. Ein heterosexueller Mann springt schließlich auch nicht jede Frau an, die ihm über den Weg läuft.«

»Das ist es nicht.«

»Dann hältst du es für moralisch verwerflich? Okay, verstehe.«

»Nein ...«

Saxton hob die Hand. »Tatsächlich habe ich kein Bedürfnis, mich mit dir zu streiten. Du wirst deine Gründe haben. Es ist kalt, und ich würde diese Tür gerne schließen. Danke.«

»Ich fühle mich zu dir hingezogen und weiß nicht, wie ich damit umgehen soll.«

Später fragte sich Ruhn, woher er den Mut genommen hatte, wie er so ehrlich sein konnte, und als er die Antwort fand, war sie so schlicht wie ergreifend: Die Liebe hat Flügel und verlangt zu fliegen.

Saxtons Augen weiteten sich. Sein ganzer Ausdruck änderte sich von Grund auf.

»Ich wollte dir nicht zu nahe treten.« Ruhn verbeugte sich tief. »Ich erwarte nicht, dass dir das schmeichelt, und du musst auch nicht fürchten, dass ich dich in Verlegenheit bringe. Ich war nur nicht darauf vorbereitet, etwas an einem Mann zu finden, und ...« Er wandte den Blick ab. »Ich sage es dir nur, weil du nicht glauben sollst, ich würde dich oder irgendwen auf diese Weise beschämen wollen. Das wäre mir unerträglich. Es tut mir leid.«

Einen Moment lang herrschte angespanntes Schweigen.

Dann streckte Saxton die Hand nach der Terrassentür aus ... und schob sie langsam wieder zu.

Die Gästetoilette im Erdgeschoss von Peytons Familiensitz war ein kleiner asymmetrischer Raum unter der großen Treppe mit dramatischem Flair: honigfarbene Achatfliesen von der schrägen Decke bis zum Boden, goldene Waschbecken und Armaturen. Messingleuchter rechts und links eines goldgerahmten Spiegels spendeten ein orangefarbenes Licht, das Peyton immer an das glimmende Ende einer Zigarre erinnert hatte, und in den Gobelinteppich zu seinen Füßen war das Familienwappen eingewirkt.

Es war nicht seine Blase, die ihn hierhergetrieben hatte. Das gestelzte Gelaber im Esszimmer war so unerträglich, dass er eine Pause einlegen musste, und um etwas Zeit zu schinden, prüfte er sein Handy auf etwaige Nachrichten oder Mails.

Zum ersten Mal in seinem Leben sehnte er sich nach Spam. Ganz gleich was, er war dabei: Viagra aus Übersee kaufen, SUCKME an die Nummer einer Webcam schicken, Geld verstecken für den Präsidenten von Nigeria. Alles, nur nicht zurück an diesen Tisch, wo sich sein Vater und Salone darin überboten, wen sie alles kannten, *Mahmen* zu viel trank und lüstern zu ihm rüberschaute, und ihre beklagenswerte Tochter im Essen herumstocherte, ohne je die Gabel zum Mund zu führen. »Ich hab schon bessere Jobs als diesen gekündigt«, murmelte er und blickte auf das Display.

Apropos *Ghostbusters,* deren Sekretärin er hier gerade zitierte, vielleicht sollte er den Film auf dem Handy laufen lassen und heimlich unter der Serviette anschauen …

Vier Nachrichten. Drei von den Jungs, mit denen er durch die Clubs zog. Eine, bei der sein Herz einen Sprung tat, als hätte er es an eine Autobatterie angeschlossen.

Er schrieb zurück, doch nach der Hälfte gab er auf – und rief stattdessen an.

Es klingelte einmal. Zweimal …

Dreimal.

Scheiße, was, wenn er auf der Mailbox landete? Sollte er auflegen oder …

»Das heißt also Ja?«, fragte Novo mit rauchiger Stimme.

Sofortige Erektion. Von der Art, die den Reißverschluss

seiner Smoking-Hose auf die Probe stellte und ihm schon jetzt verriet, dass er Hand anlegen musste, bevor er die Toilette verlassen konnte.

»So ist es«, antwortete er.

»Wann kannst du kommen?«

Jetzt! Sofort und auf der Stelle!, sagte sein Schwanz. *Du steigst in den Bus und fährst zu ihr!*

Sachte, sachte, Pey-Pey …

»Entschuldige?«

Peyton schloss die Augen und lehnte sich an den Waschtisch aus Achat. »Äh, ja, tut mir leid …«

»Pey-Pey? Ich wusste gar nicht, dass du einen kleinen Bruder hast.«

Eher einen unnützen Zimmergenossen, der nie einen Finger krumm machte, bis er mit irgendeiner Schnapsidee das ganze Haus in Brand setzte.

»Nein, nein, das war nichts.« Okay, nur zwanzig Zentimeter. Harte Zentimeter. »Und ich muss noch … ich habe noch familiäre Verpflichtungen, aber es ist nur ein Essen. Sobald ich mich losmachen kann, komme ich ins Trainingszentrum.«

»Wann wird das sein? Sie lassen mich nicht gehen, bevor ich mich nähre.«

»Bald. In einer Stunde. Gleich kommt der Käse-und-Obst-Gang, danach das Sorbet.« Zum Glück war es kein Letztes Mahl, sonst stünden ihm noch weitere zwei Stunden bevor. »Ich fordere den Bus an und sage meinem Vater, dass ich weg muss.«

»Auf dich ist Verlass.«

»Wenn die Motivation stimmt.«

»Und selbstlos dazu. Oder meinst du immer noch, mir etwas zu schulden?«

Peyton blickte in den Spiegel über dem goldenen Waschbecken. Seine Augen waren groß und hungrig im matten Schein, die Wangen gerötet vor Erregung. Er sah aus wie ein Tiger im goldenen Käfig.

»Das willst du nicht wissen«, hörte er sich knurren.

»Mach es nicht aus Gefälligkeit.«

»In Ordnung. Ich will, dass du dich von mir nährst. Ich will deinen Mund auf mir spüren, wo immer es geht. Ich weiß, dass du dich nicht von mir vögeln lässt, aber eins muss dir klar sein: In Gedanken werde ich zwischen deinen Beinen liegen. Ist dir das ehrlich genug? Willst du noch immer, dass ich … komme?«

Er beließ es bei der Zweideutigkeit, weil er ein Arschloch war. Außerdem war er so scharf auf sie, dass er den Verstand verlor.

Als Novo schwieg, ließ er den Kopf auf die Brust fallen. Was war er doch für ein Idiot. Wirklich toll, seine Unterstützung …

»Ja«, sagte sie mit kehliger Stimme. »Ich will noch immer, dass du kommst.«

Heiliges Kanonenrohr.

»Diesmal …«, er bleckte die ausfahrenden Fänge, und seine Oberlippe zuckte, »will ich deine Fänge spüren, ich will den Schmerz und den Rausch. Ich will, dass du mich am Hals nimmst.«

»Sonst noch etwas?«

Okay, diese kurze Frage in diesem Tonfall war erotischer als sämtlicher Sex, den er im letzten Jahr gehabt hatte.

»Lass mich in dir sein, Novo. Du brauchst nichts zu erklären, wir müssen es nicht wiederholen, ich will nur einfach wissen, wie es ist, in dir zum Ende zu kommen.«

»Du gestehst eine Schwäche ein.«

»Ich sage die Wahrheit.«

»Warum solltest du jetzt damit anfangen.«

Er schüttelte den Kopf. »Wann habe ich dich angelogen?«

Es folgte eine Pause. »Was Paradise betrifft, hast du dir selbst etwas vorgemacht.«

Halt, nein, dachte er, ganz falsche Richtung. Sie waren auf einem guten Kurs gewesen. Bitte jetzt nicht in die Dornen.

»Ich bin nicht in sie verliebt.«

»Damit bestätigst du nur, was ich sage. Weißt du noch, gestern Nacht in der Gasse? Tu nicht so, als hättest du nicht wie ein gebundener Vampir gehandelt. Du hast alles außer Acht gelassen, um sie zu schützen.«

»Wie kommen wir jetzt auf dieses Thema?«

»Keine Ahnung.«

Einen Moment lang herrschte Stille, doch bevor sie es sich anders überlegen konnte, brach er das Schweigen: »Ich komme, sobald ich kann. Ich muss nur noch dieses Essen durchstehen. Wenn es ginge, würde ich sofort aufbrechen, aber mein Vater macht aus allem immer ein verdammtes Problem.«

Ein leises Lachen drang an sein Ohr. »Dein entnervter Ton ist vielleicht das Einzige, was wir beide je gemeinsam haben werden.«

»Hast du auch Probleme mit deiner Familie?«

»Du hast ja keine Ahnung.«

»Erzähl.«

Es entstand eine längere Pause. »Ich dachte, du speist gerade mit deinem Vater. Wie kannst du da mit mir telefonieren?«

»Ich verstecke mich auf der Toilette. Du bist mein Vorwand, noch ein bisschen länger zu bleiben.«

Als Novo erneut lachte, klang es überraschend natürlich – und Peyton fiel auf, dass er sie noch nie so erlebt hatte.

Geistesabwesend rieb er sich die Brust an einer Stelle, die plötzlich schmerzte.

»Komm schon«, sagte er. »Erzähl es mir. Mach es zu deinem humanitären Akt der Nacht. Halt mich noch ein bisschen länger auf.«

Sie atmete lang gezogen aus. »Komm, wenn du fertig bist. Aber stress dich nicht. Bis dann.«

Die Verbindung wurde unterbrochen, und Peyton betrachtete noch einmal sein Gesicht im Spiegel. Obwohl er die Adresse seines Zuhauses kannte, Postleitzahl, Straße, Nummer ... obwohl er sein Leben lang hier gewohnt hatte und in fast jedem Raum gewesen war ... hatte er jegliche Orientierung verloren.

Und das seit Jahren.

Er schloss die Augen und dachte an Paradise, an ihr langes blondes Haar, an ihr hübsches Gesicht und ihr spontanes Lächeln. Er wusste genau, wie sie sich am Telefon anhörte, ihr Lachen sowie ihr Schmerz und Kummer. Er hatte ihre Stimme im Ohr, ihren Akzent, die Färbung ihrer Konsonanten und Vokale.

Sie hatten so viel telefoniert in der schweren Zeit, als sie durch die Plünderungen gezwungen waren, tagein, tagaus in ihren sicheren Häusern zu bleiben, fern von Caldwell.

Es war ihre Beständigkeit, in die er sich verliebt hatte. Ihre Verlässlichkeit. Sie war immer für ihn da gewesen und immer freundlich geblieben ... aber vor allem hatte sie nie über ihn geurteilt. Er hatte ihr erzählt, bei welchen Gelegenheiten er sich lächerlich vorgekommen war, wann er sich gefürchtet hatte, von seinen Albträumen und inneren Dämonen. Von der ablehnenden Haltung seines Vaters, von der Zurückweisung durch die abwesende *Mahmen,* von Drogen und Alkohol, von den Abenteuern mit Vampir- und Menschenfrauen.

Trotz allem hatte sie zu ihm gehalten, als könnte sie keine seiner hässlichen Seiten erschrecken.

Ja, seine Familie war problematisch. Er hatte nie Unterstützung durch Verwandte oder in der *Glymera* erfahren. Seine Geheimnisse hatte er für sich behalten, nicht weil sie sonderlich abstrus oder schockierend oder pervers gewesen wären, sondern weil es niemanden gab, vor dem er Schwäche zeigen wollte. Niemanden, den es kümmerte. Niemanden, der ihn annahm, so wie er war, und ihm seine Unvollkommenheit vergab.

Deswegen hatte er sie geliebt.

Aber das hatte eigentlich nicht sehr viel mit ihr zu tun, sondern eher damit, was er brauchte.

Paradise war für eine Weile die Farbe auf seiner Leinwand gewesen, der Kompass in seiner Tasche, der Lichtschalter, den er betätigen konnte, wenn er sich im Dunklen fürchtete. Ihre Gutmütigkeit hatte ihm Trost gespendet, doch auch ihr war es nicht um ihn gegangen. Sie hätte sich jedem gegenüber so verhalten, weil es in ihrem Wesen lag.

Er war nie sexuell auf sie fixiert gewesen.

Ganz anders als bei Novo. Novo war ein loderndes Feuer, in das er sich hineinwerfen wollte. In einem Anzug aus Feuerwerkskörpern mit einer Gasflasche auf dem Rücken.

Nein, er hatte Paradise so schwelgerisch angesehen, weil er ihr vertrautes Verhältnis vermisste, weil er ohne ihre Verbindung zurückgeworfen wurde in eine Welt aus goldenen Rahmen und künstlichem Lächeln, in der ihm jeder Anker fehlte.

Manchmal konnte man Dankbarkeit mit Liebe verwechseln. Beides waren Gefühle der Wärme und Beständigkeit. Doch bei Dankbarkeit ging es um Freundschaft ... bei Liebe um etwas ganz anderes.

Und aus unerfindlichem Grund drängte es ihn dazu, Novo all diese Zusammenhänge zu erklären.

Er wandte sich der Tür zu und langte nach dem Griff. Er würde gehen, sobald er ...

Erschrocken sprang er zurück. »Wa…?«

»Entschuldige«, sagte Romina leise.

Die junge Vampirin stand blass und zitternd vor ihm und blickte prüfend über die Schulter, wie eine Feldmaus im Revier einer Katze.

»Ich muss dich alleine sprechen.« Sie sah ihn durchdringend an. »Uns bleibt nicht viel Zeit.«

17

Saxton schob die Glastür wieder zu, gegen den sanften Widerstand, den er durch die Hand und bis in den Arm hinauf spürte.

Was für ein schöner Mann, dachte er, als Ruhn errötete und den Blick senkte. Trotz seiner Kraft wirkte er so verwundbar, dass man ihn einfach nur in einem sicheren Hafen aufnehmen wollte. Allerdings hatte Saxton schon immer eine Schwäche für Streuner gehabt.

»Vergib mir«, murmelte Ruhn.

»Aber wofür denn?« Saxton atmete ein und behielt den köstlichen Duft in der Lunge. »Warum entschuldigst du dich?«

»Ich weiß es nicht.«

»Es ist nicht schlimm, dass du dich zu mir hingezogen fühlst. Gar nicht. Sieh mich an. Nun komm schon ... sieh her.«

Es dauerte eine Ewigkeit, bis sich der glühende Blick hob und dem von Saxton begegnete.

»Ich weiß nicht, was ich tun soll«, flüsterte Ruhn. Doch dann fiel sein Blick auf Saxtons Mund.

Oh doch, dachte Saxton. *Du weißt genau, was du tun sollst.*

Aber es lag nicht in der Natur seines Gegenübers, die Initiative zu ergreifen. Glücklicherweise wusste Saxton, wie man diesem Problem Abhilfe schaffen konnte.

»Möchtest du, dass ich dich küsse?«, fragte er sanft.

»Nur damit du weißt, wie es sich anfühlt. Damit du dich nicht ewig fragen musst.«

Keiner dieser Sätze war eine Frage. Die Antwort lag im Feuer, das zwischen ihnen entfacht war, einer Flammen-brunst, die verhieß, ihre Körper zu schmelzen ... und viel-leicht ihre Seelen.

Doch dann schielte Ruhn zur Fensterfront.

Saxton seufzte. »Niemand wird davon erfahren. Ver-sprochen.«

Es war traurig, dass er Ruhn Geheimhaltung zusichern musste. Als ginge es um ein schmutziges Geschäft, durch das man im Ansehen anderer sank, weswegen man sich minderwertig fühlte – aber Saxton war nicht naiv. Die meisten Zivilisten wie Ruhn waren in ihren Ansichten viel konservativer als die Aristokratie. In der *Glymera* wur-de über Homosexualität hinweggesehen, solange der Be-treffende bereit war, sich ordentlich mit einer Vampirin zu vereinigen, einen Stammhalter zu zeugen und sich nie-mals und auf gar keinen Fall zu outen.

Zu nichts von alledem war Saxton bereit gewesen, auch nicht seinem Vater und seiner Familie zuliebe. Das war einer der Gründe, warum sein Vater mit ihm gebrochen hatte.

Um sein Versprechen zu bekräftigen, beugte er sich zur Seite und betätigte einen Knopf. Große, schwarze Vorhän-ge schwangen vor die Fenster, schlossen die Außenwelt aus und schufen eine private Höhle.

»Niemand wird davon erfahren«, wiederholte er, ob-wohl es ihm einen Stich versetzte.

Als Reaktion streckte Ruhn eine zitternde Arbeiterhand aus ... hielt aber kurz vor Saxtons Mund inne.

»Ist es das, was du willst?«, hauchte Saxton.

Ruhn ließ den Arm sinken. »Ja.«

Saxton trat auf ihn zu, aber nicht so nah, dass sie sich an

der Brust berührten. Dann legte er die Hände um Ruhns Gesicht.

Der Vampir zitterte am ganzen Leib, all seine Muskeln waren zum Sprung gespannt – doch ob auf ihn zu oder von ihm fort, wusste er nicht.

»Ich tu dir nicht weh«, gelobte Saxton. »Ich verspreche es.«

Damit zog er den großen Mann zu sich herunter, ganz sanft, und Ruhn folgte bereitwillig.

Mit zur Seite geneigtem Kopf drückte Saxton die Lippen auf die von Ruhn – dem ein überraschter Seufzer entfuhr. Auch Saxton durchzuckte die Berührung wie ein elektrischer Schlag, und beinahe hätte er etwas gesagt.

Doch er wollte jetzt keine Unterbrechung.

Vorsichtig, sanft … strich er noch einmal über diesen Mund, und noch einmal. Erst blieben die Lippen unter seinen starr und ohne Reaktion. Doch dann teilten sie sich und erwiderten seine Liebkosung mit süßer Zurückhaltung.

Saxtons Körper erwachte brüllend zum Leben. Seine Erektion schrie danach, freigelassen zu werden, umfasst zu werden, mit dem Mund genommen zu werden. Im Gegenzug wollte er jeden Quadratzentimeter seines Gegenübers erforschen, und zwar *jetzt und auf der Stelle*. Doch Geduld würde sich mit größerer Wahrscheinlichkeit auszahlen als hektisches Herumgefummel.

Saxton zog sich zurück und blickte Ruhn suchend ins Gesicht. »Wie war das?«

»Mehr«, stöhnte Ruhn.

Ein Schnurren drang aus Saxtons Kehle. Er drängte sich gegen Ruhn, legte einen Arm um seine breiten Schultern und zog ihn zurück an seinen Mund, während er den anderen Arm um eine Taille schob, die fest und glatt wie polierter Stein war.

Dass Ruhns Oberkörper zitterte, war höllisch erotisch, aber noch besser war die Erektion, die sich hart an seinen Hüften abzeichnete. Sie stand absolut in Proportion zu seiner Körpergröße und drängte nach Freiheit. Doch Saxton war schlau genug, nichts zu überstürzen. Er wollte Ruhn nicht verführen, solange er noch zögerte. Lieber sollte er ihm aus freien Stücken zu einem äußerst vielversprechenden sexuellen Abenteuer folgen …

Als Saxtons Handy auf dem Küchentresen klingelte, zuckten sie beide zusammen.

»Solltest du nicht rangehen?«, fragte Ruhn mit belegter Stimme.

Vielleicht ja, dachte Saxton. *Aber nur, um das verdammte Ding im Klo runterzuspülen – oder es mit einem Hammer zu zertrümmern.* Doch leider …

»Es könnte der König sein.« Saxton löste sich von Ruhn. »Warte einen Moment.«

Eilig lief er zu dem schwarzen Granittresen, auf dem er sein Handy neben der Kaffeekanne liegen gelassen hatte. »Hallo? Ja? Selbstverständlich, mein König. Tatsächlich? M-hm. Gut. Geht in Ordnung …«

Saxton schloss die Augen. Er durfte nicht unhöflich sein oder sich vor seinen Pflichten drücken, aber er musste Wrath loswerden, um weiterzumachen, wo er aufgehört hatte – und hoffentlich über einen Kuss hinauszukommen.

»Ja, mein König. Ich werde die nötigen Dokumente vorbereiten und sie der anderen Partei morgen Abend vorlegen – wann? Jetzt?« Saxton formte einen lautlosen Fluch mit den Lippen. »In Ordnung, ich komme gleich zum Audienzhaus und bringe … was? Ja, das auch. Danke, mein König. Mit Vergnügen.«

Aber noch mehr Vergnügen bereitet mir das dort drüben, dachte er und legte auf.

Er drehte sich um und fluchte.

Ruhn war durch die Schiebetür verschwunden und hinterließ nichts als sachte wehende Vorhänge. Kalte Luft drang herein, blähte den Stoff auf und vertrieb den Duft sexuellen Erwachens.

Sein erster Impuls war, ihm zu folgen, doch er gab ihm nicht nach. Ruhn hatte seine Entscheidung getroffen, zumindest für den Moment.

Niemand konnte sagen, ob er zurückkam.

Saxton fasste sich an die Lippen. »Aber ich hoffe es«, flüsterte er in die Leere des Penthouses hinein.

Die Geschwindigkeit des Buses, der zum Trainingszentrum zuckelte, entsprach dem Tempo, in dem Wasser aus einem Glas verdunstet. Im Kühlschrank. Über eine Spanne von hundertfünfzig verdammten Jahren.

Peyton saß links vom Gang ans Fenster gelehnt und versuchte, sein Spiegelbild zu ignorieren, während er auf die schwarze Scheibe starrte. Er war der einzige Fahrgast und konnte sich nicht so recht entscheiden, ob das nun gut oder schlecht war. Sicher wäre eine Ablenkung willkommen gewesen … aber es hätte ihn tierisch genervt, sich irgendwelches Gerede anzuhören – erst recht, wenn er darauf antworten hätte müssen.

Es war eine Erlösung, als der Bus zum Stehen kam und nach kurzer Pause wieder anfuhr – nur um bald darauf erneut zu bremsen. Endlich waren sie an den Toren und Gattern vor dem Gelände der Bruderschaft. Keiner der Trainingsschüler hatte sie je zu Gesicht bekommen, und Peyton hätte nicht einmal der Jungfrau der Schrift sagen können, wie man auf die Straße gelangte, die zum Trainingszentrum führte. Aber das Abbremsen und wieder Anfahren auf dem letzten Streckenabschnitt, bevor es in den Tunnel hinunterging, war ihm vertraut.

Ich muss dich alleine sprechen. Uns bleibt nicht viel Zeit.

Er dachte daran, wie Romina vor dem Bad gestanden hatte, das hellblaue Kleid in den Händen gerafft, mit großen Augen, blass und verschreckt. Ein Schauder überzog ihn, und er massierte sich die Nasenwurzel.

Romina brauchte dringend einen Freund. Und sie brauchte Peyton.

Ich fürchte, man will dir verdorbene Ware andrehen. Du musst noch heute Nacht erklären, dass ich dir nicht genüge, dann bleibt dir der Kummer erspart.

Als er sie gefragt hatte, wovon sie redete, hatte sie ihm eine schreckliche Geschichte erzählt, so haarsträubend, dass er den Gedanken daran nicht ertrug.

Sie hatte nicht übertrieben. Sie war tatsächlich verdorben in den Augen der *Glymera* – und zwar nicht im Sinne von verwöhnt und privilegiert. An gesellschaftlichen Standards gemessen, taugte Romina nicht für eine Vereinigung, auch wenn es nicht ihre Schuld war – vorausgesetzt, sie erzählte die Wahrheit. Aber mal ehrlich, ein solches Erlebnis würde man sonst wohl kaum einem Fremden gegenüber eingestehen.

Er bewunderte ihre Aufrichtigkeit. Auch er selbst hatte das Gefühl, gebrochen und nicht für eine Vereinigung geeignet zu sein, aus mehreren Gründen. Damit hatte er etwas mit ihr gemeinsam.

Ich weiß, dass du die richtige Entscheidung für dich treffen wirst. Ich wollte nur nicht, dass noch jemand anderes zu Schaden kommt.

Damit war sie an den Tisch zurückgekehrt, und er hatte ihr folgen wollen – doch an der Ziellinie war er gescheitert. Statt ins Esszimmer zurückzukehren, war er weitergegangen und zur Haustür hinaus. Sein Vater hatte ihm hinterhergeschrien, aber es hatte nichts geholfen. Peyton wollte nur noch weg. Er hatte sich zur Sammelstelle dematerialisiert, hatte per Textnachricht seine Ankunft angekündigt und fünfundzwanzig Minuten ohne Winterjacke in der Kälte auf den Bus gewartet.

Als er einstieg, waren seine Finger in den Taschen zu Klauen gefroren gewesen, und er hatte die Zähne zusammenbeißen müssen, um das Klappern zu unterdrücken. Das Aufwärmen war eine Übung in brennendem Schmerz gewesen, aber er hatte kaum Notiz davon genommen.

Eigentlich war es ein Armutszeugnis für die *Glymera,* dass er und Romania nicht mehr als Schachfiguren in einem Spiel ihrer Familien waren.

Gütige Jungfrau der Schrift, die arme Vampirin.

Und er hatte keine Ahnung, was er tun sollte.

Eins war jedoch klar: Seine Abwesenheit bei der Käse-Platte hatte für Wirbel gesorgt. Dreimal hatte sein Handy geklingelt, und dreimal hatte er seinen Vater auf die Mailbox sprechen lassen. Peyton hörte sich die Nachrichten nicht an. Wozu? Er wusste, was sein Vater gesagt hatte. Er konnte sich Inhalt und Tonfall ganz genau vorstellen …

»Wir sind da, Sire.«

Peyton fuhr hoch. Fritz, der loyale Butler, der die meisten Fahrdienste übernahm, lächelte besorgt, wobei sich sein faltiges Gesicht aufzog wie Vorhänge in einem einladenden Haus.

»Sire? Fehlt Euch etwas? Kann ich Euch irgendetwas bringen?«

»Entschuldigung.« Peyton stand auf. »Entschuldigung – nein danke, alles gut.«

Von wegen, alles gut. Davon war er meilenweit entfernt.

Er stieg aus dem Bus. Ihre Schritte hallten durch die mehrstöckige Parkgarage, als ihn der *Doggen* zur verstärkten Stahltür eskortierte, dann waren sie im Trainingszentrum und gingen den langen, breiten Gang hinunter. Vor Novos Krankenzimmer blieb Peyton stehen, während sich

Fritz tief verbeugte und weiterlief, um seiner nächsten Verpflichtung nachzukommen.

Bevor Peyton klopfte, kämmte er sich das Haar mit den Fingern zurück. Vergewisserte sich, ob seine Manschetten richtig saßen. Prüfte seine …

»Du kannst reinkommen«, drang es in trockenem Ton aus Novos Zimmer.

Peyton richtete sich auf und öffnete die Tür.

Okay. Wow.

Novos Zustand hatte sich deutlich gebessert. Ihr Bett war auf Sitzhaltung gestellt, ein paar der Monitore waren verschwunden, und neben dem Bett stand ein Tablett mit den Überresten einer Mahlzeit: frische Brötchen, ein halb leerer Obstkorb, Toastecken und ein Töpfchen Erdbeermarmelade. Die Rühreier hatte sie offensichtlich gegessen.

Das Krankenhausessen hatte hier nichts Krankenhausartiges an sich.

»So förmlich«, murmelte sie. »Du hättest dich nicht extra schick machen müssen.«

Peyton blickte an sich hinab. »Ich trage einen Smoking.«

»Du klingst überrascht. Was dachtest du, was du anhast?«

Als er wieder aufsah, richtete sich Novo noch ein Stück weiter zwischen den Kissen auf, die sie in der Vertikalen hielten – doch ihr Grunzen und die Grimasse, die sie zu kaschieren versuchte, verrieten ihm, dass sie die Klinik ganz bestimmt nicht zum Ende der Nacht verlassen würde.

Ganz gleich, ob sie sich nährte oder nicht.

»Geht es dir gut?«, fragte sie.

Er erwog, einen Scherz zu machen, doch dann dachte er an Romalina. »Nein.«

»Macht dir die unerwiderte Liebe zu schaffen? Soll ich dir eine Karte schreiben? Einen Teddybären zum Knuddeln geben? Halt, Moment … Schokolade und ein Glas Wein?«

Peyton ignorierte ihre Kommentare und ging zu einem Stuhl in der Ecke. Prompt knickten seine Beine ein, sodass er mehr darauf fiel, als dass er sich setzte. Erschöpft stützte er den Kopf in die Hände und starrte auf den Boden. Er wollte Novo, unbedingt, doch er musste ständig daran denken, was ihm diese junge Vampirin erzählt hatte. Wie es um seine Familie bestellt war. Wie ätzend es sein konnte, wenn man zwar Geld, aber sonst nichts anderes hatte, das einem Halt gab.

»Gütige Jungfrau der Schrift«, murmelte Novo. »Du siehst aus, als hättest du einen Nervenzusammenbruch.«

»Erzähl mir von deiner Familie«, hörte er sich sagen. »Wie sind sie? Was stresst dich an ihnen?«

Novo wandte den Blick ab. »Darüber müssen wir nicht sprechen.«

Ihre Weigerung versetzte ihm einen Stich, doch er sagte sich, dass er nicht versuchen sollte, seine Freundschaft zu Paradise mit jemand anderem nachzubilden. Es war eine Phase in seinem Leben gewesen, doch nun war sie vorbei. Paradise hatte sich weiterentwickelt, nur er saß immer noch am selben Fleck fest.

Verdammt, er sehnte sich nach einem Joint.

Er tastete sein Jackett ab und klopfte auf die Innentasche – *Bingo,* dachte er, als er ein paar alte Selbstgedrehte entdeckte.

Er zog eine heraus und kramte das goldene Feuerzeug aus der Hosentasche.

»Du kannst hier nicht rauchen.«

Peyton sah zum Krankenbett hinüber. »Stört dich der Geruch?«

»Der Geruch ist mir egal. Aber da drüben steht eine Sauerstoffflasche. Die Ärzte sind bestimmt ziemlich sauer, wenn du die Klinik in die Luft jagst.«

Stöhnend stand Peyton auf und inspizierte den Metallzylinder. Oben saß ein Ventil. Okay, okay, dachte er, so viel hatten die Brüder ihm beigebracht: Das Ding war verschlossen.

Auf dem Weg zurück zum Stuhl ließ er das Feuerzeug aufflammen, den ersten Zug sog er ein, als er sich setzte. Dann behielt er den Rauch in der Lunge und wartete geduldig, bis das Summen einsetzte und sein Hirn so weit eingelullt war, dass es verdammt noch mal Ruhe gab.

»Bitte«, sagte er, während er den Rauch ausstieß. »Erzähl mir einfach irgendetwas. Egal was. Ich muss reden.«

18

Vielleicht waren es die Schmerzmittel, dachte Novo. Vielleicht lag es daran, dass sie letzte Nacht an ihre Sterblichkeit erinnert worden war. Vielleicht waren es die unzähligen Nachrichten von ihrer Mutter, ihrer Schwester und den Freundinnen ihrer Schwester, die sich alle um ihre Schwester drehten. Vielleicht lag es daran, dass Peyton heute ausnahmsweise nicht wie James Spader in *Pretty in Pink* aussah.

Etwas veranlasste sie, den Mund zu öffnen.

»Meine Schwester ist anders als ich«, durchbrach sie das Schweigen. »Sehr anders.«

»Dann ist sie dumm?« Peyton stieß eine weitere Rauchwolke aus und lockerte seine schwarze Fliege. »Hässlich? Unkoordiniert? Moment, sie wirft einen Baseball wie eine …«

»Stopp.« Novo schüttelte den Kopf. »Ich kann nicht ehrlich sein, wenn du deine Zirkusnummer abziehst.«

Peyton steckte den Joint zwischen die Zähne, wand sich aus seinem Smoking-Jackett und öffnete die oberen Knöpfe seines Smoking-Hemds. Dann lehnte er sich zurück, stieß Rauch dabei aus und sprach durch die Wolke.

»Das war alles ernst gemeint. Ich finde, du bist klug, siehst toll aus und bist eine großartige Kämpferin.«

Kein Zwinkern in den Augen. Kein Zucken um den Mund. Nichts Scherzhaftes an seinem Ton. Stattdessen sah er sie herausfordernd an, als sollte sie nur wagen, an seinen Worten zu zweifeln.

Verdammt, dachte sie. Auf diese Weise konnte er ihr gefährlich werden ... so sexy, wie er da auf dem Stuhl lümmelte, die Arme über die Seiten gelegt, die Beine überschlagen. In dieser Pose, mit der gelockerten Fliege und der goldfarbenen Haut, die unter dem Hemd zum Vorschein kam, sah er aus, als könnte er eine Vampirin auf jegliche Art verwöhnen – und der Eindruck war vermutlich korrekt.

Die nötige Anatomie dazu besaß er. Davon hatte sie sich bereits überzeugen können.

Aber entscheidender als seine körperlichen Vorzüge war, dass er sie ansah, als würde ihn nichts auf der Welt so sehr interessieren wie das, was sie ihm gleich erzählen würde, ganz gleich, was es war. Er sah sie aufmerksam an, ohne Ablenkung, ohne Seitenblicke, ohne mit den Füßen zu wippen oder mit den Fingern zu trommeln.

Für eine Frau, die immer die zweite Geige neben einem lauten, pinken Albtraum in Taft und Schleifen und einer Wolke aus Gardenien-Duft gespielt hatte, war das mindestens so verführerisch wie der Geschmack seines Blutes.

Aber wie weit würde sie gehen?

Sie hatte niemandem davon erzählt, was ihr passiert war, nicht einmal der Bruderschaft bei der psychologischen Beurteilung. Denn erstens ertrug sie kein Mitleid, und zweitens hatte sie keine Lust, aus dem Programm zu fliegen, weil man sie für psychisch labil hielt.

Was sie nicht war.

Worauf die Bruderschaft aber wahrscheinlich geschlossen hätte.

»Erzähl mir von den Problemen mit deiner Familie«, bat er.

»Es ist nichts Großes«, murmelte sie. »Geschwister-Knatsch.«

Unwillkürlich wollte sie die Hand auf den Bauch legen,

doch sie riss sich zusammen. Obwohl er unmöglich erraten hätte, warum sie dieses Schutzbedürfnis überkam.

»Na komm schon.« Er zog an seinem Joint. »Das kannst du besser.«

Wie aufs Stichwort klingelte ihr Handy auf dem Tisch, den sie über die Knie geschwenkt hatte. Sie sah auf das Display und fluchte.

»Das ist sie.« Sie verdrehte die Augen. »Meine Schwester. Sie vereinigt sich und hat mich als Laufmädchen für ihre Feier auserkoren. Ich bin so gerührt, das kannst du dir nicht vorstellen.«

»Wann ist die Zeremonie?«

»Die Hochzeit«, korrigierte Novo ihn. »Sehr bald.«

»Aber du bist verletzt.«

Sie schüttelte den Kopf, während das Handy verstummte. Doch es blieb nicht lange ruhig. Im nächsten Moment ging eine Nachricht von Sophy ein.

Novo las sie kurzerhand vor: »*Schön, ich muss mich wohl selbst um meine Brautparty kümmern. Im Miss Emilys wusste niemand etwas von einer Reservierung für Freitag. Sieht aus, als hättest du nicht angerufen. Vielen Dank für deine Hilfe.*«

Novo ließ das Handy zurück auf den Tisch fallen und seufzte – sie fühlte sich stoned, als hätte sie sich bei Peyton angesteckt.

»Du liegst in einem Krankenbett«, bemerkte Peyton.

»Ach, wirklich?« Sie blickte an sich herab. »Ist das hier keine Badewanne?«

»Bitte, bleib ausnahmsweise einmal ernst.«

»Das sagt der Richtige.«

Peyton machte eine unwirsche Bewegung. »Du bist verwundet. Warum belästigen sie dich mit diesem Scheiß?«

Novo klappte das Laken um, das ihre Brust bedeckte, und strich es sorgfältig glatt. »Nun ja, um fair zu sein, weiß sie nichts von meiner Verletzung.«

Er schwieg, und sie schielte zu ihm hinüber. Als hätte er auf den Blickkontakt gewartet, schüttelte er den Kopf. »Genau so läuft es mit meinem Vater. Ich erzähle ihm auch nie etwas.« Er runzelte die Stirn. »Was hätten sie getan, wenn du da draußen …«

»Wenn ich gestorben wäre? Oder auf dem OP-Tisch?« Sie zuckte die Schultern. »Vermutlich hätten sie unsere Cousine als Trauzeugin verpflichtet und weitergemacht.«

»Moment mal, Trauzeugin? Was soll der Quatsch?«

»Tja, sie übernimmt das komplette Programm der Menschen und erwartet, dass meine Eltern dafür zahlen, ich dabei mitmache und ihre Freundinnen Bilder auf Instagram hochladen. Sie glaubt vermutlich, dass sie damit einen Trend setzt. Wer weiß, am Ende hat sie recht.«

»Mit wem vereinigt sie sich?«

Novo räusperte sich. »Mit niemand Speziellem. Einem Zivilisten wie uns. Allerdings hat seine Familie etwas mehr Geld als unsere, also ist er eine gute Partie. Und mal abgesehen von meinen Problemen ist Sophy bildhübsch, daher ist es der Deal zum Besten aller. Ich bin überzeugt, sie werden glücklich. Er kauft ihr schöne Sachen, sie schenkt ihm Kinder …«

Novo konnte nicht weiterreden.

Es war, als wäre sie ganz entspannt eine Straße entlang gefahren, ohne auf die Landschaft oder das Wetter zu achten, und plötzlich – RUMMS! – vereiste Fahrbahn, Rutschpartie, Lenkrad umklammern … und schnurstracks in eine Felswand.

»Tja, also.« Sie atmete tief durch. »Dieses Gras ist ganz schön stark.«

»Das ist es.«

»Für dich nur vom Feinsten, was?«

»So in der Art.« Er blickte auf die Glut des Joints. »Wird sie dich in ein schreckliches Kleid stecken?«

»Wie bitte? Ach so, Sophy – du meinst bei der Zeremonie? Wenn ich nicht vorher rausfliege.«

»Wann ist die Vereinigung? Oder spricht sie von Hochzeit?«

»Nennen wir es einfach Theater. Unter uns.« Als er grinste, fragte sie: »Was ist daran so komisch?«

Er sah ihr in die Augen. »Es gefällt mir, ein Geheimnis mit dir zu haben.«

Dann wurde er ernst. Schlagartig.

Er richtete sich auf und ging ins Bad, um den Joint auszudrücken – und auf dem Weg dorthin machte er keinerlei Hehl aus der Erektion, die er mit sich herumtrug.

Sein Schwanz war so dick, so hart, dass sie den Umriss seiner Eichel durch die Smokinghose erkennen konnte.

Novo wurde heiß. Sie musste die Augen schließen und sich die Lippen lecken – weswegen sie froh war, dass er in dem kleinen Bad war.

Hinter der halb geschlossenen Tür hörte sie Wasser laufen, und sie stellte sich vor, wie er sich über das Waschbecken beugte und den Joint löschte. Dann erschien er in der Tür, mit ernstem Ausdruck im Gesicht.

Ohne den Blick von ihr zu lösen, griff er sich in die Hose und rückte demonstrativ seinen Schwanz zurecht, sodass der Zelteffekt verschwand.

Danach sah er sie einfach nur an und wartete.

Sie wusste genau, worauf. Interessanterweise hatte sie das Gefühl, er wäre zufrieden damit, die nächste Stunde so zu verharren. Oder die nächsten zwölf.

Auch das war alles andere als typisch für ihn.

»Komm her«, sagte sie leise.

Peyton kam zum Bett und blieb daneben stehen. Sein Duft war überwältigend, und obwohl sie den Geruch von Gras nicht sonderlich mochte, störte er sie jetzt überhaupt nicht.

Mit eleganter Hand krempelte er einen Ärmel hoch. Dann den anderen. Seine Unterarme waren muskulös und von Adern durchzogen, sein Körper gewann an Kraft durch das harte Training.

Ihr Blick fiel auf seinen Hals.

Als wüsste er, wohin sie sah, stieß er ein pulsierendes Knurren aus. »Komm, ich lege mich neben dich.«

Wenn er das tat, würden sie vermutlich miteinander schlafen, dachte sie.

Nicht nur vermutlich.

Die Tür wurde aufgerissen, und der Arzt, der herein- stürmte, war alles andere als glücklich. Dr. Manello koch- te vor Wut.

Er deutete auf Peyton. »Sie werden vielleicht nicht wegen dem Scheiß in der Gasse vor die Tür gesetzt, aber ich garan- tiere Ihnen, wer im Zimmer meiner Patienten kifft, fliegt hochkant raus.« Er sah sich um, als suchte er nach einer Bong, einem Topf oder einer Pfeife. »Offensichtlich haben Sie beide das erkannt und aufgehört, habe ich recht? Sie haben den Joint im Klo versenkt, weil Sie dachten, hey, ne- ben einer Sauerstoffflasche Marihuana zu rauchen, in der Nähe einer Patientin, die eine sorgsam aufeinander abge- stimmte Kombination von Medikamenten bekommt, wäre doch *wirklich kompletter Irrsinn*, habe ich recht?«

Sie nickten beide.

»Vermute ich außerdem richtig, dass dieser Fehler nie wieder vorkommt, weil mir sonst keine Wahl bleibt, und ich Sie Vollidioten zu den Brüdern schicken muss, damit man Sie mal ordentlich vermöbelt?« Sie nickten erneut. »Gut. Und zur Strafe«, er deutete auf Novo, »bleiben Sie bis morgen Abend in der Klinik.«

Sie wollte protestieren, doch er kam ihr zuvor. »Zum Glück sind Sie schlau genug, sich nicht mit mir anzule- gen, denn meine ohnehin schon schlechte Laune ist in den Keller gerauscht, als ich auf dem Flur diesen Geruch bemerkt habe.«

Damit stapfte der Chirurg auf den Gang hinaus und knallte die Tür hinter sich zu. Doch dann steckte er den Kopf noch einmal ins Zimmer. »Haben Sie noch etwas übrig?«

Peyton riss die Brauen hoch. »Bitte, was?«

»Von dem Gras, Sie Idiot.«

»Äh ... ja. Aber es ist alt. Ich trage diesen Smoking nicht öfter als vier- bis fünfmal im Jahr, es war noch in einer der Taschen.«

Der Chirurg streckte die Hand aus. »Her damit. Als Gegenleistung hänge ich ein Schild an die Tür, auf dem steht *Patient schläft, bitte nicht stören.*«

»Wir machen hier drin gar nichts«, stammelte Novo.

»Nein, ganz bestimmt nicht. Sie halten Händchen, während er Sie nährt. Deswegen hänge ich das Schild an die Tür, und Sie sperren von innen zu.« Er fuchtelte ungeduldig mit der Hand. »Wo bleibt mein Gras?«

Peyton holte die zwei verbliebenen Joints aus der Tasche und gab sie dem Chirurgen. »Brauchen Sie ein Feuerzeug?«

»Ja, verdammt. Aber ich bringe es zurück. Weil ich nämlich niemals rauche. Besonders kein Gras.«

»Okay, ich wage jetzt einfach mal zu behaupten, dass die empirischen Fakten im Moment auf das Gegenteil hindeuten, aber das ist Ihr Problem, nicht meins. Trotzdem muss ich fragen, ob etwas nicht stimmt. Können wir Ihnen helfen?«

»Sie haben nicht genug Zeit, sich das alles anzuhören. Aber oben auf der Liste steht ein Arzneimittelhersteller, irgendwo in der Mitte ein Paketzusteller, und ganz unten, dass ich heute gegen siebzehn Uhr einen Burrito bei Taco Hell gegessen habe, bei einem Versuch, mehr Cipro auf dem Schwarzmarkt zu beschaffen – und ich seitdem Dünnpfiff habe.«

Peyton überreichte ihm sein goldenes Feuerzeug. »Sie verdienen dieses Gras.«

»Kein Scheiß.« Dr. Manello verdrehte die Augen. »Wie ich dieses Wort im Augenblick hasse.«

Damit verschwand er. Peyton sah zu Novo.

Es war schwer zu sagen, wer zuerst losprustete. Vielleicht er, sie war sich nicht sicher. Aber eine Sekunde später schnappten sie beide nach Luft, wischten sich die Augen und krümmten sich vor Lachen.

Dann hörten sie ein Schaben an der Tür.

Peyton öffnete sie einen Spalt. »Gute Arbeit, Doc«, murmelte er und zog sie wieder zu.

Dann verharrte seine Hand über dem Schloss.

Er hätte die Tür genauso gut durch Willenskraft absperren können, doch er überließ ihr die Wahl – und das Sagen.

Aus irgendeinem Grund musste sie plötzlich daran denken, wie ihr der Jäger den Dolch in die Brust gerammt hatte. »Surreal«, beschrieb nicht annähernd das Gefühl der Erkenntnis, dass sie gleich sterben würde.

Schon seltsam … darüber hatte sie noch gar nicht nachgedacht.

Ihr Blick fiel auf Peyton. »Tut mir leid.«

Resigniert schloss er die Augen. »Ist schon okay. Ich werde dann mal gehen …«

»Wie ich mich im Physioraum verhalten habe. Ich war völlig entnervt, und ehrlich, ich habe versucht mich darauf einzulassen, als wir Sex hatten. Aber ich war so frustriert, und das habe ich dir zu spüren gegeben. Das war nicht fair. Dafür möchte ich mich entschuldigen.«

Er blinzelte. »Du bist … immer wieder für eine Überraschung gut.«

»Im Ernst?«

»Ja.«

Sie fummelte erneut an ihrem Laken herum, strich es glatt. »Die Lage hat sich nicht sonderlich verbessert. In meinem Kopf. Mit dem ganzen Mist, der mich hierhergebracht hat.«

»Ich möchte mich nicht aufdrängen.«

»Das würde ich nicht zulassen.«

»Ich weiß, aber ich wollte sagen, dass …« Er verstummte kurz. »Novo?«

»Ja?«

»Sieh mich an.« Er wartete, bis sie den Kopf hob. »Ich mache ganz langsam, okay? Ich mache es … sanft. Und wenn es nicht funktioniert für dich, hör ich auf, egal, wie weit es schon gegangen ist.«

Sie schüttelte den Kopf. »Was soll das, Peyton. Ich bin so wenig Jungfrau wie du. Du brauchst mich nicht wie ein Mauerblümchen zu behandeln …«

»Du kannst mir vertrauen, Novo. Ich werde dir nicht wehtun. Ich verspreche es.«

Ohne jeden verdammten Grund traten plötzlich Tränen in ihre Augen. Obwohl, das stimmte nicht. Sie wusste genau warum. Sie war so lange stark und für sich gewesen, dass sie vergessen hatte, wie es sich anfühlte, wenn jemand einen Teil ihrer Last mittrug.

Sie hatte sich nie allein gefühlt oder hätte sich als einsam bezeichnet.

Aber Peytons unerbetene, unerwartete und vollkommen unangemessene Unterstützung – besonders in Bezug auf Sex – führte ihr mit schmerzlicher Deutlichkeit vor Augen, wie weit sie sich von den Leuten um sich herum entfernt hatte.

»Ich halte nicht viel von Vertrauen, Peyton«, sagte sie heiser. »Es hat mir nie etwas gebracht.«

»Das ändert nichts an dem, was ich sagte. Kein Wort davon.«

»Warum?«, flüsterte sie. »Warum bist du so?«

»Willst du die Wahrheit wissen?«

»Verdammt, ja.«

»Ich weiß es nicht. Das ist die Wahrheit. Ich weiß nur … dass ich nie mehr mitansehen will, wie du durch irgendjemand oder etwas verletzt wirst.«

Glaub ihm nicht, ermahnte sie sich. *Hör nicht auf den Schwachsinn. Er sagt das nur, weil er dich vögeln will. Du bist schon einmal auf solches Gesäusel reingefallen, und weißt du noch, wie du danach dagestanden bist?*

Schwanger und allein.

Allein mit einer Fehlgeburt.

Allein für alle Zeiten.

Doch selbst als sie sich zwang, an das kalte Haus zu denken und das, was vor so langer Zeit darin passiert war, selbst als sie sich ermahnte, auf Nummer sicher zu gehen und ihm zu unterstellen, dass er nur mit ihr spielte, geriet ihr Misstrauen ins Wanken, als sie Peytons unerschütterlichen Blick in seinen ernsten Augen sah.

»Ich höre jederzeit auf. Ein Wort genügt«, wiederholte er.

Eine leichte Panik ergriff Besitz von ihr und durchdrang sie bis ins Mark. Sie hatte jede Menge Sex gehabt seit der Sache mit Oskar, seit sie ihr Kind verloren hatte. Sie hatte sich auf unterschiedlichste Weise körperlich mit anderen vereint. Doch dabei hatte sie niemanden wirklich Anteil an sich nehmen lassen.

Das war ein Vorteil, wenn man seine Geschichte für sich behielt: Solange der andere nicht davon wusste, konnte auch sie für die Dauer der Verbindung tun, als wäre das alles nicht geschehen.

Doch in dieser Nacht – vielleicht weil sie vor vier-

undzwanzig Stunden gleich mehrfach gestorben war –
schmolz der zeitliche Puffer zwischen der Tragödie und
der Novo aus dem Hier und Jetzt zusammen, als lägen die
Geschehnisse nicht über zwei Jahre, sondern erst ein paar
Minuten zurück.

Die beiden Bereiche, die sie so sorgsam voneinander
abgegrenzt hatte, liefen Gefahr, sich zu vermengen.

Doch Peyton schien auf ganz ähnliche Weise verwundbar. Sie kannte zwar seine Geschichte nicht, aber war es
dadurch nicht irgendwie fair?

»Schließ ab«, sagte sie.

19

Peyton ließ Novo nicht aus dem Blick, während er ihre Anweisung befolgte und das Zimmer verschloss. Er ging davon aus, dass das medizinische Personal einen Schlüssel für alle Türen hatte, aber das Schild bewahrte sie vermutlich vor Störung. Abgesehen davon war das Trainingszentrum leer, weil Wrath für diese Nacht alle Einsätze gestrichen hatte.

Auf dem Weg zum Bett löschte er das Licht, sodass nur der schwache Schein aus dem kleinen Badezimmer blieb. Leider traten in diesem Schummerlicht die Anzeigen der Monitore um das Kopfende des Betts herum viel heller hervor.

Sie hatte noch immer zwei Infusionsschläuche im Arm stecken.

Aber sie war fit genug gewesen, um zu duschen. Ihr feuchtes Haar war frisch geflochten, die Spitze des Zopfs drehte sich ein. Und sie hatte ein wenig gegessen.

Als er auf sie zuging, senkte sie die obere Hälfte des Betts ab, bis es flach war. Sein Herz schlug schneller. Er würde sich tatsächlich neben sie legen.

»Warte, ich mache dir Platz …« Sie kämpfte mit den Infusionen in ihrem Arm. »Verdammt, das ist idiotisch. Ich nehme sie raus …«

»Kommt nicht infrage. Lass mich das machen.«

Peyton führte die durchsichtigen Plastikschläuche über das Kopfkissen nach oben, damit sie nicht geknickt wurden. Dann klappte er das Bettgeländer herunter und setzte sich auf den äußersten Rand der Matratze.

Ihre Haut war unerwartet weich, als er ihre Hand nahm. Bei einer Kriegerin wie ihr hätte er Stacheln in der Handfläche erwartet. Doch er spürte auch ihre Kraft sowie die Schwielen vom Hanteltraining, Rudern und Kämpfen.

Als sie ihn auf das Laken zog, folgte er mehr als willig.

»Was ist, willst du mich nun küssen, oder was?«, fragte sie barsch.

»Absolut.«

Er fand ihren Mund, und sofort brannten bei ihm sämtliche Leitungen durch. Alles, was an höherer Vernunft und rationalem Denken in seinem Hirn vorhanden war, packte seine Taschen und zog los, um sein Glück in einem anderen Schädel zu suchen. Novos Lippen waren köstlich, ihre Zunge war ein aggressiver Stoß in seinen Mund, ihr Duft machte ihn higher als das Gras. Und wie schnell alles ging, besonders unterhalb der Gürtellinie. Er war so scharf auf sie, dass er schon jetzt keuchte und sich kaum noch beherrschen konnte.

Trotzdem achtete er darauf, das Gewicht nicht auf ihre heilende Brust zu legen. Alles andere war pure Empfindung, seine Hüften pressten sich rhythmisch an ihren Schenkel, ihr Oberkörper bog sich unter ihm, ihre Hände krallten sich in seinen Rücken …

»Zieh dein Hemd aus«, stöhnte sie.

»Zu Befehl.«

Vorsichtig löste er sich von ihr und setzte sich auf die Hacken. Die Knöpfe waren stur, seine Finger fahrig, sein Atem zu schnell – doch es schien sie nicht zu stören. Novo sah mit gierigen Augen zu ihm auf und leckte sich die Oberlippe, wobei die weißen Spitzen ihrer ausgefahrenen Fänge blitzten.

»Ich bin hungrig«, knurrte sie.

»Nimm alles.«

»Vorsicht. Ich könnte dich töten.«

»Dann lass mich in deinen Armen sterben.«

Peyton schleuderte das weiße Hemd von sich, die Fliege flog gleich mit, dann legte er sich wieder hin. Als sie sich einander zuwandten, waren einige Kabel im Weg, und sie mussten sie umständlich anders legen – worüber er nicht zu viel nachdenken wollte. War es klug, was sie hier taten?

Aber natürlich, rief sein Schwanz. *Worauf wartest du noch? Ruhe …*

»Was?«, fragte sie.

»Nichts. Lass dich lieber wieder küssen, bevor ich noch angezogen komme.«

»Das schreckt mich nicht«, meinte Novo, und ihre Lider senkten sich über ihre glühenden Augen. »Genau das will ich.«

Er fauchte, als sie über seine Brustmuskeln strich und weiter über seinen harten Bauch bis zum Hosenbund. Dort machte sie Halt. Peyton biss die Zähne zusammen. »Fuck …«

»Das ist der Plan. Hilf mir mit dem Ding.«

Erst glaubte er, sich verhört zu haben. Aber sie zog an seinem Gürtel – und er war mehr als bereit, ein Gentleman zu sein. Er zerrte an dem glatten schwarzen Leder, bis sich die Weißgold-Schnalle öffnete, dann fummelte er an Knopf und Reißverschluss herum.

Ihre Hand fuhr in seine Hose, sobald er Platz für sie geschaffen hatte, und als sie ihn berührte, riss es ihn so heftig nach vorn, dass ihm fast das Rückgrat brach.

»Sieh zu«, befahl sie.

Stöhnend blickte er an sich hinab und sah, wie sich ihre Hand um seinen dicken Schaft schloss – dann strich sie an ihm auf und ab und entfesselte einen wilden Sturm der Empfindungen in seinem ganzen Körper. Dabei küsste sie ihn und nahm ihn mit dem Mund, während ihr Zopf von ihrer Schulter rutschte und schwer auf seinem Arm landete.

»Fuck, langsam. Ich komme gleich …«

»Ganz recht.«

In dem Moment, als sich seine Lust zum Höhepunkt steigerte, machte sie sich über seinen Hals her. Rasiermesserscharfe Fänge kratzten über seine Haut, fanden den richtigen Punkt an der Halsschlagader und bissen zu, gerade, als sein Orgasmus einsetzte. Peyton stieß ihren Namen hervor. Schmerz und Lust wurden eins, die Alchemie der Gefühle steigerte sich ins Unermessliche, bis er glaubte zu explodieren.

Er umfasste ihren Hinterkopf und drängte sie weiter, sein Blut aufzusaugen, ihr Kopf nah an seinem, ihr Duft in seiner Nase, sein Schwanz hart und zuckend in ihrer pumpenden Hand, hungrig auf mehr.

Er gehörte ihr.

Mit Haut und Haar.

Nichts war übrig von der Verwundbarkeit, die er gespürt – und akzeptiert – hatte, obgleich er sie nicht verstand. Jetzt herrschte sie über ihn. Peyton hatte nie das Bedürfnis gehabt, sich dominieren zu lassen, weil es ihn einfach nicht interessierte. Jetzt aber fragte er sich, wie viel weiter sie gehen wollte … wie viel mehr er von ihr nehmen konnte.

Er wollte es herausfinden.

Novo sehnte sich danach, Peyton in sich zu spüren, während sie an seinem Hals saugte und seiner Erektion eine Trainingseinheit verpasste. Aber erst musste sie sich nähren – nun gut, vielleicht kniff sie auch ein wenig, nahm sich vorübergehend zurück, bis sie sich wieder zutraute, Distanz wahren zu können.

Trotzdem war es schön. Ihn zu schmecken, seinen Schwanz in der Hand zu halten, samtweich und hart zugleich, das Gefühl von Kontrolle, von Herrschaft – nicht nur über ihn, sondern auch über die eigenen Gefühle. Und was Peyton betraf? Er ging völlig in dem Orgasmus auf, sein wunderschöner männlicher Körper ritt die Wellen, die sie ihm entlockte, seine Hüften bewegten sich im Einklang mit ihrer Hand, schneller und härter, je länger sie ihn kommen ließ. Es war spektakulär, ihn im Griff zu haben, all die schweren Muskeln, die sich spannten und lockerten, diesen Schwanz, der Stoff zum Träumen war.

Dazu der Rausch durch sein mächtiges Blut. Er war so rein, dass ihr der Kopf schwirrte und ihr Herz hämmerte. Die Kraft aufzunehmen, die er so bereitwillig verschenkte, war, als würde man einen ausführlichen Verjüngungsurlaub genießen und gleichzeitig den Jackpot in Vegas knacken.

Sie hätte ewig so weitermachen können.

Doch dann ging ein Alarmsignal los und brachte die Wende. Erst schielte sie zu den Monitoren, ob einer der Apparate anzeigte, dass sie ihren frisch reparierten Herzmuskel überstrapaziert hatte.

Nein … das Klingeln war in ihrem Kopf und ermahnte sie aufzuhören, bevor sie ihn aussaugte.

Es kostete sie große innere Überredungskunst, seinen Hals loszulassen, doch schließlich löste sie das Siegel ihrer Lippen und leckte die Bisswunden zu …

Okay, wow, sie hatte ihn regelrecht zerfleischt. Zahlreiche Löcher entstellten seinen Hals, ihre Fänge hatten rote Striemen hinterlassen, als hätte ihm Wolverine eins übergezogen. Wahnsinn, sie hatte nicht einmal bemerkt, dass sie ihn mehr als einmal gebissen hatte. Aber offensichtlich hatte sie immer wieder zugeschnappt.

Wie lange ging das hier schon?

Sie hatte keine Ahnung.

Doch sie musste wirklich aufhören. Wieder und wieder leckte sie seitlich an seinem Hals entlang und verschloss alle Wunden. Als sie fertig war, rückte sie ein Stück von ihm ab, entließ ihn aber nicht aus ihrem Griff und pumpte weiter – bevor sie langsam mit dem Daumen über die glitschige Spitze seiner Erektion fuhr. Die Reaktion war sensationell. Peyton zuckte wie eine Marionette an ihren Fäden, sein Oberkörper bog sich durch, dann stießen die Hüften in die Höhe. Mit glasigen, irren Augen sah er sie an, während er sich auf die Unterlippe biss und Luft zwischen den Zähnen einsaugte.

Sein blondes Haar lag wirr auf dem Kissen ausgebreitet. Seine Wangen waren gerötet. Köstlicher Schweiß schimmerte auf seiner nackten Haut.

Er war … betörend schön.

Unfair. Absolut unfair.

Und ihr Hunger war noch längst nicht gestillt.

Zum Glück hatte er ihr noch eine andere Form der Nahrung zu bieten.

Novo schob sich zu seinen Hüften hinunter, öffnete den Mund und nahm seinen Schwanz tief darin auf. Wieder bäumte sich Peyton auf, mit erschrockenem Ausdruck, als hätte er geglaubt, es wäre vorbei.

Als sie sich sicher war, dass er sie ansah, schloss sie die Lippen um ihn und ließ ihn ein paarmal tief in den Mund und wieder hinaus gleiten. Sein Umfang war so groß, dass ihre Mundwinkel gedehnt wurden. Dann pausierte sie an der Spitze und ließ die Zunge kreisen.

Schon schüttelte ihn der nächste Orgasmus.

Novo nahm auf und schluckte, was er ihr schenkte.

Danach legte sie von Neuem los.

20

Saxtons Arbeitsnacht endete nicht mit einem Paukenschlag, sondern mit einem lang gezogenen Wimmern: eine Reihe von Segnungen unkomplizierter Vereinigungen und ein Disput über eine Grundstücksgrenze, den der König einfach beilegen konnte, rundeten acht Stunden eintöniger Arbeit ab. Saxton kam in sein Büro im Dienstbotentrakt, legte seine Ordner und den fast aufgebrauchten Schreibblock auf den Schreibtisch und starrte seinen Laptop, die allgemeine Ordnung und die Stifte in ihrem kleinen Becher an.

Dann rieb er sich die Augen und versuchte, gedanklich eine Liste zusammenzustellen, was noch zu erledigen war, bevor er heimgehen konnte.

Doch es gelang ihm nicht so recht.

Sein Kopf hatte einigermaßen funktioniert, solange er mit dem König und den Bürgern beschäftigt gewesen war. Doch jetzt, da ihn nichts mehr zwang, sich zu konzentrieren, machten seine Gedanken, was sie wollten, und sprangen von einem Thema zum nächsten.

Obwohl – das stimmte gar nicht.

Das beherrschende Thema war Ruhn. Die Unterpunkte waren der Kuss, die dunkelbraunen Flecken in seinen hellbraunen Augen … oder wie sich diese starken Schultern angefühlt hatten. Oder einfach nur, dass er mehr von ihm wollte.

Leider hätte er besser darüber nachdenken sollen, dass

der Vampir ohne ein Wort gegangen war. Was nicht auf eine Wiederholung hoffen ließ.

Zur Sicherheit griff er in die Innentasche seines Anzugjacketts und sah auf sein Handy. Keine Nachrichten. Keine Anrufe.

Okay, Nachrichten waren ohnehin ausgeschlossen, da Ruhn nicht schreiben konnte. Und mal ehrlich, es schien lächerlich, so enttäuscht zu sein. Er kannte diesen Mann doch kaum, außerdem hatte er mit genügend Männern das volle Programm durchgezogen und sie danach auch nie wieder gesehen, oder nur zu einer gelegentlichen Wiederholung. Und im Grunde seines Herzens wusste er, dass ihn der Rückzug von Ruhn lediglich an eine andere Trennung erinnerte, die viel ernster und folgenschwerer gewesen war.

Denn natürlich führten alle Straßen zurück zu Blay.

»Entschuldigt, wenn ich störe, Sire«, sagte eine zaghafte Frauenstimme.

Saxton drehte sich um. In der Tür stand eine der *Doggen,* die im Audienzhaus arbeiteten, Wollmantel, Hut und Schal in den Händen.

»Kein Problem, Meliz.« Saxton lächelte, damit sie nicht auf die Idee kam, seinen Missmut auf ihre Arbeit zu beziehen. »Sie gehen?«

Sie verbeugte sich. »Ja, Sire. Die Speisekammer fülle ich auf, wenn ich beim Letzten Mahl im großen Haus geholfen habe. Die anderen sind schon gegangen. Ich habe die Runde gemacht, die Kaminfeuer sind aus, die Abzüge geschlossen, die Türen verriegelt.«

»Wundervoll. Danke. Dann sehen wir uns morgen.«

Die *Doggen* verbeugte sich noch tiefer. »Es ist mir ein Vergnügen, von Nutzen sein zu können.«

Sie wandte sich zum Gehen, und einen Moment später meldete die Alarmanlage, dass sich eine Tür geöffnet und wieder geschlossen hatte.

Okay. Er musste hier zu einem Ende kommen. Und dann …

Tja, nach Hause, wie es aussah. Es war gegen vier, und obwohl es noch zwei Stunden dunkel bleiben würde, war ihm nicht nach einem Ausflug ins Nachtleben der Stadt zumute. Er hatte auch kein Interesse, den nächsten Tag wieder mit einem Fitnessprogramm bestehend aus Sex auszufüllen.

Doch die Vorstellung, dass er in seinem gläsernen Kasten unter dem Himmel gefangen sein würde, hinter zugezogenen Vorhängen, die ihn vor der saftlosen Wintersonne schützten, erweckte irgendwie den Wunsch in ihm zu schreien …

Da war jemand.

Draußen im Schnee. Er wurde beobachtet.

Saxton drehte sich nach dem Fenster um und erkannte sofort, wer dort stand. Die große Gestalt, die angespannte Haltung, das dunkle Haar, in das der kalte Wind fuhr.

Saxton fiel nichts anderes ein, als nach rechts in Richtung Küche und Hintereingang zu deuten.

Ruhn nickte und stapfte durch den Schnee ums Haus.

Mit klopfendem Herzen eilte Saxton durch den Dienstbotengang, vorbei an den Speisekammern und in die geräumige Küche. Dort öffnete er die Hintertür, was den Alarm erneut auslöste, und lauschte darauf, wie schwere Schritte im Schnee knirschten.

Und da war er, größer denn je, noch zurückhaltender als sonst.

Ah ja. Das Rückzugsgespräch. »Komm rein«, sagte Saxton resigniert.

Ruhn folgte der Aufforderung, und Saxton schloss die Tür hinter ihm. Er wünschte, Ruhn wäre nicht Analphabet gewesen – dann hätten sie die Angelegenheit über das Handy regeln können. *Es war ein Fehler. Es liegt an mir, nicht an dir. Ich weiß nicht, was in mich gefahren ist. Bitte behalte die Sache für dich.*

»Keine Sorge, außer mir ist niemand mehr hier«, murmelte Saxton. Ihm fiel auf, dass der Zuckerbehälter leicht schief neben dem Herd stand. »Was du auch sagen willst, es bleibt unter uns.«

Er durchquerte die Küche und schob die Metalldose gerade. Dann hantierte er am Mehlbehälter herum, der noch größer war. Danach am kleinsten der drei, dem mit dem Salz.

Schließlich drehte er sich wieder um. Er war es leid, darauf zu warten, dass Ruhn den Mund aufbekam.

Um seinen wachsenden Frust zu bändigen, klatschte er in die Hände und fing einfach selbst an. »Okay, soll ich es für dich sagen? Ich habe eine lange Nacht hinter mir, ich bin müde, und sosehr ich es schätze, dass du diesen Ausflug unternommen oder dieses Experiment gewagt hast oder wie immer man es nennen will, erspare ich uns vermutlich Zeit und Ärger, indem ich für dich feststelle, dass du es ausprobiert hast, es aber nicht dein Ding war. Und jetzt brauchst du Gewissheit, dass ich niemandem davon erzähle.«

»Deshalb bin ich nicht gekommen.«

Dann also die Arbeit. Natürlich. »Gibt es Neuigkeiten von Minnie?«

Statt zu antworten, kam Ruhn auf ihn zu … und als er die Hälfte der Distanz zurückgelegt hatte, bemerkte Saxton …

… Ruhn war erregt.

Sehr erregt.

Er war nicht hier, um für immer Schluss zu machen, sondern um sich mehr zu holen.

Saxtons Körper reagierte auf der Stelle. Sein Blut rauschte, sein Schwanz wurde hart, der Ärger, der Frust, die Erschöpfung, all das fiel einfach von ihm ab.

Als Ruhn vor ihm stand und sie nur noch wenige Zentimeter voneinander trennten, musste Saxton lächeln. »Sieht aus, als hätte ich dich falsch verstanden.«

»Allerdings«, knurrte Ruhn.

Und dann ging es plötzlich zur Sache.

Ruhn umfasste Saxtons Hals von beiden Seiten und riss ihn an sich. Sein Kuss war weder zurückhaltend noch scheu, sondern roh und fordernd. Seine Zunge stieß in Saxtons Mund, während er ihn mit den Hüften und einer Erektion so groß wie ein Baseballschläger rückwärts gegen die Arbeitsfläche drängte.

Gütige Jungfrau der Schrift, Saxton musste sich festkrallen, um nicht verschlungen zu werden. Ruhns Kraft und Gier waren so beängstigend wie unerwartet und unwiderstehlich …

Dann wurde Saxton herumgewirbelt. Eine grobe Hand legte sich zwischen seine Schulterblätter und drückte ihn auf die Arbeitsfläche.

Ruhn presste seinen Schwanz gegen Saxtons Hintern und stieß mit kehliger Stimme hervor: »Sag Nein. Wenn du nicht willst, sag es jetzt.« Saxton drehte den Kopf zur Seite, seine Wange scheuerte über den Granit. Er öffnete den Mund und keuchte.

»Hör nicht auf. Gütige Jungfrau der Schrift, *tu es.*«

Mit einem Mal gingen die Lichter in der Küche aus, und es wurde dunkel, eindeutig, weil Ruhn es so bestimmte. Mit rauen Händen griff er nach Saxtons Hosenknopf – dann glitt der feine Stoff zu Boden. Etwas Stumpfes drängte prüfend gegen ihn, dann spuckte Ruhn in seine Hände …

Die Inbesitznahme war hart und sehr tief.

Der Ritt war wild und fast gewaltsam.

Der Orgasmus, der sich in ihn ergoss, reichte bis in ihre Seelen.

Und Ruhn hörte nicht auf. Er schob eine Hand unter Saxtons Brust und hielt ihn von vorn an der gegenüberliegenden Schulter fest. Dann verschaffte er sich einen festen Stand und stieß in hämmerndem Rhythmus zu. Ihre Unterleiber klatschten aneinander, Saxtons Kopf knallte gegen die Metallbehälter, etwas riss – seine Anzugjacke. Saxton musste sich mit einer Hand an der Mauer unter den Schränken abstützen, um keine Gehirnerschütterung davonzutragen – dann suchte er auch mit der anderen nach Halt.

Doch er fand nichts.

Zum Glück wurde sein Oberkörper gestützt, denn seine Beine waren mittlerweile völlig entkräftet und hätten unter ihm nachgegeben.

Doch dann entdeckte er doch noch etwas, woran er sich festhalten konnte. Er griff sich zwischen die Beine, umfasste seine Erektion, strich mit sicheren Bewegungen an sich auf und ab und kam auf der Stelle. Es war ihm egal, wohin er abspritzte oder was für eine Sauerei sie anrichteten.

Wenn man den besten Sex seines Lebens hatte, dachte man nicht an die Folgen.

Schließlich brach Ruhn auf Saxtons Rücken zusammen – nach unzähligen Orgasmen. Doch obwohl er zur Ruhe kam, war es nicht still. Er keuchte so heftig, dass die Luft zwischen seinen Zähnen pfiff, und auch Saxton war völlig außer Atem. Der Geruch von Sex hing schwer in der Luft, und sein Schwanz, der immer noch steinhart war und in Saxton zuckte, machte den Eindruck, als wollte er nach einer kurzen Pause wieder loslegen.

Stöhnend öffnete er die Augen. Sein Blick fiel auf einen großen Eichentisch, umgeben von ordentlich aufgereihten Stühlen. Na so was.

Wo waren sie? Ach ja, richtig. Im Audienzhaus.

Er war hinten reingekommen, um … von hinten zu kommen.

Okay, das war der schlechteste Witz, den er je gemacht hatte. Und überhaupt … gütige Jungfrau der Schrift. Was hatte er getan?

Er legte die Hände rechts und links von Saxtons Schultern auf die Arbeitsplatte und wollte sich aufrichten und sich aus ihm zurückziehen, doch es gelang ihm nicht. Er war zu erschöpft, und das Gefühl war einfach zu schön, um sich davon zu trennen.

Während er die Kraft sammelte – und den Willen –, sich zu lösen, dachte er an seine bisherigen Erfahrungen mit Sex. Er hatte ausschließlich mit Vampirinnen geschlafen und nur in seinem früheren Leben. Die Begegnungen waren arrangiert worden, wenn Vampirinnen mit einem Tier zusammen sein wollten und seine Dienste gesucht hatten. Ihnen hatte man Ruhn zur Verfügung gestellt. Sein Körper hatte funktioniert, weil man sie zum richtigen Zeitpunkt gebracht hatte, weil sie nackt gewesen waren und sich an ihn hängten. Sein Schwanz hatte gehorcht und seinen Zweck erfüllt.

Doch er hatte sie sich nicht ausgesucht.

Saxton … hatte er selbst gewählt.

»Es tut mir leid«, sagte er heiser und befahl seinen Armen, sich zu bewegen. »Es … tut mir sehr leid.«

Mit einer wendigen Drehung blickte Saxton zu ihm auf. *»Dafür* willst du dich entschuldigen? Wie kommst du nur darauf?«

Ruhns Gesicht brannte vor Verlegenheit. Er wich Saxtons durchdringendem Blick aus und zog sich zurück. Die Luft fühlte sich kalt an seiner Erektion an, und als er nach unten blickte, ergriff ihn das überwältigende Bedürfnis, es gleich noch mal zu tun. Zurück blieb eine glitschige Sauerei, aber er hatte … noch nie etwas so Erotisches gesehen.

Doch was jetzt, fragte er sich, als er seine Jeans zuknöpfte. Nachdem sein erster Hunger gestillt war, konnte er nicht fassen, dass er den Mut aufgebracht hatte, so aggressiv zu sein, so schamlos, so …

Saxton richtete sich auf und drehte sich um.

Beim Schleier, dieses Gesicht, diese Augen, dieses Haar … diese Erektion, fremd und vertraut zugleich in ihrer Anatomie. Ruhn hatte noch nie zuvor einen erregten Vampir aus der Nähe gesehen – und er wurde von einer unersättlichen Gier ergriffen, mit Hand und Mund auf Erkundungstour zu gehen.

Fürwahr, dieser Mann war die Antwort auf so viele Fragen.

»Ich habe deinen Anzug zerrissen«, sagte Ruhn und betrachtete die geplatzte Naht am Ärmel. »Es tut mir leid, ich werde für den Schaden aufkommen …«

Saxton griff nach dem Ärmel, packte ihn am Saum – und riss ihn ganz ab. Lächelnd ließ er ihn zu Boden fallen und sagte: »Möchtest du auf der anderen Seite weitermachen?«

Ruhn lachte. Er konnte nicht anders – dann hielt er sich aus Scheu die Hand vor den Mund. Als Saxton zurückgrinste, musste er den Blick abwenden. Es war einfach zu schön, zu verrückt … zu viel für ihn.

»Hast du schon gegessen?«, fragte der Anwalt und zog seine Hose hoch.

»Nein.«

»Ich bereite uns ein Letztes Mahl zu.« Saxton deutete auf die Küche. »Wir sind gut ausgestattet. Ich muss nur einen Moment nach oben.«

Als Ruhn zögerte, umfasste Saxton sein Gesicht und zog ihn an sich. Der Kuss war nicht besitzergreifend wie der Sex, sondern süß.

»Ich muss zu Mistress Miniahna«, hörte Ruhn sich sagen. »Ich muss nach dem Rechten sehen, bevor es dämmert.«

»In Ordnung, ich verstehe.« Saxton trat einen Schritt zurück und wirkte plötzlich reserviert. »Dann treffen wir uns zur Abenddämmerung. Wir müssen diesem Bauunternehmer einen Besuch abstatten.«

»Gut.«

Einen Moment lang herrschte verlegenes Schweigen. Dann brach es aus Ruhn hervor: »Wann?«

Saxton seufzte, als kostete es ihn Mühe, sich diesem anderen Thema zuzuwenden. »Nun, sagen wir Viertel vor sechs. Da haben die Menschen Feierabend, und für uns ist es schon dunkel genug. Wir müssen deinen Pick-up nehmen …«

»Ich meine das mit uns. Wann können wir … es wieder tun?«

Saxtons Lächeln war eine Wohltat. »Wann immer du willst.«

Ruhn hob die Hand und strich mit den Knöcheln über Saxtons Gesicht … dann fuhr er mit dem Zeigefinger über seine Unterlippe. Erinnerungen an die Szene von eben blitzten in seinem Kopf auf, begleitet vom Soundtrack ihres Stöhnens und Keuchens.

»Danke«, sagte er.

Saxton schüttelte den Kopf. »Müsste ich das nicht sagen?«

Nein, dachte Ruhn, *ganz und gar nicht.*

Er beugte sich vor und küsste Saxton. Wieder begann sein Blut sich zu erhitzen, und er merkte, dass er gehen musste – bevor er sich nicht mehr trennen konnte.

»Ich bin derjenige, der dir zu Dank verpflichtet ist«, flüsterte er an Saxtons Lippen.

21

»Wer ist Oskar?«, flüsterte jemand in Novos Ohr und weckte sie dadurch endgültig auf.

Erst wusste sie nicht, an wessen Brust sie sich so warm und komfortabel schmiegte – doch ein kurzes Schnuppern löste das Rätsel. Sie und Peyton waren …

Ganz genau, in einem Krankenzimmer. Sie war in der Klinik, wo sie sich von einer Operation erholte.

Sie hob den Kopf und sah den Kerl an, den sie als Kissen missbraucht hatte. Peyton schien sich nicht daran zu stören. Er lag nackt und entspannt im Bett, die Lider halb gesenkt, der durchlöcherte Hals schon wieder auf dem Weg der Besserung. Der Boden war ein Schlachtfeld aus umherliegenden Smoking-Teilen, die er achtlos von sich geworfen hatte. Ebenso schlaff und erschöpft lag sein Geschlecht auf seinem Schenkel.

Doch vermutlich hätte man nur mit dem Finger schnippen müssen, um ihn zu neuem Leben zu erwecken.

»Dein Freund?«

»Wer?«

»Oskar. Du sagtest gerade im Schlaf seinen Namen.«

»Ach, das ist niemand.«

»Wirklich? Du schienst aufgebracht – zumindest deiner Stimme nach.«

»Dann muss es ein Albtraum gewesen sein.«

»Ja.« Er strich ihr eine Haarsträhne aus dem Gesicht. »Kann ich dich etwas fragen?«

»Klar.«

»Gehst du mal auf ein Date mit mir?«

Novo wölbte eine Braue. »Ein Date?«

»Ja. Essen gehen, tanzen, solche Sachen.«

»Meinst du, wir würden Sex dabei haben?«

»Das wäre zu hoffen, klar.«

»Vielleicht.«

Sein Lächeln traf sie mitten in die Brust, so wie dieser Dolch: träge, selbstbewusst, sexy. »Ich liebe die Herausforderung.«

»Ich bin keine Herausforderung.«

»Ha, ich kenne niemanden, der so abweisend ist.«

»Du kannst mich nicht gewinnen. Deswegen bin ich keine Herausforderung.«

»Ist das nicht der Inbegriff einer Herausforderung?«

»Nein, so etwas nennt sich Granit. Du kannst es aber gern versuchen.«

»Eines Tages«, er hob den Zeigefinger, »werde ich zu dir durchdringen.«

»Frag dich lieber, warum du dir die Mühe machen willst, es zu versuchen. Davon hast du garantiert mehr, und …«

»*She's sooo hiiiiiiiiiiiiigh, high above me …*«

Novo wich zurück und musste seine unmelodische Gesangsdarbietung übertönen. »Warum singst du?«

»*… she's sooo loooovely …*«

Novo musste lachen. »Du bist ein echter Freak, weißt du das …«

»*… like Cleopaaatra, Joaaan of Aaarc …*«

»Gütige Jungfrau der Schrift, du triffst ja keinen einzigen Ton.«

Als sie sich die Ohren zuhielt, wurde er nur noch lauter. »*… or Aphrodiiiteee …*«

Dann schloss er sie in die Arme und küsste sie mehrfach, aber ganz ohne erotische Avancen, sondern einfach nur, um auszudrücken, dass er sie gerne lachen hörte.

»Warum bist du so ein Spinner?«, fragte sie.

»Weil ich so gut wie alles tue, um dich lächeln zu sehen.«

»Warum interessiert dich das?«

»Wie könnte es mich nicht interessieren?«

Novo verdrehte die Augen. »Hör auf damit.«

»Das habe ich. Ich singe nicht mehr. Aber wenn du etwas aus meinem Wham!-Repertoire hören möchtest, hätte ich einiges auf Lager. Oder von Flock of Seagulls, wenn dir das lieber ist.«

»Ich meine mit deiner Charmeoffensive. Das ist schrecklich. Sei einfach du selbst.«

»Was, wenn ich so bin?«

»Eine Karaoke-Niete?«

»Jemand, der dich zum Lächeln bringen möchte.«

Sie stieß sich von ihm ab und richtete sich auf – zumindest so weit, wie es die Infusionsschläuche zuließen. »Ich glaube, du solltest gehen.«

Doch Peyton legte die Hände unter den Kopf und rekelte sich in ihrem Bett wie ein sich sonnender Löwe. Auch wenn er nur in das Neonlicht aus dem Badezimmer getaucht wurde.

Verdammt, das zerzauste blonde Haar und die verschlafenen blauen Augen waren einfach zu attraktiv. Zumal sie ja nur das Sahnehäubchen auf einem echt appetitanregenden und nackten Desserthäppchen waren.

»Kann ich nicht«, sagte er gedehnt.

Moment, worum ging es gleich wieder? Ach, richtig. Peytons Charme. »Klar kannst du mit dem Blödsinn aufhören.«

»Übrigens ist es zwei Uhr nachmittags.« Er nickte in Richtung Wanduhr. »Tageslicht ist ein echter Stimmungskiller, du kannst mich also gar nicht wegschicken. So sehr ich dich nerve, sicher willst du nicht für meinen Tod verantwortlich sein.«

»Du unterschätzt, wie sehr du einem auf den Wecker fällst.« Novo deutete auf die Tür. »Und ganz gleich, wie spät es ist, kannst du aus diesem Zimmer verschwinden.«

»Dann zwing mich doch.«

Sie blinzelte. »Was …?«

»Du hast mich schon verstanden, Tough Girl. Zieh dir die Infusionsnadeln raus, heb mich hoch und befördere mich vor die Tür wie einen Müllsack. Andernfalls fühle ich mich hier einfach viel zu wohl. Ich meine, dieses fünf Zentimeter hohe Kissen, das ist, als würde man auf einem Müsliriegel liegen – herrlich. Und erst diese Laken. Zu Hause werde ich auf der Stelle meine Satin-Bettwäsche wegwerfen und mir dieses Sandpapier besorgen. Mein Hintern wird allein durch meine Atembewegung auf Hochglanz poliert.«

Novo gelang es, das Lachen zu unterdrücken. Fast. »Hör auf. Du bist nicht witzig.«

»Nein? Nicht mal ein bisschen?« Er zwinkerte ihr zu. »Soll ich vielleicht meinen allerbesten Sketch vorführen?«

Sie verschränkte die Arme vor der Brust – dann erstarrte sie unvermittelt, blickte an sich hinab und holte bebend Luft.

Schlagartig wurde Peyton ernst und setzte sich auf. »Was ist? Soll ich den Arzt holen …«

»Nein, alles gut.«

Mit zitternden Händen griff sie nach den Bändern, die das Flügelhemd zusammenhielten, löste die oberste Schleife, zog den Ausschnitt vorsichtig auseinander … und starrte an sich hinunter.

Fast unhörbar flüsterte sie: »Sie ist weg. Die Narbe …

sie ist verheilt. Mein Herz … ist geheilt. Es tut nicht mehr weh.«

Peyton beugte sich auf sie zu. Dann fuhr er mit dem Finger über die makellos verheilte Haut. Es war nicht einmal eine dunklere Linie geblieben.

»Ich wollte nicht sterben.« Sie räusperte sich, doch ihre Stimme war noch immer belegt. »Da draußen, als es passierte … wollte ich nicht sterben.«

»Du klingst überrascht.«

Novo schloss die Augen. »Das bin ich.«

»Es tut mir leid.«

Sie versuchte, einen klaren Kopf zu bekommen, und wehrte sein Mitgefühl ab. »Du hast dich schon für deinen Fehler entschuldigt.«

»Nein.« Er schüttelte den Kopf. »Es tut mir leid, dass es eine Zeit gab, in der du sterben wolltest.«

»Das habe ich nie behauptet.«

»Musst du auch nicht.«

Bevor sie sich ganz vor ihm verschließen konnte, machte er etwas sehr Merkwürdiges.

Peyton nahm ihre Hände, zog sie weg von den Bändern und drehte sie um. Dann senkte er den Kopf und küsste sie auf beide Handgelenke, unendlich zärtlich. Danach nahm er die Bänder, die sie gehalten hatte … und verknotete sie zu einer perfekten Schleife mit zwei identischen Schlaufen und gleich langen Enden, sodass ihr Flügelhemd wieder verschlossen war.

Schließlich legte er die Hand auf ihr Herz und flüsterte: »Ich bin so froh, dass es dir besser geht.«

Ohne ein weiteres Wort schlang er die Arme um sie und zog sie wieder an seine Brust.

Sie widersetzte sich. Kurz.

Doch dann wehrte sie sich nicht mehr.

Peyton schlief nicht, während die Tagesstunden vergingen. Stattdessen streichelte er langsam Novos Rücken und lernte die Landschaft aus Wirbeln und Muskeln von Mal zu Mal besser kennen.

Er hatte oft erlebt, wie stark sie war – wie hätte ihm das entgehen können –, doch unter der Oberfläche gab es jede Menge Schmerz, und er staunte selbst darüber, wie sehr es ihm ein Bedürfnis war, ihre Geheimnisse kennenzulernen, zu ihr durchzudringen, ihre Dämonen zu bändigen. Aber hey, was konnte er schon groß für sie tun? Er war eher ein Boot mit einem Leck als ein Retter auf hoher See.

Irgendwann musste er doch weggedämmert sein, denn das Heulen des Patienten mit dem Nervenzusammenbruch weckte ihn auf. Er lauschte dem Klagen und fragte sich, wie viel länger jemand in diesem Zustand überleben konnte.

Schließlich sah er auf die Uhr und fluchte. Es war fünf.

Verdammt, er wollte Novo nicht verlassen, und ganz bestimmt hatte er keine Lust auf seinen Termin in dreißig Minuten. Doch er war es gewöhnt, Dinge zu tun, die er nicht tun wollte.

Langsam und vorsichtig bettete er Novo um – und hoffte, sie dabei nicht zu wecken. Sie sah wirklich aus, als wäre sie über den Berg. Die Narbe war bereits verheilt, ihre Stirn war glatt, nicht mehr schmerzvoll zusammengezogen. Als er neben dem Bett stand und sie sich zur Seite gerollt hatte, zog er ihre Decke zurecht und merkte, dass sie zu keinem Zeitpunkt Haut auf Haut gelegen hatten. Sie hatte ihr Flügelhemd anbehalten, und er war nicht zu ihr unter die Laken geschlüpft.

Es erschien ihm wie ein Sinnbild dafür, dass sie so vieles für sich behielt.

Er zog seine Smokinghose an und überlegte, ob er Novo

nicht besser in Ruhe lassen sollte. Sexuelle Anziehung war noch keine Beziehung und rechtfertigte auch keinen Anspruch auf eine emotionale Bindung. Verdammt, er wusste von seinen endlosen Telefonaten mit Paradise, dass Leute ihre Geheimnisse nach ihrem eigenen Zeitplan preisgaben, nicht wenn es anderen gerade passte.

Lass sie einfach in Ruhe, sagte er sich. Es gab einen Grund, warum sie einen Schutzwall um sich herum errichtet hatte.

Sein Smokinghemd war zerknittert und sah fürchterlich aus, als er es anzog, doch er würde es ohnehin nur bis zur Männerumkleide tragen. Dort wollte er duschen und Klinikwäsche anziehen.

An der Tür blickte er noch einmal zur schlafenden Novo zurück. Sie lag in kindlicher Haltung im Bett, die Knie angezogen, die Arme an der Brust, die Hände, die so geschickt mit Waffen umgehen konnten, unschuldig unter dem Kinn eingerollt. Schwarze Wimpern ruhten auf Wangen, die endlich nicht mehr blass waren, und der schwere schwarze Zopf war wie ein Seil, das neben dem Bogen ihres Rückens lag.

Er ahnte, dass er sie nie mehr so sehen würde.

Das hier war ein einmaliges Ereignis, ein künstlich konstruierter Moment, der nur in der Schlussphase ihrer Genesung auftreten konnte. Wenn er sie das nächste Mal sah, würde sie ihm und allen anderen wieder Paroli bieten. Dann war ihr Körper wieder heil und voll funktionsfähig, ihr Geist scharf, ihr Können nicht mehr eingeschränkt, sondern restlos intakt.

Dieser Moment hier war ein Geschenk. Wenngleich nicht von ihr. Sie hätte niemals gewollt, dass jemand sie so sah.

Draußen nahm er den Zettel ab, der mit Klebeband an der Tür befestigt war, faltete ihn ein paarmal, sodass man das Gekrakel von Dr. Manello nicht mehr sah, und steckte ihn ein. Dann huschte er den Gang hinunter zur Umkleide.

Nach einer kurzen Dusche, einer schnellen Rasur und einmal Umziehen war er bereit für seinen Termin, einer weiteren Hürde, die es zu nehmen galt, einem Reifen, durch den er springen musste, dem Strich durchs T, dem Tüpfelchen auf dem i – bevor er hier endgültig fertig war. Er ließ seinen Smoking in einem der Spinde, hatte aber keine anderen Schuhe als die Lackschuhe, die dazugehörten und die mit dem Ripsband und den glänzenden Spitzen zur Klinikhose absolut lächerlich aussahen.

Zurück auf dem Flur blieb er kurz vor Novos Zimmer stehen, doch dann ging er weiter. Niemand war hier unten unterwegs. Dr. Manello schlief vermutlich noch nach seiner wilden Kifferparty, Doc Jane und Ehlena bereiteten sich fürs Erste Mahl im sogenannten »großen Haus« vor. Es waren keine Brüder da und ganz bestimmt keine Trainingsschüler.

Doch das würde sich bald ändern.

Für zwanzig Uhr war ein Treffen angesetzt. Deswegen musste seine spezielle Verabredung bereits so früh stattfinden.

An der Glastür zum Büro blieb Peyton stehen und sah hinein. Fast hoffte er, es würde niemand am Schreibtisch sitzen. Doch er wurde enttäuscht.

Mary, *Shellan* von Bruder Rhage, saß am Computer, den Kopf gesenkt, den Blick auf den Bildschirm gerichtet. Als würde sie seine Gegenwart spüren, sah sie auf und winkte ihn hinein.

Lauf, Forrest, lauf!, war alles, was er denken konnte, als er die Tür aufschob.

»Hallo.« Sie stand auf. »Wie geht es dir?«

»Gut, danke.«

»Sehr schön. Sind Sie bereit für ein kleines Gespräch?«

Soweit er wusste, war Mary eine Menschenfrau – oder war es zumindest gewesen –, bis die Jungfrau der Schrift eingegriffen und sie aus irgendeinem Grund aus dem Zeitkontinuum ausgeklinkt hatte. Er wusste nicht viel von ihr, aber sie strahlte definitiv die Gemütsruhe eines Engels oder einer Gottheit oder was immer sie war aus. Außerdem war sie der genaue Gegensatz zu Rhage: Sie war klein, besonders im Vergleich zu ihrem *Hellren,* und eher unauffällig. Sie trug einen praktischen Haarschnitt, verzichtete auf Make-up, und ihre Kleidung war einfach und funktionell. Der einzige Schmuck, den er je an ihr bemerkt hatte – nicht dass er sonderlich darauf achtete –, war eine riesige goldene Rolex, die ihrem *Hellren* gehört haben musste, und gelegentlich ein Paar Perlenstecker im Ohr.

Heute Abend trug sie beides.

Im Grunde wirkte sie genauso, wie man sich einen Seelenklempner vorstellte: ruhig, intelligent und – ein Vorteil für ihn – kein bisschen voreingenommen.

»Bringen wir es hinter uns«, brummte er und wollte sich ihr gegenüber an den Tisch setzen.

»Oh, aber nicht hier.«

Er sah sich um. »Warum nicht?«

»Hier sind wir nicht ungestört.«

»Ich habe nichts zu verbergen«, sagte er trocken. »Wäre das der Fall, hätte ich meine Flitzer-Karriere schon vor Jahren aufgegeben.«

»Nein, gehen wir lieber.«

»Wohin?«

Mary trat um den Tisch herum. »Am Ende des Gangs gibt es ein altes Verhörzimmer – dort wird nichts aufgezeichnet, und bevor Sie fragen: Ich werde niemandem erzählen, was Sie mir anvertrauen. Der Vorteil ist nur, dass uns dort niemand stört.«

»Moment, aber warum machen wir es überhaupt, wenn niemand irgendetwas davon erfährt?«

»Ich nehme eine Einschätzung vor. Aber ich gebe keine Details preis.«

»Darüber, ob ich noch normal bin oder nicht?«

»Gehen wir.«

Ihr Lächeln war besonnen, und er hatte das Gefühl, dass sie nicht mehr verraten würde.

Egal, dachte er. Das waren nur noch Formalitäten, bevor sie ihn rauswarfen.

Schulterzuckend folgte Peyton ihr auf den Flur. »Nur zu Ihrer Information, von mir aus können Sie es der ganzen Welt erzählen. Ich habe falsch reagiert in dieser Gasse und weiß, dass ich dafür rausfliege. Wir könnten uns eine Menge Zeit sparen, wenn Sie einfach das Kästchen auf dem Formular ankreuzen.«

Sie blieb stehen und sah zu ihm auf. »Diesen Beschluss hat noch niemand gefasst.«

»Sie meinen, mir zu sagen, dass ich gehen muss? Kommen Sie, wir wissen beide, dass es darum geht. Und es ist in Ordnung.«

»Gefällt Ihnen denn nicht, was Sie hier tun?«

Ihre Frage klang nicht vorwurfsvoll, als würde er die nötige Hingabe vermissen lassen, sondern eher nach einer Einladung zum Gespräch.

Auf diesen Ton musste er sich vermutlich einstellen.

»Nein, es ist in Ordnung. Es ist, wie es ist.«

Hm, machte sie, dann gingen sie los, Seite an Seite. Doch nur seine Schritte hallten im Gang wider. Mary blickte auf seine Füße.

»Das sind schrecklich schicke Schuhe«, sagte sie und lächelte.

»Ich wollte Sie beeindrucken.«

»Das ist weder Ihre Aufgabe noch meine.« Wieder

lächelte sie. »Aber es sind sehr edle Schuhe zu einem Smoking. Von Butch habe ich vieles über Herrenmode gelernt.«

»Wir sind mittlerweile beim selben Schneider.«

»Das sieht man.«

Sie kamen an eine fensterlose Stahltür ohne Aufschrift. Mary klopfte und wartete einen Moment ab, bevor sie sie öffnete. Vor ihnen lag ein anonymer Raum mit grauen Wänden, dessen gesamte Einrichtung aus einem Tisch und zwei Stühlen in der Mitte bestand.

»Tut mir leid, dass es hier so trist aussieht«, murmelte sie, als sie eintraten und sie die Tür wieder schloss.

Sie setzte sich an den Tisch, und er stellte fest, dass sie Block und Stift mitgebracht hatte. Sonderbar. Er hatte gar nicht mitbekommen, dass sie etwas vom Schreibtisch genommen hatte.

»Setzen Sie sich doch«, forderte sie ihn auf und deutete auf den anderen Stuhl.

»Es wird nicht lange dauern«, murmelte er und ließ sich nieder. »Gar nicht lang.«

22

Ruhn hielt vor der imposanten Front des Commodore und dachte an Eau de Cologne – ein Thema, dem er sonst wenig Beachtung schenkte. Doch genau das war der Punkt.

Er beugte sich vor, blickte an der Fassade aus Stahl und Glas empor und konnte plötzlich nachvollziehen, warum manche Leute es benutzten. Solange er niemanden beeindrucken wollte, war es ihm wie eine aberwitzige Geldverschwendung erschienen, sich mit einem künstlichen Duft einzunebeln, den ein paar Menschen zusammengebraut hatten und für teures Geld verkauften.

Doch mit der Aussicht, dass Saxton gleich zu ihm ins Auto steigen würde, wünschte er plötzlich, er wüsste, welches das richtige Eau de Cologne war, und hätte das Geld, um es zu kaufen ...

Ein Flügel der Schwingtür öffnete sich, und Saxton trat hinaus in die Kälte. Sein Atem bildete weiße Wölkchen, die über seine Schulter hinwegwehten. Er trug seinen hellbraunen Mantel und einen roten Schal, der am Hals verknotet und in den Ausschnitt gesteckt war. Seine Hose war dunkelblau, vielleicht schwarz. Sein kräftiges Haar glänzte und war nach hinten frisiert. Er trug Handschuhe und hatte eine braune lederne Aktentasche dabei.

Ohne nachzudenken, legte Ruhn den Gang in Parkposition, stieg aus und ging um den Pick-up-Truck herum, um die Beifahrertür zu öffnen.

»Sehr freundlich«, sagte Saxton lächelnd, als er auf ihn zukam.

Ruhn musste sich zurückhalten, um ihn nicht mit einem Kuss zu empfangen. Und als würde Saxton es bemerken, streifte er seinen Unterarm, als er einstieg.

Ruhn schloss die Tür und ging zurück zur Fahrerseite. »Ist es warm genug für dich?«, fragte er, als er einstieg.

»Es ist perfekt.« Saxton sah ihn an. »Wie geht es dir?«

Das war im Prinzip eine einfache Frage, aber diese grauen Augen sahen ihn dazu eindringlich an, ohne fordernd zu sein. Es ging also um mehr.

Ruhn räusperte sich und blickte dann auf Saxtons Mund. Mit einem Schlag war die Luft in der Fahrerkabine schwer und spannungsgeladen.

Mit sehr tiefer, sehr ruhiger Stimme antwortete Ruhn wahrheitsgetreu: »Ich bin hungrig.«

Er hatte den ganzen Tag über an nichts anderes gedacht als an die gemeinsam verbrachte Zeit. Wieder und wieder hatte er die erotische Szene in der Küche vor seinem geistigen Auge heraufbeschworen – bis er sich Erleichterung verschaffen musste. Ungefähr hundert Mal.

Sich zu einem Vampir des eigenen Geschlechts hingezogen zu fühlen erschien ihm fremd.

Sex mit ihm zu haben war dagegen die natürlichste Sache der Welt gewesen.

»Tja«, murmelte Saxton. »Wenn wir unsere Arbeit erledigt haben, werden wir uns darum kümmern. Ein Mann muss schließlich etwas zu sich nehmen, nicht wahr.«

»Ja.«

Angeheizt durch die Aussicht auf Orgasmen und lustvolle Erkundungen, legte Ruhn den Gang ein – und hoffte, das Treffen mit dem Bauunternehmer würde nicht allzu lange dauern.

»Ich weiß, wie wir ans Ziel kommen.«

»Ich auch«, sagte Saxton und lachte leise.

Ruhn errötete und sah ihn an. »Ich meine durch die Stadt.«

»Ich auch.« Saxton drückte seine Hand. »Ich sollte dich nicht aufziehen. Es ist nur dieses Erröten, weißt du?«

»Es ist nicht mannhaft.«

»Was für eine merkwürdige Ausdrucksweise.«

»Ich rede Unsinn. Ich bin ungeschickt mit Worten.«

»Du machst alles genau richtig.« Saxton drückte seine Hand erneut und ließ ihn los. »Du musst aufhören, dich zu entschuldigen. Du bist kein bisschen geringer als andere. Leute unterscheiden sich voneinander, mehr nicht.«

Da Ruhn nicht wusste, was er sagen sollte – wie gewöhnlich –, brummte er nur und hoffte, dass es zustimmend klang. Bekräftigend. Irgendwie so.

Beim Schleier, die Sache wuchs ihm haltlos über den Kopf.

»So«, sagte der Anwalt gut gelaunt. »Ich habe alles geregelt. Verträge zurückdatiert und an die entsprechenden Stellen weitergeleitet, eine Unterlassungsaufforderung erwirkt, um den Bauunternehmer einzuschüchtern, das ganze Rundum-Wohlfühl-Paket.«

»Wir bringen ihnen ein Paket?«

Saxton lachte. »Das ist nur eine Redewendung.«

»Ach so«, sagte Ruhn, setzte den Blinker und bog Richtung Fluss ab. Dann nickte er in Richtung der Auffahrt zum Highway.

»Sollen wir so fahren?«

»Wie immer du willst. Ich vertraue dir.«

Von Stolz erfüllt fädelte sich Ruhn in den dichten Verkehr des Northway ein.

»Viel los.«

»M-hm«, machte Saxton. »Sag mal, war bei Minnie alles okay, als du heute Morgen bei ihr vorbeigeschaut hast?«

»Oh ja, alles in Ordnung. Keine Unregelmäßigkeiten. Ich habe geklopft und erklärt, ich wolle nur mal nach dem Rechten sehen. Sie sagte, alles wäre gut – ach ja, und ich habe die Toilette im Erdgeschoss repariert. Das Wasser lief.«

»Sehr aufmerksam.«

»Der Wasserhahn im Badezimmer tropft auch. Und der Heizkessel klappert, wenn er anspringt. Darum kann ich mich vielleicht auch noch kümmern.«

»Ich verstehe, warum sie sich nicht von diesem Haus trennen möchte.«

»Aber es macht zu viel Arbeit. Sie kann es nicht allein instandhalten.«

»Da hast du recht.«

Irgendwie schien ihr Einvernehmen so viel mehr zu umfassen als bloß das Thema Mistress Miniahna.

Aber vielleicht verklärte er es auch nur.

Im Verhörzimmer des Trainingszentrums fiel es Peyton schwer, dem Verlauf von Marys Fragen zu folgen. Irgendwann musste er der Sache ein Ende setzen.

»Es tut mir leid«, unterbrach er sie. »Ich falle Ihnen nur ungern ins Wort, aber ich dachte, es sollte um die Arbeit gehen? Ich verstehe nicht, warum Sie nach meiner Familie fragen.«

»Nur um etwas Hintergrundwissen zu sammeln.«

»Ich wurde unmittelbar nach der Orientierung ausführlich von Bruder Butch befragt. Ich meine, es steht alles in meiner Akte.«

»Ich verschaffe mir gern selbst einen Überblick.« Mary lächelte. »Gibt es einen Grund, warum es Ihnen unangenehm ist, über Ihre Familie zu sprechen?«

»Nein, nicht den geringsten.« Er zuckte die Schultern und ließ sich gegen die harte Rückenlehne des Stuhls sinken. »Es stört mich nicht. Es ist nur Zeitverschwendung.«

»Warum?«

»Wie gesagt, wir wissen doch beide, wohin das alles führt.«

»Was, alles?«

Er deutete abwechselnd auf sie und ihn. »Diese Unterhaltung. Die Erklärung zu meinem Verhalten, die ich Ihrem *Hellren* gegenüber abgegeben habe. Es wäre effizienter, mich einfach gleich zu feuern, anstatt so viel Papier zu verschwenden. Schließlich habe ich nicht vor, den Laden hier wegen unrechtmäßiger Kündigung zu verklagen oder so einen Scheiß – Entschuldigung, Mist.«

»Sie tun so, als wären Sie absolut entbehrlich.«

»Wie meinen Sie das?«

»Nun ja, Sie gehen fest davon aus, dass man Sie entlässt.«

»Aber das wird man doch. Warum sollte man mich weitermachen lassen?«

Mary verschränkte die Finger ineinander und lehnte sich nach vorn, ein Ellbogen auf den Block gestützt. »Sie gehören zum Team.«

»Ist das nicht das Lied der Minions?«

»Bitte was?«

Er schüttelte den Kopf. »Blöder Kommentar, tut mir leid.«

»Ich weiß. Das ist Ihre Art der Problembewältigung – aber Ihr Schutzschild in Form von Humor ist heute nicht unser Thema.« Wieder lächelte sie. »Also, warum glauben Sie, dass Sie den anderen im Team nicht wichtig sind?«

Er richtete den Blick auf den kleinen Perlenstecker in ihrem linken Ohr. »Ob ich wichtig bin, ist nicht die Frage.«

»Dann sind Sie also der Ansicht, man fliegt beim ersten Fehler raus?«

»Entschuldigen Sie, und diesmal versuche ich nicht, witzig zu sein, aber das war keine Matheaufgabe, die ich verhauen habe.«

»Sie lenken noch immer ab. Würden Sie Paradise rausschmeißen, wenn sie sich in dieser Gasse verhalten hätte wie Sie?«

»Nein, aber das ist etwas anderes.«

»Warum?«

Mit einem Schlag begann sein Kopf zu hämmern, und Peyton schloss die Augen. »Ich weiß es nicht, und ich bin nicht dafür verantwortlich – aus gutem Grund. Können wir jetzt aufhören?«

»Warum sollten Sie nicht verantwortlich sein können?«

»Warum wusste ich, dass Sie das sagen würden?«, brummte er, beugte sich vor und legte die Hände auf den Metalltisch. »Ich weiß es nicht. Ich habe keine Antworten auf diese Fragen. Vielleicht können Sie mich ja deswegen rausschmeißen?«

»Möchten Sie wissen, warum man mich gebeten hat, mit Ihnen zu sprechen?«

»Weil Novo meinetwegen in der Klinik liegt.«

Mary schüttelte den Kopf. »Tut sie nicht. Sie haben eine unglückliche Entscheidung getroffen, die ehrlich gesagt eher eine Schwäche des Trainings aufdeckt als ein persönliches Versagen. Die Brüder wollten, dass ich mir eine Meinung darüber bilde, ob Sie die Sache ernst nehmen. Die Verantwortung, meine ich. Alle, die mit Ihnen arbeiten, kennen Ihre Talente. Sie sind ein exzellenter Kämpfer, Sie sind klug, Sie sind flink. Aber Sie geben zu schnell auf. Wenn es hart auf hart kommt, werfen Sie voreilig das Handtuch. Dies wurde bereits bei der Orientierung deutlich, als Paradise Sie durch die Turnhalle zur nächsten Aufgabe im Schwimmbecken schleppen musste. Man hat es bei den Übungen gesehen. Und Ihre Haltung, von wegen *schmeißt mich doch einfach raus,* passt offen gestanden genau in dieses Bild.«

»Ich gebe nicht vorschnell auf.«

»Dann beweisen Sie es.«

»Was?«

»Bleiben Sie.«

Peyton schüttelte den Kopf. »Aber diese Entscheidung liegt nicht bei mir.«

»Da irren Sie.« Marys Stimme klang ernst. »Sie liegt voll und ganz bei Ihnen.«

Peyton verstummte. Ihm fiel auf, dass die Tischplatte spiegelte … wenn er von oben draufsah, konnte er sich darin sehen.

Er hatte es noch nie so betrachtet, aber all diese Vampir- und Menschenfrauen, die er gevögelt und abserviert hatte, die Schulen, von denen er geflogen war, Projekte, die er aufgegeben hatte, Verpflichtungen, zu denen er sich bereit erklärt hatte, um ihnen dann nicht nachzukommen …

Scheiße, die engste Beziehung, die er je eingegangen war, hatte über das Telefon stattgefunden.

Mary hatte recht, was diesen Rauswurf betraf: Er bettelte regelrecht darum.

War es das, was seinen Vater so an ihm ärgerte? Dass er immer über allem schwebte und sich nie zu einer Sache bekannte? Sein Vater hatte ihn nie unterstützt, was mies war, aber jetzt fragte sich Peyton, ob er ihm nicht absichtlich Munition geliefert hatte. Und was war mit den Kumpels, mit denen er durch die Clubs zog, seinen engsten »Freunden«? Sie waren genau wie er, sie lebten vom Familienvermögen, führten sich auf, entwickelten Drogensüchte anstatt Persönlichkeit.

Er lebte in einer Welt der Marken, doch das war nicht dasselbe wie Qualität, nicht wahr?

Wer möchtest du sein?, fragte er sich. *Wer bist du wirklich?*

Er dachte an Novo. Daran, wie sie an seiner Brust geschlafen hatte, wie warm sie sich angefühlt hatte, an ihr gleichmäßiges Atmen, ihr leichtes Zucken im Traum. Es war, als wäre sie auch jetzt bei ihm.

Manche Wendungen im Leben kündigten sich im Voraus an, Großereignisse, die Veränderungen brachten, wie eine Vereinigung oder die Geburt eines Kindes. Doch manchmal kam der Wandel auch ganz ohne Warnung und wie aus dem Nichts.

Peyton hatte nie erwartet, in dieser Nacht zur großen Selbsterkenntnis zu gelangen. In Klinikwäsche. Und Smoking-Schuhen.

Zumindest die Schuhe könnten vorhersehbar gewesen sein. Vielleicht die Klinikwäsche. Doch der Rest? Verdammt, das war der Mist, über den er absichtlich nicht nachdenken wollte.

»Was wollen Sie tun, Peyton?«

»Ich möchte bleiben«, sagte er heiser. »Ich möchte weiter am Trainingsprogramm teilnehmen. Wenn Sie mich lassen.«

»Gut.« Als er aufsah, nickte Mary. »Das war alles, was wir hören wollten.«

23

»Entschuldige meine Offenheit«, bemerkte Saxton trocken, »aber das hier ist ein Drecksloch.«

Eher eine Produktionsstätte für Meth als ein Planungsbüro für Bauprojekte, fügte er in Gedanken hinzu.

Ruhn parkte vor einem flachen Betonbau in Schimmelgrün. Saxton wusste nicht, was er erwartet hatte – aber ganz bestimmt nicht diesen fensterlosen Bunker in einem Viertel, in dem sich vorwiegend zwielichtige Etablissements angesiedelt hatten.

Das hier war kein reiner Bauunternehmer.

Natürlich gab es auch keine Schilder oder Hinweise an dem Gebäude, die auf den Sitz eines Unternehmens hinwiesen, keine Werbetafel, nichts. Es war nicht leicht gewesen, den Ort aufzuspüren. Auf dem Briefkopf des Schreibens an Minnie wurde nur ein Postfach aufgeführt, und Vishous hatte nachforschen müssen, um die Adresse herauszufinden.

Diese Leute wollten nur gefunden werden, wenn es ihnen passte.

»Ist das der Truck, den du bei Minnie gesehen hast?«, fragte Saxton und deutete auf einen kleinen Parkplatz.

»Ja«, sagte Ruhn und schaltete den Motor aus. »Das ist er.«

»Okay, sollen wir?«

»Ja.«

Es war nicht zu übersehen, wie sich in Ruhn etwas veränderte. Während er den Blick schweifen ließ, als suchte er die Gegend nach Angreifern ab, ballte er die Hände zu Fäusten – dabei waren sie noch nicht einmal aus dem Ford ausgestiegen.

Saxton griff nach seiner Aktentasche und wollte aussteigen, doch noch ehe er einen Fuß auf den Boden gesetzt hatte, ging schwungvoll die einzige Tür des Flachbaus auf, und ein großer Mensch füllte den Rahmen – eine Hand in der Tasche.

»Kann ich helfen?«, fragte er.

Lächelnd ging Saxton hinten um die Ladefläche herum. Als er bei Ruhn ankam, erschien ein zweiter Mensch hinter dem ersten. Beide waren breit gebaut und dunkelhaarig, hatten schiefe Nasen und Augen, die so warm und einladend wie Pistolenläufe waren.

Zwei Wachhunde zum Schutz vor unliebsamen Besuchern.

Auch Nummer zwei verbarg eine Hand in der Tasche.

»Wie schön, Sie wiederzusehen«, sagte Saxton und blieb vor den zwei Schränken stehen. »Ich glaube, Sie erinnern sich an meinen Partner von neulich.«

»Was macht ihr hier?«

»Nun, Sie waren so freundlich, uns auf die Eigentumsverhältnisse bezüglich Minnie Rowes Grundstück hinzuweisen. Dank Ihnen ist es uns gelungen, alles zu regeln. Ich habe hier«, er hob die Aktentasche, »Kopien der Dokumente, die nicht ordnungsgemäß bei den zuständigen Behörden hinterlegt wurden, wenn auch nicht durch Mrs. Rowes' Verschulden. Ich freue mich, Ihnen diese Kopien überreichen zu …«

Als er die Tasche öffnen wollte, zogen beide Männer unvermittelt Waffen.

»Das reicht«, sagte der erste.

»Aber bitte, meine Herren.« Saxton gab sich schockiert.

»Warum glauben Sie denn, sich verteidigen zu müssen? Mein Kollege und ich sind in einer Routineangelegenheit gekommen. Es geht um ein Grundstück, das weder Sie noch den Mann, für den Sie arbeiten, betrifft – da keiner von Ihnen ein Anrecht auf diese Immobilie …«

»Halt's Maul!« Der Mann nickte in Richtung Ford. »Steigt in euren Wagen und verschwindet.«

Saxton neigte den Kopf. »Warum? Mögen Sie es etwa nicht, wenn Leute unangekündigt nach Einbruch der Dunkelheit auf Ihrem Grundstück erscheinen?«

Der vordere Mann richtete seine Pistole auf Saxtons Kopf. »Ihr wisst nicht, mit wem ihr es hier zu tun habt.«

Saxton lachte, und sein Atem kondensierte zu einer weißen Wolke. »Ach du meine Güte, ich komme mir vor wie in einem Steven-Seagal-Film von 1989. Sie verwenden diese Textzeile allen Ernstes? Und das funktioniert? Unglaublich.«

»Niemand wird deine Leichen finden …«

Ein leises Knurren drang an Saxtons Ohr und verhieß nichts Gutes. Er hatte nichts dagegen, die Menschen ein wenig aufzumischen, auch wenn es eine Nummer war, die ihn langweilte. Was sie aber gar nicht brauchen konnten, war, dass sie sich verrieten, weil sie etwas Vampirtypisches taten.

Saxton drehte sich nach Ruhn um und bedachte ihn mit einem mahnenden Blick, doch der schien keine Notiz davon zu nehmen. Stattdessen begann seine Oberlippe zu zucken.

Verdammt.

Saxton wandte sich wieder den zwei Menschen und ihren Knarren zu und stieß Ruhn den Ellbogen in die Rippen. Zu seiner Erleichterung verstummte das Knurren.

»Lassen Sie Mrs. Rowe in Ruhe«, sagte Saxton. »Denn auch Sie wissen nicht, mit wem Sie es zu tun haben.«

»Soll das eine Drohung sein?«

Saxton blickte in den Himmel. »Sie müssen sich ein besseres Skript als Vorlage besorgen. Wie wäre es mit *96 Hours* mit Liam Neeson? Der ist wenigstens aus diesem Jahrhundert. Ihre Sprüche sind lahm.«

»Leck mich.«

»Tut mir echt leid, aber Sie sind nicht mein Typ. «

Er wandte sich ab, nahm Ruhn beim Arm und zog ihn mit sich.

Zurück im Ford blickte Saxton noch einmal zu den zwei Wachen und prägte sich ihre Gesichter ein. Vermutlich hatte man ihn und Ruhn fotografiert wie auf dem roten Teppich. Auf dem Gelände gab es sicher jede Menge Kameras.

»Wir müssen Minnie aus diesem Haus bekommen und die Sache zu Ende bringen«, brummte er, während Ruhn mit dem Wagen zurückstieß und auf die Straße fuhr. »Ich fürchte, die Situation wird weiter eskalieren.«

»Ich könnte im Haus bleiben, solange sie weg ist. Damit es nicht leer steht.«

»Das ist keine schlechte Idee.« Saxton sah zu ihm rüber. »Wirklich. Ich rufe ihre Enkelin an und frage sie, was sie davon hält – danach reden wir mit Minnie. Vielleicht lässt sie sich eher überreden, wenn es nur um eine kurze Zeit geht. Guter Einfall.«

Ruhns verschämtes Lächeln wollte Saxton für alle Zeiten im Kopf behalten. Und schon wartete sein Fahrer mit dem nächsten genialen Vorschlag auf.

»Möchtest du vielleicht etwas essen?«, fragte er. »Wo wir schon unterwegs sind?«

Ruhn fuhr los und wartete Saxtons Antwort ab. Es war ein wenig gewagt, ein Date vorzuschlagen, aber er hatte wirklich Hunger – und die Vorstellung, gemeinsam zu essen und noch ein wenig Zeit miteinander zu verbringen, war …

»Gerne«, sagte der Anwalt. »Hast du etwas Spezielles im Sinn?«

»Ich weiß nicht.«

»Bevorzugst du irgendeine bestimmte Küche?«

»Mir schmeckt eigentlich alles.«

»Ich kenne ein nettes französisches Bistro, das ich einfach vergöttere. Es liegt ein Stück entfernt, aber hier in der Gegend findet man vermutlich noch nicht einmal einen offenen Kiosk.«

Im Stillen rechnete Ruhn nach, wie viel Geld er in seinem Portemonnaie hatte. Es mussten um die siebenundsechzig Dollar sein. Aber er hatte auch noch seine Bankkarte, und auf dem Konto waren knappe tausend Dollar. Sein Gesamtvermögen.

Aufgrund seiner finanziellen Lage hoffte er, dass der Gutsbesitzer, für den er lange Zeit gearbeitet hatte, sein Versprechen einlösen und ihm dabei helfen würde, eine Anstellung in Caldwell zu finden. Das Telefongespräch von letzter Nacht hatte ihm Hoffnung gemacht, obwohl er natürlich nicht wusste, welcher Art die Jobs hier oben im Norden waren. Doch Aristokraten vom Stand seines Arbeitgebers waren für gewöhnlich gut vernetzt.

Er musste einfach darauf vertrauen, dass sich etwas auftat, das ihm einen Lebenszweck gab und sein Einkommen sicherte.

»Wäre das in Ordnung?«, fragte Saxton.

»Entschuldigung, ja. Bitte. Wo geht es lang?«

»Wenn du hier links fährst, leite ich dich.«

Fünfzehn Minuten später fuhren sie durch ein hübsches Viertel, in dem sich kleine Läden, malerische Cafés und Restaurants aneinanderreihten wie in einem Bilderbuch. Die Gehwege waren ordentlich vom Schnee befreit, und Ruhn stellte sich vor, wie hier tagsüber Menschen entlangliefen, die trotz der Kälte fröhlich waren. In den wärmeren Monaten wimmelte es an den Wochenenden sicher von Leuten wie Saxton: Städtern mit guten Manieren und anspruchsvollem Geschmack.

»Da ist es«, sagte Saxton und deutete in Fahrtrichtung. »Das Premier. Parken kann man hinter dem Gebäude. Einfach hier durch diese Gasse.«

Sie gelangten auf einen kleinen asphaltierten Parkplatz, der aufgrund des hoch aufgetürmten Schnees, den man beiseite geräumt hatte, noch enger war. Zum Glück parkte außer ihnen nur noch ein anderes Auto darauf, sodass Ruhn den Ford in die hintere Ecke zwängen konnte. Sie stiegen aus und gingen über die vereiste Fläche zum Hintereingang.

Ruhn hielt Saxton die Tür auf, und als dieser an ihm vorbeiging, betrachtete er dessen Haar und Schultern, die schmale Taille, die feine Hose und die spitz zulaufenden Schuhe.

Drinnen empfing sie ein köstlicher Duft. Ruhn hatte keine Ahnung, wonach es roch, doch ihm wurde mit jedem Atemzug wohler. Zwiebeln … Pilze … Kräuter.

»Ah, welche Ehre.«

Ein Mensch in schwarzem Anzug und blauer Krawatte kam mit ausgebreiteten Armen auf sie zu. Er und Saxton küssten sich auf die Wangen, einmal rechts, einmal links, dazu redeten sie in einer Sprache, die Ruhn nicht verstand.

Aber nur kurz. »Aber natürlich«, sagte der Mensch im nächsten Moment, »für Sie und Ihren Gast haben wir immer einen Tisch. Kommen Sie hier entlang, folgen Sie mir.«

Nach ein paar Schritten gelangten sie durch einen Gang ins Restaurant. Auch hier gab es nur wenige Plätze, und ein Pärchen stand gerade auf, um zu gehen. Vermutlich die Besitzer des anderen Wagens hinter dem Gebäude.

»Der schönste Platz«, sagte der Mensch stolz.

»*Merci mille fois.*«

Der Mensch verbeugte sich. »Das Übliche?«

Saxton sah Ruhn an. »Wäre es okay für dich, den Empfehlungen der Köchin zu folgen?«

Ruhn nickte. »Wie es am einfachsten ist.«

Der Mensch zuckte zurück. »Aber nicht doch einfach! Es ist uns eine Ehre.«

Saxton hob beschwichtigend die Hand. »Wir sind gespannt, was Lisette für uns zubereitet. Es wird zweifelsohne ein Meisterwerk sein.«

»So viel kann ich Ihnen versichern.«

Während der Mann leicht pikiert abzog, quetschte Ruhn sich in einen Sitz, der gerade groß genug für Bittys Stofftiger Mastimon gewesen wäre. In diesem Restaurant, in dem alles etwas kleiner war, fühlte Ruhn sich wie ein Elefant mit der Gewandtheit eines fallenden Felsbrockens.

»Ich befürchte, ich habe ihn beleidigt.« Er lehnte sich zurück und tat es Saxton gleich, der eine Serviette auf dem Schoß ausbreitete. »Das wollte ich nicht.«

»Du wirst von Lisettes Kochkünsten begeistert sein. Alles andere wird ihnen letztlich egal sein.«

Wein wurde gebracht. Ein weißer. Ruhn kostete einen Schluck und staunte. »Was ist das?«

»Ein Château Haut-Brion Blanc. Er kommt aus Pessac-Leognan.«

»Er schmeckt köstlich.«

»Das freut mich.«

Saxton lächelte, und Ruhn vergaß den Wein. Er war noch immer abgelenkt, als sein Gegenüber zu erzählen begann, was er tagsüber für Minnie und ein paar andere

Fälle, die er gerade für den König bearbeitete, hatte erreichen können. Alles war so interessant, aber vor allem hypnotisierte ihn das Auf und Ab von Saxtons Stimme.

Das Essen wurde serviert. Es waren kleine farbenfrohe Portionen auf viereckigen weißen Tellerchen. Dazu wurde Wein nachgeschenkt. Saxton erzählte weiter.

Alles war so … friedlich. Trotz seiner unterschwelligen Begierde und obwohl in diesem Restaurant eigentlich alles viel zu klein für ihn war, fühlte sich Ruhn auf ganz neuartige Weise gelöst. Und das Essen war tatsächlich sensationell. Die Gänge waren perfekt aufeinander abgestimmt und stillten seinen Hunger auf kaum merkliche, aber wirkungsvolle Weise.

Als sie schließlich fertig waren, war es nach Mitternacht – dabei kam es Ruhn vor, als wären sie gerade mal seit fünf Minuten da. Er lehnte sich zurück und legte die Hand auf den Bauch.

»Das war das unglaublichste Mahl, das ich je hatte.«

»Das freut mich sehr.« Saxton deutete auf den Mann, der sie zu ihrem Platz gebracht hatte. »Marc, könnten Sie kurz …?«

Der Angesprochene kam an ihren Tisch. »*Monsieur?*«

»Sag es ihm, Ruhn.«

Ermutigt durch den Wein und einen vollen Bauch, sah Ruhn dem Menschen in die Augen, ohne darüber nachzudenken. »Das Essen war unglaublich. Fantastisch. Ich habe noch nie etwas so Gutes gegessen und werde es vermutlich nie wieder tun.«

Damit hatte er offensichtlich das Richtige gesagt. Marc verfiel in Entzücken – und belohnte sie prompt mit einer Platte mit Birnenschnitzen und irgendeiner Schokoladengeschichte.

»Heute übernehme ich die Rechnung«, sagte Saxton, zückte sein Portemonnaie und zog eine schwarze Karte heraus. »Weil ich das Restaurant ausgesucht habe. Nächstes Mal wählst du und zahlst.«

Ruhn errötete. Ja, er hatte versucht zu erraten, was dieses Essen kosten mochte – wenngleich nur theoretisch, da sie nie eine Karte zu Gesicht bekommen hatten oder irgendwelche Beträge genannt worden waren. Er konnte nur vermuten, dass es unglaublich teuer war. Trotzdem war er froh, dass Saxton anerkannte, dass auch er seinen Beitrag leisten wollte.

Die Rechnung kam, Saxton überreichte seine Karte und unterschrieb diskret, ohne dass Ruhn etwas sah. Dann standen sie auf und priesen noch einmal das Essen – woraufhin eine Frau in weißer Kochmontur erschien, die sie mit Lob überschütteten.

Als sie schließlich wieder hinter dem Haus waren, bemerkte Ruhn, dass er sich kaum an Details erinnerte. Es wäre ihm schwer gefallen, zu beschreiben, was er im Einzelnen gegessen oder getrunken hatte, worüber sie geredet oder wo sie gesessen hatten.

Dennoch war es ein unvergessliches Erlebnis gewesen.

»Sind sie nicht großartig?«, schwärmte Saxton auf dem Weg zum Ford. »Ein tolles Paar. Sie wohnen über dem Bistro. Es ist ihr ganzes Leben.«

Wie aufs Stichwort ging im Stockwerk über dem Restaurant ein Licht an, und ein Schatten strich an den geschlossenen Vorhängen vorbei.

»Danke«, sagte Ruhn leise und sah Saxton an. »Das war wundervoll.«

»Das freut mich. Ich wollte dir etwas Besonderes zeigen.«

Ruhns Blick wanderte ein Stück tiefer. Er erinnerte sich daran, wie Saxtons Lippen schmeckten und wie es sich anfühlte, ihn zu küssen. Wie gerne hätte er jetzt Feierabend gehabt wie die Menschen. Es wäre wundervoll gewesen, wenn dies das Ende des Tages statt der Beginn der Nacht gewesen wäre, wenn sie sich in Saxtons schickes Penthouse zurückziehen hätten können, um sich ineinander zu verschlingen, Arme und Beine, in einem Bett, wenn nichts als Stunden der Lust vor ihnen gelegen hätten.

Es gab so vieles zu erkunden.

So vieles, das er kosten und berühren wollte.

»Wenn du mich noch länger so ansiehst«, knurrte Saxton, »verliere ich meinen Job, weil ich nicht zur Arbeit erscheine.«

»Tut mir leid«, log Ruhn. »Ich höre auf.« Doch er tat es nicht.

Es war kalt, und der Wind blies, aber Ruhn hatte es so eilig, im Auto Schutz zu suchen, wie in einer lauen Augustnacht. Er hätte ewig dort stehen bleiben können, in diesem Schwebezustand zwischen dem köstlichen Essen und der Trennung, die ihnen bevorstand, weil Saxton Verpflichtungen hatte.

»Kann ich dich gegen Ende der Nacht besuchen?«, fragte Ruhn.

»Wenn du den Tag mit mir verbringst, ja.« Ein träges, verheißungsvolles Lächeln breitete sich auf Saxtons Gesicht aus. »Eine halbe Stunde kurz vor dem grässlichen Licht der Dämmerung wird mir nicht reichen.«

»Das ist …«

Später würde er sich fragen, was den Bann brach und ihn dazu veranlasste, sich umzudrehen, aber welcher Instinkt ihn auch warnte, er würde ihm für immer dankbar sein. Denn sie waren nicht mehr allein.

Keine fünfzehn Meter von ihnen entfernt standen zwei Männer im Schatten eines Ladens.

Er brauchte ihren Geruch nicht aufzufangen, er wusste auch so, wer sie waren.

»Setz dich ins Auto«, sagte er scharf.

»Was?«

Ruhn packte Saxton am Arm und zerrte ihn in Richtung Fahrerkabine. »Ins Auto. Setz dich rein und verriegle die Türen.«

»Ruhn, warum …«

Die Männer aus dem Bürobunker traten aus dem Schatten und beantworteten dadurch seine Frage. Ruhn überschlug die Entfernung zur Beifahrertür im Kopf und wurde nervös. Alles hing davon ab, wie schnell sich diese Kerle bewegten.

»Ich rufe die Brüder«, sagte Saxton und griff in die Tasche, um sein Handy rauszuholen.

Ruhn schüttelte den Kopf. »Ich erledige das«, sagte er leise und behielt dabei die Menschen im Auge.

»Sie sind vielleicht bewaffnet. Ziemlich wahrscheinlich sogar. Lass mich …«

»Aus diesem Grund bin ich ja hier. Steig ins Auto.«

Er entriegelte die Tür per Fernbedienung, dann sprang er voraus, riss sie auf und drückte Saxton den Schlüssel in die Hand. »Sperr dich ein. Fahr weg, wenn etwas schiefgeht.«

»Ich würde dich niemals zurücklassen.«

Ziemlich grob schubste Ruhn Saxton auf den Sitz, dann schloss er die Tür und sah ihn mahnend an.

Die Türen verriegelten sich mit einem dumpfen Klacken.

Ruhn trat um den Wagen herum und stellte sich hinter die Pritsche. Die Menschen hatten es nicht eilig auf ihrem Weg zu ihm, aber das hatte nichts zu bedeuten. Es war klug, seine Aggression nicht gleich zu Beginn auszuspielen. Vielleicht wussten sie das …

Wie auf Kommando sprangen sie los. Einer hatte ein Messer, der andere kam mit leeren Händen. Wenn sie

Pistolen bei sich hatten, steckten sie fürs Erste in den Holstern, vermutlich weil auch zu dieser späten Stunde Menschen in der Nähe waren, in den niedrigen Wohnhäusern oder über ihren Geschäften, wie die Betreiber des Bistros.

Ruhn ging in Kampfstellung und kehrte binnen eines Herzschlags in sein altes Leben zurück. Es war, als würde in seinem Gehirn ein Schalter umgelegt, der nur einen Sekundenbruchteil eingerostet war. Dann kam alles zurück. Ob zum Guten oder Schlechten.

Er begann zu kämpfen.

24

»Im Rollstuhl? Ich soll in einem Rollstuhl den Gang runterfahren?«

Novo brannte mit ihrem Blick ein Loch in Dr. Manellos Hinterkopf. Leider schien es ihn nicht zu stören, dass
ein Spalt in seinem Schädel klaffte und ihm dank ihr das
Hirn herausfloss. Vielmehr war er völlig unbeeindruckt
von ihrem vernichtenden Laser-Blick.

Frustrierend, wirklich verdammt frustrierend. Besonders, weil sie noch immer im Bett liegen musste. Noch
immer ein geblümtes Flügelhemd trug. Noch immer an
piependen Apparaten hing.

»Kommen Sie.« Er tätschelte die Sitzfläche des Roll-
stuhls. »Sie wollen doch nicht zu spät zum großen Treffen kommen.«

»Danke, aber ich kann laufen. Ich bin kein verdammter Krüppel.«

»Okay, so eine Bemerkung gilt als Mikroaggression.
Oder als Herabwürdigung von Personen mit körperlicher
Behinderung.«

»Sind Sie jetzt auch noch die Gedankenpolizei?«

»Darüber wird nicht diskutiert.« Sein Lächeln war so
charmant wie ein eingewachsener Zehennagel. »Also los.«

»Ich setze mich nicht da rein.« Sie verschränkte die
Arme – bis sie merkte, dass sie ihren Infusionsschlauch
abklemmte und sie wieder fallen ließ. »Und wann kommt
endlich dieser Beutel weg?«

»Sie machen mich glücklich.«

»Wie bitte?«

»Je biestiger meine Patienten werden, desto besser geht es ihnen.« Er stieß die Faust in die Luft wie Rocky. »Yeah!«

»Ich schlage Ihnen gleich meinen Beutel um die Ohren.«

»Bei einer Vampirin wie Ihnen hätte ich gar kein Handtäschchen erwartet. Ich dachte, Sie hätten Gürteltaschen wie die Jungs.«

Novo prustete los und deutete mit dem Finger auf ihn. »Das ist nicht witzig.«

»Warum lachen Sie dann?«

»In Ordnung, bringen Sie das Teil her – aber ich fahre selbst.«

»Aber klar doch.«

Dass ihr ein Grunzen entfuhr, als sie sich aufsetzte und die Beine aus dem Bett schwang, mochte ihn in seiner Meinung bestätigen, doch er war schlau genug, es nicht zu kommentieren.

Der Rollstuhl stand keinen Meter vom Bett entfernt. Es war erschreckend, wie sehr sie sich nach dieser kurzen Distanz auf das Sitzen freute, nachdem sie sich umgedreht und den Hintern in Position gebracht hatte.

Sie dachte an Peyton.

Seinem Blut verdankte sie diese schnelle Genesung. Beide Male nach dem Nähren hatte sie Riesenfortschritte gemacht. Ohne ihn würde sie vermutlich noch immer flachliegen. Trotzdem war sie frustriert.

»Dann richten wir Sie mal ein.« Dr. Manello hängte den Infusionsbeutel an eine Stange hinten am Rollstuhl. »Okay, es kann losgehen.«

Er öffnete die Tür für sie.

Novo brauchte eine Minute, um herauszufinden, wie man das Gefährt bediente. Ihre Hände waren fahrig und ihre Arme schwach. Doch dann rollte sie los.

»Wenn Sie mir jetzt salutieren ...«

Dr. Manello nahm Haltung an wie Benny Hill, die Handfläche nach vorn gewandt.

»Das ist nicht Ihr Ernst.« Wieder musste Novo lachen und langte sich an den Brustkorb. »Autsch.«

»Kommen Sie, Killer-Woman«, sagte er. »Ich helfe Ihnen.«

Bevor sie ihn verscheuchen konnte, übernahm er die Steuerung, und sie konnte ihm schwerlich widersprechen, während sie versuchte, den stechenden Schmerz wegzuatmen. Doch er wurde nur noch schlimmer. So schlimm, dass sie etwas sagen musste.

»Ist das ein Herzinfarkt?« Sie massierte sich unter dem linken Arm. »Ich ...«

Vor Panik bekam sie kaum noch Luft, doch der Arzt war sofort zur Stelle. Er zog ein Stethoskop aus dem Kittel und ging vor ihr in die Hocke. Er hörte sich die Sache eine Weile an, bat sie, sich nach vorne zu beugen. Hörte auch ihren Rücken ab.

Dann nahm er den Bügel aus den Ohren und trat einen Schritt zurück, um sie in Augenschein zu nehmen. »Ich denke, es ist alles in Ordnung«, sagte er. »Ihr Herz schlägt wie ein Metronom. Gesichtsfarbe gut. Augen klar.«

»Ich habe das Gefühl, nicht ...«

Plötzlich hörte sie gedämpfte Stimmen und runzelte die Stirn. »Sind sie in der Turnhalle?«, fragte sie.

»Ja.«

»Warum treffen wir uns nicht in einem der Unterrichtsräume?« Normalerweise bestanden die Treffen aus den sechs Trainingsschülern und ein bis zwei Brüdern. »So viel Platz brauchen wir doch gar nicht ...«

»Haben Sie manchmal Panikattacken?«

»Nein«, log sie. »Nie.«

»Okay. Möglicherweise haben Sie in nächster Zeit gelegentliche Angstanfälle. Das ist nichts Unübliches. Sie haben einiges durchgemacht – es ist vollkommen normal, dass man nach einer solchen Verletzung etwas hasenfüßig ist.«

»Ist das ein medizinischer Fachbegriff?«

»Heute Nacht ja.« Er ging in die Hocke und wurde ernst. »Die Kunst liegt darin zu erkennen, dass die vorübergehende Atemnot mit größerer Wahrscheinlichkeit Angst und keine Herzattacke ist. Wenn Sie sich davon überzeugen können, wird es Ihnen bessergehen. Aus medizinischer Sicht fehlt Ihnen nichts. Das kann ich Ihnen versichern, sonst wären wir nicht hier draußen.«

»Okay. In Ordnung.«

»Sie schaffen das.«

»Normalerweise bin ich nicht ... so eigenartig.«

»Wann hat man Ihnen das letzte Mal einen Dolch ins Herz gestoßen?«

Sie winkte ab. »Tja, das ist jetzt mindestens eine Woche her. Vielleicht zwei. Schätze, ich bin aus der Übung.«

»Das klingt schon besser.« Er drückte ihre Schulter. »Gehen wir. Ich bleibe bei Ihnen.«

»Sagten Sie nicht, ich wäre aus medizinischer Sicht gesund?«

Dr. Manello schob sie weiter den Gang hinunter. »Doppelt gemoppelt hält besser.«

Auf den letzten Metern, die sie langsam und stetig zurücklegten, nahm sie ihren Zopf und hielt ihn vor der Brust wie zum Schutz – obwohl sie nicht wusste, wovor.

Die Tür ging auf, noch bevor sie in Reichweite waren, und Vishous trat auf den Flur. Sie fragte sich, ob der Bruder ihre Ankunft gespürt hatte.

Seine Diamantaugen sahen sie an, und die Tätowierungen wanden sich seine Schläfe entlang. »Wie geht's?«

»Bereit für den Einsatz.«

»So ist es recht.« Er hielt ihr die Faust hin.

Irgendwie gab es ihr Kraft, als sich ihre Knöchel berührten, und beim Schleier, die konnte sie brauchen. Als Dr. Manello sie in die Turnhalle schob, war sie überwältigt von der Masse an Leuten, die sich an den Tribünen versammelt hatten. Die gesamte Bruderschaft der Black Dagger war da, alle Kämpfer, und ihre Mitschüler.

Die Menge verstummte.

Zumindest, bis alle applaudierten. Wer gesessen hatte, stand auf, und neben dem Klatschen gab es auch vereinzelte Pfiffe und Jubelrufe – bis Novo sich schon umsehen wollte, ob außer ihr noch jemand anderes, jemand Wichtigeres, oder jemand, der tatsächlich etwas Bedeutsames geleistet hatte, hinter ihr stand.

»Gütige Jungfrau der Schrift, bitte hört auf«, murmelte sie.

Was sollte sie jetzt tun? Winken wie die Queen mit weißem Handschuh?

Einer nach dem anderen kamen die Brüder und Kämpfer zu ihr, von Rhage über Butch und Tohrment bis hin zu John Matthew, Blay und Qhuinn. Sie drückten ihre Schulter oder ihre Hand – oder nickten kurz, im Fall von Zsadist. Glücklicherweise trat ihr niemand voller Mitleid oder peinlicher Anteilnahme entgegen, das war ihre Rettung. Nein, es war eher, als würde man sie in einem Club willkommen heißen, in dem die anderen schon eine Weile verkehrten.

Dem Club der Überlebenden.

Natürlich, dachte sie und entspannte sich zunehmend, die Brüder waren im Laufe ihrer Einsätze alle schon mal lebensgefährlich verletzt worden – vermutlich sogar mehrfach.

In dieser Hinsicht hatte sie sich die Hörner abgestoßen.

Als Letzter der Brüder kam Phury auf sie zu. Sein

Hinken war dank der modernen Unterschenkelprothese kaum erkennbar.

Er bückte sich zu ihr hinunter und sagte: »Lass dich nicht beirren. Der Körper heilt schneller als der Geist. Deine Aufgabe ist es, das Erlebnis so einzuordnen, dass du einsatzbereit bleibst. Es ist gefährlicher, ohne Selbstbewusstsein in den Kampf zu ziehen, als ohne Waffen. Sprich mit Mary, wenn du Hilfe brauchst, okay?«

Seine gelben Augen waren warm und freundlich, sein vielfarbiges Haar erinnerte sie an eine Löwenmähne.

Als er sich abwandte, hätte sie ihn fast zurückgerufen, damit er ihr das alles noch einmal sagte.

Aber sie würde sich auch so daran erinnern.

Das musste sie, dachte sie, und rieb sich die Brust. Es wäre Unsinn, sich töten zu lassen … nur weil es ihr gelungen war zu überleben.

Als Nächstes kamen die Trainingsschüler. Axe hielt die Hand hoch zum High five, der ihr leider nur mittelhoch gelang, Boone umarmte sie, und Craeg und Paradise sprachen ihr Mut zu.

Peyton kam als Einziger nicht zu ihr. Er blieb auf der Tribüne stehen, im vorderen Drittel, in Klinikwäsche und Smokingschuhen. Sein Haar war zurückgestrichen, als wäre er mit den Händen darübergefahren.

Sie war froh, dass er sich fernhielt. Es war ihr lieber, wenn niemand erfuhr, dass sie den Tag miteinander verbracht hatten. Schließlich würde es nie wieder vorkommen, und selbst wenn – was nicht passieren würde –, ging es niemanden etwas an.

Er blickte nicht einmal in ihre Richtung, sondern auf die Holzbank vor ihm … als wäre dort *Krieg und Frieden* eingeritzt, und er würde es vom ersten bis zum letzten Wort lesen.

Sie hatte keinen Schimmer, wann er ihr Zimmer verlassen hatte. Doch als sie aufgewacht war, hatte sie nach ihm getastet – und sich eingeredet, sie wäre froh, dass er nicht mehr da war.

Erzähl mir von deiner Familie. Wie sind sie? Was stresst dich an ihnen?

Jemand sprach nun zur ganzen Gruppe, doch Novo konnte der Stimme und den Worten nicht folgen. Es war erbärmlich, wie sehr es sie beruhigte, ihren Chirurgen bei sich zu haben, wie einen Teddybären, nur dass dieser hier über einen Doktor der Medizin und ein magisches Händchen mit dem Skalpell verfügte.

Ihr Blick wollte bei Peyton verweilen – aus Gründen, denen sie nicht nachgeben durfte. Sie musste den Impuls unterdrücken, bei ihm nach Sicherheit, Geborgenheit und Kraft zu suchen. Die Geschichte mit Oskar hatte sie gelehrt, wie gefährlich das war.

Denn das eigentliche Problem mit Peyton war nicht die sexuelle Anziehungskraft zwischen ihnen, sondern lag viel tiefer. Wenn er ihr Herz erreichte, würde er mehr Schaden anrichten als dieser *Lesser* mit dem Dolch.

Novo wollte sicher nicht, dass er zu ihr ging. Nein. Ausgeschlossen.

Peyton blieb auf der Tribüne und versuchte, sich nicht daran zu stören, dass ein anderer Macker ihren Rollstuhl schob – selbst wenn es der Kerl war, der, okay, zugegeben, ihr Herz wieder zusammengeflickt hatte. Sein einziger Trost bestand darin, dass sie die Distanz brauchte.

Er war noch nie jemandem begegnet, der so wild entschlossen gewesen wäre, allein zu bleiben.

Wo wohnte sie? War es dort tagsüber sicher?

Diese Fragen beschäftigten ihn viel mehr als das, was die Brüder sagten, doch dann dachte er an sein Gespräch mit Mary und zwang sich zuzuhören.

»… wird mehr Training benötigt«, sagte Bruder Phury, »damit euch deutlicher bewusst wird, nach welchen Prinzipien und Vorgehensweisen wir operieren. Wir haben uns unterhalten«, er deutete auf die anderen Brüder, »und entschieden, noch länger im Klassenzimmer zu üben und euch paarweise mit in den Einsatz zu nehmen statt als ganze Gruppe. Nach diesem neuen Schema werden wir eine Weile arbeiten. Wir waren so beeindruckt von eurem Geschick und euren Fortschritten, dass wir euch vorschnell mit nach draußen genommen haben. Auch wir lernen bei diesem Programm immer wieder dazu. Wir werden unsere Vorgehensweise laufend den Gegebenheiten anpassen und ändern, aber wir stehen weiterhin voll und ganz hinter diesem Projekt – und hinter jedem Einzelnen unserer Schüler.«

Damit richtete Phury den Blick auf Peyton.

»Gibt es Fragen?«

Paradise hob die Hand. »Wie wird unser Stundenplan aussehen? Für die Zeit im Einsatz? Ich meine, wie oft werden wir noch rauskommen?«

Während die Frage beantwortet wurde, dachte Peyton wieder an das Gespräch mit Mary … sein Blick fiel auf Novo.

Das Trainingsprogramm war nicht das Einzige, an dem er dranbleiben wollte. Es war davon auszugehen, dass Novo versuchen würde, sich von ihm zurückzuziehen. Er hatte sie in einem Moment der Schwäche erwischt, und sie würde mit dieser Episode abschließen wollen, indem sie Abstand zu ihm hielt. Aber er wollte wieder mit ihr zusammen sein – ein Bett mit ihr teilen, irgendwo, ihren Kopf auf der Brust haben, den Arm um sie legen, während sie schlief.

»Genug für heute«, verkündete Phury. »Diese Klasse hat von Beginn an praktisch durchgehend gearbeitet. Dieser

Moment bietet sich an, dass wir alle das Bisherige in Ruhe überdenken und am Samstag frisch durchstarten.«

Erst als sich die Versammlung auflöste, bemerkte Peyton, dass er in einem geschlossenen Raum mit Paradise gewesen war, ohne über sie nachzudenken.

Doch sein Stolz wurde gedämpft, weil er befürchtete, eine Obsession durch eine andere ersetzt zu haben. Jetzt drehte sich alles um Novo.

Dennoch fühlte es sich ganz anders an.

Sein Schädel dröhnte, als er von der Tribüne stieg, was ihn nicht überraschte. Er hielt sich im Hintergrund, während die Brüder verschwanden und die Schüler mit ihnen gingen – zusammen mit Novo, die mitten in diesem Pulk im Rollstuhl fuhr, fast so, als würde sie die anderen als Schutzschild benutzen.

»In zehn Minuten geht euer Bus«, rief Rhage. »Samstag ab Mitternacht prügeln wir euch wieder windelweich, also schlaft schön, Kinder!«

Draußen auf dem Gang schielte Peyton zum Büro und fragte sich, ob er Novos Adresse in einem der Ordner finden würde – aber das konnte er natürlich nicht bringen. Erstens flog man auf der Stelle raus, wenn man die persönlichen Akten seiner Mitschüler einsah, zweitens würde er dann wie Stalker da stehen.

Was er nicht war.

Auch wenn er ihr hinterherlief.

Und sich fragte, wie er sie allein erwischen konnte.

Ja, er war wirklich meilenweit von jedem Kontaktverbot entfernt.

Außerdem würde man sie heute Nacht ohnehin noch nicht aus der Klinik entlassen. Ausgeschlossen.

Letztlich ließ er sie in Ruhe und hielt Abstand, als Dr. Manello sie zurück in ihr Zimmer schob. Als sich die Tür hinter ihr schloss, erschien es ihm unvorstellbar, dass sie so viele Stunden miteinander verbracht hatten, er nackt, sie so zugänglich, wie er sie noch nie erlebt hatte.

Peyton war bereits am Ende des Korridors, kurz vor der Stahltür zur Tiefgarage, als ihm auffiel, dass er seinen Smoking im Spind gelassen hatte. Egal. Zu Hause hatte er zwei weitere.

Er öffnete die Tür zur Tiefgarage und dachte ...

Craeg stand neben dem Bus. Als hätte er gewartet.

Während Peyton auf ihn zuging, nahm er eine kurze Einschätzung seiner Körperhaltung vor. Schwerpunkt auf den Oberschenkeln, die Hände seitlich am Körper zu Fäusten geballt, angespannter Ausdruck, zusammengepresster Kiefer.

Scheiße. Musste das sein? Würden sie es allen Ernstes tun?

Neben ihrem Freund stand Paradise und redete auf ihn ein. »Jetzt komm schon, Craeg, steig in den Bus.« Dann baute sie sich vor ihm auf. »Craeg, mach keinen Blödsinn.«

Peyton sprach sie an: »Gib uns eine Minute, Paradise.«

»Sag ihr verdammt noch mal nicht, was sie zu tun hat«, schnappte Craeg, und seine Brust schwoll an, als er Luft holte. »Sie geht dich einen Scheißdreck an.«

Paradise berührte Craeg an der Schulter. »Nun komm schon. Steigen wir ein.«

»Nein.« Craeg sah sie nicht an. »Gib uns eine Minute.«

Paradise blickte zwischen ihnen hin und her, als hoffte sie, dass einer von ihnen zur Vernunft kommen würde. Doch daraus wurde nichts.

»Schön. Dann lasst euch eben beide rauswerfen«, keifte sie. »Ihr hitzköpfigen Idioten.«

Nachdem sie in den Bus gestiegen war, ging Peyton die letzten Schritte auf Craeg zu und sagte leise: »Tu es.«

»Tu was?«, knurrte Craeg.

Peyton zeigte ihm die Handflächen ... dann verschränkte er demonstrativ die Finger hinter dem Rücken und sagte in der alten Sprache: *»Hiermit biete ich dir Gelegenheit für einen Rythos. Ich gestehe ein, dass ich dir gegenüber respektlos war und deinen Status als gebundener Vampir missachtet habe. Ich beabsichtige nicht, mein Verhalten zu rechtfertigen, und möchte meinen Fehltritt gemäß der alten Tradition sühnen.«*

Craegs Gesicht nahm einen distanzierten Ausdruck an, seine Wut schien sich zu mäßigen.

»Also«, meinte Peyton, »schlag zu und lass uns die Sache begraben. Ich will dir Paradise nicht streitig machen. Ich akzeptiere, dass sie zu dir gehört und du zu ihr. Ich habe reflexhaft reagiert, aufgrund einer freundschaftlichen Beziehung, die zu keinem Zeitpunkt mehr war. Darauf schwöre ich, wenn du das willst. Aber jetzt: Schlag zu, Mann, mach's einfach.«

Einen Moment lang herrschte Schweigen, und das einzige Geräusch war das Brummen des Dieselmotors. Aus dem Augenwinkel sah Peyton, dass Axe und Boone in der offenen Bustür erschienen waren und zu ihnen rübersahen.

Boone wirkte besorgt, während Axe lächelte, als würde er die Szene für den Instagram-Account von *Barstool Sports* filmen.

»So sei es«, sagte Craeg in der Alten Sprache.

Peyton gab sich gar nicht erst die Mühe, sich gegen den Schlag zu wappnen. Er stand einfach nur da und sah zu wie die riesenhafte Faust auf sein Gesicht zuflog.

Der Haken traf ihn mit der Wucht einer Bombe an der Wange. Peyton wirbelte herum wie ein Kreisel und vollführte eine slapstickartige Dreihundertsechziggraddrehung auf einem Bein, während der Schlag in der mehrstöckigen Tiefgarage nachhallte.

Dann stürzte er um wie ein gefällter Baum – oder kam der Boden zu ihm hoch? –, und als er aufschlug, purzelten die Knochen in seinem Körper aufgeschreckt durcheinander. Es dauerte eine Minute, bis er wieder atmen konnte, doch er blieb liegen, weil er mit der getroffenen Wange auf dem kalten Boden ruhte.

Ein paar Springerstiefel erschienen in seinem Sichtfeld, und ohne jeden Zusammenhang dachte er, dass sie nach einem verdammt soliden Fundament aussahen. Zum Beispiel, um Arschlöcher zu vermöbeln.

»Brauchst du einen Arzt?«, erkundigte sich Craeg.

»Alsch oke gesch wikch.«

»Was?«

Peyton versuchte zu schlucken und schmeckte den Kupfergeschmack von Blut. Doch seine Zähne schienen noch intakt.

Bestens.

»Allesokaygehtschonwirklich.«

»Noch mal?«

»Okay. Echt. Hilf mir auf.«

»Schon besser.« Eine riesige Hand streckte sich ihm von oben entgegen, als würde der Schöpfer persönlich zu seiner Rettung kommen. »Hab dich.«

Peyton griff nach der Hand und wurde vom Asphalt hochgezogen wie ein gesunkenes Schiff, das an die Meeresoberfläche geholt wird. Wo ziemlicher Seegang herrscht. Das Schwanken seines Kopfes setzte sich bis in seine Knöchel fort.

Craeg hielt ihn am Arm, das war das Einzige, was ihn auf den Beinen hielt.

»Gutes Gefühl?«, nuschelte Peyton. Er deutete sich auf die Brust. »Bin nicht böse. Ernsthaft.«

»Okay, ja, es hat sich gut angefühlt.« Craeg legte den Arm um Peytons Schulter. »Es war ein super Gefühl.«

»Gut.«

Sie stiegen über die niedrigen Stufen in den Bus und merkten sofort, wie angepisst Paradise war – und offensichtlich war sie nicht bereit, es für sich zu behalten.

»Na super!«, sagte sie und verschränkte die Arme vor der Brust, »wenn ihr zwei jetzt beste Freunde seid, könnt ihr ja zusammensitzen.« Sie hob abwehrend die Hand und funkelte Craeg wütend an. »Sprich mich bloß nicht an.«

»Wenn du eine Schlafgelegenheit brauchst«, lispelte Peyton, »bei mir ist jede Menge Platz.«

»Könnte sein, dass ich darauf zurückkomme«, brummte Craeg, während sie sich nebeneinander in eine Sitzbank quetschten wie zwei Zwölfjährige, die in der Schule etwas ausgefressen hatten.

Peyton sackte in sich zusammen und rutschte langsam in den Gang ab, doch Craeg richtete ihn wieder auf.

»Weißt du«, bemerkte er, »ich komme mir ein bisschen wie dein Autositz vor, Kumpel.«

»Sollte es mit dem Trainingsprogramm nichts werden, würdest du einen Spitzenboxer abgeben. Ernsthaft.«

»Danke. Das bedeutet mir viel. Bist du immer noch bei der Planung für Paradises Geburtstag dabei?«

»Scheiße, klar.«

»Cool.«

Ehrlich, dieser *Rythos* war eine geniale Erfindung. Mit einem einzigen Schlag war der Streit aus der Welt geschafft und das Problem behoben.

Bis auf die Sache mit Paradise.

Craeg würde einige Tage auf der Couch verbringen, so viel stand fest.

Mit einem leichten Ruckeln ging es los in die Nacht. Peyton freute sich nicht auf das, was ihm zu Hause bevorstand. Er würde ziemlichen Ärger bekommen, weil er seinen Vater beim Ersten Mahl mit Romina und ihren Eltern sitzen gelassen hatte.

Aber wie hieß es so schön?

Jeden Tag der gleiche Scheiß.

Egal.

25

Saxton verrenkte sich den Hals, um aus dem Führerhaus des Pick-ups sehen zu können. Die beiden Männer schlenderten auf Ruhn zu – dann, plötzlich, rannten sie los und stürzten sich Hals über Kopf auf ihn.

»Und wie ich die Brüder rufe«, murmelte Saxton und tippte auf sein Handy ein.

Sobald er die Nachricht losgeschickt hatte, sah er nach, ob Ruhn noch am Leben war – und musste mit leichter Besorgnis zusehen, wie einer der Männer in hohem Bogen durch die Luft flog. Der Kerl landete auf dem Kopf und kippte zur Seite wie ein Sack Kartoffeln.

Den verbleibenden Mann packte Ruhn und rammte ihn mit dem Gesicht in die Flanke des Pick-ups. Dann kamen die Hiebe: Magenschwinger, Kinnhaken, Prügel in die Leistengegend. Ruhns Fäuste waren kontrollierte, tödliche Waffen, und er setzte sie ein, als wäre sein Repertoire an Angriffs- und Verteidigungsschlägen unerschöpflich und das hier reines Kinderspiel.

Der Kartoffelsack rappelte sich auf und wankte auf wackligen Beinen zurück zum Ort des Geschehens. Sein torkelnder Gang ließ erahnen, dass er besser in die andere Richtung gegangen wäre. Überhaupt nicht witzig war allerdings das Messer in seiner Hand.

Saxton schlug mit der Faust gegen die Heckscheibe, dann hangelte er sich zur Fahrertür, stieß sie auf und sprang hinaus.

Ruhn hatte sich der Sache bereits angenommen. Er sah sich flüchtig nach dem herannahenden Menschen um und wandte sich wieder seinem aktuellen Opfer zu. Er verdrehte ihm den Arm und drückte den Unterarm gegen die hohe, harte Kante der Pritsche. Die Knochen brachen auf der Stelle, und Ruhn war klug genug, ihm den Mund zuzuhalten und seinen Schrei zu ersticken.

Dann warf er ihn beiseite wie ein Stück Schrott und drehte sich um.

Er war nicht ansatzweise außer Atem.

Und er war auch nicht mehr der Vampir, mit dem Saxton eben noch gegessen hatte, so viel stand fest. Seine Augen wirkten kalt und merkwürdig stumpf, als hätten seine Wärme und schüchterne Freundlichkeit das Ruder an einen Serienkiller abgetreten. Tatsächlich zeigte seine Miene keinerlei Regung. Sein Gesicht war eine starre Maske, keine Spur mehr von den Zügen, die Saxton bei französischen Köstlichkeiten und Kerzenlicht so gut gefallen hatten.

Der Mensch mit der Klinge stolperte heran und zog eine Spur aus hellroten Bluttropfen im Schnee hinter sich her. Seine Angriffslust und Wut überstiegen sichtlich seine Kompetenz, und man sah schon jetzt, dass es kein gutes Ende für ihn nehmen würde.

Genau so war es.

Ruhn überwältigte ihn in Sekundenschnelle. Er packte die Hand mit dem Messer und drehte den Menschen herum, sodass auch er mit dem Kopf seitlich gegen den Truck donnerte – und schon lag das Messer im Schnee.

Im nächsten Moment folgte der Mensch. Ruhn drückte ihn zu Boden, stieg auf seinen Rücken und umfasste seinen Kopf von beiden Seiten.

Er würde ihm den Hals verdrehen, bis das Genick brach. Saxton sah es glasklar vor sich.

»Nein!« Er stürzte vorwärts. »Hör auf, Ruhn!«

Als der Saxtons Stimme hörte, erstarrte er zur Salzsäule. Nichts an ihm bewegte sich, obwohl er drauf und dran war, jemandem den Garaus zu machen.

»Lass ihn los. Wir können hier keine Polizei gebrauchen – außerdem könnte es jede Menge Zuschauer geben.« Saxton schielte zu den Fenstern über dem Restaurant. »Komm, wir müssen verschwinden.«

Die Vorhänge im ersten Stock waren noch immer zugezogen, und auch in den Häusern neben dem *Premier* war es dunkel. Doch es brauchte nur ein Paar neugieriger Augen, aufmerksam gemacht durch ein merkwürdiges Geräusch, und sie hätten jede Menge Ärger.

Saxton berührte Ruhn an der Schulter. »Komm mit mir.«

Unglaublich, der Kerl war kein bisschen aus der Puste. Die Menschen keuchten vor Anstrengung und Schmerz, ihr Atem quoll in großen Wolken aus ihren Mündern wie Dampf aus alten Loks, doch Ruhn war wie ein Roboter, eine mechanische Konstruktion, die keinen Sauerstoff brauchte.

»Ruhn, sieh mich an.«

Der Mensch, den er in der Mangel hatte, wand sich, grunzte, bettelte, sein grobschlächtiges Gesicht war rot wie eine Leuchtreklame.

»*Ruhn.*«

Der Vampir drehte den Kopf und richtete seinen stumpfen Blick auf Saxton – dem die Kälte bis in die Knochen fuhr. Wer hätte geahnt, dass ein Dämon hinter dieser sanften, zurückhaltenden Erscheinung lauerte? Ruhn war wie verwandelt.

Wie aus dem Nichts erschienen Rhage und V auf dem Parkplatz, beide in Kampfmontur, schwarzen Lederhosen und Jacken, bestückt mit einem ganzen Arsenal an Waffen. Ihre überraschten Gesichter konnte Saxton nur allzu gut verstehen.

Rhage trat vor und sprach Ruhn an: »Hey, mein Sohn, was ist denn hier los?«

Der Mensch im eisernen Griff des Vampirs rang um Atem, zwischen seinen schiefen Zähnen liefen Speichel und Blut hervor, doch Ruhn nahm keine Notiz davon.

Rhage ging in die Hocke und redete leise auf ihn ein, während V sich von hinten näherte. »Geh zur Seite, Hollywood«, sagte der Bruder. »Genug geplaudert.«

Nach einem Moment nickte Rhage, und V trat in Aktion: Er stellte sich hinter Ruhn, griff ihm unter die Arme und riss ihn nach hinten weg, sodass er den Menschen losließ. Der landete mit dem Gesicht voraus im Schnee und prallte zurück, sodass Saxton an einen Teller denken musste, der auf den Boden fiel. Ruhn wurde auf dem Hintern von ihm weggezerrt.

Jetzt begann er zu schnaufen.

Als wäre ein Bann gebrochen, holte Ruhn in tiefen Zügen Luft und riss die Hände vors Gesicht. Ein erstickter Laut drang aus seiner Kehle.

Saxton trat zurück, während die Brüder die stolpernden Menschen zu ihrem Truck abführten, den sie um die Ecke geparkt hatten. Es war gut möglich, dass Erinnerungen aus ihrem Kurzzeitgedächtnis getilgt wurden, was Saxton nicht wollte. Die Menschen sollten sich ruhig fürchten und Minnie in Frieden lassen.

Doch im Moment hatte er andere Sorgen.

Mit benommenem Blick sah Ruhn zu ihm auf. »Ich wollte nicht, dass du diesen Teil von mir siehst«, flüsterte er.

Saxton blickte auf ihn hinab … und hatte keine Ahnung, was er sagen sollte.

Ungefähr zwanzig Minuten später verließ Saxton den Schauplatz und dematerialisierte sich zum … Moment, wohin gleich wieder?

Er betrachtete die Kiefern um sich herum und staunte, dass ihm der Sprung überhaupt gelungen war. Ja, richtig, er war bei Minnies Farmhaus.

Er ging durch den Schnee zur Tür und stellte fest, dass er seine Halbschuhe ruinierte, aber das war ihm egal. Zu seiner Erleichterung wurde ihm geöffnet, noch bevor er die Stufen erreicht hatte.

Die Vampirin, die in der Tür stand, kannte er von dem Porträt im Salon: eine jüngere Version von Minnie, nur größer und ohne die Lachfalten. Miniahnas Enkelin war schlank und hatte langes, glattes dunkles Haar. In Jeans und Sweatshirt wirkte sie leger – bis man ihren hellen Augen begegnete. Sie war eine kluge, fürsorgliche Vampirin, Saxton mochte sie auf Anhieb.

»Hallo«, sagte sie. »Willkommen. Ich bin Minnies Enkelin und heiße ebenfalls Miniahna – doch man nennt mich Ahna.«

Saxton ging auf sie zu und versuchte, sich auf den Zweck seines Besuches zu besinnen, auf seinen Job, seine Wirklichkeit. Es fiel ihm schwer. Er hatte noch immer Ruhns maskenhaftes Gesicht vor Augen und konnte sich kaum auf etwas anderes konzentrieren – es gelang ihm einfach nicht, den Gewaltausbruch, den er hautnah miterlebt hatte, mit dem sanften Vampir zu vereinbaren, den er kennen- und schätzen gelernt hatte.

»Ich bin Saxton«, sagte er, trat auf die Stufen zu und verbeugte sich tief. »Es ist mir eine Ehre, Ihnen und Ihrer *Großmahmen* behilflich zu sein.«

»Ich danke Ihnen vielmals.« Die Vampirin senkte die Stimme. »Das alles ist ein einziger Albtraum.«

»Wir werden diese Angelegenheit regeln«, versicherte er ihr genauso leise. »Oh, da sind Sie ja, Minnie.«

Er trat in den Salon und lächelte die ältere Dame an, die in einem Sessel saß. »Wie geht es Ihnen?«

»Es geht mir gut, danke.« Minnie schielte zu Ahna. »Aber ich verstehe nicht, warum ich das Haus verlassen soll. Was ist geschehen? Gibt es irgendwelche neuen Erkenntnisse?«

Saxton setzte sich neben ihr auf ein Sofa. »Wie abgesprochen, habe ich die Menschen aufgesucht und mit ihnen geredet. Ich möchte Sie nicht beunruhigen, aber es kam zu einer, wie soll ich sagen, kleinen Auseinandersetzung.«

Oder besser gesagt, Ruhn hat einen der Wachmänner niedergestreckt. Mit bloßen Händen.

»Vor dem Hintergrund dieser Entwicklung sind wir der Meinung, Sie sollten für ein paar Nächte zu Ihrer Enkelin ziehen.«

»Ich kann das Haus nicht unbeaufsichtigt lassen.« Mistress Miniahna schüttelte den Kopf. Ihre Augen wirkten besorgt und traurig. »Ich habe sonst nichts auf dieser Welt. Was, wenn sie …«

»Ich könnte hierbleiben«, bot er an. »Wenn Sie sich Sorgen machen, wäre es mir ein Vergnügen, in einem Gästezimmer oder hier auf dem Sofa zu schlafen. Dann können Sie sicher sein, dass in Ihrer Abwesenheit für Ordnung gesorgt ist.«

Minnie sah Ahna an, und die Enkelin stieg sofort darauf ein. »Sei vernünftig, *Großmahmen*. Komm mit in die Stadt. Es ist ein großzügiges Angebot von Saxton. Äußerst großzügig.«

Miniahna richtete den Blick auf den Anwalt. »Das kann ich nicht von Ihnen verlangen.«

»Das haben Sie auch nicht, Madam. Wenn es Ihnen Frieden verschafft, ist das für mich Bezahlung genug.«

Außerdem war es nicht so, dass er dadurch sein eigenes Heim vernachlässigte. Eher eine Hotel-Suite in Höhenlage.

Ahna trat zum Sessel ihrer *Großmahmen* und ging daneben in die Knie. »Bitte. Das geht jetzt schon lang genug. Ich bin so erschöpft, weil ich nicht schlafen kann, und bei allem, was in den nächsten Wochen bevorsteht ... bitte. Ich bitte dich, komm.«

Minnies hängende Schultern waren Antwort genug. »In Ordnung. Wenn es sein muss.«

»Gute Entscheidung.« Saxton erhob sich. »Nun, vielleicht gibt es ein paar Dinge, die Sie mitnehmen wollen? Wenn es viel zu transportieren gibt, bestelle ich einen Wagen.«

Fritz hatte alle Hände voll zu tun mit der Bruderschaft, aber es gab nichts, was der *Doggen* lieber tat, als ein Problem zu lösen.

»Komm, *Großmahmen*, packen wir deine Sachen.«

»Aber ich könnte doch an den Abenden kurz vorbeikommen und hier duschen und mich umziehen ...«

»*Großmahmen.*«

Minnie erhob sich aus dem Sessel und sah sich um. Mit ihrem weißen Haar und dem losen Kleid, ähnlich dem von letzter Nacht, sah man ihr die Jahre an. Sie war nicht einfach nur alt, sie war erschöpft und entmutigt.

»Ich fürchte, wenn ich gehe ... komme ich nie mehr zurück.«

»Das stimmt nicht«, sagte Ahna. »Dieses Haus wird immer dein Zuhause sein.«

»Du willst, dass ich zu dir ziehe.«

»Natürlich will ich das. Aber du gehst doch nicht endgültig fort. Hier geht es um deine Sicherheit, nicht darum, dass du gebrechlich wärst und nicht allein zurechtkämst. Natürlich kehrst du zurück, wenn du das willst.«

Es kostete sie noch etwas Überredung, doch dann gingen die beiden in den ersten Stock. Als sie fort waren, holte Saxton sein Handy heraus und rief den Butler an, damit er einen Wagen schickte. Dann fluchte er. Er musste die ganze Nacht arbeiten, doch er hatte versprochen, auf das Haus aufzupassen.

Wie aufs Stichwort klingelte sein Handy, und er ging ran, ohne nachzusehen, wer ihn anrief. »Hallo?«

Im ersten Moment herrschte Stille. Dann sagte Ruhn: »Es tut mir so leid.«

Saxton schloss die Augen. »Geht es dir gut?«

»Ja, ich bin unverletzt.«

Bist du der, für den ich dich gehalten habe?, fügte Saxton in Gedanken hinzu.

»Wo bist du?«, fragte er stattdessen.

»Im Auto. Auf dem Rückweg zum Anwesen der Bruderschaft.«

»Es tut mir leid, dass ich ohne ein weiteres Wort gegangen bin, aber ich hatte Angst, es könnte einen Vergeltungsschlag gegen Minnie geben. Ich bin jetzt bei ihr. Sie zieht vorübergehend zu ihrer Enkelin, sobald sie ihre Sachen gepackt hat.«

»Gut. Das ist sehr gut.«

Es entstand eine Pause. Doch gerade als Saxton versuchen wollte, sein »Geht es dir gut« umzuformulieren, sagte Ruhn: »Hör zu … ich möchte dir die Sache erklären. Ich weiß, du bist schockiert, aber … ich bin nicht so. Ich meine, ein Teil von mir schon, aber …« Er holte tief Luft. »Ich bin sehr gut in einer Sache, die ich hasse, und ich habe dieses Talent einige Jahre für meine Familie eingesetzt. Doch so bin ich nicht mehr – und will es auch nicht mehr sein. Das ist Vergangenheit. Es bleibt … eine Sache der Vergangenheit.«

Saxton dachte an den Vampir, der ihm an dem kleinen Tisch im Bistro gegenübergesessen hatte. Der so achtsam gewesen war, als er Dinge aß, die er zwar nicht aussprechen konnte, die ihm aber umso besser schmeckten. Der so verlegen versucht hatte, *Escargots à la Bourguignonne* zu essen, wobei ihm eine entglitten und davongeschossen war. Der an weißem Wein genippt und das zarte Glas gehalten hatte, als fürchtete er, der Stiel könnte abbrechen.

Dann dachte er an den Liebhaber, der ihn in der Küche genommen hatte.

Leidenschaftlich. Aber nicht wütend.

Doch bisweilen lag nur ein schmaler Grat dazwischen.

Letztlich musste er sich auf sein Bauchgefühl verlassen.

»Könntest du mir einen Gefallen tun?«

»Aber sicher, was immer du willst.«

»Kannst du zu Minnie kommen? Wir müssen ihre Sachen in die Stadt bringen. Sie und ihre Enkelin können sich dematerialisieren, aber für ihr Gepäck brauchen wir ein Auto.«

»Bin schon unterwegs.«

»Dann bis gleich.«

»Danke. Ja.«

Saxton nahm das Handy vom Ohr, legte auf und starrte es an.

»Alles in Ordnung?«, erkundigte sich Ahna, die soeben die Stufen herunterkam.

»Ja, alles gut. Ist das alles? Nur dieser Koffer?«

»Da wären noch eine Reisetasche, Toilettenartikel und ein paar Bilder von meinem Großvater, die sie mitnehmen möchte.«

»Perfekt.«

Saxton stand auf und lief in dem kleinen Salon umher. Schließlich blieb er vor dem Kamin mit den weiß-blauen Fliesen stehen. Er dachte daran, wie groß die Liebe gewesen sein musste, die diese Kunstwerke über den großen, gefährlichen Ozean gebracht hatte, und merkte, wie sehr er sich diese Kraft, die so viel Wärme und Stabilität spendete, für sein eigenes Leben wünschte.

Aber es war nicht einfach, den Mut zu finden, sich erneut zu öffnen, denn es ging immer mit einem gewissen Risiko einher. Sicher, es wurde belohnt, doch die Chancen waren gering.

Merkwürdig, dass ihm das gerade jetzt durch den Kopf ging, während er über Ruhn nachdachte.

Er räusperte sich und sagte: »Könnten Sie mir die Alarmanlage erklären? Ich arbeite nachts, aber wenn er losgeht, kann ich auf der Stelle hier sein und Verstärkung mitbringen.«

»Aber sicher. Die Steuerung befindet sich in der Küche.«

Sie gingen dorthin, und während Ahna ihm diverse Codes, Handynummern und ihre Adresse notierte, sah Saxton sich um. Er bemerkte, dass eine der Lampen in der Decke defekt war und der Hahn der Spüle tropfte. Außerdem verursachte der Wind ein pfeifendes Geräusch an der Hintertür, die vermutlich auf eine Veranda führte. Wahrscheinlich musste die Isolation erneuert werden.

Zwei Jahre war es her, dass Minnies *Hellren* in den Schleier eingetreten war, wenn er sich recht entsann.

Wäre er handwerklich begabt gewesen, hätte er ihr geholfen.

»Ich sehe schnell noch nach, ob unten im Gästebereich alles in Ordnung ist.« Ahna ging auf eine Tür zu, die vermutlich in den Keller führte. »Sie möchte sich versichern, dass es an nichts fehlt und Sie sich als Gast wohlfühlen. Aber ich möchte nicht zu viel Zeit verlieren und riskieren, dass sie es sich wieder anders überlegt.«

»Ich werde zurechtkommen.«

»Ich bin gleich zurück.«

Eine Minute später kam Minnie und schlüpfte in einen brombeerfarbenen Mantel. Als sie die offene Kellertür sah, wurde sie verlegen. »Oh, ich muss nachsehen, ob …«

Ahna kam die Treppe hoch. »Alles in Ordnung, *Groß-mahmen*. Komm, lass uns gehen.«

Minnie sah sich um, als bräche ihr der Abschied das Herz. »Ich, äh …« Sie schielte zu Saxton. »Ihr Freund ist herzlich eingeladen, auch hierzubleiben.«

Saxton verbarg seine Verlegenheit hinter einer Verbeugung. »Das ist sehr freundlich von Ihnen.«

Es dauerte noch einmal zehn Minuten, um die alte Vampirin aus ihrem Heim zu bugsieren, doch dann traten sie und ihre Enkelin durch die Tür zur Garage und dematerialisierten sich von dort aus. Saxton blieb allein zurück. Er ging zurück in die Küche, zog seinen Mantel aus und schaltete die Kaffeemaschine an. Als es anfing zu blubbern und zu zischen, holte er einen Becher aus dem Schrank. Dann einen zweiten. Schließlich setzte er sich an den runden Tisch in der Essnische.

Schon merkwürdig, wie jedes Haus seinen eigenen Geruch hatte, seine eigene Sprache bestehend aus knarzenden und ächzenden Geräuschen, seinen einmaligen Charakter. Er blickte sich um. Dieses hier war ein Ort der alten Tradition … und ein Schrein für eine vergangene Liebe. Doch Verfall und Alter hatten ihre Spuren hinterlassen und bekundeten auf traurige Weise, wie erbarmungslos das Leben voranschritt, während die verbliebene Hälfte eines glücklichen Paares verzweifelt damit rang, die Last für zwei zu tragen.

Er dachte an Blay und ihre gemeinsame Zeit.

Und er war noch immer in Gedanken versunken, als ein Wagen vor dem Haus hielt. Ruhn, dachte er, stand auf und ging zur Tür.

Oder der zwielichtige Bauunternehmer hatte Verstärkung geschickt.

Beide Vorstellungen verursachten bei ihm gleichermaßen Herzklopfen.

26

Ruhn stieg die Stufen zum Farmhaus hinauf. Dabei strich er sich unwillkürlich die Strickjacke glatt. Es klebte Blut daran. Seine Knöchel waren aufgeschürft. Zudem hatte er ein paar Schläge ins Gesicht abbekommen, obwohl der Schmerz durch die Kälte betäubt wurde.

Er war völlig abgerissen.

Nachdem sich Saxton auf dem Parkplatz hinter dem französischen Bistro dematerialisiert hatte, hatten sich die Brüder eine Weile mit ihm unterhalten. Sie schienen sich wenig daran zu stören, dass er so gewalttätig geworden war und beinahe einen der Menschen getötet hatte. Doch ihre Meinung war es nicht, die für ihn zählte.

Er klopfte an die Tür, machte einen Schritt zurück und trat sich die Stiefel sauber. Die Tür ging auf, und Saxton stand auf der anderen Seite der Schwelle. Er hatte den Mantel ausgezogen, und sein blonder Wirbel klebte flach am Kopf, als wäre er sich ein paarmal nervös mit den Händen durchs Haar gefahren.

Sein Blick blieb an Ruhns linkem Auge hängen, das zugeschwollen war und einen eigenen Pulsschlag entwickelt hatte.

Ruhn hob die Hand und verdeckte es, was albern war. »Darf ich reinkommen?«

Saxton schien sich zusammenzunehmen. »Ja, bitte. Ich mache gerade Kaffee.«

Er bat ihn herein, und Ruhn trat ins Haus und stand

dann einfach in dem kleinen Eingangsbereich am Fuß der Stufen. Saxtons Blick schweifte rastlos umher, kehrte aber immer wieder zu Ruhns Gesicht zurück.

Vielleicht war er schlimmer zugerichtet, als er dachte? Die Verletzungen fühlten sich nicht sonderlich ernst an. Doch er hatte eine hohe Schmerztoleranz und spürte selten viel.

»Es ist nicht schlimm«, sagte er und berührte sein Gesicht. »Was immer es ist.«

Saxton räusperte sich. »Ja. Selbstverständlich. Äh, Kaffee?«

Ruhn schüttelte den Kopf und folgte dem Anwalt in die Küche, wo tatsächlich schon zwei Tassen auf dem Tresen standen und der Duft von frischem Kaffee in der Luft hing.

»Wie trinkst du deinen?« Saxton zog die Schütte mit dem Zucker aus dem Regal. »Ich nehme immer gern ein wenig Zucker ...«

»Ich war Kämpfer in einem Ring. Zwangsverpflichtet. Zehn Jahre lang.«

Saxton drehte sich langsam um, die Kaffeekanne in der Hand. »Bitte, was?«

Ruhn lief auf und ab und versuchte zu verdrängen, wie sehr er es hasste, über die Vergangenheit zu sprechen. »Es war ein Knebelvertrag in einem Kampfring in South Carolina. Menschen halten Hunde- und Hahnenkämpfe ab, Vampire verwenden die eigene Spezies. Ich bin zehn Jahre lang gegen andere Vampire angetreten, damit Besucher auf uns wetten konnten. Ich war ein guter Kämpfer, doch ich habe es gehasst. Aus tiefstem Herzen.«

Von Saxton kam kein Wort. Ruhn blieb stehen und sah ihn am anderen Ende der wohnlichen Küche stehen, mit vollkommen perplexem Gesicht. Stumme Fassungslosigkeit zeichnete sich darauf ab.

Beim Schleier, Ruhn war übel.

»Es tut mir leid«, brach es aus ihm hervor. Obwohl er nicht so recht wusste, wofür er sich entschuldigte.

Nein, Moment, er wusste es doch: Es war die Tatsache, dass er einem so anständigen und aufrechten Vampir eine derartige Ungeheuerlichkeit gestehen musste. Außerdem kam die Vergangenheit wieder hoch, jetzt, da er davon sprach, und verschlang ihn aufs Neue.

Er erinnerte sich an den Gestank der Ställe, in denen die Kämpfer gehalten wurden, an das verdorbene Essen. An das Prinzip »Töten oder getötet werden«, das ihn zwang, auch gegen jüngere Gegner anzutreten, die gerade erst die Transition durchlaufen hatten. Er hatte Gegner schlagen müssen, die schwächer waren als er, und sich von jenen schlagen lassen müssen, die an ihn herankamen. Profitiert hatten die Herren des Kampfrings, sie zogen Gewinn aus den geschundenen und verstümmelten Leibern … aus den zerstörten.

Die Jungen waren es, die ihn am meisten verfolgten: all diese bettelnden, blutunterlaufenen Augen, die flehenden Münder, das Keuchen vor Schmerz und Erschöpfung. Am Ende hatte er jedes Mal geweint. Wenn der unausweichliche Moment kam, rannen seine Tränen über den Dreck, den Schweiß und das Blut in seinem Gesicht.

Doch hätte er nicht gekämpft, hätte seine Familie dafür bezahlen müssen.

Auf diese Weise hatte er gelernt, dass man sterben konnte, obwohl man am Leben blieb.

»Es tut mir leid«, krächzte er erneut.

Saxton blinzelte. Dann stellte er die Kaffeekanne zurück in die Maschine, ohne eine Tasse eingeschenkt zu haben. »Ich war mir nicht bewusst … nun, ich dachte nicht, dass so etwas in der Neuen Welt existiert. Sicher, ich habe Geschichten von Wettkämpfen im Alten Land gehört. Wie hast du ... wenn ich das fragen darf, wie bist du da hineingeraten? ›Zwangsverpflichtet‹, das klingt nach Leibeigenschaft. Wurdest du ... wie kam es dazu?«

Ruhn verschränkte die Arme vor der Brust und senkte den Kopf. »Ich habe meinen Vater immer geliebt. Er hat gut für *Mahmen* und seine Familie gesorgt. Wir waren nicht reich, aber wir mussten auch nie einen Mangel leiden.« Bilder von seinem Vater, wie er Holz hackte, Dinge baute, Autos reparierte, verdrängten die Hässlichkeit des Rings. »Doch er hatte eine Schwäche. Jeder hat seine Schwächen. Jene unter uns, die meinen, keine zu haben, sind nur nicht aufrichtig. Er war ein Spieler. Er wettete eine Weile auf Kämpfe und häufte Schulden an. Irgendwann stand nicht nur unser Haus auf dem Spiel, sondern auch das Leben meiner Schwester und *Mahmen,* die ... für andere Dienste verpflichtet werden sollten. Verstehst du, was ich meine?« Saxton wurde bleich und nickte. Ruhn fuhr fort: »Ich musste etwas tun, um die Schulden abzubezahlen. Ich konnte nicht tatenlos zusehen, wie zwei unschuldige Vampirinnen dafür büßen müssen. Beim Schleier, ich höre noch immer, wie mein Vater den Boss anfleht und ihn bittet, ihm noch etwas Zeit zu geben, um das Geld zu beschaffen.«

Seine Stimme brach, und er hüstelte. »Vielleicht möchte ich doch etwas Kaffee, wenn das okay wäre.«

»Ich hole dir einen ...«

Doch Ruhn hob die Hand. »Nein, ich mache das.«

Er musste sich einen Moment lang beschäftigen, sonst würde er noch zusammenbrechen. Die Erinnerungen waren laserscharf und durchbohrten sein Gehirn. Er erinnerte sich noch genau an das laute Klopfen an der Tür, als der Boss erschien und drohte, seine Schwester mitzunehmen, um sie die Schulden abarbeiten zu lassen.

Wenn ihre *Mahmen* auch mitkäme, würde es schneller gehen, meinte er noch. Dann wären es nur fünf statt zehn

Jahre. Er gab ihnen bis zur Morgendämmerung, um die Schulden zu begleichen.

Also war Ruhn aufgebrochen, bevor die Sonne aufging, weiter nach Süden, tief in die Wälder, wo sich ein großer Komplex für Kämpfe, illegales Glücksspiel und Prostitution verbarg. In den Büros hatten sie seine Tauglichkeit geprüft und ihm einen Vampir geschickt, der halb so groß und doppelt so schwer war wie er. Ruhn war übel zugerichtet worden, doch er war einfach immer wieder aufgestanden, selbst als ihm das Blut aus dem Mund lief und er aus unzähligen Platzwunden blutete.

Nach seiner Aufnahme hatte er sein Zeichen auf irgendein Dokument gesetzt, das er nicht lesen konnte, und die Sache damit besiegelt.

Nur mühsam kehrte er zurück in die Gegenwart. Er blickte an sich hinab und sah, dass er eine volle Tasse in der Hand hielt. Anscheinend hatte er sich einen Kaffee eingeschenkt.

Er nahm einen vorsichtigen Schluck. Der Geschmack war einwandfrei, aber seine Unterlippe brannte, vermutlich, weil sie aufgeplatzt war. »Wie gesagt, ich war der Einzige, der uns retten konnte. Mein Vater war zu alt zum Kämpfen, und meine Transition lag damals zwanzig Jahre zurück. Ich war immer groß und sehr stark gewesen. Manchmal tun wir Dinge, die härter sind, als zu sterben, um zu überleben.« Er zuckte die Schultern. »Aber meine Eltern konnten ihr Leben neu aufbauen. Meine Schwester ... nun, das ist eine andere Geschichte.« Er sah Saxton an. »Ich will dir nur sagen, dass ich nicht aus freien Stücken gekämpft habe. Es liegt nicht in meiner Natur, gewalttätig zu sein, aber ich habe gelernt, dass ich alles tue, um jene zu schützen, die ich liebe. Und noch etwas habe ich gelernt: Wenn jemand versucht, mich zu verletzen ... verteidige ich mich bis auf den Tod.«

Er schüttelte den Kopf. »Mein Vater … ist nie darüber hinweggekommen. Er hat in seinem ganzen Leben keinen Penny mehr verwettet, und als ich freikam, arbeiteten meine Eltern beide und waren bei guter Gesundheit. Während meiner Zeit im Ring konnte ich sie natürlich nicht sehen. Niemand durfte seine Box verlassen.«

»Box?«, wiederholte Saxton entsetzt.

»Sie haben uns in unterirdischen Boxen gehalten, wie Tiere. Die Boxen waren zwei mal zwei Meter groß. Raus durften wir nur zu den Kämpfen, und wir hatten keinen Besuch, außer den Vampirinnen, die sie uns zum Nähren gaben. Dafür hatten sie meine Schwester und meine *Mahmen* vorgesehen.« Ihm schnürte sich die Kehle zu, mühsam fügte er hinzu: »Und manchmal dienten wir auch zu … aber das spielt keine Rolle mehr.«

Saxton rieb sich fassungslos die Augen. »Ich kann mir nicht annähernd vorstellen, wie das gewesen sein muss.«

»Es war …« Ruhn tippte sich an die Schläfe. »Es hat etwas in meinem Kopf verändert. Ich wurde umgepolt und war mir nicht sicher, ob es dauerhaft war. Bis zur heutigen Nacht bin ich nie wieder in eine Situation geraten, in der ich kämpfen musste. Mit einem Mal war alles wieder da.«

Er trank noch einen Schluck Kaffee, nicht weil er sonderlich durstig gewesen wäre, sondern weil er mit seinem Bericht fertig war. Er hatte die Fakten dargelegt und versucht, ehrlich zu sein, ohne zu viel davon preiszugeben, wie schrecklich es dort gewesen war.

Wie schrecklich er selbst gewesen war.

Als sich das Schweigen in die Länge zog, wagte er einen verstohlenen Blick zu Saxton …

Sein Atem stockte. In Saxtons Augen stand Mitgefühl, nicht Abscheu oder Angst.

»Komm und setz dich«, sagte der Anwalt leise. »Du blutest, ich möchte deine Wunden reinigen.«

Ruhn blieb reglos stehen, deshalb ging Saxton zu ihm, ergriff seine Hand und führte ihn zum Tisch. Als Ruhn sich setzte, schwappte der Kaffee in seiner Tasse hin und her, weil seine Hände zitterten.

Damit waren sie schon zu zweit, dachte Saxton, ging zur Spüle, drehte den Hahn auf und wartete auf warmes Wasser. Er trennte ein Stück Küchenrolle ab und versuchte zu verstehen, was Ruhn durchgemacht hatte.

Kein Wunder, dass er im Kampf hinter dem Bistro wie ausgewechselt gewirkt hatte. Sein leerer Blick war schlimmer gewesen als die rohe Brutalität. Saxton hatte nun schon lang genug mit der Bruderschaft zu tun und genügend Geschichten von ihren Einsätzen gehört, um an Gewalt gewöhnt zu sein. Doch dass Ruhn wie weggetreten gewirkt hatte und regelrecht von seinem Opfer weggezerrt werden musste, hatte ihn verstört.

Als hätte man ein wildes Tier von der Leine gelassen.

Saxton hielt den Finger unter den Strahl. Das Wasser war warm genug. Er gab etwas Seife auf die Tücher, befeuchtete sie und drehte sich wieder um. Ruhn blickte in seine Tasse, die Brauen gesenkt, die Schultern angespannt.

Es war unschwer zu erraten, wo er in Gedanken war.

Wie grausam, Schwester und *Mahmen* davor retten zu müssen, als Blutspender und – davon war auszugehen – sexuelles Ventil für Kämpfer dienen zu müssen. In einer Box gehalten zu werden. Wegen eines Fehlers, den der Vater begangen hatte.

Zehn Jahre eingesperrt zu sein wie ein Tier, nie zu wissen, wann man das nächste Mal in den Ring geschickt wurde, um verprügelt oder getötet zu werden. Bestimmt war er in dieser Zeit unzählige Male verletzt worden und hatte gelernt, mit Einsamkeit und Schmerz zu leben.

Allein der Gedanke war ihm unerträglich.

Er ging zu Ruhn, doch der registrierte ihn nicht. Also berührte er ihn leicht an der Schulter.

Erschrocken fuhr Ruhn zusammen und stieß seine Tasse um. »Oh! Es tut mir leid …«

»Kein Problem.« Saxton ging zur Spüle und zog die Küchenrolle aus der Halterung. »Warte, ich mach das schon.«

Er riss weitere Blätter von der Rolle und wischte die Kaffeepfütze auf.

»Gesicht zu mir«, meinte er dann, fasste Ruhn unterm Kinn und drehte seinen Kopf. »So ist es gut.«

Ruhn zuckte zurück, als ihn das Tuch berührte, doch das lag wohl eher daran, dass in seiner Welt gerade Chaos herrschte.

»Dieser Schnitt sieht ziemlich tief aus«, murmelte Saxton, als er sich an der Wunde über Ruhns Braue zu schaffen machte. »Und es schwillt immer mehr an. Vielleicht sollten wir Doc Jane oder Dr. Manello einen Blick darauf werfen lassen.«

»Ich hatte schon schlimmere Verletzungen.«

Saxton hielt kurz inne. »Das kann ich mir vorstellen.«

Behutsam wischte er weiter getrocknetes Blut weg und wünschte, er könnte die richtigen Worte finden, die richtige Formel, irgendetwas, um den Schmerz ein wenig zu lindern. Doch solche Worte suchte er vergebens.

Dafür fiel ihm etwas anderes ein.

»Wird in diesem Ring noch immer gekämpft?«, fragte er gepresst.

Ruhn schüttelte den Kopf. »Es gab eine Revolte, ungefähr ein Jahr, nachdem ich gegangen war. Die Kämpfer konnten sich befreien, sie haben alle Aufpasser getötet und den Boss und seine Leute abgeschlachtet. Das Gebäude ist mittlerweile völlig überwuchert.« Er räusperte sich. »Ich war noch mal da, weißt du. Nicht nur einmal, sondern mehrfach. Ich wollte … verstehen, was passiert war. Doch es ist mir nicht gelungen.«

»Ich wüsste nicht, wie das möglich sein sollte.«

»Wie gesagt, ich habe es für meine Familie getan. Das ist mein einziger Trost.« Ruhn atmete langsam aus. »Doch ich bereue auch, dass ich nicht für meine Schwester da war. Wäre ich zu Hause gewesen, hätte sie sich vielleicht nicht in diesen gewalttätigen Kerl verliebt. Vielleicht hätte ich ihr helfen können, bevor sie so weit weggezogen sind, nach Caldwell. Als ich freikam, suchte ich nach ihr, aber sie hatte nicht die geringste Spur hinterlassen. Meine Eltern wussten, dass er gefährlich war – ich glaube, er ist mit ihr weggezogen, um sie ihrer Kontrolle zu entziehen. Es bricht mir das Herz, dass sie sterben musste und ich sie nicht retten konnte.«

»Du hast alles in deiner Macht Stehende versucht. Mehr kann letztlich niemand von uns tun.«

Saxton ging mit dem Rest der Küchenrolle zur Spüle zurück und befeuchtete ein paar frische Blätter. Dann wischte er sorgfältig die Seife aus Ruhns Gesicht. Was jetzt noch übrig war, waren Abschürfungen, die man nicht fortwischen konnte.

»Du sagst, was ich für Bitty getan habe, wäre selbstlos gewesen«, presste Ruhn mit heiserer Stimme hervor. »Doch das war es gar nicht. Ich habe sie vor mir beschützt. Ich habe eine gefährliche Seite, das hat die Sache auf dem Parkplatz gezeigt. Letztlich wusste ich, dass sie bei Rhage und Mary sicherer ist. Außerdem … was, wenn sie es jemals herausfindet? Was sollte sie mit einem Vater wie mir anfangen?«

»Und, was glaubst du, macht Rhage für die Spezies?«

»Das ist etwas anderes. Bei mir ging es nicht darum, jemanden zu retten.«

»Außer deine Schwester und deine *Mahmen*.«

»Ich weiß nicht.«

Vorsichtig tupfte Saxton sein Gesicht trocken. »Das sieht böse aus.«

»Es wird schon wieder«, sagte Ruhn und sah auf. »Du bist sehr freundlich.«

Saxton fuhr mit der Fingerspitze seinen Kiefer entlang. Dann strich er ihm das kräftige Haar aus der Stirn und berührte seine Unterlippe.

»Hier hast du auch eine Wunde«, flüsterte er, beugte sich hinunter und küsste die Stelle, wo eine Menschenfaust zugeschlagen hatte. Doch als er sich aufrichtete, ging ein Alarmsignal in seinem Kopf los.

Sosehr er sich zu Ruhn hingezogen fühlte und mit ihm zusammen sein wollte … verletzte Leute … verletzte andere.

Klar, das mochte wie einer dieser abgedroschenen Sprüche klingen, die man zusammen mit einem kitschigen Bild auf Facebook postet, eine Floskel aus vier Worten, die wie maßgeschneidert zur ewig depressiven Sensibilität einer Generation von Weicheiern passt. Doch als Retter-Typ hatte er nun einmal die Tendenz dazu, misshandelte Vampire auf Abwegen aufzunehmen. Aber woher sollte er wissen, ob Ruhns Vergangenheit auch wirklich vorbei war?

Er dachte an den Ausdruck in seinen Augen – oder vielmehr die Ausdruckslosigkeit – während des Kampfs, besonders, als er drauf und dran gewesen war, dem Menschen das Genick zu brechen.

»Es ist schon okay«, sagte Ruhn mit belegter Stimme, schob seinen Stuhl zurück und stand auf.

»Was ist okay?«

Ruhn trat einen Schritt zurück. Und noch einen. »Ich kann es verstehen.«

»Verstehen? Was verstehen?«

»Ich traue mir ja selber nicht.«

»Wovon redest du?«

»Ich sehe es in deinen Augen.« Ruhn nickte. »Und ich verstehe es. Du versuchst, die Szene vom Parkplatz mit dem Bild zu vereinbaren, das du von mir hattest. Damit muss ich leben. Jeden Morgen, wenn ich die Augen schließe, werde ich daran erinnert, was ich getan habe. Und wenn ich es einmal vergesse, muss ich nur in den Spiegel sehen.«

»Ruhn, entscheide du nicht für mich, was ich denke.«

Mit rauen Händen zog Ruhn die Jacke aus. Dann drehte er sich um und riss sein T-Shirt bis zu den Schultern hoch.

Saxton keuchte entsetzt auf. Der breite Rücken war mit einem Muster von Striemen überzogen – wobei, nein, das waren keine Striemen wie von einer Peitsche. Die zehn Zentimeter langen Striche waren viel zu gleichmäßig, zu klinisch – und es waren mindestens dreißig, die von der Wirbelsäule weggingen. Solche Narben entstanden nur, wenn man Salz in die frischen Wunden rieb. Auf diese Weise blieben sie sichtbar, wenn sie sich schlossen und verheilten.

»Siebenunddreißig«, sagte Ruhn barsch. »Siebenunddreißig Vampire habe ich mit bloßen Händen getötet. Und jedes Mal haben sie eine neue Kerbe hinzugefügt, als Anreiz für die Zuschauer, damit sie mehr auf mich setzten. Das gehörte zur Show.«

Saxton schlug die Hand vor den Mund. Tränen schossen ihm in die Augen.

Als sich Ruhn wieder umdrehte, wollte Saxton einfach nur die Arme um ihn schlingen und ihn festhalten, bis die Erinnerung nicht mehr ganz so wehtat.

Aber es bestand kein Zweifel daran, dass Ruhn das nicht wollte.

Er ließ sein Shirt fallen und zog die Jacke über. »Ich

gehe jetzt, du musst mir nur noch sagen, wo ich die Sachen von Mistress Miniahna abliefern soll.« Leise fügte er hinzu: »Keine Sorge. Ich lasse die beiden in Ruhe. Ich deponiere ihr Gepäck an einem sicheren Ort und halte mich von ihnen fern.«

»Ruhn, bitte tu das ...«

»Also, wo muss ich hin?«

»Du bist kein Geringerer als irgendwer sonst.«

»Oh doch, ich bin noch etwas viel Schlimmeres. Ich bin ein Killer. Meine Gegner wollten genauso wenig in diesem Ring sein wie ich. Niemand war freiwillig dort, alle arbeiteten irgendwelche Schulden ab. Das waren keine Killer, nicht mehr als ich – zumindest, als ich dort anfing. Ich bin eine wandelnde Trophäe dessen, was ich im Ring geworden bin. An meinen Händen klebt Blut, Saxton. Ich bin ein Mörder.« Er ging zur Tür. »Also, sag mir, wo ich die Sachen ...«

»Du bist kein Mörder.«

Ruhn senkte niedergeschlagen den Kopf. »Das ist keine rechtskräftige Aussage, sondern eine gefühlsgelenkte, und das weißt du.«

»Ruhn, du ...«

»Bitte, ich rede nicht gern darüber.« Ruhns Blick wanderte rastlos durch die Küche. »Wenn ich wach bin, kehre ich es unter den Teppich, wenn ich mich schlafen lege, bete ich, dass es mich nicht in meinen Träumen verfolgt. Ich habe erst einmal darüber gesprochen, als mich die Brüder wegen Bitty nach meiner Herkunft gefragt haben – und selbst da habe ich nicht ... nun, es spielt keine Rolle. Ich glaube, ich sage dir das alles, weil ich finde, dass du absolute Ehrlichkeit verdienst. Zwischen uns ist etwas passiert, von beiden Seiten aus. Aber ich weiß, wer du bist, du dagegen ... nun ja, solange du die Wahrheit nicht kennst, kennst du mich nicht wirklich. Und jetzt sehe ich

Skepsis und Misstrauen in deinen Augen und weiß, dass ich das Richtige getan habe.«

»Ich vertraue dir.«

»Das musst du nicht.« Ruhn legte die Hand auf die Brust. »Eins habe ich gelernt in den vielen Jahren, die ich für die *Glymera* gearbeitet habe: Die Armen haben nicht mehr als ihre Würde und ihren Stolz. Das hat mir mein Vater beigebracht. Und ich kann es nicht mit meiner Würde vereinbaren, jemanden zu belügen, in den ich mich gerade verliebe.«

Saxton stockte der Atem.

Aber bevor er antworten konnte, schüttelte Ruhn den Kopf und wandte sich ab. »Vielleicht sollte doch jemand anderes die Fahrt in die Stadt übernehmen. Ich muss gehen.«

»Ruhn …«

Ruhn blieb stehen, doch er drehte sich nicht um. »Bitte, lass mich gehen. Lass mich einfach … gehen.«

In Saxton rebellierte alles dagegen, Ruhn ziehen zu lassen.

Doch darüber hatte er nicht zu entscheiden.

Einen Moment später schloss sich die Eingangstür des Farmhauses leise, und Saxton sank auf den Stuhl, auf dem Ruhn gesessen hatte. Der Kaffee in seiner Tasse war noch warm.

Doch das blieb nicht so.

27

»Ich weiß, dass du mich vögeln willst.«

Peyton blickte zu der Frau empor, die ihm das ins Ohr geraunt hatte, und brauchte ein paar Sekunden, bis er klar sehen konnte. Im Ice Blue, seinem Stammclub, war die Hölle los, die Musik dröhnte, und er hatte mehr als einmal an seiner Bong gezogen, bevor er mit dem Trinken angefangen hatte.

Außerdem waren da noch die blauen Laserstrahlen, die die verqualmte Luft zerschnitten, und er hatte seit ein oder zwei Tagen nicht mehr richtig geschlafen.

»Hast du gehört, was ich gesagt habe?«, schnurrte sie.

Sie trug ein hautenges weißes Latexkleid, dessen tiefes Dekolleté ihren üppigen Vorbau zur Schau stellte und unterhalb des knappen Saums viel Bein zeigte. In den hohen Riemchenstilettos wirkten ihre zierlichen Füße, als würde sie Ballett tanzen. Die dunklen Haare fielen ihr in weichen Locken über die Schultern den Rücken hinunter.

Im VIP-Bereich war sie mit Abstand der Hauptgewinn des Abends, die erotischste und schönste Trophäe im Angebot, und sie wollte ihn. Warum? An seinen brillanten Unterhaltungskünsten konnte es nicht liegen – mehr als ein kurzes Hallo hatten sie nicht gewechselt. Er kannte noch nicht einmal seinen Namen.

Ihren Namen. Er kannte *ihren* Namen nicht.

Nein, es war sein Anzug mit Krawatte. Seine Straußenlederschuhe. Die Tatsache, dass er und seine Jungs durch den Hintereingang hereingekommen waren, wo sie keine Angst haben mussten, selbige edlen Treter im Schnee zu ruinieren oder Schlange stehen zu müssen. Es lag auch am reservierten Privattisch, der Art, wie das Sicherheitspersonal seinen Wünschen nachkam, und den Hundertern, mit denen er herumwedelte, als die Drinks gebracht wurden. Er roch nach Geld, und sie war bereit, ihre körperlichen Vorzüge einzusetzen, um auf den Kohlezug aufzuspringen.

Außerdem trug er heute ebenfalls Weiß, also waren sie ja förmlich füreinander bestimmt.

»Komm, wir machen ein Selfie.« Sie setzte sich auf seinen Schoß und holte das Handy aus der Tasche, die gerade groß genug für ein iPhone war. Das kleine, nicht das toastbrotgroße.

»Nein.« Er hob abwehrend die Hand. »Keine Bilder.«

Kichernd steckte sie das Handy weg. »Willst du mir etwa erzählen, du bist berühmt? Ich hab dich jedenfalls nicht wiedererkannt.«

Mit geübter Lockerheit nahm sie seine Hand und legte sie auf ihre Hüfte. »Ich komme eigentlich aus Manhattan. Bin nur hier, weil ich morgen ein Fotoshooting unten am Fluss habe. Wie ich die Kälte hasse! Ich wünschte, ich wäre in Miami.«

Mit diesen Worten schob sie sich die Haare aus dem Gesicht, mit einer Geste von wegen, *Oh, ich bin sooo unzufrieden mit meinem glamourösen Leben – und übrigens, meine Haare sind ja so was von lääästig.*

Es war der Balzruf der weiblichen Clubratte.

Normalerweise begann Peyton an dieser Stelle, strategisch Blow Jobs in dunklen Ecken zu planen. Doch heute konnte er nichts anderes denken als: *Wenn du lieber in Miami wärst, setz dich doch ins Flugzeug. Und diese Extensions hast du dir für teures Geld extra machen lassen. Wenn du nicht willst, dass dir die Haare über die Titten hängen, binde sie doch einfach mit 'nem Gummi zusammen, verdammt.*

Während sie ihn weiter belaberte, wurde ihm deutlich bewusst, dass seine Raus-in-den-Club-Aktion nicht lief wie erhofft. Er warf einen Blick auf seine Kumpels. Ein Vampir-Trio, eingekleidet in derselben Abteilung von Neiman Marcus, wie ein Set Cocktail-Untersetzer: Die Anzüge mochten leicht unterschiedlich grau/blau schattiert sein, doch der Schnitt war derselbe, mit schmalem Bein und schmalem Revers, die Hemden unter den körperbetonten Jacketts auf ähnliche Art unauffällig gemustert. Bei den Uhren handelte es sich nicht um Rolex, nein, zu billig. Sie waren von Audemars Piguet oder Hublot. In ihren Brusttaschen steckte Koks oder Gras. Ach ja, und eine Straße weiter warteten die Fahrer, bis sie fertig waren, gut auszusehen und sich nebenher vollzudröhnen. Kein Taxi oder so. Nee.

All das würde dieses kleine *Horsd'oeuvre* in der weißen Plastikpelle nur zu gut wissen.

Auch sie kam mit ihrer eigenen Mannschaft von drei Freundinnen – die Salzstreuer-Gegenstücke zu seinen Pfeffermühlen-Jungs.

Also, ja, alle hatten das Memo bekommen.

Ohne großes Interesse drückte er ihre Taille, um zu testen, ob diese Sanduhrkurven Shapewear oder Diäten zu verdanken waren – wohl beidem, gemessen am Fischbein-Korsett, das sie trug. Sie war zu dünn, beschloss er.

Er mochte Novos Statur lieber. Kraft. Stärke. Festigkeit.

Mann, das lief hier überhaupt nicht gut für ihn. Er war wie ein gezogener Stecker, und seine lässige Lümmelhaltung rührte zum ersten Mal von Langeweile und nicht von bewusster Trägheit her.

Geschmeidig stand die junge Frau auf, reckte die Arme über den Kopf und vollführte eine langsame Drehung, die ihn in den Genuss ihres Hinterteils brachte. Sie blickte über die Schulter zu ihm hinunter, und ihre vollen Lippen bewegten sich weiter, doch sie hätte ihm genauso gut etwas über Astrophysik erzählen können.

Einer seiner Kumpels beugte sich zu ihm. »Immer kriegst du die Top-Frauen. Aber ich bin dir dicht auf den Fersen.«

Wie um seine Aussage zu untermauern, drehte er das Mädel um, das ihn gerade anbaggerte, als würde er einen R8 neben einem 911er parken und die Heckspoiler der beiden Sportwagen vergleichen.

Peyton wandte den Blick ab – und wurde prompt von einem der Laserstrahlen geblendet.

Aus irgendeinem Grund, wahrscheinlich weil er von diesem blauen Lichtblitz Kopfschmerzen bekam, musste er an seinen Vater denken. Sein *Sire* hatte einen spektakulären Wutanfall bekommen, kaum dass Peyton das Anwesen betreten hatte, einschließlich diverser »Du bist eine Schande«-Feuerwerkskrachern. Genau wie hier im Club hatte Peyton sich einfach nur zurückgelehnt, gar nicht richtig anwesend, obwohl sein Körper präsent war.

Er hatte dem Alten zur Beruhigung ein paar Knochen hingeworfen und war dann nach oben gegangen, um zu duschen und sich umzuziehen. Drei Telefonate später war er genau hier gelandet.

Wie viele Nächte hatte er das schon getan?

Zu viele, um sie zu zählen.

Seine neue Freundin ließ ihren Hintern genau auf seinen Gucci-Gürtel sinken und fing an, ihn zu bearbeiten.

Sie war ziemlich erregt. Das merkte er an ihrem Duft.

Also umfasste er mit den Händen ihre Hüfte, schloss die Augen und versuchte, sich darauf einzulassen.

Saxton saß noch eine Weile mit seinem Kaffee in Minnies Küche und lauschte dem Pfeifen des Windes, der durch den altersbedingten Spalt zwischen Verandatür und Rahmen drang. Er hätte gerne mit jemandem geredet, aber der Einzige, der ihm einfiel, war Blay. Und das wäre ihm so vorgekommen, als wollte er unbedingt betonen, dass er über die Sache hinweg war.

Das Seltsame an starker sexueller Anziehungskraft war, dass sie eine Illusion von Nähe zwischen zwei Personen erzeugen konnte. Fühlte sich ein Körper von einem anderen angezogen und gierte verzweifelt nach Vereinigung, dann war es so, als würde sich das Gehirn gezwungen fühlen mitzuhalten, indem es eine intellektuelle oder emotionale Verbindung herstellte.

Oberflächlicher Kompatibilität wurde so eine tiefere Bedeutung zugeschrieben.

Doch in Wirklichkeit kannte man niemanden, bevor man ihn nicht richtig kennengelernt hatte. Wie lautete dieses Sprichwort? Erst wenn man mit jemandem gereist ist, weiß man, wer derjenige wirklich ist … Eine Person ein Jahrzehnt lang zu kennen war noch besser.

Ruhn ging es umgekehrt ja genauso. Der Vampir wusste nichts über Saxtons Beziehung zu Blay, die Probleme mit seinem *Sire,* seine Lebensgeschichte und seinen Kampf. Die Sache mit Ruhns Vergangenheit war absolut entsetzlich, und er fand es furchtbar, dass der arme Kerl all das hatte durchmachen müssen. Aber er musste sich gleichzeitig eingestehen, dass ihm die Vorstellung ziemlich gut gefallen hatte, eine schüchterne, stille, sensible Seele zu beschützen, ein lehrender Begleiter und Dolmetscher neuer, anderer Erfahrungen zu sein.

Während des Abendessens zum Beispiel hatte er insgeheim bereits geplant, wohin er Ruhn als Nächstes zum Essen ausführen könnte. Zum Vietnamesen, Thailänder, Italiener. Und seines Versprechens zum Trotz hätten alle diese Restaurants Ruhns Budget weit überstiegen.

In Gedanken hatte er sich darauf gefreut, ihm diese exklusiven neuen Geschmäcker und verführerischen Gaumenfreuden zu bieten.

Man hatte ein Stück weit automatisch die Kontrolle, wenn man jemanden aus seinem Schneckenhaus herauslockte. Es gab einem ein Gefühl von Sicherheit, weil derjenige sich im Unbekannten und dem damit verbundenen Unwohlsein auf einen verließ.

Doch nach allem, was er bei diesem Kampf miterlebt hatte, musste er diese ganze *Adel verpflichtet*-Geschichte für seinen Teil neu besetzen. Ruhn hatte Folter erlebt, und wer so etwas überstand, musste nicht beschützt werden.

Saxton ließ den Kopf in die Hände sinken und dachte, wie gut es war, dass man seine Gedanken normalerweise mit niemandem teilte.

Denn solche Wahrheiten sprach man besser nur insgeheim aus: Was war er doch für ein Arschloch, dass er sich Sorgen um seine kleinen psychologischen Dramen machte, verglichen mit dem, was der andere durchgemacht hatte. Zehn Jahre in einem Käfig eingesperrt zu sein? Gegner umzubringen oder selbst umgebracht zu werden? Gebrandmarkt zu werden?

Saxton hatte nie etwas Vergleichbares erlebt, und die Vorstellung, dass Ruhns Vergangenheit diese Liebelei zwischen ihnen auf einmal viel zu real machte, war einfach nur hässlich.

Ich kann es nicht mit meiner Würde vereinbaren, jemanden zu belügen, in den ich mich gerade verliebe.

Wenn das nicht mutig war. So etwas zu sagen und auch so zu meinen.

Fluchend stand Saxton auf. Er konnte sich nicht daran erinnern, seinen Mantel ausgezogen zu haben, doch er lag auf dem Stuhl neben dem Platz, wo er ins Leere gestarrt hatte.

Während er hineinschlüpfte, ging er in den Salon hinüber und betrachtete die Fliesen rund um den Kamin. Er stellte sich vor, wie Minnie und ihr *Hellren* über den Ozean in ein unbekanntes Land gereist waren, das Schreckgespenst der Sonne ständig im Hintergrund, mit wenig Geld und nichts als ihrer Liebe, um sie zu beschützen.

Das war Mut.

Kopfschüttelnd kehrte er in die Küche zurück, wo er neben der Tür zur Garage die Alarmanlage aktivierte. Dann schloss er die Augen und versuchte sich zu konzentrieren. Schließlich gelang es ihm, sich zu dematerialisieren und das Haus in einer Wolke aus Molekülen durch den schmalen Türspalt zu verlassen.

Auf der anderen Seite der Stadt, meilenweit entfernt, nahm er hinter dem Audienzhaus wieder Gestalt an. Als er das Gebäude durch die Hintertür betrat, schaltete sein Gehirn völlig ab. Es waren einige *Doggen* da, die … irgendetwas erledigten … und er kommunizierte auch irgendwie mit ihnen. Antwortete auf Fragen und solche Dinge eben.

Dann war er in seinem Büro. Der König hatte sich die Nacht freigenommen, doch es gab immer Dokumente abzuheften und Unterlagen vorzubereiten … außerdem war da die Sache, wegen der Wrath ihn angerufen hatte …

Oder war das in einer anderen Nacht gewesen? Zu einer anderen Zeit?

Wegen etwas anderem …

Saxton setzte sich, ließ den Kopf in die Hände sinken und versuchte sich zu erinnern, was wann worüber gesagt worden war. Doch er konnte die Gedankenbruchstücke nicht zusammensetzen, es tauchte keine kognitive Landkarte aus dem brodelnden Chaos auf, um ihm einen Weg zurück zu einem Minimum an Funktionstüchtigkeit zu weisen.

Ein Klopfen am Türrahmen ließ ihn aufschrecken. »Oh. Hallo.«

Als Rhage eintrat, füllte er den gesamten Raum mit seiner übernatürlichen Schönheit, seiner unglaublichen Größe und seinem Charisma. Es war, als wären Ryan Reynolds, der freundliche grüne Riese aus dieser Tiefkühlgemüsewerbung und zwölf Staatschefs in einem Wesen vereint zu einem kleinen Plausch vorbeigekommen.

»Du siehst scheiße aus.« Der Bruder nahm auf der anderen Seite des Schreibtisches Platz. »Was ist los?«

»Ach, nichts. Brauchst du was?«

»Nicht wirklich. Ich bin nur da, weil ich einen Nachschub an diesen Zahnreinigungsdingern für George vorbeigebracht habe. Sag Fritz bloß nichts davon. Der flippt sonst aus. Aber ich musste sowieso in der Zoohandlung vorbei. Was, zum Teufel, ist los mit dir? Ich meine es ernst. Du siehst aus, als hättest du eine Totenmaske auf.«

Während Saxton nach einem Anfang suchte, einem losen Faden, mit dem er das Kuddelmuddel entwirren konnte, fischte Rhage einen Lolli mit Kirschgeschmack aus der Tasche seiner Lederjacke und wickelte ihn aus.

»Hallo? Jemand zu Hause da drüben?« Rhages Zähne leuchteten strahlend weiß, als er den Mund öffnete, um den Lutscher zwischen seine spitzen Fänge zu schieben. »Soll ich einen Arzt rufen?«

»Um ehrlich zu sein, brauche ich …« Saxton räusperte sich. »Ich bin mir nicht sicher, ob ich mit dir darüber reden sollte.«

Er wollte auf keinen Fall die Beziehung von Bitty und ihren Adoptiveltern zu Ruhn gefährden. Aber an wen sollte er sich sonst wenden?

»Ich will nicht, dass das irgendetwas verändert«, fügte er hinzu.

Rhage zuckte mit den Schultern. »Na ja, da ich keine Ah-

nung habe, wovon du redest, kann ich dir nichts versprechen. Aber ich bin grundsätzlich ziemlich unvoreingenom-
men. Ich meine, Scheiße, ich ertrage Lassiter besser als die
meisten. Na gut, besser als Vishous. Okay, okay, so viel besser
wahrscheinlich auch nicht. Wie war noch mal die Frage?«

»Es geht um Ruhn.«

Rhage wurde ernst. »Was ist mit ihm?«

»Seine Vergangenheit. Im Speziellen.«

Sofort ging in Rhage eine Veränderung vor. Er richtete
sich auf, kniff die Augen zusammen, und der Lolli wurde
von kräftigen Backenzähnen zermalmt.

»Was ist damit?«

Saxton nahm einen Stift vom Schreibtisch und drehte
am Stöpsel herum. Zog ihn ab. Steckte ihn wieder drauf.

»Ich weiß, dass Phury und Vishous runter in den Süden
sind.« Saxton hob den Blick. »Zum Anwesen seines ehe-
maligen Herrn. Sie haben herausgefunden, was er davor
gemacht hat.«

»Ja, haben sie.«

»Dann weißt du also, was ihm zugestoßen ist.«

Kurzes Schweigen. »Ja. Das mit den Kämpfen. Aber wie
hast du davon erfahren? Wir halten das eigentlich unter
Verschluss, aus Respekt.«

»Er hat es mir erzählt.« Saxton schüttelte den Kopf. »Ich
weiß nicht, wie jemand so etwas überleben kann.«

Rhage lehnte sich zurück und starrte ihn über den
Tisch hinweg an. Seine blauen Augen strahlten so hell,
dass sie beinahe Schatten warfen. »Kann ich dich was Persönliches fragen?«

»Natürlich.«

»Willst du was von ihm?« Als Saxton sich sichtlich ver-
steifte, zuckte Rhage mit den Schultern. »Ist völlig in Ordnung, wenn ja. Ich meine, er hatte keine Partnerin dort
unten, und er war noch nie gebunden.«

»Ich weiß nicht, wie ich das beantworten soll.«

»Das heißt also ja. Hey, ich frage nur, weil ich neugierig bin. Ich kann mir keinen anderen Grund vorstellen, weshalb du davon anfangen solltest. Wenn er für dich nur ein Bodyguard wäre, wärst du wahrscheinlich froh über seine Erfahrung, selbst wenn die Art und Weise, wie er sie erlangt hat, etwas extrem ist.«

»Ich will dich nicht in eine unangenehme Situation bringen.«

»Aber du willst wissen, ob er dich im Schlaf umbringen wird, richtig?«

Als Saxton anfing zu stammeln, hob Rhage die Hand. »Mary hat ihre Psychotests mit ihm gemacht. Schließlich hat Bitty ihm angeboten, bei uns zu wohnen, und wir waren dazu mehr als bereit – denn, hallo, er ist schließlich der nächste Blutsverwandte unserer Tochter. Aber mit Wrath, Beth und L. W. im Haus konnten wir kein Risiko eingehen. Mary hat die Tests mündlich durchgeführt, weil Ruhn sie natürlich nicht lesen kann. Er hat alle Screenings bestanden. Er ist stinknormal, kein Psycho. Sie meinte, er hätte eine ordentliche posttraumatische Belastungsstörung, klar, aber wer hätte das nicht nach allem, was er durchgemacht hat. Und ich weiß nicht … also nach heute Nacht … Vielleicht ist dieser Aufpasser-Job einfach nicht der richtige für ihn.«

»In der Tat.«

»Aber er ist ein guter Kerl. Ich vertraue ihm. Klar, du bist selten dabei, wenn er Bitty trifft, aber du solltest die beiden zusammen erleben. Jeden Tag bevor sie ins Bett geht kommen die beiden nach oben. Wir haben in ihrem Zimmer einen Puzzle-Tisch aufgestellt, und da sitzen die zwei dann und puzzeln. Mich macht dieses Zeug ja ehrlich gesagt wahnsinnig. Acht Millionen winzige Teilchen, die man nicht mal richtig mit den Fingern greifen kann, und dann soll man die entsprechenden Farben finden – also, wenn das nicht gestört ist! Aber ich schweife vom Thema ab.« Er zerbiss den Lolli und fing an zu kauen. »Die beiden finden es jedenfalls super. Dabei erzählt er ihr Geschichten von ihrer *Mahmen* und ihren Großeltern. Wie es war, dort aufzuwachsen – das alles klingt nach einer schönen Kindheit. Auf dem Land, draußen spielen, Pferde und Schafe, eine *Mahmen* und ein Vater, die Ruhn und seine Schwester sehr geliebt haben. Bitty saugt das alles in sich auf. Er gibt ihr das Gefühl, als wäre ihre *Mahmen* immer noch bei ihr. Das ist unbezahlbar. Wirklich.« Rhage lachte leise. »Wenn ich so darüber nachdenke, dann ist das die einzige Zeit, in der ich ihn reden höre.«

Saxton nickte. »Ich bin wirklich froh, dass die beiden so einen guten Draht zueinander haben. Und was ich bisher gesehen habe, scheinen sie sich wirklich sehr nahezustehen.«

»Ruhn ist wie ein Sohn für mich. Ernsthaft.«

»Ich hätte nur einfach nicht damit gerechnet … also, ich hätte nie gedacht, dass ihm so etwas widerfahren ist.«

»Wer erwartet schon so was?« Rhage warf den weißen Stiel mit dem rosafarbenen Ende in den Mülleimer. »Hör zu, ich hab schon mit Mary über das gesprochen, was heute Abend vorgefallen ist. Sie wird Ruhn einen kleinen Besuch abstatten. Schauen, ob er Unterstützung braucht. Sie hat Z viel geholfen, deshalb hat sie leider einiges an Erfahrung mit Traumata.«

»Ich verurteile ihn ja auch nicht.« Saxton merkte, dass er die Worte vorsichtig aussprach, als würde er ihren Wahrheitsgehalt überprüfen – und fühlte sich sofort schlecht deswegen.

»Gut. Denn das solltest du nicht. Und du solltest auch keine Angst vor ihm haben. Jeder verdient eine zweite Chance. Ich bin das lebende Beispiel dafür.«

»Du hast recht. Das, was er getan hat, hat er nicht aus freien Stücken getan.«

»Genau.«

»Es kommt mir fast so vor, als würde ich an seiner Stelle trauern.«

»Jedem, der seine Geschichte gehört hat, ergeht es so.«

Wird mein Herz bei ihm sicher sein?, fragte Saxton sich im Stillen. Fairerweise musste er zugeben, dass er sich diese Frage bei jedem stellen würde, mit dem er etwas anfangen wollte.

»Ich wünschte, ich könnte in die Zukunft sehen«, murmelte er.

»Es gibt Dinge im Leben, bei denen das tatsächlich gut wäre. Ich wünschte, ich könnte dir mehr helfen.«

»Ich danke dir«, sagte Saxton lächelnd. »Trotz deiner ganzen Prahlerei bist du eben doch ein Gentleman.«

»Nun wollen wir mal nicht übertreiben.«

Rhage erhob sich und spazierte hinaus, sodass Saxton mit seinen Gedanken allein zurückblieb.

Nach einer Weile stand er auf. Vor den Aktenschränken ganz hinten in der Ecke ging er in die Hocke, drückte auf einen Sensor und entriegelte das Schloss. In diesem Schrank wurden die Dokumente die Mitglieder der Bruderschaft der Black Dagger und ihre Familien betreffend aufbewahrt. Bittys Adoptionspapiere waren schnell gefunden.

Saxton nahm die Akte heraus, schlug sie auf und blätterte zur letzten Seite, auf der Ruhn »unterschrieben« hatte.

Auf der für die Unterschrift vorgesehenen Linie hatte der Vampir ein Selbstporträt von sich gezeichnet.

Das kleine Bild sah ihm so ähnlich und war so realistisch, dass Saxton mit dem Finger den Schwung der Wangenknochen nachfuhr und meinte, die Wärme von Ruhns Haut zu spüren.

Aus irgendeinem Grund musste er an Blay und Qhuinn denken. Was er so mitbekommen hatte, hatte Blay
sich immer um seinen Partner gekümmert, auf ihn aufgepasst und war so zuverlässig wie möglich gewesen. Es war
ein Ausdruck von Liebe, bevor dieses Wort zwischen den
beiden gefallen war.

Je länger Saxton die Zeichnung anstarrte, umso klarer
wurde ihm, weshalb ihm diese ganze Sache mit Ruhn so
naheging.

Er war kurz davor, sich in den Vampir zu verlieben.

Das bedeutete ein hohes Risiko, schließlich wusste er
nur zu gut, wie sich unerwiderte Liebe anfühlte. Und die
Geschichte mit Ruhn besaß noch größere Macht, ihn zu
zerstören.

28

Novo betrachtete die Krücke als gewaltige Verbesserung. Verglichen zum Rollstuhl? Also bitte. Es bedeutete außerdem, dass sie die Übergangsphase mit der Gehhilfe übersprungen hatte.

Prognosen zu übertreffen war gut, vor allem, wenn man sich in der Vampirversion einer Herz-Reha befand.

Den Flur des Trainingszentrums entlangschlurfend, hielt sie konstantes Greisentempo, wobei sie die Füße in den Krankenhausschlappen kaum vom Boden hob. Alles war still, die Brüder waren anderswo, die Trainingsschüler nach Hause gegangen, die Klinik leer bis auf …

Das geisterhafte Heulen des Verrückten war wie ein kalter Luftzug, unsichtbar und schaurig.

Novo ging weiter. Sie hatte diesen Weg nun schon etwa zehnmal zurückgelegt, obwohl sie sich ziemlich sicher war, dass Dr. Manellos Anweisung einmal pro Stunde gelautet hatte. Aber mal im Ernst, wenn sie so weitermachte, würde das im Schnitt durchaus hinkommen – auf einen zweiwöchigen Stundenplan hochgerechnet.

Er musste einfach präzisere Anweisungen geben.

Als sie die Doppeltür zum Fitnessraum erreichte, spähte sie durch die Drahtglasscheibe. Sie konnte es kaum erwarten, endlich wieder mit dem Kampftraining zu beginnen.

Beim Weitergehen verließ sie sich auf ihren Stock, um das Gleichgewicht zu halten, wobei das wackelige Gefühl eher vom Innenohr zu stammen schien als von einer Fehlfunktion ihres Herzens. Man hatte ihr sogar den Tropf abgenommen. Nur das Langzeit-EKG trug sie noch, um sicherzustellen, dass mit ihrer Pumpe alles bestens war.

Beim Blick über die Schulter schien ihr Zimmer meilenweit entfernt zu sein. Aber scheiß drauf. Sie wanderte im Schneckentempo weiter. Schließlich, hundertfünfzig Jahre später, erreichte sie die Tür zum Pool.

Es war jemand drin.

Der Wunsch nach Gesellschaft war für sie ebenso ungewohnt wie diese akute körperliche Schwäche, wobei Letztere Ersteren offenbar verstärkte. Ohne wirklich darüber nachzudenken, schob sie sich in den kleinen Vorraum hinein und setzte ihren Altfrauentanz über die Fliesen fort.

Der Chlorgeruch kitzelte sie in der Nase, und die feuchte Wärme ließ sie an laue Sommernächte denken.

Geplätscher. Und Stimmen.

Als ihr klar wurde, dass mehr als eine Person im Wasser war, hätte sie beinahe wieder kehrtgemacht. Doch dann sah sie, dass es sich bei der Person am Beckenrand um Ehlena handelte, die sich ermutigend zu jemand hinunterbeugte, der versuchte zu schwimmen.

»Oh, hallo, Novo!«, rief die Krankenschwester ihr winkend zu. »Komm doch zu uns!«

Novo vergewisserte sich, dass ihr Krankenhaus-Hemd keine unanständigen Einblicke gewährte, bevor sie auf ihren Stock gestützt ans Becken schlurfte. Der gefliese Rand rings um den großen Pool war trocken, sodass sie keine Sorge hatte auszurutschen, und die feuchte Wärme linderte ein wenig die Schmerzen, die sie immer noch im Brustkorb hatte.

»Hallo, Luchas«, begrüßte sie den Vampir, der sich am Beckenrand festhielt.

»Hallo«, kam grunzend die Antwort.

Seine dünnen, deformierten Hände mit den fehlenden Fingern klammerten sich wie Klauen fest. Den zerbrechlichen Körper nach hinten ausgestreckt, durchpflügte sein verbliebenes Bein langsam das Wasser.

Er war so blass, sie musste den Blick von seinen Schulterblättern abwenden, die sich messerscharf unter seiner dünnen Haut abzeichneten.

»Ich wünschte, ich könnte auch mit reinhüpfen.« Auf ihren Stock gestützt ließ sie sich langsam nieder.

»Mit dem EKG leider nicht.« Ehlena lächelte. »Aber du hast es fast geschafft. Morgen solltest du eigentlich entlassen werden.«

»Ich kann's kaum erwarten.« Novo streifte die Schlappen ab und streckte zuerst einen Fuß und dann den anderen ins Wasser. »Oh, das fühlt sich gut an.«

Luchas' Beintraining sorgte für Wellen, und Novo schloss die Augen, um sich auf das wogende Gefühl an ihren Unterschenkeln und Fußsohlen konzentrieren zu können.

Sie wollte ihm außerdem nicht das Gefühl geben, ihn anzustarren.

Soweit sie das mitbekommen hatte, war Qhuinns Bruder während der Plünderungen entführt worden, und man war davon ausgegangen, dass er mit dem Rest der Familie umgebracht worden war. Die Wahrheit jedoch war noch grausamer. Man hatte ihn in einem Ölfass gefunden, umgeben von Omegas Blut. Er war kaum noch am Leben gewesen, und aufgrund seiner vielen Knochenbrüche und fehlenden Körperteile hatte man ihn förmlich auf die Krankenbahre gießen können.

Obwohl seine Rettung schon einige Zeit zurücklag, lebte er seither in der Klinik, nicht tot, aber auch nicht besonders lebendig. Qhuinn besuchte ihn regelmäßig, doch wie es schien, gab es keine Freude, kein Lachen, keine Zukunftsaussichten mehr. Und für einen jungen Kerl, der einst ein privilegiertes Leben geführt hatte, war das eine verdammt traurige Realität.

»Gut gemacht«, lobte Ehlena ihn. »Wo du jetzt aufgewärmt bist, wollen wir an den Armen arbeiten.«

»Okay.«

Wasserplanschen war zu hören, dann leitete die Krankenschwester ihren Patienten zu einigen Streckübungen und Brustschwimmzügen am flachen Ende des Pools an.

Luchas konzentrierte sich so verbissen, als hinge sein Leben von der Fähigkeit ab, Anweisungen zu befolgen und die Bewegungen auszuführen. Sobald er innehielt, würde er wahrscheinlich tatsächlich untergehen, so wenig Fett hatte er auf den Knochen.

Obwohl sie ihm im Trainingszentrum früher schon begegnet war, hätte sie nie damit gerechnet, irgendwann mal etwas mit ihm gemeinsam zu haben. Nun waren sie beide hier – mit dem Unterschied, dass es ihr zunehmend besser ging, während er womöglich für immer in diesem Niemandsland zwischen gesund und nicht tot festhing. Bis zum morgigen Abend würde sie wieder normal gehen können, und nach weiteren vierundzwanzig Stunden würde sie verdammt noch mal im Kraftraum trainieren. Luchas hingegen? Es war schwer vorstellbar, dass sich sein Zustand maßgeblich verändern würde.

»Ich denke, ich sollte dann mal zurück.« Novo griff nach ihrem Stock und stand auf.

»Schön, dass du bei uns vorbeigeschaut hast.« Ehlena hob die Hand. »Lass mich wissen, wenn du etwas brauchst.«

»Vielen Dank. Luchas, wir sehen uns.« Novo winkte kurz. »Mach's gut.«

»Du auch«, kam die schroffe Antwort.

Der Vampir blickte nicht auf, und sie war froh, gehen zu können. Wenn man selbst nicht ganz fit war, fiel es einem schwer, sich in der Nähe von jemand so Krankem aufzuhalten. Man fragte sich zwangsläufig, ob der andere auf der Liste der Abgehängten stand, während man selbst ausgewählt worden war, wieder gesund zu werden.

Die Zufälligkeit dieses Glücks konnte einem ziemlich das Hirn verquirlen.

Als sie hinaus in den kühlen Korridor trat, fröstelte sie. Und bis sie schließlich ihr Krankenzimmer erreichte, war sie total erledigt. So fertig wie nach einem Marathon.

Sie hängte ihren Gehstock ans Bettende und hievte sich hoch auf die Matratze. Die Einsamkeit senkte sich auf sie herab wie eine giftige Wolke, aber sie war zu müde, um dagegen anzukämpfen.

Da fing ihr Handy an zu klingeln. Es lag mit dem Display nach unten auf dem Rolltisch, an dem sie ihre Mahlzeiten einnahm. Novo drehte den Kopf in Richtung des Geräuschs, aber sie hatte nicht die geringste Lust nachzusehen, wer anrief. Sie wusste es auch so. Ihre *Mahmen* und ihre Schwester waren stinksauer, dass sie noch keinen Strich für den Junggesellinnenabschied am nächsten Abend vorbereitet hatte.

Aber, hey: Dank Sophy hatten sie ja eine Reservierung in diesem Lokal. Was brauchten sie denn sonst noch – ach, ja, natüüüürlich, die verdammte Schärpe, samt Krönchen, Zepter und Federboas.

Den üblichen instagramtauglichen Scheiß eben.

Denn man lebte ja nicht wirklich, wenn man keine »Momente« kreieren konnte, die bewiesen, wie einzigartig und originell die eigene Existenz war.

Schließlich griff sie doch nach dem Handy.

Nach einem Blick aufs Display setzte sie sich auf und nahm den Anruf entgegen. »Du schon wieder.«

Ihr Ton war jedoch alles andere als abweisend. Stattdessen lag darin eine Weinerlichkeit, die sie wirklich schleunigst abstellen musste.

Peytons Stimme klang gedämpft. »Hi.«

Die Geräuschkulisse im Hintergrund war laut. Er war in einem Club. Wo auch sonst.

Doch er rief sie an. »Na, was treibst du, Mister Big Spender?«, neckte sie ihn.

Schon besser, dachte sie. Ja, so wollte sie klingen. Mehr wie die alte Novo – die normale Novo, fügte sie in Gedanken hinzu.

»Ach ja, das übliche Programm.«

»Warum fickst du dann nicht gerade irgendeine Frau im Hinterzimmer?«

»Ich hätte die Gelegenheit dazu gehabt.«

»Und du hast abgelehnt? Nicht in Form, oder was?«

»Was machst du denn so?«

»Den Flur auf und ab wandern. Später vielleicht noch ein bisschen Teilchenphysik studieren, einen Prius oder zwei beim Bankdrücken stemmen und die gesammelten Werke von Shakespeare lesen. Also, ja, volles Programm bei mir.«

Sein Lachen klang gut, so gut. »Lust auf Besuch?«

»Kommt drauf an.«

»Auf was?«

Sie blickte sich in dem ziemlich kargen Zimmer um. »Weiß auch nicht«, sagte sie leise.

»Ich fühle mich irgendwie einsam.«

»Du bist mit diesen Affen unterwegs, richtig? Dem Vollhonk-Trio.«

Er lachte verhalten. »Stimmt.«

Novo nahm das Telefon ans andere Ohr. »Und um dich herum lauter Menschenfrauen, habe ich recht? Von der heißen Sorte, bei denen die Halsmuskeln auf Kommando erschlaffen und mit genug implantiertem Silikon, dass sie auch als träges Molekül durchgehen könnten?«

»So ungefähr.«

»Warum telefonierst du dann mit mir?«

»Weil ich lieber mit dir zusammen wäre.«

Novo schloss die Augen. »Dieser Streit mit deinem Vater muss ja ziemlich heftig sein.«

»Das hat nichts mit ihm zu tun.«

»Bist du dir sicher? Ich nämlich nicht.«

»Also was meinst du? Und es geht hier nicht um Sex.«

»Gut. Ich gehe nämlich am Stock und fühle mich ungefähr so sexy wie ein Toaster.«

»Okay, kurze Zwischenbemerkung: Toaster sind heiß. Ich meine, das ist ihr Sinn und Zweck. Sonst hätte man hinterher labbrige Weißbrotscheiben, und wer braucht das schon.«

Novo fing an zu lachen. »Du bist so bescheuert.«

»Was ich sagen will, wenn du ausdrücken willst, dass du dich nicht sexy fühlst, solltest du einen anderen Vergleich wählen. Zum Beispiel ... ich fühle mich so sexy wie eine Flasche Gaviscon. Das soll nämlich Sodbrennen *lindern,* deshalb ...«

»Halt's Maul, und ruf den Bus.«

Lächelnd legte sie auf. Dann stand sie, wirklich ganz ohne Grund, auf ... ging ins Badezimmer, putzte sich die Zähne, wusch sich das Gesicht und flocht ihre Haare neu.

Peyton brauchte eine gute Stunde bis zum Trainingszentrum, und als er schließlich aus dem Kleinbus stieg, merkte er, dass er fast im Laufschritt zu Novos Zimmer unterwegs war. Dort angekommen strich er sich die Haare glatt und überprüfte, ob sein Anzug richtig geknöpft war.

Dann öffnete er die Tür und hielt inne.

Sie schlief tief und fest, den Kopf zur Seite gelegt, als

hätte sie versucht, für ihn wach zu bleiben. Sie hatte keinen Tropf mehr, fiel ihm auf, und abgesehen von einigen Kabeln an ihrer Brust, die an einem kleinen Gerät hingen, waren alle Überwachungsmaschinen verschwunden.

Er schloss leise die Tür und streifte seine Schuhe ab, damit er kein Geräusch machte. Auf halbem Weg zum Bett entledigte er sich des Jacketts. Direkt neben ihr entfernte er seinen Gürtel, zog die Hemdschöße aus der Hose und löste die Manschettenknöpfe.

»Ich bin's«, flüsterte er, als er sich vorsichtig neben sie legte.

Novo murmelte etwas im Schlaf. Dann drehte sie sich zu ihm um und kuschelte sich an ihn. Ihr Körper schmiegte sich perfekt an seinen, ihr Duft erfüllte seine Nase, und ein großes Gefühl von Frieden senkte sich auf ihn herab.

Peyton dimmte kraft seiner Gedanken das Licht und schloss die Augen.

Das leise Summen der Klimaanlage war das perfekte Hintergrundgeräusch. Und Novos tiefes Seufzen gab ihm das Gefühl, dreißig Meter groß und stark wie ein Ochse zu sein.

»Du bist gekommen«, flüsterte sie an seiner Brust.

»Du bist wach.«

Novo hob den Kopf. Ihre Augen waren so müde und verschlafen, dass ihre dichten Wimpern fast die Wangenknochen berührten. Ihr Gesicht war gerötet vom Schlaf.

»Ja, ich bin gekommen.« Er strich ihr eine Haarsträhne zurück. »Du siehst bezaubernd aus.«

»Du willst mich verarschen.«

»Nein. Nie.«

Später würde er sich fragen, wer wen zuerst geküsst hatte. War er es gewesen, der seinen Mund auf ihren drückte? Oder sie, die mit ihren Lippen die seinen berührte? Vielleicht waren sie sich in der Mitte begegnet.

So war es wahrscheinlich gewesen.

Langsam, so langsam. Weich. Sanft.

»Komm zu mir unter die Decke«, hauchte sie.

»Mit oder ohne Klamotten?«, fragte er.

Nach einer kurzen Pause antwortete sie: »Ohne.«

Mit klopfendem Herzen setzte er sich auf, und ehe noch mehr passierte, verriegelte er vorsorglich kraft seiner Gedanken die Tür. Dann zog er sein Hemd über den Kopf und ließ es fallen. Streifte die Socken ab. Hüpfte vom Bett, löste den Knopf seiner Hose und öffnete den Reißverschluss. Da sein Schwanz bereits voll erigiert war, drückte er ihn nach oben gegen seinen Bauch und hielt ihn fest, als er sich wieder umdrehte.

Novo ihrerseits ließ ihr Krankenhausnachthemd zu Boden gleiten.

Einen Moment lang starrte er sie einfach nur an. Sie sah umwerfend aus mit ihrer goldenen Haut, die im Kontrast zu den weißen Laken und Decken schimmerte, ihren festen Brüsten mit den kleinen Nippeln, der Kurve ihrer Taille und ihres Bauches.

»Hilfst du mir, die abzumachen?«

Was abmachen? »Ach, die Kabel. Klar.«

»Du musst einfach nur die Clips von den Klebepads lösen.«

Er betrachtete die Sensoren, die die Daten an das Herzüberwachungsgerät lieferten. »Bist du sicher, dass das eine gute Idee ist?«

»Ich darf sie zum Duschen abnehmen. Also kein Problem. Und Dr. Manello hat gesagt, es ist sowieso eine übertriebene Vorsichtsmaßnahme. Aber komm zuerst ins Bett.«

Mit einem Zittern, das er nicht verbergen konnte, schlüpfte Peyton auf die warme Stelle, die ihr Körper auf der Matratze hinterlassen hatte. Dabei gab er sich größte Mühe, sein Becken zurückzuziehen, obwohl nicht viel Platz war – es erschien ihm unhöflich, sich an ihr zu reiben, während sie die Kabel abclipste.

Ihre Nippel waren klein und rosa und einfach perfekt.

Obwohl er ihr eigentlich mit den Kabeln helfen sollte, suchten seine Finger stattdessen eine ihrer Brüste und strichen über die samtige Haut. Als er die Spitze berührte, schnappte sie nach Luft.

»Ich muss dich schmecken«, presste er heiser hervor.

Als Antwort bog Novo den Rücken durch und bot ihm genau das, was er wollte, und … Beim Schleier, er bedeckte die Knospe mit seinem Mund, saugend, leckend. Sie vergrub die Finger in seinen Haaren, um ihn zu ermutigen … und dieser Duft. Ihre Erregung verursachte einen Kurzschluss in seinem Hirn.

Doch er bremste sich.

Ungeduldig und ausgehungert hielt er sich trotzdem im Zaum.

Als sich seine streichelnde Hand in einem Kabel verfing, schob sie seine Schultern zurück. »Lass mich – warte, da ist noch eines.«

Nachdem Novo den letzten Clip entfernt hatte, lächelte sie ihn schief an. »Versuch einfach, nicht auf die Pflaster zu achten.«

Er blickte ihr fest in die Augen. »Ich sehe nur dich, glaub mir.«

Dann ließ er den Kopf wieder sinken, strich sanft mit den Lippen über ihr Brustbein und küsste die Stelle, wo ihr Herz war. Nach einem stummen Dankesgebet wanderte er weiter zu ihrer Brust, um die Knospe mit der Zunge kreisend zu erforschen und schließlich in den Mund zu nehmen.

Unter der Decke streichelte seine Hand währenddessen über ihre Hüfte bis zum Oberschenkel. Sie bestand nur aus Muskeln und Sehnen, so stark, kraftvoll, und verdammt, das war so unglaublich sexy. Obwohl er gerne sofort in sie eingedrungen wäre, ließ er sich Zeit, um sie mehr und mehr zu erregen, bis sich ihre Beine ungeduldig auf der Matratze hin und her schoben, ihr Atem immer schneller wurde, sie die Wirbelsäule durchbog und das Becken ungeduldig ihm entgegendrängte.

Erst da bewegte er sich leckend und mit sanften Bissen zu ihrem Schlüsselbein hinauf, ihrem Hals … ihren Lippen. Während er in ihren Mund eintauchte, strich seine Hand die Innenseite ihres Oberschenkels hinauf in Richtung ihrer glühenden Mitte.

»Ja«, stöhnte sie in seinen Kuss hinein. »Oh, beim Schleier … ja.«

Ihr feuchtes Geschlecht, so weit geöffnet und bereit, ließ ihn beinahe kommen. Doch im Moment ging es nur um sie. Mit dem Finger drang er in sie ein und fand einen Rhythmus, während sein Daumen sie mit kreisenden Bewegungen anfeuerte. Als sich ihre Spannung lustvoll entlud, schluckte er ihr Stöhnen.

»Ich will dich in mir spüren«, verlangte sie.

Ihre Hand fand seinen Schwanz, und sie musste nicht zweimal bitten. Im Nu hatte er sich auf sie gerollt und schob ihre Oberschenkel auseinander, um Platz zu machen. Dann zog er die Hüfte zurück, zielte mit seiner Erektion und …

»Oh, *fuck*«, stöhnte er, als seine Spitze in sie eindrang.

Er glitt tief hinein, so verdammt tief. Sie war so eng wie eine Faust. Und sie war heiß, wie glühendes Feuer. Es war genau wie in seiner Erinnerung, nur noch viel besser. Denn dieses Mal war sie richtig präsent und ebenso hungrig wie er.

Er zog sich zurück, bis fast ganz hinaus, um dann erneut hineinzustoßen. Und raus. Und rein.

Sein Unterleib hätte am liebsten wie ein Kolben gepumpt, doch er bemühte sich um langsame, gleichmäßige Stöße. Unter ihm wand sie sich vor lustvoller Ungeduld und grub ihm sogar die Nägel in den Hintern, damit er schneller machte.

Er weigerte sich.

Und war froh darüber.

Denn als sie das nächste Mal kam, konnte er das Pulsieren deutlich spüren, während ihre Kontraktionen seinen Schwanz massierten.

Der Orgasmus überkam ihn hinterrücks, traf ihn und seine Willenskraft mit voller Wucht und zog ihn in Tiefen der Lust hinab, aus denen es kein Entkommen gab.

Gerne hätte er länger durchgehalten. Doch als er sie ausfüllte und seinen Kopf in die duftende Kuhle ihres Halses sinken ließ, bereute er trotzdem nichts.

Wie hätte er auch.

Er hatte noch nie etwas vergleichbar Gutes erlebt, und schon gar nicht mit jemandem wie ihr.

29

Als Ruhn in sein Gästezimmer im Anwesen der Bruderschaft zurückkehrte, schloss er sich ein und ließ den Blick
über die edle Einrichtung schweifen. Alles war so wunderschön, angefangen bei der Tapete, die aussah wie Seide,
über die antiken Kommoden und den Tisch bis hin zum
Himmelbett, dessen Vorhänge aus demselben schweren
Stoff zu bestehen schienen wie der an den Wänden.

Von Anfang an hatte es auf ihn wie ein königliches Ge-
mach gewirkt.

Er selbst hatte sich unter diesem Baldachin mit all den
teuren Kissen und der Tagesdecke mit Monogramm nie
wohlgefühlt. Er hatte sogar überlegt, einfach auf dem
Bettvorleger zu schlafen. Doch er hatte Angst gehabt,
seine Gastgeber würden durch die *Doggen*, die jeden
Abend sauber machten, davon erfahren und wären ge-
kränkt.

Als er nun zum begehbaren Kleiderschrank ging und
die Türen öffnete, verspürte er wieder einmal dieses Ich-
gehöre-nicht-hierher-Gefühl, denn er sah sich mit rei-
henweise leeren Kleiderbügeln und Schuhregalen konfrontiert. Seine zwei, drei T-Shirts, zwei Paar Jeans und
die Arbeitsstiefel nahmen auf der rechten Seite keinerlei
Platz ein. Die Pullover und Hosen, die Bitty, Rhage und
Mary ihm geschenkt hatten, als die Gemeinschaft dieses
menschliche Fest namens Weihnachten gefeiert hatte, waren ihm viel zu großzügig erschienen, als er sie ausgepackt

hatte. In diesem riesigen Kleiderschrank jedoch fielen sie überhaupt nicht auf.

Er zog sich aus und stopfte alles in den Wäschekorb.

Auch daran, dass seine Sachen für ihn gewaschen wurden, musste er sich erst einmal gewöhnen. Anfangs hatte er mit allen Mitteln darum gekämpft, dass Fritz und die Angestellten seine Wäsche in Ruhe ließen, damit er sich selbst darum kümmern konnte, doch letztlich hatte er nachgegeben.

Diesen Hundeblick, den der Butler aufsetzte, wenn man ihm Arbeit verweigerte, konnte Ruhn schlicht nicht ertragen.

Als er nun nackt ins Badezimmer ging, war er versucht, das Licht ausgeschaltet zu lassen, doch er musste sehen, wie groß der Schaden war.

»Oh.«

Kopfschüttelnd ging er zum breiten Spiegel über den zwei Marmorwaschbecken hinüber. »Oh … je.«

Sein Gesicht sah schlimm aus. Sehr schlimm. Die eine Seite war komplett geschwollen und verbeult. Er beugte sich etwas näher ans Glas und berührte die Schwellung vorsichtig mit dem Finger. Der resultierende Schmerz legte nahe, dass Saxton recht hatte: Sein Wangenknochen könnte durchaus gebrochen sein, und vielleicht brauchte er tatsächlich einen Heiler.

Dann war da noch seine aufgeplatzte Lippe.

»Vielleicht hilft ja eine Dusche.«

Er hatte keine Ahnung, mit wem er sprach.

Ruhn öffnete die durchsichtige Glastür und drehte das Wasser auf. Die Tatsache, dass es sechs verschiedene Duschköpfe gab, war ihm wie alberner Luxus vorgekommen – doch sobald er unter der Brause stand, beschwerte er sich nicht mehr.

Erst recht nicht heute Nacht.

Sein Körper schmerzte an verschiedenen Stellen, und er sog zischend die Luft ein, als die aufgesprungene Haut seiner Fingerknöchel mit Wasser in Berührung kam. Sein linker Arm tat weh, aber er dachte nicht weiter über die Ursache nach. Dazu müsste er den Kampf in Gedanken noch einmal durchspielen, und er wollte so tun, als wäre nichts passiert.

Nachdem er sich eingeseift und shampooniert hatte – Conditioner benutzte er keinen; er kapierte nicht, weshalb Leute sich zuerst die Haare wuschen, um dann wieder irgendwelches Zeug reinzuschmieren –, verließ er die Duschkabine, trocknete sich ab und debattierte mit sich selbst, ob er die Klinik noch aufsuchen sollte oder nicht.

Dann traf gewissermaßen Bitty die Entscheidung für ihn.

Wenn sie ihn so sah, total verbeult? Oder wenn die Verletzungen schlecht verheilten und die eine Seite seines Gesichts für immer deformiert blieb? Dann hielt sie ihn womöglich für das Monster, das er gewesen war.

Das würde er nicht ertragen.

Er zog eine frische Jeans, ein sauberes Unterhemd und diesen blauen Pulli an, den Bitty ihm geschenkt hatte.

Den Pulli trug er als Glücksbringer. Zur Stärkung. Um …

Das Klopfen an der Zimmertür war leise, was nichts Gutes verhieß. Vielleicht war es seine Nichte, die seinen Truck draußen bei den anderen Fahrzeugen auf dem Parkplatz gesehen hatte.

»Wer ist da?«, fragte er.

Kurze Stille. »Ich.«

Als er begriff, dass es sich um Saxtons Stimme handelte, war er so erschrocken, dass er sich einen Moment lang nicht bewegen konnte. Dann riss er sich aus der Schockstarre und ging zur Tür.

Beim Öffnen merkte er, dass er den Knauf so fest umklammerte, dass sein Unterarm schmerzte. »Hallo.«

»Darf ich dich bitte kurz sprechen? Unter vier Augen?«

Als Peyton auf sie sank, erstarrte Novo. Das hätte nicht passieren dürfen. Also weniger der Sex an sich, wobei sie selbst überrascht war, Lust darauf gehabt zu haben, obwohl sie immer noch so unendlich müde war. Nein, was sie nicht wollte, war die *Art* von Sex, die sie gehabt hatten. Sie hatte nie etwas anderes gewollt als wütenden Sex, bei dem einem die Zähne aufeinanderschlugen, die Betten krachten und man eine Nacht später immer noch wund und zerschlagen war, als hätte man einen Autounfall gehabt.

Ficken.

Nicht dieses softe, sanfte Zeug.

Ersteres war sportlich und aggressiv, darum war es einfacher, dabei wachsam zu bleiben. Das, was Peyton und sie hingegen gerade getan hatten, war zu nah. Zu ... intim.

»Was ist los?«, wollte er wissen.

Als er sie ansah, wich sie seinem Blick aus. »Nichts. Alles in Ordnung.«

Einen Augenblick später zog er sich aus ihr zurück, und sie hasste es, dass ihr Körper ihn sofort vermisste. Auch das gehörte zu den Dingen, die sie nicht brauchte.

»Weißt du«, sagte er beiläufig, »früher oder später musst du dich entscheiden, ob du mich magst oder nicht.«

Ein Anfall von schlechtem Gewissen ließ sie ehrlicher antworten, als sie das normalerweise getan hätte. »Es liegt nicht an dir. Echt.«

»Meine Güte, was für ein Satz.« Mit einem schmalen Lächeln schwang er die Beine herum, bis er auf der Bettkante saß. »Und weißt du was, ich hab ihn auch schon gesagt. Es ist immer gelogen.«

»Nicht immer.«

»Na gut. Meistens.«

Es folgte längeres Schweigen, während dem Novo versuchte, nicht seine Schultern und seinen Oberkörper zu studieren. Die zusätzlichen Muskeln standen ihm. Und sie waren nicht das Einzige, was an seinem Körper gut gebaut war.

Schnell schloss sie die Augen, als die erotische Hitze durch sie hindurchschoss wie eine Sonneneruption.

»Ich mag dich«, hörte sie sich sagen. »Ich bin nur einfach nicht … besonders gut in Sachen Beziehung und so.«

Er warf ihr einen Schulterblick zu. »Und auch diesen Spruch hab ich schon gebracht! Hey, gib mir mein Skript zurück.«

»Es stimmt aber.«

Peyton betrachtete kopfschüttelnd den Fußboden. »Nein, ganz ehrlich, das ist Bullshit. Wer ist schon gut in Beziehungen. Und hattest du das Gefühl, dass wir darauf zusteuern? Halt, sag nichts, denn das spielt jetzt ja wohl keine Rolle mehr.«

Novo setzte sich auf. »Peyton. Ich mein's ernst.«

»Ja, so heiß ich. Ich versteh schon.« Er rutschte von dem hohen Krankenbett und schlüpfte in seine Hose. »Kein Problem. Alles easy. Ich werde dich nicht drängen.«

»Ich bin an so was einfach nicht interessiert.«

»Offensichtlich. Wobei es mir schmeicheln sollte, dass du dich diesbezüglich von mir bedroht fühlst. Das ist sicher so eine Art Trostpflaster. Aber wahrscheinlich hältst du diesen Vortrag nur denen, von denen du denkst, sie könnten vielleicht, möglicherweise deine harte Schale knacken. Also immer her mit dem Verdienstabzeichen! Wahrscheinlich handelt es sich dabei um einen ausgestreckten Mittelfinger vor feministischem Hintergrund, aber ich bin sicher, ich finde eine Jacke, an der ich es tragen kann.«

Während sie ihn anstarrte, waren die Worte plötzlich da, aber nur in ihrem Kopf: *Ich habe ein Kind verloren. Nachdem der Kerl mich wegen meiner Schwester verlassen hat – und Sophy hat ihn nur angemacht, um zu beweisen, dass sie ihn kriegen konnte, kapierst du? Ich hatte eine Fehlgeburt, alleine, in einem kalten Haus, und ich habe mir geschworen, dass ich mich nie, nie, nie wieder emotional auf jemanden einlassen werde.*

Dann kommst du daher, und eine Weile kann ich dich als reiches Arschloch abtun … bis du mir versprochen hast, dass du mir niemals wehtun würdest und mich dann geliebt hast, statt mich zu ficken.

Jetzt will ich vor dir weglaufen, weil ich diese Lektion kein zweites Mal lernen will.

Okay, das wäre alles so viel besser gewesen, wenn sie es laut ausgesprochen hätte, statt es nur zu denken. Doch irgendwie schaffte sie diesen Sprung nicht. Sie schien unfähig zu sein, den Mund zu öffnen und ihm all die Gründe aufzuzählen, weshalb niemand, nicht nur er, ihr wirklich nahekommen durfte.

»Ich werde jetzt gehen«, sagte er, »bevor du mir noch einen meiner eigenen Sprüche an den Kopf wirfst. Ich könnte wetten, dass es sich dabei um den Satz *Tut mir echt leid, aber ich sollte jetzt wirklich schlafen, weil ich morgen arbeiten muss* handelt – was zumindest in meinem Fall eine dreiste Lüge war, bevor ich ins Trainingsprogramm aufgenommen wurde. Aber egal.«

Er beugte sich vor, um seine Socken aufzusammeln und in die Hosentasche zu stopfen. Er zog sein Hemd an. Das Jackett auch. Seine Schuhe – waren die aus Straußenleder? – folgten, zuerst der linke, dann der rechte. Mit den Fingern kämmte er sich durch die Haare. Er schloss die Manschettenknöpfe.

Während Peyton seinen zuvor nackten Körper in mehr und mehr Kleidungsstücke hüllte, wurden seine Bewegungen immer schneller, als wäre sein Abgang ein Zug, der an Geschwindigkeit zulegte.

»Also dann, man sieht sich.« An der Tür hielt er kurz inne. »Die Botschaft ist angekommen, okay? Ich werde dich in Ruhe lassen, vor allem jetzt, wo du wieder auf den Beinen bist.«

Sein Lächeln schien direkt aus einem Modemagazin entsprungen zu sein, selbstbewusst und voller perfekter, strahlend weißer Zähne. »Mach's gut.«

Er klopfte gegen den Türrahmen wie ein Richter, der mit einem Hammerschlag eine Verhandlung beendet, dann war er verschwunden, als wäre er nie da gewesen.

In der Stille sagte sie sich, dass es so am besten war. Er hatte sich zu gut angefühlt. Er hatte zu oft ihre Abwehr durchbrochen. Er war die Art von Überraschung, die sie in ihrem Leben nicht brauchte.

Und sein Verschwinden könnte nicht besser passen. Bis sie ihn das nächste Mal wiedersah – was am Samstagabend sein würde –, hätte sie sich wieder im Griff, und alles wäre gut.

Etwas anderes würde sie nicht zulassen.

30

Während Saxton in Ruhns offener Zimmertür stand und auf eine Antwort wartete, atmete er tief durch und roch die wunderbare Mischung aus Seife und Shampoo, die der andere Vampir benutzte.

»Bitte.« Ruhn trat beiseite. »Komm rein.«

Saxtons erster Gedanke, nachdem er den Raum betreten hatte, war, dass die Einrichtung nicht zu Ruhn passte. Das Zimmer war nicht unschön oder geschmacklos eingerichtet. Im Gegenteil, es handelte sich um ein ziemlich elegantes Beispiel dessen, was er selbst als neo-royalen Stil bezeichnete, jede Menge Damast und Seide und Gold. Das Dunkelblau war okay und passte gut zu den Gemälden der alten Meister und dem ganzen Blattgold, aber es war viel zu verschnörkelt und edel, als dass Ruhn sich darin wohlfühlen würde.

Minnies Farmhaus war da viel passender, dort war alles handgearbeitet und praktisch, mit klaren Linien und aus Holz, das im Lauf der Jahre zigmal poliert worden war, statt unter mehreren Schichten Farbe zu verschwinden.

»Wäre es dir lieber, wenn ich die Tür offen lasse?«, fragte Ruhn.

Saxton warf einen Blick über die Schulter. »Nein. Bitte, mach sie zu. Danke.«

Ein leises Klicken, dann stand Ruhn einfach nur da, die Hände vor dem Körper verschränkt, die Schultern nach vorne hängend.

Die Haltung erinnerte Saxton an das erste Mal, als sie zusammen auf Minnies Sofa gesessen hatten und Ruhn versuchte, sich kleiner zu machen, als er wirklich war.

»Ich möchte dir nur sagen, dass …« Saxton brach ab und lachte rau. »Für einen Anwalt, der den ganzen Tag Sätze hin und her dreht, fehlen mir irgendwie die Worte.«

»Ich kann warten«, sagte Ruhn. »Egal, wie lange du brauchst.«

Überrascht stellte Saxton fest, dass er offenbar im Zimmer herumgelaufen war und nun neben dem Bett stand. Er drehte sich um und sagte klar und deutlich: »Es tut mir leid, dass ich so reagiert habe. Ich möchte mich entschuldigen, falls ich den Eindruck erweckt habe, falls es also auf dich so gewirkt hat, als hätte sich meine Meinung von dir in irgendeiner Weise verändert. Ich möchte dir außerdem sagen, dass ich ein Feigling bin.«

Sein Gegenüber zog erstaunt die Augenbrauen hoch. »Ich … das verstehe ich nicht.«

Saxton trat ans Fußende des Bettes. »Darf ich mich setzen?«

»Ja. Natürlich. Es ist mehr dein Haus als meines.«

»Das stimmt nicht, aber darüber müssen wir jetzt nicht diskutieren.«

Saxton blickte nach oben zum Baldachin und betrachtete die schweren Vorhänge an den vier Bettpfosten. Gütige Jungfrau, das sah aus, als hätte eine Diva aus den Vierzigerjahren ihre Roben dort aufgehängt.

Dann richtete er den Blick wieder auf Ruhn. »Verglichen mit dir bin ich ein Feigling.«

»Weil du im Truck geblieben bist, als diese Menschen uns angegriffen haben?«

»Nein, weil …« Er holte tief Luft. »Ich habe jemanden geliebt. Ich benutze die Vergangenheitsform, weil die Tiefe meiner Gefühle nicht erwidert wurde und ich nun seit einiger Zeit mit dieser Tatsache leben muss. Das war eine ziemlich unangenehme Situation für mich.«

Ruhn blinzelte. »Ich … das tut mir leid. Das muss hart sein.«

»Ja«, antwortete Saxton leise. »Es war nicht leicht, regelmäßig daran erinnert zu werden, was ich mir gewünscht hatte, und es fällt schwer, sich nicht minderwertig zu fühlen, selbst wenn man weiß, dass es hier nicht um Schuld geht – das Herz will eben, was es will.« Er zuckte mit den Schultern. »Ich bin auch nicht der Erste und nicht der Letzte, der mit so einer Situation klarkommen muss.«

Ruhn verschränkte die Arme vor der Brust und blickte zu Boden. »War es jemand in dieser Hausgemeinschaft?«

»Ja.«

»Wer?«

Saxton zögerte. »Blaylock, Sohn des Rocke.« Als keine Reaktion kam, seufzte er. »Es ist Blay. Oder besser gesagt, er war es.«

Nach einem weiteren Moment des Schweigens sagte Ruhn: »Ich stelle fest, dass ich auf diesen Vampir gerade ziemlich eifersüchtig bin.«

»Du bist so ehrlich.« Bewundernd schüttelte Saxton den Kopf. »Es verblüfft mich, wie offen und unverfälscht du sein kannst.«

»Ist das gut oder schlecht?«

»Ich finde es hinreißend. Es ist fast so bezaubernd wie dein Lächeln.«

Der Vampir hob den Blick. Wurde rot. Sah wieder weg. »Blaylock ist ein sehr attraktiver Mann. Und gütig.«

»Er ist ein Kämpfer. Genau wie du heute Nacht.«

Ruhn runzelte die Stirn. »Willst du erreichen, dass ich mich wegen meiner Vergangenheit weniger schuldig fühle?«

»Ja, ich kann nicht anders. Ich kann seither an fast nichts anderes mehr denken. Ich halte es einfach nicht aus, dass du dich wegen der Folter, der du ausgesetzt warst, schlecht fühlst. Du warst ein Opfer.«

Ruhn hatte die Arme nun so fest vor der Brust verschränkt, als müsste er sich selbst festhalten. »Ich will nicht mehr darüber reden.«

»Müssen wir auch nicht. Aber was ich sagen will … du warst ehrlich zu mir, und ich will ehrlich zu dir sein. Mir wurde ziemlich heftig das Herz gebrochen, und ich hätte nie gedacht, dass ein anderer als Blay diesen Teil von mir erreichen könnte. Wahrscheinlich dachte ich, dass durch ihn etwas Wesentliches in mir zerstört wurde. Dass es mich für immer verändert hat. Dann bin ich dir begegnet.«

Ruckartig hob Ruhn den Kopf. Riss die Augen auf.

»Ich erinnere mich noch genau an den Moment, als ich dich das erste Mal sah.« Saxton lächelte. »Das war bei dem Treffen mit dir, Rhage und Mary wegen Bittys Adoption. Ich konnte nicht aufhören dich anzusehen.«

»Aber ich dachte, das lag daran, weil du mir nicht vertraust oder nichts von mir hältst. Ich habe immer … jedes Mal, wenn du mich angeschaut hast, dachte ich, es wäre …«

»Du bist sehr attraktiv. Aber ich bin davon ausgegangen, dass du hetero bist.«

»Nun ja, ich habe noch nie über so was wie hetero oder nicht nachgedacht. Ich dachte immer, Frauen sind die einzige … du weißt schon, Option. Bis ich dir begegnet bin.«

Saxton lächelte wieder. »Nur damit du es weißt … ich glaube, ich könnte mich in dich verlieben. Und ich hätte nie gedacht, dass ich das jemals wieder zu jemandem sagen würde. Doch die Wahrheit ist, ich würde gerne sehen, wohin das mit uns führt. Falls du daran interessiert bist. Es war mutig von dir, mir all das zu erzählen … und ich will auch mutig sein.«

Die Röte, die Ruhns Gesicht überzog, war rührend – und sein schüchternes Glück gab Saxton das Gefühl, das Richtige getan zu haben.

Man konnte nicht fliegen, solange man den Absprung nicht wagte.

Niemand wusste, was passieren würde. Aber er wollte diesen Weg gehen. Er hatte Caldwell verlassen und diesem Trott entkommen wollen, in den er verfallen war.

Mit Ruhn erwartete ihn eine solche Reise.

»Ja«, sagte der Vampir. »Ich würde das auch gerne herausfinden.«

»Darf ich dich jetzt küssen?«, fragte Saxton.

Ruhn durchquerte das Zimmer und fühlte sich wie verwandelt. Es schien unmöglich, eine so große emotionale Distanz zurückzulegen, wo es sich in Wahrheit nur um ein paar Meter handelte, doch als er vor Saxton stand, kam er sich vor, als wäre er ein anderer.

Es war erstaunlich. Bisher hatte die Welt grau und verschlossen gewirkt, doch nun besaß sie einen Horizont mit einem herrlichen Nachthimmel voller Sterne. Und dieses ganze Universum steckte in diesem schönen Gesicht, das vom Fußende des Bettes, in dem er schlief, zu ihm aufblickte.

»Ja«, sagte er und berührte Saxtons blondes Haar. »Du darfst mich immer küssen.«

Doch er war es, der sich nach unten beugte und mit seinen Lippen die des anderen suchte. So süß, so weich … und sofort wurde er an der Stelle hart, auf die es ankam.

»Die Tür abschließen?«, murmelte Saxton an seinem Mund.

»Ja.«

Einer von ihnen kümmerte sich darum. Ruhn bekam gar nicht mit, wer es tat. Dann sank er zwischen Saxtons Schenkeln auf die Knie. Aufgrund seiner Größe war es ihm möglich, den Kontakt ihrer Lippen zu halten, während seine Hände alle möglichen Dinge fanden, die weg mussten: Jackett, Hemd ...

Als er Hosenknopf und Reißverschluss erreichte, hielt er inne. Saxtons Schwanz zeichnete sich dick und steif unter dem feinen Stoff ab.

Ruhn sah auf und genoss den Anblick der nackten Brust, der Schultern, der Schlüsselbeine. »Ich weiß nicht, wie man das macht?«

»Oh doch ... das tust du, das tust du.«

»Möchtest du, dass ich ...«

»Ich bin schon kurz davor zu kommen, wenn ich dich nur da zwischen meinen Beinen knien sehe. Du kannst alles mit mir machen, was du willst.«

Grinsend machte Ruhn sich an der Hose zu schaffen. Er wollte nichts zerreißen – wobei, um ehrlich zu sein, hätte er sie Saxton schon gerne vom Leib gerissen, aber er wollte nichts kaputt machen. Doch das Kleidungsstück war sehr entgegenkommend. Es öffnete sich quasi von selbst und gab den Blick auf enge schwarze Boxershorts frei ... und auf diese Erektion.

Saxton stand auf. »Warte kurz.«

Dann war er nackt.

Überwältigend, das war alles, was Ruhn denken konnte, während er die glatten Oberschenkel zum flachen Bauch und den Hüftknochen hinaufstrich.

Der Schwanz war die Krönung. Steif, stolz und Aufmerksamkeit fordernd.

Ruhn nahm ihn in die Hand. Warm und hart. Stöhnend ließ Saxton den Kopf nach hinten fallen.

Ruhn beugte sich vor und öffnete den Mund. Er hatte

erwartet, dass es seltsam sein würde. Stattdessen war es, genau wie der Sex in der Küche, das Natürlichste auf der Welt, Saxton zu liebkosen, an ihm zu saugen und die Spitze neckend mit der Zunge zu lecken.

Als Saxton sich rücklings aufs Bett fallen ließ, folgte Ruhn ihm. Und er beobachtete, wie der ehrwürdige, stets korrekte Anwalt des Königs sich unter ihm aufbäumte – vor allem als sein Orgasmus nahte.

Um den Ruhn sich nur zu gerne kümmerte.

Mehr als einmal.

Dann begann Saxton, den Gefallen zu erwidern: Ruhn rollte sich auf den Rücken und beobachtete ehrfürchtig, wie nun auch er entkleidet wurde. Als sich der blonde Schopf auf ihn herabsenkte und er das feuchte Saugen spürte, krallte er fluchend die Finger in die Bettdecke. Er konzentrierte sich auf den Baldachin über ihm, bis ihm am ganzen Körper der Schweiß ausbrach.

Er konnte nicht hinsehen. Nicht, weil er sich schämte oder es hässlich fand.

Die kurzen Blicke, die er sich erlaubte, waren zu sexy, zu erotisch. Saxtons wunderschönes Gesicht und die weit geöffneten Lippen waren mehr, als er ertragen konnte.

Er kam im Mund des Vampirs.

Und rief Saxtons Namen, bis ihm die Stimme versagte.

31

Am Freitagabend zog Novo ihre schwarze Lederhose an und vollführte eine Drehung vor dem Spiegel über ihrem Badezimmerwaschbecken. Das schwarze Shirt steckte brav im Hosenbund. Ihre Haare waren fest geflochten. Und in einer Minute würde sie ihre Kampfstiefel anhaben.

Es fühlte sich so verdammt gut an, wieder in ihrer eigenen Haut zu stecken. Die alte Energie zu spüren. Sich nicht jede Sekunde zu fragen, ob sie gleich eine tödliche Herzrhythmusstörung erleiden würde.

Wie schade, dass das nicht auch wieder ihr erster Einsatz draußen war.

Leider nein. Es war Zeit für den Junggesellinnenabschied. Juhu.

Nein, wirklich. JUHUUU.

Aber hey, wenigstens kam sie nicht gerade frisch aus dem OP und pinkelte noch in einen Beutel. Verglichen dazu war die Aussicht ... nun ja, wenigstens eine kleine Verbesserung, was den Folteraspekt anging.

Okay, na gut, die beiden standen sich in nichts nach.

Im aktuellen Szenario musste sie wenigstens nur eine oder zwei Stunden durchhalten, bevor sie in ihr eigentliches Leben zurückkehren konnte. Nach dem Dolchstoß und der Operation hatte sie im Laufe von Tagen und Nächten erst ein paarmal sterben und sich selbst wieder aus der Scheiße ziehen müssen.

Sie ging hinüber ins Wohnzimmer, wo sie ihre Waffen

in einem verschlossenen Feuersafe von der Größe eines kleinen Kühlschranks aufbewahrte. Der Safe war das teuerste, was sie in diesem Drecksloch, in dem sie zur Miete wohnte, besaß. Doch sobald sie ins Trainingsprogramm aufgenommen worden war und ihre erste Stipendiumszahlung erhalten hatte, hatte sie in das Teil investiert. Das Letzte, was sie brauchen konnte, war irgendein Mensch, der hier einbrach und eine Ladung Schusswaffen ohne Seriennummer, von einem Meistervampir handgeschmiedete Messer und Sprengstoff ergatterte.

Und das hier war nun mal nicht eines der besten Viertel.

Der Dreißig-Quadratmeter-Schuhkarton gehörte zum Untergeschoss eines Mehrfamilienhauses und besaß keine Fenster. Das war zwar einerseits sicher, andererseits lag immer ein leichter Modergeruch in der Luft, selbst im Winter. Der Besitzer des Gebäudes war ein Vampir, was alles etwas einfacher machte. Und das Beste überhaupt: Die Wohnung gehörte ihr ganz allein.

Ihre Familie kannte nicht einmal die Adresse.

Sie zog die Decke vom Safe – superschlaue Tarnung, schon klar –, gab den Code ein und nahm ihre beiden Neunmillimeter und einen Dolch mit kurzer Klinge heraus. Dann zögerte sie … nein, vielleicht doch bloß eine Knarre. Noch mehr Feuerkraft, und sie käme womöglich in Versuchung, ihre Schwester in Schweizer Käse zu verwandeln.

Ach, Moment. Das würde so oder so passieren.

Sie befestigte sowohl das Messer als auch die Pistole so an ihrer Hüfte, dass es lediglich nach einem Handy auf der einen Seite und einem Walkie-Talkie auf der anderen aussah. Dann schnappte sie sich Portemonnaie und Telefon, warf sich ihre Jacke über und stand auch schon im engen, kalten Hausflur, an dessen Ende eine Tür einige Betonstufen hinauf zur Straße führte.

Der Wind draußen teilte ihre Laune: Aggressiv schubste er sie herum, wie das Gerempel in einer vollen U-Bahn.

Ihr letzter Gedanke, bevor sie sich Richtung Hölle dematerialisierte, war, dass Peyton sich gar nicht mehr gemeldet hatte.

Das war ja der Plan gewesen und auch genau das, worum sie ihn gebeten hatte. Überrascht hatte es sie dennoch. Es war ehrlich gesagt schon fast peinlich, wie oft sie auf ihr Handy geschaut hatte. Zum Glück wohnte sie allein.

Am allermeisten nervte sie, wie frustriert sie war, wenn jemand anderes als er angerufen oder geschrieben hatte – also jedes Mal, wenn sie nach ihrem Telefon griff. Sie hatte eine ganze Reihe von Nachrichten erhalten: von Paradise, die sie zu einer Geburtstagsparty einlud, von Boone, der wissen wollte, ob sie eines seiner Bücher lesen wollte, von Axe, um zu fragen, ob sie mit ihm gemeinsam trainieren wollte. Kein Wort von Peyton.

Ihre Schwester und ihre Mutter hatten sie natürlich weiterhin mit Hochzeitsdingen bombardiert.

Boah, Leute, mir geht's schon viel besser. Ja, das war echt knapp, mal eben am Tod vorbeigeschrammt. Aber mir geht's prima, und ihr habt mir ja soooo geholfen während meiner Rekonvaleszenz. Danke! *Herzzeichen aus zwei Fingern/zwei Daumen vor der Brust* Ich liebe euch!

Verflucht, verglichen mit dem heutigen Abend würde ihr die Geschichte mit dem Dolch wie ein Kindergeburtstag vorkommen.

Sie bog um die Ecke des Gebäudes in die Dunkelheit hinein und dematerialisierte sich quer durch die Stadt an ihren Zielort.

Heilige Mutter des Östrogens.

Wie ein Schwimmer draußen auf dem weiten Meer inmitten von Fischköder blickte sie sich suchend um. Nicht etwa weil sie den weißen Hai mit dem schlechten Gebiss nicht gesehen hätte, der direkt auf ihre strampelnden Beine zusteuerte, sondern weil sie am Horizont verzweifelt nach irgendeiner Art von Rettungsboot Ausschau hielt.

Nein. Da kam nichts, nur noch mehr Haie.

Die Fassade des Lokals war rosa gestrichen und von violetten Lichtern erleuchtet. Durch die Erkerfenster mit den Spitzenvorhängen konnte sie an den Wänden drinnen gerahmte Poster mit Paris-Motiven erkennen. Viele runde Tische und bunt zusammengewürfelte, in fröhlichen Farben lackierte Stühle. Blumen. Teetassen. Stapel von kleinen Sandwichs, obwohl es acht Uhr abends war.

Sozusagen *Mein Kleines Pony* trifft *Keeping up with the Kardashians,* und das Ganze mit glutenfreier Speisekarte.

Das einzig Überraschende war, wie geräumig es drinnen wirkte, stellte sie beim Eintreten fest. Der Geruch nach zerlassener Butter und Puderzucker hing dick in der Luft, doch wie sich bald zeigte, war das Tea Room vorne erst der Anfang. Es folgte ein französisch anmutendes Restaurant mit einer sehr gepflegten, eleganten Bar und einer Tanzfläche, die garantiert noch nie einen Mosh Pit gesehen hatte.

Je weiter man hineinging, umso schummriger wurde das Licht, doch das Dekor wich nie von der rosa-violetten Kleinmädchen-Farbpalette ab. Die Angestellten wurden ein bisschen individueller, wobei es eher so war, als würde man unter den Zuckerguss rote Lebensmittelfarbe mischen: Im vorderen Teil arbeiteten Menschenfrauen in rosa Kleidern mit weißen Schürzen im Stil der Vierzigerjahre, im Restaurant Männer und Frauen in Pastelltönen, und um die Tanzfläche herum bestand das Security-Personal schließlich aus schmächtigen Hipstern mit klimafreundlichen T-Shirts und Holzfällerbärten.

Andererseits würden diese Hänflinge wohl auch niemanden bitten müssen zu gehen, ganz zu schweigen davon, jemanden rauszuwerfen. Die Gästeschar passte perfekt zu Sophys Clique, achtzig Prozent von ihnen schnatternde Frauen ohne Pausentaste und der Art von Gestik, bei der Profiboxer nicht lange mithalten konnten.

Novo fühlte sich wie eine Fliege in einer Schüssel Vichyssoise. Und sobald sie den Restaurantteil des Lokals betrat, wurde ihr genau diese Art von Aufmerksamkeit zuteil. All die hübschen Mädchen in ihren hübschen Kleidern starrten sie an. Ihr Gesichtsausdruck reichte von *Wer hat* die *denn reingelassen* bis zu *Ach, die Ärmste,* je nachdem, wo sie auf der Bosheitsskala einzuordnen waren.

An einer Reihe von Tischen entlang der Tanzfläche hielt Sophy Hof über ihr Gefolge aus gleichgesinnten Intellektuellen. Es waren ganz schön viele, mehr als zwölf, was nicht überraschte. Eine Königin brauchte schließlich ihre Kammerzofen.

Als ihre Schwester Novo entdeckte, blickte sie zuerst auf ihren Teller und dann zu dem Mädchen zu ihrer Rechten, als müsste sie erst Kraft sammeln. Ihre Tischnachbarin sah aus wie eine altmodische Lynda Carter. Sie nickte Sophy ermutigend zu und drückte ihre Schulter. Diese legte ihre Serviette auf den Teller und stand auf.

Ihr Lächeln war so strahlend und falsch wie ein künstliches Gebiss.

»Novo. Ich freue mich ja soooo, dass du da bist.«

Es war, als würde man von einer Puderquaste umarmt werden, und als Novo zurücktrat, hing das nach Frühlingsbouquet duftende Parfüm ihrer Schwester an ihrer Lederjacke, als hätte man sie mit einer Lilie verprügelt.

»Ich habe dir einen Platz reserviert. Da unten.«

Novo blickte ans andere Ende der Tafel, wo einige freie Stühle standen. Sie hätte wetten können, dass das kein Zufall war.

»Danke.«

Der Witz geht auf deine Kosten, Sophy, dachte sie und schlenderte zu ihrem Loserstuhl.

Der Strafplatz war das Beste, was ihr an diesem Abend bislang passiert war: Gegen eine Infektion mit Oberflächlichkeitsviren gab es keine zuverlässige Impfung, daher war Isolation der beste Schutz.

»Und, was sagst du?«

Saxton blickte Ruhn über den Tisch des Restaurants erwartungsvoll an. Ruhn kaute nachdenklich, als versuchte er, den Dialekt einer Sprache zu verstehen, von der er bisher nur den Namen kannte.

»Es schmeckt köstlich«, verkündete er, nachdem er geschluckt hatte. »Wie heißt das noch mal?«

»Chicken Tikka Masala.«

»Und das da?«

»Knoblauch-Naan.«

Der Kellner kam an ihren Tisch und erkundigte sich mit wunderschönem, weichem Akzent: »Ist alles zu Ihrer Zufriedenheit?«

»Oh ja«, erwiderte Ruhn. »Könnte ich bitte noch eine Portion hiervon haben? Und noch mehr Reis?«

Der Mann verbeugte sich. »Kommt sofort, Sir.«

Saxton lächelte in sich hinein. Und lächelte immer noch, als fünfundzwanzig Minuten später die zweite Bitte um Nachschlag folgte.

Ruhn war ein sehr präziser Esser, kein Schlingen oder wildes Herumgefuchtel mit der Gabel, und er tupfte sich zwischendurch immer wieder den Mund sauber. Außerdem stellte er sehr gute Fragen.

»Und was hat der *Sire* dann getan?«, wollte er wissen.

Im Licht der kleinen Kerze zwischen ihnen sah er einfach unglaublich gut aus. Seine Augen strahlten, und seine markanten Züge wurden von den flackernden Schatten der Flamme hervorgehoben. Während Saxton auf diese Lippen starrte, dachte er daran, wie sie den Tag im Kellergeschoss von Miniahnas Farmhaus verbracht hatten, ineinander verschlungen auf diesem alten, wackeligen Bett, wo die Hitze ihrer Körper genug Wärme spendete und ihre Leidenschaft wuchs, statt zu erlöschen.

Ruhn stellte sich als der Liebhaber heraus, nach dem Saxton sein ganzes Leben gesucht hatte. Da waren einerseits großes Verlangen und raue Dominanz, die jedoch durch Rücksichtnahme und Fürsorge ausgeglichen wurden. Das Yin und Yang von Sex, Zupacken und Streicheln, Beißen und Küssen, Runterdrücken und zärtliches Umfangen.

»Saxton?«

»Entschuldige, ich genieße nur die Aussicht – und die Erinnerungen an den Tag.« Wie aufs Stichwort kam die Röte, die einfach nur bezaubernd war. Die Versuchung war groß, beim Thema Sex zu bleiben. Doch Saxton ließ es fürs Erste ruhen. »Ach so, der *Sire* hat nachgegeben. Sie darf den Vampir heiraten, den sie will. Am Ende gewann die Liebe.«

»Dieses Ende gefällt mir.«

»Mir auch.« Saxton beugte sich vor, da Ruhn auf einmal nachdenklich und still wirkte. »Woran denkst du?«

»Ich würde gerne glauben, dass ich Bitty selbst wählen lassen würde. Sicher, ich bin nicht ihr Vater. Aber ich hoffe, dass ich ihr das zugestehen würde, solange der Kerl nicht irgendwie schlecht oder gefährlich ist.«

»Das wirst du. Du bist ein guter Vater.«

»Rhage ist ihr Vater.« Ruhn schüttelte den Kopf. »Und damit habe ich überhaupt kein Problem. Vatersein ist schwer – mich schreckt die Rolle. Mein Vater … er war mein Ein und Alles, mein Held. Er war stark, und er hat meine *Mahmen* verehrt. Er hat hart gearbeitet und gut für uns gesorgt. Alles, was ich je wollte, war, so zu sein wie er und ihn nicht zu enttäuschen. Ich hatte allerdings nie das Gefühl, dass ich den Anforderungen wirklich genügt habe.«

»Beziehungen innerhalb der Familie sind kompliziert.«

Es musste furchtbar hart gewesen sein zu begreifen, dass das große Vorbild nicht perfekt war, dachte Saxton. Dass er die Familie durch sein Glücksspiel in Gefahr gebracht hatte. Dass Ruhn für die Schulden seines Helden hatte einstehen müssen.

Er behielt diese Worte jedoch für sich. Es schien ihm einfach zu grausam, Ruhn an das zu erinnern, was er durchlebt hatte. Dieser kannte den Preis, den er hatte zahlen müssen, schließlich nur zu gut.

»Mein Vater war das genaue Gegenteil.« Saxton lehnte sich zurück, während ihre geleerten Teller abgetragen wurden. »Ich wollte nie so sein wie er. Ich möchte es immer noch nicht.«

»Er konnte dich nicht ... akzeptieren?«

»Wenn er mich einfach nur nicht akzeptiert hätte, wäre das ein Segen gewesen. Er hasst mich für das, was ich bin. Es wäre ihm lieber, ich wäre tot. Früher war das nicht so, aber als meine *Mahmen* starb, hat sich alles verändert.«

»Das tut mir sehr leid. Aber ... verzeih mir, ich dachte, ihr Aristokraten wärt ... ich weiß auch nicht, was das richtige Wort ist ...«

Als Ruhn verstummte, nickte Saxton. »Oh, es ist erlaubt, solange niemand etwas davon sieht oder hört. Als ich mich geweigert habe, eine Frau aus einer passenden Familie zu heiraten, hat Vater mich verstoßen, aus dem Haus geworfen, aus dem Testament gestrichen. Schließlich hätte ich in seine Fußstapfen treten sollen. Mich fortpflanzen, um die nächste Generation zu zeugen, die leugnet, was sie wirklich ist – mein Vater ist nämlich selbst schwul. Aber seiner Meinung nach, und das ist die einzige Meinung, die auf dieser Welt zählt, hat er den richtigen Weg gewählt, um seine Neigung auszugleichen: Sprich, meine *Mahmen* während ihrer gesamten gemeinsamen Zeit zu betrügen. Natürlich war das Arrangement für sie in Ordnung. Ohne diese unschöne Sex-Sache. In dieser Hinsicht haben sie perfekt zusammengepasst.«

»Ich bin froh, dass du dich nicht an eine Frau gebunden hast, für die du nichts empfindest.«

»Ich auch. Der Preis, den ich dafür im Hinblick auf meine Familie bezahlt habe, wird von der Tatsache mehr als wettgemacht, dass ich sein kann, wer ich bin, ohne mich dafür entschuldigen zu müssen.«

»Meinst du, du willst mal Nachwuchs haben?«

Saxton trank einen Schluck Wasser, um die plötzlich aufwallenden Gefühle zu verbergen. »Ja, vielleicht schon. Ja … womöglich.«

»Ich habe nie darüber nachgedacht, bis ich anfing, Zeit mit Bitty zu verbringen. Ich mag es, ihr Geschichten von ihrer *Mahmen* und von mir zu erzählen, von Familientraditionen und von den Gerichten, die ihre *Großmahmen* gekocht hat. Von den Spielsachen, die mein Großvater gebastelt hat. Das ist im Grunde alles, was ich ihr geben kann, aber sie scheint diese Dinge wirklich hören zu wollen. Es gibt mir das Gefühl, meine Eltern am Leben zu halten, genau wie ihre *Mahmen*. Ich habe meine Familie so geliebt. Und jetzt umso mehr, seit ich Teil von Bittys Leben bin.«

»Ruhn, du bist so ein guter Kerl. Ich wünschte, ich wäre so aufgewachsen wie du. Wir hatten mehr als genug von allem Materiellen, aber es gab keine emotionalen Bindungen zwischen den Bewohnern dieses riesigen Hauses.«

»Wenn du arm bist, sind die um dich herum das Einzige, was du hast. Wer sie sind und was sie dir bedeuten. Das ist dein einziger Reichtum auf der Welt. Und es ist der Reichtum, den du an die nächste Generation weitergibst. Das ist es, was ich Bitty vermache, und ich bin so dankbar, dass ihre neuen Eltern das verstehen und mich an ihrem Leben teilhaben lassen.«

Als die Rechnung kam, griff Ruhn danach. »Ich habe etwas Geld. Vor drei Nächten hat Wrath mich auf die Gehaltsliste gesetzt, und ich habe das Gefühl, als hätte ich es mir verdient.«

»Nun, dann werde ich mich später bei dir für das Essen revanchieren müssen.«

Sofort erschien wieder diese Röte. Zum Dahinschmelzen.

Nachdem Ruhn einige Geldscheine zusammen mit der Rechnung auf das kleine Plastiktablett gelegt hatte, standen sie auf und gingen durch das Labyrinth der Tische und anderen Gäste hinaus.

Es fühlte sich gut an, Teil der Welt zu sein, mit einem Geliebten unterwegs zu sein, der ihm viel bedeutete, zu essen und zu trinken, zu reden und zu spazieren, zur Arbeit zu gehen und sich auf die Heimkehr zu freuen. Alles wirkte intensiver, der Geruch von Essen, der Klang der menschlichen Unterhaltungen … das Gefühl, als er die Hand ausstreckte und Saxton sie ergriff, Haut auf Haut, Wärme.

Die Kälte draußen war wie ein willkommener kurzer Kuss auf die Wange statt etwas, wogegen man sich wappnen musste, und der vereiste, nur teilweise gestreute Gehweg ein netter Vorwand, sich an Ruhns Arm festzuklammern, als sie gemeinsam um die Ecke in die Gasse bogen, die hinter dem Restaurant entlangführte.

Dort in den Schatten küssten sie sich endlos, während sich ihre Körper in der dicken Winterkleidung mit Schal und Handschuhen nach Berührung sehnten. Als wären die Stunden, die sie getrennt verbringen würden, wie ein Hindernisparcours, den es zu überwinden galt.

»Ich werde bei Mistress Miniahnas Haus vorbeischauen«, sagte Ruhn, als sie sich schließlich voneinander lösten.

»Ich komme dorthin, sobald Wrath und ich fertig sind.«

»Okay. Dann bis bald.«

»Ich kann's kaum erwarten.«

Als Saxton die Augen schloss, um sich zu dematerialisieren, fegte eine eiskalte Windbö zwischen dem Restaurant und dem Schreibwarenladen gegenüber hindurch. Doch es hätte sich genauso gut um eine leichte tropische Brise handeln können.

Die belebende Wärme einer neuen Liebe brachte tatsächlich der ganzen Welt den Frühling, ganz gleich zu welcher Jahreszeit.

32

Zwei Stunden Essen und Trinken später war Novo kurz davor, sich ein Bein abzuhacken, nur um aus dem von weiblichen Hormonen überfrachteten Café rauszukommen. Nicht dass sie etwas gegessen hätte. Oder getrunken.

Nein, es war ein bisschen so, als säße man in einem Zoo voller Victoria's-Secret-Kundinnen. Von ihrem Platz am Loser-Ende der Tafel aus beobachtete sie, wie die Frauen mit ihren Haaren spielten und darüber diskutierten, ob sie das Ceviche-Blabla oder lieber so ein Grünkohl-weiß-der-Geier-was-Röllchen probieren sollten.

Eines musste sie ihrer Schwester jedoch lassen: Sophy war in ihrem Element, rührend besorgt um das Wohlergehen der anderen. Sie beugte sich vor, um ihre manikürte Hand auf einen dürren Unterarm zu legen und sich zu erkundigen: »Ist das Hühnchen so in Ordnung? Möchtest du es lieber anders zubereitet haben?«

Oder etwas in der Art. Die anderen antworteten im gleichen zuckersüßen Tonfall. »Oh neeeein, es ist köstlich. Wirklich … auch wenn es vielleicht noch ein bisschen zu roh ist.«

Woraufhin Sophy erwiderte: »Ich rufe den Kellner. Ich möchte, dass es für dich absolut perfekt ist.«

»Aber du bist doch die Braut!«

»Und du bist meine beste Freundin! Ich freue mich einfach sooo, dass du da bist …«

Bla, bla, bla.

Es war Schauspielkunst in Vollendung, denn Novo kannte die Kehrseite dieser strahlenden Glitzershow: Zu Hause würde Sophy im Anschluss alles minutiös durchgehen – was die anderen getragen hatten, was sie gegessen hatten, wie viel sie wogen, ob ihre Haare *on fleek* waren.

On fleek? Was zum Teufel bedeutete das?

Es schien dabei um Haar-Extensions zu gehen, um vier verschiedene Nuancen von »natürlichem« Blond und genug Haarspray, um die Mähne in eine lodernde Fackel zu verwandeln.

Wenigstens sollte das hier bald überstanden sein.

Die vier männlichen Vampire, die sich von hinten näherten, wären ihr normalerweise nicht weiter aufgefallen. Doch einer von ihnen trug einen Duft, an den sie sich nur zu gut erinnerte.

Ihr erster Impuls war es, sich umzudrehen, um zu sehen, ob sie recht hatte. Doch da leuchteten Sophys Augen schon auf, sie stellte sich auf ihre Stilettos und faltete die Hände vor dem Bauch, als hätte sie beim Glücksrad gewonnen.

Natürlich war Oskar gekommen.

Novo hätte damit rechnen müssen.

Den Blick fest auf ihren leeren Teller gerichtet, verließ sie sich auf ihr peripheres Sehen. Er war immer noch genau so groß, trug das gleiche Eau de Toilette – aber sein Kleidungsstil war anders: Skinny Jeans und schwarzer halblanger Hipster-Mantel statt kakifarbener Hose mit North-Face-Jacke wie zu Novos Zeiten. Seine Haare waren länger und zu einem Männerdutt nach hinten gebunden.

Außerdem hatte er sich einen Bart wachsen lassen.

Und trug eine Brille mit klobigem schwarzem Rand.

Jede Wette, dass sie wusste, wer für diesen neuen Look verantwortlich war.

Seine drei Begleiter waren Variationen zum Thema

»Der Moderne Mann«. Der ganz links trug sogar ein T-Shirt mit dem Aufdruck WIR SIND ALLE FEMINISTIN-NEN über seinem Rollkragenpulli.

Nicht dass an Feminismus irgendetwas auszusetzen wäre. Ganz im Gegenteil. Novo war lediglich davon ausgegangen, dass man in dieser Angelegenheit als Eierstockträgerin etwas besser mitreden konnte. Aber egal.

Der Tisch brach aufgrund des Besuchs prompt in mädchenhaftes Gekicher aus, wie explodierende Glitzerbomben, Fröhlichkeit schäumte in Form von Gelächter über, während die Herren ihre Freundinnen oder Partnerinnen begrüßten.

Aus sicherer Entfernung beschloss Novo, es zu wagen und sich ihre ehemalige Liebe genauer anzusehen. Sein Gesicht wirkte maskenhaft, stellte sie fest, aber vielleicht interpretierte sie da zu viel hinein. Er sah gelangweilt aus, wobei sie auch hier womöglich ihr eigenes Empfinden auf ihn projizierte.

Oskar trat einen Schritt zurück, und als sein Blick durch die Runde schweifte … zuckte er kaum merklich zusammen.

Was Sophy natürlich nicht entging. Sie reagierte blitzschnell. Mit dem allerbreitesten Lächeln deutete sie in Novos Richtung und forderte ihn auf, doch ihre geliebte Schwester zu begrüßen.

Oskar vergrub die Hände in den Manteltaschen und machte sich mit gesenktem Kopf auf den Weg wie ein Hund, dem man mit der Zeitung eins übergezogen hatte, weil er irgendetwas zerbissen hatte. Als er vor Novo stand, räusperte er sich.

»Hallo, Novo.« Seine Stimme war immer noch dieselbe. Leise, ein bisschen heiser. »Schön, dich zu sehen.«

Lange hatte sie sich gefragt, wie das wohl laufen würde. Wie es sein würde, ihn wiederzusehen, ihn zu riechen, ihn sprechen zu hören. Sie war immer davon ausgegangen, dass sie sich vor Schmerz kaum noch würde rühren können und die Tränen, diese verhassten äußeren Anzeichen von Schwäche, ihr die Sicht verschleiern und über die Ufer treten würden. Ihr Herz würde hämmern, ihre Hände schwitzen, ihr …

Vor mir steht ein Junge, dachte sie.

Das war kein erwachsener Vampir, den sie hier vor sich hatte, und es war gut möglich, dass er es, egal in welchem Alter, nie sein würde. Er war jemand, der eine Sophy brauchte, jemanden, der seinem Leben Kontur verleihen konnte, ihm sagen, was er anziehen sollte, ihn zu manchen Dingen nötigen und von anderen abhalten.

In ihrer Naivität hatte Novo ihn überschätzt.

Doch die schlimmen Erfahrungen hatten sie reifen lassen und ihr die Augen geöffnet.

»Schön, dich zu sehen«, murmelte sie.

Sein Blick streifte unruhig umher. »Ich hab gehört, du bist im Trainingsprogramm der Bruderschaft.«

»Stimmt.«

»Ziemlich beeindruckend. Ich war überrascht, als Sophy mir davon erzählt hat. Wie läuft's denn so?«

»Ist viel Arbeit. Aber es ist gut. Ich bin zufrieden damit.«

An dieser Stelle brach sie ab, und zwar aus zwei Gründen: Erstens ging ihn das eigentlich nichts an, und zweitens sollte es nicht so klingen, als würde sie sich verteidigen.

»Ich wusste immer, dass du mal was Großes machen würdest.« Nun sah er sie an und wandte den Blick nicht mehr ab. »Ich meine, seit ich dir das erste Mal begegnet bin … du warst anders.«

»Sophy hat ihre eigenen einzigartigen Eigenschaften.« Novo zuckte mit den Schultern. »Jedem das Seine.«

»Ja. Jedem …«

Er beendete den Satz nicht, und Novo ging davon aus, dass er sich zügig und etwas linkisch verabschieden würde, um zu Mama zurückzukehren, sozusagen. Doch das tat er nicht. Er starrte sie einfach nur an.

Schließlich war sie es, die den Blickkontakt abbrach. Und wer hatte wohl langsam genug von der Wiedersehensfreude?

Sophy erschien und hakte sich bei ihrem Zukünftigen unter. »Tanz mit mir, Oskar. Komm schon.«

Novo stand auf. »Soph, ich mach mich vom Acker.«

»Oh nein, das darfst du noch nicht! Jetzt wird getanzt – bleib noch ein bisschen.« Ihre Augen wurden schmal. »Das ist das Mindeste, nachdem Sheri die ganze Planung für heute Abend und für die Hochzeitszeremonie übernehmen musste.«

Novo ließ sich wieder auf ihren Stuhl sinken. Im Grunde konnte sie entweder vor Ort noch eine halbe Stunde absitzen oder die doppelte Zeit später am Abend und morgen am Telefon verbüßen. Hier am Tisch musste sie wenigstens mit niemandem reden.

Sophys blonde Mähne schimmerte im Licht über der Tanzfläche, und ihr graziler Körper in diesem fließenden Kleid ließ Oskar größer und stärker wirken. Zugegeben, die beiden gaben ein perfektes Bild ab: junge Liebe auf dem Höhepunkt vor dem Rest ihres Lebens.

Vorausgesetzt, man sah nicht zu genau hin.

Oskar hielt seine Partnerin zwar im Arm, doch er blickte ausdruckslos über ihren Kopf hinweg. Sophy wiederum redete pausenlos auf ihn ein, was sie hinter ihrem Werbelächeln zu verstecken versuchte, das ausdrücken sollte, wie glücklich und harmonisch ihr Leben doch war. Offensichtlich gab es Ärger im Paradies. Andererseits war es ja nicht ungewöhnlich, dass Paare sich im Vorfeld einer Hochzeit stritten. Viel Stress, vor allem wenn man darauf bestand, zwei unterschiedliche Traditionen unter einen Hut zu bringen und einen Abend lang Königin zu sein …

»Na, so ein Zufall. Dass ich gerade dich hier treffe.«

Novo sprang auf und fuhr herum. »*Peyton?*«

Tatsächlich. Er stand direkt hinter ihr und war gekleidet, als wäre er auf dem Weg zu einem seiner Clubs. Schicker Anzug und Hemd mit offenem Kragen war ein Look, den sich in Caldwell um diese Jahreszeit nur leisten konnte, wer einen Chauffeur hatte.

»Was machst du hier?«, wollte sie wissen.

Er sah sich um. »Ich dachte, ich genehmige mir eine Portion überteuertes, schlechtes, pseudo-französisches Essen in der Gesellschaft menschlicher Poser und Vampirschleimer – und, hey, was für eine Überraschung, dann treffe ich dich hier. Nicht so dein Ding, was?«

»Nicht im Geringsten. Und du bist wirklich nur rein zufällig vorbeigekommen?«

»Ja. Klar. Purer Zufall.«

»Nicht etwa, weil ich erwähnt habe, wann und wo dieses Fiasko stattfinden wird?«

Peyton schnitt Grimassen wie ein Clown, um schließlich theatralisch zuzugeben: »Ertappt!«

Novo versuchte, ihr Lachen zu unterdrücken, wirklich. Aber sie freute sich so verdammt, ihn zu sehen, obwohl sie das nicht sollte.

Dann wurde er auf einmal ernst. »Um ehrlich zu sein, wollte ich dich etwas fragen. Es handelt sich um eine Angelegenheit … nun ja, ich wollte das nicht übers Telefon besprechen, und außerdem war ich mir sowieso nicht sicher, ob du rangehen würdest, wenn ich anrufe.«

Auf diese letzte Bemerkung ging sie gar nicht erst ein, denn sie wollte nicht an die unzähligen Male denken, wo sie aufs Handy geschaut hatte. Davon brauchte niemand zu erfahren.

»Was wolltest du mich fragen?«

Er senkte die Lider und räusperte sich. Nach einer kurzen Pause schien er tief Luft zu holen und blickte mit seinen faszinierenden Augen wieder zu ihr auf.

»Was, zum Teufel, ist ein Vollhonk?«

Novo musste so laut lachen, dass sich trotz der Musik einige der Gäste im Raum nach ihr umdrehten. Nicht so die Damen an ihrem Tisch. Denn die starrten sie ohnehin längst an.

Entweder waren sie schlicht schockiert, dass sie von einem männlichen Wesen angesprochen wurde. Oder es lag daran, dass Peyton genau so aussah wie das, was er war: ein privilegierter Sohn der *Glymera*.

»Und?«, hakte er nach. »Ich hatte gehofft, eine Erklärung zu bekommen.«

»Es ist kein Kompliment«, sagte sie immer noch lachend. »Die Steigerung von Honk.«

»Herren-ohne-nennenswerte-Kenntnisse? Auch Vollpfosten oder Dumpfbacken genannt?«, murmelte er mit dem Ansatz eines Grinsens in den Mundwinkeln.

»Das trifft es, ja.«

»Sag mal, ist der Stuhl neben dir noch frei? Ich musste den ganzen Weg zu Fuß gehen, da habe ich mir eine Blase gelaufen.«

»Aha«, zog sie ihn auf. »Und du denkst, das nehme ich dir ab?«

Peyton beugte sich zu ihr. »Wie stehen die Chancen?«

Sie wandte den Blick ab. Sah ihn wieder an. Mann, sie wünschte wirklich, er würde aufhören, so zu grinsen. »Ich weiß nicht.«

»Ich deute das mal als ein Ja.« Er zog den Stuhl dicht an ihren heran. »Halleluja, sag ich da nur.«

Peyton wusste, dass er ein ziemliches Risiko einging, einfach so bei diesem Jungfernabschied oder wie auch immer das hieß reinzuschneien. Sein Versprechen, Novo nicht weiter zu belästigen, war ernst gemeint gewesen, und er hatte auch die feste Absicht gehabt, sich daran zu halten … zumindest die ersten vierundzwanzig Stunden oder so. Sie weder zu sehen noch mit ihr zu sprechen hatte sich aber leider als wesentlich schwieriger herausgestellt, als erwartet, und letzten Endes hatte er sich gedacht, was soll's. Schließlich war er ein freier Mann, und hey, wenn er zufällig an demselben Ort in Caldwell aufkreuzte, den sie vielleicht in theoretischem Zusammenhang mit diesem Freitagabend erwähnt haben könnte?

Tja, dann war das eben so.

Sorry.

Nein, eigentlich tat es ihm überhaupt nicht leid.

Hier war sie, schöner als alle anderen Vampirinnen oder menschlichen Frauen in diesem Lokal, mit ihrer hautengen Lederhose und dem ärmellosen Shirt, das ihre starken Arme und Schultern betonte, mit ihrem Körper, der zu alter Form zurückgefunden hatte.

Stark. Sexy.

Oh, er wollte wieder in ihr drin sein. Es war ihm egal, wo oder warum oder unter welchen Bedingungen. Nur noch ein einziges Mal.

»Willst du was essen?«, fragte sie ihn. »Oder warten deine Jungs im Wagen auf dich?«

»Das Honk-Mobil ist momentan nicht besetzt.« Er lächelte. »Und ich …«

»Willst du uns nicht bekannt machen?«

Beim Klang der schrillen weiblichen Stimme, blickte Peyton auf, um sich anzusehen, wer da zu ihnen gestoßen war: eine bonbonfarbene Blondine mit großen weißen Zähnen, einem Spitzenkleid im Pseudo-Valentino-Look und Augen, die zu dicht beieinanderstanden. Ach, sieh an, sie hatte auch noch ein Accessoire dabei. Der Kerl in ihrem Schlepptau hätte genauso gut eine Leine am sprichwörtlichen Halsband tragen können. Bei seinem Hundeblick und diesem Getue von wegen kultivierter Hipster fragte man sich, ob er überhaupt Eier in der Hose hatte.

Wahrscheinlich nicht, dachte Peyton. Die ruhten sicher im Handtäschchen seiner Begleiterin.

»Novo?«, hakte die Dame nach. »Wir sollten deinem Gast gegenüber nicht unhöflich sein.«

Okay, dieses Lächeln war ungefähr so echt wie eine Plastikrose.

»Das ist Peyton, Sohn des Peythone«, nuschelte Novo. »Wir sind zusammen im Trainingsprogramm.«

Es folgte eine kurze Pause. Dann warf der rosa Zwergspitz Novo einen vorwurfsvollen Blick zu und streckte die Hand aus. »Ach, wie nett. Dann darf ich mich ebenfalls vorstellen, da meine Schwester Novalina dies offensichtlich nicht für nötig hält. Ich bin Sophya.«

Ihre Augen scannten ihn, von den Schuhen über den Anzug bis zu seinen Manschettenknöpfen, und er hätte schwören können, dass er im Hintergrund das Rattern einer Rechenmaschine hörte, während sie allem einen Preis zuschrieb.

Das nannte man wohl spontane Antipathie. Er war wirklich nicht sonderlich angetan.

Deshalb blieb er ganz bewusst sitzen und verschränkte die Arme vor der Brust. »Hey.«

»Und wirst du, äh, uns etwas Gesellschaft leisten?« Mit einem steifen Lächeln ließ sie die Hand sinken. »Es muss nämlich jeder mit der zukünftigen Braut tanzen.«

Diese Bemerkung ignorierte er einfach und wandte seine Aufmerksamkeit stattdessen dem Vampir zu, der hinter ihr stand. Seltsam, für jemanden, der sich angeblich sehr bald binden wollte, schien er an seiner Partnerin nicht sonderlich interessiert zu sein.

Oh nein. Stattdessen starrte er Novo an.

Einerseits konnte Peyton das gut verstehen. Novo war so verdammt heiß, ein Bugatti auf einem Parkplatz voller Minivans. Andererseits … hatte er große Lust, den Scheißkerl zu kastrieren und ihm seinen eigenen Schwanz ins Maul zu stopfen.

Um ihn dann mitten auf der Tanzfläche zu sezieren.

Ihn vielleicht mit einer Säge vierteilen, während die Gäste kreischend zum Ausgang rannten.

Dann den Kadaver anzünden.

Denn man sollte schließlich keine Sauerei hinterlassen.

»… natürlich war ich schon immer sehr stilsicher.« Novos Schwester machte eine kurze Pause, um Luft zu holen. »Ich meine, die Hochzeit soll einfach perfekt werden für …«

»Das ist dein zukünftiger *Hellren?*«, unterbrach er sie.

»Oh, ja! Ja, natürlich, Verzeihung.« Sie trat einen Schritt zur Seite und präsentierte ihren Lottogewinn. »Peyton, das ist Oskar.«

Oskar.

Der Name, den Novo im Schlaf gerufen hatte.

Peyton hatte das Gefühl, als würde ihm jemand einen Eimer Eiswasser über den Kopf kippen. Er stand auf. »Oskar, wie die berühmte Hot-Dog-Marke? Was für eine Ehre, Bruder. Oder soll ich dich lieber Würstchen nennen?«

Alle erstarrten.

Dann fing Novo so heftig an zu lachen, dass sie fast umkippte.

33

Es war unhöflich zu lachen, das war Novo schon klar. Wirklich. Aber dieser Abend, der so mies angefangen hatte, um dann auf unterirdisches Niveau zu sinken, hatte sich auf einmal drastisch gebessert, sodass er nun eher wie ein Abenteuer statt wie Folter wirkte.

»Nichts für ungut, Kumpel.« Peyton schlug Oskar auf die Schulter. »War ein Witz.«

Sophy erholte sich rasch und trat zwischen die beiden Männer. »Ja. In der Tat. Also, äh, Peyton … du musst mir alles über dich erzählen. Komm, wir setzen uns. Kellner!«, rief sie. »Kellner, eine Karte für meinen Gast!« Sie schnippte tatsächlich mit den Fingern. Dann zog sie einen Stuhl für sich und einen für Peyton heran. »Ich will alles darüber hören, wie die Bruderschaft so ist. Du hast bestimmt ein paar tolle Geschichten auf Lager.«

Und da war er. Der Charme. Der Augenaufschlag. Die Hand sanft auf den Unterarm ihres Gesprächspartners gelegt.

Als Antwort blickte Peyton stumm zwischen Sophy und Oskar hin und her, aber Novo konnte nicht erkennen, ob er ihre Schwester gut fand oder nicht. Heilige Jungfrau, das wäre wirklich … zum Kotzen. Obwohl sie keinerlei Vorrecht auf ihn hatte.

In ihrem Bauch tat sich ein riesiges Loch auf. Dann dachte sie fast unmittelbar darauf: Nein. Wenn ihre Schwester noch einmal die gleiche Nummer wie bei Oskar abziehen wollte, dann hatte sie Pech. Niemals würde Peyton sich eine Zivilistin zur Gefährtin nehmen. Egal wie schön Sophy war, und obwohl sie den nötigen Biss besaß, die nächste Sprosse auf der gesellschaftlichen Leiter zu erklimmen, würde sie hier nicht weit kommen.

Paradise als Tochter des Ersten Beraters des Königs war da schon eher seine Kragenweite.

»Peyton?«, drängte Sophy. »Was ist? Setzt du dich zu mir?«

Okaaay, vom Würstchen-Vergleich mal abgesehen, stand der Abend schon wieder ziemlich auf der Kippe. Novo warf einen Schulterblick Richtung Ausgang. Es war an der Zeit abzuhauen. Wenn Peyton ihre Schwester gerne besser kennenlernen wollte … Scheiße, wenn er sie ficken wollte, einfach nur, weil er es konnte. Nur zu!

»Nein, wir müssen los.«

Mit hochgezogenen Brauen drehte sie sich um – und sah, wie Peyton ihre Lederjacke von der Lehne ihres Stuhls nahm.

»Komm, Novo«, sagte er. »Wir ziehen noch ein bisschen um die Häuser.«

»Du kannst jetzt nicht einfach gehen«, protestierte Sophy. »Warte, das kannst du nicht machen.«

Peyton beugte sich vor und sah ihr fest in die Augen. »Süße, ich kann verdammt noch mal tun und lassen, was ich will. Und was ich auf keinen Fall tun werde, ist, für dich den Hampelmann zu spielen, während du den armen Trottel ignorierst, den du zum Gefährten nehmen willst, und deine Schwester respektlos behandelst. Ich würde ja sagen, es war mir ein Vergnügen, dich kennenzulernen, aber ich hab vor ein paar Nächten mit dem Lügen aufgehört, deshalb geht das leider nicht. Und ich würde dir viel Glück für dein zukünftiges Leben wünschen, aber auch damit sieht es nicht gut aus.« Er warf Oskar einen strengen Blick zu. »Genauso wenig wie für dich, mein Freund. Wenn du noch Grips in der Birne hast, dann verlass sie oder puste dir das Hirn raus. Viel Glück.«

Novo war so sprachlos, dass sie sich widerstandslos nach draußen führen ließ. Also wirklich.

Also *echt*.

Zu zweit gingen sie zügig an den anderen speisenden Gästen vorbei, durch den Café-Bereich des Lokals, und dann waren sie draußen in der Kälte.

Sobald Novo die frische Nachtluft spürte, fing sie an zu kichern.

Die Faust vor den Mund gepresst, stammelte sie: »Das war der Hammer. Das war einfach der Hammer.«

Peyton wies die Richtung. »Mein Wagen steht da drüben.«

Am Ellbogen führte er sie zu einem – wow, nicht schlecht – abgedunkelten Range Rover und öffnete die Tür, damit sie einsteigen konnte.

»Ich fasse es nicht, dass du das gerade gesagt hast.« Sie lachte immer noch und redete weiter, während er die Tür schloss und ums Auto herumging. »Du hast das allen Ernstes gemacht.«

Hinter dem Steuer saß ein junger *Doggen*, der sich nun zu ihr umdrehte. »Verzeihung, Madam? Was habe ich gemacht?«

Sie wedelte abwehrend mit der Hand durch die warme, nach neuem Auto riechende Luft. »Nichts. Ich habe nur … ich habe mit ihm geredet.«

Peyton stieg ein und befahl: »Fahr los.«

»Wo darf ich Euch hinbringen, Herr?«

»Irgendwohin. Ist mir egal.«

Als sie sich in Bewegung setzten, merkte Novo, dass Peyton nicht lachte.

»Was ist los?«, fragte sie.

»Was läuft da zwischen dir und Oskar?«

Nun, das war's dann mit ihrer Heiterkeit. Jetzt wurde auch sie todernst.

Als sie einen Blick in Richtung des Fahrers warf, meinte Peyton nur: »Er wird kein Wort verlieren.«

»Bloß weil dein Diener nichts weitererzählt, heißt das noch lange nicht, dass ich in seinem Beisein über meine persönlichen Angelegenheiten spreche – und auch nicht mit dir.«

»Dann gibst du also zu, dass ihr zusammen wart, Oskar und du.«

»Eifersüchtig?«

»Ja. Vor allem nachdem er dich die ganze Zeit angestarrt hat. Er soll diesen Albtraum von Vampirin in wie vielen Nächten zur *Shellan* nehmen? Und er hat nur Augen für dich. Was hast du gemacht, ihn abserviert, als du genug von ihm hattest, und dann hat er was mit ihr angefangen, um wenigstens in deiner Nähe zu sein?«

»Versuch's mal mit der umgekehrten Version«, sagte sie leise.

»*Was?*«

Novo drehte sich zum Fenster und schaute hinaus. Sie fuhren an einer Reihe von familienbetriebenen Restaurants vorbei, denn in dieser Gegend gab es wenige der großen Ketten, wie man sie in der Nähe des Highways oder der Wolkenkratzer in der Innenstadt finden konnte. Durch die beschlagenen Fensterscheiben konnte sie Paare beim Date sehen, Familienfeiern, Kellner und Kellnerinnen, die Speisen und Getränke auf ihren Tabletts schleppten.

»Er hat mich wegen Sophy verlassen«, hörte sie sich sagen.

Okay, jetzt musste sie wirklich den Mund halten.

»Was, zum *Dhunhd*, hat er sich dabei gedacht?«

Novo befahl sich, das nicht als Kompliment zu werten.

Klar musste Peyton das sagen, schließlich hoffte er, sie nachher noch flachzulegen.

»Ich meine, sie ist so was von falsch«, fuhr er fort. »Tut mir leid, ich weiß, sie ist deine Schwester, aber sie ist eine der oberflächlichsten Frauen, die mir je begegnet sind – und ich stamme aus der *Glymera*. Wir haben diese Art von Horror erfunden.«

Novo fuhr herum. Sie konnte nicht anders.

Peyton saß tief in seinen Sitz gesunken da und starrte geradeaus ins Leere, als würde er die ganze Szene noch einmal vor seinem inneren Auge Revue passieren lassen.

»Sie hat ihn total respektlos behandelt«, sagte er. »Dabei ist das ihr zukünftiger *Hellren*. Er sollte sie mehr interessieren als alles andere, vor allem mehr als so ein Arschloch wie ich, das sie gar nicht kennt. Aber sie hat meine Klamotten abgecheckt und beschlossen ... egal. Oskar hat sie verdient, wenn er so eine dir vorzieht. Ich meine ... du bist so stark und schön und clever. Du bist echt.«

Novo blinzelte. Einmal, zweimal. Und beschloss, dass sie Peyton unbedingt vögeln wollte. Und zwar jetzt gleich.

Nach vorne zum Fahrer gewandt sagte sie: »Bringen Sie uns zum Keys. Wissen Sie, wo das ist?«

Der *Doggen* schüttelte den Kopf. »Nein, Madam. Leider nicht.«

»Biegen Sie hier links ab. Ich sage Ihnen, wo es langgeht.«

Peytons Puls stockte, und sein Schwanz wurde sofort hart, als Novo das Wort »Keys« aussprach. Zuerst dachte er, er hätte sich verhört. Doch dann brachte sie ihre Wegbeschreibung ohne Umwege zum unauffälligen Eingang von Caldwells berüchtigtstem Sexclub.

Soweit er wusste, war der Ort sogar unten in New York City wohlbekannt.

»Bin ich dafür richtig angezogen?«, erkundigte er sich, als der Range Rover anhielt.

»Wir bekommen vom Personal eine Maske.«

Novo stieg aus. Peyton beugte sich noch einmal zum Fahrer vor und bat ihn, zu parken und zu warten.

Er hatte keine Ahnung, wie lange sie dort drin sein würden. Oder was als Nächstes passieren würde.

Ehe er sich aufrichtete, schob er seinen Ständer zurecht, damit er eng am Bauch anlag, und knöpfte sein Jackett darüber zu. Novo hatte ihre Jacke im Wagen gelassen, sodass sie nur ihr ärmelloses Shirt und diese Bikerhose trug, die … oh Mann, er begehrte sie so sehr.

Erst recht als sie nun mit großen Schritten vor ihm her an der Schlange vorbeiging, in der mindestens fünfzig Leute warteten.

Die unauffällige Tür wurde von zwei Typen flankiert, doch als sie einen Schlüssel aus der Tasche zog, wurde sie sofort reingelassen, und auch er wurde durchgewunken, weil er in ihrer Begleitung war. Drinnen hing der Geruch nach Sex in der Luft, und Musik war zu hören, doch er konnte nicht an den schweren Vorhängen vorbeisehen, die eine Art Vorzimmer abtrennten.

Oh. Hallo, nackte Lady.

Aus dem Schatten trat eine Frau mit rot angemalten Brüsten und nichts untenherum, um ihnen schwarze Masken zu reichen, die Peyton an *Das Phantom der Oper* erinnerten. Sobald sie die Dinger aufgesetzt hatten, zog Novo den Vorhang zurück und ging voraus.

Auch diesmal folgte Peyton ihr willig, doch hinter der Abgrenzung musste er erst einmal kurz stehen bleiben.

Er musste an die apokalyptischen Bilder von Hieronymus Bosch denken, während er schließlich weiter in den weitläufigen, schummrig beleuchteten Raum hineinging. Es war das Einzige, was ihm dazu einfiel.

Musik wummerte aus unsichtbaren Lautsprechern, und seine Augen wurden mit Bildern nackter, sich windender Leiber überschwemmt. Einige lagen über Bänke und Sofas verteilt. Andere befanden sich in Kästen aus Plexiglas. Es gab Vertiefungen, in denen sich sich krümmende Leiber aalten, und Reihen von Frauen und Männern, die sich mit dem Gesicht nach oben oder unten über Tische beugten und von verschiedenen Gestalten bearbeitet wurden.

Vor ein paar Jahren noch wäre das hier genau sein Ding gewesen.

Verflucht, noch vor einer Woche hatte er Ähnliches in kleinerem Rahmen ausgelebt.

Es war auch nicht so, als hätte es ihn jetzt nicht mehr interessiert. Er war neugierig, wie alles funktionierte, wobei es ihm dabei tatsächlich mehr um das Wie ging als um einen erotischen Impuls.

Es gab hier nur eine Person, die er vögeln wollte, und die führte ihn immer tiefer in den Club hinein.

»Macht dich das scharf?«, fragte Novo über die Schulter gewandt.

Genug, dachte er. Er fasste nach ihrem Arm, wirbelte sie herum und presste ihren Körper an seinen.

»*Du* machst mich scharf«, knurrte er.

Mit kreisenden Hüften rieb er sich an ihr und konnte sehen, wie ihre Augen hinter der Maske zu glühen begannen. Es war unmöglich, nicht darauf zu reagieren. Er packte ihr Hinterteil, hart, und drückte sie gegen die Wand. Mit einer Hand hielt er sie am Hals, gerade so fest, dass sie leicht nach Luft ringen musste.

»Ist es das, was du willst?«, fragte er barsch. »Willst du es hart und da, wo andere zuschauen können?«

»Fick dich.« Sie bleckte ihre Fänge und fauchte ihn an. »Und ja, das will ich.«

Sie schob eine Hand zwischen ihre Körper auf der Suche nach seinem Schwanz, doch ihre Berührung war alles andere als sanft – doch er stand total darauf.

Er ließ seine Hand zu ihrem Shirt hinunterwandern und zog es so weit runter, dass sie die Arme nicht mehr heben konnte. Kein BH. Fuck, ja … kein BH. Die Hand wieder an ihrem Hals, machte er sich über ihren Nippel her, den er mit den Fängen leicht anbiss, damit er Blut kosten konnte, während er an ihr saugte. Als Antwort krallte sie sich mit den Fingern in seine Haare und schlang ein Bein um seinen Hintern.

Warum trug sie *verdammt* noch mal keinen Rock?

Scheiß aufs Vorspiel, sie lechzten beide danach. Also drehte er sie mit dem Gesicht zur Wand, zog ihre Hüften nach hinten und holte das Springmesser heraus, das er immer in der Brusttasche trug.

»Beweg dich nicht.«

Als sie ihn über die Schulter hinweg ansah, ließ er die Klinge aufschnappen und wartete, bis sie nickte. Dann fuhr er mit der freien Hand an ihrem Spalt hin und her, rieb durch das Leder der Hose ihr Geschlecht. Das hielt nicht lange an. Mit der rasiermesserscharfen Klinge durchschnitt er die Naht, direkt entlang ihrer Mitte. Dann steckte er das Messer weg und schob vier Finger, zwei auf jeder Seite, in das Loch, das er gemacht hatte.

Ein kräftiger Ruck.

Darunter wartete ihre nackte, haarlose Muschi, offen, bereit und feucht für ihn.

Peyton zog seinen Schwanz so schnell heraus, dass er seinen eigenen Reißverschluss kaputt machte. Dann drang er mit einem einzigen kräftigen Stoß in sie ein, der sie mit dem Gesicht voran gegen die Wand knallen ließ. Sie rief etwas, vielleicht seinen Namen, doch über die laute Musik konnte er nichts verstehen, bevor sie sich mit den Armen abstützte und die Beine noch weiter spreizte.

Peyton ritt sie wie ein Tier.

Scheiß auf seine schicken Klamotten. Und scheiß auch auf die Leute, die ihnen zusahen. Ihn interessierte nichts, außer in ihr zu kommen. Sie anzufüllen. Es immer und immer wieder zu tun, bis er in Strömen von Sperma aus ihr herausfloss.

Auf halbem Weg merkte er, dass er sie markierte.

Irgendwo unterwegs hatte er sich an sie gebunden.

34

Saxton konnte es kaum erwarten, das Audienzhaus zu verlassen. Sein Verantwortungsbewusstsein und Pflichtgefühl Wrath gegenüber sorgten dafür, dass er alle anstehenden Arbeiten erledigte, doch sobald er Gelegenheit hatte, machte er sich auf den Weg zu Minnies Haus.

Als Eingang wählte er den Spalt in der Verandatür, doch er spürte dabei einen großen Widerstand. Sobald er wieder ganz Gestalt angenommen hatte, verstand er weshalb.

Die Erklärung lag auf dem Fußboden mit dem Kopf unter Minnies Spülbecken, die langen Beine ausgestreckt, während die angewinkelten Arme an etwas herumwerkelten.

»Wer hätte gedacht, dass ich auf Cosplay mit dir als Klempner stehe«, schnurrte Saxton.

Zuerst war ein Poltern zu hören, gefolgt von einem Fluch. Dann setzte sich dieser sexy Rohrarbeiter auf und wischte sich mit dem Unterarm über die Stirn. Wow. Simples T-Shirt und Jeans. Darunter Muskeln. Pure Männlichkeit, durch und durch.

Schweig still, mein Herz, dachte Saxton.

»Du bist wieder da«, stellte Ruhn lächelnd fest.

Saxton stellte seine Aktentasche auf die Arbeitsplatte und zog den Kaschmirmantel aus. »Bin ich. Und du bist schmutzig und verschwitzt.«

»Ich geh unter die Dusche …«

»Wage es ja nicht.«

Mit zwei Schritten war Saxton bei ihm und sank zwischen Ruhns Beinen auf die Knie. Er fuhr die festen Oberschenkel hinauf, um mit dem geknöpften Hosenschlitz kurzen Prozess zu machen. Dann senkte er seinen Mund auf das hinab, woran er die ganze Nacht gedacht hatte.

Auf Ruhns Keuchen folgte lautes Klappern, als der Vampir seinen Schraubenschlüssel fallen ließ.

SoeinverfluchtesPechaberauch!

»Saxton …« Ein weiteres Stöhnen. »Oh, verdammt, ja…«

Saxton blickte auf. Ruhn rieb sich den Kopf, als hätte er ihn sich an der Kante der Arbeitsplatte angeschlagen, doch die Beule an seiner Schläfe schien ihn nicht zu kümmern. Nein, in seinen Augen lag nichts als Verwunderung und feuriges Verlangen. In Ruhns Leidenschaft mischte sich immer ein gewisses Maß an Staunen, als könnte er nicht glauben, dass sein Körper sich tatsächlich so anfühlte. Saxton liebte das. Die Überraschung und die Freude, der starke Instinkt und die Dringlichkeit, das alles war in einem Gefühl verankert, das jedes Mal wie das erste Mal erscheinen ließ.

Saxton machte sich wieder an die Arbeit, saugend und leckend, und an der Art, wie Ruhns Hüfte sich ihm zuckend entgegenbäumte, merkte er, dass er dicht davor war …

»Hallo!«, ertönte plötzlich eine fröhliche Frauenstimme.

Ruckartig hob Saxton den Kopf in Richtung Haustür. Dann sprang er auf, während Ruhn hektisch seinen Hosenschlitz zuknöpfte.

Mit einem schnellen Satz beugte Saxton sich über seinen Lover und drückte auf den Handseifenspender am Waschbecken, in der Hoffnung dass der blumige Duft den Geruch männlicher Erregung überdecken würde.

Er drehte den Wasserhahn auf und fing an, sich die Hände zu waschen …

»Nicht das Wasser!«

Eine Flut ergoss sich unter dem Waschbecken, die Ruhns Rücken und den Fußboden durchnässte, genau in dem Moment, als Minnie die Küche betrat. Wie angewurzelt blieb sie stehen.

»Hallo.« Mit dem Ellbogen drehte Saxton den Hahn zu. »Wie geht es Ihnen?«

Da stand er, mit vor Seifenschaum tropfenden Händen, während sich Ruhn, durchnässt vom Kopf bis zu den Schultern, hilflos umsah.

Minnie fing an zu lachen. »Sie beide erinnern mich an Rhysland und mich. Ich kann Ihnen gar nicht sagen, wie oft er sich unter dieses Spülbecken gezwängt und versucht hat, den Abfluss zu reparieren. Und ich musste dann immer das Wasser für ihn aufdrehen.«

Ruhn, der so leuchtend rot angelaufen war, als hätte er Rouge im Gesicht, stand auf. Er griff nach den Papierhandtüchern, reichte eines an Saxton weiter und trocknete sich mit mehreren anderen die Hände und den Nacken ab. »War das Rohr denn schon mal undicht?«

»Oh ja.« Die alte Dame hielt eine Stofftasche hoch. »Ich habe Ihnen etwas Brot gebacken. Und Erdbeermarmelade habe ich auch mitgebracht. Die musste ich allerdings kaufen. Selbst bei Whole Foods sahen die Erdbeeren nicht richtig frisch aus. Oh, die Lampen! Sie haben die kaputten Birnen an der Decke ausgewechselt!«

»Ja, Madam.« Ruhn verbeugte sich. »Sogar die, die sich in der Fassung verklemmt hatte.«

»Die dort drüben?« Als sie quer durch die Küche deutete und er nickte, strahlte sie wieder. »Auch das passiert jedes Mal. Haben Sie eine Kartoffel benutzt, um sie herauszubekommen?«

Nun lächelte Ruhn. »Ja, das hab ich. Mein Vater hat mir das beigebracht. Er hat mir auch gezeigt, wie man Abflüsse repariert. Wussten Sie, dass eine der Toiletten oben durchläuft?«

»Nein, das war mir nicht bewusst.«

»Ich muss zum Baumarkt fahren und einen neuen Spülkasten besorgen. Aber das kann ich morgen Abend gleich als Erstes machen.«

»Ich werde Ihnen das Geld dafür geben.«

»Nein«, widersprach Saxton. »Das brauchen Sie nicht.«

Minnies Blick wanderte zwischen den beiden Männern hin und her, und ihre Fröhlichkeit verwandelte sich in eine Art von Betrübtheit, die einen berührte. Da ihre Augen feucht wurden, tastete sie in ihrem Mantel nach einem Taschentuch, um ihre Tränen abzutupfen.

»Es ist so ein großes Haus«, flüsterte sie. »Und es braucht so viel … von allem. Ich versuche, alles am Laufen zu halten, wirklich. Aber da ist niemand mehr außer mir, und ich bin nicht mehr so stark wie früher.«

Ruhn machte einen Schritt auf sie zu, als wollte er sie umarmen. Doch dann ließ ihn seine Schüchternheit doch erstarren. »Wir werden uns um alles kümmern. Und wenn Sie zurückkommen und irgendetwas kaputtgeht und Sie einen Handwerker brauchen, dann rufen Sie mich an. Ich komme und repariere es für Sie.«

Mit einem entschlossenen Schniefen ging Minnie auf den Vampir zu und schlang die Arme um ihn. Einen Augenblick lang stand Ruhn einfach nur da und sah aus, als würde er gleich in Panik ausbrechen. Doch dann umfasste er mit seinen starken Armen die zarte alte Dame und drückte sie ganz sanft. Als Nächstes wandte sie sich Saxton zu.

Auch er kam in den Genuss einer Umarmung, und als sie sich voneinander lösten, zog er sein Stofftaschentuch heraus. »Madam, bitte schön.«

Schniefend tupfte sie sich noch einmal das Gesicht ab. »Mir war gar nicht klar, wie sehr mir der Verfall hier zusetzt, bis sich eine Lösung bot. Ich wusste gar nicht … was für eine Last ich getragen habe. Ich hatte das Gefühl, als ob … als ob ich Rhysland enttäuschen würde.«

»Nun, wir sind ja jetzt da«, sagte Saxton mit Blick auf Ruhn. »Und wir werden dafür sorgen, dass Sie sich nie wieder Sorgen um Ihr Haus machen müssen, nicht wahr?«

Ruhn sah sie beide an und nickte. Saxton spürte, wie sich Wärme in seiner Brust ausbreitete.

»Sie beide sind ineinander verliebt, hab ich recht?«, sagte Minnie plötzlich.

Sofort fing Saxton an, sich zu räuspern, denn er war sich nicht sicher, ob das ein Problem darstellen würde. »Madam, wir sind …«

Nur Freunde? Diese Worte würde er nicht aussprechen. Doch Ruhn hatte die Arme vor der Brust verschränkt und schien sich zu wünschen, der Erdboden möge sich auftun und ihn verschlucken.

»Verliebt«, wiederholte Minnie, während sie sie beide an der Hand nahm. »Wissen Sie, Liebe ist das größte Geschenk, das die Jungfrau der Schrift unserer Spezies gemacht hat. Ich bin so froh, in diesem Haus wieder Liebe zu sehen. Rhysland und ich hatten davon so viele Jahre hier zusammen.«

Ruhn atmete tief durch und entspannte sich. Dann begann er zu lächeln.

Daran werde ich mich für den Rest meines Lebens erinnern, dachte Saxton. *Diese Küche mit der Schranktür unterm Spülbecken weit geöffnet, er mit nassen Haaren und nassem Shirt, Minnie, die strahlt, als wäre es ein großes Fest.*

Das war der Moment, in dem er wirklich losließ.

Wie sich herausstellte, war der kleine, reiche Junge ein furchtloser, scharfer Exhibitionist.

Während Novo eine Frau in Latex antanzte, hatte sie nur Augen für Peyton: Er stand ein wenig abseits und beobachtete, wie ihre Hände über den Körper und die Hüften ihrer Tanzpartnerin wanderten und schließlich über ihren Hintern, als diese sich umdrehte.

Er schien wie ausgehungert nach ihr. Obwohl sie schon so viel Sex gehabt hatten, war er bereit, es noch mal zu tun … aber nur mit ihr.

Andere Frauen – und Männer – hatten sich ihm genähert, vor ihm ihre Show abgezogen, ihm alles Mögliche angeboten, doch er winkte sie nur ungeduldig weg. Dabei waren einige von ihnen beeindruckend schön gewesen.

Doch Peyton schien das alles nicht im Geringsten zu interessieren. Er hatte nur Augen für sie.

Für eine Vampirin, die einst wegen einer anderen verlassen worden war, glich das einer Offenbarung. Novo war gar nicht klar gewesen, dass sie dieses Gefühl, so begehrt zu werden, gebraucht hatte. Doch gleichzeitig wusste sie nur zu gut, wie gefährlich es war. Man sollte nie zu sehr auf einen anderen fixiert sein, denn wenn derjenige ging, und das taten alle früher oder später, nahm er den Teil von einem mit, den man mit ihm gefüllt hatte, und man blieb ausgehöhlt zurück.

Doch heute Nacht? Für diese eine Nacht?

Da war sie wieder ganz, auf eine Weise, wie sie es nie für möglich gehalten hätte.

Offensichtlich hatte Peyton genug davon, sie in den Armen einer anderen zu sehen. Mit großen Schritten kam er herüber und schubste die Frau förmlich weg. Dann küsste er Novo. Fordernd. Sein Körper hart, seine Hände grob und gierig.

Ehe sie sich's versah, war sie über irgendetwas gebeugt –

sie hatte keine Ahnung, was, und es war ihr auch völlig gleichgültig. Dann war er wieder in ihr drin, rammte sie mit seinen Stößen und zog an ihrem Zopf, als wären es Zügel, bis ihr Rückgrat sich durchbog. Ihr Orgasmus war so intensiv, dass sie die Zähne zusammenbiss und ein Ziehen am Scheitel des Kopfs verspürte.

Sie schloss die Augen und öffnete sich ganz den Empfindungen: der Schwäche ihrer Oberschenkelmuskeln, dem rauen Stoff unter ihrer Wange, ihren zusammengequetschten Brüsten und den klatschenden Stößen, die ihr Geschlecht empfing.

Unter der Maske traten ihr Tränen in die Augen.

Verzweifelt versuchte sie, das Gefühl zu packen und zurück in seinen Käfig zu zerren, doch sie gewann einfach nicht die Oberhand.

Es war, als würde der Orgasmus einen Sargdeckel zu alldem öffnen, was sie in sich verschlossen hatte. Der alte Schmerz rollte heraus wie eine Leiche, und der Geruch und der Anblick waren zu überwältigend, um sie zu ignorieren.

Novo schluchzte in der Dunkelheit hinter ihrer Maske, in den Sex von Fremden und die laute Musik hinein.

Sie schrie den Schmerz aus sich heraus, schleuderte die Vergangenheit in die gleichgültige Anonymität des Clubs.

Niemand wusste davon.

Es blieb ganz im Verborgenen.

Schließlich sackte Peyton auf ihrem Rücken zusammen, und sein Gewicht war eine wunderbare Erdung, die sie wieder zurück auf den Boden brachte, sein Keuchen an ihrem Ohr eine Bestätigung, dass er während ihrer Durchquerung des Geisterlands bei ihr gewesen war, dass sie nicht alleine war, selbst wenn er keine Ahnung davon hatte, wie sehr er ihr half.

Sie streckte den Arm nach hinten und suchte seine Hand. Als sie sie gefunden hatte, führte sie sie nach vorn … und küsste seine Lebenslinie.

Es war die einzige Art, wie sie ihm für ein Geschenk danken konnte, von dem er nie wissen würde, dass er es ihr gegeben hatte.

Der Heilungsprozess hatte endlich begonnen.

35

»Komm mit zu mir nach Hause.«

Peyton öffnete die Tür des Clubs für Novo und betete, dass sie Ja sagen würde. Er wollte nicht, dass die Nacht zu Ende ging. Er wollte den Tag nirgends anders verbringen als neben ihr. Er wollte nicht alleine aufwachen, ohne sie.

»Was wird dein Fahrer von uns denken?«, fragte sie.

»Ich habe ihn vor zwei Stunden nach Hause geschickt. Komm mit mir mit.«

Als sie stehen blieb und zum Himmel aufsah, tat er es ihr gleich. Eine dichte Wolkendecke war aufgezogen, und in der Luft lag winterliche Feuchtigkeit. Es würde mehr Schnee geben.

Aber wen interessierte das Wetter.

»Mein Vater ist geschäftlich unterwegs«, sagte er. »Wir haben die Bude also für uns. Seinen Butler hat er mitgenommen, und die anderen Bediensteten sind froh, mal eine Nacht freizuhaben. Ja, okay, ich habe dem Fahrer gesagt, er soll das Haus räumen, sonst wird er gefeuert.«

Novo drehte sich zu ihm um. »Wo wohnst du?«

»Ist das ein Ja?«

»Nein, es ist eine Frage, wo du wohnst.«

Er lächelte. »Du gibst nie auch nur einen Millimeter nach, was? Außerdem ist mein Blut in dir. Also folge mir einfach. Wenn wir in der Badewanne gevögelt haben, koche ich dir unten in der Küche das Letzte Mahl.«

Langes Schweigen. In der Ferne heulte eine Sirene.

Eine Hupe ertönte. Drei Leute kamen aus dem Club, eng umschlungen und lachend.

»Na gut«, sagte sie.

Peyton nahm ihre Hand und drückte sie. »Danke.«

Als sie sich von ihm löste, hielt er sie nicht länger fest. Dann schloss er die Augen und dematerialisierte sich. Als er im Vorgarten des Anwesens seines Vaters Gestalt annahm, war er sich nicht sicher, ob sie ihm tatsächlich folgen würde oder nicht. So war sie einfach. Heiß und kalt.

Mit klopfendem Herzen stand er im Schnee, während der Wind um ihn herumfegte und durch die immergrünen Sträucher rings um das Grundstück pfiff.

Drinnen brannte Licht, und einen Moment lang betrachtete er das Haus mit Novos Augen. Würde ihr der alte Kasten gefallen?

Irgendwie war das egal, aber nicht, weil ihm ihre Meinung nichts bedeutete. Zum ersten Mal in seinem Leben traf ihn die Erkenntnis, dass nichts davon wirklich seins war. Das Leben seines Vaters, die Erwartungen seiner Familie, die Anforderungen seines gesellschaftlichen Rangs … er brauchte an nichts davon zu glauben, und vielleicht waren seine Süchte ein Ausdruck seines Ringens gewesen, zu dieser Einsicht zu gelangen.

Genau in diesem Augenblick tauchte Novo neben ihm auf.

»Willkommen in meiner bescheidenen Hütte«, murmelte er mit einer Geste, die das weitläufige Gemäuer einschloss.

»Ich hatte es mir größer vorgestellt.« Als er zurückzuckte, gab sie ihm einen ordentlichen Klaps auf den Arm. »Reingefallen. Das ist ja ein verdammtes Schloss, du Quatschkopf.«

Er zog sie an sich, um sie auf den Scheitel zu küssen, und war überrascht, dass sie es zuließ. Dann führte er sie zum Eingang. Als er mit der Hüfte die schwere Tür aufstieß, überraschte ihn selbst, wie angespannt er war.

Mit der aufgeschlitzten Lederhose über ihrem athletischen Körper, der sich so kraftvoll bewegte, trat sie hoch erhobenen Hauptes ein und sah sich um.

Ihrem Blick schien nichts von all den Antiquitäten, der Pracht, den Kristallleuchtern, der Standuhr und den Wandteppichen zu entgehen.

An Peyton gewandt meinte sie trocken: »Du hast nie erwähnt, dass du in einem Museum wohnst.«

»Ich gebe nun mal nicht gerne an.« Er verpasste der Tür einen Fußtritt, und der Knall, mit dem sie ins Schloss fiel, hallte von der hohen Decke wider. »Es ist so verdammt protzig. Komm, ich will dich mit meiner Badewanne bekannt machen.«

Auf dem Weg nach oben fragte sie ihn, wie viele Zimmer es gab. Er zögerte.

»Komm schon«, schalt sie ihn. »Oder kannst du nicht so weit zählen?«

»Mathe ist nicht gerade meine Stärke, stimmt.« Oben an der Treppe führte er sie nach links einen Flur mit zig Türen hinunter. »Ich schätze mal, fünfzig oder sechzig. Vielleicht mehr. Es gibt Teile dieses alten Kastens, die haben mich noch nie interessiert.«

»Ich wohne in einem einzigen Zimmer. Nein, in zwei. Ich habe ein eigenes Badezimmer.«

»Das musst du mir bei Gelegenheit zeigen.«

»Es würde deine Aufmerksamkeit nicht länger fesseln als eine Schachtel Kleenex.«

Peyton blieb vor seiner Suite stehen. »Es ist deins. Also interessiert es mich brennend.«

Novo drehte den Türknauf, vermutlich um die Intensität zu überspielen, die er ausstrahlte. Auch das war etwas, was er inzwischen über sie gelernt hatte: Sie war ein großer Fan von Ablenkungsmanövern, was nicht wirklich überraschend war. Schließlich vermied sie Nähe, wo immer es ging, und erinnerte ihn damit an einen Vogel, der sich mal kurz niederließ, aber beim geringsten Anlass wieder davonflog.

Und doch schien sie immer wieder auf seiner Handfläche zu landen.

Beim Schleier, sie war so anders. Unerwartet. Faszinierend.

Mit einem leisen Pfiff betrat Novo den riesigen Raum, ließ den Blick über sein Bett, seinen Fernseher von der Größe einer Kinoleinwand, seine Sofas und das angrenzende Badezimmer wandern.

»Ist echt gemütlich, was?«

Sie lachte. »Verglichen mit dem Foyer eines Hotels auf jeden Fall.«

Peyton ging zu seinem begehbaren Kleiderschrank hinüber, dessen Türen sich dank Bewegungsmelder von alleine öffneten. Drinnen zog er sich neben dem Wäschekorb für die Reinigung aus.

Als er wieder herauskam, war er nackt. »Du hast zu viele Sachen an.«

»Dieses Problem hast du nicht mehr.«

Mit glänzenden Augen kickte sie ihre Stiefel von den Füßen, nahm die Waffen ab, zog das Shirt und die zerrissene Hose aus. Dann stand sie vor ihm. Ihr Körper war ... atemberaubend. Schlank, muskulös ... unglaublich sexy.

»Fuck«, hörte er sich sagen. »Du bist die schönste Frau, die ich je gesehen habe.«

»Nur damit du's weißt, du hast mich heute Nacht sicher. Du musst mir keine Komplimente machen.«

»Sei still.« Er trat zu ihr und nahm ihre Hand. »Bis du dieses Haus bei Einbruch der Dämmerung wieder verlässt, lass mich einfach sagen, was ich will, und der sein, der ich mit dir sein möchte. Ich verlange nicht, dass du so tust, als wärst du eine dieser Fußabstreifertussen in hübschen Kleidchen, die beim Teetrinken den kleinen Finger abspreizen. Aber für die nächsten paar Stunden korrigier mich nicht dauernd, okay?«

Sie wandte den Blick ab. Sah ihn wieder an. »In Ordnung.«

Nachdem das geklärt war, zog er sie ins Badezimmer und drehte den Hahn der Wanne auf. Im Spiegel beobachtete er, wie sie umherwanderte, die Waschbecken und Handtücher, Bademäntel und Fenster begutachtete. Sie war so unfassbar sexy, dass er beinahe das Wasser hätte überlaufen lassen.

»Das ist keine Badewanne«, meinte sie, »sondern ein Pool.«

»Warte«, sagte er, als sie hineinsteigen wollte. »Dein Haar.«

Mit einer graziösen Drehung wandte sie sich zu ihm um. »Was ist damit?«

Peyton kam langsam auf sie zu und griff nach dem Haarband am Ende des langen Zopfes. »Öffne es.«

Ehe sie den Kopf schütteln konnte, flüsterte er: »Bitte. Ich möchte dich mit offenen Haaren sehen. Nur ein Mal.«

Der gehetzte Ausdruck, der in ihre Augen trat, bereitete ihn auf ein Nein vor.

Sie schob seine Hand weg. »Lass das, ich mach schon.«

Mit dem Rücken zu ihm nahm sie den Zopf nach vorn und zog den Haargummi herunter ... dann löste sie die Strähnen des Zopfes und befreite Massen an hinreißendem schwarzem Haar.

Als sie fertig war, drehte sie sich zu ihm um und schob alles nach hinten über die Schultern, sodass er nur den Teil auf Höhe ihrer schmalen Taille sehen konnte. Mit ihrem gesenktem Blick und dem angespannten Körper wirkte es, als würde sie sich gegen eine Ohrfeige wappnen.

Peyton streckte die Hand aus und holte die Strähnen wieder nach vorne.

»Du bringst mich um den Verstand«, sagte er leise und versank im Anblick der schwarzen Wellen, die über ihre Brüste fielen, fast bis zum Spalt ihres Geschlechts hinunter. »Jetzt ... und für alle Zeit.«

Es waren bloß Haare, verdammt, dachte Novo

Doch in Wahrheit hatte sie seit Oskar niemand mehr mit offenen Haaren gesehen. Letztlich hielt sie es auch jetzt nur ohne Zopf aus, indem sie sich immer wieder in Erinnerung rief, dass es nur für diesen einen Tag war. Sobald die Sonne hinter dem Horizont verschwand, würde sie die Haare zusammenbinden und alles an ihr in Ordnung bringen. Zugeknöpft, geflochten, zusammengebunden, ihre Gefühle wieder fest verschlossen.

Als Peyton mit ihr sprach, nahm sie eher den Tonfall wahr als die einzelnen Silben, und tatsächlich, er sagte ihr Dinge, die ihr einsames, geschundenes Herz hören und glauben wollte. Ihr Selbsterhaltungstrieb hingegen riet ihr, besser nicht darauf zu achten.

Doch die Art, wie er sie ansah, konnte sie nicht ignorieren.

Oder die Tatsache, dass er vor ihr auf die Knie sank.

Seine Hände waren wie ein Sommerwind, der über ihre Schenkel strich, über ihre Hüfte ... ihre Brüste. Seine Lippen waren samtig weich, als er ihren Bauch liebkoste. Als er einen Arm unter ihrem Bein durchschob, und es sich über die Schulter legte, leistete sie keinen Widerstand, sondern gewährte ihm den Zugang, den er suchte. Sein Mund auf ihrem Geschlecht fühlte sich so gut an, zu gut, feucht auf feucht, Hitze an Hitze.

Den Blick an den harten Knospen ihrer Brüste vorbei gerichtet, beobachtete sie, wie er sie leckte. Wie er den Kopf hob und merkte, dass sie ihn ansah. In seinen Augen loderte Feuer, und die sexuelle Anbetung in seinem Blut spiegelte sich in seiner Miene wider.

Sie kam kurz darauf. Und dann noch einmal.

Dann lag sie auf dem weichen Vorleger auf dem Boden, wo er sich mit seinem steif nach vorne ragenden harten Schwanz auf sie herabsenkte.

Sie schloss die Augen, damit sie ihn nicht mehr sah, damit sie so tun konnte, als wäre er ein anderer, irgendeiner. Die Distanz, die diese Lüge bot, schien ihr unerlässlich.

Doch ihr Körper wusste, dass er es war.

Und, oh Jungfrau, …

… ihre Seele ebenso.

36

Als Saxton einige Nächte später neben Ruhn im Truck saß, hätte er nicht sicher sagen können, ob erst Stunden vergangen waren, seit Minnie ihre Liaison unterm Spülbecken unterbrochen hatte ... oder womöglich schon Jahre, Jahrzehnte oder Jahrhunderte. Die Zeit war zu einem Gummiband geworden, das sich zwischen Extremen dehnte und wieder zusammenzog, wodurch Augenblicke und Ewigkeiten eins wurden.

»Hier ist es«, sagte er. »Auf der rechten Seite. Die Nummer zwei-eins-null-fünf.«

»Das da?«

»Ja ... das da. Das Viktorianische.«

Saxton war sich des mulmigen Gefühls in der Magengegend überaus bewusst, als er den Kopf in Richtung seines früheren Zuhauses drehte. Ihm wurde dann auch tatsächlich richtig schlecht, während sein Blick über das Dunkelgrün, das Grau und Schwarz wanderte, über die Kuppeln, Veranden und mit Fensterläden verschlossenen bodentiefen Fenster. In der schneebedeckten Landschaft wirkte es wie ein weihnachtliches Postkartenmotiv aus New England: idyllisch, perfekt und wie gemalt.

»Es ist wunderschön.« Ruhn schaltete in Parkposition und stellte den Motor ab. »Wer wohnt hier?«

»Ich. Ich meine, das habe ich früher.« Er öffnete die Tür. »Komm mit.«

Gemeinsam stiegen sie aus und stapften über den nicht

geräumten Weg zur vorderen Veranda. Saxton schloss mit einem Kupferschlüssel auf und öffnete die große Tür weit, was ihr ein leises Quietschen der Angeln entlockte.

Ruhn achtete darauf, den Schnee an seinen Schuhen gründlich abzuklopfen, und Saxton folgte seinem Beispiel, bevor sie über die Schwelle traten. Drinnen war es zwar wärmer als an der frischen Luft, aber alles andere als gemütlich. Er hatte den Thermostat auf sechzehn Grad eingestellt, als er im Oktober hergekommen war, um zu überprüfen, ob die Heizung funktionierte. Abgesehen davon war niemand hier gewesen.

Es roch immer noch wie früher. Nach süßem altem Haus. Aber es war kein Zuhause mehr.

Er schloss die Tür hinter ihnen und sah sich um.

Wie in einem alten Horrorfilm waren alle Möbel, die ebenfalls antik waren, mit Leintüchern abgedeckt. Saxton ging in den Salon und hob wahllos die Ecke eines der Tücher an. Darunter kam ein leicht verblichenes, klassisch viktorianisches Sofa zum Vorschein, mit Mahagoniholz und einem Bezug in dunklem Weinrot.

Ruhn war ihm gefolgt. »Wie lange hast du hier gewohnt?«

»Ziemlich lange. Ich habe dieses Haus geliebt.«

»Und was hat das geändert?«

Saxton ließ das Tuch wieder fallen. »Hier … also, Blay und ich kamen manchmal hierher.«

»Oh.«

»Nachdem wir uns getrennt hatten, ertrug ich es nicht mehr, mich in diesen Räumen aufzuhalten.« Er ging weiter in die Bibliothek. »Zu viele Erinnerungen.«

Als er sich nach Ruhn umdrehte, wirkte dessen Miene unnahbar.

»Was auch der Grund ist, weshalb ich dich heute Nacht hierherbringen wollte …« Er wurde von einem Hämmern des Türklopfers unterbrochen. »Warte kurz, ich bin gleich wieder da.«

Saxton ging hinaus in den Eingangsbereich, doch er brauchte einen Moment, um sich zu sammeln, bevor er die Tür öffnen konnte. Doch dann atmete er einmal tief durch und schritt zur Tat.

Draußen stand in strammer Haltung eine adrette Vampirin mit Aktentasche und einem Prinz-Eisenherz-Haarschnitt.

»Saxton, Darling, ich bin ja so froh, dass Sie mich angerufen haben.«

Küsschen, Küsschen auf beide Wangen. Ein Tätscheln seines Unterarms.

»Ich war überrascht, aber sehr erfreut, von Ihnen zu hören«, sagte sie beim Eintreten. »Ich bin froh, dass … oh, wer ist das?«

Saxton schloss hinter ihr die Tür. »Das ist mein … das ist Ruhn.«

»Aha.« Sie marschierte direkt auf ihn zu und streckte ihm die Hand hin. »Freut mich sehr, Ruhn. Saxton hat erstklassigen Geschmack, und ich sehe, dass er ihn wieder zu seinen Gunsten hat walten lassen. Ich bin Carmichael.«

Ruhn blinzelte und warf Saxton einen panischen Blick zu, fast so, als wäre ein exotischer Vogel auf seiner Schulter gelandet, der nicht stubenrein war.

»Sie erwähnten, Sie hätten einen Käufer für dieses Haus?«, überspielte Saxton den Moment.

Das Ablenkungsmanöver funktionierte perfekt. Carmichael war sofort bei der Sache.

»Das habe ich Ihnen doch schon vor Monaten mitgeteilt. Als Sie ohne mich dieses Penthouse gekauft haben. Ts, ts. Das war gar nicht nett, aber ich verzeihe Ihnen, wenn Sie mir dieses Objekt überlassen.«

»Du willst verkaufen?«, fragte Ruhn leise.

»Ja.« Saxton sah ihn fest an. »Ich habe festgestellt, dass ich bereit bin loszulassen.«

»Also.« Carmichael war kurz davor, ein Freudentänzchen aufs Parkett zu legen. »Das sind ja hervorragende Neuigkeiten. Ich habe Ihnen ein Formular zur Maklerbeauftragung mitgebracht, das Sie gleich hier unterzeichnen können.«

Mit bewundernswertem Geschick gelang es ihr, Papier und Stift aus der Aktentasche zu ziehen, ohne diese abzustellen: auf einem Knie balancieren, die Schlösser aufschnappen lassen, Papier und Kuli raus.

»Bitte schön. Wenn wir das gleich erledigen, führe ich die Interessenten in einer Stunde hier durch.«

Mit klopfendem Herzen nahm Saxton das Formular und den billigen Stift entgegen.

»Während Sie unterschreiben, muss ich nur noch schnell ein paar Maße überprüfen.« Dafür stellte sie die Aktentasche ab, zog ein Maßband und ihr iPhone heraus und düste ab. »Sie sind ja Anwalt. Da wissen Sie selbst, wo Sie Ihr Autogramm druntersetzen müssen.«

Während ihre rastlosen, von Koffein angetriebenen Schritte in Richtung Küche davonklapperten, warf Saxton Ruhn einen Blick zu.

Der Vampir stand dicht neben ihm, die Hände lose verschränkt, die Miene ruhig, aber besorgt. »Du wirkst nicht so, als würde es dir damit wirklich gut gehen.«

Und da passierte es. Ein Gefühl absoluten Friedens überkam ihn, so unerwartet wie ein Segen, für den ein Agnostiker gebetet hatte. Und es hatte seinen Ursprung im hellen Braun von Ruhns Augen.

»Ich liebe dich«, sagte Saxton plötzlich.

Diese wunderschönen Augen weiteten sich so sehr, dass das Weiß um die Pupille aufblitzte wie Mondlicht.

Saxton wedelte mit dem Papier herum. »Dieses Haus,

dieser … Schrein? Ich habe ihn als Beleg für etwas behalten, von dem ich glaubte, ich würde es nie wiederfinden. Und jetzt wird mir klar, dass ich es nicht mehr brauche. Ich lasse es los, genau wie ich Blay losgelassen habe, und das habe ich alles dir zu verdanken.« Er hob seine freie Hand. »Was nicht heißen soll, dass du das erwidern musst. Ich habe dich hierher mitgenommen, weil ich einfach …«

Ruhn unterbrach den Wortschwall. »Ich liebe dich auch.«

Saxton fing an zu lächeln.

Und er hörte nicht damit auf. Selbst als er Ruhns breiten Rücken benutzte, um seine Unterschrift auf die Linie zu setzen.

Um nach vorne zu schauen, musste man die Vergangenheit loslassen – manchmal bedeutete das mentale Veränderungen, die im Innern passierten … und manchmal ging es um Dinge in der stofflichen Welt.

Oft hingen beide zusammen.

Jetzt, da Ruhn Teil seines Lebens war, interessierte er sich unendlich viel mehr für die Zukunft als für die Vergangenheit.

Genau so sollte es sein, dachte er, als er die Mine des Kugelschreibers mit einem Klicken einfahren ließ. Das Leben bestand schließlich aus so viel mehr als aus Nostalgie und Bedauern.

Der Jungfrau sei Dank.

Im Sportraum des Trainingszentrums zeigte Novo auf Peyton. »Ihn. Ich will ihn.«

Rhage klatschte in die Hände. »Soll mir recht sein. Dann wären das ihr beide, Craeg und Boon – und Paradise kämpft gegen Payne. Ich nehme Axe. Und los geht's, Leute.«

Novo behielt ihr Grinsen für sich, während sie Angriffshaltung einnahm, die Beine leicht gebeugt, Fäuste erhoben, die Schultern zunehmend angespannt, als sie sich bereitmachte. Peyton wiederum gab sich gar nicht erst die Mühe, sich zurückzuhalten. Er grinste wie ein Honigkuchenpferd, während er die gleiche Haltung einnahm.

»Ich zähle ein«, bellte Rhage. »Eins … zwei … *drei*.«

Sobald der Pfiff ertönte, ließ sich Novo auf die Matte fallen, schwang beide Beine in einem weiten Kreis herum, sodass sie Peyton voll am Knöchel erwischte. Der Vampir fiel um wie ein Baum im Wald, mit seinem ganzen Gewicht im freien Fall, den er mit dem Gesicht abfederte. Keine Zeit, keine Zeit – nach dieser harten Landung gab sie ihm nicht einmal eine Sekunde, um wieder zur Besinnung zu kommen.

Sie sprang auf seinen Rücken, packte seinen Hals mit der Beuge ihres Armes und rollte ihn herum, um die Beine um seine Hüften schlingen zu können, sodass sie ihn mit aller Kraft runterdrücken konnte. Peyton grunzte und kämpfte, schlug um sich, während er versuchte, die Oberhand zu gewinnen oder ihren Klammergriff um seine Luftzufuhr zu lösen. Quetschen, quetschen … sie fing an zu schwitzen, und das Brennen in ihren Armen, Schultern und Oberschenkeln fühlte sich an, als stünden ihre Knochen in Flammen.

Jedes Mal, wenn er sich in eine Richtung bewegte, fing sie ihn mit dem Bein ein, und wenn er es auf der anderen Seite versuchte, verlagerte sie ihr Gewicht entsprechend. Dann packte sie ihr eigenes Handgelenk und zog und zog …

Peyton wurde immer langsamer.

Und langsamer.

Und schlaffer.

Dann streckte er den Arm aus und klatschte mit der Handfläche auf die Matte, einmal … zweimal …

Beim dritten Mal ließ sie los und fiel neben ihm auf den Rücken. Sie keuchte so heftig, dass sie Sterne sah, und ihre Lungenflügel glichen zwei Vulkanen in ihrer Brust.

Dann fing sie an zu kichern. Sie erlaubte sich das mädchenhafte Geräusch, denn sie hatte verdammt noch mal gerade einen Vampir, der doppelt so groß war wie sie, zum Aufgeben gezwungen.

Peyton rollte sich herum und würgte ein paarmal trocken mit hängendem Kopf und angewinkelten Armen.

Dann lag auch er auf dem Rücken und lachte.

Als sie sich über die blauen Matten hinweg ansahen, mussten sie noch mehr lachen.

Erst als Novo sich aufsetzte, wurde ihr klar – oh ... okay. Alle anderen hatten innegehalten und starrten sie beide an.

Seit der Party ihrer Schwester hatten sie die Tage zusammen bei ihm zu Hause verbracht, und der subversive Teil ihrer Persönlichkeit genoss es, heimlich die Dienstbotentreppe hinaufzuschleichen, um seinem Vater und den *Doggen* aus dem Weg zu gehen. Ihr gefiel die Vorstellung, Peyton unter dem Dach eines Vampirs zu vögeln, der eine wie sie nie und nimmer gutheißen würde.

Es gab außerdem noch eine weitere gute Nachricht, die vielleicht zu erwarten gewesen war. Dank des Brautparty-Fiaskos hatte man sie von den Hochzeitsvorbereitungen ausgeschlossen. Ihr Titel nebst Aufgaben war ihr von ihrer Schwester aberkannt worden. Was ihr nur recht war. Auf der Gästeliste stand sie allerdings immer noch.

Blieb abzuwarten, wie lange das noch anhielt. Und ob sie dann überhaupt hingehen würde.

Während sie tagsüber neben Peyton lag, hatte sie angefangen sich zu fragen, weshalb sie einer Veranstaltung wie Sophys und Oskars Verbindungszeremonie überhaupt beiwohnen musste. Klar, es ging um ihre Familie, bla, bla,

bla. Aber sie wurde ja auch nicht wie ein Familienmitglied behandelt. Ihren Eltern war sie peinlich, weil sie nicht feminin genug war, und ihrer Schwester diente sie als Prügelknabe, damit diese sich besser fühlte.

Wer brauchte das schon.

Je länger sie darüber nachdachte, umso mehr fragte sie sich, weshalb die Menschen Blutsverwandten in ihrem Leben eine solche Wichtigkeit zusprachen. Die genetische Lotterie, die niemand freiwillig spielte, spuckte einen irgendwo aus, ohne Rücksicht auf Kompatibilität, und trotzdem sollte man diesem Zufall der Fortpflanzung jede Menge emotionales Gewicht und Bedeutung beimessen – nur weil es den Eltern gelang, einen am Leben zu halten, bis man endlich ausziehen konnte.

Also nein, sie glaubte im Grunde nicht, dass sie hingehen würde.

Und auf einmal war es ihr gleichgültig, dass die gesamte Klasse und zwei Professoren nun Bescheid wussten, dass Peyton und sie zusammen Anatomie büffelten.

»High five.« Sie hielt ihm die Handfläche hin. »Nächstes Mal kriegst du mich.«

Er klatschte sie ab und meinte mit einem Schulterzucken: »Und selbst wenn nicht, meinen Spaß hab ich so oder so.«

Das anzügliche Augenzwinkern war so typisch für ihn. Ebenso wie die Tatsache, dass er nun aufsprang, um ihr auf die Füße zu helfen.

Immer ein Gentleman. Selbst in den heißesten Momenten schüttelte er seine aristokratische Erziehung nie ganz ab – doch das störte sie nicht mehr.

Es war einfach eine Seite von vielen an ihm.

»Machen wir für heute Schluss«, verkündete Rhage. »Ab unter die Dusche. Der Bus fährt in zwanzig Minuten. Morgen sind wir zuerst im Kraftraum. Anschließend

Schießtraining und eine kleine Auffrischung zum Thema Gift.«

Auf dem Weg zu den Umkleiden wurde eifrig geschnattert. Die Jungs bogen zuerst ab, bevor Novo und Paradise ihren Raum erreichten und in ihren jeweiligen Duschkabinen verschwanden. Sich der verschwitzten Klamotten zu entledigen fühlte sich befreiend an, dann das Lösen ihres Zopfes. Himmlisch.

Heißes Wasser. HURRA. Aber …

»Hey«, sagte sie über das Rauschen des Wassers hinweg, »kann ich was von deinem Shampoo borgen? Meines ist leer, und ich habe vergessen, neues mitzubringen.«

Als sie sich hinter ihrem Vorhang hervorbeugte, tauchte Paradise ebenfalls hinter ihrem auf. »Ich dachte, du findest meines scheußlich.«

Novo zuckte mit den Schultern. »So schlimm ist es auch wieder nicht.«

»Aber klar, natürlich. Was meins ist, ist auch deins.«

»Danke.«

Paradise reichte die Shampooflasche rüber. Novo schäumte ihre Haare ein und stellte sich wieder unter den Strahl.

»Brauchst du's noch mal?«

»Nein. Ich bin schon bei der Spülung. Ich reiche sie dir unterm Vorhang durch.«

»Bist ein Schatz.«

»Sag mal …« Dann herrschte wieder Schweigen nebenan. »Wie's aussieht, versteht ihr euch ganz gut, Peyton und du.«

Novo neigte den Kopf nach hinten unter die Brause und begann die zehnminütige Prozedur, ihre Haare vom Seifenschaum zu befreien. Ihr Magen zog sich zusammen.

»Ich habe gesehen, wie er dich vorhin angelächelt hat«,

ermunterte Paradise sie über das Rauschen des Wassers hinweg.

Ist sie eifersüchtig?, fragte sich Novo. *Oh, hoffentlich wird das jetzt nicht total übel.*

»Er ist ein ziemlich lockerer Typ«, murmelte sie.

Unter der Duschabtrennung wurde der Conditioner durchgeschoben, und Novo griff danach, obwohl sie noch nicht ganz so weit war. Als die Vampirin neben ihr das Wasser abstellte, war sie immer noch mit Ausspülen beschäftigt, und bis sie schließlich in ihr Handtuch gewickelt hinaustrat, war Paradise bereits angezogen und trocknete mit ihrem pinkfarbenen Fön vor dem Spiegel am Waschbecken ihre Haare.

Novo ging um den Raumteiler aus Spinden herum, trocknete sich ab und schlüpfte in Hose und Shirt. Sie war gerade dabei, ihre Haare auszukämmen, um sie dann zu flechten, als Paradise den Kopf um die Ecke streckte.

»Okay, ich komme hier fast um.«

Novo zog die Augenbrauen hoch. »Im Ernst? Deine Gesichtsfarbe wirkt eigentlich ganz gesund, und du scheinst auch nicht an Atemnot zu leiden.«

»Was läuft da zwischen euch beiden?«

»Warum fragst du nicht ihn?«

»Könnte ich machen.«

Während die andere Vampirin dastand und aussah wie aus der *Vogue* mit ihrer patrizierblonden Schönheit und ihren eleganten, teuren, Ich-bin-reich-genau-wie-er-Klamotten, fing Novo an, ihre Haare zu flechten. Nebenher betrachtete sie ihr Gegenüber. Da war kein Ärger im Spiel oder Besitzansprüche. Nur unverhohlene, leicht überraschte Neugier.

Novo sagte nichts, bis es Zeit fürs Gummiband am Zopfende war. »Ihr seid wirklich nur Freunde, hab ich recht?«

Paradise nickte. »Immer nur Freunde, ja.« Sie lächelte.

»Aber er ist ein guter Kerl. Und mir gefällt, wie er dich ansieht. Ich hatte mir immer gewünscht, dass er jemanden wie dich findet.«

»Wir sind nicht zusammen oder so. Ich meine ... du weißt schon. Nicht wie in einer Beziehung oder so.«

Scheiße, sie klang, als würde sie sich verteidigen. Andererseits hätte sie sich nie träumen lassen, dass sie einmal diese Art von Unterhaltung führen würde – aus einem ganzen Haufen an Gründen.

Paradise lächelte. »Manchmal schleichen sich Beziehungen aber auch klammheimlich an. Gefühle können wie Ninjas sein, verstohlen und ...«

»... tödlich. Sie sind tödlich.«

Paradise runzelte die Stirn. »Nein, ich wollte sagen, sie kommen aus dem Nichts.«

»Also ... hör zu, ich hab zu dem Thema nicht viel zu sagen.«

»Tut mir leid.« Paradise zog besorgt ihre perfekt geschwungenen Augenbrauen nach oben. »Ich hätte nicht damit anfangen sollen. Es geht mich auch nichts an.«

»Schon in Ordnung. Keine Sorge.«

Als die Vampirin ehrlich erleichtert schien, verspürte Novo den gänzlich unerwarteten Drang, sie zu umarmen – doch da hielt sie schnell den Deckel drauf.

War sie nicht mehr ganz bei Trost?

»Wir sehen uns im Bus.« Paradise schulterte ihre Tasche. »Und ich sage niemandem etwas, nicht mal zu Craeg.«

»Ist schon okay.« Interessanterweise war das die Wahrheit. »Ich habe nichts zu verbergen – weil da gefühlsmäßig nichts läuft.«

Nachdem Paradise die Umkleide verlassen hatte, stand Novo erst einmal verwundert da. Normalerweise hätte so eine Unterhaltung sie völlig durcheinandergebracht. Jetzt nicht mehr. Oder ... zumindest heute Nacht nicht.

Seltsam.

Sie sammelte ihre Sachen ein, stopfte sie in die Tasche und warf rein aus Gewohnheit noch einen Blick aufs Handy.

Die ganze Coolness, keine Sorge, alles easy, war wie weggeblasen, als sie sah, wer ihr geschrieben hatte.

Sie öffnete die Nachricht und musste sie zweimal lesen. Dann steckte sie das Telefon weg und stolperte hinaus in den Flur.

Sie hatte die Hälfte der Strecke zum Parkplatz zurückgelegt, als eine Stimme an ihrem Ohr raunte: »Können wir eine Revanche haben, nur nackt?«

Novo zuckte zusammen und fuhr zu Peyton herum. »Oh! Ja, sorry, auf jeden Fall – wo gehst du hin?«

»Heim. Und ich hatte gehofft, dich zu sehen.«

»Ja. Ich muss noch eine Waschmaschine anschmeißen und so Zeug. Treffen wir uns in etwa einer Stunde?«

»Hey.« Er legte ihr die Hand auf den Arm. »Alles okay bei dir?«

»Bestens.« Sie entzog sich möglichst unauffällig seiner Berührung. »Meine Schulter tut weh, und bei mir daheim herrscht totales Chaos. Da muss ich ein bisschen Ordnung schaffen, dann komm ich vorbei.«

»Geht klar.« Sein Blick wurde distanziert. »Hör zu, wenn du eine Pause brauchst, dann verstehe ich das absolut.«

»Nein. Alles gut.« Während sie den Kopf schüttelte, überkam sie plötzlich der überraschende Impuls, ihm einen schnellen Kuss zu geben.

Als hätte er das gespürt, grinste er schief. »Lass dir Zeit. Ich werde immer auf dich warten.«

Zusammen gingen sie den Flur hinunter, stiegen in den Bus und wählten gegenüberliegende Sitze links und rechts des Gangs, sodass ihre Turnschuhe aneinanderstießen. Sobald sich der Bus in Bewegung setzte, hörte Boone

U2 der alten Schule, und Novo konnte das *Joshua-Tree*-Album anhand des rhythmischen Geräusches aus seinen Ohrstöpseln verfolgen. Craeg und Paradise saßen hinten Arm in Arm, ohne rumzumachen, sondern einfach ganz entspannt. Und Axe fing an zu schnarchen.

Als sie die übliche Haltestelle erreichten, stiegen alle aus, und Peyton hob noch einmal grüßend die Hand in ihre Richtung, bevor er verschwand.

Novo drückte sich herum, bis sich die anderen ebenfalls dematerialisiert hatten. Dann löste sie sich wie sie in der Nachtluft auf … in eine Richtung, die entgegengesetzt zu ihrer Wohnung lag.

Vor einem Irish Pub namens Paddy's in einem Stadtteil, den sie seit über zwei Jahren gemieden hatte, nahm sie wieder Gestalt an.

Sie holte tief Luft und stieß die Tür auf. Die Kneipe war so gut wie leer, aber ganz hinten in einer Nische saß ein Vampir.

Als sie hereinkam, stand er auf, und nach kurzem Zögern ging sie auf ihn zu.

»Hallo, Oskar«, sagte sie, als sie vor ihm stand. »Das ist aber eine Überraschung.«

37

Auf Novos Begrüßung folgte ein etwas peinlicher Moment, den sie nutzte, um sich zu setzen und ihre Tasche abzustellen – damit nicht etwa die Gelegenheit zu einer Umarmung oder Ähnlichem entstand.

Oskar räusperte sich und ließ sich dann ebenfalls wieder nieder. »Möchtest du etwas trinken?«

Vielleicht ein Bier, dachte sie. Normalerweise schätzte sie einen guten Scotch, aber das hier war keine normale Situation.

»Ja, ein Coors.« Dann fügte sie noch hinzu: »Light.«

Er hob die Hand, und als der Kellner vorbeikam, sagte er: »Zwei Coors Light, bitte.«

»Wir schließen in einer halben Stunde.«

»Geht klar. Danke.«

Der Kellner zog murrend von dannen, um kurz darauf mit zwei Flaschen zurückzukehren. »Wollen Sie gleich zahlen?«

Oskar nickte und zog sein Portemonnaie aus der Hosentasche. »Stimmt so.«

»Okay. Danke – aber wir schließen trotzdem in einer halben Stunde.«

Der Typ murmelte noch irgendetwas vor sich hin, während er sich hinter die Theke verzog, um Gläser zu spülen.

»Ich bin froh, dass du gekommen bist«, sagte Oskar leise.

Während sie am Etikett ihrer Bierflasche herumzupfte,

spürte sie seinen Blick auf ihrem Gesicht, ihren Haaren, ihrem Körper.

»Du siehst verändert aus«, murmelte er. »Härter. Stärker.«

»Das macht das Training.«

»Es ist aber nicht nur körperlich …«

»Hör zu, Oskar, ich weiß nicht, was du dir hiervon versprichst, aber ich habe kein Interesse daran, die Vergangenheit wiederaufzuwärmen, okay? Ich habe sie erlebt, und sie ist vorbei. Du hast dir eine Zukunft mit Sophy ausgesucht und ich mir meine.«

»Ich wollte … ich wollte dich einfach sehen.«

»Kurz bevor du dich mit meiner Schwester vereinigst – sorry, meine Schwester *heiratest*. Echt jetzt? Komm schon? Was spielst du hier für ein Spiel?«

»Ich wusste, dass du schwanger warst.«

Die Worte waren leise, aber sie schlugen ein wie eine Bombe, brachten ihr Herz und ihre Atmung zum Stocken.

»Du hast es gewusst?«

»Ja.« Er nickte und senkte den Blick auf seine Flasche. »Ich meine … ich habe mich gefragt … Dir ist abends nach dem Aufstehen immer schlecht geworden. Zumindest hat Sophy das erzählt. Sie dachte, es wäre die Grippe. Sie wollte sich nicht anstecken.«

Natürlich nicht.

Nun war Novo diejenige, die ihn genauer ansah. Er war dünner. Er hatte Ringe unter den Augen. Dieser Bart glich einer gestutzten Gartenhecke, und diese Brille? Die Gläser waren ohne Sehstärke, das Ding diente nur als Requisite für sein Outfit.

Wenn man nur die Oberfläche betrachtete, dachte sie, wurden Standards allzu leicht erreicht – und verändert.

»Was ist mit dem Kleinen passiert?«, krächzte er. »Ich meine, wo hast du die Abtreibung vornehmen lassen?«

Die Übelkeit in ihrem Magen veranlasste Novo, ihr Bier wegzuschieben. »Wie kommst du darauf, dass ich eine Abtreibung hatte?«

»Ich habe dich gesehen, ungefähr zehn Monate später. Du warst nicht mehr schwanger.«

Ach, natürlich. Sie erinnerte sich an dieses nette kleine Wiedersehen. Sie war zum Essen zu ihren Eltern gekommen, weil ihre *Mahmen* sie eingeladen hatte. Es war nach ihrem Auszug gewesen, und sie hatte ein schlechtes Gewissen gehabt, weil sie gar nicht mehr zu Hause gewesen war. Also ja, klar, Mom, ich werde eine Mahlzeit lang lächeln und schweigen.

Natürlich war es nur darum gegangen, dass Sophy ihren neuen Freund mit nach Hause brachte, um die Familie »kennenzulernen«. Offensichtlich hatte Sophy dieses Essen dazu ausgewählt, den Eltern zu erzählen, dass es in Beziehungsdingen einen klitzekleinen Wechsel gegeben hatte – und sie hatte sogar darauf bestanden, dass es wichtig war, Novo mit dabeizuhaben, damit alle ein gutes Gefühl damit hatten, wie die Dinge nun lagen.

Novo war nach Hause gegangen und hatte drei Nächte lang nichts essen können.

Sophy wiederum hatte sich noch wochenlang im Schein ihres Triumphs gesonnt.

»Ich meine, es war deine Entscheidung«, sagte er. »Ich hätte dich nicht davon abgehalten. Wir waren zu diesem Zeitpunkt noch nicht bereit für Nachwuchs.«

»Ja, weil du meine Schwester gefickt hast. Aber das sind ja nur Details, tut nichts zur Sache.«

Bei diesen Worten zuckte er zusammen. »Es tut mir leid.« Er rieb sich das Gesicht. »Ich … ich wusste einfach nicht, was ich machen sollte.«

Novo lag auf der Zunge, noch einmal vorzuschlagen, dass es vielleicht ein guter Anfang gewesen wäre, ihre

Schwester nicht zu vögeln. Doch dann sah sie ihn wieder an. Die erste Liebe war per Definition Leidenschaft mit Stützrädern. Manchmal hatte man Glück, und die Zukunft war lang und voller Selbsterkenntnis auf beiden Seiten und schweißte einen enger zusammen. Meistens jedoch musste man noch viel zu viel über sich selbst lernen.

Er war ihr erster Mann gewesen. In jeder Hinsicht, die zählte.

Aber verglichen mit einem gewissen blonden Aristokraten? Der ein Klugscheißer war und sich um nichts scherte?

Da gab es im Grunde nichts zu vergleichen.

Und wenn sie es sich recht überlegte, die Tatsache, dass Sophy aufgetaucht war und die natürliche Entwicklung der Dinge unterbrochen hatte, war im Grunde völlig nebensächlich. Die eigentliche Tragödie war nicht der Verlust von Oskar gewesen. Es war mehr um das Kleine und den Verrat ihrer eigenen Familie gegangen.

»Mir geht's gut«, platzte sie heraus. »Es ist alles gut.«

Was eine erschreckende Einsicht war.

»Dann bin ich froh«, erwiderte er.

»Ich hab das nicht für dich gesagt.« Sie berührte ihre Brust über dem Herzen. »Sondern für mich. Mir geht es ... gut.«

Zumindest was ihn betraf. Das mit dem Kleinen war eine andere Geschichte – und ging ihn, verdammt noch mal, nichts an. Wenn der Typ gewusst hatte, dass sie schwanger war, und sie trotzdem verlassen hatte, dann verdiente er ihre Geheimnisse nicht.

Wahrheit, wie Vertrauen, musste man sich erst verdienen.

Oskar räusperte sich und kratzte mit den Fingernägeln über seinen Bart, als würde er jucken. Dann nahm er seine schwarze Brille ab. Legte sie auf den Tisch, als würden seine Augen schmerzen.

Als sich das Schweigen in die Länge zog, schüttelte Novo den Kopf. »Du bist zu dem Schluss gekommen, dass es ein großer Fehler wäre, dich mit Sophy zu vereinigen, und jetzt weißt du nicht, was du tun sollst.«

Er ließ die Hände auf den Tisch plumpsen. »Sie macht mich wahnsinnig.«

»Damit kann ich dir nicht helfen. Sorry.«

»Sie ist so unglaublich … fordernd. Ich meine, ich habe sie gar nie wirklich gefragt, ob sie meine *Shellan* werden will. Sie hat mich zu diesem Juwelier geschleift, und auf einmal probiert sie Ringe an – und ich kaufe ihr den, den sie will. Ein Diamant, mit einer speziellen Fassung, wie auch immer die heißt.« Oskar rieb sich wieder die Bartstoppeln, als versuchte er, sein Leben auszuradieren. »Sie hat uns dieses Apartment organisiert. Das ich mir nicht leisten kann. Sie sagt, sie kann nicht arbeiten wegen der Zeremonie … also der Hochzeit, meine ich. Überall liegt Zeug rum: Partygeschenke, Serviettenringe, Blumengestecke. Sie fängt eine Sache an, hört auf, schreit mich an, versucht, ihre Freundinnen mit reinzuziehen. Es ist ein Albtraum, aber was noch schlimmer ist …«

Novo hob die Hand. »Stopp. Hör auf.«

Als er sie ansah, rutschte sie mit ihrer Sporttasche von der Bank. »Das alles geht mich nichts an. Und es ist auch echt nicht besonders cool, mich hierherzubitten, damit du über meine Schwester ablästern kannst. Nimm sie zur Gefährtin, oder lass es. Arbeite an der Beziehung oder nicht. Um die Scheiße musst du dich selber kümmern, nicht ich.«

»Ich weiß. Es tut mir leid. Ich weiß nur nicht, was ich sonst machen soll.«

In diesem Moment war seine Schwäche so offensichtlich, dass sie sich fragte, wie um alles in der Welt sie ihn je hatte attraktiv finden können. Sie wusste genau, was passieren würde. Er würde vor diesen Altar treten, oder wie auch immer sie das machten, und sich mit Sophy vereinigen. Sie würden ein Kind rausquetschen, vielleicht zwei. Und danach würde er sich sein ganzes restliches Leben fragen, wie es kam, dass er mit einer *Shellan* zusammen war, die er nicht ausstehen konnte, dass er Kinder hatte, die er nie wollte, und ein Haus, das er sich nicht leisten konnte. Es würde ein ewiges Rätsel bleiben, obwohl er den Weg zu seinem Grab aus freien Stücken gewählt hatte.

»Weißt du was, Oskar, niemand hält dir eine Knarre an den Kopf.«

»Was?«

»Du hast dir das alles selbst ausgesucht. Es ist alles deine Entscheidung gewesen – und das bedeutet, wenn es sich nicht richtig anfühlt, dann musst du es nicht tun.« Sie sah ihn kopfschüttelnd an. »Aber es ist deine Sache.«

»Bitte, hass mich nicht. Bitte.«

»Das tue ich nicht … ehrlich. Ich hasse dich nicht … Du tust mir leid.« Sie nickte ihm zu. »Tschüss, Oskar. Und viel Glück. Das meine ich ernst.«

Als sie die Kneipe verließ, rief ihr der Barkeeper zu: »Beehren Sie uns mal wieder.«

Über die Schulter erwiderte sie: »Danke. Er wird bestimmt wiederkommen, das kann ich Ihnen versichern.«

Peyton kam gerade aus der Dusche und zog seinen Morgenmantel über, als sein Handy klingelte. Er machte sich nicht die Mühe, zuerst aufs Display zu schauen, weil er voller Panik damit rechnete, dass Novo absagen würde.

»Ja?«

»Peyton?«

Als er die weibliche Stimme erkannte, schloss er für einen Moment die Augen. Dann setzte er sich auf den Rand der Badewanne. »Romina? Was gibt's?«

Kurze Pause. »Hör zu, ich weiß nicht, ob du es mitbekommen hast, aber unsere Väter haben einen Termin im Audienzhaus vereinbart. Um den König zu treffen.«

Peyton sprang auf wie von der Tarantel gestochen. »Was? Weshalb?«

»Ich glaube, es wurde eine Zahlung vereinbart, und nun … nehmen die Dinge ihren Lauf.«

»Nein. Auf gar keinen Fall.« Als ihm klar wurde, dass das eine heftige Beleidigung war, beeilte er sich hinzuzufügen: »Ich versichere dir, das hat nichts mit dir zu tun …«

»Natürlich hat es das. Und ich mach dir keinen Vorwurf draus.«

»Nein, ich …« *Liebe eine andere.* »Ich bin bereits gebunden.«

Es fühlte sich seltsam und wunderbar an, das zu sagen. Und auch ein bisschen so, als würde er das Schicksal herausfordern. Im Lauf der letzten paar Nächte hatte er das Gefühl gehabt, dass Novo langsam richtig auftaute, aber er war nicht so naiv, sich etwas vorzumachen. Was das Vertrauen anging, war sie immer noch in höchstem Maße auf der Hut. Außerdem waren sie noch gar nicht so lange zusammen.

Genau genommen waren sie gar nicht *zusammen.*

»Ich freue mich für dich«, versicherte Romina ihm. »In diesem Fall sollten wir wirklich etwas unternehmen, um das zu verhindern.«

»Sie können uns nicht zu unserem Einverständnis zwingen.«

»Wenn dein Vater die Zahlung annimmt, wird meiner erwarten, dass du auch mitziehst.«

Er runzelte die Stirn. »Ich verstehe nicht ganz … was?«

»Dein Vater hat einen Preis festgelegt, und wenn ich das richtig verstanden habe, hat mein Vater eingewilligt, ihn zu zahlen. Wenn also das Geld den Besitzer wechselt, ist der Deal abgeschlossen. So verfügt es das Alte Gesetz.«

Er wurde also verkauft? Wie ein Stück Vieh?

Er fuhr sich mit der Hand durch die nassen Haare und war so verblüfft, dass er zu keinem klaren Gedanken fähig war. »Verdammte Scheiße, jetzt weiß ich, wie Frauen sich fühlen«, murmelte er.

»Es tut mir leid. Ich hatte so einen Verdacht, dass du nichts davon weißt. Möglicherweise wollen sie den König dazu bringen, es sogar ohne Zeremonie zu unterzeichnen. In dem Fall haben wir, glaube ich, überhaupt nichts in der Hand. Das Wort von Wrath, Sohn des Wrath, ist Gesetz. Wir wären an Ort und Stelle vereinigt.«

»Verflucht noch mal.«

Es knisterte in der Leitung, dann sagte Romina leise: »Ich muss los. Du musst das verhindern. Du arbeitest für die Bruderschaft. Irgendwie musst du es schaffen, an den König ranzukommen. Ich will das nicht für dich.«

»Und ich für dich auch nicht.«

»Um mich mache ich mir keine Sorgen.«

Nachdem das Gespräch beendet war, ging er die Unterhaltung in Gedanken noch einmal durch und fragte sich, ob da etwas lief, wovon er nichts wusste. Finanziell innerhalb seiner Familie. Aber nein. Es waren mehr als genug Diener unterwegs, und sein Vater wirkte nicht besorgt. Der festgelegte Preis war also zweifellos nur dazu da, die verlorene Investition in einen ersten Sohn wieder wettzumachen.

»Peyton?«

Als er Novos Stimme draußen im Schlafzimmer hörte, fuhr er herum. Shit, er musste sich um diese Sache kümmern. Und zwar sofort. Außerdem musste er seiner Vampirin erzählen, was da lief.

»Hier drin«, rief er. »Tut mir leid, ich muss noch mal kurz los und …«

Als sie in der Tür zum Badezimmer auftauchte, wusste er sofort, dass etwas ganz und gar nicht stimmte. Dann sah er die Tränen in ihren Augen.

»Novo? Was ist passiert?«

Mit wenigen Schritten war er bei ihr und nahm sie in die Arme. Ihr Schluchzen war so heftig, dass ihr ganzer Körper geschüttelt wurde. Er zog sie ins Badezimmer und schloss die Tür, sodass niemand sie hören konnte, um ihre Privatsphäre zu wahren.

»Novo …« Er nahm ihr Gesicht in beide Hände und streichelte ihren Rücken. »Novo, Liebes … was ist passiert?«

Schließlich holte sie zitternd Luft und löste sich von ihm.

Ihren Bauch mit den Armen umschlingend ging sie vornübergebeugt umher, als hätte sie Schmerzen.

Als sie stehen blieb und ihn ansah, waren ihre Augen so voller Schmerz, dass er es beinahe nicht ertrug.

»Ich habe mein Kind verloren …« Mit den Worten brachen auch die Gefühle wieder aus ihr heraus, und sie wurde von neuen Schluchzern geschüttelt. »Es war ein kleines Mädchen. Ich habe sie in meiner Hand gehalten … nachdem ich sie verloren hatte …«

38

Novo hatte geglaubt, alles wäre bestens. Dass sie einfach von diesem Pub und Oskar wegspazieren und die ganze vergangene Scheiße in ihrem Kopf wieder in Ordnung kommen würde. Bis zu diesem Punkt hatte sie sich problemlos dematerialisiert und hinter der Garage von Peytons Familienanwesen wieder Gestalt angenommen, um dann durch die Tür zur Bibliothek hineinzuschlüpfen, deren Code Peyton ihr gegeben hatte.

Sie hatte sogar noch ein bisschen gelacht, als sie diesem Butler ausgewichen war, den Peyton so hasste.

Doch irgendwo auf dem langen Flur zu seinem Zimmer hatte sie angefangen sich aufzulösen. Ein Faden ihres Wesens war hängen geblieben, und bis sie seine offene Badezimmertür erreichte, war sie nackt.

Dann hatte er sie angesehen, und sie hatte seinen Duft eingeatmet ... da war der Damm restlos gebrochen – so sehr, dass sie ihm die Wahrheit sagte, ihr Geheimnis mit ihm teilte, ihm das erzählte, was sie niemandem sonst gestanden hatte.

Der Schock und das Entsetzen in seinem Blick lösten in ihr den Wunsch aus wegzulaufen.

»Es tut mir leid«, stammelte sie. »Ich hätte nicht kommen sollen.«

Voller Panik wollte sie rausstürmen, doch er sprang vor sie und versperrte ihr den Weg.

»Erzähl es mir«, sagte er. »Erzähl mir, was passiert ist,

oh heilige Jungfrau ... Novo ... ich hatte ja keine Ahnung.«

Sie schüttelte eine gefühlte Ewigkeit den Kopf, und die Tränen landeten in einem Halbkreis vor ihr auf dem Boden.

»Niemand weiß davon. Niemand wusste davon ...« Schniefend fröstelte sie, als die Bilder wiederkehrten, zusammen mit den Erinnerungen an dieses alte, feuchtkalte Haus. »Ich habe niemandem davon erzählt.«

»Oskar«, sagte Peyton mit tonloser Stimme. »Es war Oskar.«

Sie nickte. »Er hat mich kurz nach meiner Triebigkeit verlassen. Ich dachte, wir wären vorsichtig gewesen, aber offensichtlich ... etwa drei Wochen später stellte ich fest, dass meine Blutung ausblieb, und da wusste ich es. Ich hielt es geheim. Zog daheim aus. Meinen Eltern erzählte ich, ich bräuchte meine eigenen vier Wände – sie haben erst später erfahren, was Sophy getan hatte. Dass Oskar mit ihr gegangen war.«

»Hier. Nimm.«

Sie starrte das Ding an, das er ihr hinstreckte, weil sie zuerst nicht kapierte, was es war. Ach so, eine Schachtel Taschentücher. Sie zog sich ein paar davon heraus und klemmte sich die Packung unter den Arm.

»Ich war etwa acht Monate schwanger, als die Schmerzen anfingen. Etwa zwei Wochen später war ich in diesem Haus, das ich gemietet hatte ... ich fing an zu bluten und ...« Sie putzte sich wieder die Nase und drückte sich die zusammengeknüllten Taschentücher auf die Augen, als der Schmerz zurückkehrte. »Ich habe das Kleine verloren. Sie kam aus mir heraus ... und sie war so winzig, so perfekt. Meine Tochter ...«

Das Bild des Babys war in ihr Gedächtnis eingebrannt, so tief wie eine Schlucht, und würde seine Umrisse nie verlieren, egal wie oft sie es aufrief oder wie viele Jahre vergingen.

Auf einmal spürte sie Wärme um sich herum, einen Körper an ihrem.

Peyton.

Die Tränen kehrten zurück, und sie überließ sich den Schluchzern, während sie sich in seinem dicken Morgenmantel festkrallte, weil die Beine unter ihr nachgaben.

»Ich hab dich …«, sagte er. »Ich halte dich fest.«

»Ich hab ihm nie davon erzählt. Er hatte den Verdacht, dass ich schwanger war … aber ich habe ihm nie gesagt, was passiert ist …« Abrupt hob sie den Kopf. »Er hat mich heute Abend angerufen und mich gebeten, ihn zu treffen. Er wollte … sich über Sophy auskotzen. Er dachte, ich hätte abgetrieben.«

Peyton zog die Augenbrauen zusammen. »Moment mal … er hat es gewusst? Dass du von ihm schwanger warst? Und er hat dich trotzdem für deine Schwester verlassen?«

»Bei unserem Gespräch heute Abend …« Novo löste sich von Peyton, konnte dann aber nicht stillstehen. »Da hat er mich gefragt, wo ich die Abtreibung habe machen lassen.« Sie betrachtete ihren flachen Bauch. »Ich habe das Kind eigenhändig beerdigt. Auf der Wiese hinter dem Haus. Während ich immer noch blutete. Ich habe … das Grab mit Steinen bedeckt und einen erbärmlichen kleinen Busch gepflanzt, weil ich nicht wollte, dass sie einen Grabstein oder sonst eine Markierung bekommt.« Sie schüttelte den Kopf. »Er verdient nicht zu erfahren, was passiert ist. Das ist mein Leben, mein Kummer. Er wollte sie nicht, und er wollte mich nicht. Und ich finde, er hat uns nicht verdient … keine von uns.«

Novo schloss die Augen. »Sie ist immer noch bei mir, musst du wissen. Sie ist gestorben, bevor sie irgendetwas

421

von der Welt wusste – aber ich behalte sie für immer hier.«
Sie berührte ihr Herz. »Sie ist hier bei mir. Immer.«

Dann blickte sie zu ihm auf. »Und du bist der Einzige,
der darüber Bescheid weiß.«

Es gab so viele unterschiedliche Arten, »Ich liebe dich«
zu sagen.

Als Peyton nun wieder auf Novo zutrat und sie erneut
an sich zog, kam ihm der Gedanke, dass diese drei Worte
mit Sicherheit die verbreitetste Art waren, dieses heilige
Gefühl zwischen zwei Seelen zu übermitteln. Doch es gab
noch andere Wege. Gesten, Geschenke, der Wiederauf-
bau einer Scheune nach einem Feuer, das Freischaufeln
eines Gehweges, selbst so einfache Dinge wie das Herein-
tragen der Einkäufe aus dem Auto.

Novo hatte ihm gesagt, dass sie ihn liebte, indem sie diese schreckliche Wahrheit mit ihm teilte, ein Verlust, der so
groß war, dass er sich nicht vorstellen konnte, wie sie diese
Tragödie überstanden und danach weitergemacht hatte.
Indem sie ihm anbot, ihre Geschichte und ihren Schmerz
mitzuerleben, indem sie sich ihm auf diese Weise öffnete,
wie sie es bei niemand anderem getan hatte, ließ sie ihn
wissen, dass sie Liebe für ihn empfand.

»Ich habe so lange gelitten«, sagte sie, nachdem sie sich
etwas beruhigt hatte. »Habe das so lange für mich behalten.«

Er stellte sie sich vor, ganz allein in irgendeiner Notauf-
nahme. Mit niemandem, der ihre Hand hielt oder sie trös-
tete. Und dann hatte sie das Kind begraben.

Er musste die Augen schließen, als er sich vorstellte, wie
viel Kraft sie das gekostet haben musste.

»Komm mit.« Sanft nahm er sie an der Hand und führte
sie ins Schlafzimmer. »Leg dich hin. Ich halte dich fest.«

Sie kroch unter seine Bettdecke mit dem Monogramm,

als würde ihr ganzer Körper schmerzen. Als er sich zu ihr legte und den Arm um ihre Mitte schlang, traf er auf die Ecken der Kleenex-Schachtel, die sie zum Trost an sich drückte wie ein Kind einen Teddy. Als sie zitterte, schob er sich näher an sie heran.

»Wie hat sie geheißen?«, hörte er sich fragen.

Novo zuckte zusammen und hob den Kopf. »Ich … ich habe ihr keinen Namen gegeben.«

Zärtlich strich er einige Haarsträhnen aus ihrem heißen, roten Gesicht. »Das solltest du aber. Und du solltest hingehen und ihr Grab markieren. Sie hat in dir gelebt. Sie hat existiert.«

»Ich dachte, vielleicht …«

»Was hast du gedacht?«, flüsterte er und streichelte ihr weiter übers Haar. »Erzähl's mir.«

»Ich habe überlegt, ihr einen Namen zu geben. Aber ich war mir nicht sicher … ich hatte das Gefühl, es nicht zu verdienen. Als *Mahmen* gibt man seinem Kind einen Namen. Ich konnte meines nicht behalten … ich habe sie im Stich gelassen, ich habe sie umgebracht – also bin ich keine Mutter, die einen Namen vergeben darf.«

»Hör auf«, krächzte er. »Du hast nichts Falsches getan.« Und mit plötzlich aufflammender Feindseligkeit fügte er hinzu: »Was man von anderen nicht behaupten kann. Du solltest ihr einen Namen geben. Du trägst sie in deinem Herzen, du bist ihre *Mahmen* – und diese kleine unschuldige Seele ist dort oben im Schleier und wacht über dich. Deine Tochter ist ein Engel, und du solltest ihr allein deshalb schon einen Namen geben, damit du sie ansprechen kannst, wenn du in Gedanken mit ihr redest.«

»Woher wusstest du das?«, fragte Novo heiser. »Dass ich mit ihr rede?«

Er betrachtete ihr Gesicht und wünschte sich, ihr den ganzen Schmerz abnehmen zu können, ihr die Bürde aus den müden Armen zu nehmen und für den Rest ihres Lebens zu tragen.

»Wie könntest du das nicht tun? Sie ist deine Tochter.«

Neue Tränen flossen, und er tupfte sie eine nach der anderen mit einem Taschentuch ab. Als sie versiegten, flüsterte Novo: »Ich bin plötzlich so müde.«

Er strich mit den Fingerspitzen über ihre Wange. »Schlaf. Ich pass auf dich auf. Heute Nacht wirst du keine Albträume haben.«

»Versprochen?«

»Versprochen.« Er schloss ihre Augen. »Ich lass dich nicht allein. Keine Albträume. Nur erholsamer Schlaf.«

Novos starker Körper entspannte sich zitternd. Dann kuschelte sie sich an ihn.

»Wenn ich könnte, würde ich dir ein Schlaflied singen«, flüsterte er. »Von einem Ort, an dem es keinen Kummer und kein Leid gibt. Aber keine Sorge, ich treffe keinen Ton.«

»Der Gedanke zählt«, murmelte sie.

Kurz darauf wurde ihr Atem langsam und gleichmäßig, und keine Zuckungen ihrer Hand oder ihres Fußes verrieten, dass sie tief und fest schlief.

Wie Peyton sie so in seinen Armen hielt und betrachtete, wurde ihm klar, dass er ohne Bedauern sein Leben für ihres geben würde. Er würde für sie Drachen töten und Berge versetzen. Er würde auf ihren Befehl hin ganze Welten erobern und hungern, bis er nur noch Haut und Knochen war, wenn sie dadurch genug zu essen hatte. Sie war nicht seine Sonne und auch nicht sein Mond, sie war seine Galaxie.

»Ich liebe dich auch«, flüsterte er ihr ins Ohr. »Für immer und ewig.«

39

Zehn Stunden später wachte Novo auf. Das verriet ihr die Uhr auf dem Nachttisch, bei der es sich natürlich nicht um einen digitalen No-Name-Radiowecker handelte, sondern um eine Antiquität von Cartier, offenbar aus Marmor und mit diamantenbesetzten Zeigern.

Im Schlaf hatte sie sich von Peyton weggedreht, doch sie lagen nicht weit voneinander entfernt, denn er schmiegte sich, immer noch im Morgenmantel, von hinten an sie.

Verflixt, sie musste pinkeln.

Okay, das war nun nicht der wichtigste Gedanke in ihrem Kopf, verglichen mit allen anderen, aber auf jeden Fall der dringlichste. Sie müsste dazu ja nur aufstehen und ins Badezimmer gehen.

Also los.

Als sie sich vorsichtig aus Peytons Umarmung löste, tauchte er kurz aus seinem Schlummer auf und murmelte etwas, das nach »Wo gehst du hin?« klang.

»Toilette«, antwortete sie leise. »Schlaf weiter.«

Mit einem Nicken und einem zustimmenden Grunzen ließ er den Kopf wieder aufs Kissen sinken.

Wie sie so vor ihm stand, hätte sie ihm am liebsten die verstrubbelten blonden Haare glatt gestrichen und die dunklen Ringe unter seinen Augen ausradiert. Sie hätte wetten können, dass er den Großteil des Tages aufgeblieben war, um über ihren Schlaf zu wachen, und sie hasste es, in welche Situation sie ihn gebracht hatte.

Doch gleichzeitig war sie auch froh darüber. Sie fühlte sich … erleichtert, wie nach der Entfernung eines Abszesses. Den Eiter loszuwerden tat zwar höllisch weh, aber hinterher war alles so hell und klar wie strahlender Sonnenschein an einem zuvor dunklen, feuchten Ort.

»Du bist ganz anders, als ich dachte.«

Und das lag nicht nur daran, dass sie ihn von Anfang an unterschätzt hatte. Er hatte diese Art, mit ihr zusammenzusein, sie wirklich wahrzunehmen und sie zu unterstützen, ohne sie dabei zu ersticken.

Was er ihr bedeutete, konnte man allein schon daran erkennen, dass sie mit dem Schmerz über den Tod ihres Kindes nicht zu dem Kerl gegangen war, mit dem sie es gezeugt hatte. Sondern zu ihm, Peyton.

Er war der Einzige, den sie wollte. Dem sie vertraute. Den sie brauchte.

Sie hatte sich in ihn verliebt.

Und das zuzugeben fühlte sich eigentlich gar nicht beängstigend an. Was ein echter Schock war.

»Ich werde ihr einen Namen geben und an ihr Grab zurückkehren«, sagte sie leise. »Und vielleicht begleitest du mich eines Tages, damit ich euch einander vorstellen kann.«

Ihn in ihrem Leben zu akzeptieren weckte in ihr den Wunsch, er möge mit ihr dorthin kommen. Nicht nur, weil es ein Teil von ihr war, sondern auch, weil es sie für eine gefühlte Ewigkeit geprägt hatte.

Auf Zehenspitzen schlich sie ins Bad, schloss die Tür, ging zur Toilette und wusch sich anschließend die Hände. Als sie ihrem Spiegelbild begegnete, war sie überrascht, dass sie noch genau gleich aussah. Man hätte doch annehmen müssen, dass sich etwas von dieser inneren Verwandlung in einer veränderten Augenfarbe oder anderen Haaren zeigen würde.

Aber, nein, das war immer noch sie selbst.

Darum ging es ja eigentlich. Seit der Fehlgeburt hatte sie aus zwei Teilen bestanden: aus dem, was ihr zugestoßen war, dem Schmerz, dem Verlust und der Trauer, die damit verbunden waren – und allem anderen. Letzteres war ausschlaggebend dafür, dass sie überhaupt existierte und sich in der Welt zurechtfand. Ersteres war dieses schattenhafte Wesen, das sie verfolgte. Beides hatte sie hinter ihrer harten Schale verborgen. Denn entweder hielt sie all die Gegensätze fest beisammen, oder sie müsste zerbrechen und könnte überhaupt nicht mehr funktionieren.

Seit sie Peyton ihre Geschichte erzählt und sie beweint hatte, schienen die zwei Hälften sich allmählich zu verbinden. Sie war nicht sicher, wie sie es erklären sollte.

Aber wer konnte das schon.

»Wir sehen uns im Unterricht«, sagte sie zu Peyton, als sie zurück ins Schlafzimmer kam und ihre Stiefel anzog.

Er murmelte wieder etwas im Halbschlaf, ehe er zumindest wach genug war, um nachzuhaken: »Unterricht? Ich seh dich im Unterricht?«

»Ja, im Trainingszentrum.«

Als sie sich vorbeugte, um ihn zu küssen, hätte sie gerne »Ich liebe dich« gesagt. Das Bedürfnis war so stark, dass sie die drei Worte beinahe laut ausgesprochen hätte.

Letztlich beließ sie es bei: »Ich freu mich schon.«

»Ich mich auch.«

»Schlaf weiter. Du hast mindestens noch eine Stunde, vielleicht noch ein bisschen länger, bevor du aufstehen musst.«

»Ich wünschte, du müsstest nicht gehen.«

»Ich auch.«

An der Tür warf sie einen letzten Blick zurück. Er hatte die Augen wieder geschlossen und atmete tief und friedlich, als wäre seine Welt in bester Ordnung.

Ihr ging es genauso.

Draußen auf dem Flur machte sie sich auf den Weg zum Ausgang. Ihr Kopf war wie benebelt und gleichzeitig seltsam klar. Es gab so vieles, was sie nicht erwartet hatte, weder von ihm noch von sich selbst …

Als sie das Ende des Korridors erreichte, merkte sie, dass sie einen Fehler gemacht hatte. Sie war so in Gedanken gewesen, dass sie rechts statt links abgebogen war und nun nicht am Dienstbotenaufgang stand, sondern an der großen Haupttreppe gelandet war.

»Und wer, wenn ich fragen darf, sind Sie?«

Novo drehte sich um. Der Vampir, der sie angesprochen hatte, trug einen dreiteiligen Anzug, so dunkel wie ein Schatten. Sein schütteres Haar hatte dieselbe Farbe wie das von Peyton, und seine aristokratischen Züge hätte man als gut aussehend bezeichnen können, wäre seine Miene nicht voller Verachtung gewesen.

»Und?« Er kam auf sie zu. »Ich warte immer noch auf eine Antwort.«

Aus der Nähe betrachtet, dachte sie, war Peytons Vater nicht so attraktiv, wie es zuerst den Anschein gemacht hatte.

»Ich bin eine Freundin Ihres Sohnes.«

»Eine Freundin. Meines Sohnes. Soso. Hat er Sie für Ihre Dienste bezahlt, oder haben Sie vor, auf dem Weg nach draußen das Tafelsilber mitgehen zu lassen?«

»Wie bitte?«

»Sie haben ganz richtig gehört.«

»Ich bin keine Hure«, fuhr sie ihn an.

»Oh. Verzeihung«, höhnte er. »Dann haben Sie den Tag also ganz umsonst mit ihm verbracht? Das muss bedeuten, dass Sie hoffen, seine *Shellan* zu werden – doch erlauben Sie mir, Ihre diesbezüglichen Bemühungen abzukürzen. Er wird noch diese Woche mit einer Vampirin angemessener Abstammung vereinigt, deshalb tut es mir schrecklich leid, meine Werteste, doch Sie werden mit ihm keine Zukunft haben.«

»Vereinigt?«, flüsterte Novo. »Wovon reden …«

»Er hat eingewilligt und sie bereits getroffen. Und sollten Sie darauf hoffen, eine Nebenrolle spielen zu können, so muss ich Sie eines Besseren belehren. Bieten Sie Ihre Waren also anderswo an. Fort mit Ihnen. Gute Nacht.«

Novo stolperte vorwärts. Die Worte wollten sich einfach nicht in eine verständliche Bedeutung übersetzen lassen.

»Nicht da lang«, bellte der Vampir. »Der Vordereingang ist nichts für solche wie Sie. Verschwinden Sie hinten raus.«

Novo machte kehrt und rannte den weitläufigen, mit rot-goldenem Teppich ausgelegten Flur entlang. Ihre Füße flogen nur so die Stufen hinunter, während Peytons Vater ihr weiter hinterherbrüllte. An der Tür kämpfte sie mit dem Schloss und konnte sich gerade noch retten, als ein Diener aus irgendeinem anderen Winkel des Hauses herbeigeeilt kam.

Draußen in der Kälte rutschte sie aus und fiel in den Schnee. Stand wieder auf und rannte quer durch den Vorgarten, wobei sie eine Zickzackspur im jungfräulichen Weiß hinterließ.

Ihr Herz hämmerte laut, und in ihrem Kopf herrschte Chaos. Mehr als alles andere spürte sie nun wieder den Schmerz. Die Verschnaufpause, die ihr vergönnt gewesen war, als ihr Kopf für einen Moment aus dem tosenden Meer aufgetaucht war, um Luft zu schnappen, war schon wieder vorbei.

Doch sie weinte nicht.

Es war die eisige Kälte, die ihr die Tränen in die Augen trieb. Nur die Kälte.

40

Saxton musste zur Arbeit und war spät dran. Die Kellerstufen des Farmhauses hinauf eilend, schlüpfte er in sein Anzugjackett, während er gleichzeitig versuchte, sein Hemd zuzuknöpfen. Nichts von beidem klappte, und die Zeitersparnis verlor sich beim Versuch, zwei Dinge auf einmal zu tun.

»Dein Toast ist fertig!«, rief Ruhn aus der Küche. »Und ich hab dir einen Kaffee eingeschenkt!«

Saxton kam schlitternd zum Stehen. Der Vampir war splitterfasernackt, und Saxton konnte an nichts anderes denken als daran, wie er dieses Hinterteil im Laufe des Tages zu seinem größten Vergnügen zweimal geritten hatte. Nein, dreimal, wenn man das, was sie eben unter der Dusche getan hatten, mitzählte. Was auch der Grund für seine Verspätung war.

»Wie um alles in der Welt soll ich das Haus verlassen, wenn du so rumläufst?«

Ruhn, der sich immer an die Regeln hielt, hatte ausnahmsweise keine Zeit zum Flirten. »Los jetzt, sonst kommst du noch zu spät! Daran will ich nicht schuld sein.«

Saxton hätte gerne einen Scherz darüber gemacht, doch Ruhns Besorgnis war so ernsthaft, dass eine solche Unbeschwertheit geschmacklos gewirkt hätte, egal wie sie gemeint war.

»Versprichst du mir, dass du genau dasselbe anhast, wenn ich wiederkomme?«

»Saxton, iss jetzt.«

Er bekam einen Teller in die Hand gedrückt, und Ruhn wedelte ihm mit seinem Thermosbecher vor der Nase herum, doch Saxton stand einfach nur da, das Hemd halb zugeknöpft, das Jackett schief.

»Saxton!«

»Versprich es.«

»Na gut. Ich werde nackt sein, wie du es dir wünschst!«

»Vielen Dank.« Er verneigte sich leicht und zog sich dann rasch richtig an. »Ich kann unser Wiedersehen kaum erwarten.«

»Ich werde hier sein.« Ruhn lächelte. »Heute werde ich am Keller arbeiten.«

»Bis wir wieder gehen, hast du dieses Haus rundumerneuert.«

»Das ist der Plan.«

Saxton hielt kurz inne. »Ich liebe dich.«

Der Kuss, den Ruhn ihm gab, war wie sein Atem, leicht und unverzichtbar. »Ich liebe dich auch«, entgegnete er. »Und jetzt geh – halt, dein richtiger Mantel liegt dort auf dem Tisch!«

»Den brauch ich nicht. Ich hab doch dich, der mich wärmt.«

Wenige Minuten später dematerialisierte sich Saxton … und nahm am Hintereingang des Audienzhauses wieder Gestalt an. Sobald er die Küche betrat, wusste er, dass er aus dem Takt war. Der *Doggen* hatte bereits die Tabletts mit den süßen Teilchen rausgestellt und die große Kaffeemaschine eingeschaltet, außerdem hörte er vorne die Stimmen von Zivilisten, die für ihre Unterredungen erschienen waren.

»Verdammt.« Er sprintete den Flur entlang und sprang in sein Büro, als wäre es ein Pool.

Der Thermosbecher landete auf dem Schreibtisch, und

erst da bemerkte er, dass er seinen Teller mit dem Toast noch in der Hand hielt. Er stellte ihn ab, stopfte sich sein Frühstück in den Mund und griff nach den Akten, die er zum Glück bereits herausgelegt hatte, ehe er nach Hause gegangen war.

»Wrath wird sich verspäten.«

Saxton fuhr herum. Blay stand in der Tür, für den Wachdienst gekleidet und mit einer locker geschnittenen Fleece-Jacke, die alle möglichen Waffen verdeckte. Seine roten Haare waren noch feucht, als wäre auch er gerade erst von zu Hause gekommen, und das Kirschplunderstück in seiner Hand erinnerte Saxton sofort an gemeinsame Sonntagabende kurz nach dem Aufwachen.

Doch es war ganz erstaunlich.

Blays Auftauchen und die Erinnerung an ihre Vergangenheit brachten keinen Schmerz mit sich. Nicht mal ein wirkliches Gefühl der Nostalgie. Es glich eher einem Punkt auf der Liste der profaneren Ereignisse in Saxtons Leben, wie der Kauf eines neuen Anzugs bei seinem Schneider oder das letzte Mal, als er selbst hier im Audienzhaus ein süßes Gebäckstück gegessen hatte … oder die Tatsache, dass seine eigenen Haare noch ein bisschen feucht waren.

Das Ausbleiben dieser Komplikationen brachte einen Frieden mit sich, den er in vollen Zügen genoss.

Saxton nahm den Toast aus dem Mund. »Was bin ich froh. Ich bin auch spät dran. Weil ich einfach nicht losgekommen bin.« An dieser Stelle brach er ab. »Egal. Wir haben einen vollen Terminkalender heute. Wann wird er denn erscheinen?«

Blay zuckte mit den Schultern und verspeiste seinen letzten Bissen. »Weiß nicht genau. Alle, die hier sind, um ihn zu treffen, sind sehr verständnisvoll. Ich schätze mal,

George hat sein Frühstück wieder von sich gegeben, und Wrath ruft einen Tierarzt, um sicherzugehen, dass der arme Kerl sich nichts eingefangen hat.«

»Oh nein.« Saxton klopfte die Taschen nach seinem Handy ab. »Ich sollte anrufen – halt, nein. Ich will nicht stören. Diesem Hund darf nichts passieren …«

»Diesem Hund darf nichts passieren.«

Sie lachten beide. Dann wurde Blay ernst.

»Hör zu, meine Eltern sind sehr dankbar für das, was du und … Ruhn … für Minnie getan habt. Ich nehme an, du hast dich um diesen Bauunternehmer gekümmert? Minnie ist so ein Schatz, und die Situation hat *Mahmen* und Dad wirklich zu schaffen gemacht. Du weißt ja, wie meine *Mahmen* ist. Macht sich immer Sorgen.«

Saxton ging zum Schreibtisch und setzte sich. »Du hast die besten Eltern, die man sich vorstellen kann.«

»Sie lieben dich.«

»Und ich liebe sie.«

Es folgte ein Moment der Stille.

»Ich freue mich übrigens sehr für Ruhn und dich«, sagte Blay leise. »Ich hoffe, das klingt nicht komisch. Soll es nämlich nicht, ehrlich.«

»Ich, äh, mir war nicht klar, dass überhaupt jemand von uns weiß. Nicht dass ich es absichtlich geheim gehalten hätte oder so.«

»Minnie hat es meinen Eltern erzählt.«

Saxton holte tief Luft. Dann griff er nach seinem Becher, schraubte den Deckel ab und nahm einen Schluck. Der Kaffee war genau so, wie er ihn mochte, süß und nicht zu herb.

Durch die Tatsache, dass Ruhn ihn gemacht hatte, war er irgendwie mit anwesend.

»Darf ich ehrlich sein?«, fragte Saxton.

»Immer. Bitte.«

Er blickte zu seinem früheren Liebhaber auf. »Ich freue mich auch für mich. Es war ganz schön hart.«

Blay kam ein Stückchen weiter ins Zimmer. »Ich weiß. Aber ich wusste nicht, wie ich helfen kann, was ich tun soll. Ich fand es furchtbar, dich so leiden zu sehen. Das hat mich echt fertiggemacht.«

»Ich habe versucht, es nicht zu sehr zu zeigen. Eigentlich dachte ich, das wäre mir ganz gut gelungen.«

»Aber ich kenne dich zu gut.«

»Ja, das tust du.« Saxton fuhr mit dem Finger an dem Metall des Bechers auf und ab. »Ich habe das nicht erwartet. Das mit Ruhn, meine ich. Überhaupt nicht. Ich hätte nie gedacht, dass ich jemals wieder … so etwas empfinden würde, und es verändert alles. Er ist … ich weiß, das klingt kitschig, aber er ist meine andere Hälfte. Es ging so schnell, dass mir immer noch der Kopf schwirrt, und manchmal finde ich es beängstigend, aber mehr als alles andere hat es mir unendlich viel Glück und Freude gebracht.«

»Manchmal reicht ein einziger Augenblick«, sagte Blay leise. »Dann ist es, als würde jemand einen Lichtschalter umlegen. Klick, und alles ist hell erleuchtet.«

»Ja, so ist es.« Saxton merkte, wie er den Vampir anlächelte. »Ich habe meinen Frieden gefunden. Davor hatte ich mir noch ernsthaft überlegt wegzugehen.«

»Aus Caldwell? Wirklich?«

»Ich hatte nichts, worauf ich mich freuen konnte. Ich meine, das hier alles aufzubauen« – er deutete auf das Büro – »war eine gute Ablenkung. Aber sobald es lief und nicht mehr so viel Einsatz forderte, geriet ich irgendwie ins Schwimmen. Nun ist endlich ein Hafen in Sicht.«

»Ruhn ist ein guter Kerl. Ich wusste gar nicht, dass er schwul ist.«

»Er auch nicht.«

Blay lachte leise in sich hinein. »Du kannst eben unwiderstehlich sein. Das weiß ich aus erster Hand.«

»Ich nehme das als Kompliment, werter Herr.« Saxton fasste sich ans Herz.

Sie lachten beide, doch dann eilten draußen auf dem Flur zwei *Doggen* mit einem Shop-Vac-Nasssauger vorbei, dessen Schlauch über den Boden hüpfte.

»Oh, bitte nicht.« Saxton stand auf und durchquerte sein Büro. »Wehe, diese Toilette ist schon wieder übergelaufen.« Er streckte den Kopf zur Tür hinaus. »Was ist passiert?«

Die beiden Diener blieben stehen und verbeugten sich. Dann antwortete der linke: »Die Toilette im ersten Stock.«

»Wir haben sie repariert«, bestätigte der andere. »Aber es ist Wasser auf dem Boden.«

»Ich werde das Ding ersetzen lassen. Vielen Dank.«

Die beiden *Doggen* zogen zufrieden ab, und Saxton wandte sich wieder um. Er sah Blay in die Augen und lächelte.

»Alles ist gut.«

»In der Tat.« Der Vampir streckte die Hand aus und drückte Saxtons Schulter. »Sehr gut, um genau …«

»Oh, Entschuldigung. Ich wollte nicht stören.«

Saxton blickte zur Tür, wo einer der Trainingsschüler, Peyton, Sohn des Peythone, aufgetaucht war. Seine Miene schien Dringlichkeit auszudrücken, und er verlagerte das Gewicht von einem Fuß auf den anderen, als wüsste nur seine obere Körperhälfte, dass er stehen geblieben war.

»Kein Problem.« Saxton trat zurück. »Komm rein. Brauchst du was?«

»Ich habe ein Problem.«

Blay klatschte den Trainee zur Begrüßung ab und warf Saxton dann noch einen Blick zu. »Ich geb dir Bescheid, sobald Wrath da ist.«

»Und sag mir auch, was mit George ist.«

»Auf jeden Fall.«

Sie winkten sich kurz zu, dann erlaubte Saxton sich einen Moment, um seinen neuen Platz im Leben zu betrachten, dieses sprichwörtliche neue Zuhause, das so viel besser war als das alte.

Diesmal galt wirklich: Ende gut, alles gut.

Dann konzentrierte er sich auf seinen Besucher und ging wieder zum Schreibtisch. »Sag mir, was los ist und wie ich helfen kann.«

Peyton war alleine aufgewacht, doch er erinnerte sich noch daran, wie Novo sich von ihm verabschiedet hatte. Dann hatte er sich beeilen müssen, weil er prompt seinen Handywecker verschlafen hatte. Er hatte sich nicht mal die Mühe gemacht, sich zu rasieren, sondern hatte nur schnell geduscht, sich angezogen, ein Fenster gekippt und sich zum Audienzhaus dematerialisiert.

Auch wenn er dann zu spät zum Treffpunkt kommen und wahrscheinlich den Bus ins Trainingszentrum verpassen würde, musste er sich zuerst um diese Angelegenheit kümmern.

»Darf ich die Tür schließen?«, fragte er.

Saxton, der Anwalt des Königs, nickte. »Natürlich.«

Dann begann Peyton zwischen den Aktenschränken und den Einbauregalen auf und ab zu tigern.

»Mein Vater will, dass ich mich mit einer Vampirin vereinige, doch weder sie noch ich stimmen dem zu. Wir haben über alles gesprochen. Ich liebe eine andere, und sie ist …« Er hielt es nicht für angemessen, Rominas Geschichte weiterzuerzählen. »Sie möchte gerne ungebunden bleiben. Das Problem ist, unsere *Sires* sind bereits zu einer finanziellen Übereinkunft gekommen, und wir befürchten, dass sie das durchziehen und die Sache für uns bindend ist.«

»Dann zahlt dein Vater also eine Mitgift.«

»Nein, er wird bezahlt.«

Saxton machte keinen Hehl aus seiner Überraschung. »Ach ja? Verstehe.«

»Mein *Sire* versucht seit Jahren mich loszuwerden«, erklärte Peyton trocken. »Das ist wie bei einem Garagenflohmarkt. Nur dass auf meinem Preisschild vermutlich deutlich mehr steht als fünf Dollar.«

»Um das noch mal klarzustellen, ihr seid beide nicht mit dieser Verbindung einverstanden, weder du noch die Vampirin. Sie ist sich da auch ganz sicher.«

»Ja. Aber wie sie mir gestern Nacht erzählt hat, haben unsere Väter wohl einen Termin beim König. Sie kommen hierher. Ich weiß nicht wann, nur dass es bald sein muss. Mein Vater war schon ein paarmal in South Carolina bei der anderen Familie.«

»Peythone ist der Name deines *Sires*, richtig?«

»Ja.«

Saxton meldete sich auf seinem Laptop an, und nach ein paar wenigen Klicks lehnte er sich zurück.

»Sie haben tatsächlich einen Termin.«

»Wann?«

»Das kann ich dir nicht sagen.« Als Peyton anfing zu protestieren, hob er die Hand. »Ich darf keine vertraulichen Informationen weitergeben. Aber das bedeutet nicht, dass ich dir nicht helfen kann.«

»Können wir die Sache verhindern?«

»Ich nehme an, die Vampirin hat ihre Transition durchlaufen.« Als Peyton nickte, fuhr Saxton fort. »Gut. Dann seid ihr beide vor dem Gesetz volljährig. Mein erster Gedanke ist, dass ihr bei so einem Vertrag nicht einmal Drittparteien seid. Zwei Erwachsene, von denen korrespondierende Willenserklärungen vorliegen, können sich gegenseitig an ein Abkommen binden, doch ein solches Abkommen darf niemanden sonst beeinträchtigen, der an den Bedingungen kein Interesse hat oder nicht davon profitiert.«

Peyton rieb sich die Augen. »Da komme ich nicht ganz mit.«

»Eure Väter können untereinander vereinbaren, was immer sie wollen. Doch diese Vereinbarung kann weder dich noch die Frau zu Handlungen zu zwingen, die ihr selbst nicht freiwillig vollziehen würdet. Außer du oder die Vampirin erhaltet einen Teil dieser Geldsumme?«

»Nein. Also, nicht dass wir davon wüssten. Ich habe den Vertrag nicht gesehen und sie auch nicht – aber unsere Väter haben normalerweise nicht unsere Interessen im Sinn, wenn Sie verstehen, was ich meine.«

»Der einzige Haken an dieser Sache sind die alten Gesetze im Zusammenhang mit den Zahlungen, wie sie mitunter in Bezug auf Vereinigungen geleistet werden. Das muss ich mir genauer ansehen. Aber keine Sorge, ich kümmere mich darum.«

Peyton sackte erleichtert in sich zusammen. »Vielen Dank, vielen *vielen* Dank. Es ist nicht so, dass diese andere Vampirin eine schlechte Person wäre oder Ähnliches. Es ist einfach so …«

»Du liebst eine andere.« Das Lächeln des Anwalts wirkte alt und sehr, sehr weise. »Das verstehe ich vollkommen. Das Herz geht seine eigenen Wege.«

»Genau. Vielen, vielen Dank noch mal. Sie sind wirklich meine Rettung.«

»Noch habe ich dich nicht gerettet. Aber das werde ich. Du kannst dich auf mich verlassen.«

»Mir geht es schon viel besser. Jetzt muss ich zum Unterricht.«

»Pass gut auf dich auf«, sagte Saxton.

»Versprochen.«

Von der Empfangshalle aus rief Peyton nach dem Bus

und fluchte, als man ihm sagte, dass es eine Stunde dauern würde. Aber was blieb ihm anderes übrig.

»Hey«, meinte Blay, der in der Nähe stand. »Musst du ins Trainingszentrum? Wir haben einen Transporter hier, einer unserer *Doggen* kann dich fahren.«

Zweimal Glück in einer Nacht, dachte er. Mann, die Dinge liefen richtig gut. Endlich.

»Das wäre super«, antwortete er. »Echt klasse.«

Denn die Wahrheit war, auch wenn er seiner Unterrichtspflicht nachkommen wollte, sein Hauptansporn war, Novo wiederzusehen. So bald wie möglich.

Und dann nie wieder von ihrer Seite zu weichen.

41

Novo saß auf ihrem Futon und starrte ins Leere. Sie dachte an nichts Besonderes, und das war vermutlich ein Segen. Dafür spürte sie umso deutlicher, dass dieses Gewicht wieder auf ihr lastete, schwerer denn je, der vertraute Druck auf ihrer Brust, der das Atmen erschwerte und jede Bewegung mühsam machte.

Sie konnte die Menschen in der Wohnung über ihrer herumgehen und sich auf die Nacht vorbereiten hören. Ein Blick auf die Uhr sagte ihr, dass es erst kurz nach zehn war, und es war unmöglich, nicht an den Unterricht zu denken und an das, was sie normalerweise jetzt tun würde – hätte sie sich nicht krank gemeldet.

Zu Beginn des Abends sollten sie im Kraftraum trainieren. Danach würde es ins Klassenzimmer gehen, wo sie unter anderem ihre neuen Aufträge für den Einsatz draußen bekommen sollten.

Sie würde darum bitten müssen, nicht in eine Gruppe mit …

Sie würde nur mit Paradise, Craeg, Axe oder Boone arbeiten können.

Novo zog die Beine an, schlang die Arme um die Knie und stützte das Kinn aufs Handgelenk. Beim Schleier, wie hatte sie nur so dumm sein können.

Nein, beschloss sie dann. Genug der Selbstvorwürfe. Sie würde sich nicht selbst fertigmachen, nur weil irgendein Kerl sich als Arschloch herausgestellt hatte. Außerdem hatte sie ja schon eine Herz-Reha durchlaufen. Sie musste das jetzt einfach als Variation zum Thema betrachten. Herz gebrochen. Wieder zusammenflicken. Wieder stark werden.

So einfach war das.

Während sie eine Weile über diese Notwendigkeit nachdachte, wurde ihr klar, dass sie versuchte, sich selbst von einer Wahrheit zu überzeugen, an die sie nicht wirklich glaubte. Aber egal. Es war ihre einzige Möglichkeit, alles wieder auf Kurs zu bringen: Morgen Abend, bei Einbruch der Dunkelheit, würde sie ins Trainingsprogramm zurückkehren, und zwar mit Pokerface.

Auf keinen Fall würde sie aussteigen, nur weil eine Liebelei, die sie nie hätte anfangen dürfen, in die Brüche gegangen war.

Das war Mädchenkacke. Aber sie war eine erwachsene Frau, kein Mädchen.

Sie war eine Kämpferin …

Das Klopfen an der Tür ließ sie aufschrecken. Es war nicht der Monatserste, also konnte es sich nicht um ihren Vermieter handeln. Und Peyton war es auch nicht, das immerhin spürte sie.

»Ja?«, rief sie.

»Ich bin's, Dr. Manello.«

Stirnrunzelnd ging sie zur Tür und öffnete sie. »Äh, was machen Sie denn hier?«

»Hausbesuch.« Der Arzt drängte sich an ihr vorbei. »Wie geht's uns denn?«

Instinktiv spähte sie in den Flur hinaus, um zu sehen, ob er Verstärkung mitgebracht hatte. Nein.

Nachdem sie die Tür geschlossen hatte, schob sie ihren Zopf nach hinten über die Schulter. »Ich verstehe nicht ganz, was das soll?«

Als der Chirurg seine kleine schwarze Arzttasche auf

den Zweipersonentisch stellte, an dem immer nur eine Person saß, fiel ihr auf, dass er untenrum immer noch seine OP-Kleidung trug. Sein Oberkörper steckte in einer Daunenjacke. Auf dem Kopf hatte er eine Mets-Baseball-kappe, und, wow, das Outfit wurde vervollständigt von neongelb-blauen Laufschuhen.

»Sie haben sich krank gemeldet«, sagte er. »Mit der Begründung, dass Ihnen übel ist. Also bin ich gekommen, um nach Ihnen zu sehen.«

Novo schluckte ihren Frust hinunter und schüttelte den Kopf. »Hören Sie, ich weiß die Fürsorge sehr zu schätzen, aber es ist wirklich keine große Sache. Ich fühle mich einfach nicht …«

»Sie hatten eine schwere Herzverletzung …«

»Das war vor einer halben Ewigkeit.«

»Versuchen wir's mal mit einigen Tagen.«

Wahnsinn. Es kam ihr vor wie in einem anderen Leben. »Aber mir geht's gut.«

»Na, dann bringen wir das einfach schnell hinter uns, oder?« Er zog einen ihrer Stühle heraus, drehte ihn um und klopfte auf die harte Sitzfläche. »Wenn's recht ist, es dauert nur einen Moment.«

Sie verschränkte die Arme vor der Brust. »Mir geht's gut.«

»Wann genau haben Sie noch mal Medizin studiert?« Er verdrehte die Augen. »Haben Sie eine Ahnung, wie oft ich diese Art von Unterhaltung im Rahmen meiner Arbeit führe.«

Da Dr. Manello sie einfach nur abwartend ansah, als wäre er bereit, so lange dort stehen zu bleiben, bis einer von ihnen eines natürlichen Todes starb, nahm sie fluchend Platz.

»Das ist wirklich total unnötig«, nuschelte sie.

»Das will ich hoffen. Haben Sie sich übergeben?«

»Nein.«

»Fieber, Schüttelfrost?«

»Nein.«

»Schmerzen im Bauch oder Schmerzen, die in die Arme ausstrahlen?«

»Nein.«

»Schwindelgefühle oder Ohnmacht?«

»Nein.«

Zumindest nicht mehr seit Peytons Vater dort im Hausflur die Bombe hatte platzen lassen. Seither? Alles bestens.

Der Arzt ging um den Stuhl herum und holte ein Stethoskop aus seiner Tasche. »Sie werden die Arme locker machen müssen, wenn ich Ihr Herz abhören soll.«

Unelegant ließ sie die Arme fallen, damit er mit seinem Instrument über ihren Brustkorb spazieren konnte. Seine Mmmm-hmmm-Laute schienen auszudrücken, dass er genau das feststellte, was sie vermutete.

Dass nämlich alles in bester Ordnung war. Körperlich zumindest.

»Zeit fürs Blutdruckmessen«, verkündete er fröhlich. »Ihr Herz klingt perfekt.«

»Ich weiß.«

Während Dr. Manello sie der Routineuntersuchung unterzog, starrte sie wieder geradeaus ins Leere und zog sich an jenen Ort zurück, an dem zumindest vordergründig Ruhe herrschte. In Wahrheit, so vermutete sie, schmiedete ihr Unterbewusstsein bereits Pläne gegen sie, fabrizierte jede Menge Szenarien, um sie schreiend aufwachen zu lassen, und füllte den Terminkalender mit Albträumen wie Zahnarztpraxen ihre Behandlungsstühle mit Patienten.

»... Novo? Hallo?«

Sie riss sich aus ihren Gedanken. »Entschuldigung, was?«

Dr. Manello blickte schweigend auf sie herab. Dann ging er vor ihr in die Hocke. »Möchten Sie mir nicht erzählen, was wirklich los ist?«

»Wie ich schon sagte, es ist nichts. Ich hab einfach was Falsches gegessen.«

»Und was genau war das?«

»Kann mich nicht erinnern.« Da er allzu wissend dreinsah, stand sie auf und ging umher. »Echt jetzt. Morgen Abend bin ich wieder fit.«

»Sie wissen, wenn Sie jemanden zum Reden brauchen ...«

»Ich muss definitiv, ganz bestimmt mit niemandem reden.«

»Okay.« Er hob beschwichtigend die Hände. »Ich hör ja schon auf.«

Dr. Manello packte seine kleine schwarze Tasche. Im Gehen meinte er: »Aber Sie rufen mich an, falls Sie doch Fieber bekommen oder sich tatsächlich übergeben müssen?«

»Das wird nicht nötig sein.« Sie ging zur Tür, um ihn hinauszulassen. »Danke, dass Sie gekommen sind.«

»Ich mache mir Sorgen um Sie. Aber nicht aus medizinischer Sicht.«

Aus irgendeinem Grund musste sie an diesen Patienten in der Klinik denken, der die ganze Zeit schrie. Sollte sie den Verstand verlieren, so hatten sie dort wenigstens Erfahrung im Umgang mit Verrückten.

Doch ihr würde das nicht passieren. Das würde sie einfach nicht zulassen.

»Ich nicht«, erklärte sie ihm. »Ich mache mir überhaupt keine Sorgen um mich.«

Wenn sie das davor hatte durchstehen können, dann würde es kein Problem sein, die Erkenntnis zu verkraften, dass Peyton genau der war, für den sie ihn gehalten hatte. Darin war sie immerhin bestens geübt.

Wo zum *Dhunhd* war sie?

Als Peyton vierzig Minuten später den Fitnessraum des Trainingszentrums betrat, wanderte sein Blick über die verschiedenen Körper an den Geräten und auf den Matten … um zu dem Schluss zu gelangen, dass da keine Novo war.

Stirnrunzelnd ging er zu Qhuinn hinüber. »Hallo, habt Ihr Novo gesehen?«

»Sie hat sich krank gemeldet. Meinte, es ginge ihr nicht gut.«

Peytons erster Impuls war, sich auf ein Raketenschiff zu schwingen und quer durch die Stadt zu düsen. Das Problem war: Erstens, er hatte keine Rakete, und zweitens kannte er ihre Adresse nicht – aber, halt, er hatte sie ja genährt.

»Hat sie gesagt, was los ist?«

»Nein. Nur dass ihr schlecht ist und sie deshalb zu Hause bleibt. Sie klang schon so, als wäre ihr übel, aber nicht todkrank.«

»Könnte es was mit ihrem Herzen sein? Ein Problem mit …«

»Ich hab Manny Bescheid gesagt, und er hat bei ihr vorbeigeschaut. Er meinte, es wäre eine ganz normale Lebensmittelvergiftung oder so was. Kein Problem.« Die verschiedenfarbigen Augen des Kämpfers sahen ihn durchdringend an. »Oder fällt dir noch ein anderer Grund ein, aus dem es ihr nicht gut gehen könnte?«

»Als sie bei Einbruch der Nacht von mir weg ist, war noch alles …« Er klappte den Mund zu. »Nein, eigentlich nicht.«

»Vielleicht würde sie sich über eine Nachricht oder einen Anruf von einem Klassenkameraden freuen?«, meinte der Bruder zwinkernd. »Oder über einen Besuch nach dem Unterricht?«

»Ja. Das ist eine gute … kann ich noch mal kurz raus?«

»Okay. Aber dann geht's an die Arbeit.«

»Alles klar.«

Peyton spurtete zur Umkleide und steuerte zielstrebig auf seine Sporttasche auf dem Boden zu, die er nicht mal in einen Spind gepackt hatte. Zwischen seinen Wechselklamotten und seinen Waffen fand er schließlich sein Handy. Keine Nachricht von ihr.

Sein erster Anruf ging auf die Mailbox. Der zweite … ebenso.

Er fasste sich bei seiner Nachricht absichtlich kurz: *Alles klar bei dir? Kann ich dir was bringen?*

Peyton wartete fünf Minuten. Dann musste er zurück ins Training.

Eineinhalb Stunden später, in der Pause zwischen Krafttraining und Schießstand, kontrollierte er sein Telefon erneut. Nichts. Also rief er an. Schrieb noch eine Nachricht.

Das Gleiche wiederholte er eineinhalb Stunden später, als sie ins Klassenzimmer wechselten. Nichts. Nicht einmal, nachdem er wieder angerufen hatte. Und noch eine Nachricht geschickt hatte.

Was, wenn sie bewusstlos geworden war …

Er war kurz davor, einfach aus dem Unterricht abzuhauen und den Bus zu rufen, als sein Handy piepste. Die SMS war von ihr: *Alles ok. Bin morgen wieder da.*

Das war's.

Seine Finger flogen übers Display, um verschiedene Varianten von *Ich komme vorbei, bringe Suppe, Wärmflasche* etc., etc., etc. zu tippen.

Keine Antwort.

»Alles klar bei dir?«, erkundigte sich Craig von der Tür aus. »Alles okay mit Novo?«

Peyton räusperte sich. »Äh, ja, alles gut. Ihr geht's besser. Sie kommt morgen wieder.«

Obwohl Handys außerhalb der Umkleiden nicht erlaubt waren, steckte er seins in die Tasche seiner Fleecejacke.

Was um alles in der Welt war da los?

Den Unterricht durchzustehen war pure Folter, aber er war erleichtert, dass Novo und er wenigstens für den folgenden Abend zusammen mit Blay und Qhuinn eingeteilt waren. Sie würden das erste Team sein, das wieder draußen kämpfte – als würde die Bruderschaft gerne so tun, als sei nichts gewesen, was den Vorfall in der Seitenstraße betraf, und die neue Weltordnung positiv beginnen.

Und so wie es schien, würde das seine erste Möglichkeit sein, sie wiederzusehen.

Als die Nacht endlich vorbei war, schubste Peyton die anderen förmlich zur Seite, um in den Bus zu gelangen, was bescheuert war, weil ihn das kein bisschen schneller vom Gelände wegbrachte. Mann, konnte der Butler den Berg vielleicht noch etwas langsamer runterfahren?

Von den Unterhaltungen rings um ihn herum bekam er nichts mit, und die anderen schienen zu merken, dass bei ihm Ausnahmezustand herrschte, und ließen ihn in Ruhe.

Kaum hatte der Bus angehalten, war er schon an der Tür, doch als er in die Nacht hinaussprang, wurde ihm klar, dass er ja noch gar nicht wusste, wo sein Ziel war. Er schloss die Augen und schickte seinen Instinkt los, während die anderen Trainingsschüler einer nach dem anderen verschwanden.

Schließlich empfing er das Signal seines Blutes in westlicher Richtung. Gar nicht so weit entfernt.

In einer Wolke aus Molekülen legte er die Distanz zurück, um sich vor einem vierstöckigen Mietshaus in einem nichtssagenden Teil der Stadt wieder zu sammeln. Es war keine totale Bruchbude, aber auch sicher kein Kandidat für einen Architekturpreis. Im Untergeschoss … er konnte sie im Kellergeschoss fühlen. Aber wie sollte er da reinkommen?

Wie auf Kommando trat ein Bewohner durch die Tür, die zum Windfang führte. Peyton nahm von den sieben Stufen immer drei auf einmal. »Hallo! Können Sie mich kurz reinlassen?«

»Kein Problem.« Der Typ streckte den Arm aus, um die innere Tür aufzuhalten. »Schlüssel vergessen?«

»Den von meiner Freundin.«

»Das kenn ich. Tschüss.«

»Danke schön.«

Peyton ging hinein und sah sich um. Es musste eine Treppe zum Kellergeschoss geben – ah, da hinten in der Ecke.

Es war niemand zu sehen, also konnte er diese Tür einfach kraft seiner Gedanken öffnen. Warum hatte er da vor dem Haus nicht drangedacht?

Tja, weil sein Hirn totale Matschpampe war, deshalb.

Er versuchte sein Glück – scheiterte aber am metallenen Türriegel. Es wohnten also eindeutig nicht nur Menschen, sondern auch Vampire unter diesem Dach.

Kurz überlegte er, sie anzurufen, aber es war alles so seltsam, dass er das Gefühl hatte, Novo würde ihn nicht reinlassen. Vielleicht war das ja nur Paranoia, keine Ahnung.

Die Tür schwang weit auf, und er machte einen Satz zurück. Als er sah, um wen es sich handelte, hätte er sie beinahe umarmt. »Novo! Du bist's!«

»Was machst du hier.«

Ihr Tonfall klang so monoton wie eine Computerstimme. Sie war bleich wie ein Gespenst, und ihre Augen wirkten wie tot.

»Alles okay?« Er streckte die Hand nach ihr aus.

Doch sie wich rasch einen Schritt zurück. »Mir geht's gut. Was machst du hier?«

»Was ist denn los? Was … ich kapier einfach nicht, was los ist.«

»Mir ging's nicht gut. Jetzt ist es besser. Morgen komm ich wieder zum Unterricht. Hab ich dir doch gesagt.«

Sie hatte die Haare zum Zopf geflochten, ihre Jeans und das Sweatshirt waren nicht ungewöhnlich, ihre Füße steckten in dicken Socken und Adidas-Latschen, als hätte sie sich auf einen gemütlichen Tag zu Hause eingerichtet. Aber ihre Augen. Die waren so matt wie alte Flusssteine.

»Wo bist du?«, platzte er heraus. »Was …«

Sie hob die Hände. »Okay, mir reicht's. Ich möchte, dass du gehst. Ich habe dich nicht hierher eingeladen, und ich ärgere mich, dass du mir einfach hinterherschnüffelst, nur weil ich von dir getrunken habe.«

»Hinterherschnüffeln? Wie bitte?«

»Du hast schon richtig gehört. Ich will nicht, dass du hier je wieder aufkreuzt.«

Peyton knirschte mit den Zähnen. »Okay, noch mal kurz von vorn. Soweit ich weiß, war zwischen uns alles bestens, als du heute bei Einbruch der Nacht mein Bett verlassen hast. Und jetzt tust du so, als wäre ich ein Stalker oder so was. Ich finde, du schuldest mir eine Erklärung.«

Ihr Lachen war hart. »Oh, ich schulde dir was. Ahaaaa. Weil es immer um dich gehen muss.«

»Wovon redest du?« Er merkte, dass er laut wurde, aber er konnte sich nicht beherrschen. »Was ist denn los mit dir?«

»Mit mir? Nichts ist los mit mir. Und mit dir auch nicht. Du vereinigst dich demnächst mit einer netten Vampirin aus einer guten Familie, also ist in deiner Welt doch alles bestens. Herzlichen Glückwunsch – hey, vielleicht könnt ihr zwei und meine Schwester und Oskar als Frischverheiratete mal zu viert ausgehen.« Sie klatschte in die Hände. »Juhu! Schnell ein Selfie machen!«

Ehe er den Mund öffnen konnte, beugte sie sich vor. »Und tu jetzt bloß nicht überrascht. Du wusstest genau, was du tust, die ganze Zeit, als wir beide gevögelt haben. Du wusstest, dass du eine andere zur *Shellan* nehmen würdest, aber du hast so getan, als ...« Sie brach ab. »Tu mir bitte den Gefallen und lade mich nicht zur Zeremonie ein, ja? Ich bin mir sicher, es wäre für deine Zukünftige unangenehm, und auch wenn deinesgleichen gerne mal grausam ist, wollen wir doch nicht geschmacklos sein, nicht wahr?«

Zwei Hausbewohner, ein Mann und eine Frau, kamen die Treppe im Hausflur runter, und die Tatsache, dass sie lachend Händchen hielten, war ein echter Tiefschlag.

Peyton trat zur Seite, um sie vorbeizulassen, und wartete, bis sie durch den Windfang getreten waren, bevor er weitersprach.

»Es ist nicht so, wie du denkst.«

Novo lachte wieder. »Echt? Was glaubst du, auf wie viele Arten sich dieses Szenario interpretieren lässt? Oder gehst du davon aus, dass ich, nur weil ich ein Stück Zivilistenscheiße bin, so was von dankbar wäre, den Rest meines Lebens deine heimliche Affäre zu sein?«

Peyton trat einen weiteren Schritt zurück. Und dann noch einen. »Du hast dir deine Meinung also gebildet. Hast alles entschieden, was?«

»Die Rechenaufgabe war nicht besonders schwer. Und ich bin ziemlich clever.«

»Nur zu deiner Information, du hast mich diese Angelegenheit nicht mit einem Wort erklären lassen.«

»Warum sollte ich? Deine Version interessiert mich einen Scheiß. Nichts als heiße Luft ohne Inhalt. Genau wie du.«

Peyton spürte, wie ihm diese Worte einen Stich versetzten. Er blickte zu Boden. Entfernt nahm er wahr, dass der

Teppich feucht war, weil die Leute mit Schnee an den Schuhen hereingekommen waren.

Er dachte daran, wie er Novo den Tag über in den Armen hatte halten dürfen.

Er war so überzeugt gewesen, dass er ihr Herz endlich erobert hatte.

Doch er hätte es besser wissen müssen.

Zu einer anderen Zeit in ihrem Leben hätten sie vielleicht eine bessere Chance gehabt. Eine Beziehung mit ihr war jedoch wie ein Marathon mit gebrochenem Fuß. Er konnte ihr entgegenkommen, Gespräche führen, um neues Vertrauen zu gewinnen, sich immer wieder versichern, dass es ihr gut ging, doch das Grundsatzproblem, dass sie ihm nie wirklich vertrauen würde, würde im Lauf der Zeit alle Mühen zunichtemachen.

»Ich kann dir nicht helfen«, murmelte er.

»Wie bitte?«, zischte sie. »*Was* hast du gerade gesagt?«

Er sah sie an. »Es tut mir leid, dass du verletzt worden bist. Wirklich.«

»Hier geht es nicht um Oskar! Wage es ja nicht abzulenken …«

»Doch, genau das tut es. Vielleicht begreifst du das irgendwann, vielleicht auch nicht. Aber so oder so geht es mich nichts an, weil ich mich weigere, für die Sünden eines anderen zu büßen. Alles Gute dir. Ich hoffe, du findest irgendwie deinen Frieden.«

Er drehte sich um und marschierte auf die Eingangstür zu. In der Scheibe erhaschte er einen Blick auf Novos Spiegelbild: Sie sah ihm mit erhobenem Kinn und blitzenden Augen hinterher, die Arme vor der Brust verschränkt.

Vor ihrem Herzen.

Wenn das keine perfekte Metapher für ihre Person war, dann wusste er auch nicht.

Er ging durch die Tür und die sieben verschneiten

Stufen hinunter. Dann schaute er nach links. Und nach rechts.

Wahllos schlug er eine Richtung ein und ging davon, die Hände in den Taschen seiner Fleece-Jacke vergraben. Er hatte sich nicht die Mühe gemacht, einen Parka anzuziehen, und seine Sporttasche hatte er in der Umkleide des Trainingszentrums vergessen. Die Kälte machte ihm nichts aus.

Aus irgendeinem Grund musste er an ein verwundetes Tier denken, das trotzdem nach der Hand biss, die versuchte, ihm das Leben zu retten.

Alles nur ein Teil dieser Tragödie.

42

»Nein, verdammt. Diese beiden Arschlöcher können sich echt verpissen.«

Wrath saß im Audienzzimmer im Sessel vor einem lodernden Kaminfeuer. George hatte sich auf seinem Schoß zusammengerollt und ließ sich vom König seinen blonden Kopf kraulen. Dem Hund ging es inzwischen wieder deutlich besser, nachdem er offenbar versucht hatte, die gelben Fusseln eines Tennisballs zu fressen.

Selbige gingen wohl nun ihren natürlichen Weg. Wobei Saxton nicht nachgefragt hatte, was das nun genau bedeutete.

Man konnte es sich ja denken.

»Ihr habt so eine ganz eigene Art, die Dinge auszudrücken, mein Herr«, meinte er grinsend und wandte sich dann wieder dem dicken alten Buch zu, das er behutsam aufgeschlagen und mit viel Bedacht studiert hatte. »In diesem Fall stimme ich Euch vollkommen zu. Peyton und Romina haben ein Recht darauf, ihr Leben selbst zu bestimmen, und indem wir die Sprache in diesem antiquierten Absatz überarbeiten, können wir dafür sorgen, dass eine Mitgift ohne Zustimmung der beiden zu Vermählenden nicht bindend ist.«

»Willst du den Termin absagen?« Wrath hob den Kopf, und mit seiner dunklen Panoramasonnenbrille wirkte seine Miene, als würde er die beiden Erzeuger am liebsten abknallen. »Denn wenn sie hierherkommen, werden sie vielleicht nicht allzu erfreut über meine feinfühlige Erläuterung sein. Das eigene Kind zu verkaufen. Willst du mich verarschen.«

»Gute Idee, mein Herr.« Saxton machte sich eine entsprechende Notiz. »Ich denke auch, es wäre am besten, wenn ich ihnen am Telefon erkläre, dass es keine rechtlichen Möglichkeiten gibt, ihre Ziele zu erreichen. Denn sonst müssen wir womöglich den Reinigungsservice bestellen, um ihre Überreste vom Teppich zu kratzen, nicht wahr?«

Wrath lachte leise. »Wir sind ein gutes Team, du und ich.«

»Ich fühle mich von Eurem Lob sehr geehrt und bin voll der Zustimmung.« Saxton verneigte sich. »Ich werde die Revision der Alten Gesetze aufsetzen und sie in meine Online-Datenbank eingeben, sodass sie von heute Abend an Gültigkeit hat. Alles wird gut.«

»Das war der letzte Punkt auf unserer Liste, richtig?«

»Ja, mein Herr.« Saxton warf einen Blick auf den Hund. »Aber, George, keine Tennisbälle mehr, okay?«

»Ja, das lassen wir schön bleiben, nicht wahr, mein Großer?«

Während der Golden Retriever einen Seufzer von sich gab, sammelte Saxton seine Papiere ein, verließ seinen Schreibtisch und verabschiedete sich. Auf dem Weg nach draußen nickte er Blay zu, der an der Tür Wache gestanden hatte.

»Ich glaube, die beiden sollten dringend nach Hause«, flüsterte er. »Wrath ist ganz erschöpft von all der Sorge um sein zweites Kind.«

»Und ich denke, wir haben alle Riesenschiss davor, dass …«

»… diesem Hund etwas zustoßen könnte.«

»… diesem Hund etwas zustoßen könnte.«

454

Sie nickten sich lächelnd zu. Dann ging Blay ins Audienzzimmer, um den Transport zu organisieren, und Saxton kehrte in sein Büro zurück. Die Versuchung, sofort nach Hause aufzubrechen, war beinahe überwältigend, doch letztlich musste er seine Aufgaben fertig abwickeln. Es dauerte eine gute Stunde, bis er endlich so weit war, und auf seinem Weg zur Tür rannte er beinahe zwei *Doggen* über den Haufen.

Als er auf der vorderen Veranda des Farmhauses Gestalt angenommen hatte, öffnete er zuerst die Schnürsenkel seiner Schuhe, ehe er pfeifend eintrat.

Der Geruch von Blut hing schwer in der Luft.

»Ruhn?« Er ließ seine Aktentasche und seinen Thermosbecher fallen. »Ruhn!«

Während blanke Panik in sämtliche seiner Nervenenden schoss, rannte er in den Salon. Möbel waren umgeworfen worden, eine Lampe war zerbrochen ... Teppiche in Ecken zusammengeschoben.

»Ruhn!«, brüllte er.

Kein Geräusch. Kein Stöhnen. Kein Seufzen.

Doch das Blut war kein menschliches.

Saxton machte kehrt und rannte Richtung Küche.

Die Blutlache breitete sich bis zum Tisch aus, sodass er beinahe darin ausgeglitten wäre.

»Oh Jungfrau, nein ...!«

Ruhn lag bäuchlings auf dem Boden, Blut ... überall.

»Ruhn! Mein Liebster!«

Saxton ließ sich neben ihm auf die Knie fallen. Sein Magen revoltierte dermaßen, dass er sich beinahe übergeben hätte, doch er weigerte sich, dem Drang nachzugeben, und berührte stattdessen Ruhns Schulter und Rücken.

»Ruhn ...? Liebe Güte, bitte sei nicht tot ...«

Mit zitternden Händen und schwachen Armen rollte er den Vampir vorsichtig auf den Rücken. Was er dann sah, war wie ein Albtraum: Ruhns Kehle war durchgeschnitten, der Blick starr, und er schien nicht zu atmen.

Saxton brüllte ins leere Haus hinein. Dann schrie er in neuer Pein auf, als ihm klar wurde, auf was Ruhn gelegen hatte.

Der sterbende Vampir hatte Saxtons Kaschmirmantel von der Stuhllehne gezogen ... und an sich gedrückt, als würde er Trost aus ihrer Liebe ziehen.

»Bitte sei nicht tot ... wach auf ... *wach auf* ...«

43

Irgendwie gelang es Saxton, sein Handy herauszuziehen und jemanden anzurufen. Er wusste nicht mal, wer es war. Aber auf einmal war er nicht mehr allein, sondern umgeben von Leuten ... jemand zog ihn sanft beiseite, damit jemand anderes sich Ruhn ansehen konnte.

Blay. Es waren Blays Arme um seine Brust.

Sie knieten beide in Ruhns Blut.

»Ich kann nichts hören«, platzte Saxton heraus. »Sagt irgendjemand was?«

»Shhh«, ertönte Blays beruhigende Stimme. »Alles gut. Sie sehen ihn sich nur an ...«

»Ich kann nichts ... was ist mit meinen Ohren los!« Saxton schlug sich ein paarmal seitlich gegen den Kopf. »Ich kann nichts ... sie funktionieren nicht ...«

Blay fing seine Hände ein und hielt sie fest. »Wir müssen herausfinden, ob es ...«

»Ist er tot?«

In diesem Moment drohten sich die Schleusen zu öffnen, aber er hatte keine Zeit für die Blindheit, die mit Tränen einherging, oder weiteren Gehörverlust. So schluchzte er nur, ohne zu weinen, und versuchte, durch seinen elenden Kummer hindurchzusehen.

Als er sich zur Seite drehte, weil ihm schlecht wurde, hielt Blay seinen Kopf fest, während er trocken würgte, und er merkte wieder entfernt, wie dieser mit ihm sprach. Aber er konnte nicht klar denken.

Dann kniete sich Qhuinn zu ihm hin. Seine Lippen bewegten sich, und sein Blick war ernst, besorgt, voller Mitleid.

»Ich kann nichts ...« Saxton tippte sich wieder ans Ohr. »Ich kann nicht hören, was du sagst ...«

Qhuinn nickte und drückte Saxtons Schulter. Dann sah er zu Manny und Doc Jane hinüber, die sich über Ruhn beugten.

Eine Auserwählte – eine Auserwählte war hier, begriff Saxton.

Moment mal, die hätten sie doch nicht hierhergebracht, wenn er tot war? Richtig?

»Redet mal jemand mit mir!«, rief er.

Alle erstarrten und sahen zu ihm herüber. Dann versperrte Rhage ihm die Sicht und zeigte auf das Nebenzimmer.

»Nein.« Saxton schüttelte den Kopf. »Nein. Ich gehe nicht – bringt mich nicht weg von ihm –, ich will nicht ...«

Rhages Gesicht tauchte direkt vor seinem auf. »Er lebt noch. Sie werden ihn nähren und die Messerwunde versorgen. Ich bringe dich rüber in den Salon, damit sie ihre Arbeit machen können.«

»Nein! Bitte, ich muss bei ihm bleiben.«

»Willst du, dass sie von dir abgelenkt sind oder dass sie sich um Ruhn kümmern?«

Saxton blinzelte. So ausgedrückt reichte die Logik aus, ihn fürs Erste verstummen zu lassen.

Als er versuchte aufzustehen, gaben die Beine unter ihm nach, sodass er sich gerade noch mit einer Hand abfangen konnte. Schließlich zogen ihn Blay und Qhuinn auf die Füße und führten ihn nach nebenan. Dort ließ er sich aufs Sofa fallen und betrachtete seine Handflächen. Seine Knie. Sein Hemd.

Überall war Blut.

Er blickte zur Tür und hörte sich sagen: »Es gibt eine Kamera am Eingang. Oben im Giebel.«

Vishous war wie aus dem Nichts aufgetaucht. »Weißt du, wohin sie sendet?«

Saxton räusperte sich und antwortete mit heiserer Stimme. »Es gibt … unten im Keller steht ein Laptop. Das Passwort ist *Minnie*. Da ist alles drauf.«

»Ich kümmere mich darum.«

Der Bruder verließ mit energischen Schritten das Zimmer. Saxton senkte den Kopf … und weinte.

Wie konnte es sein, dass ihm seine Liebe so bald wieder genommen wurde?

Auf der anderen Seite der Stadt tigerte Novo in ihrem Apartment auf und ab. Was nicht viel hieß: Sie brauchte etwa vier Schritte bis zum Badezimmer. Vier Schritte zurück zum Bett.

Und wieder von vorn.

Sie war von einer großen Ruhelosigkeit erfüllt, als würde gerade irgendwo in Caldwell das Universum zusammenbrechen. Eine Art kosmische Neuordnung, die bis in ihre Welt hineinstrahlte. Andererseits halluzinierte sie vielleicht auch nur, weil sie seit fast vierundzwanzig Stunden nichts mehr gegessen hatte.

Eigentlich war es ihr ganz gut gegangen, bis Peyton hier aufgetaucht war.

Das war ja nichts Neues.

Es war ein Schock gewesen, das Echo seines Blutes oben über ihrer Absteige zu spüren, aber andererseits sollte sie eigentlich nicht überrascht sein, dass er gekommen war. Sie war versucht, seine Anwesenheit zu ignorieren, aber früher oder später hätte er einen Weg in ihr Stockwerk hinunter gefunden, und darauf wollte sie nun wirklich nicht warten.

Also hatte sie den Stier bei den Hörnern gepackt, war nach oben marschiert und hatte ihm ordentlich die Meinung gesagt!

Das wäre also erledigt. Er war das Arschloch und sie das Opfer, das sich weigerte, Opfer zu sein.

Bla bla bla.

Das Problem war, dass etwas nicht passte. *Ich weigere mich, für die Sünden eines anderen zu büßen.*

»Bloß Worte, nichts als verdammte Worte«, murmelte sie, während sie vor und zurück wanderte.

Ein kurzer Blick auf die Funkuhr neben ihrem Kissen verriet ihr, wie viele Stunden ihr noch bis Tagesanbruch blieben: zwei. Sie hatte ungefähr einhundertzwanzig Minuten, bevor sie den ganzen Tag hier festsaß.

Ihr fiel nur ein Ort ein, an den sie gehen könnte. Leider war das der letzte Ort der Welt, an dem sie sein wollte.

Doch irgendetwas trieb sie aus dem Haus.

Wie ein Vogel, der schnell losfliegen möchte, eilte sie zur Tür, als hätte sie Angst, die Hand des Schicksals würde das Tor zu der von ihr gewählten Freiheit für immer verschließen.

Draußen auf der Straße folgte sie mit schnellen Schritten den Fußspuren zahlloser Menschen und von ein paar Vampiren, die den Schnee auf dem Gehweg festgetreten hatten. Sie ging weiter als nötig, um einen Ort zum Dematerialisieren zu finden, aber sie wollte sich so lange wie möglich Gelegenheit geben, sich umzuentscheiden.

Der Ruf ließ sich jedoch nicht ignorieren.

Schließlich tauchte sie in einen unbeleuchteten Hauseingang ab … und nach einigen Versuchen stob sie in einer Wolke aus Molekülen fort vom Stadtzentrum, über den äußersten Vorstadtring hinaus zu einem Wald aus Bäumen und Sumpfland.

Als sie wieder Gestalt annahm, fand sie sich in einer ungewohnten und doch vertrauten Landschaft wieder.

Das Haus, das sie einst gemietet hatte, stand nun leer. Die Fensterscheiben waren zerbrochen, das Dach hatte ein Loch, und das umliegende Grundstück bestand aus verschlungenen Kletterpflanzen, wild wuchernden Büschen und Sprösslingen, die bald Bäume werden würden. Das gesamte Gelände schien der Wildnis überlassen worden zu sein und war so überwuchert, dass von den anderen Häusern der Nachbarschaft nichts mehr zu sehen war.

Die Schneedecke, unberührt abgesehen von einigen Wildspuren, wirkte wie das i-Tüpfelchen auf dem Tod des Hauses. Oder eher wie die Erde auf seinem Sargdeckel.

Sie musste die letzte Person gewesen sein, die es bewohnt hatte.

Vielleicht hatte ihr tragisches Erlebnis das Land und das kleine Haus verflucht.

Oder … der Eigentümer hatte lediglich den Kredit nicht mehr bezahlt, und die Bank hatte es in Besitz genommen, ohne es an jemand anderen loszuwerden … dann war das Jahr zu Ende gegangen, im Winter waren die Rohre geplatzt … und nach einem weiteren Jahr sah es nun so aus.

Das Immobilien-Gegenstück zu Krebs, der Metastasen gebildet hatte.

Novo ging auf das Haus zu und hatte es nicht eilig, die Rückseite zu erreichen. Doch wie immer war es irgendwann so weit.

Sie blickte auf das Marschland, das sich endlos zu erstrecken schien. In Wirklichkeit waren es gute eineinhalb Kilometer, bis die niedrigen Hügel in der Ferne zu den Bergen wurden, die schließlich auf der anderen Seite den Schroon Lake umschlossen.

Selbst jetzt, da alles so überwuchert war, wusste sie

genau, an welcher Stelle sie die Kleine begraben hatte. Dort drüben. Unter dem kleinen Busch, den sie gepflanzt hatte und der deutlich gewachsen war, und dem Steinhaufen.

Trotz der Schneedecke war immer noch ein kleiner Hügel zu erkennen.

Mit jedem Schritt wurde ihr Herz schwerer ... bis sie kaum noch richtig atmen konnte. Dann ging sie in die Hocke und berührte mit der nackten Hand den Schnee.

Sie betrachtete ihre Handfläche und erinnerte sich an die Blasen an ihren Händen.

Es war so kalt gewesen wie jetzt, in der Nacht, als es passierte. Doch sie war fest entschlossen gewesen zu graben. Mit einem Küchenmesser hatte sie auf den harten, gefrorenen Boden eingestochen und dann die lose Erde mit blanken Händen weggescharrt. Fast einen Meter tief. Dann konnte sie nicht mehr, weil ihre aufgerissenen Hände schmerzten.

Sie zwar zurück ins Haus gegangen.

Das Kind hatte sie in ein Geschirrhandtuch gewickelt – ein sauberes ohne Löcher.

Draußen am Grab beugte sie sich vor und legte das kleine Bündel in die Erde. Ihre Tränen waren das Erste, was das Loch füllte. Darauf die tonhaltige Erde, die sie wieder festdrücken musste und die sich mit dem Blut ihrer Handflächen mischte.

Aus Sorge, dass Raubtiere das Grab finden könnten, wandte sie sich wieder dem Haus zu. Neben der Hintertür lag ein Stapel Steine, die wohl für ein Terrassenprojekt vorgesehen gewesen waren, aus dem nie etwas wurde. Einen nach dem anderen schleppte Novo sie rüber und errichtete einen Haufen.

Dann hatte sie in der Kälte gesessen, bis sie vor Unterkühlung nur noch zitterte.

Ungefähr so wie jetzt.

Erst das höllische Brennen der ersten Sonnenstrahlen hatte sie nach drinnen getrieben – und das nicht, weil sie leben wollte, sondern weil sie fest entschlossen war, ihr Blut vom Küchenfußboden zu putzen.

Außerdem war da dieses Altweibergeschwätz, dass man im Schleier nicht willkommen war, wenn man sich das Leben nahm.

Bei Einbruch der Dunkelheit hatte sie diesen Busch ausgegraben und umgepflanzt. Dann war sie gegangen, ohne zu wissen wohin.

Die ersten paar Tage verbrachte sie auf der Straße und versteckte sich hinter Mülltonnen vor der Sonne. Sie wollte glauben, dass sie ihr Kind eines Tages wiedertreffen würde.

Das wollte sie immer noch glauben.

Seltsamerweise erinnerte sie sich daran, wie belebt die Stadt tagsüber gewesen war. Da sie Caldwell nur nachts kannte, war der viele Verkehr auf den Straßen und all die herumlaufenden, redenden Menschen und die emsige Betriebsamkeit eine Überraschung.

Schließlich hatte sie beschlossen, dass sie etwas mit sich anfangen musste. Sie fand einen Job als Köchin in einem Vierundzwanzig-Stunden-Diner und übernahm die dritte Schicht, die relativ gut bezahlt war, weil die meisten Menschen diese späten Stunden nicht mochten.

Dann hatte sie in einer geschlossenen Facebook-Gruppe den Eintrag über das Trainingsprogramm der Bruderschaft entdeckt.

Novo ließ sich auf den Hintern plumpsen und starrte die Steine an, die sie aufeinandergeschichtet hatte.

»Serenity«, sagte sie laut. »Ich werde dich Serenity nennen. Weil ich hoffe, dass du deinen Frieden im Schleier gefunden hast ...«

44

»Du bist der ganz besondere Freund von meinem Onkel.«

Beim Klang der Kinderstimme löste Saxton den Blick von der geschlossenen OP-Tür und drehte sich um. Bitty stand neben ihm im Flur des Trainingszentrums. Das kleine Mädchen trug ein rotes Kleid, ihre dunklen Haare lockten sich an den Enden, ihr Blick war unschuldig und gleichzeitig sehr alt.

Sie hatte schon so viel Leid erfahren. Daher war sie wohl an Kummer gewöhnt, dachte er traurig.

Er räusperte sich und ging in die Hocke, um mit ihr auf Augenhöhe zu sein. »Ja, das bin ich. Woher weißt du das?«

»Mein Onkel hat mir alles von dir erzählt. Als wir neulich abends gepuzzelt haben. Er hat gesagt, du bist sein ganz besonderer Freund, und dass er dich sehr lieb hat.«

Saxton hatte geglaubt, dass seine Tränen mittlerweile aufgebraucht waren: Nach der Fahrt im Krankenwagen, während der Ruhn zweimal einen Herzstillstand erlitten hatte, und nachdem sich die Tür hinter Doc Jane und Manny, die dem Vampir einen Schlauch oder etwas Ähnliches in den Hals schoben, geschlossen hatte, war er davon ausgegangen, dass nichts mehr übrig war.

Aber nein.

Seine Augen wurden schon wieder feucht. »Ich habe deinen Onkel auch sehr lieb. Auch er ist mein ganz besonderer Freund.«

»Hier.« Sie streckte ihm ihren Plüschtiger hin. »Das ist Mastimon. Er hat mich immer beschützt. Du darfst ihn halten.«

Mit zitternden Händen nahm Saxton die kostbare Leihgabe entgegen. Er drückte das Stofftier an sich und zog das kleine Mädchen ebenfalls an seine Brust. Ihre Arme reichten nicht besonders weit um ihn herum, aber sie gab ihm trotzdem Kraft.

Rhage wirkte untröstlich. »Gibt's was Neues …?«

Saxton stand auf und war überrascht, dass Bitty weiterhin den Arm um ihn geschlungen hielt. Es schien so selbstverständlich, seine Hand auf ihre Schulter zu legen, denn sie litten gemeinsam.

»Noch nicht«, antwortete er. »Sie sind schon ewig da drin.«

»Weiß man, wer das getan hat?«

»Vishous kümmert sich darum. Momentan kann ich darüber gar nicht nachdenken. Ich will einfach nur, dass Ruhn …« Er brach ab. »Wir hoffen einfach das Beste, stimmt's, Bitty?«

»Ja.« Das Mädchen nickte.

»Können wir dir irgendwas bringen?«, erkundigte sich Mary.

»Nein. Aber vielen Dank.«

Immer wieder kamen Brüder vorbei, um sich nach Neuigkeiten zu erkundigen und sich ein wenig mit ihm zu unterhalten. Jemand brachte ihm einen Kaffee, doch als er einen Schluck probierte, musste er sofort an den denken, den Ruhn vor gerade mal zwölf Stunden für ihn gemacht hatte.

Dieser Kaffee war perfekt gewesen. Alles andere ungenießbar.

Er würde das Zeug nie wieder trinken können.

Es schien unfassbar, dass sein Leben gerade so glücklich

dahingeplätschert war … nur um dann gegen diese Horrormauer zu knallen.

Die Bürotür am Ende des Ganges flog auf, und Wrath kam herausgestürmt. Das Gesicht des Königs war wutverzerrt, und seine Königin, Beth, schien ihn zurückhalten zu wollen – ohne Erfolg.

Als Wrath vor ihm stehen blieb, fiel es Saxton schwer, seinem Herrscher in die Augen zu blicken, obwohl sie blind waren.

»Wer hat das getan?«, fauchte der König. »*Wer hat das verdammt noch mal getan.*«

»Ich denke, es waren die Menschen, die …« Saxton holte tief Luft. »Ruhn und ich wohnen gerade in dem Haus, um der Besitzerin zu helfen, die belästigt wurde.«

»Warum zum *Teufel* habt ihr keine Verstärkung gerufen!«, bellte er.

Beth zog am Arm ihres *Hellren*. »Wrath! Jetzt mach mal langsam!«

»Schon okay«, beruhigte Saxton sie erschöpft. »Er ist einfach nur wütend, dass das passiert ist, und drückt es eben auf diese Art aus. Das kenne ich von unserer gemeinsamen Arbeit.«

Der Arm des Königs schoss nach vorn und packte ihn so fest und schnell, dass Saxton schwindelig wurde – zumindest bis sein Kopf gegen eine Brust aus Granit knallte.

»Es tut mir so leid«, murmelte Wrath. »Ich wusste nicht, dass ihr zwei zusammen seid.«

Plötzlich merkte Saxton, wie er sich an den riesigen Vampir klammerte, da offensichtlich Wraths unleugbare körperliche und mentale Kraft genau das war, was er in diesem Moment brauchte.

»Ich wusste nicht, dass er der Deine ist«, presste Wrath heraus. »Wenn ich das gewusst hätte, hätte ich ihn niemals mit dir losgeschickt.«

»Damals war er es noch nicht«, erwiderte Saxton mit erstickter Stimme. »Am Anfang … gehörte er noch nicht zu mir.«

In diesem Augenblick kamen Manny und Doc Jane aus dem OP-Saal, wie auf einen königlichen Erlass. Die beiden Chirurgen zogen gleichzeitig ihren Mundschutz herunter, und es war schwer, in ihre müden Gesichter nicht hineinzuinterpretieren, dass es nicht so gelaufen war wie erhofft.

»Also, so sieht's aus«, erklärte Doc Jane. »Er ist stabil, aber sein Zustand ist kritisch. Es fällt ihm schwer, einen gleichmäßigen Puls und Blutdruck zu halten.«

»Er hatte auch noch mal einen Herzstillstand«, fügte Manny hinzu. »Sein Gehirn war einige Minuten lang ohne Sauerstoff, und das mehrere Male.«

»Es tut mir sehr leid«, schloss Doc Jane, »aber wir sind uns nicht sicher … ob er wieder aufwachen wird.«

Bitty rannte zu ihren Eltern, und Saxton hielt sich den Mund zu, um nicht wieder loszuschreien.

Als er sich wieder gefasst hatte, fragte er: »Kann ich ihn sehen – können wir ihn sehen, Bitty und ich?«

Doc Jane warf Rhage und Mary einen Blick zu. Als die beiden nickten, tat es die Ärztin ebenfalls. »In Ordnung, aber nur ihr zwei. Redet mit ihm, sagt ihm, wie sehr ihr euch wünscht, dass er kämpft. Wir werden ihn vorerst nicht verlegen, und ihr könnt nicht lange bleiben. Er braucht Ruhe.«

»Verstanden. In Ordnung.«

Saxton nahm Bittys Hand und sah zu ihr hinunter. »Bist du bereit?«

Als das Mädchen nickte, öffnete Manny ihnen die Tür.

Es war kalt im Operationssaal, so viel kälter, als er erwartet hatte. Alles in diesem gekachelten Raum hatte seinen Zweck, angefangen bei der medizinischen Ausrüstung über die Lampen an der Decke bis hin zu den Regalen mit den Glasfronten, in denen die Instrumente und das andere Material aufbewahrt wurden.

Sein einziger Gedanke, als er an den Tisch herantrat, war, dass er nicht wollte, dass Ruhn an diesem furchtbaren, klinischen Ort starb. Und nicht auf diese Weise mit all den Schläuchen, die an ihm befestigt waren.

Er war so bleich, so grau. Sein gesamter Hals war mit einem Verband umwickelt.

»Was ist das für ein Piepsen?«, fragte Bitty, als sie stehen blieben.

»Sein Herzschlag.«

Ach, vielleicht sollte das Mädchen all das nicht sehen, dachte er, als sie beide Ruhn betrachteten. Sein Gesicht war so ausgehöhlt, und wegen der fehlenden Farbe wirkten seine Haare im Kontrast sehr dunkel. Seine Augen waren geschlossen, als würden sie sich nie wieder öffnen, und sein Atem kam unnatürlich stoßweise.

Ach so. Er hing an einem Beatmungsgerät, über den Schlauch an seinem Halsansatz.

»Onkel, wir sind's, Bitty und Saxton. Wir haben dich sehr lieb.«

Das Mädchen nahm die reglose Hand ihres Onkels in ihre.

»Mein Herz.« Saxton beugte sich über ihn und küsste ihn auf die Stirn. »Komm zu uns zurück. Wir brauchen dich.«

Es gab noch so viel zu sagen, zu flehen, zu bitten.

Saxton merkte, dass sich sein Mund bewegte und er weitersprach. Doch diese seltsame Taubheit war zurückgekehrt und nahm ihm die Fähigkeit zu hören.

Als eine Hand auf seiner Schulter landete, zuckte er zusammen.

Doc Janes tiefgrüne Augen blickten ernst drein. »Es tut

mir leid«, sagte sie leise, »aber wir müssen euch jetzt bitten zu gehen.«

Es kam ihm vor, als müsste er sich von seinem eigenen Fleisch lösen, doch er ließ sich hinausführen. Draußen sah er, dass sich Vishous, Blay und Qhuinn zu der Gruppe der Wartenden gesellt hatten.

Die Tür schloss sich hinter ihm.

Als ihn in der Stille alle ansahen, veränderte sich etwas tief in Saxtons Innerem. Die Übelkeit und der Kummer und die Angst waren verschwunden. Als wären sie nie da gewesen.

An ihrer statt: die Wut eines gebundenen Vampirs.

Mit einer Stimme, die gar nicht wie seine klang, hörte er sich sagen: »Könnt ihr Bitty für einen Moment übernehmen?«

Rhage nickte sofort, da er genau merkte, was los war. »Hey, Schatz, ich hab Hunger. Begleitet ihr mich in den Pausenraum, Mary und du?«

Das kleine Mädchen baute sich vor Saxton auf. »Versprichst du, dass du mich holst, falls er aufwacht?«

Saxton streichelte ihr über die Wange. »Ich verspreche es dir. Von ganzem Herzen.«

Sie drückte ihn kurz ganz fest – auf eine Art, die ihn an ihren Onkel erinnerte –, ehe sie die Hand ihres Vaters ergriff und ihn zusammen mit Mary den Flur hinunterführte.

Saxton wartete, bis sie außer Hörweite waren, dann wandte er sich an Vishous: »Sag mir, dass du weißt, wer das getan hat.«

Vishous nickte. »Ich habe mir die Aufnahmen der Überwachungskamera von den letzten beiden Wochen angesehen. Es waren dieselben zwei Männer, die schon ein paarmal mit dem Truck da waren. Einer von ihnen trägt jetzt seinen Arm in der Schlinge. Sie kamen an die

Haustür und waren bewaffnet. Als Ruhn öffnete, griffen sie ihn an. Der Kampf muss brutal gewesen sein, denn es verging fast eine halbe Stunde.«

»Sie sind in keinem guten Zustand wieder abgezogen«, fügte Blay hinzu. »Ruhn hat ihnen ziemlich zugesetzt.«

»Oh ja, und wie«, bestätigte Qhuinn. »Wie ein echter Kämpfer.«

Mit rachsüchtiger Stimme sagte Saxton: »Findet sie. Und bringt sie zu mir. Ich, und ich allein, werde mich darum kümmern.«

Die drei verbeugten sich tief in Achtung vor seiner Stellung als gebundener Vampir.

Dann zog Vishous einen der schwarzen Dolche, die er, mit den Griffen nach unten an seiner Brust trug, aus der Scheide. Er packte mit der Hand die Klinge und zog den Dolch heraus, sodass sein Blut auf den Betonboden tropfte.

Dann streckte er seine Handfläche hin. »Bei meiner Ehre.«

Saxton schlug ein. »Lebend. Ich will sie lebend.«

Blay und Qhuinn schnitten sich ebenfalls, und Saxton schüttelte nacheinander ihre blutenden Hände.

Und so geschah es.

Ganz gleich ob Ruhn lebte oder starb, er würde gerächt werden.

45

Als es wieder Nacht wurde, spürte Novo den Untergang der Sonne durch die absinkenden Temperaturen und das langsam schwindende Dämmerlicht. Ein kurzer Blick auf ihre Uhr bestätigte ihre Vermutung, und sie stand langsam mit steifen Gliedern auf.

Sie hatte den Tag in dem kalten Haus unter dem Tisch sitzend verbracht, da ihr die mit Brettern vernagelten Fenster und die dichte Wolkendecke tagsüber genug Schutz boten.

Geschlafen hatte sie nicht, denn die Gedanken drehten sich im Kreis.

Du hast dir das alles selbst ausgesucht. Es ist alles deine Entscheidung gewesen – und das bedeutet, wenn es sich nicht richtig anfühlt, dann musst du es nicht tun.

Aber es ist deine Sache.

Mehr als alles andere wurde sie von ihren eigenen Worten verfolgt. Worte, die sie zu dem Vampir gesagt hatte, der sie betrogen und unendlich verletzt hatte.

Doch sie dachte nicht wegen Oskar daran. Sondern wegen Peyton.

Er hatte recht. Sie hatte ihm keine Gelegenheit gegeben, irgendetwas zu erklären. Sie war so bereit gewesen, die Vergangenheit zu wiederholen, in die Opferrolle zurückzukehren, dass sie entschieden hatte, was die Wahrheit war. Sie hatte die Worte seines Vaters für bare Münze genommen.

Und das alles klang sehr logisch.

Bis sie an Oskars neue Brille dachte, die nur Show war.

Nur etwas Oberflächliches, ohne echte Bedeutung.

Sie verließ das Haus durch die Tür, durch die sie hereingekommen war, kehrte an Serenitys Grab zurück und stand eine Weile im Wind.

»Ich werde wieder vorbeischauen. Ruhe du in Frieden.«

Dann war sie weg, unterwegs zu ihrem Apartment, wo sie duschte, etwas aß, das wie Pappe schmeckte, und auf ihr Handy schaute. Im Traineeforum waren einige Nachrichten gepostet worden, die sie rasch überflog.

Der Unterricht war für heute Abend abgesagt worden. Es war etwas passiert, aber die Bruderschaft ging nicht näher ins Detail. Alle hatten sich angemeldet. Sogar Peyton.

Er hatte nicht angerufen oder ihr geschrieben, doch das hatte sie auch nicht erwartet.

Als sie seine Nummer wählte, war sie sicher, dass er nicht rangehen würde, und formulierte in Gedanken bereits eine Nachricht für die Mailbox.

»Hallo?«

Vor Schreck musste sie kurz husten. »Äh … hi. Ich bin's.«

»Ja, das hat mir mein Telefon schon verraten.«

»Hör zu, ich … kann ich bei dir vorbeikommen?«

»Ich habe gerade ziemlich viel zu tun.«

»Oh. Verstehe.«

»Aber wenn's dir nichts ausmacht, Sachen die Treppe runterzuschleppen, dann komm.«

»Wie bitte? Moment mal. Ziehst du um?«

»So sieht's aus. Du weißt ja, wo ich wohne. Beziehungsweise wo ich gewohnt habe. Komm vorbei, wenn du willst.«

Nachdem er aufgelegt hatte, verließ sie beinahe der Mut. Doch das hier war ihre Entscheidung. Sie würde die Tiefe wählen, nicht die Oberfläche. Sie würde dem vertrauen, was ihr Herz über diesen Vampir wusste, statt sich auf eine zweiminütige Begegnung mit einem *Sire* zu verlassen, vor dem Peyton keinerlei Respekt hatte.

Ganz abgesehen von ihren vergangenen Traumata schuldete sie ihm die Möglichkeit einer Erklärung. Danach ... nun ja, dann war es eben, wie es war. Aber wenigstens würde sie ihn nicht für die Sünden eines anderen büßen lassen, um seine Worte zu verwenden.

Draußen auf der Straße brauchte sie ein paar Anläufe, bevor sie sich dematerialisieren konnte, und als sie auf dem Rasen vor dem Familienanwesen ankam, war sie zunächst sprachlos. Direkt vor dem Haupteingang parkte ein weißer Umzugswagen.

Als wäre das herrschaftliche Gebäude ein Studentenwohnheim oder so was und das hier das Ende des Studienjahres.

Auf dem Weg durch den Schnee blieb sie kurz stehen, um einen Blick in den offenen Laderaum zu werfen. Ein Sofa stand darin. Kartons. Garderobenständer mit Kleidungsstücken auf Bügeln. Schuhe in Waschkörben.

»Hey, könntest du mal mit anpacken?«, rief eine Stimme.

Novo fuhr herum. Peyton stand drinnen am Fuß der Treppe und versuchte, einen Zweisitzer mit all seinen Kissen darauf zu schleppen.

»Ja, natürlich.«

Sie trat ihre Stiefel auf der Fußmatte ab, nicht weil sie keinen Schmutz ins Haus seines Vaters tragen wollte, sondern weil sie Angst hatte, auf dem Marmor auszurutschen. Als sie zu ihm eilte, hatte sie sofort Peytons Duft in der Nase.

Noch schwerer zu ertragen waren jedoch ihre eigenen Worte, die sie wie Dolche nach ihm geschleudert hatte.

Sie packte eine Seite des riesigen Sitzmöbels. Ächzend balancierten sie es zwischen sich aus, um dann im Krebsgang die museumsgleiche Eingangshalle zu durchqueren und die Rampe zum LKW hochzusteigen.

»Wo soll das hin?«

»Hier ist gut. Ich nehme sonst nicht mehr viel mit.«

Während sie das Möbelstück langsam absetzten, fragte Novo: »Dann ziehst du also aus?«

»Ja.« Peyton klopfte sich die Hände an seiner Jeans ab. »Es ist höchste Zeit. Mein Vater und ich waren schon vor langer Zeit miteinander fertig.«

Er weigerte sich, sie anzusehen. Allerdings schien er nicht sauer zu sein. Eher so, als hätte er genug vom Drama.

Unbehagen breitete sich in ihr aus wie Gift. »Wo ziehst du hin?«

»Ein Kumpel von mir hat ein Penthouse mit Gästezimmer. Bei ihm werde ich eine Weile wohnen, bis ich was Eigenes gefunden habe.«

»Dann bleibst du wenigstens in Caldwell. Was ist mit dem Trainingsprogramm?«

»Oh, da steige ich nicht aus. Weshalb sollte ich auch. Ich bin keiner mehr, der die Dinge hinschmeißt.« Er betrachtete seine Habseligkeiten. Dann sah er sie an. »Also. Was kann ich für dich tun?«

Er wirkte ganz ausgeglichen und in sich ruhend, weder feindselig noch emotional. So wie er mit einem Fremden auf der Straße sprechen würde: höflich, aber unverbindlich.

Novos Herz klopfte. Und nicht aus Anstrengung vom Möbelschleppen. »Ich wollte mich entschuldigen.«

»Alles okay. Das brauchst du nicht.« Er drehte sich weg. »Ich werde mich im Unterricht ganz normal verhalten.«

Sie griff nach seinem Arm. »Bitte. Lass mich ausreden.«

Ganz bewusst entfernte er sich aus ihrer Reichweite – und sie musste an all die Male denken, als sie das mit ihm getan hatte, in echt und im übertragenen Sinn.

»Um ehrlich zu sein«, meinte er, »ist es vielleicht besser, wenn du's nicht tust.«

»Peyton, ich habe gestern Nacht Dinge gesagt, die ich nicht so gemeint habe.«

»Also, für mich klangst du ziemlich klar. Hör zu, du bist nicht die erste Person, die mir vorwirft, ein Schaumschläger zu sein.« Mit einem Mal wurde seine Miene ganz ernst. »Aber du wirst die Letzte sein, das verspreche ich dir.«

»Das hab ich nicht so gemeint. Ich war verletzt und habe vorschnelle Schlüsse gezogen, nachdem ich …«

»Ach, übrigens. Es tut mir leid, was mein Vater zu dir gesagt hat. Als ich hierher zurückkam, nach unserer kleinen … Diskussion oder wie auch immer wir es nennen wollen, hat er mir berichtet, was er zu dir gesagt hat, und wir hatten einen heftigen Streit. Ich habe seine Lieblings-Tiffany-Lampe zerbrochen, aber immerhin nicht über dem Kopf dieses Scheißkerls.« Er zuckte mit den Schultern. »Nebenbei bemerkt, nicht dass es dich interessieren wird, das ist auch der Grund für meinen Auszug. Er wird mich nicht dazu zwingen, mich zu vereinigen, und ich habe definitiv genug davon, unter einem Dach mit einem Vampir zu leben, der dich als Prostituierte beschimpft.«

»Dann war das alles eine Lüge?«

»Das mit der Vampirin? Warum fragst du mich das?«

»Du hast mir zu Recht vorgeworfen, dass ich dir keine Gelegenheit gegeben habe, es mir zu erklären.«

»Nein, warum stellst du mir eine Frage, wenn du die Antwort sowieso nicht glaubst? Ich bin sicher, ich könnte reden, bis ich schwarz werde, und du machst mit meinen Worten doch, was du willst.« Er wandte sich um und ging zurück ins Haus. »Dreh sie einfach so hin, wie es dir passt. Spiel eine Runde Schach und beweg sie vor und zurück, bis du die Antwort bekommst, die du im Voraus als Wahrheit festgelegt hast.«

Auf der hochherrschaftlichen Treppe holte sie ihn ein. »Ich war bei Serenity.«

Da blieb er stehen.

»So habe ich sie genannt. Ich habe den Tag in dem Haus verbracht. In der Küche.«

Es schien eine Ewigkeit zu vergehen, bis Peyton sich langsam wieder umdrehte.

Diese Chance würde sie nicht vergeuden. Sie redete schnell und mit einer Dringlichkeit, die der Verzweiflung geschuldet war.

»Du hattest recht. Ich habe dich und alle um mich herum für das bestraft, was Sophy getan hat, und dafür, dass Oskar nicht stark genug war, um dagegen zu kämpfen. Und dann habe ich mich selbst für die Fehlgeburt bestraft, obwohl ich gar nichts Falsches gemacht habe. Ich hatte diese … Wut in mir, mit der ich einfach nicht umgehen konnte. Und es tut mir so leid. Du hast gestern Abend zu mir gesagt, dass du hoffst, ich würde für mich Klarheit finden, und ich versuche es, wirklich. Aber ich … ich liebe dich einfach. Obwohl ich so kaputt bin, liebe ich dich. Nicht so wie Oskar. Mit ihm war ich zusammen, weil er der erste Vampir war, der mir Aufmerksamkeit geschenkt hat, und ich zu dumm war, den Unterschied zwischen Wunsch und Wirklichkeit zu erkennen. Aber du … du warst der Einzige, den ich sehen wollte, als es an der Zeit war, die Wahrheit auszusprechen. Ich wollte zu niemandem gehen außer dir. Und das liegt daran, dass das hier« – sie zeigte auf ihr Herz – »mehr weiß als das.« Auf ihren Kopf deutend betete sie, dass sie ihn erreichen konnte. »Ich würde alles tun, um diese Worte zurückzunehmen, die ich gesagt habe. Nichts davon hast du verdient. Du solltest die Gelegenheit haben, mir das mit dieser Vereinigung zu erklären, aber in meiner Wut war ich nicht in der Lage, dir das zuzugestehen. Ich weiß, ich verdiene keine zweite Chance, aber …«

»Schhhh. Jetzt sei mal kurz still.«

Er barg den Kopf in den Händen und holte tief Luft. Dann richtete er seinen Blick an ihr vorbei.

Novos Herz klopfte so laut, dass es einer ganzen Percussiontruppe Konkurrenz machen konnte.

»Eines muss ich von dir wissen«, sagte er nach langem Schweigen.

»Alles. Du darfst mich alles fragen.«

Er sah sie an. »Meinst du, der Sessel und meine Couch passen in deine Wohnung? Oder eher nur der Sessel.«

Novo schüttelte den Kopf, um die Verwirrung zu vertreiben. »Entschuldigung, wie bitte?«

»Ich meine, wie viele Quadratmeter hast du?« Als sie ihn völlig entgeistert ansah, streckte er lächelnd die Arme aus. »Komm schon, die Vampirin meiner Träume erklärt mir, dass sie mich liebt, und dann glaubt sie, dass ich, obdachloser Bedürftiger, das nicht ausnutzen und bei ihr einziehen werde? Echt jetzt? Selbst wenn ich nicht auch in dich verliebt wäre, wärst du garantiert ein besserer Mitbewohner als Nickle.«

Novo wusste nicht, ob sie lachen oder weinen sollte. Also tat sie beides und ließ sich in Peytons offene Arme fallen. »Ich hab dich nicht verdient«, krächzte sie. »Wirklich.«

Peyton drückte Novo an sich und atmete tief durch. »Mich verdienen? Nun ja, in Anbetracht der Tatsache, dass viele Leute mich für einen Fluch biblischen Ausmaßes halten …«

Sie schob ihn von sich. »Sagt wer? Ich bringe denjenigen eigenhändig um.«

»Mein Vater zum Beispiel. Aber er hat schlechten Geschmack.«

Peyton küsste sie schnell. Und dann noch mal ein wenig länger. Als sie sich voneinander lösten, wischte er zärtlich die Tränen von ihren Wangen.

»Du musst es nicht sagen«, murmelte er. »Ich weiß es schon.«

»Was weißt du?«

»Dass du nicht willst, dass irgendjemand von dieser weichen Seite an dir erfährt. Also werde ich ihnen einfach erzählen, dass du vorbeigekommen bist, mir in die Eier getreten und meine Leber mitgenommen hast, als ich sie ausgespuckt habe. Ich musste dir nach Hause folgen, weil ich sonst mein Blut nicht mehr reinigen könnte.«

Sie lachte. Dann betrachtete sie sein Gesicht, als müsste sie es sich nach einer langen Reise wieder in Erinnerung rufen. »Ist schon okay. Ich habe nicht mehr das Gefühl, als müsste ich mich die ganze Zeit schützen.«

»Gut. Denn ich pass auf dich auf.«

»Und ich auf dich.« Sie warf einen Blick in Richtung der offenen Haustür. »Ich fürchte, wir müssen dein Sofa hierlassen. Dein Kleiderschrank braucht schon mehr Platz, als ich habe.«

»Cool. Ich trage es kurz aus dem Laster und lasse es hier mitten im Eingang stehen. Wahrscheinlich wird mein Vater das Ding wieder raushaben wollen, um es im Garten zu verbrennen, weil es mir gehört – aber wenigstens müssen seine *Doggen* es dann nicht weit schleppen.«

»Du bist ein sehr rücksichtsvoller Sohn.«

»Nicht wahr?«

Sie küsste ihn noch einmal. »Aber hör zu … meine Wohnung ist eine Absteige verglichen mit dem, woran du gewöhnt bist. Sie ist klein, hat keine Fenster, und die Nachbarn können mitunter echt nerven.«

Peyton ließ seinen Blick über die Pracht schweifen, in der er aufgewachsen war. Sein Vater hatte geschworen, ihn aus dem Testament und dem Familienstammbaum zu streichen – also würde dies alles der Vergangenheit angehören. Das Erstaunliche war: Es war für ihn völlig in Ordnung.

Materielle Dinge waren nett. Liebe war besser.

An Novo gewandt sagte er: »Ich würde lieber mit dir in einer Bruchbude hausen als mit irgendjemand anderem in einem Schloss.«

Sie blickte mit einem solch strahlenden Lächeln zu ihm auf, dass er sich einen Augenblick lang darin sonnte. Dann hob er den Zeigefinger.

»Was deine nervigen Nachbarn angeht, dafür habe ich eine Lösung.« Er zog ein zusammengefaltetes Stück Papier aus seiner Tasche. »Ich werde einfach das hier an die Tür hängen.«

Er strich den Zettel glatt und drehte ihn um, damit sie die Notiz lesen konnte, die Dr. Manello während ihrer Rekonvaleszenz geschrieben und an die Tür ihres Krankenzimmers geheftet hatte.

»Oh …« Sie berührte das Papier. »Du hast das mitgenommen.«

»Ich bin halt ein Trottel. Was dich angeht.« Er lächelte sie an. »Und früher oder später wäre ich eingeknickt und hätte es wieder bei dir probiert. Du bist für mich einfach unwiderstehlich.«

»Obwohl ich manchmal so eine Zicke bin?«

Peyton zwinkerte ihr zu. »Was soll ich sagen, ich liebe Herausforderungen.«

Er hakte sie bei sich unter. »Lass uns das Sofa ausladen und verschwinden!«

»Klingt nach einem perfekten Plan.«

Auf halber Strecke durch die Eingangshalle sagte Novo plötzlich: »Hey, begleitest du mich zur Hochzeit … Zeremonie … was auch immer meiner Schwester?«

Peyton blieb stehen und dachte nach. »Ja, unter einer Bedingung.«

»Und die wäre?«

»Ich darf ihm eine reinhauen.«

»Wem? Oskar?«

»Ja. Voll in die Fresse.« Als Novo die Augen verdrehte und den Kopf schüttelte, hob er beschwichtigend die Hände. »Nur ein Mal, ich versprech's. Und weil ich ein netter Kerl bin, warte ich bis nach den Fotos. Komm schon, du bist meine Partnerin, ich muss für dich einstehen.«

»Ich kann sehr gut für mich selbst einstehen«, erwiderte sie ernst.

»Stimmt. Aber du musst zugeben, dass du das gerne sehen würdest. Los, gib's zu!«

»Na gut«, nuschelte sie. »Würde ich gerne. Aber du wirst ihn nicht schlagen …«

»Nicht mal ein kleines bisschen?«, hakte er auf dem Weg raus in die Kälte nach. »Wie wär's, wenn ich seine Arschbacken zusammenklebe. Ein Furzkissen auf seinen Stuhl lege? Abführmittel in den Schokopudding mische …? Ich hätte jede Menge Ideen.«

Novo stützte die Hände in die Hüften und versuchte, ernst zu bleiben. Es gelang ihr nicht, und sie fing an zu lachen. »Du bist echt durchgeknallt.«

Er zog sie an sich, und sie wehrte sich nicht. »Bin ich nicht mehr. Ich weiß, was ich will und wo ich hingehöre. Nämlich zu dir. Du bist mein Zuhause, so wie ich deines bin.«

Sie schlang die Arme um seinen Hals. »Müssen wir den Laster ausladen, bevor wir Sex haben können?«

»Ach, vergiss den Scheiß.« Er grinste. »Außerdem hatte ich sowieso vor, auf dem Weg durch die Stadt rechts ranzufahren und dich auf dem Fahrersitz zu vernaschen.«

»Ich mag deine Art zu denken.« Sie küsste ihn lang und fest. »Du bist ein Vampir mit großen Plänen …«

46

Es war auf die Sekunde genau zwölf Uhr Mitternacht, als
Saxton sich zum Audienzhaus dematerialisierte. Er betrat
es jedoch nicht wie sonst durch die Küchentür, sondern
drehte sich zur viertorigen Garage um, die ein Stück abseits
vom Wohnhaus stand. Der Transporter der Bruderschaft
mit den getönten Scheiben parkte dort, und mit einem
Gleichmut, der ihn unter anderen Umständen schockiert
hätte, ging er durch den Schnee auf die Außentreppe zu,
die zum Obergeschoss des Gebäudes führte. Als er die Stufen erklomm, ging sein Atem so gleichmäßig wie ein Metronom, und seine Augen blinzelten trotz der Kälte nicht.

Wie aus weiter Ferne beobachtete er, wie seine Hand
nach der Klinke griff. Er drückte die Tür auf und trat hinein ins Dämmerlicht.

Das Stöhnen der Männer wurde von den Knebeln in
ihren Mündern gedämpft. Es waren drei, die torkelnd
dastanden, die Hände hinter dem Rücken gefesselt. Die
Angst ließ sie schwitzen wie Fleisch, das man zu lange der
Hitze ausgesetzt hatte. Zwei erkannte er vom Überfall hinter dem Restaurant wieder. Den anderen hatte er noch nie
gesehen, doch er sah aus wie erwartet: groß, kräftig, mit
kurzen Haaren und rotem Gesicht.

Vishous hielt einen von ihnen fest. Blay und Qhuinn
die anderen beiden.

Der Boden unter ihren Füßen war mit Plastikplanen
ausgelegt.

Als sie seine Anwesenheit wahrnahmen, kämpften die Männer noch mehr gegen ihre Fesseln an. Sie erinnerten Saxton an mit den Hufen stampfende Pferde in einem Stall.

Niemand sagte ein Wort.

Vishous deutete lediglich mit dem Kopf in Richtung einer Werkbank. Darauf lag ein einzelner Dolch. Mit schwarzer Klinge. Ob er wohl V oder Qhuinn gehörte, überlegte Saxton, während er seine Lederhandschuhe auszog.

Egal, dachte er, ging hinüber und griff mit der rechten bloßen Hand danach.

Ohne besonderen Grund sah er sich im Raum mit der Balkendecke um. Es gab einige Fenster im Dach, doch sie waren allesamt mit schwarzen Vorhängen versehen. In der Tür gab es kein Glas. Keiner der Nachbarn würde etwas mitbekommen.

Und wenn, wäre es ihm auch egal.

Als er sich dem Ersten näherte, wehrte dieser sich heftig gegen Vs Griff, Rotz lief ihm aus der Nase, und seine Backen blähten sich um den Knebel auf.

Als würde der Bruder es ihm leichter machen wollen, veränderte Vishous seinen Griff, sodass seine behandschuhte Hand, die gefährliche, die Stirn des Mannes packte. Er zog den Kopf nach hinten und legte den Hals frei.

Ein Schweißtropfen rollte dem Mann wie eine Träne über die Wange, als er um Gnade winselte. Saxton hörte nichts davon. Nein, alles, was er vor sich sah, war Ruhn auf diesem Küchenfußboden, sein kostbares Blut überall verteilt, sein Körper auf einem Mantel, der in seinem Todeskampf sein einziger Trost gewesen war.

Saxtons Arm handelte, ehe er sich irgendeines mentalen Befehls bewusst wurde. Er hob den Dolch …

… und schlitzte mit der schwarzen Klinge die freigelegte, empfindliche Kehle durch.

Das Blut floss schnell, spritzte heraus, sodass Tropfen davon Saxtons Gesicht trafen. V hielt den Menschen hoch, als er zu zucken begann und seine Füße auf dem Weg zum Tod einen Stepptanz hinlegten.

Als Saxton sich dem Zweiten zuwandte, merkte er, dass er den Mund geöffnet hatte und mit voll ausgefahrenen Fängen zischte. Dann streckte er die Zunge heraus und leckte die Klinge ab.

Der Mensch, der als Nächster sterben würde, sah das alles und schrie trotz seines Knebels, während er versuchte, sich von Qhuinn zu befreien, nicht nur weil man ihn töten würde, sondern weil er herausgefunden hatte, dass mit seinem Henker irgendetwas ganz und gar nicht stimmte. Als Reaktion hielt Qhuinn den breiten Brustkorb nur noch fester gepackt und riss den Kopf an den Haaren zurück.

Saxton schwang den Dolch in einem weiten Halbkreis herum und zerschnitt die Kehle genauso sauber wie die erste.

Es war noch einer übrig. Der, der Ruhn hinter dem Restaurant angegriffen hatte und dessen Arm gebrochen war.

Blays Augen waren kalt wie Stein, als er den Kerl etwas mehr in die Höhe riss.

Diesmal ließ Saxton sich Zeit. Er beugte sich vor und drückte die Spitze der blutigen Klinge in die Haut über der Halsschlagader.

Der Mann war vor Angst fast wahnsinnig, seine Beine zappelten, als würde man ihn auf dem elektrischen Stuhl hinrichten, und er stank nach purer Panik.

»Das ist für meinen Liebsten«, knurrte Saxton. »Für meinen Gefährten. Für …«

Mit jedem Satz bohrte er die Spitze tiefer und tiefer hinein, bis er auf den Geysir traf.

»Das ist für das, was mein war. Für das, was ihr mir nehmen wolltet.«

Dann ließ er den Dolch sinken und biss so fest in diesen Hals, dass er auf Knochen stieß. Er riss ein Stück Fleisch heraus und spuckte es aus, während der Mensch nach Luft schnappend verblutete.

Als alle drei reglos waren, die Köpfe schlaff herunterhängend, die Körper nicht länger mit Leben erfüllt, ihre Schulden eingetrieben, ließen die Kämpfer sie einen nach dem anderen mit dem Gesicht nach oben auf den Boden fallen.

Saxton wischte sich mit seinem Mantelärmel den Mund ab. Dann schnitt er sich in die Handfläche, mit der er den Dolch gehalten hatte. Er ging zu jeder der Leichen, stand über ihre leeren, offenen Augen gebeugt und markierte die Gesichter der Toten mit einem Handabdruck seines eigenen Blutes, wie sie es im Alten Land getan hatten.

»Was passiert jetzt mit ihnen?«, erkundigte er sich, als er fertig war.

Vishous antwortete: »Wir werden sie bei ihrem Boss abliefern.«

»Und uns mit ihm unterhalten«, fuhr Qhuinn fort.

»Er wird Mistress Miniahna nie wieder belästigen«, schloss Blay.

Saxton starrte einen Moment lang auf die Toten. »So soll es sein.«

Auf dem Weg zur Tür wischte er den Dolch sorgfältig ab und legte ihn ganz genau dorthin zurück, wo man ihn für ihn bereit gelegt hatte.

Die Kälte draußen reinigte seine Nase vom Kupfergeruch menschlichen Blutes. Er schaffte es die Treppe hinunter und um den Transporter herum.

Doch als er die Stelle erreichte, an der er angekommen war, wurde er von Übelkeit überwältigt. Stolpernd fiel er nach vorn, packte den Lattenzaun, der den Hinterhof einfasste, und erbrach sich über seine Schuhe.

Als er wieder aufblickte, stand Blay vor ihm.

»Ich fühle mich überhaupt nicht besser«, stöhnte Saxton und wischte sich den Mund mit seinem Taschentuch ab. »Ich fühle mich … nicht besser.«

»Wirst du aber. Später. Jetzt ist das Gleichgewicht wiederhergestellt.«

Als Saxton zur Seite schwankte, stützte Blay ihn und bot ihm einen Schluck Wasser aus einer Flasche an. Absurderweise fiel Saxton auf, dass es sich um Poland Spring handelte. Seine Lieblingsmarke.

Dann nahm Blay ihn in den Arm. »Du hast das Richtige getan. Du hast getan, was angemessen war.«

Saxton erwiderte die Umarmung. »Ich will einfach nur, dass Ruhn …«

»Er ist aufgewacht!«, rief V aus dem Obergeschoss der Garage. »Saxton! Sie haben versucht, dich zu erreichen. Er ist wach, und er fragt nach dir!«

Als Saxton Blay sprachlos ansah, fing der andere Vampir an zu lächeln.

»Ich habe noch nie davon gehört, dass Vergeltung eine geliebte Person zurückbringt«, sagte er. »Aber es gibt für alles ein erstes Mal. Los! Geh schon … beeil dich!«

Als der Vampir, den Ruhn auf der ganzen Welt am liebsten sehen wollte, ins Krankenzimmer gestürzt kam, war sein erster Gedanke …

Warum war seine große Liebe von oben bis unten mit Menschenblut besudelt?

Doch dann war all das vergessen, als Saxton zu ihm geeilt kam und sich an Ruhns Brust warf. »Du lebst … oh Jungfrau …«

Ruhn versuchte zu sprechen, doch anfangs kam nichts

als Gemurmel heraus. Bald aber konnte er antworten. »Ich … hatte nicht vor, dich zu … verlassen.«

Saxton zog sich zurück und schien nach Anzeichen dafür zu suchen, dass er wirklich auf dieser Seite des Schleiers bleiben würde. »Ich dachte, ich hätte dich verloren.«

»Ich hab dich … gehört … und Bitty, als ihr … mit mir gesprochen habt.« Mann, sein Hals tat vielleicht weh! »Als du hier warst, bin ich da gestorben? Ich glaube schon.«

Da Saxton stumm blieb, bekam Ruhn Angst. »Bin … ich?«

»Du bist jetzt hier. Das ist alles, was zählt.«

»Hals … tut weh …«

»Ich weiß, Liebster.« Saxtons Blick wanderte umher, als suchte er nach verborgenen Verletzungen. »Du musst nicht reden.«

»Der Schleier. Die Tür. Zum Schleier … Ich habe mich geweigert, sie zu öffnen …«

»Was?« Saxton beugte sich zu ihm herunter. »Was hast du gesagt?«

»Ich habe eine Tür gesehen … im Nebel … Ich wusste, wenn ich sie öffne … würde ich dich verlassen. Sie erschien mir viele Male. Ich habe mich geweigert … Ich wollte … dich nicht verlassen. Ich liebe … dich.«

»Ich liebe dich auch.«

Saxtons Tränen fielen wie Regen, aber es war ein Frühlingsschauer. Der alles erneuerte. Als Bitty mit Rhage und Mary ins Zimmer kam, wallten Ruhns Gefühle noch mehr auf.

»Onkel!«

Ruhn lächelte, bis ihm die Backen wehtaten, und er versuchte zu reden, aber es nützte nichts. Er hatte seine Kräfte und seine Stimme verbraucht – was Bitty überhaupt nichts auszumachen schien. Sie war aufgekratzt und voller Freude, und das war so gut wie die Medikamente, die er bekam, um die Schmerzen zu lindern.

Während das kleine Mädchen redete wie ein Wasserfall, beobachtete er, wie Saxton rückwärts zur Tür ging und ihm signalisierte, dass er gleich zurückkommen würde.

»… und ich wusste, dass du wieder gesund wirst! Ich wusste es!«

»Mein Freund.« Rhage trat ans Bett und berührte Ruhns Hand. »Ich bin froh, dass du's noch ein bisschen mit uns aushältst. Darf ich dir einen Truck kaufen oder so?«

Als Ruhn stirnrunzelnd den Kopf schüttelte – weil Rhage durchaus verrückt genug war, um so etwas zu tun –, stieß Mary ihrem *Hellren* den Ellbogen in die Seite.

»Rhage. Du musst den Leuten doch nichts kaufen, um ihnen zu zeigen, was du fühlst.«

»Du könntest eine tolle Schmucksammlung haben, das weißt du schon?« Rhage zwinkerte Ruhn zu. »Ich schwöre, meine Mary ist eine Spartanerin.«

Ruhn ließ sich in die Kissen sinken und lauschte der angeregten Unterhaltung. Er verstand, dass Anspannung und Sorge nachgelassen hatten, selbst wenn er nicht die Kraft besaß, daran teilzunehmen. Dann war Saxton wieder da, nach frischer Seife und Shampoo riechend, in geliehener OP-Kleidung.

Letztlich musste Ruhn ihn nicht fragen, was geschehen war. Er wusste, sein Geliebter hatte diese Männer gefunden … und mit ihnen das gemacht, was Ruhn getan hätte, wenn jemand Saxton überfallen und zum Sterben in ihrem gemeinsamen Haus hätte liegen lassen. Trotzdem machte es ihn traurig, dass sein wunderbarer Anwalt in diesem Fall das Schwert statt eines Stifts hatte benutzen müssen.

Doch er würde seinem Liebsten den Ausdruck seiner Rache nicht verwehren. So war es eben.

»Okay, ich denke, wir sollten Onkel Ruhn und Saxton ein bisschen Zeit zu zweit gönnen«, erklärte Mary. »Außerdem hat dein Vater seit mindestens zwanzig Minuten nichts mehr gegessen.«

Rhage sah seine Tochter an. »Ich bin tatsächlich ein bisschen hungrig.«

»Au ja, wir machen Tacos und bringen Onkel Ruhn einen davon.«

Oh nein, dachte Ruhn in Anbetracht des Brennens in seinem Hals. Er sollte besser mit Vanillepudding anfangen. In einer Woche oder so.

Nachdem Bitty und ihre Eltern sich herzlich verabschiedet hatten und verschwunden waren, sah er Saxton an.

»Kann nicht reden …«, krächzte er. »Tut weh.«

Saxton setzte sich aufs Bett. »Du musst überhaupt nichts sagen.«

»Liebe dich. Liebe dich so sehr.«

Als er an Saxtons Hand zog, wusste dieser trotz der fehlenden Kraft, was Ruhn wollte. Lächelnd streckte er sich neben ihm aus und legte den Kopf auf Ruhns Arm.

»Verlass mich nie wieder, ja?«, sagte er.

»Niemals. Versprochen.«

Als Ruhn die Augen schloss, dachte er noch … dass er wohl seinen alten Gutsverwalter anrufen musste und ihm sagen, dass er nun doch keinen Job mit Logis in Caldwell brauchte. Auf keinen Fall würde er dieses Haus hier verlassen.

Außer um mit Saxton zusammenzuziehen.

Er hatte ja keine Ahnung, welche Überraschung noch kommen würde …

47

An einem Februarabend etwa zwei Wochen später brach gerade die Nacht herein und brachte einen beeindruckenden Mond mit sich. Der Himmel war so klar und wolkenfrei, dass das Gesicht des größten funkelnden Diamanten einem Spiegel glich.

Saxton überprüfte im Spiegel der Sonnenblende den Sitz seiner Fliege, während sein Liebster ihren Truck parkte, und zwar gegenüber von einer ... »Sag mal, ist das eine Kirche? Diese Zeremonie findet in einer Kirche statt?«

Ruhn blickte ebenfalls überrascht durch die Windschutzscheibe und nickte. »Laut Navi ist das die richtige Adresse.«

»Hm, jedem das Seine. Ich habe ja nichts gegen menschliche Spiritualität, aber ... es fühlt sich trotzdem komisch an.«

»Ich mach dir die Tür auf.«

Während Ruhn die Beine aus dem Wagen schwang, musste Saxton lächeln. Der Vampir nahm es mit guten Manieren so ernst, wie könnte man ihm diesen Gefallen da abschlagen. Vor allem da seine Augen jedes Mal vor Glück strahlten, wenn er für jemanden eine Tür öffnete oder einen Stuhl herauszog oder eine Hand bot.

»Weißt du«, meinte Saxton, als er vom hohen Autositz rutschte. »Manchmal habe ich den Eindruck, du nimmst diesen Truck nur deshalb gerne, weil du mir dann raushelfen kannst.«

Ruhn beugte sich zu ihm und flüsterte Saxton ins Ohr: »Was das angeht, hat er etwas mit deiner Hose gemeinsam.«

Mit einem leisen Lachen biss Saxton sanft in den Hals, der sich so dicht vor seinem Mund befand. »Ungezogener Junge.«

»So magst du mich doch.«

»Immer.«

Schon küssten sie sich, und ihre Hände wanderten unter Kleidungsstücke. Die Lust loderte sofort hitzig auf – als hätten sie sich nicht schon dreimal unter der Dusche geliebt, und dann ein weiteres Mal, als sie ihre Anzüge angezogen hatten.

»Wir sollten besser aufhören«, japste Saxton. »Sonst kommen wir noch zu spät.«

Ruhn zog sich so widerwillig zurück, dass es schon fast wie ein Schmollen wirkte. »Dann erwarte ich, dass wir uns später beim Empfang ein ruhiges Eckchen suchen – wo auch immer der stattfindet.«

»Ich freu mich schon.«

Händchenhaltend überquerten sie die Straße zur Kirche. Drinnen führte man sie zu den Bänken.

Sie nahmen ganz hinten Platz und sahen sich um. Den anderen Vampiren – gut einhundert an der Zahl – war deutlich anzumerken, dass auch sie sich etwas unwohl fühlten. Aber egal. Wenn man eine Abendveranstaltung mit der Person besuchen konnte, die man liebte, wen kümmerte da schon, wo man sich befand.

»Ich will gar nicht daran denken, dass wir morgen ausziehen müssen.« Ruhn blickte zu den offenen Balken des Kirchendachs empor. »Ich liebe dieses Farmhaus.«

»Ich auch.« Saxton streichelte mit dem Daumen über die Innenseite von Ruhns Handgelenk. »Es fühlt sich schon wie ein Zuhause an.«

»Es ist ein Zuhause.«

Fritz hatte die schrecklichen Spuren des Überfalls beseitigt – ein unerwarteter Gefallen, der Saxton zu Tränen gerührt hatte, als er selbst dorthin zurückgekehrt war, um die furchtbare Aufgabe zu erledigen. Doch alles war bereits aufgeräumt, die Möbel wieder aufgestellt und wo nötig repariert, der Fußboden ausgebessert und Farbe an den Wänden erneuert.

Das Blut weggewaschen.

Es hatte noch einen anderen Grund gegeben, weshalb Saxton fest entschlossen war, die Überreste der grauenhaften Tat zu beseitigen: Er hatte Sorge gehabt, Minnie könnte unerwartet auftauchen und sehen, was für ein Akt der Gewalt in ihrem und Rhyslands geliebten Heim passiert war.

Doch wie immer hatte sich Saxtons Familie – seine wahre Familie, nicht die, in die er hineingeboren worden war – um alles gekümmert.

»Haben wir Minnies Enkel eigentlich jemals kennengelernt?«, erkundigte sich Ruhn. »Wie hieß er noch gleich?«

»Oskar. Zumindest stand das auf der Einladung. Und er heiratet Novos Schwester. Kennst du Novo? Die Trainingsschülerin?«

»Oh, ja. Sie ist viel im Kraftraum. Also so richtig. Sie ist enorm stark, nicht nur für eine Frau, sondern überhaupt.«

»Sie sind tatsächlich gekommen!«

Saxton drehte sich um und sprang sofort auf. »Minnie!« Er umarmte die alte Dame. »Aber Sie sind doch die *Großmahmen* des Bräutigams, was tun Sie denn da unter den Gästen? Oder … halt, ist das so Brauch? Ich bin total verwirrt.«

Minnie trug ein wunderschönes roséfarbenes Kleid aus Spitze, ihre weißen Haare waren kunstvoll frisiert, und sie war geschminkt. Außerdem lächelte sie, als würde sie ein Geheimnis hüten.

»Ich wollte Ihnen beiden nur kurz Hallo sagen, bevor es losgeht.«

»Sie sehen sehr gut aus«, sagte Ruhn, als er an der Reihe war, Minnie zu umarmen. »Wirklich umwerfend.«

»Wie geht es meinem Haus?«, erkundigte sie sich und rutschte zu ihnen in die Bank. »Ich nehme an, es ist alles bestens in Schuss?«

»Das ist es.« Ruhn verbeugte sich. »Gestern Abend habe ich die letzten Reparaturarbeiten am Heizkessel durchgeführt.«

»Wir sind außerdem sehr zuversichtlich, dass Sie dort absolut sicher sein werden.« Saxton konnte der alten Dame nicht in die Augen sehen. Nicht, weil er sich Sorgen um sie machte. Sondern eher, weil er genau wusste, was zwischen V, Qhuinn und Blay und Mr. Romanski abgelaufen war. »Wir hatten sehr zielführende … Gespräche … mit dem Bauunternehmer. Er hat kein Interesse an Ihrem Grundstück mehr.«

Um genau zu sein hatte der Mistkerl den Staat New York verlassen. Man stelle sich das mal vor.

»Nun, das ist gut.« Minnie klatschte in die Hände. »Weil ich nämlich beschlossen habe, das Haus zu verkaufen.«

Das versetzte Saxtons Brust einen Stich. »Oh. Ist das so. Das sind ja hervorragende Neuigkeiten. Und wir wollten gerade sagen, dass wir morgen Nacht ausziehen, damit Sie …«

»Ich möchte, dass Sie beide es übernehmen.«

Saxton war wie erstarrt. Dann warf er einen Blick zu Ruhn hinüber. »Verzeihung – was haben Sie gerade gesagt?«

Minnie beugte sich vor und griff nach den Händen der beiden Vampire. Ihre Augen wurden feucht, als sie diese fest drückte.

»Das Haus wurde aus Liebe erbaut … und es soll von einem Paar bewohnt sein, das sich liebt. Ich möchte, dass Sie es bekommen. Wir können einen fairen Preis aushandeln, ich werde weiterhin bei meiner Enkelin wohnen. Ich habe das sehr genossen und in ihrem Wohnhaus einige wunderbare neue Leute kennengelernt – Vampire und Menschen.«

»Aber was ist mit Ihrem Enkel und seiner *Shellan*? Wäre Ihnen nicht vielleicht lieber, dass die beiden es übernehmen?«

»Die müssen ihr eigenes Ding machen«, erklärte Minnie trocken. »Sie hasst es auf dem Land sowieso – das hat sie mir ganz deutlich erklärt, als ich die beiden zum Essen eingeladen habe, um sie besser kennenzulernen. Und außerdem … auch wenn es mich traurig macht, das zu sagen, ich bin mir nicht sicher, ob die beiden Liebe verbindet. Mein Enkel … er ist anders, und sie auch. Aber es ist nicht mein Leben, und ich werde sie unterstützen, wenn ich kann.« Sie drückte noch einmal Saxtons und Ruhns Hand. »Also bitte sagen Sie Ja. Es würde mir so viel Freude bereiten zu wissen, dass Sie beide sich um mein Zuhause kümmern.«

Saxton sah wieder Ruhn an.

Dieses strahlende Lächeln war wohl die Antwort.

»Unter einer Bedingung«, sagte Saxton. »Das Letzte Mahl essen wir jeden Sonntag gemeinsam – und Sie bringen Ihre Enkelin mit, wann immer sie mag.«

»Abgemacht.« Minnie umarmte die beiden Vampire gleichzeitig. »Ich wünschte, Rhysland hätte Sie beide kennengelernt. Er hätte Sie sehr gemocht.«

Nachdem sie gegangen war, saß Saxton da und starrte geradeaus auf dieses Altar-Ding mit dem Kreuz und dem Bild eines Mannes mit Bart und wunderschönem Gesicht, der voller Mitgefühl auf die Gemeinde herabblickte.

Rechts davon hatten sich einige Männer aufgestellt, was zu bedeuten schien, dass es bald losging. Hoffentlich.

»Ich glaube, wir haben gerade unser Traumhaus bekommen«, hörte er sich sagen.

»Das haben wir!«

Ruhn lachte wie ein kleines Kind, und Saxton gab ihm einen Kuss. Als er sich wieder zurücklehnte, rutschten zwei weitere Gäste neben sie auf die Bank.

»Hallo«, begrüßte sie die Vampirin. »Ist hier noch frei? Ich bin Novo, aus dem Trainingszentrum.«

»Natürlich!« Saxton lächelte Novo und Peyton an. »Wir freuen uns über Gesellschaft.«

»Prima, aber wir müssten auf die andere Seite, an die Wand. Nicht direkt am Gang.«

»Oh … äh, okay.« Saxton stand auf, um die beiden vorbeizulassen. »Aber bist du nicht die Schwester der … wie sagt man? Der Braut? Bist du dann nicht an der Hochzeit … der Zeremonie, was auch immer, beteiligt?«

»Man hat mich zum Glück rausgeschmissen.« Novo begrüßte Ruhn und ließ Peyton dann vorbei auf den Platz direkt neben dem Buntglasfenster rutschen. »Lange Geschichte. Wie geht es euch?«

»Wir haben gerade ein Haus gekauft!«, freute sich Ruhn.

»Glückwunsch!«, gratulierte Peyton. »Das ist ja toll. Wo liegt es denn?«

»Ihr werdet nie glauben, wem es gehört …«

Sie unterhielten sich, bis die Orgel zu spielen begann. Kurz bevor es richtig losging, nahm Saxton Ruhns Hand, und der Vampir blickte ihn voller Liebe an. Saxton bemerkte, dass auch das andere Paar sich küsste und sich tief in die Augen sah.

Dann beugte sich Novo zu ihnen herüber. »Sagen Sie«, flüsterte sie. »Können Sie beide mir bei einer Sache behilflich sein?«

»Was immer du willst«, antwortete Saxton.

Peyton verdrehte die Augen. »Ich will bloß den Bräutigam verprügeln. Nur ein Mal. Ist das zu viel verlangt?«

Saxton zog die Augenbrauen hoch. »Ist das bei den Menschen im Rahmen einer solchen Zeremonie Tradition?«

»Ja, genau«, sagte Peyton. »Das ist es.«

Novo hielt ihm rasch den Mund zu. »Nein. Ist es ganz bestimmt nicht. Und egal wie ich in der Vergangenheit zu meiner Schwester gestanden habe, ich will nicht, dass ihre besondere Nacht ruiniert wird, okay?«

Peyton grummelte noch eine Weile vor sich hin. Als Novo die Hand sinken ließ, murmelte er: »Erstens, habe ich angeboten, es *nach* dem offiziellen Fototermin zu tun – und wenn es dir sooo wichtig ist, dann könnte ich ihm in den Bauch statt in die Fresse hauen. Ich bin ja offen für Kompromisse.«

Novo fing an zu lachen. »Ich liebe dich.«

»Das weiß ich doch.« Er küsste sie. »Ich dich auch.«

»Genug, um ihn nicht zu verprügeln? Wie lieb von dir. Das ehrt mich wirklich.«

Peyton stieß ein langgezogenes Seufzen aus. »Na guuuuut.«

Saxtons Blick wanderte zwischen den beiden hin und her. »Warum habe ich das Gefühl, da steckt noch mehr dahinter?«

Ruhn mischte sich ein. »Pssst! Sie kommen.«

Saxton ließ das Thema fallen und lehnte sich an die Schulter seines Partners. Als die Musik lauter wurde und eine Gruppe Vampirinnen in rosa Kleidern mit Schleifen am Hintern vorbeigingen, zuckte er bloß mit den Schultern.

Jedem das Seine, dachte er.

Er hatte es zweifellos gefunden.

Novo beugte sich vor, um an Saxton und Ruhn vorbei einen Blick auf Sophy zu erhaschen, die nach vorne zum Altar schritt. Sie sah auf jeden Fall glücklich aus. Ihr Gesicht war teilweise von einem weißen Schleier verdeckt, und das lange, aufgebauschte Kleid ließ sie hübsch aussehen, wie eine Puppe.

»Alles klar bei dir?«, erkundigte sich Peyton leise.

Sie ließ den Blick zu Oskar vorne am Altar wandern. Der Vampir trug einen Smoking und stand steif und verkrampft neben einer Reihe von Freunden, die sich ebenfalls zu wünschen schienen, sie wären woanders. Auf der anderen Seite warteten all die Vampirinnen von der Brautparty in wenig schmeichelhaften rosafarbenen Kleidern, die ganz offensichtlich ausgewählt worden waren, um sie dicker und weniger strahlend wirken zu lassen als die Braut.

Gut gemacht, Sophy, dachte Novo.

»Ja, alles bestens.« Sie drückte seine Hand und sah Peyton in die Augen. »Mir geht's sehr gut.«

Das Zusammenleben mit ihrem »armen kleinen reichen Jungen«, wie Peyton sich selbst gerne nannte, hatte sich als lächerlich unkompliziert herausgestellt. Sie passten verblüffend gut zusammen, und wenn es mal Streit gab, dann wegen alberner Dinge wie dem Klingelton des Weckers – er wollte den bellenden Hund, sie bevorzugte das altmodische Bimmeln –, oder wie viele dunkle Kleidungsstücke die Weißwäsche vertrug – er: so viele, wie eben gerade schmutzig waren, sie: kein einziges, verdammt.

Um ehrlich zu sein, war alles insgesamt einfacher. Und obwohl es ihr leidtat, dass er nun von seiner Familie entfremdet war, verstand er immerhin, weshalb sie kein Interesse hatte, ihn ihren Eltern vorzustellen.

Vielleicht würde das noch passieren. Vielleicht auch nicht.

In der Zwischenzeit hatte sie in ihm die Familie, die sie brauchte.

Sophy war inzwischen vor ihrem Bräutigam/Gefährten/Wasauchimmer angelangt, und ein Mensch in festlicher Robe begann, aus einem Buch vorzulesen. Novo konnte bloß den Kopf schütteln. Würden sie überhaupt eine Vampirzeremonie abhalten? Wahrscheinlich schon. Hauptsache besonders.

»Ich liebe dich«, sagte Peyton.

Novo sah wieder zu ihm rüber. Ihre Gefühle waren kompliziert und … anstrengend. Sie wünschte ihrer Schwester wirklich das Beste mit ihrer Wahl – und das war eine willkommene Veränderung. Was Oskar anging, so hatte sie ihm damals in dieser Bar ihre Meinung gesagt, mehr brauchte es von ihr aus nicht.

Was wirklich zählte? Sie hatte ihr eigenes glückliches Leben. Und das würde ihr niemand wegnehmen.

Nicht einmal sie selbst.

»Was hältst du davon, wenn wir die Feier nachher ausfallen lassen«, flüsterte sie, »und nach Hause fahren? Netflix gucken und chillen?«

Das Knurren, das sie als Antwort erhielt, war genau das, was sie hören wollte. Aber so war er nun mal: Peyton war immer da, wenn sie ihn brauchte – und meistens mit einsatzbereitem Ständer.

Ts ts ts. Aber es stimmte.

»Ich liebe dich so sehr …«, verkündete sie, »dass es nicht wehtut.«

»So ist's brav. Genau davon rede ich.«

Nach einer kurzen Pause blitzten seine Augen wieder auf. »Wie wäre es, wenn ich seine Schnürsenkel verknote?«

»Peyton!«, zischte sie.

»Was denn? Unfälle passieren nun mal. Und wenn er zufällig durch eine Fensterscheibe kracht …«

»Pssst. Bevor man uns vor die Tür setzt.«

»Ich wusste, ich hätte meine Tröte mitbringen sollen.«

Lachend schmiegte sie sich an ihren Freund. Was auch immer die Zukunft bringen mochte, bei zwei Dingen war sie sich sicher: Erstens, sie würden Seite an Seite durch dick und dünn gehen. Und zweitens: Sie würde dabei die ganze Zeit lachen.

Das Leben war schön.

ENTDECKEN SIE DIE MAGISCHE WELT VON ...

... J. R. WARD

FALLEN ANGELS

Sieben Schlachten um sieben Seelen. Die gefallenen Engel kämpfen um das Schicksal der Welt. Und ein Unentschieden ist nicht möglich ...

Erster Band: **Die Ankunft**
Seit Anbeginn der Zeit herrscht Krieg zwischen den Mächten des Lichts und der Finsternis. Nun wurde Jim Heron, ein gefallener Engel, dafür auserwählt, den Kampf ein für alle Mal zu entscheiden. Sein Auftrag: Er soll die Seelen von sieben Menschen erlösen. Sein Problem: Ein weiblicher Dämon macht ihm dabei die Hölle heiß ...

Zweiter Band: **Der Dämon**
Im ewigen Kampf zwischen den Mächten des Himmels und der Hölle steht eine neue Seele auf dem Spiel: Der gefallene Engel Jim Heron soll Ex-Elitesoldat Isaac Rothe vor einem heimtückischen Dämon retten, doch eine sexy Rechtsanwältin kommt ihm dabei in die Quere ...

Dritter Band: **Der Rebell**

Im Kampf zwischen Licht und Dunkelheit steht Ex-Engel Jim Heron vor der größten Herausforderung seines Lebens: Die Seele von Detective Thomas DelVecchio droht der Verdammnis anheimzufallen, und Jim ist der Einzige, der ihm jetzt noch helfen kann. Dass die superheiße Polizistin Sophia Reilly ein Auge auf seinen Schützling geworfen hat, macht Jims Aufgabe nicht gerade einfacher …

Vierter Band: **Die Begierde**

Ex-Soldat Matthias hat eine düstere Vergangenheit – an die er sich allerdings nicht mehr erinnern kann. Als er sich in die hübsche Journalistin Mels verliebt, scheint sein Leben eine Wendung zum Positiven zu nehmen. Hätte es nicht Dämonin Devina auf seine Seele abgesehen. Der Einzige, der Matthias jetzt noch helfen kann, ist Jim Heron …

Fünfter Band: **Die Versuchung**

Nach einer schmerzhaften Trennung beschließt die Kunstprofessorin Cait Douglass, ihr Leben radikal zu ändern. Dass sich ausgerechnet jetzt zwei superheiße Typen für sie interessieren, kommt ihr da gerade recht. Sie ahnt nicht, dass die Entscheidung, für wen ihr Herz schlägt, wahrlich eine über Leben und Tod ist …

Sechster Band: **Die letzte Schlacht**

Im Ringen um das Schicksal der Welt wurde die letzte Runde eingeläutet. Nun wird sich entscheiden, ob die Menschheit im ewigen Licht leben oder in die dunklen Tiefen der Hölle hinabgestürzt werden wird. Doch die Chancen, den Kampf zu gewinnen, stehen schlecht für den raubeinigen Engel Jim Heron, denn dieses Mal hat es die Dämonin Devina auf seine einzig wahre Liebe abgesehen …

BLACK DAGGER

Sie sind eine der geheimnisvollsten Bruderschaften, die je gegründet wurde: die Gemeinschaft der BLACK DAGGER. Und sie schweben in tödlicher Gefahr: Denn die BLACK DAGGER sind die letzten Vampire auf Erden, und nach jahrhundertelanger Jagd sind ihnen ihre Feinde gefährlich nahe gekommen. Doch Wrath, der ruhelose, attraktive Anführer der BLACK DAGGER, weiß sich mit allen Mitteln zu wehren …

Erster Band: **Nachtjagd**
Wrath, der Anführer der BLACK DAGGER, verliebt sich in die Halbvampirin Elisabeth und begreift erst durch sie seine Verantwortung als König der Vampire.

Zweiter Band: **Blutopfer**
Bei seinem Rachefeldzug gegen die finsteren Vampirjäger der *Lesser* muss Wrath sich seinem Zorn und seiner Leidenschaft für Elisabeth stellen – die nicht nur für ihn zur Gefahr werden könnte.

Dritter Band: **Ewige Liebe**

Der Vampirkrieger Rhage ist unter den BLACK DAGGER für seinen ungezügelten Hunger bekannt: Er ist der wildeste Kämpfer – und der leidenschaftlichste Liebhaber. In beidem wird er herausgefordert ...

Vierter Band: **Bruderkrieg**

Als Rhage Mary kennenlernt, weiß er sofort, dass sie die eine Frau für ihn ist. Nichts kann ihn aufhalten – doch Mary ist ein Mensch. Und sie ist todkrank ...

Fünfter Band: **Mondspur**

Zsadist, der wohl mysteriöseste und gefährlichste Krieger der BLACK DAGGER, muss die schöne Vampirin Bella retten, die in die Hände der *Lesser* geraten ist.

Sechster Band: **Dunkles Erwachen**

Zsadists Rachedurst kennt keine Grenzen mehr. In seinem Zorn verfällt er zusehends dem Wahnsinn. Bella, die schöne Aristokratin, ist nun seine einzige Rettung.

Siebter Band: **Menschenkind**

Der Mensch und Ex-Cop Butch hat ausgerechnet an die Vampiraristokratin Marissa sein Herz verloren. Für sie – und aufgrund einer dunklen Prophezeiung – setzt er alles daran, selbst zum Vampir zu werden.

Achter Band: **Vampirherz**

Als Butch, der Mensch, sich im Kampf für einen Vampir opfert, bleibt er zunächst tot liegen. Die Bruderschaft der BLACK DAGGER bittet Marissa um Hilfe. Doch ist ihre Liebe stark genug, um Butch zurückzuholen?

Neunter Band: **Seelenjäger**

In diesem Band wird die Geschichte des Vampirkriegers Vishous erzählt. Seine Vergangenheit hat ihn zu der atemberaubend schönen Ärztin Jane geführt. Nur ist sie ein Mensch, und ihre gemeinsame Zukunft birgt ungeahnte Gefahren ...

Zehnter Band: **Todesfluch**

Vishous musste Jane gehen lassen und ihr Gedächtnis löschen. Doch bevor er seine Hochzeit mit der Auserwählten Cormia vollziehen kann, wird Jane von den *Lessern* ins Visier genommen und Vishous vor eine schwere Entscheidung gestellt ...

Elfter Band: **Blutlinien**

Vampirkrieger Phury hat es nach Jahrhunderten des Zölibats auf sich genommen, der Primal der Vampire zu werden. Hin- und hergerissen zwischen Pflicht und der Leidenschaft zu Bella, der Frau seines Zwillingsbruders, bringt er sich in immer größere Gefahr ...

Zwölfter Band: **Vampirträume**

Während Phury noch zögert, seine Rolle als Primal zu erfüllen, lebt sich Cormia im Anwesen der Bruderschaft immer besser ein. Doch die Beziehung der beiden ist von Zweifeln und Missverständnissen geprägt, und Phury glaubt kaum daran, seiner Aufgabe gewachsen zu sein.

Sonderband: **Die Bruderschaft der BLACK DAGGER**

In zahllosen Interviews, Diskussionsbeiträgen und Hintergrundinformationen gewährt J. R. Ward ihren Lesern einen einzigartigen Blick hinter die Kulissen ihrer Mystery-Erfolgsserie. Eine exklusive BLACK DAGGER-Kurzgeschichte rundet diesen einzigartigen Materialienband ab.

Dreizehnter Band: **Racheengel**

Der *Symphath* Rehvenge lernt in Havers' Klinik die Krankenschwester und Vampirin Ehlena kennen und fühlt sich sofort zu ihr hingezogen. Doch er verheimlicht ihr seine Vergangenheit und seine Geschäfte, und Ehlena gerät dadurch in große Gefahr …

Vierzehnter Band: **Blinder König**

Die Beziehung zwischen Rehvenge und Ehlena wird jäh zerstört, denn Rehvs Geheimnis steht kurz vor der Enthüllung, was seine Todfeinde auf den Plan ruft – und die Tapferkeit Ehlenas auf die Probe stellt, da von ihr verlangt wird, ihn und seinesgleichen auszuliefern …

Fünfzehnter Band: **Vampirseele**

Der junge Vampir John Matthew ist in Leidenschaft zu der mysteriösen Xhex entbrannt, doch diese verbirgt ein Geheimnis, das die Bruderschaft der BLACK DAGGER in tödliche Gefahr bringt …

Sechzehnter Band: **Mondschwur**

Xhex wendet sich von John ab, um ihn zu schützen. Doch als der Kampf gegen das Böse ihr alles abfordert, erkennt sie, dass man dem Schicksal der Liebe nicht entkommen kann …

Siebzehnter Band: **Vampirschwur**

Jahrhundertelang war die ebenso schöne wie unerschrockene Vampirin Payne auf der Anderen Seite gefangen. Als sie mit ihrer Bestimmung bricht und ins Diesseits kommt, verliebt sie sich in den Arzt Dr. Manuel Manello – doch der ist ein Mensch …

Achtzehnter Band: **Nachtseele**
Schweren Herzens hat sich Payne von Manuel getrennt, um ihn zu schützen. Doch dann gerät Payne im Kampf gegen die Vampirjäger in tödliche Gefahr. Manuel ist der Einzige, der ihr jetzt noch helfen kann …

Neunzehnter Band: **Liebesmond**
Seit dem Tod seiner geliebten *Shellan* Wellsie ist der mächtige Krieger Tohr nur noch ein Schatten seiner selbst – und ausgerechnet jetzt braucht ihn die Bruderschaft am dringendsten, denn ein gefährlicher Feind hat es auf den Thron ihres Königs abgesehen. Doch als die schöne No'One auftaucht, schöpft Tohr neue Hoffnung …

Zwanzigster Band: **Schattentraum**
Die Beziehung zu No'One hat Tohr neue Lebensfreude geschenkt, und doch kann er Wellsie nicht vergessen. Und während die Bruderschaft in den Straßen Caldwells ihre härteste Schlacht schlägt, ist Tohrs Herz entzweigerissen: Wem gehört seine Liebe – Wellsie oder No'One?

Einundzwanzigster Band: **Seelenprinz**
Der mächtige Vampirkrieger Blay ist seit einem Jahr mit dem attraktiven Saxton zusammen. Doch eigentlich liebt Blay seinen besten Freund Qhuinn, der gerade dabei ist, mit der Auserwählten Layla eine Familie zu gründen …

Zweiundzwanzigster Band: **Sohn der Dunkelheit**
Die beiden Vampirkrieger Blay und Qhuinn sind füreinander bestimmt, doch sie können ihre Gefühle nicht zulassen. Erst als die BLACK DAGGER in Gefahr geraten, begreifen Blay und Qhuinn, was wahrer Mut bedeutet: sich auf die Liebe einzulassen …

Dreiundzwanzigster Band: **Nachtherz**
Die schöne Vampirin Beth wusste schon immer, dass es schwierig sein würde, mit Wrath, dem König aller Vampire, verbunden zu sein. Aber ihre Liebe zu ihm war stärker, doch nun droht Beths größter Wunsch genau diese Liebe zu zerstören …

Vierundzwanzigster Band: **Königsblut**
Die Herrschaft und das Leben des mächtigen Vampirkönigs Wrath sind in Gefahr. Und ausgerechnet seine große Liebe Beth wird im Kampf gegen seine Widersacher zu seiner Achillesferse …

Fünfundzwanzigster Band: **Gefangenes Herz**
Trez Latimers Schicksal ist seit seiner Geburt vorherbestimmt: Der künftigen Königin der Schatten als Liebessklave zu dienen. Um frei zu sein, floh er einst aus dem Reich der Schatten und lebt seither in Caldwell – immer auf der Flucht vor den Häschern der Königin. Erst als er der schönen Auserwählten Selena begegnet, schöpft Trez neue Hoffnung …

Sechsundzwanzigster Band: **Entfesseltes Herz**
Für seinen Bruder Trez würde iAm Latimer alles tun. Für ihn hat iAm seine Heimat aufgegeben – und die Liebe! Doch dann begegnet er einer Frau, die sein Schicksal und das seines Bruders für immer verändern könnte …

Siebenundzwanzigster Band: **Krieger im Schatten**
Alte Allianzen wurden gelöst und neue geschlossen, und doch sind die Feinde der BLACK DAGGER mächtiger als jemals zuvor. Während die Brüder sich zum Kampf rüsten, ahnen sie nicht, dass einer aus ihrer Mitte mit seinen eigenen Dämonen ringt: Rhage. Denn plötzlich ist seine tiefe und leidenschaftliche Liebe zu Mary in Gefahr …

Achtundzwanzigster Band: **Ewig geliebt**
Rhage und Mary sind einander auf ewig verbunden. Weil Mary ein Mensch ist, wurde ihre Lebenskraft an Rhages geknüpft. Doch nachdem er in der Schlacht verwundet wurde, sieht sich der mächtige Vampir plötzlich mit ganz neuen Gefühlen und einer dunklen Zukunft konfrontiert. Wird Mary ihm auch auf diesem Pfad folgen?

Neunundzwanzigster Band: **Die Auserwählte**
Sie sind füreinander bestimmt und dürfen doch nie zusammmen sein: die schöne Auserwählte Layla und der Verräter Xcor, der den Vampirkönig Wrath am liebsten tot sehen würde. Hin und her gerissen zwischen

Loyalität und ihren Gefühlen, muss Layla sich entscheiden: für die BLACK DAGGER oder Xcor, den einzigen Mann, den sie jemals lieben wird.

Dreißigster Band: **Der Verstoßene**
Die Beziehung zwischen der schönen Auserwählten Layla und dem Verräter Xcor droht die Bruderschaft der BLACK DAGGER zu spalten. Und als dann auch noch ein uralter Feind erneut aus den Schatten tritt, ist nichts mehr sicher in der Welt der Vampire. Nicht einmal mehr die wahre Liebe – oder Schicksale, die einst in Stein gemeißelt schienen.

BLACK DAGGER
LEGACY

Kuss der Dämmerung
Die junge, hübsche Aristokratentochter Paradise will sich von der Bruderschaft der BLACK DAGGER zur Kämpferin ausbilden lassen – ein Skandal in der Vampirgesellschaft. Und dann begegnet Paradise bei den BLACK DAGGER auch noch dem attraktiven Craeg und verliebt sich in ihn. Doch Craeg gehört nicht dem Vampiradel an, und seine Liebe zu Paradise ist verboten …

Tanz des Blutes

Ein tragischer Schicksalsschlag machte den jungen Vampirkrieger Axe einst zu einem melancholischen Einzelgänger. Das ändert sich an dem Tag, an dem er der Aristokratentochter Elise als Bodyguard zugeteilt wird und sich mehr und mehr zu der schönen Vampirin hingezogen fühlt. Doch gerade als sich die erotische Leidenschaft zwischen den beiden in Liebe zu verwandeln scheint, droht ein dunkles Geheimnis aus Axes Vergangenheit alles zu zerstören …

Zorn des Geliebten

Der attraktive Peyton stammt aus einer der ältesten Adelsfamilien des Landes, ist reich und die Frauen liegen ihm zu Füßen. Bis auf eine: Novo. Die ebenso schöne wie toughe Vampirin wird zusammen mit Peyton von den BLACK DAGGER für den Kampf gegen die Feinde der Bruderschaft ausgebildet. Sie hat den Körper einer Göttin und das Herz einer Kriegerin – und für einen verwöhnten Schnösel wie Peyton hat sie so gar nichts übrig. Doch Peyton ist ihr bereits mit Haut und Haaren verfallen, und zum ersten Mal in seinem Leben muss er um die Liebe einer Frau kämpfen …